Das Buch

Detective Robert Hunter erhält einen mysteriösen Anruf: Der anonyme Anrufer sagt ihm, er solle eine Website aufsuchen. Auf der Seite läuft ein Video – auf dem ein Mensch brutal gefoltert und ermordet wird. Hunter muss hilflos zusehen. Bevor Hunter und sein Kollege Garcia auch nur einen Schritt in ihren anschließenden Ermittlungen vorankommen, erhält Hunter einen weiteren Anruf. Er öffnet die Website: ein weiteres Video, ein weiterer brutaler Mord vor laufender Kamera. Und dieses Mal hat der Anrufer Hunter und Garcia eine ganz eigene Rolle in seinem kranken Spiel zugedacht: Sie müssen entscheiden, wie das Opfer sterben wird. Doch Hunter und Garcia lassen sich so einfach nicht manipulieren ...

Der Autor

Chris Carter wurde 1965 in Brasilien als Sohn italienischer Einwanderer geboren. Er studierte in Michigan forensische Psychologie und arbeitete sechs Jahre lang als Kriminalpsychologe für die Staatsanwaltschaft. Dann zog er nach Los Angeles, wo er als Musiker Karriere machte. Gegenwärtig lebt Chris Carter in London. Seine Thriller um Profiler Robert Hunter sind allesamt Bestseller. Weitere Informationen finden Sie unter www.chriscarterbooks.com.

Von Chris Carter sind in unserem Hause bereits erschienen:

One Dead · Der Kruzifix-Killer · Der Vollstrecker ·
Der Knochenbrecher · Totenkünstler · Der Totschläger ·
Die stille Bestie · I am Death – Der Totmacher ·
Death Call – Er bringt den Tod · Blutrausch – Er muss töten ·
Jagd auf die Bestie · Bluthölle · Blutige Stufen

Chris Carter

Der Totschläger

Thriller

Aus dem Englischen
von Sybille Uplegger

Ullstein

Besuchen Sie uns im Internet:
www.ullstein.de

Wir verpflichten uns zu Nachhaltigkeit
- Papiere aus nachhaltiger Waldwirtschaft
  und anderen kontrollierten Quellen
- ullstein.de/nachhaltigkeit

MIX
Papier | Fördert
gute Waldnutzung
FSC® C021394

Deutsche Erstausgabe im Ullstein Taschenbuch
1. Auflage Juni 2014
9. Auflage 2024
© für die deutsche Ausgabe Ullstein Buchverlage GmbH,
Berlin 2014
© Chris Carter 2013,
Published by Arrangement with Luiz Montoro
Titel der englischen Originalausgabe: *One by One*
(Simon & Schuster Inc.)
Wir behalten uns die Nutzung unserer Inhalte für Text und
Data Mining im Sinne von § 44b UrhG ausdrücklich vor.
Umschlaggestaltung: zero-media.net, München
Titelabbildung: Stephen Mulcahey/Arcangel Images
Satz: LVD GmbH, Berlin
Gesetzt aus der Scala
Druck und Bindearbeiten: ScandBook, Litauen
ISBN 978-3-548-28576-4

1

Ein einzelner Schuss in den Hinterkopf wie bei einer Exekution. Viele Menschen halten das für einen grausamen Tod. Doch in Wahrheit ist er das nicht – zumindest nicht für das Opfer. Die Zeit, die ein Neunmillimeter-Geschoss benötigt, um in den Schädel einzudringen und auf der anderen Seite wieder auszutreten, beträgt drei Zehntausendstelsekunden. Dabei zertrümmert es zunächst die Schädeldecke, um dann mit derartig hoher Geschwindigkeit die Gehirnmasse zu durchschlagen, dass das Nervensystem keine Zeit hat, Schmerzreize zu senden. Bei korrektem Eintrittswinkel geht die Kugel in aller Regel durch die Großhirnrinde, das Kleinhirn, sogar den Thalamus, und das Gehirn hört auf zu funktionieren, was den sofortigen Tod zur Folge hat. Ist der Winkel ungünstig, kann das Opfer überleben, allerdings nicht ohne eine massive Schädigung des Gehirns. Die Eintrittswunde ist meistens nicht größer als eine kleine Weintraube, die Austrittswunde hingegen kann den Durchmesser eines Tennisballs haben, je nachdem, welche Munition verwendet wurde.

Das männliche Opfer auf dem Foto, das Detective Robert Hunter vom Raub- und Morddezernat des LAPD gerade betrachtete, war einen schnellen Tod gestorben. Die Kugel war sauber quer durch den Schädel gegangen und hatte dabei Kleinhirn, Temporal- und Frontallappen durchschlagen. Eine tödliche Schädigung des Gehirns innerhalb von drei Zehntausendstelsekunden. Weniger als eine Sekunde danach hatte der Mann tot am Boden gelegen.

Es war nicht Hunters Fall; er gehörte Detective Terry Radley aus dem Hauptbüro. Die Ermittlungsfotos waren durch ein Versehen auf Hunters Schreibtisch gelandet. Gerade als er das Foto zurück in die Akte schob, klingelte das Telefon auf seinem Schreibtisch.

»Detective Hunter, Morddezernat I«, meldete er sich. Wahrscheinlich war es Radley, der wissen wollte, wo seine Bilder abgeblieben waren.

Schweigen.

»Hallo?«

»Spreche ich mit Detective Robert Hunter?«, hörte er eine raue Männerstimme in ruhigem Tonfall fragen.

»Ja, ich bin Detective Robert Hunter. Kann ich Ihnen irgendwie weiterhelfen?«

Hunter hörte, wie der Anrufer ausatmete.

»Das werden wir gleich sehen, Detective.«

Hunter runzelte die Stirn.

»In den nächsten paar Minuten benötige ich Ihre volle Aufmerksamkeit.«

Hunter räusperte sich. »Tut mir leid, ich habe Ihren Na...«

»Detective. Halten Sie den Mund und hören Sie mir zu«, schnitt der Anrufer ihm das Wort ab. Nach wie vor ließ seine Stimme nicht die kleinste Gefühlsregung erkennen. »Das hier ist keine Unterhaltung.«

Hunter schwieg. Das LAPD bekam jeden Tag Dutzende, manchmal sogar Hunderte merkwürdiger Anrufe – von Betrunkenen, von Junkies auf einem Trip oder von Gangmitgliedern, die der Polizei imponieren wollten; von Hellsehern, von Leuten, die eine Verschwörung in höchsten Regierungskreisen oder eine Invasion durch Außerirdische melden wollten, ja sogar von Spinnern, die behaupteten, Elvis in ihrem Restaurant gesehen zu haben. Doch etwas im Tonfall dieses Mannes, in seiner Art zu sprechen, verriet Hunter, dass es ein Fehler wäre, den Anruf als Scherz abzutun. Er beschloss, fürs Erste mitzuspielen.

Hunters Partner, Detective Carlos Garcia, saß an seinem Schreibtisch gegenüber. Ihr kleines Büro lag im fünften Stock des Police Administration Building im Zentrum von Los Angeles. Garcia, der sich die langen dunkelbraunen Haare zu einem glatten Pferdeschwanz zurückgebunden hatte, las gerade etwas am Bildschirm und bekam von dem Gespräch seines Partners nichts mit. Er hatte sich auf seinem Stuhl nach hinten gelehnt und die Hände entspannt hinter dem Kopf verschränkt.

Hunter schnippte mit den Fingern, um seine Aufmerksamkeit zu erregen, deutete dann auf den Hörer an seinem Ohr und machte eine Kreisbewegung mit dem Zeigefinger, um zu signalisieren, dass Garcia den Anruf aufzeichnen und eine Rückverfolgung einleiten sollte.

Sofort griff Garcia nach seinem eigenen Telefon, wählte die Nummer der Einsatzzentrale und hatte in weniger als fünf Sekunden alles in die Wege geleitet. Er machte Hunter ein Zeichen, der ihm daraufhin bedeutete, das Gespräch mitzuhören.

Garcia klinkte sich in die Leitung ein.

»Ich gehe davon aus, dass Sie einen Computer auf dem Schreibtisch stehen haben, Detective«, sagte der Anrufer. »Und dass dieser Computer über einen Internetanschluss verfügt?«

»Das stimmt, ja.«

Eine angespannte Pause.

»Gut. Ich will, dass Sie die Adresse, die ich Ihnen gleich nennen werde, in Ihren Browser eingeben ... sind Sie bereit?«

Hunter zögerte.

»Vertrauen Sie mir, Detective. Sie werden das hier garantiert sehen wollen.«

Hunter beugte sich über seine Tastatur und rief seinen Internet-Browser auf. Garcia tat dasselbe.

»Okay, ich bin so weit«, meldete Hunter in ruhigem Ton.

Der Anrufer nannte Hunter eine Internetadresse, die nur aus Zahlen und Punkten bestand. Sie enthielt keinen einzigen Buchstaben.

Hunter und Garcia tippten die Zahlenreihe in die Adresszeile ihres Browsers ein und drückten auf »Enter«. Ihre Monitore flackerten ein paarmal, bevor die Website geladen wurde.

Beide Detectives erstarrten. Im Büro war es totenstill.

Bis der Anrufer leise auflachte. »Ich glaube, jetzt habe ich Ihre volle Aufmerksamkeit.«

2

Das FBI hat sein Hauptquartier in der Pennsylvania Avenue Nummer 935 in Washington, D. C., wenige Blocks vom Weißen Haus entfernt, direkt gegenüber des US-Justizministeriums. Neben der Zentrale unterhält das FBI, auf die fünfzig US-Bundesstaaten verteilt, insgesamt sechsundfünfzig Außenstellen. Den meisten dieser Außenstellen sind darüber hinaus eine Anzahl kleinerer Dienststellen, Büros genannt, untergeordnet.

Die FBI-Außenstelle am Wilshire Boulevard in Los Angeles ist eine der größten in den gesamten Vereinigten Staaten. Ihr unterstehen zehn Büros. Außerdem ist sie eine der wenigen mit einer eigenen Abteilung für Cyberkriminalität.

Die Hauptaufgabe der Abteilung für Cyberkriminalität des FBI ist es, gegen jede Art von Hightech-Verbrechen vorzugehen, darunter fallen etwa Cyberterrorismus, Hacking, sexuelle Ausbeutung im Internet sowie schwere Fälle von Internetbetrug. In den Vereinigten Staaten haben sich allein in den letzten fünf Jahren die Fälle von Cyberkriminalität verzehnfacht. Die Netzwerke der US-Regierung sind jeden Tag mehr als einer Milliarde Angriffe aus der ganzen Welt ausgesetzt.

Im Jahre 2011 wurde dem Senatsausschuss für Handel, Wissenschaft und Verkehr ein Gutachten vorgelegt, in dem die durch Cyberkriminalität erwirtschafteten Gewinne allein auf dem Territorium der USA auf jährlich annähernd achthundert Millionen Dollar beziffert wurden. Das macht die Cyberkriminalität zum profitstärksten illegalen Wirtschaftszweig in den USA, noch vor dem Drogenhandel.

Tausende Webcrawler des FBI, auch »bots« oder »spiders« genannt, durchsuchen unablässig das Netz nach Hinweisen auf jede Art von digitalem Verbrechen, sowohl innerhalb als auch außerhalb der Vereinigten Staaten. Es ist eine Herkulesaufgabe, und beim FBI ist man sich der Tatsache bewusst, dass das, was die Crawler finden, lediglich die Spitze eines gigantischen Eisbergs ist. Für jede Bedrohung, die sie identifizieren, bleiben tausend andere unerkannt. Das war auch der Grund, weshalb an jenem Herbstnachmittag Ende September kein FBI-Webcrawler auf die Internetseite stieß, die Detective Hunter und sein Partner im Police Administration Building soeben aufgerufen hatten.

3

Hunters und Garcias Blicke klebten förmlich an ihren Monitoren, während sie versuchten, die seltsamen Bilder zu deuten, die sie sahen. Da war zunächst einmal ein großer rechteckiger Behälter. Er schien aus Glas zu bestehen, doch es konnte auch Acryl oder ein anderes transparentes Material sein. Hunter schätzte, dass die Seiten des Behälters etwa anderthalb Meter lang und mindestens einen Meter achtzig hoch waren. Der Behälter war oben offen und sah selbstgebaut aus. Ein Rahmen aus Metall sowie dicke Streifen weißer Dichtungsmasse hielten die vier Wände zusammen. Die Konstruktion hatte Ähnlichkeiten mit einer verstärkten Duschkabine. Im Innern des Behälters, einander gegenüber, befanden sich zwei Metallrohre von etwa sieben Zentimetern Durchmesser. Sie führten senkrecht vom Boden in die Höhe und oben aus der Kabine hinaus. Die Rohre hatten zahlreiche Löcher, die in etwa so groß waren wie ein handelsüblicher Bleistift.

Es gab zwei Dinge, die Hunter beunruhigten. Das eine war der Umstand, dass es sich bei den Bildern offenbar um ein Live-Streaming handelte. Das Zweite war das, was sich in der Mitte des Behälters, genau zwischen den beiden Rohren, befand.

Dort saß, an einen stabilen Metallstuhl gefesselt, ein Mann. Er war hellhäutig, schätzungsweise Mitte bis Ende zwanzig und hatte dunkelblondes, kurz geschnittenes Haar. Als einziges Kleidungsstück trug er gestreifte Boxershorts. Er war korpulent mit rundem Gesicht, Pausbacken und dicken Armen. Er schwitzte stark, und obwohl er nicht verletzt zu sein schien, ließ sein Gesichtsausdruck keinen Zweifel daran, was er empfand: nackte Angst. Er hatte die Augen weit aufgerissen und atmete schnell und flach durch den Stoffknebel in seinem Mund. Die hektische Bewegung seiner Bauchdecke verriet Hunter, dass der Mann kurz davor war zu hyperventilieren. Er zitterte am ganzen Leib, und sein Blick huschte umher wie der einer orientierungslosen, verängstigten Maus.

Die Bilder hatten einen Grünstich, ein Hinweis darauf, dass sie von einer Kamera mit Nachtsichtobjektiv aufgenommen wurden. Wer auch immer dieser Mann war, er saß also in einem dunklen Raum.

»Ist das echt?«, zischte Garcia, die Hand über der Muschel des Telefonhörers.

Hunter zuckte die Achseln, ohne den Blick vom Monitor abzuwenden.

Wie aufs Stichwort meldete sich der Anrufer zurück. »Falls Sie sich fragen, ob das hier live ist, Detective, erlauben Sie mir, dass ich es Ihnen demonstriere.«

Die Kamera schwenkte nach rechts zu einer nicht weiter bemerkenswerten gemauerten Wand, an der eine runde Uhr hing. Die Zeiger standen auf zwei Uhr siebenundfünfzig. Hunter und Garcia sahen auf ihre Armbanduhren – vierzehn Uhr siebenundfünfzig. Als Nächstes machte die Kamera einen Schwenk nach unten. Auf dem Boden am Fuß der Wand lag eine Tageszeitung. Die Kamera zoomte auf das Datum im Titel. Es war eine Ausgabe der aktuellen *L. A. Times*.

»Zufrieden?« Der Anrufer lachte leise.

Kurz darauf nahm die Kamera wieder den Mann im durchsichtigen Behälter aufs Korn. Dem lief mittlerweile der Rotz aus der Nase, und sein Gesicht war tränenüberströmt.

»Der Behälter, den Sie hier sehen, ist aus verstärktem Glas hergestellt – stark genug, um einer Kugel standzuhalten«, erklärte der Anrufer mit eiskalter Ruhe. »Die Tür hat einen überaus sicheren Schließmechanismus und ist luftdicht versiegelt. Sie lässt sich nur von außen öffnen. Kurz: Der Mann, den Sie auf Ihrem Bildschirm sehen, ist gefangen. Er hat keine Möglichkeit zu entkommen.«

Der verängstigte Mann blickte direkt in die Kamera. Rasch betätigte Hunter die Tastenkombination für einen Screenshot und sicherte diesen in der Zwischenablage seines Rechners. Jetzt hatte er ein Bild vom Gesicht des Mannes, anhand dessen man ihn, so hoffte er zumindest, später würde identifizieren können.

»Also. Der Grund, weshalb ich Sie anrufe, Detective, ist folgender: Ich brauche Ihre Hilfe.«

Der Mann im Bild begann heftig zu keuchen. Sein ganzer Körper war mit Angstschweiß bedeckt. Jeden Moment würde er eine Panikattacke bekommen.

»In Ordnung, ganz ruhig«, antwortete Hunter, um einen besonnenen, aber festen Ton bemüht. »Sagen Sie mir, wie ich Ihnen helfen kann.«

Schweigen.

Hunter wusste, dass der Anrufer noch in der Leitung war. »Ich tue, was ich kann, um Ihnen zu helfen. Sagen Sie mir nur, wie.«

»Nun ...«, erwiderte der Anrufer. »Sie können entscheiden, wie er sterben soll.«

4

Hunter und Garcia wechselten einen beunruhigten Blick. Garcia ging sofort aus der Leitung und tippte erneut die Durchwahl der Zentrale ein.

»Bitte, sagen Sie mir, dass Sie wissen, wo sich dieser Verrückte aufhält«, sagte er, kaum dass am anderen Ende jemand abgenommen hatte.

»Noch nicht, Detective«, gab die Frau zurück. »Wir brauchen noch ungefähr eine Minute. Sorgen Sie dafür, dass er weiterredet.«

»Er will aber nicht mehr reden.«

»Wir haben es gleich, wir brauchen nur noch ein bisschen Zeit.«

»Verdammt!« Garcia schüttelte den Kopf und signalisierte Hunter, den Anrufer unbedingt am Reden zu halten. »Geben Sie mir Bescheid, sobald Sie was wissen.« Er beendete das Gespräch und klinkte sich wieder in Hunters Leitung ein.

»Feuer oder Wasser, Detective?«, fragte der Anrufer nun.

Hunter runzelte die Stirn. »Was?«

»Feuer oder Wasser?«, wiederholte der Anrufer leicht belustigt. »Die Rohre im Glasbehälter, die Sie auf dem Bildschirm sehen können, sind sowohl in der Lage, Feuer zu spucken, als auch den Behälter unter Wasser zu setzen.«

Hunters Herzschlag geriet ins Stocken.

»Also wählen Sie, Detective Hunter. Was würden Sie lieber sehen? Wie er durch Feuer oder durch Wasser umkommt? Soll ich ihn ertränken oder bei lebendigem Leibe verbrennen?« Es klang nicht nach einem Scherz.

Garcia rutschte nervös auf seinem Stuhl hin und her.

»Warten Sie«, bat Hunter, mühsam beherrscht. »Sie müssen das nicht machen.«

»Das weiß ich, aber ich will. Das wird doch bestimmt lustig, meinen Sie nicht?« Der Gleichmut in der Stimme des Anrufers hatte etwas Hypnotisierendes.

»Mach schon, mach schon«, knurrte Garcia durch zusammengebissene Zähne, während er die Blinklichter für die verschiedenen Leitungen an seinem Telefonapparat beobachtete. Noch immer keine Rückmeldung aus der Zentrale.

»Wählen Sie, Detective«, befahl der Anrufer. »Ich will, dass Sie entscheiden, wie er stirbt.«

Hunter schwieg.

»Ich empfehle Ihnen, sich für eine Todesart zu entscheiden, Detective, denn eins kann ich Ihnen versprechen: Die Alternative wäre ungleich schlimmer.«

»Sie wissen, dass ich diese Entscheidung nicht treffen kann ...«

»WÄHLEN SIE!«, donnerte der Anrufer.

»Schon gut.« Hunter blieb gefasst. »Ich wähle keine von beiden.«

»Das steht nicht zur Auswahl.«

»Doch, das tut es. Lassen Sie uns kurz über die Sache reden.«

Der Anrufer lachte zornig auf. »Nein, lassen Sie uns das

nicht tun. Die Zeit zum Reden ist vorbei. Jetzt ist die Zeit für Entscheidungen, Detective. Wenn Sie nicht wählen ... dann tue ich es. So oder so – er stirbt.«

An Garcias Apparat begann ein rotes Licht zu blinken. Rasch wechselte er die Leitung. »Sagen Sie mir, dass Sie ihn haben.«

»Wir haben ihn, Detective.« In der Stimme der Frau schwang Erregung mit. »Er ist in ...« Sie verstummte. »Mist, was ist denn das jetzt?«

»Was?«, drängte Garcia. »Wo ist er?«

»Was zum Teufel ist hier los?«, hörte Garcia die Frau sagen, aber er wusste, dass sie nicht zu ihm sprach. Er hörte unverständliches Getuschel am anderen Ende der Leitung. Irgendetwas stimmte nicht.

»Kann mal bitte jemand mit mir reden?« Garcias Stimme kletterte eine halbe Oktave in die Höhe.

»Es hat keinen Zweck, Detective«, sagte die Frau endlich. »Wir dachten, wir hätten ihn in Norwalk, aber dann ist das Signal plötzlich nach Temple City gesprungen, dann nach El Monte, und jetzt wird uns angezeigt, dass der Anruf aus Long Beach kommt. Selbst wenn er noch eine Stunde in der Leitung bleibt, wir können ihn nicht orten.« Sie machte eine kurze Pause. »Das Signal ist gerade nach Hollywood weitergewandert. Tut mir leid, Detective. Der Kerl weiß, was er tut.«

»Scheiße!« Garcia wechselte erneut die Leitung und schüttelte den Kopf. »Er lenkt das Signal um«, raunte er Hunter zu. »Wir können ihn nicht orten.«

Hunter kniff die Augen zusammen. »Warum tun Sie das?«, fragte er den Anrufer.

»Weil ich es will«, lautete die Antwort. »Sie haben drei Sekunden Zeit, Ihre Wahl zu treffen, Detective Hunter. Feuer oder Wasser? Werfen Sie eine Münze, wenn's sein muss. Fragen Sie Ihren Partner. Ich weiß, dass er zuhört.«

Garcia schwieg.

»Warten Sie«, sagte Hunter. »Wie kann ich die Entscheidung treffen, wenn ich nicht mal weiß, wer der Mann ist oder weshalb er in diesem Behälter sitzt? Kommen Sie schon, reden Sie mit mir. Erklären Sie mir, worum es hier geht.«

Erneut lachte der Anrufer. »Das müssen Sie schon selbst rausfinden, Detective. Zwei Sekunden.«

»Tun Sie das nicht. Wir können uns doch gegenseitig helfen.«

Garcias Augen ruhten jetzt nicht mehr auf seinem Monitor, sondern auf Hunter.

»Eine Sekunde noch, Detective.«

»Bitte, reden Sie mit mir«, drängte Hunter den Mann abermals. »Gemeinsam kriegen wir das hin. Was auch immer das Problem ist, wir können eine bessere Lösung dafür finden.«

Garcia hielt den Atem an.

»Die Lösung lautet Feuer oder Wasser, Detective. Aber wie auch immer, die Zeit ist abgelaufen. Also, was soll es sein?«

»Hören Sie, es muss doch einen anderen Weg geben, wie wir ...«

TOCK, TOCK, TOCK.

Das Geräusch, das aus ihren Hörern kam, war so laut, dass sie unwillkürlich zurückzuckten, als wären sie ins Gesicht geschlagen worden. Es klang, als habe der Anrufer seinen Telefonhörer dreimal gegen eine harte Oberfläche geschlagen, um ihre Aufmerksamkeit zu erregen.

»Anscheinend hören Sie mir nicht richtig zu, Detective Hunter. Wir sind fertig mit dem Reden. Das einzige Wort, das ich jetzt noch aus Ihrem Mund hören will, lautet entweder Feuer oder Wasser. Sonst nichts.«

Hunter schwieg.

»Wie Sie wollen. Wenn Sie sich nicht entscheiden möchten, tue ich es eben. Und ich entscheide mich für Feu...«

»Wasser«, sagte Hunter mit Nachdruck. »Ich wähle Wasser.«

Der Anrufer schwieg, dann lachte er belustigt. »Wissen Sie was, Detective? Es war mir klar, dass Sie sich für Wasser entscheiden würden.«

Hunter erwiderte nichts.

»Es lag auf der Hand. Sie haben sich die zwei Möglichkeiten durch den Kopf gehen lassen, und ein Tod durch Ertrinken kam Ihnen weit weniger grausam vor als ein Tod durch Verbrennen. Vergleichsweise schmerzfrei, human und schnell, stimmt's? Aber haben Sie schon mal jemandem beim Ertrinken zugesehen, Detective?«

Schweigen.

»Haben Sie jemals den Blick in den Augen eines Menschen gesehen, der verzweifelt die Luft anhält, solange er nur kann, obwohl er weiß, dass der Tod überall um ihn herum lauert und ihn gleich holen wird?«

Hunter fuhr sich mit der Hand durch die kurzen Haare.

»Haben Sie je gesehen, wie ein Ertrinkender in Panik um sich blickt, als würde er nach einem Wunder Ausschau halten, das niemals eintreten wird? Ein Wunder, das es nicht gibt?«

Noch immer Schweigen.

»Haben Sie gesehen, wie der Körper wie unter Strom zu zucken beginnt, wenn der Betreffende irgendwann aufgibt und seinen ersten Mundvoll Wasser einatmet? Wie ihm die Augen fast aus dem Schädel treten, wenn sich seine Lunge mit Wasser füllt und er qualvoll erstickt?« Der Anrufer atmete absichtlich langsam aus. »Wussten Sie, dass es unmöglich ist, die Augen geschlossen zu halten, wenn man ertrinkt? Das ist eine automatische motorische Reaktion, wenn das Gehirn nicht ausreichend Sauerstoff bekommt.«

Garcias Blick wanderte zurück zu seinem Computerbildschirm.

Erneut ließ der Anrufer ein Lachen hören. Diesmal

klang es regelrecht aufgeräumt. »Bleiben Sie dran, Detective. Die Show ist im Begriff, noch viel besser zu werden.«

Dann war die Leitung tot.

5

Plötzlich kam aus den Löchern in den beiden Rohren innerhalb des Glasbehälters mit unglaublicher Geschwindigkeit Wasser herausgeschossen. Der an den Stuhl gefesselte Mann erschrak und fuhr heftig zusammen. Seine Augen wurden noch größer, als er begriff, was sich da abspielte. Trotz des Knebels in seinem Mund begann er panisch zu schreien, doch Hunter und Garcia an ihren Bildschirmen hörten keinen Ton.

»O mein Gott«, sagte Garcia und presste sich die Faust vor den Mund. »Der blufft nicht. Der macht's wirklich. Der will den Kerl tatsächlich ertränken. Verdammt.«

Der Mann auf dem Stuhl begann zu zappeln und zerrte mit aller Kraft an seinen Fesseln, doch die gaben keinen Zentimeter nach. Er konnte sich nicht befreien, so sehr er sich auch anstrengte. Der Stuhl war fest mit dem Boden verschraubt.

»Das ist doch Wahnsinn«, sagte Garcia.

Hunter saß ganz still, ohne zu blinzeln, und starrte auf seinen Bildschirm. Er wusste, dass sie vom Büro aus nicht das Geringste tun konnten – außer Hinweise zu sammeln.

»Gibt es eine Möglichkeit, das aufzuzeichnen?«, wollte er von Garcia wissen.

Der zuckte mit den Schultern. »Keine Ahnung. Glaube nicht.«

Hunter griff nach seinem Telefonhörer und rief in der Zentrale an.

»Stellen Sie mich zum Leiter der Abteilung Computer-kriminalität durch, sofort. Es ist dringend.«

Zwei Sekunden später hörte er es klingeln. Nach vier weiteren Sekunden erklang am anderen Ende eine Bariton-stimme.

»Dennis Baxter, LAPD, Abteilung Computerkriminali-lität.«

»Dennis, hier ist Detective Hunter von Mord I.«

»Hallo, Detective, was kann ich für Sie tun?«

»Sagen Sie, gibt es eine Möglichkeit, wie ich eine Live-Übertragung aus dem Internet aufzeichnen kann, wäh-rend ich sie an meinem Computer anschaue?«

Baxter lachte. »Wow, ist die Braut so scharf?«

»Gibt es die Möglichkeit oder nicht, Dennis?«

Hunters Tonfall vertrieb den Schalk aus Baxters Stimme.

»Nur wenn Sie eine spezielle Screen-Recording-Software auf Ihrem Rechner installiert haben«, antwortete er.

»Und? Habe ich so was?«

»Auf einem LAPD-Bürorechner? Da ist das kein Stan-dard. Sie können einen Antrag stellen, dann spielt Ihnen die EDV innerhalb der nächsten ein, zwei Tage so ein Pro-gramm auf die Platte.«

»Das nützt mir nichts. Ich muss aufzeichnen, was ich jetzt gerade auf meinem Bildschirm sehe.«

Eine kurze Pause.

»Also, ich könnte das von hier aus machen«, bot Baxter an. »Wenn Sie was live im Netz sehen, geben Sie mir ein-fach die Domain, dann rufe ich die Seite auf und nehme es für Sie auf. Würde Ihnen das helfen?«

»Besser als nichts. Versuchen wir es.« Hunter nannte Baxter die Ziffernfolge, die ihm der Anrufer wenige Minu-ten zuvor diktiert hatte.

»Eine IP-Adresse?«, sagte Baxter.

»Genau. Kann man die nicht normalerweise zurückver-folgen?«, fragte Hunter.

»Doch. Das ist sogar ihr eigentlicher Zweck. Sie ist eine Art Nummernschild für jeden Computer, der Verbindung zum Internet hat. Mit ihrer Hilfe kann ich so ziemlich den exakten Standort des Rechners ermitteln, von dem die Übertragung kommt.«

Hunter runzelte die Stirn. Konnte der Anrufer tatsächlich einen derart dummen Fehler gemacht haben?

»Soll ich eine Suche initialisieren?«, wollte Baxter wissen.

»Ja.«

»Okay. Ich melde mich bei Ihnen, sobald ich was habe.« Er legte auf.

Das Wasser reichte dem Mann bereits bis zur Hüfte. Hunter schätzte, dass es bei der momentanen Fließgeschwindigkeit noch eine Minute, vielleicht zwei, dauern würde, bis der Mann komplett unter Wasser war.

»Die Zentrale hat gesagt, es gibt keine Möglichkeit, den Anruf zurückzuverfolgen?«, wandte sich Hunter an Garcia.

»Ja, genau. Das Signal springt quer durch die ganze Stadt.«

Das Wasser hatte den Bauch des Mannes erreicht. Er versuchte nach wie vor, sich zu befreien, doch verließen ihn allmählich die Kräfte. Sein Zittern war stärker geworden – eine Folge seiner Angst, aber auch der Wassertemperatur, vermutete Hunter.

Es gab nichts, was Hunter und Garcia hätten sagen können, also breitete sich eine drückende Stille im Büro aus, während sie zusahen, wie der Tod dem Mann auf dem Bildschirm Zentimeter um Zentimeter näher kam.

Dann klingelte abermals das Telefon auf Hunters Schreibtisch.

»Detective, ist das echt?«, wollte Dennis Baxter wissen.

»Im Moment haben wir keinen Anlass zu glauben, dass es nicht echt ist. Zeichnen Sie es auf?«

»Ja, mache ich.«

»Glück gehabt beim Zurückverfolgen der Adresse?«

»Noch nicht. So was kann ein paar Minuten dauern.«

»Melden Sie sich wieder, sobald sich was ergibt.«

»Wird gemacht.«

Das Wasser ging dem Mann mittlerweile bis zur Brust, und die Kamera zoomte langsam auf sein Gesicht. Er schluchzte. Die Hoffnung war aus seinen Augen gewichen. Er war kurz davor, sich in sein Schicksal zu ergeben.

»Ich glaube, ich kann mir das nicht ansehen«, sagte Garcia, stand von seinem Schreibtisch auf und begann im Raum hin und her zu gehen.

Das Wasser hatte die Schultern des Mannes erreicht. Noch eine Minute, dann wäre es ihm bis über die Nase gestiegen, und mit dem nächsten Atemzug würde das Sterben beginnen. Der Mann schloss die Augen und wartete. Er versuchte nicht länger, sich zu befreien.

Das Wasser leckte an der Unterseite seines Kinns, dann hörte es ohne jede Vorwarnung auf zu fließen. Kein Tropfen kam mehr aus den Rohren.

»Was soll denn das jetzt?« Hunter und Garcia wechselten einen Blick, dann starrten sie wieder auf ihre Monitore. Sie wussten nicht, was sie davon halten sollten.

»Es war doch nur ein gottverdammter Scherz«, sagte Garcia und trat neben Hunter. Ein nervöses Lächeln zuckte auf seinen Lippen. »Irgendein Bekloppter, der uns verarschen wollte.«

Hunter war sich da nicht so sicher.

Genau in dem Moment klingelte erneut das Telefon.

6

Das Geräusch zerriss die Stille mit der Wucht eines Donnerschlags, der über den nächtlichen Himmel schallt.

»Sie sind sehr clever, Detective Hunter«, lobte der Anrufer.

Hunter machte Garcia sofort ein Zeichen. Wenige Sekunden, dann wurde auch dieser Anruf aufgezeichnet.

»Fast hätten Sie mich überlistet«, fuhr der Anrufer fort. »Ich fand Ihre Sorge um das Opfer wirklich sehr anrührend. Sobald Ihnen klar wurde, dass Sie ihn nicht retten können, haben Sie sich für diejenige der beiden Todesarten entschieden, die Ihnen weniger sadistisch und qualvoll vorkam. Aber das ist nur die eine Hälfte der Geschichte, nicht wahr?«

Garcia machte ein verwirrtes Gesicht.

Hunter schwieg.

»Ich habe den wahren Grund hinter Ihrer Entscheidung durchschaut, Detective.«

Keine Antwort.

»Ihnen ist klargeworden, dass ich drauf und dran war, Feuer zu wählen, also haben Sie mich ganz schnell unterbrochen und sich für Wasser entschieden.« Ein selbstbewusstes Lachen. »Denn Wasser bedeutet Hoffnung, habe ich recht?«

»Hoffnung?«, formte Garcia lautlos mit den Lippen, während er Hunter stirnrunzelnd ansah.

»Die Hoffnung, dass, wenn – oder falls – Sie irgendwann die Leiche finden, Ihr –«, als er weitersprach, klang seine Stimme affektiert, »*superfortschrittliches Hightech-Kriminallabor* möglicherweise irgendwelche Spuren sicherstellen kann. Vielleicht auf seiner Haut, in seinen Haaren, unter seinen Nägeln oder in seinem Mund. Wer kann schon sagen, was für mikroskopisch kleine Hinterlassenschaften von mir an ihm zu finden wären, nicht wahr, Detective Hunter? Feuer hingegen hätte all das zerstört. Es hätte seinen gesamten Körper und alles, was ihm anhaftet, karbonisiert. Ergo: keine Spuren, nicht einmal mikroskopisch kleine.«

Dieser Gedanke war Garcia noch gar nicht gekommen.

»Aber wenn er ertrinkt, bleibt die Leiche intakt«, fuhr der Anrufer fort. »Der Tod tritt durch Ersticken ein ... Haut, Haare, Nägel ... nichts davon wird zerstört. Es ist alles noch da und kann analysiert werden.« Der Anrufer hielt kurz inne, um Atem zu schöpfen. »Sie könnten eine Million Dinge finden. Selbst das Wasser in seiner Lunge könnte Ihnen Aufschlüsse liefern. Deswegen haben Sie sich für Wasser entschieden, stimmt's? Wenn Sie ihn schon nicht retten können, dann wollen Sie wenigstens das Nächstbeste tun.« Der Anrufer ließ ein lebhaftes Lachen hören. »Sie denken immer wie ein Detective. Ach, das macht ja keinen Spaß mit Ihnen.«

Hunter schüttelte kaum merklich den Kopf. »Mit der ersten Annahme hatten Sie recht. Mir ging es um das Leiden des Opfers.«

»Natürlich. Aber wissen Sie was? Auf den Fall war ich vorbereitet.«

Der Mann im Glaskasten hatte inzwischen die Augen wieder geöffnet. Er zitterte noch immer. Trotz der Dunkelheit blickte er um sich, abwartend ... lauschend.

Nichts. Kein Geräusch. Das Wasser hatte aufgehört zu fließen.

Hinter dem Knebel verzog sich sein Mund zu einem zaghaften Lächeln. Ein Fünkchen Hoffnung glomm in seinen Augen auf, als wäre alles nur ein böser Traum gewesen ... ein grausamer Scherz. Er schluckte schwer, schloss dann die Augen und legte den Kopf in den Nacken, als danke er Gott. Tränen quollen unter seinen geschlossenen Lidern hervor und liefen ihm über die Wangen.

»Bleiben Sie dran, Detective.« In der Stimme des Anrufers schwang Stolz mit. »Was Ihnen gleich geboten wird, ist der *Cirque du Soleil* unter den Live-Shows.« Mit diesen Worten legte er auf.

Am Bildschirm konnten sie beobachten, wie der Wasserpegel zu sinken begann.

»Er lässt das Wasser ab«, bemerkte Garcia.

Hunter nickte.

Es ging schnell. Binnen weniger Sekunden war der Wasserspiegel bis auf Brusthöhe gesunken.

Dort blieb er stehen.

»Was soll das jetzt schon wieder?«, fragte Garcia und rang die Hände.

Hunter schüttelte den Kopf. Er war voll und ganz auf den Bildschirm konzentriert.

Die Kamera zoomte ein klein wenig weiter weg, und plötzlich passierte etwas mit den Rohren unterhalb des Wasserspiegels. Wie bei einem Whirlpool begann das Wasser zu brodeln, als von neuem Flüssigkeit in den Glasbehälter gepumpt wurde. Doch diesmal war etwas anders. Als die farblose Flüssigkeit aus den Löchern der Rohre strömte und sich mit dem Wasser vermischte, ließ sich ein merkwürdiger Effekt beobachten: Es sah aus, als wäre die neu hinzugekommene Flüssigkeit schwerer als das Wasser.

Hunter beugte sich dichter zum Bildschirm.

»Das ist kein Wasser«, verkündete er.

»Was?«, fragte Garcia, der unmittelbar neben ihm stand. »Was meinst du damit?«

»Andere Dichte«, gab Hunter zurück und deutete auf den Monitor. »Was auch immer er da gerade in den Tank pumpt, diesmal ist es kein Wasser.«

»Was ist es dann?«

In diesem Augenblick begann in der rechten oberen Ecke des Bildes etwas zu blinken. Vier Buchstaben in Klammern. Der erste, dritte und vierte Buchstabe waren groß geschrieben.

(NaOH)

»Ist das eine chemische Formel?« Garcia deutete darauf.

»Ja«, hauchte Hunter.

»Wofür?« Garcia eilte an seinen eigenen Rechner und öffnete ein neues Browserfenster.

»Spar dir die Mühe, Carlos«, sagte Hunter düster. »Das ist das Formelzeichen für Natriumhydroxid ... Ätznatron.«

7

Garcia spürte, wie ihm die Kehle eng wurde. Vor Jahren einmal, als er noch in Uniform gewesen war, hatte man ihn zu einem Vorfall von häuslicher Gewalt gerufen. Ein eifersüchtiger Mann hatte seiner Freundin einen Becher Natronlauge ins Gesicht geschüttet. Der Mann war vom Tatort geflohen, konnte aber fünf Tage später festgenommen werden. Garcia erinnerte sich noch daran, wie er den Sanitätern dabei geholfen hatte, die Frau auf die Trage zu schnallen. Ihr Gesicht war nur noch eine Masse aus rohem Fleisch und verätzter Haut gewesen. Ihre Lippen hatten ausgesehen, als wären sie mit den Zähnen verschmolzen. Ihr rechtes Ohr und ihre Nase hatten sich vollkommen aufgelöst, die Lauge hatte sogar Löcher in einen ihrer Augäpfel gebrannt.

Garcia warf Hunter über seinen Monitor hinweg einen Blick zu. »Das ist nicht wahr. Bist du sicher?«

Hunter nickte. »Ich bin mir sicher.«

»Dieses Schwein.«

Erneut klingelte das Telefon auf Hunters Schreibtisch. Diesmal war es Dennis Baxter von der Computerkriminalität.

»Detective«, sagte er mit drängendem, besorgtem Unter-

ton in der Stimme. » NaOH, das ist Natronlauge. Natriumhydroxid.«

»Ja, ich weiß.«

»Scheiße, Mann. Das Zeug ist hochgradig ätzend. Viel
schlimmer als Säure. Wenn man Natriumhydroxid mit einer so großen Menge Wasser mischt, ist die Lösung natürlich anfangs stark verdünnt und nicht besonders gefährlich, aber früher oder später ...« Er verstummte.

»Verwandelt sich der Behälter in ein Laugenbad«, führte
Hunter Baxters Gedanken zu Ende.

»Genau. Und Sie sind sich im Klaren darüber, was dann
passieren wird?«

»Ja, bin ich.«

»Verdammt, Detective. Was geht hier ab?«

»Ich weiß es nicht genau. Konnten Sie die Übertragung
zurückverfolgen?«

»Ja. Sie kommt aus Taiwan.«

»Was?«

»Genau. Wer auch immer dahintersteht ... er ist gut. Entweder es ist eine gekaperte IP-Adresse, oder er hat sich kurzerhand eine aus dem taiwanesischen Server-Pool geklaut.
Im Klartext bedeutet das: Wir können sie nicht lokalisieren.«

Hunter legte auf. »Über die Internetverbindung kriegen
wir ihn auch nicht«, meldete er Garcia.

»Scheiße. Gott, das ist doch total krank.«

Der Mann im Bild begann erneut zu zittern, doch Hun-
ter sah, dass es diesmal nicht an seiner Angst oder an der
Kälte des Wassers lag. Diesmal waren es die unerträglichen
Schmerzen. Die Konzentration der Lauge wurde immer
stärker und begann seine Haut anzugreifen. Er öffnete den
Mund und stieß einen Schrei aus, den weder Hunter noch
Garcia hören konnten. Insgeheim waren beide Detectives
froh, dass die Übertragung keinen Ton hatte.

Als immer mehr Natronlauge ins Wasser gepumpt
wurde, trübte sich das Wasser milchig ein.

Der Mann kniff die Augen zusammen und begann den Kopf wild hin und her zu werfen, als litte er an einem Krampfanfall. Das Laugenbad fraß an seiner Haut wie eine Schleifmaschine. Es dauerte nur wenige Sekunden, bis sich die ersten Hautfetzen von seinem Körper lösten.

Hunter rieb sich das Gesicht mit beiden Händen. Noch nie hatte er sich so hilflos gefühlt.

Mehr und mehr Hautfetzen trieben an die Oberfläche, und das Wasser wechselte die Farbe von milchig weiß zu rosa. Der Mann blutete am ganzen Körper.

Die Kamera zoomte an etwas heran, das im Tank schwamm.

»Was ist das?«, fragte Garcia und verzog das Gesicht.

Hunter kniff sich in die Unterlippe. »Ein Fingernagel. Sein Körper löst sich auf.«

Die Kamera nahm einen weiteren Fingernagel aufs Korn, dann noch einen. Die Lauge hatte bereits die Nagelhaut und einen Großteil der Nagelbette an Fingern und Zehen des Mannes weggeätzt.

Das Wasser wurde immer blutiger, bis man irgendwann gar nichts mehr sehen konnte. Das Gesicht des Mannes jedoch befand sich nach wie vor oberhalb des Wasserspiegels.

Mittlerweile hatte das Opfer die Kontrolle über seine Muskelfunktionen verloren. Er zuckte unablässig unter den schrecklichen Schmerzen. Von seinen Augen war nur noch das Weiße zu sehen, und sein Gesicht war zu einer Fratze des Grauens verzerrt. Weil seine Kiefer die ganze Zeit aufeinandermahlten, blutete bereits sein Zahnfleisch. Auch aus Nase und Ohren lief Blut.

Das Wasser begann zu schäumen.

Der Körper des Mannes bäumte sich ein letztes Mal auf. Sein Brustkorb wölbte sich so stark nach vorn, dass es aussah, als säße etwas darin fest, das mit aller Macht auszubrechen versuchte. Schließlich sackte ihm das Kinn auf die Brust, so dass sein Gesicht in die blutige Lauge eintauchte.

Dann war alles still.

Die Kamera zoomte weiter weg und zeigte den gläsernen Behälter in der Totalen.

Hunter und Garcia konnten nicht sprechen. Sie konnten auch nicht wegschauen.

Wenige Sekunden später erschien eine Nachricht auf dem Bildschirm.

ICH HOFFE, DIE VORSTELLUNG HAT IHNEN GEFALLEN.

8

Die Chefin des Raub- und Morddezernats des LAPD, Captain Barbara Blake, war nicht leicht aus der Ruhe zu bringen, und nach vielen Jahren bei der Polizei schockierte sie fast nichts mehr. An diesem Nachmittag allerdings saß sie totenstill und mit ungläubiger Miene in ihrem Büro im fünften Stock des PAB. Es war ein recht geräumiges Büro, an der südlichen Wand standen Regale mit gebundenen Büchern darin, die Wand gegenüber hing voller gerahmter Fotos, Urkunden und Auszeichnungen. Die Ostwand bestand aus einem vom Boden bis zur Decke reichenden Panoramafenster mit Blick auf die South Main Street. Vor ihrem Schreibtisch standen zwei bequem aussehende Ledersessel, allerdings hatte keine der drei Personen, die sich außer ihr noch im Raum befanden, darin Platz genommen.

Hunter, Garcia und Dennis Baxter standen hinter Blakes Schreibtisch und starrten genau wie sie auf ihren Monitor. Sie schauten sich an, was Baxter wenige Minuten zuvor aus dem Internet aufgezeichnet hatte. Die Zentrale hatte Hunter bereits eine Kopie des mitgeschnittenen Telefonats zwischen ihm und dem geheimnisvollen Anrufer zukommen lassen.

Captain Blake hörte sich den Mitschnitt an und sah sich das Video von Anfang bis Ende an, ohne ein Wort zu sagen. Als sie hinterher zu Hunter und Garcia aufblickte, war ihr Gesicht blasser als zuvor.

»War das echt?«

Ihr Blick ging zu Baxter. Er war ein großer Mann, aber alles andere als muskulös. Er musste ungefähr Mitte vierzig sein, hatte blonde Locken, ein Mondgesicht, das durch das Doppelkinn noch rundlicher wirkte, und einen dünnen Oberlippenbart, der eher wie der Flaum auf einem Pfirsich aussah.

»Ich meine«, setzte sie hinzu, »mir ist klar, dass man heutzutage mit Hilfe von CGI so ziemlich alles echt aussehen lassen kann. Können wir sicher sein, dass das Ganze nicht bloß digitale Manipulation oder Kameratrickserei ist?«

Baxter zuckte mit den Schultern.

»Sie sind Leiter der Abteilung Computerkriminalität.« Blakes Tonfall wurde scharf. »Machen Sie eine klare Aussage.«

Baxter legte den Kopf schief. »Ich habe das Ganze gerade erst aufgezeichnet, kurz nachdem der Anruf von Detective Hunter kam. Ich hatte noch keine Gelegenheit, es zu analysieren, aber auf den ersten Blick ... So aus dem Bauch heraus würde ich sagen, es ist echt.«

Blake fuhr sich mit der Hand durch die langen, tiefschwarzen Haare, bevor sie sich wieder Hunter und Garcia zuwandte.

»Es ist zu clever gemacht und zu dreist, als dass es ein Scherz sein könnte«, meinte Hunter. »Die Zentrale konnte den Anruf nicht zurückverfolgen. Das Signal ist alle fünf Sekunden gesprungen.« Er deutete auf Baxter. »Dennis sagt, die Internetübertragung kam aus Taiwan.«

»Was?« Captain Blakes Blick richtete sich erneut auf Baxter.

»Das stimmt. Wir hatten eine IP-Adresse, das ist eine un-verwechselbare Identifikationsnummer, die jedem mit dem Internet verbundenen Computer zugewiesen wird. Damit kann man leicht den Hostrechner lokalisieren. Die IP-Adresse in unserem Fall stammte von einem Server aus Taiwan.«

»Wie kann das sein?«

»Ganz einfach. Das Internet macht aus der Welt einen globalen Markt. Zum Beispiel: Wenn Sie eine Website ein-richten wollen, gibt es kein Gesetz, das Ihnen vorschreibt, dass Sie dafür einen Server in den USA verwenden müssen. Sie können das beste Angebot im Netz raussuchen und Ihre Domain auf einem Server Gott weiß wo anmelden – in Russland, Vietnam, Taiwan, Afghanistan ... völlig egal. Sie ist ja trotzdem für jeden zugänglich.«

Captain Blake ließ sich das eine Zeitlang durch den Kopf gehen. »Keine diplomatischen Beziehungen«, sagte sie schließlich. »Nicht nur haben die USA da drüben keinerlei juristische Handhabe, selbst eine Lösung auf diplomati-schem Weg, wie etwa die Serverfirma anzurufen und sie um Auskunft zu bitten, hätte vermutlich keinen Erfolg.«

»Stimmt. Außerdem kann es auch sein, dass er die IP-Adresse gekapert hat«, fügte Baxter hinzu. »Das ist so, wie wenn man geklaute Nummernschilder an sein Auto schraubt, um nicht geschnappt zu werden.«

»Kann er so was denn machen?«, fragte Captain Blake.

»Wenn er gut ist, sicher.«

»Das heißt, wir haben nichts in der Hand.«

Baxter schüttelte den Kopf. »Obwohl ich gestehen muss, dass wir in der Abteilung Computerkriminalität nur über begrenzte Möglichkeiten verfügen.« Er schob die Draht-brille auf seiner knolligen Nase nach oben. »Unsere Ermitt-lungen beschränken sich in der Regel auf Verbrechen, die mit computerverwalteten Daten verübt wurden, bezie-hungsweise auf Fälle von Sabotage solcher Daten. Mit anderen Worten: Angriffe auf Datenbanken oder sonstige Online-Informationssysteme – sei es bei Einzelpersonen, Schulen, Banken oder Unternehmen. Mit so was wie dem hier kriegen wir es in der Regel nicht zu tun.«

»Fantastisch«, lautete Blakes säuerlicher Kommentar.

»Die Abteilung für Cyberkriminalität des FBI hingegen«, fuhr Baxter fort, »hat wesentlich mehr Möglichkeiten. Dort befasst man sich mit jeder Art von digitaler Kriminalität. Da hat man sogar die Befugnis und die Mittel, jede Internetübertragung innerhalb der USA zu blockieren.«

Captain Blake verzog das Gesicht. »Wollen Sie damit sagen, wir sollten das FBI um Hilfe bitten?«

Es war kein Geheimnis, dass das Verhältnis zwischen dem FBI und normalen Polizeidienststellen, gleich in welchem Bundesstaat, nicht gerade das beste war – auch wenn Politiker und Abteilungsleiter gerne etwas anderes behaupteten.

»Nicht unbedingt«, gab Baxter zurück. »Ich habe einfach nur eine Feststellung gemacht. Im Moment könnte das FBI sowieso nichts tun. Der Link ist tot. Warten Sie, ich zeige es Ihnen.« Er wies zum Rechner auf Blakes Schreibtisch. »Darf ich?«

»Nur zu.« Captain Blake schob ihren Stuhl einen Meter zurück.

Baxter beugte sich über die Tastatur, tippte die IP-Adresse in die Adresszeile des Internetbrowsers ein und betätigte die Return-Taste. Gleich darauf erschien eine Seite mit der Meldung: ERROR 404 PAGE NOT FOUND.

»Die Seite existiert nicht mehr«, erklärte Baxter. »Ich habe schon ein kleines Programm installiert, das die Adresse alle paar Sekunden überprüft. Wenn sie wieder online geht, wissen wir sofort Bescheid.« Er zog die Augenbrauen hoch. »Aber falls es dazu kommt, sollten Sie vielleicht wirklich darüber nachdenken, mit der Abteilung Cyberkriminalität vom FBI wenigstens Kontakt aufzunehmen.«

Captain Blake belegte ihn mit einem strafenden Blick und sah dann zu Hunter, der jedoch nichts dazu sagte.

»Die Leiterin der Abteilung hier in L. A. ist eine gute Bekannte von mir, Michelle Kelly. Sie ist nicht die typische FBI-Agentin. Glauben Sie mir, wenn es um den Cyberspace geht, ist sie unsere Frau. Das FBI ist viel besser ausgerüstet als das LAPD, um Verbrecher im Internet aufzuspüren. Wir von der Computerkriminalität arbeiten oft mit denen zusammen. Das sind keine versnobten Agenten in schwarzen Anzügen mit dunklen Sonnenbrillen und Knopf im Ohr. Das sind Computer-Nerds.« Baxter grinste. »Wie ich.«

»Ich würde sagen, darüber denken wir nach, wenn es so weit ist«, meinte Hunter mit Blick zu Baxter. »Wie Sie gesagt haben, im Moment könnten sie ohnehin nichts für uns tun. Außerdem deutet nichts darauf hin, dass es sich um einen Fall für die Bundespolizei handelt, von daher sehe ich im Augenblick keinen Sinn darin, das FBI einzuschalten. In diesem frühen Stadium würde das nur alles verkomplizieren.«

»Sehe ich genauso«, pflichtete Blake ihm bei. »Sollte es zu einem späteren Zeitpunkt notwendig werden, Verbindung zu ihnen aufzunehmen, werden wir das tun, aber fürs Erste kein FBI.« Dann richtete sie das Wort wieder an Baxter. »Könnte noch jemand anders die Übertragung gesehen haben? Irgendjemand aus der Bevölkerung?«

»Theoretisch ja«, antwortete Baxter. »Es war keine sichere Übertragung, soll heißen, man brauchte kein Passwort, um Zugang zur Seite zu bekommen. Falls irgendjemand zufällig über die Website gestolpert ist, hätte er sich die Übertragung ansehen können, genau wie wir. Allerdings halte ich das für ziemlich unwahrscheinlich.«

Captain Blake nickte und wandte sich an Hunter. »Okay, wir müssen also davon ausgehen, dass die Sache echt ist. Meine erste Frage lautet: Warum Sie? Der Anruf ist auf Ihrem Apparat gelandet, und der Kerl hat am Telefon ausdrücklich nach Ihrem Namen gefragt.«

»Die Frage habe ich mir auch schon gestellt, und im Moment lautet meine Antwort: Ich weiß es nicht«, erwiderte Hunter. »Es gibt im Wesentlichen zwei Möglichkeiten, wie ein Anruf von draußen bei einem Detective landen kann. Entweder der Anrufer wählt die Nummer des Raub- und Morddezernats und gibt die Durchwahl des Detectives ein, wenn er von der automatischen Ansage dazu aufgefordert wird, oder aber er ruft in der Zentrale an und bittet darum, dass man ihn zu einem bestimmten Detective durchstellt.«

»Und?«

»Der Anruf kam nicht über die Zentrale. Das habe ich schon nachgeprüft. Der Anrufer hat direkt meine Nummer gewählt.«

»Das beantwortet nicht meine Frage«, beharrte Blake. »Warum ausgerechnet Sie? Und wie ist er überhaupt an Ihre Nummer gekommen?«

»Vielleicht ist ihm irgendwo mal eine meiner Visitenkarten in die Hände geraten«, mutmaßte Hunter.

»Oder er hat ganz einfach eine Weile vor dem Telefonat in der Zentrale angerufen und sich nach der Durchwahl erkundigt«, sagte Garcia. »Mann, mich würde es nicht wundern, wenn er sich in unser System gehackt und eine Liste aller Detectives besorgt hätte. Er hat das Anrufsignal quer durch die Stadt umgelenkt wie ein Profi, und seine Sicherheitsmaßnahmen waren so ausgeklügelt, dass die Leute von der Computerkriminalität es nicht geschafft haben, ihn aufzuspüren. Ich würde sagen, er kennt sich im Cyberspace aus.«

»Dem kann ich nur zustimmen«, sagte Baxter.

»Sie meinen also, dass er sich Roberts Namen rein zufällig aus einer Liste aller Detectives meines Dezernats hätte aussuchen können?«, fragte Captain Blake.

Baxter zuckte die Achseln. »Möglich wär's.«

»Merkwürdiger Zufall, finden Sie nicht?«, fügte Blake hinzu. »Wenn man bedenkt, dass ein UV-Fall wie der hier sowieso auf Roberts Schreibtisch gelandet wäre.«

Innerhalb des Raub- und Morddezernats gehörte Hunter einer besonderen Einheit an. Das Morddezernat I war ins Leben gerufen worden, um sich mit Morden und Serienverbrechen zu befassen, die stark im Licht der Öffentlichkeit standen und viel Ermittlungszeit und Ressourcen in Anspruch nahmen. Doch Hunters Aufgabe war noch spezieller. Aufgrund seines Hintergrundes in Kriminalpsychologie wurde er stets mit solchen Fällen betraut, bei denen die Täter außergewöhnlich brutal oder sadistisch vorgegangen waren. Intern wurden solche Fälle als UV – *ultra violent* – bezeichnet.

»Vielleicht war es ja auch gar kein Zufall«, spekulierte Baxter. »Vielleicht wollte er, dass Robert den Fall übernimmt, und hat auf diese Weise sichergestellt, dass das passiert.«

Captain Blakes Augen weiteten sich ein wenig – eine Aufforderung an Baxter, seine These weiter auszuführen. Was dieser auch tat.

»Roberts Name war schon oft in den Zeitungen und im Fernsehen. Er hat in den letzten ... keine Ahnung, wie viele Jahre es genau sind ... mehr große Fälle gehabt als jeder andere im Dezernat, und normalerweise fasst er den Täter immer.«

Das entsprach der Wahrheit. Erst wenige Monate zuvor hatte Hunters Name in allen Zeitungen gestanden, als er und Garcia den Fall eines Serienmörders, den die Presse »der Totenkünstler« getauft hatte, erfolgreich zum Abschluss gebracht hatten.

»Vielleicht hat der Anrufer Robert wegen seines Rufs ausgewählt«, fuhr Baxter fort. »Vielleicht hat er seinen Namen in der *L. A. Times* gelesen oder sein Gesicht in den Abendnachrichten gesehen.« Er deutete auf Blakes Bildschirm. »Sie haben die Aufnahmen gesehen; Sie haben den Mitschnitt des Telefonats gehört. Dieser Typ ist dreist. Er traut sich was. Er ist lange in der Leitung geblieben, weil er genau wusste, dass sein Anruf nicht zu lokalisieren war. Und er wusste auch, dass wir ihn nicht über die Website kriegen können.« Baxter machte eine Pause und kratzte sich an der Nase. »Im Ernst, er hat Robert gezwungen zu entscheiden, wie das Opfer sterben soll, und dann hat er die Regeln plötzlich geändert. Es ist, als würde er ein Spiel spielen. Und das will er nicht gegen irgendeinen beliebigen Detective spielen. Sondern gegen den, über den die Medien berichten.«

Captain Blake dachte einen Moment lang nach. »Na großartig«, sagte sie schließlich. »Genau, was wir brauchen – ein neuer Psychopath, der *Fang mich, wenn du kannst* mit uns spielen will.«

»Nein«, gab Hunter zurück. »Er spielt *Fang mich, bevor ich zum zweiten Mal töte.*«

9

Hunters und Garcias Büro war eine zweiundzwanzig Quadratmeter große Betonschachtel im hintersten Winkel des Stockwerks, auf dem das Raub- und Morddezernat beheimatet war. Es gab darin nicht viel mehr als zwei Schreibtische, drei altmodische Aktenschränke und eine große weiße Tafel, die zugleich als Pinnwand für ihre Ermittlungen diente. Trotzdem war es beengt.

Sie waren an ihre Schreibtische zurückgekehrt, wo sie sich nun wieder und wieder die Aufzeichnung aus dem Internet ansahen und den Anruf abhörten. Baxter hatte Hunters und Garcias Computer mit einer Software ausgestattet, die es ihnen erlaubte, den mitgeschnittenen Stream Bild für Bild zu betrachten. Und genau das war es, was sie während der letzten viereinhalb Stunden getan hatten. Sie hatten jeden Quadratzentimeter jedes einzelnen Bildes analysiert und nach Hinweisen abgesucht, egal wie klein.

Der Kameraausschnitt beschränkte sich größtenteils auf den Glasbehälter und den darin sitzenden Mann. Hin und wieder zoomte die Kamera näher an das Gesicht des Opfers heran oder nahm etwas im Wasser aufs Korn. Es gab nur eine einzige Abweichung von diesem Schema, nämlich als die Kamera einen Schwenk nach rechts machte, um die Wanduhr und die aktuelle Ausgabe der *L. A. Times* zu zeigen.

Die Wand war aus rotem Backstein gemauert und hätte zu jedem beliebigen Gebäude gehören können – zu einem Keller, einem Schuppen, einem Zimmer oder auch zu einer kleinen Garage an irgendeinem gottverlassenen Ort.

Die Uhr an der Wand war batteriebetrieben und rund mit schwarzem Rand. Ihr Durchmesser betrug etwa dreißig Zentimeter, und sie hatte ein leicht lesbares Zifferblatt mit arabischen Ziffern. Minuten- und Stundenzeiger waren schwarz, der Sekundenzeiger rot. Auf dem Zifferblatt stand kein Herstellername. Hunter schickte ein Bild der Uhr an sein Rechercheteam, auch wenn er wusste, dass die Chancen, sie zu einem Händler zurückzuverfolgen und dadurch den Käufer ausfindig zu machen, gegen null gingen.

Der Fußboden des Raums bestand aus Beton und war in keinster Weise auffällig. Böden wie ihn gab es überall.

Der Screenshot, den Hunter gemacht hatte, war perfekt geworden. Der Mann in seinem gläsernen Gefängnis schaute direkt in die Kamera. Hunter hatte das Foto bereits an die Vermisstenstelle gemailt. Der Ermittler, mit dem er telefoniert hatte, hatte ihm gesagt, dass die Gesichtserkennungssoftware aufgrund des Knebels im Mund des Opfers nur mit einer begrenzten Anzahl von Vergleichspunkten arbeiten konnte. Es sei möglich, dass diese für eine Identifikation ausreichten, falls der Mann tatsächlich als vermisst gemeldet worden war, doch man müsse abwarten. Hunter wies den Ermittler an, die Suche auf Fälle zu beschränken, die maximal eine Woche zurücklagen. Er hatte so ein Gefühl, dass der Anrufer sein Opfer nicht länger als einen Tag in seiner Gewalt gehabt hatte, bevor er es in den Glastank gesperrt hatte. Opfer, die achtundvierzig Stunden oder länger festgehalten wurden, zeigten immer die entsprechenden Symptome – Erschöpfungserscheinungen in Gesicht und Augen aufgrund von Schlafmangel, manchmal auch ein weggetretener Blick, weil der Täter dem Opfer Drogen verabreicht hatte. Die Körperhygiene litt ebenfalls beträchtlich, und es gab untrügliche Anzeichen von mangelnder Ernährung. Auf das Opfer im Glastank jedoch hatte keins dieser Symptome zugetroffen.

»Da ist nichts«, sagte Garcia, lehnte sich auf seinem Stuhl zurück und massierte sich die brennenden Augen. »In dem Raum gibt es nichts außer dem Wassertank, dem Opfer, der Uhr, der Zeitung und der Kamera, die alles aufgenommen hat. Der Kerl ist nicht dumm, Robert. Er wusste, dass wir sein Video aufzeichnen und komplett auseinandernehmen würden.«

Hunter atmete aus, ehe auch er sich die müden Augen rieb. »Ich weiß.«

»Also, ich für meinen Teil kann mir das nicht länger anschauen.« Garcia stand auf und ging zu dem kleinen Fenster an der Westseite des Raumes. »Diese Verzweiflung, dieses Flehen in seinen Augen ...« Er schüttelte den Kopf. »Jedes Mal, wenn ich das sehe, spüre ich förmlich, wie seine Angst an mir hochkriecht wie ein giftiger Hundertfüßler. Und ich kann nichts machen, außer ihm immer wieder beim Sterben zuzusehen. Und wieder und wieder. Das macht mich ganz krank im Kopf.«

Auch Hunter hatte genug von den Aufnahmen. Ihm drehte sich jedes Mal der Magen um, wenn er das Gesicht des Mannes vor Hoffnung aufleuchten sah, als dieser merkte, dass der Wasserpegel nicht weiter anstieg. Und wie dann, kaum eine Minute später, eine schreckliche Angst in seinen Augen flackerte, als die Flüssigkeit ihm Haut und Fleisch zu zerfressen begann. Hunter konnte den exakten Moment bestimmen, in dem der Mann den Kampf aufgab, in dem er endlich begriff, dass er nicht überleben würde. Dass der Killer nur mit ihm spielte.

»Hat sein Tonfall oder so dir irgendwas verraten?«, fragte Garcia.

»Nein. Er war die ganze Zeit ruhig, außer das eine Mal, als er mich angeschrien hat, ich soll mich endlich entscheiden. Abgesehen davon gab es keine Ausfälle, keine Anzeichen von Erregtheit, nichts. Er hatte seine Emotionen und das Gespräch die ganze Zeit über im Griff.« Hunter ließ sich gegen seine Stuhllehne fallen. »Aber eine Sache gibt mir zu denken.«

»Und zwar?«

»Als ich ihm gesagt habe, dass er das nicht tun muss.«

Garcia nickte. »Da hat er geantwortet: ›Ich weiß, aber ich will.‹ Er hat gesagt, es würde ihm Spaß machen.«

»Genau. Und das könnte ein Hinweis darauf sein, dass das Opfer niemand Bestimmtes war. Vermutlich hat er es völlig willkürlich ausgesucht.«

»Der Kerl ist also wieder nur einer von diesen verdammten Psychos, die Leute ermorden, weil ihnen das einen Kick verschafft.«

»Das wissen wir noch nicht«, bremste Hunter seinen Partner. »Denn als ich ihm gesagt habe, dass ich die Entscheidung nicht treffen kann, weil ich nicht weiß, wer das Opfer ist, da hat er erwidert, dass ich das selbst rausfinden muss.«

»Und?«

»Und das würde doch darauf hindeuten, dass das Opfer eben *nicht* willkürlich ausgewählt war. Dass es einen konkreten Grund gab, weshalb es gerade diesen Mann getroffen hat, nur dass der Anrufer uns den eben nicht nennen wollte.«

»Soll heißen, er verarscht uns.«

»Das wissen wir noch nicht«, sagte Hunter abermals, ehe er sich mit dem Stuhl vom Schreibtisch abstieß, einen Blick auf die Uhr warf und frustriert ausatmete. »Aber ich bin auch erst mal damit fertig.« Er fuhr seinen Computer herunter. Erneut stellte sich das Gefühl der Ohnmacht ein, das ihn beim Anschauen der Live-Übertragung überkommen hatte. Es war, als brenne sie ihm ein Loch in die Brust. Aus der Aufzeichnung und dem Telefonmitschnitt ließ sich nichts weiter herausholen. Für den Moment blieb ihnen also nur die Hoffnung, dass die Anfrage bei der Vermisstenstelle etwas ergeben würde.

10

Hunter saß im Dunkeln und starrte aus dem Wohnzimmerfenster seiner kleinen Zweizimmerwohnung in Huntington Park. Er lebte allein – keine Frau, keine Kinder, keine Freundinnen. Er war nie verheiratet gewesen, und die Beziehungen, die er gehabt hatte, hatten nie lange gehalten. Er hatte es versucht, aber wenn man in einer der gewalttätigsten Städte der Vereinigten Staaten als Detective beim Morddezernat arbeitete, wirkte sich das zwangsläufig negativ auf eine Beziehung aus, egal wie unverbindlich sie war.

Hunter trank noch einen Schluck von seinem starken schwarzen Kaffee und sah auf die Uhr – vier Uhr einundfünfzig. Er hatte vier Stunden geschlafen, was für ihn beinahe schon der Himmel auf Erden war.

Hunters Kampf gegen die Schlaflosigkeit hatte schon in jungen Jahren begonnen und war ausgelöst worden durch den Krebstod seiner Mutter. Damals war er sieben Jahre alt gewesen. Er hatte derart schlimme Alpträume gehabt, dass sein Gehirn, in einer Art Selbstschutzmaßnahme, alles getan hatte, um ihn nachts wach zu halten. Statt zu schlafen, verschlang Hunter Bücher. Sie wurden zu einer Zuflucht, zu einer sicheren Festung, hinter deren Mauern die schrecklichen Träume nicht vordringen konnten.

Hunter war von klein auf anders gewesen. Bereits als Kind konnte er Rätsel und Probleme schneller lösen als viele Erwachsene. Es war, als kenne sein Gehirn zu fast allem eine Abkürzung. In der Schule bemerkten die Lehrer sofort, dass er seinen Klassenkameraden weit voraus war. Im Alter von zwölf Jahren, nach einer Reihe von Tests und Untersuchungen, die sein Schulpsychologe Dr. Tilby ihm empfohlen hatte, wechselte er schließlich in die achte Klasse der Mirman-Schule für Hochbegabte, obwohl er dafür eigentlich noch zwei Jahre zu jung war.

Doch auch der anspruchsvolle Lehrplan der Mirman vermochte Hunters Lernfortschritt nicht zu bremsen. Noch vor seinem fünfzehnten Geburtstag hatte er seinen Abschluss in der Tasche. Er hatte die vier Highschool-Jahre in zwei Jahren hinter sich gebracht. Dank der Empfehlungen von all seinen Lehrern und einer besonderen Belobigung des Schulleiters wurde er als Jungstudent an der Stanford University angenommen. Hunter entschloss sich, Psychologie zu studieren. Zu diesem Zeitpunkt hatte er seine Schlaflosigkeit und die Alpträume halbwegs im Griff.

Auf dem College waren seine Leistungen genauso herausragend wie zuvor auf der Schule, so dass ihm kurz vor seinem dreiundzwanzigsten Geburtstag der Doktortitel in Kriminal- und Biopsychologie verliehen wurde. Der Dekan der psychologischen Fakultät von Stanford, Dr. Timothy Healy, gab ihm zu verstehen, dass für Hunter immer eine Stelle frei sei, sollte er jemals eine Karriere in Lehre und Forschung anstreben. Hunter bedankte sich für das großzügige Angebot, lehnte jedoch ab. Dr. Healy war es auch, der Hunters Dissertation mit dem Titel »Psychologische

Deutungsansätze krimineller Verhaltensmuster« an den Leiter des NCAVC, des nationalen Zentrums für die Analyse von Gewaltverbrechen des FBI, weiterleitete. Bis heute war Hunters Arbeit Pflichtlektüre an der FBI-Akademie und in der Einheit für Verhaltensanalyse.

Zwei Wochen nach Erlangen der Doktorwürde traf Hunter erneut ein schwerer Schicksalsschlag. Sein Vater, der damals als Wachmann in einer Filiale der Bank of America in der City arbeitete, wurde während eines Raubüberfalls, der zu einer Wildwest-Schießerei ausartete, von einer Kugel getroffen und schwer verletzt. Hunters Alpträume und Schlafprobleme waren auf einen Schlag zurückgekehrt und hatten ihn seitdem nicht mehr in Ruhe gelassen.

Hunter trank seinen Kaffee und stellte die leere Tasse aufs Fensterbrett.

Es war egal, wie fest er die Augen schloss oder die Fäuste hineingrub, er wurde die Bilder, die ihn seit dem gestrigen Nachmittag verfolgten, einfach nicht los. Er kannte jede Sekunde des Live-Videos auswendig, und jetzt lief es in seinem Kopf in Endlosschleife ab. Von überall her stürzten Fragen auf ihn ein, und bislang hatte er auf keine einzige eine Antwort gefunden. Einige machten ihm dabei mehr zu schaffen als andere.

»Warum die Folter?«, murmelte er leise vor sich hin. Er wusste sehr gut, dass nur ganz bestimmte Individuen dazu fähig waren, einen Menschen zu quälen, bevor sie ihn töteten. In der Theorie mag es einfach klingen, doch im Ernstfall sind nur die wenigsten dazu imstande, es tatsächlich zu tun. Voraussetzung dafür ist eine Distanz zu normalen Gefühlsregungen, die den meisten Menschen fehlt. Diejenigen, die über diese Distanz verfügen, werden von Psychologen und Psychiatern gemeinhin als *Psychopathen* bezeichnet.

Psychopathen zeigen kein Mitgefühl, keine Reue, keine Liebe oder sonstige Emotionen, die man gemeinhin mit zwischenmenschlicher Zuneigung assoziiert. Mitunter ist das emotionale Defizit so stark ausgeprägt, dass sie nicht einmal sich selbst gegenüber diese Gefühle zeigen können.

Die zweite Sache, die Hunter keine Ruhe ließ, war das Entscheidungsspiel. Wieso machte sich der Täter so enorm viel Mühe, eine Folterkammer zu konstruieren, in der er das Opfer zwei schreckliche Tode sterben lassen konnte – durch Feuer oder durch Wasser? Und wieso hatte er Hunter – oder überhaupt jemanden – angerufen und von ihm verlangt, eine Wahl zu treffen?

Es war nicht ungewöhnlich, dass einem Mörder, selbst einem Psychopathen, in letzter Sekunde Zweifel an seinem Vorhaben kamen, doch das schien in diesem Fall nicht der springende Punkt zu sein. Der Anrufer hatte von Anfang an klargestellt, dass sein Ofer sterben würde; er hatte sich bloß nicht entscheiden können, was schlimmer war – bei lebendigem Leibe zu verbrennen oder zu ertrinken. Zwei gegensätzliche Extreme, wenn man so wollte. Zwei der am meisten gefürchteten Todesarten. Aber je länger Hunter darüber nachdachte, desto dümmer kam er sich vor. Er hatte das ungute Gefühl, hereingelegt worden zu sein.

Es war ausgeschlossen, dass der Täter ohne Grund in rauen Mengen Natronlauge vorrätig hatte. Er hatte es selbst gesagt: Er war fest davon ausgegangen, dass Hunter sich für Wasser entscheiden würde, und zwar aus genau den Gründen, die er am Telefon genannt hatte – es war eine schnellere, weniger grausame Art zu sterben, das Opfer musste also weniger leiden. Aber Wasser hätte eben auch den Zustand der Leiche konserviert, und sofern sie innerhalb absehbarer Zeit gefunden worden wäre, hätte die Kriminaltechnik es wesentlich leichter gehabt, eventuelle Spuren zu sichern. Feuer hingegen hätte alles vernichtet.

Hunter knirschte vor Wut mit den Zähnen und versuchte vergeblich, gegen die nagenden Schuldgefühle anzukämpfen. Kein Zweifel, der Anrufer hatte ihn manipuliert. Und Hunter machte sich bittere Vorwürfe, weil er es nicht vorausgesehen hatte.

Das Klingeln seines Handys riss ihn aus seinen Gedanken. Er blinzelte einige Male, als würde er aus einem bösen Traum erwachen, und blickte sich in dem dunklen Zimmer um. Das Handy lag auf dem alten, zerkratzten Esstisch aus Holz, der gleichzeitig als Schreibtisch diente. Es rappelte noch einmal auf der Tischplatte, ehe Hunter es erreicht hatte. Auf dem Display stand Garcias Name. Aus reinem Reflex sah Hunter zur Uhr – vier Minuten nach fünf. Worum auch immer es ging, es konnten keine guten Neuigkeiten sein, so viel stand fest.

»Carlos, was gibt's?«

»Wir haben die Leiche.«

11

Um fünf Uhr dreiundvierzig am Morgen hätte in der schmalen Gasse in Mission Hills, San Fernando Valley, noch Dunkelheit geherrscht, wären die rotierenden Blaulichter der drei Streifenwagen und der auf ein Stativ montierte leistungsstarke Strahler der Spurensicherung nicht gewesen.

Hunter parkte seinen alten Buick LeSabre neben dem Laternenpfahl an der Ecke. Er stieg aus und streckte seinen gut eins achtzig großen Körper in der morgendlichen Brise. Garcias metallicblauer Honda Civic parkte bereits auf der anderen Straßenseite. Hunter nahm sich einen Moment Zeit und schaute sich um, ehe er in die Gasse einbog. Das Licht der alten Straßenlaterne war gelblich und verwaschen. Nachts konnte man den Eingang zur Gasse leicht übersehen, wenn man nicht gerade danach suchte. Sie lag fernab der Hauptstraßen hinter einer kleinen Ladenzeile.

Hunter zog den Reißverschluss seiner Lederjacke hoch und ging langsam die Gasse hinunter. Er zeigte dem jungen Streifenpolizisten, der vor dem gelben Flatterband postiert war, seine Dienstmarke und schlüpfte dann unter der Absperrung hindurch. Einige Läden hatten zwar eine Lampe über der Hintertür, allerdings brannte keine von ihnen. Es lagen Plastik- und Papiertüten herum, leere Bier- und Limodosen, doch abgesehen davon war die Gasse sauberer als die meisten anderen, die Hunter bislang in Downtown Los Angeles gesehen hatte. In der hinteren Hälfte der Gasse standen in einer Reihe vier große Müllcontainer aus Metall. Garcia, zwei Leute von der Spurensicherung sowie drei Polizisten in Uniform standen dicht hinter dem dritten Container in einer Gruppe zusammen. Ganz am Ende der Gasse saß auf einer Betonstufe ein zerzauster, schmutzstarrender Afroamerikaner undefinierbaren Alters, dessen drahtige Haare in alle Richtungen aus seinem Kopf zu explodieren schienen. Er murmelte etwas vor sich hin, während ein weiterer Streifenpolizist neben ihm stand und sich die Hand vor die Nase hielt, wie um sich vor einem störenden Geruch zu schützen. Weit und breite keine Überwachungskameras.

»Robert«, grüßte Garcia, als er seinen Partner erblickte.

»Wann bist du hergekommen?«, fragte Hunter, dem sofort die rotgeränderten Augen seines Partners auffielen.

»Vor knapp zwanzig Minuten, aber ich war schon wach, als der Anruf kam.«

Hunter zog die Brauen hoch.

»Ich hatte null Schlaf«, erklärte Garcia und deutete auf seinen Kopf. »Es ist, als hätte ich ein Kino da drin. Und rate mal, welchen Film sie die ganze Nacht lang gezeigt haben.«

Hunter gab keine Antwort. Er spähte bereits über Garcias Schulter hinweg auf die kleine Menschenansammlung unweit des dritten Müllcontainers.

»Unser Opfer«, sagte Garcia. »Glasklare Sache.«

Hunter trat näher. Die drei Uniformierten begrüßten ihn mit einem wortlosen Nicken.

Mike Brindle, der leitende Kriminaltechniker, kniete in der Nähe des Containers und hob gerade etwas mit Hilfe einer winzigen Pinzette vom Boden auf. Als er Hunter bemerkte, hielt er inne und stand auf.

»Robert«, sagte er, ebenfalls mit einem Nicken. Sie hatten schon bei unzähligen Fällen zusammengearbeitet.

Hunter erwiderte den Gruß, doch seine Aufmerksamkeit galt der nackten männlichen Leiche am Boden. Sie lag auf dem Rücken in der Lücke zwischen dem dritten und vierten Müllcontainer. Die Beine waren gerade ausgestreckt, der rechte Arm lag abgewinkelt neben dem Körper, die linke Hand ruhte locker auf dem Bauch.

Hunter spürte ein Ziehen in der Kehle, als er das Gesicht des Mannes betrachtete.

Da war keins – keine Nase, keine Lippen, keine Augen. Selbst die Zähne schienen zersetzt worden zu sein. Die Augäpfel befanden sich noch in ihren Höhlen, waren jedoch in sich zusammengefallen wie halb ausgelaufene Silikonkissen. Am ganzen Körper sah die Haut aus wie abgeschliffen, doch das freiliegende Fleisch darunter war nicht rot und blutig, sondern hatte eine rosa-gräuliche Farbe. Es war ein schockierender Anblick, wenngleich nicht überraschend. Das Laugenbad hatte das Fleisch des Mannes gewissermaßen gegart.

Hunter trat noch näher.

An der Leiche waren keine Finger- oder Zehennägel mehr vorhanden.

Trotz der starken Entstellungen hatte Hunter so gut wie keine Zweifel, dass es sich um den Mann handelte, den sie tags zuvor am Computerbildschirm gesehen hatten. Unmittelbar bevor der Mann endlich gestorben war, war sein Kopf nach vorne in die Lauge gesackt. Der Rest des Kopfes allerdings war größtenteils unversehrt geblieben, so auch seine kurzen dunkelblonden Haare.

»Er ist seit mehreren Stunden tot«, verkündete Brindle. »Die Leichenstarre ist voll ausgeprägt.«

»Seit fünfzehn Uhr sechsundzwanzig gestern Nachmittag«, sagte Hunter.

Brindle sah ihn verblüfft an.

»Er ist gestern Nachmittag um fünfzehn Uhr sechsundzwanzig gestorben«, wiederholte Hunter.

»Kennst du ihn?«

»Nicht direkt.« Hunter sah auf. Die drei Uniformierten hatten sich bis in die Nähe des Absperrbands zurückgezogen. Hunter gab Brindle eine rasche Zusammenfassung dessen, was sich am Tag zuvor ereignet hatte.

»Großer Gott«, sagte Brindle, als Hunter geendet hatte. »Das würde auch den Zustand der Leiche und die seltsame Verfärbung des Gewebes erklären.« Er schüttelte den Kopf, noch immer entsetzt über das, was Hunter ihm soeben berichtet hatte. »Ihr musstet also nicht nur zusehen, er hat dich auch noch gezwungen, die Todesart zu bestimmen?«

Hunter nickte wortlos.

»Und ihr habt das Ganze aufgenommen?«

»Ja.«

Mit müden Augen sah Brindle auf die entstellte Leiche hinab. »Ich verstehe diese Stadt nicht mehr, Robert. Und die Leute, die hier leben, verstehe ich auch nicht.«

»Ich glaube, das geht uns allen so«, versetzte Hunter.

»So was will einem einfach nicht in den Kopf.«

Hunter ging in die Hocke, um die Leiche besser inspizieren zu können. Durch die starke Tatortleuchte war jede Einzelheit gut zu erkennen. Der Geruch hatte bereits eine Fäulnisnote angenommen, und Hunter hielt sich die linke Hand vor die Nase. Ihm fielen kleine Einkerbungen in Füßen, Beinen und Händen des Mannes auf. »Was ist das hier?«

»Rattenbisse«, antwortete Brindle. »Wir mussten ein paar von den Viechern verscheuchen, als wir bei der Leiche ankamen. In den Containern befinden sich ziemlich viele Lebensmittelabfälle. Einer der Läden vorn ist eine Bäckerei, dann gibt es noch einen Fleischer und ein kleines Café Schrägstrich Diner.«

Hunter nickte.

»Wir werden den Großteil des Mülls aus allen vier Containern durchsuchen, für den Fall, dass der Täter irgendwas weggeworfen hat«, fügte Brindle hinzu. »Aber nach dem, was du mir gerade erzählt hast, glaube ich nicht, dass er so leichtsinnig war.«

Wieder nickte Hunter. Sein Blick wanderte hinüber zu dem Mann am Ende der Gasse. Er trug zerrissene, fleckige Kleider und einen alten farblosen Mantel, der aussah, als hätte er den Angriff eines hungrigen Wolfsrudels hinter sich.

»Keon Lewis«, teilte Brindle ihm mit. »Er hat die Leiche gefunden.«

Hunter stand auf, um dem Mann ein paar Fragen zu stellen.

»Viel Erfolg«, wünschte Brindle ihm. »Du weißt ja, wie gern Obdachlose mit den Cops reden.«

12

Keon Lewis saß noch immer auf der Betonstufe am hinteren Ende der Gasse. Er war etwa eins dreiundneunzig groß und spindeldürr. Sein struppiger schwarzer Bart schien seine Haut zu reizen, denn er kratzte sich alle paar Sekunden heftig im Gesicht. Er hatte Dreck unter den abgebrochenen Fingernägeln, seine Hände waren vernarbt und voller Blasen. An einer schien sich eine Schnittwunde entzündet zu haben, denn um den dunklen Schorf herum war die Haut rot und geschwollen. Hin und wieder huschte sein Blick zu der Leiche, doch er wandte sich jedes Mal rasch ab und starrte zu Boden oder auf seine Hände.

Hunter näherte sich Keon und dem Officer, der bei ihm wartete. Keon sah auf, allerdings nur flüchtig. Er rieb die Handflächen aneinander wie ein Koch, der Kräuter zwischen den Fingern zerreibt.

Seine Lippen waren spröde und aufgesprungen, und er blinzelte unablässig, als trüge er alte, trocken gewordene Kontaktlinsen – alles Anzeichen für eine Crystal-Meth-Abhängigkeit. Er hätte dreißig, vierzig oder fünfzig Jahre alt sein können, aber genauso gut auch Anfang zwanzig. Wahrscheinlich kannte Keon sein Alter selbst nicht.

»Keon?«, sagte Hunter. »Ich bin Detective Robert Hunter vom Morddezernat.«

Keon nickte angespannt, hielt den Blick aber weiterhin gesenkt.

Der Officer entfernte sich ein Stück, damit Hunter und Keon ungestört reden konnten.

»Passen Sie auf«, begann Hunter ruhig, jedoch nicht von oben herab, »es besteht kein Grund, nervös zu sein. Niemand hier will Ihnen Ärger machen, Ehrenwort. Leider hatten Sie das Pech, auf die Leiche eines Mordopfers zu stoßen. Dazu muss ich Ihnen jetzt ein paar Fragen stellen, das ist alles. Danach können Sie gehen.«

Erneut kratzte Keon seinen Bart.

Hunter konnte erkennen, dass Keons Gesicht früher einmal offen und attraktiv gewesen war – bis Drogensucht, Alkohol und ein Leben weit unterhalb der Armutsgrenze es verwandelt hatten.

»Haben Sie was dagegen, wenn ich mich setze?«

Keon rutschte bis an den Rand der Treppenstufe. Seine Kleider stanken nach schalem Schweiß und Abfall.

Hunter setzte sich und atmete tief aus. »Ziemlich heftig, oder?«

»Scheiße, Mann, das ist total abgefuckt.« Keons Stimme klang kratzig, als hätte er Halsschmerzen. »Was ist mit dem passiert, Mann? Hat dem jemand die Haut abgezogen?«

»Das wollen Sie wahrscheinlich gar nicht so genau wissen.«

Keon kniff sich in die schlaffe Haut an seinem Handrücken und drehte sie schmerzhaft zwischen Daumen und Zeigefinger, als wollte er sie abreißen. Dann schwieg er eine Zeitlang. »Sagen Sie mal, haben Sie was zu rauchen? Bin so zittrig gerade.«

»Ich besorge Ihnen was.« Hunter winkte den Officer heran und flüsterte ihm etwas zu. Der Officer nickte und ging davon, auf den Eingang der Gasse zu.

»Ziemlich ruhige Straße«, meinte Hunter. »Kommen Sie oft her?«

»Manchmal. Wenn ich grad in der Nähe bin«, antwortete Keon und nickte mehrmals rasch hintereinander. »Deswegen komm ich ja her, verstehen Sie? Weil's ruhig ist. Man muss sich nicht prügeln, wenn man 'nen Platz zum Pennen haben will. Manchmal kann man auch was zu essen aus den Containern abgreifen. Die Läden werfen Sachen weg, das glauben Sie gar nicht, Mann.« Keon lächelte und entblößte einen Mund voller fauliger Zähne. »Man muss die Ratten wegjagen, aber hey, dafür ist es umsonst.«

Hunter nickte verständnisvoll. »Können Sie mir erzählen, was passiert ist, als Sie heute hier ankamen?«

»Mann, ich hab den Cops doch schon alles gesagt.«

»Das weiß ich, und ich weiß auch, dass es lästig für Sie ist. Aber es muss nun mal sein, Keon.«

Der Officer kehrte mit einer Schachtel Zigaretten und einem Päckchen Streichhölzer zurück, die er Keon reichte. Der klopfte sich schnell eine Zigarette aus der Schachtel, steckte sie an und inhalierte so tief, als wollte er das ganze Ding in einem einzigen Zug aufrauchen.

Hunter wartete, bis Keon ausgeatmet hatte. »Die Schachtel können Sie behalten.«

Keon verlor keine Zeit und ließ sie sofort in seiner rechten Manteltasche verschwinden.

»Also, können Sie mir sagen, wie Sie auf die Leiche gestoßen sind?«

Keon zuckte die Achseln. »Klar.«

»Wissen Sie noch, wie spät es war, als Sie hier ankamen?«

Erneutes Achselzucken. Keon schob seinen linken Ärmel hoch und zeigte Hunter sein nacktes Handgelenk. »Meine Rolex ist grad beim Uhrmacher.«

Hunters Mundwinkel zuckte leicht nach oben. »So ungefähr? Waren die Läden schon alle geschlossen?«

»Klar, was denken Sie denn. War ja schon spät. Weit nach Mitternacht. Bin den ganzen Weg aus Panorama City hergelaufen, das hat 'ne Weile gedauert, mein Fuß ist nämlich kaputt.« Keon deutete auf seinen linken Fuß. Er trug einen schmutzigen alten Nike-Turnschuh aus Leder, durch das Loch an dessen linker Seite konnte Hunter zwei von Keons Zehen sehen. Der Schuh an Keons rechtem Fuß war ein schwarzer Converse All Star.

»Die Cops kommen hier nicht hin, verstehen Sie?«, fuhr Keon fort. »Keiner, der einem 'nen Tritt gibt, während man schläft, und sagt, man soll verschwinden. Hier kann man sich 'n paar Stunden aufs Ohr hauen, ohne dass man Ärger kriegt.«

Hunter nickte. »Also, was ist passiert?«

Keon zog erneut an seiner Zigarette, blies den Rauch durch die Nase aus und sah nervös dabei zu, wie er sich vor seinem Gesicht kräuselte. »Ich hab ihn gar nicht bemerkt, erst als ich ganz nah rangegangen bin. War ja dunkel. Ich bin zum ersten Container und hab da reingeschaut. Normalerweise ist das der mit dem besten Essen, weil die von der Bäckerei ihre Reste da reinwerfen. Hab mir ein schönes Stück Maisbrot geschnappt.« Als er das sagte, machte sich sein Magen mit einem lauten Knurren bemerkbar. Er ignorierte es und nahm noch einen Zug von seiner Zigarette. »Aber bevor ich was abbeißen konnte, hab ich diese Beine gesehen, die hinter einem der Container rausguckten. Erst dachte ich, das ist 'n anderer Penner, der hier die Nacht verbringt, Platz gibt's ja reichlich, was?«

Hunter beobachtete aufmerksam Keons Mimik und Gestik. Das Zittern in seinen Händen war stärker geworden, kaum dass er zu erzählen begonnen hatte, und seine Stimme klang noch ein klein wenig heiserer als vorher. Dass er nichts für längere Zeit fixieren konnte, war vermutlich eine Auswirkung der Drogen, aber das Flattern in seinen Augen kam von der Angst.

»Ich dachte, vielleicht ist es Tobby oder Tyrek«, fuhr Keon fort. »Die schlafen hier manchmal. Aber als ich näher rankam –« Keon kratzte sich so heftig den Bart, als würde der ihm das Gesicht verbrennen. »Scheiße, Mann, was ist mit dem passiert?« Sein verstörter Blick blieb auf Hunter hängen. »Der hat ja gar kein Gesicht mehr. Keine Haut.« Er nahm einen letzten tiefen Zug von seiner Zigarette und trat den Stummel aus. »Ich hab in meinem Leben schon 'ne Menge Mist gesehen, auch 'n paar Leichen, aber so was –«, sein Kopf zuckte in Richtung Müllcontainer, »– da war der Teufel am Werk, Mann.«

»War er zugedeckt?«, wollte Hunter wissen. »Mit Zeitung oder einer Decke oder so?«

»Nee, Mann. Lag bloß so da wie 'n dicker, schleimiger Fleischklumpen. Hab mir fast in die Hose gekackt vor Schreck. Sogar die Ratten hatten Schiss.«

»Ist Ihnen irgendjemand in der Nähe aufgefallen?«, fragte Hunter weiter.

»Scheiße, nee. Alles leer gewesen.«

»Irgendwelche Autos, die in der Nähe geparkt haben, vielleicht vorne an der Ecke?«

Keon zögerte. Er legte die Stirn in Falten und fuhr sich mit der Zunge über die rissige Unterlippe.

»War da ein Auto?«

»Na ja, als ich um die Ecke gekommen bin, fuhr grad so 'n Truck rückwärts aus der Gasse.«

»Ein Truck?«

»Ja, so 'n Pick-up, Sie wissen schon. Aber keiner mit offener Ladefläche. Der hatte 'n Verdeck.«

»Haben Sie gesehen, was für eine Art Pick-up es war?«

»Nee, Mann. So nah war ich nicht dran. Und wie gesagt, ich kam grad um die Ecke, als er zurückgesetzt hat und weggefahren ist.«

»Farbe?«

Keon dachte angestrengt nach. »War dunkel. Vielleicht schwarz oder blau. Schwer zu sagen aus der Entfernung. Gibt ja nicht so viel Licht hier, was? Hatte aber 'ne große Delle hinten an der Stoßstange. Das weiß ich noch.«

»Eine Delle? Sind Sie sicher?«

»Mm-hm. Hab ich gesehen, als er rückwärts aus der Gasse gekommen ist. Auf der Fahrerseite.«

»Wie groß war die Delle?«

»Groß genug, dass ich sie von weitem sehen konnte.«

Hunter machte sich ein paar Notizen. »Konnten Sie den Fahrer erkennen?«

»Nee, Mann. Getönte Scheiben.«

»Konnten Sie sehen, ob es ein alter oder ein neuer Truck war?«

Keon schüttelte den Kopf. »Keine Ahnung, aber so richtig alt war er nicht, glaub ich.«

Hunter nickte. »Okay, dann weiter. Also. Was haben Sie gemacht, als Sie die Leiche da haben liegen sehen? Haben Sie sie angefasst?«

»Angefasst?« Keon riss die Augen auf. »Sind Sie drauf,

oder was? Haben Sie was geraucht, Mann? Dann will ich was von dem Zeug abhaben. Keon ist doch nicht lebensmüde, okay? Wusste doch gar nicht, was mit dem Toten los ist. Hätte ja 'ne Krankheit haben können oder was weiß ich. Irgendwas Krasses wie Haut-Aids oder irgendeine neue Krankheit, die die Regierung gezüchtet hat. Aus 'nem Experiment oder so. Oder der Teufel geht um und zieht armen Wichsern die Haut ab, stiehlt ihnen ihr Gesicht und schmeißt sie dann in irgendwelche Ecken.« Keon griff nach der nächsten Zigarette. »Nee, Mann, ich hab die Leiche nicht angefasst. Ich hab alles fallen gelassen und bin abgehauen. Dann hab ich mir draußen auf der Straße eine Telefonzelle gesucht und die Polizei gerufen.«

»Sie haben den Notruf gewählt, unmittelbar nachdem Sie auf die Leiche gestoßen waren?«

»So ist es.«

Erneut knurrte Keons Magen. Er zündete sich seine Zigarette an, zog tief und zögerte. Hunter bemerkte es sofort.

»Sonst noch was, Keon?«

»Na ja, ich hab gedacht, vielleicht ... also ... dass es vielleicht 'ne Belohnung gibt oder so. Ich hab doch alles richtig gemacht, oder? Dass ich Sie angerufen hab? Dass mir das mit dem Truck wieder eingefallen ist und so.«

Damit wäre auch die Frage beantwortet, weshalb Keon so bereitwillig mit der Polizei kooperierte.

»Ja, Keon, Sie haben alles richtig gemacht, aber es gibt keine Belohnung, tut mir leid.«

»Komm schon, Mann. Nicht mal 'ne kleine?«

Hunter schüttelte leicht den Kopf.

»Verdammt, Mann, das ist Beschiss. Können Sie 'nem Kumpel nicht ein bisschen was geben? Ich könnte echt 'ne kleine Spende gebrauchen, okay?«

Erneut ein lautes Magenknurren.

»Wann hatten Sie denn zuletzt eine richtige Mahlzeit, Keon?«

»Sie meinen so ein richtiges Essen?«

Hunter nickte.

Keon kaute sich einen Moment lang auf der Lippe herum. »Ist schon 'ne Weile her.«

»Okay, passen Sie auf. Ich werde Ihnen kein Geld geben, aber wenn Sie Hunger haben –«, mit einem Kopfnicken deutete Hunter auf Keons Magen, »und ich kann hören, dass Sie Hunger haben, dann lade ich Sie zum Frühstück ein. Wie wär's damit?«

Keon kratzte sich beide Seiten seines Barts, während er erneut seine Lippe kaute. »Kommen Sie, nur zwanzig Mäuse, Mann. Zwanzig Mäuse, das ist für Sie doch 'n Klacks.«

»Kein Geld, Keon. Tut mir leid.«

»Dann eben zehn. Sie können doch wohl zehn Mäuse abdrücken, oder?«

»Frühstück, Keon. Mehr ist nicht drin.«

Keon betrachtete nachdenklich seine Hände. »Kann ich Pfannkuchen?«

Hunter schmunzelte. »Ja, Sie können Pfannkuchen.«

Keon nickte. »Okay, dann Frühstück. Ist schon korrekt.«

13

Zwar hatten sie nun die Leiche, doch das brachte Hunter und Garcia in ihrer Suche nach der Identität des Opfers keinen Schritt weiter. Das Laugenbad hatte die Haut des Mannes komplett zersetzt, und das bedeutete: keine Fingerabdrücke, keine Tätowierungen oder Muttermale – falls er denn welche gehabt hatte – und absolut keine Gesichtsmerkmale. Die DNA-Analyse würde einige Tage dauern, und auch sie würde ihnen nur dann weiterhelfen, wenn die DNA des Opfers in CODIS, der DNA-Datenbank des FBI, gespeichert war. Das wiederum wäre nur dann der Fall, wenn das Opfer zu einem früheren Zeitpunkt wegen einer schweren Straftat wie sexuellem Übergriff oder Mord verurteilt worden war – und das schien eher unwahrscheinlich. Auch auf Nachricht von der Vermisstenstelle warteten sie nach wie vor vergeblich.

Am frühen Nachmittag hatten Mike Brindle und sein Team von der Kriminaltechnik einen kleinen Beutel mit Haaren, Fasern und Abfall vom Fundort sichergestellt, eben allem, was möglicherweise von Interesse sein könnte, doch bei einer Gasse mit vier großen Müllcontainern, von denen jeder mit mehrere Tage altem Abfall aus verschiedenen Quellen gefüllt war, versprach sich keiner davon den großen Durchbruch.

Hunter berichtete Brindle von dem Pick-up-Truck, den Keon Lewis rückwärts aus der Gasse hatte fahren sehen. Brindle sagte, sie hätten bereits zwei unterschiedliche Reifenabdrücke gefunden. Der erste und deutlichere der beiden stammte von dicken, schweren Reifen. Die besten Abdrücke befanden sich unweit des ersten Containers. Brindles Einschätzung zufolge stammten die Reifenspuren von einem oder mehreren städtischen Müllfahrzeugen. Hunter ging davon aus, dass er mit seiner Vermutung richtiglag. Das Labor würde es noch bestätigen müssen.

Etwa auf der Hälfte der Gasse hatte Brindles Team Glück gehabt und war auf einen zweiten, schwächeren und unvollständigen Reifenabdruck gestoßen. Sie verdankten ihren Fund einem kleinen Schlagloch, das gerade genug schmutziges Wasser enthielt, um beim Hindurchfahren einen Teil des Reifens zu benetzen. Dieser Teilabdruck schien nicht von einem großen Fahrzeug wie einem Müllauto zu stammen. Leider war ein Großteil der nassen Spur, als sie darauf stießen, bereits in der Morgensonne von L. A. verdunstet. Es gelang ihnen dennoch, mit Hilfe eines speziellen Pulvers und eines großen Blatts Gelatinefolie einen Abdruck zu nehmen. Sie hofften, dass er gut genug war, um im Labor identifiziert werden zu können.

Hunter rief in der Zentrale an. Keons Notruf war um kurz vor ein Uhr früh eingegangen. Hunter rechnete auf beiden Seiten zwei Stunden dazu, setzte sich mit der Verkehrspolizei in Verbindung und bat dort um die Aufzeichnungen sämtlicher Verkehrskameras der unmittelbaren Umgebung zwischen dreiundzwanzig und drei Uhr nachts. Bis jetzt waren die Bänder noch nicht eingetroffen.

»Also dann«, sagte Garcia und gab den Befehl zum Drucken. Hunter saß an seinem Schreibtisch und hatte gerade die Fotos von der Gasse studiert. Nun ließ er sie sinken und schaute über seinen Tisch hinweg zu seinem Partner.

»Natriumhydroxid beziehungsweise Natronlauge ist in vier verschiedenen Formen erhältlich«, begann Garcia. »Als Plätzchen, Kügelchen, Flocken oder flüssig. Da es vor allem in industriellen Reinigungsmitteln Verwendung findet, ist es relativ leicht im Laden oder übers Internet zu kriegen, und zwar in einer Reihe unterschiedlicher Konzentrationen und Packungsgrößen. Viele Händler verkaufen so ziemlich an jeden, ohne vorher die Personalien zu prüfen.« Garcia stand auf und ging zum Drucker. »Man kann Flaschen mit gebrauchsfertiger Natronlauge sogar im Supermarkt kaufen. Außerdem ist sie in zahlreichen Haushaltsreinigern enthalten, unter anderem in Abflussreinigern, Boden- und Ofenreinigern.« Er überreichte Hunter den Ausdruck. »Das Zeug ist kinderleicht zu beschaffen. Eine Sackgasse, wenn du mich fragst.«

Gerade als Hunter das Blatt entgegennahm, klingelte auf seinem Schreibtisch das Telefon.

»Detective Hunter, Morddezernat I«, meldete er sich und lauschte dann kurz. »Sind schon unterwegs.« Er legte auf und nickte Garcia zu. »Los, komm.«

»Wohin?«

»Gerichtsmedizin. Dr. Hove ist mit der Autopsie fertig.«

14

Die Fahrt zum Rechtsmedizinischen Institut der Stadt Los Angeles in der North Mission Road dauerte weniger als zwanzig Minuten. Hunter und Garcia stiegen die imposanten Stufen hoch, die zum Haupteingang des architektonisch reizvollen Gebäudes führten, und steuerten auf den Empfangstresen in der Halle zu. Die Empfangsdame, eine Afroamerikanerin um die fünfzig mit freundlichem Gesicht, schenkte ihnen dasselbe herzliche Lächeln, das sie für jeden übrighatte, der das ehemalige Krankenhaus, nunmehr Heimat des Rechtsmedizinischen Instituts, betrat.

»Einen schönen Nachmittag wünsche ich, Detectives«, sagte sie mit einer Stimme, die gut in eine öffentliche Bibliothek gepasst hätte.

»Sandra. Wie geht's Ihnen?« Hunter erwiderte ihr Lächeln.

»Danke, gut.« Sie gab die Frage nicht zurück, hatte sie doch vor langer Zeit gelernt, sich bei jemandem, der ein Leichenschauhaus betrat, niemals nach dessen Befinden zu erkundigen. »Dr. Hove wartet im Sektionssaal 1 auf Sie.« Mit einer leichten Kopfbewegung deutete sie in Richtung der Schwingtüren rechts vom Empfang.

Hunter und Garcia gingen durch die Türen und einen langen, blitzsauberen weißen Gang entlang, an dessen Ende sie links in einen weiteren, etwas kürzeren Gang abbogen. Ein Sektionsassistent kam ihnen entgegen, eine mit einem weißen Tuch zugedeckte Leiche vor sich herschiebend. Eine der beiden fluoreszierenden Deckenleuchten im

Gang war defekt und flackerte in unregelmäßigen Abständen. Die Szenerie ließ Hunter unwillkürlich an einen zweitklassigen Horrorfilm denken.

Hunter rümpfte die Nase, als müsste er niesen. Der Geruch störte ihn jedes Mal aufs Neue. Er war wie Krankenhausgeruch, aber mit einer schärferen Note, die ihm hinten in der Kehle kratzte und das Innere seiner Nasenlöcher wie Säure zu verätzen schien. Heute setzte das durchdringende Gemisch von Desinfektionsmitteln und Reiniger seinem Magen noch stärker zu als sonst. Ihm war, als könne er das Ätznatron darin riechen. Garcias Miene nach zu urteilen, empfand er ähnlich.

Noch einmal ging es links ab, dann standen sie vor der Tür zu Sektionssaal Nummer 1.

Hunter drückte den Knopf der Gegensprechanlage an der Wand und hörte statisches Knistern aus dem winzigen Lautsprecher dringen. »Dr. Hove?«, sagte er.

Ein Summen war zu hören, dann entriegelte sich die schwere Tür zischend wie ein Drucksiegel. Hunter stieß sie auf und trat zusammen mit Garcia in den großen, winterkalten Raum. Die Wände waren in blendendem Weiß gekachelt, der Fußboden mit glänzendem Vinyl ausgelegt. An der Ostwand ragten von einem langen Tresen mit überdimensionierten Waschbecken drei stählerne Sektionstische in den Raum hinein. An der Decke über jedem Tisch waren runde OP-Leuchten angebracht. Kühlzellen aus Stahl nahmen zwei der Wände ein. Sie sahen aus wie riesige Aktenschränke mit dicken Griffen. Die Leiterin des Rechtsmedizinischen Instituts von Los Angeles stand ganz hinten im Raum.

Dr. Carolyn Hove war groß und schlank mit wachen grünen Augen und langem kastanienbraunem Haar, das sie normalerweise zum Pferdeschwanz gebunden trug, heute jedoch zu einem schlichten Knoten aufgesteckt hatte. Der Atemschutz hing ihr lose um den Hals, so dass man ihre vollen Lippen mit einem Hauch rosa Lippenstift, die scharf geschnittenen Wangenknochen und die zierliche Nase sehen konnte. Die Hände hatte sie in den Taschen ihres weißen Laborkittels vergraben.

»Robert, Carlos.« Sie grüßte jeden Detective mit einem Nicken. Ihre Stimme klang weich, aber entschieden – eine Stimme, die Anweisungen gab und nie die Beherrschung verlor.

Die Detectives erwiderten den Gruß schweigend.

»Mike hat mir schon alles erzählt«, sagte Dr. Hove. »Der Täter hat Sie im Büro angerufen und Sie gezwungen zuzusehen?« Sie trat auf den Sektionstisch zu, der ihr am nächsten war. Die anderen beiden Tische waren glücklicherweise leer.

Hunter und Garcia gesellten sich zu ihr.

»Erst mussten wir uns noch entscheiden, auf welche Weise das Opfer sterben soll«, gab Garcia zurück.

»Irgendeine Ahnung, warum?«

»Wir arbeiten dran.«

»Mike hat mir auch gesagt, dass der Täter eine Art ... Folterapparat gebaut hat?«

»So was in der Art«, sagte Hunter.

»Sie können sich die Aufnahme anschauen, wenn Sie möchten, Doc«, schlug Garcia vor. »Vielleicht fällt Ihnen ja was auf, was wir übersehen haben.«

Sie nickte zögernd. »Sicher, wenn Sie sie mir schicken, sehe ich sie mir mal an.«

Ein Moment des Schweigens folgte, ehe sich alle drei der Leiche auf dem Stahltisch zuwandten. Haut- und gesichtslos, ein Wesen, das weder Mann noch Frau zu sein schien, nur noch ein unförmiger Klumpen Fleisch. Der charakteristische Y-Schnitt, hervorgehoben durch grobe schwarze Stiche, machte den Anblick noch grotesker.

Dr. Hove streifte sich ein frisches Paar Latexhandschuhe über, schaltete das Licht über ihren Köpfen ein und sah auf das Opfer hinab. »So viele Jahre in der Gerichtsmedizin, und ich begreife es immer noch nicht. Wie kann jemand einem anderen Menschen so was antun?«

»Manche Menschen sind noch zu Schlimmerem fähig, Doc«, versetzte Garcia.

»Was Schmerzen angeht, gibt es nichts Schlimmeres, Carlos.« Ihr Tonfall jagte Garcia einen Schauer über den Rücken. »Natriumhydroxid ist eine starke Base«, erklärte sie. »Auf der pH-Skala befindet sie sich am gegenüberliegenden Ende von starken Säuren wie Schwefel- oder Salzsäure. Jeder weiß, welchen Schaden starke Säuren anrichten können, wenn sie in direkten Kontakt mit der Haut kommen, stimmt's? Aber was nur die wenigsten wissen, ist, dass starke Basen, wie zum Beispiel Natriumhydroxid, über vierzigmal schmerzhafter sind und menschliches Gewebe wesentlich stärker angreifen als starke Säuren.«

Garcias Augen weiteten sich. »Vierzigmal?«

Dr. Hove nickte. »Im Vergleich zu Natriumhydroxid fühlt sich Schwefelsäure an wie lauwarmes Wasser. Der Täter hat sein Opfer in ein Laugenbad getaucht.« Ihr Blick kehrte zur Leiche auf dem Tisch zurück. »Für ihn muss sich das angefühlt haben, als würde er bei lebendigem Leibe verbrennen, nur dass sein Gehirn länger durchgehalten hat ... viel länger. Das heißt, er hat das volle Ausmaß der Schmerzen gespürt. Die Lauge hat sich innerhalb kürzester Zeit durch die zwei oberen Hautschichten gefressen.«

»Und dann fingen die Schmerzen erst richtig an«, sagte Hunter gedämpft.

»Ganz genau«, pflichtete Dr. Hove ihm bei.

Garcia machte ein skeptisches Gesicht.

»Der Hauptgrund, weshalb Natriumhydroxid in so vielen industriellen Reinigungsmitteln Verwendung findet, ist seine Fähigkeit, sehr rasch Schmiere, Öle, Fette und Proteine zu zersetzen. Die dritte Schicht der menschlichen Haut, die Subcutis oder Unterschicht, besteht zum überwiegenden Teil aus Fett. Darunter beginnt das Muskelgewebe, das wiederum hauptsächlich aus Proteinen aufgebaut ist. Wissen Sie langsam, worauf ich hinauswill?«

Garcia erschauerte.

»Dazu kommt, dass die alkaloiden Bestandteile in der Lauge eine Überreizung der Nerven bewirken, und die wiederum hat eine Inflammation zur Folge, so dass jeder einzelne Nerv im Körper vor Schmerzen nur so schreit. Aufgrund dieser starken Schmerzen kommt es zu einer krampfartigen Verhärtung aller großen Muskeln. Wäre er nicht im Sitzen gefesselt gewesen, hätte er sich wahrscheinlich aufgrund von Kontorsionen das Rückgrat gebrochen. Und sein Gehirn war die ganze Zeit über voll funktionsfähig, es hat jeden Schmerzreiz registriert, während sein Körper sich im wahrsten Sinne auflöste, Schicht für Schicht.«

»Ich glaube, ich hab's jetzt so ungefähr verstanden, Doc, danke.« Garcia war ein wenig grün im Gesicht.

»Es war sein Glück«, fuhr die Medizinerin fort, »dass das Herz relativ früh versagt hat.«

»Nicht früh genug«, entgegnete Hunter. »Er hat elf Minuten in dem Laugenbad gesessen, bevor er gestorben ist.«

Dr. Hove nickte und legte dann den Kopf schief. »Trotzdem ist der Herzstillstand schneller eingetreten, als zu erwarten gewesen wäre. Konnten Sie ihn schon identifizieren?«

»Wir sind noch dabei«, sagte Hunter.

»Dann kann Ihnen das hier vielleicht weiterhelfen.« Sie nahm ein Dokument vom Tresen hinter sich und reichte es Hunter. »Der Grund, weshalb sein Herz früher versagt hat, als es bei einem gesunden Organ der Fall gewesen wäre, liegt darin, dass er unter Mitralstenose litt, das ist eine Verengung der Mitralklappe im Herzen. Sie führt dazu, dass das Herz mehr arbeiten muss, um Blut vom linken Vorhof in die linke Herzkammer zu pumpen. Aufgrund der enormen Schmerzen, die er litt, hat sich automatisch sein Herzschlag beschleunigt, um seinen Körper mit mehr Sauerstoff zu versorgen. Aufgrund seiner Vorerkrankung ist der Herzstillstand früher eingetreten als unter normalen Umständen.«

»Wie viel früher?«, wollte Garcia wissen.

»Ich würde sagen, etwa vierzig bis fünfzig Prozent.«

»Sonst hätte er doppelt so lange durchgehalten?«

Die Medizinerin nickte. »Bei einer gesunden Person wie Ihnen wäre das wahrscheinlich der Fall gewesen.«

Garcia schüttelte das eisige Gefühl ab, das ihm den Nacken hinabkroch.

»Jemand mit einer solchen Herzkrankheit würde normalerweise alle paar Monate beim Kardiologen vorbeischauen, als Vorsichtsmaßnahme«, fügte Dr. Hove noch hinzu.

»Danke, Doc«, sagte Hunter. »Wir kümmern uns sofort darum.«

»Leider ist die Leiche forensisch gesehen unbrauchbar«, fuhr Hove fort. »Wenn irgendwas zu finden gewesen wäre, hat die Natronlauge es zersetzt. Nicht mal Bakterien können in so einer Umgebung überleben.« Sie räusperte sich, um einen Frosch im Hals loszuwerden. »Falls Sie überlegen, ob die Tat vielleicht mit Drogen zu tun hatte, kann ich Ihnen gleich sagen, dass er keine genommen hat. Wenn doch, dann allenfalls gelegentlich, und innerhalb der letzten Woche hat er definitiv nichts angerührt.«

Davon war Hunter bereits ausgegangen. Er bemerkte jedoch ein Zögern bei der Medizinerin. »Gibt's sonst noch was, Doc?«

»Eine Sache verwirrt mich«, gestand sie. »Obwohl es bei dem Opfer relativ schnell zum Herzstillstand gekommen ist, hätte das Natriumhydroxid das Gewebe nach seinem Tod ja eigentlich weiter zersetzen müssen – so lange, bis nichts mehr von ihm übrig gewesen wäre. Aber das ist nicht der Fall. Der Zersetzungsprozess hat das Muskelgewebe erreicht und dann aufgehört.«

»Direkt nachdem er gestorben ist«, ergänzte Hunter.

»Würde ich vermuten, ja. Was nahelegt, dass der Täter den Tank geleert und das Opfer herausgeholt hat, sobald es tot war.«

»Das hat er höchstwahrscheinlich auch getan«, sagte Hunter.

»Aber wieso? Und wieso hat er die Leiche in einer Gasse abgelegt? Hätte er sein Opfer in dem Tank gelassen, hätte sich der Körper irgendwann vollständig zersetzt. Beweisproblem gelöst. Warum sollte er der Polizei absichtlich Spuren hinterlassen?«

»Weil er sichergehen will, dass wir ihn ernst nehmen«, lautete Hunters Antwort. »Ohne Leiche hätten wir keinen Beweis, dass das, was wir im Internet gesehen haben, nicht bloß ein Computertrick war.«

»Oder Schauspielerei«, ergänzte Garcia. »Das Wasser im Tank wurde ziemlich schnell blutig, Doc. Viel mehr als das Gesicht des Opfers konnte man nicht erkennen. Wir sind einfach davon ausgegangen, dass er schreckliche Qualen litt und sein Körper von der Lauge zerfressen wurde, aber es hätte genauso gut alles gespielt sein können – ein riesengroßer geschmackloser Scherz mit dem LAPD als Zielscheibe.«

»Außerdem wollte er, dass die Leiche möglichst schnell gefunden wird«, ergänzte Hunter. »Daher der Ablegeort – eine Gasse, die von diversen Geschäften genutzt wird. Heute früh kam die Müllabfuhr. Ich bin mir sicher, dass der Killer dies wusste.«

»Er liefert Ihnen also die Leiche, um zu beweisen, dass das Ganze nicht inszeniert war«, schloss Dr. Hove.

»Das ist der Gedanke dahinter«, bestätigte Hunter. »Denn jetzt wissen wir, dass er real ist.«

15

Christina Stevenson schloss die Tür zu ihrem eingeschossigen Haus in Santa Monica auf und drückte auf den Lichtschalter. Die plötzliche Helligkeit, die das Wohnzimmer erfüllte, ließ sie zusammenzucken, und sie beeilte sich, das Licht mit Hilfe des Dimmers herunterzuregeln. Irgendwann am Nachmittag hatte sie Kopfschmerzen bekommen, und nach mehreren Stunden am Computer waren sie mittlerweile fast unerträglich geworden.

Sie stellte ihre Tasche in der Nähe der Tür auf den Fußboden und rieb sich kurz die müden blauen Augen. Sie hatte das Gefühl, als würde ihr das Gehirn im Schädel schmelzen. Kopfschmerztabletten hatten nichts genützt. Was sie jetzt brauchte, waren eine lange Dusche, ein großes Glas Wein und jede Menge Ruhe.

Eigentlich, überlegte sie, *wäre Champagner viel angemessener.* Schließlich hatte sich die harte Arbeit der letzten Wochen endlich ausgezahlt.

Im dämmrigen Licht des Wohnzimmers fiel ihr Blick auf das Porträtfoto von ihrer Mutter, das seinen Platz auf der glänzenden schwarzen Anrichte beim Fenster hatte. Christina lächelte traurig.

Sie hatte ihren Vater nie gekannt, und sie hatte auch kein Interesse daran, ihn kennenzulernen. Sie war auf der Herrentoilette eines Nachtclubs in West Hollywood gezeugt worden. Ihre Mutter hatte ordentlich einen sitzen gehabt, und der Typ, mit dem sie die Nummer geschoben hatte, war auf Drogen gewesen. Vor dem besagten Abend hatten sie sich nicht mal gekannt. Er war charmant und gutaussehend, sie einsam. Sie kamen von der Toilette, und danach sah sie ihn nie wieder.

Als Christina alt genug war, um alles zu verstehen, erzählte die Mutter ihr die ganze Geschichte. Sie erzählte ihr auch, dass sie sich nicht mal an den Namen des Mannes erinnern konnte. Doch ihre Mutter war kein schlechter Mensch. Entgegen dem Rat all ihrer Freunde hatte sie damals beschlossen, nicht abzutreiben. Sie brachte eine kleine Tochter zur Welt und zog sie alleine groß, so gut sie es eben konnte. Sie sparte jeden Cent, und als Christina mit der Highschool fertig war, hatte ihre Mutter genug auf einem Sparbuch beiseitegelegt, um ihrer Tochter das Studium zu ermöglichen. Als Christina vier Jahre später ihr Diplom überreicht bekam, gab es bei der Abschlussfeier niemanden, der stolzer gewesen wäre als ihre Mutter.

Noch in derselben Nacht starb ihre Mutter im Schlaf an einem Aneurysma im Gehirn. Das lag jetzt sieben Jahre zurück. Christina vermisste ihre Mutter noch immer wie am ersten Tag.

Christina ging in die ans Wohnzimmer angeschlossene, offene Küche und warf einen Blick in den Kühlschrank. Dort lagerte eine Flasche Dom Ruinart 1998, die sie für eine besondere Gelegenheit aufbewahrt hatte. Nun, dies hier war mit Sicherheit eine besondere Gelegenheit. Sie schürzte nachdenklich die Lippen.

Soll ich ihn aufmachen oder nicht?

Schade nur, dass sie niemanden hatte, mit dem sie ihn zusammen trinken konnte.

Christina war nicht verheiratet, und obwohl sie mehr als genug Affären und Bettgeschichten gehabt hatte, war sie im Moment in keiner festen Beziehung. Sie dachte noch etwa eine Sekunde nach und kam dann zu dem Schluss, dass es ohnehin niemanden in ihrem Leben gab, mit dem sie den Champagner gerne geteilt hätte. Sie griff nach der Flasche, entfernte den Draht und ließ den Korken knallen.

Christina hatte oft gehört, dass gute Weine atmen mussten. Sie hatte keine Ahnung, ob für Champagner dasselbe galt, aber es war ihr auch egal. Sie schenkte sich ein Glas ein und trank einen großzügigen Schluck – himmlisch. Ihre Kopfschmerzen ließen gleich ein wenig nach.

Christina streifte sich die Schuhe von den Füßen und ging vom Wohnzimmer in den Flur, der tiefer ins Haus führte. Ganz am Ende lag ihr Schlafzimmer. Es war groß und wesentlich mädchenhafter eingerichtet, als sie anderen gegenüber jemals freiwillig zugegeben hätte. Die Wände hatten einen zarten Pfirsichton, die Zierleisten an der Decke waren hellrosa gestrichen. Lange Vorhänge mit Blütendruck hingen vor den gläsernen Schiebetüren, die zu einem Garten mit Pool hinausführten. Eine pinkfarbene Kommode mit einem von Glühlampen umrahmten Garderobenspiegel stand in der Ecke. Auf dem großen Doppelbett an der Nordseite des Zimmers türmten sich Kissen und Plüschtiere.

Christina stellte Glas und Champagnerflasche auf den Nachttisch, schloss ihren MP3-Player an die tragbare Stereoanlage auf der Kommode an und begann zum Klang von Lady Gaga zu tanzen, während sie sich auszog. Erst die Bluse, dann die Jeans. Sie kehrte zu ihrem Champagner zurück, goss sich ein zweites Glas ein und leerte es zur Hälfte, ehe sie vor den verspiegelten Türen ihres Kleiderschranks stehen blieb. Der Champagner zeigte bereits die erwünschte Wirkung, und sie wiegte sich weiterhin im Takt zur Musik. Nur mit BH und Slip bekleidet, strich sie über ihre Brüste, machte eine sexy Pose und warf sich im Spiegel eine Kusshand zu. Dann musste sie laut lachen.

Sie öffnete den Verschluss ihrer diamantenbesetzten Tag Heuer – das Geschenk eines Verflossenen –, doch als sie sich die Uhr vom Handgelenk streifte, glitt sie ihr aus den Fingern, fiel ihr auf den Fuß und schlitterte unters Bett.

»Autsch, das tat weh«, sagte sie und bückte sich, um sich den rechten Fuß zu massieren. Ohne hinzusehen, tastete sie mit einer Hand unter dem Bett, aber ihre Finger fanden nichts. »Mist.«

Christina ließ sich auf alle viere nieder und senkte den Kopf, bis ihr Gesicht fast den Boden berührte.

»Da bist du ja.«

Die Uhr war fast bis an die Wand gerutscht. Um sie zu erreichen, musste Christina halb unters Bett kriechen. Während sie das tat, wanderte ihr Blick ohne Grund über den Fußboden bis zur anderen Seite des Zimmers, zur Unterkante der langen geblümten Vorhänge vor den Glastüren. Dies war der Moment, in dem sie es sah.

Ein Paar Männerschuhe, die Fersen dicht an der Glastür.

Erschrocken und voller Angst ließ sie den Blick langsam an den Vorhängen in die Höhe wandern. Ihr fiel auf, dass an dieser Stelle der Faltenwurf nicht ganz gleichmäßig war. Die nächsten Sekunden erlebte Christina wie in Zeitlupe. Ihr Blick wanderte noch ein Stückchen höher, bis sie schließlich erstarrte.

Jemand war in ihrem Zimmer. Jemand, der sie durch einen Spalt zwischen den Vorhängen anstarrte.

16

Nachdem er es auf viereinhalb Stunden Schlaf am Stück gebracht hatte – für seine Verhältnisse ein Triumph –, kam Hunter um zehn nach acht ins Büro. Garcia saß bereits an seinem Schreibtisch und las die E-Mails, die sich über Nacht angesammelt hatten – nichts von Belang.

Hunter hatte sich die Jacke ausgezogen und fuhr seinen Rechner hoch, als das Telefon auf dem Schreibtisch klingelte.

»Detective Hunter, Morddezernat I.«

»Robert. Mike Brindle hier. Ich habe die Analyse von dem partiellen Reifenabdruck, den wir in der Gasse genommen haben.«

»Irgendwas Verwertbares?«

»Na ja, wir konnten ihn jedenfalls zuordnen.«

»Ich höre.«

»Der Abdruck stammt von einem Goodyear Wrangler ATS. Genau genommen einem P265/70R17.«

»Und das bedeutet ...?«

»Dass wir es mit einem stinknormalen Pick-up-Reifen zu tun haben«, erklärte Brindle. »Die ATS-Serie wird von mehreren Autoherstellern als Originalbereifung bei neuen Trucks verwendet. Den Reifen, mit dem wir es hier zu tun haben, benutzt Ford seit vier Jahren für seine F-150er und F-250er Modelle, und Chevrolet liefert seit drei Jahren alle Silverados damit aus.«

»Verdammt!«

»Ja, ich habe das extra überprüfen lassen. Trotz der Wirtschaftskrise hat Ford in den USA allein im letzten Jahr ungefähr hundertzwanzigtausend F-150er und F-250er verkauft. Chevrolet hat um die hundertvierzigtausend Silverados abgesetzt. Wie viele davon eine dunkle Farbe haben und in Kalifornien erworben wurden, das müsst du und dein Team rausfinden.«

»Wir kümmern uns darum«, sagte Hunter. »Ich nehme an, es ist nicht weiter schwer, an solche Reifen zu kommen.«

»Damit wären wir bei Problem Nummer zwei«, sagte Brindle. »Sie sind frei verkäuflich, das bedeutet, jeder mit einem älteren Truck-Modell oder auch einem Truck von einem ganz anderen Hersteller kann in eine Werkstatt fahren und sich die Reifen aufziehen lassen. Allerdings sind sie ziemlich teuer, insofern entscheiden sich die meisten wahrscheinlich für ein günstigeres Modell, wenn sie neue Reifen für ihren alten Truck brauchen.«

Hunter nickte schweigend.

»Du erinnerst dich ja bestimmt daran, dass die Gasse asphaltiert war«, fuhr Brindle fort. »Was das Auffinden von Fußspuren und Ähnlichem erschwert. Mit Hilfe von speziellen Lichtquellen konnten wir trotzdem einige nachweisen. Sie stammen von mindestens acht verschiedenen Personen.«

Kaum verwunderlich, dachte Hunter. Schließlich lag die Gasse hinter einer Ladenzeile.

»Aber einige von ihnen sind uns besonders ins Auge gestochen.«

»Inwiefern?«, fragte Hunter.

»Wir haben sie zwischen dem dritten und vierten Container gefunden – da, wo die Leiche lag. Die Abdrücke stammen von einem Schuh Größe 44. Keon Lewis, die einzige andere Person, von der wir wissen, dass sie sich an der Stelle aufgehalten hat, trägt Größe 47. Der linke Abdruck ist etwas deutlicher als der rechte. Das könnte darauf hindeuten, dass die Person einen leichten Gehfehler hat, zum Beispiel humpelt, und den linken Fuß stärker belastet hat.«

»Oder was Schweres getragen hat«, sagte Hunter.

»Denselben Gedanken hatte ich auch.«

»Wahrscheinlich nicht im Arm, sondern über der linken Schulter.«

»Ganz genau«, stimmte Brindle ihm zu. »Er holt die Leiche aus dem Wagen, hievt sie sich über die linke Schulter und trägt sie bis zu der Stelle zwischen den Containern.« Brindle atmete aus. »Das Opfer war ziemlich schwer.«

»Achtundneunzig Kilo«, sagte Hunter.

»Also, achtundneunzig Kilo zu schultern, das kann nicht jeder, Robert«, sagte Brindle. »Der Kerl, nach dem ihr sucht, ist auf alle Fälle groß und kräftig.«

Hunter sagte nichts.

»Außerdem war er sehr vorsichtig«, fuhr Brindle fort. »Wir haben zwar Fußspuren gefunden, aber keine Sohlenabdrücke. Kein wie auch immer geartetes Profil.«

»Er hat sich was über die Schuhe gezogen«, schlussfolgerte Hunter.

»Mhm. Wahrscheinlich Plastiktüten. Ich habe auch die Ergebnisse der Toxikologie für euch.«

»Wow, das ging aber schnell.«

»Für dich nur der allerbeste Service, mein Freund.«

»Stand das Opfer unter Drogen?«

»Der Mann war betäubt«, sagte Brindle. »Es konnten Spuren eines intravenösen Anästhetikums nachgewiesen werden – Phenoperidin. Das ist ein stark wirkendes Opioid, aber wenn du ein bisschen nachforschst, findest du bestimmt diverse illegale Apotheken im Internet, über die man es beziehen kann.«

Die Segnungen des modernen Zeitalters, dachte Hunter. »Spuren, sagtest du?«, hakte er nach.

»Ja, fast nicht mehr nachweisbar. Wenn ich raten müsste, würde ich sagen, dass der Täter es nur verwendet hat, um sein Opfer für eine kurze Zeit außer Gefecht zu setzen, vermutlich während der Entführung. Sobald der Täter das Opfer an einen sicheren Ort gebracht hatte, wurde keine zweite Dosis des Betäubungsmittels mehr verabreicht.«

Hunter kritzelte etwas auf einen Notizblock.

»Wir haben auch die Ergebnisse der Stimmanalyse, die wir von deinem Telefonat mit dem Täter durchgeführt haben«, kam Brindle zum nächsten Punkt. »Wie es aussieht, hat er seine Stimme mehrfach gefiltert und die Höhe dabei jedes Mal nur geringfügig moduliert. Manchmal ein bisschen höher, manchmal ein bisschen tiefer. Deswegen klingt die Stimme trotz der elektronischen Verzerrung noch relativ normal, relativ menschlich. Trotzdem würdest du sie, wenn du dich zufällig mit ihm unterhalten würdest, nicht wiedererkennen.«

Hunter sagte nichts darauf. Aus dem Augenwinkel nahm er wahr, wie Garcias Miene sich aufhellte, als er etwas auf seinem Bildschirm las.

»Jedenfalls maile ich euch alle Ergebnisse, die wir bis

jetzt haben«, schloss Brindle. »Wenn sich noch was von den Fasern und Haaren ergibt, sage ich Bescheid.«

»Danke, Mike.« Hunter legte auf.

Garcia gab den Befehl zum Drucken.

»Was gibt's, Carlos?«

Garcia holte den Ausdruck und zeigte ihn Hunter. Es handelte sich um das Schwarzweißfoto eines Mannes von Mitte bis Ende zwanzig. Sein dunkelblondes Haar war kurz und unordentlich, er hatte ein rundliches Gesicht mit Pausbacken, gewölbter Stirn, dünnen Augenbrauen und dunklen, mandelförmigen Augen. Auf dem Foto schaute er leicht weggetreten.

Hunter riss die Augen auf. Das Gesicht hätte er überall wiedererkannt. Er hatte es stundenlang angestarrt. Hatte ihm wieder und wieder beim Sterben zugesehen. Es gab keinen Zweifel: Es war ein Foto ihres Opfers.

17

Endlich kam Hunter wieder zur Besinnung.

»Woher hast du das?«

Garcia hatte Hunter das Foto überlassen und saß bereits wieder an seinem Rechner, wo er eine E-Mail las, die er soeben erhalten hatte.

»Vermisstenstelle. Die haben es gerade rübergeschickt.«

Hunter betrachtete das Bild.

»Er wurde am Mittwoch als vermisst gemeldet«, sagte Garcia. »Das Gesichtserkennungsprogramm der Vermisstenstelle hat bis heute früh gebraucht, um eine Übereinstimmung zu finden.«

»Wer war er?«

»Sein Name war Kevin Lee Parker, achtundzwanzig

Jahre alt, aus Stanton in Orange County. Derzeit wohnhaft in Jefferson Park, zusammen mit seiner Frau Anita Lee Parker. Sie war diejenige, die ihn als vermisst gemeldet hat. Er hat als Filialleiter in einem Videospieleladen in Hyde Park gearbeitet.«

»Seit wann wurde er vermisst?«

Garcia scrollte den Bildschirm hinab bis zu der angehängten Datei, die zusammen mit der E-Mail gekommen war. »Seit Montag. Am Montagmorgen, als er zur Arbeit gefahren ist, hat seine Frau ihn zum letzten Mal gesehen. Am Abend ist er nicht nach Hause gekommen.«

»Aber vermisst gemeldet hat sie ihn erst am Mittwoch«, stellte Hunter fest. »Vor zwei Tagen.«

Garcia nickte. »So steht es hier.«

»Wissen wir, ob er Montag bei seiner Arbeitsstelle aufgetaucht ist?«

Garcia scrollte weiter. »Nach Aussagen seiner Frau ja. Sie hat am Dienstagvormittag im Laden angerufen, und da hat man ihr gesagt, dass er am vergangenen Morgen ganz normal zur Arbeit gekommen sei.«

»Aber am Dienstag nicht.«

»Nein.«

»Hat er ein Handy?«

»Ja. Mrs Lee Parker hat ihn seit Montagabend mehrmals darauf angerufen. Er ist nicht rangegangen.«

Hunter sah auf seine Uhr. »Okay, sagen wir dem Rechercheteam, sie sollen Lee Parker durchchecken. Das Übliche: Wir brauchen alles, was sie an Hintergrundinfos kriegen können.«

»Sie sind schon dabei«, sagte Garcia.

»Sehr gut.« Hunter griff nach seiner Jacke. »Dann gehen wir jetzt mal und reden mit Mrs Lee Parker.«

18

Jefferson Park mit seinen Bungalows und niedrigen Apartmentkomplexen war ein kleiner Bezirk im Südwesten von Los Angeles. Zu Beginn des zwanzigsten Jahrhunderts war es eine der wohlhabendsten Gegenden der Stadt gewesen. Doch als die Stadt weiter wuchs und modernere Siedlungen entstanden, verabschiedete sich der Wohlstand aus dem Bezirk. Ein Jahrhundert später war Jefferson Park nur noch eins von vielen Wohngebieten für die Mittelschicht in einer sich unaufhaltsam ausdehnenden Stadt.

Um diese Tageszeit krochen die Autos auf dem Harbor Freeway Stoßstange an Stoßstange im Schneckentempo vorwärts, und eine Fahrt, für die sie sonst fünfzehn Minuten gebraucht hätten, dauerte annähernd eine Dreiviertelstunde.

Die Straße, in der Kevin Lee Parker wohnte, bot die typisch vorstädtische Postkartenidylle. Eingeschossige Häuser mit Vorgärten säumten zu beiden Seiten die Straße, und hohe Bäume beschatteten die Gehwege. Lee Parkers Haus war weiß mit blauen Fensterrahmen, einer blauen Tür und einem Satteldach aus Terrakottaziegeln. Der hölzerne weiße Gartenzaun, der das Grundstück umgab, sah aus, als habe er erst kürzlich einen neuen Anstrich erhalten, der Rasen vor dem Haus allerdings hätte einen Schnitt gut vertragen. Zwei kleine Kinder fuhren auf ihren Fahrrädern laut klingelnd die Straße auf und ab. Als Hunter aus dem Wagen stieg, bemerkte er, wie eine Nachbarin sie über die makellos gestutzte Hecke des Nachbargrundstücks hinweg beobachtete.

Der kurze Weg vom hölzernen Gartentor zur Haustür war mit alten, zementgrauen Platten gepflastert. Einige von ihnen waren gesprungen, bei anderen fehlte hier und da eine Ecke.

Sie erklommen die Veranda, und Garcia klopfte dreimal – lange Zeit tat sich nichts. Er wollte gerade erneut klopfen, als die Tür von einer molligen Frau Anfang zwanzig geöffnet wurde. Ihr kurzes, dunkles Haar war ungekämmt, ihr Gesicht rund und voll. Sie hatte ein Baby – der Kleidung nach ein Mädchen – auf dem Arm und machte einen abgekämpften Eindruck. Ihre Augen waren gerötet wie bei jemandem, der viel geweint oder wenig geschlafen hat oder beides. Wortlos sah sie die beiden Detectives an.

»Mrs Lee Parker?«, fragte Hunter

Sie nickte.

»Ich bin Robert Hunter vom LAPD. Wir haben eben telefoniert.«

Erneut nickte Anita Lee Parker.

»Das hier ist mein Partner Detective Carlos Garcia.« Beide wiesen sich aus.

Das Baby auf dem Arm der Frau strahlte sie an und streckte die rechte Hand aus, wie um die beiden Detectives zu begrüßen. Hunter betrachtete die Kleine und erwiderte ihr Lächeln, obwohl ihm bei dem Anblick schwer ums Herz wurde.

»Haben Sie Kevin gefunden?«, fragte Anita mit ängstlicher Stimme. Sie hatte einen starken puerto-ricanischen Akzent.

»Könnten wir uns vielleicht drinnen unterhalten, Mrs Lee Parker?«, schlug Hunter vor.

Einen Moment lang schien sie verwirrt, als hätte sie ihn nicht verstanden. Dann trat sie einen Schritt nach links und bat die beiden herein.

Von der Eingangstür aus gelangte man direkt in ein kleines Wohnzimmer. In einer Ecke stand ein tragbarer Ventilator und quirlte die stark nach Baby riechende Luft. Ein Dreisitzer-Sofa und zwei Sessel waren mit bunten Überwürfen bedeckt, die wie Patchwork-Quilts aus dem tiefsten Süden aussahen. Ein großes Jesusbild schmückte die Wand, und überall im Zimmer standen Familienfotos herum. Anita war so aufgewühlt, dass sie vergaß, ihnen einen Platz anzubieten.

»Haben Sie Kevin gefunden?«, fragte sie erneut mit versagender Stimme. »Wo ist er? Warum hat er nicht angerufen?«

Anita schien bereits jetzt nervlich am Ende zu sein. Hunter hatte schon oft ähnliche Situationen erlebt und wusste, dass er ihr so viele Informationen wie möglich entlocken musste, ehe sie vollends zusammenbrach.

Die Anspannung der Mutter übertrug sich auch auf das Kind. Es hatte aufgehört zu lächeln und die Stirn in tiefe Falten gelegt, als würde es jeden Moment zu weinen anfangen.

»Anita«, sagte Hunter freundlich und deutete auf das Sofa. »Warum setzen wir uns nicht erst mal alle hin?«

Wieder sah sie ihn verständnislos an. »Ich will nicht sitzen. Wo ist Kevin?«

Das Baby begann zu strampeln. Hunter schenkte ihm erneut ein Lächeln. »Wie heißt die Kleine denn?«

Anita sah zärtlich auf ihre Tochter herab und begann sie zu schaukeln. »Lilia.«

Er lächelte noch einmal. »Ein schöner Name. Und sie ist ein bildhübsches Baby, aber dass Sie so aufgeregt sind, macht sie unruhig, merken Sie das? Kleine Kinder spüren solche Dinge besser als Erwachsene, erst recht bei ihren Müttern. Wenn Sie sich hinsetzen, dann hilft das Lilia dabei, sich zu beruhigen. Und Ihnen auch.«

Anita zögerte.

»Bitte«, sagte Hunter und zeigte abermals aufs Sofa. »Probieren Sie es aus. Sie werden schon sehen.«

Anita steckte Lilia ihren Schnuller in den Mund. »*No llores, mi amor. Todo va a estar bien.*« Die Kleine begann am Schnuller zu saugen, und Anita nahm endlich auf dem Sofa Platz. Hunter und Garcia setzten sich in die Sessel.

Lilia schmiegte sich in die Arme ihrer Mutter und klappte die Äuglein zu.

Hunter ergriff die Gelegenheit, eine Frage loszuwerden, bevor Anita zum dritten Mal ihre stellen konnte.

»Sie sagten, dass Sie Kevin am Montag zum letzten Mal gesehen haben, ist das richtig?«

Anita nickte. »Morgens. Hat gefrühstückt und ist dann zur Arbeit gegangen, so wie immer.«

»Und er ist am Abend nicht nach Hause gekommen?«

»Nein. Früher wär das nicht so seltsam gewesen, aber seit Lilia da ist, hat er nicht mehr so spät abends gespielt.«

»Spätabends gespielt?«, hakte Garcia nach.

Anita lachte nervös. »Kevin ist großer *niño*. Er arbeitet in Gamestore, weil er liebt Spiele. Er spielt die ganze Zeit wie ein Kind. Vor Lilias Geburt ist oft abends nach der Arbeit noch im Laden geblieben und hat mit Kollegen bis zum Morgen Internet gespielt. Aber hat immer angerufen, um zu sagen, wenn er länger bleibt. Jetzt haben wir Lilia, und er macht so was nicht mehr. Er ist ein guter Vater.«

Garcia nickte verständnisvoll.

»Am Montagabend hat er Sie aber nicht angerufen?«, fragte Hunter.

»Nein.«

»Haben Sie es bei ihm versucht?«

»Ja, aber ist nicht gegangen ans Handy. Mailbox hat gesagt, Teilnehmer nicht verfügbar.«

»Um wie viel Uhr war das, wissen Sie das noch? Wann haben Sie Ihren Mann angerufen?«

Anita musste nicht erst überlegen. »Nicht spät. Gegen halb neun. Kevin kommt nie spät nach Hause. Normalerweise er ist immer um acht da.«

Hunter schrieb sich das auf.

»Haben Sie mit seinen Kollegen aus dem Laden gesprochen? War er am Montag bei der Arbeit?«

»Ja. Ich habe im Laden angerufen am Montagabend. Nach dem Anruf bei Kevin. Ist keiner rangegangen. Niemand da. Um elf ich habe angerufen die *policia*, aber da hat keinen interessiert. Gegen eins ist ein Polizist gekommen, aber hat nur gesagt, ich soll warten, vielleicht Kevin kommt am Morgen wieder. Dann war es Morgen, und Kevin ist nicht gekommen. Dann habe ich wieder angerufen im Geschäft und mit Emilio gesprochen. Emilio ist guter Freund, alter Freund von Kevin. Er hat gesagt, Kevin ist am Montag normal zur Arbeit gekommen und nicht länger geblieben zum Spielen. Er hat gesagt, sie haben um sieben zugemacht, und Kevin ist gegangen. Ich habe noch mal angerufen bei der Polizei, aber sie haben sich immer noch nicht gekümmert. Sie sagen, Kevin ist kein Kind mehr, sie müssen ein oder zwei Tage warten, bevor sie was tun können.«

Hunter und Garcia wussten, dass dies der Wahrheit entsprach. In den Vereinigten Staaten hat jeder Erwachsene das Recht, spurlos zu verschwinden. Manche wollen vielleicht ihren Ehepartner ein paar Tage lang nicht sehen. Andere brauchen eine kurze Auszeit von allem. Es ist eines jeden freie Entscheidung. Die Dienstvorschrift für den Umgang mit vermissten Personen im Staat Kalifornien sieht vor, dass zwischen vierundzwanzig und achtundvierzig Stunden vergehen müssen, ehe für eine volljährige Person eine Vermisstenanzeige aufgegeben werden kann.

Hunter machte sich weitere Notizen. »Fährt Kevin mit dem Auto zur Arbeit?«

»Nein, er nimmt Bus.«

»Hatten Sie, ich meine, Ihre Familie, irgendwelche finanziellen Probleme?«, fragte Garcia.

»Finanzielle?«

»Geldprobleme«, erklärte Garcia.

Anita schüttelte energisch den Kopf. »Nein. Wir zahlen alles pünktlich. Wir schulden niemandem Geld.«

»Und Kevin?«, hakte Garcia nach. »Was ist mit Glücksspiel?« Auf ihre verständnislose Miene hin setzte er, ehe sie nachfragen konnte, hinzu: »Wetten ... *apuesta*. Pferde oder Internetpoker oder so was in der Art?«

Anita zog ein Gesicht, als hätte Garcia ihre ganze Verwandtschaft beleidigt. »Nein. Kevin ist ein guter Mann. Guter Vater. Guter Ehemann. Wir gehen jeden Sonntag in die Kirche.« Sie deutete auf das Jesusbild an der Wand. »Kevin mag Videospiele, peng, peng, Monster erschießen.« Mit Daumen und Zeigefinger formte sie eine imaginäre Schusswaffe. »Soldaten im Krieg erschießen, okay? Aber er wettet nicht. *Él non apuesta.* Er spielt nur gern. Wir sparen ganzes Geld – für Lilia.« Sie blickte auf ihre Tochter hinab, die noch immer selig an ihrem Schnuller nuckelte. »Sein Herz ist nicht so gut, ja? Er nimmt Medikamente. Arzt sagt, er muss aufpassen. Er hat Angst, dass er nicht mehr erlebt, wie Lilia groß wird, also spart er für Zukunft.« Anitas Augen füllten sich mit Tränen. »Da stimmt doch was nicht. Ich weiß es. Kevin ruft immer an. Es gab keinen Busunfall. Ich habe nachgeschaut. Die Gegend hier ist sehr gefährlich. Die Stadt ist sehr gefährlich. Leute denken, L. A., das ist Hollywood und schönes Leben, ja? Aber ist nicht so.« Eine Träne lief ihr über die Wange. »Ich habe Angst. Kevin und Lilia sind alles, was ich habe. Meine Familie lebt in Puerto Rico. Sie müssen Kevin für mich finden. Unbedingt.«

Zum zweiten Mal wurde Hunter das Herz schwer, und er spürte eine Enge in der Brust, weil er wusste, dass er keine Wahl hatte. Es war an der Zeit, Anita die Wahrheit zu sagen.

19

Hunter und Garcia saßen danach lange in Garcias Wagen und schwiegen. Jemandem, der so verletzlich war wie Anita, die schreckliche Nachricht überbringen zu müssen, dass ihr Ehemann von einem Psychopathen verschleppt und praktisch in Lauge aufgelöst worden war und dass die kleine Lilia ihren Vater niemals wiedersehen würde, ging selbst den erfahrensten Detectives an die Nieren.

Zuerst hatte Anita sie einfach nur angestarrt, als hätte sie nichts von dem, was sie ihr gesagt hatten, begriffen. Dann begann sie zu lachen. Es war ein lautes, überschnappendes Lachen, als hätte ihr jemand einen rasend komischen Witz erzählt. Sie lachte, bis ihr Tränen über die Wangen strömten, und konnte gar nicht mehr aufhören. Dann sagte sie ihnen, sie müssten jetzt gehen, ihr Mann würde jeden Moment nach Hause kommen, und davor müsse sie noch einige Sachen erledigen. Sie wolle ihm sein Lieblingsessen kochen, und dann würde er sich hinsetzen und mit seiner kleinen Tochter spielen wie jeden Abend. Als Anita hinter ihnen die Tür schloss, zitterte sie am ganzen Leib, als hätte sie Fieber.

Hunter ging ohne ein weiteres Wort. In seiner Laufbahn hatte er schon die unterschiedlichsten Trauerreaktionen erlebt: eine Mutter, die felsenfest davon überzeugt war, ihr Sohn sei von Außerirdischen entführt worden, statt der Wahrheit ins Gesicht zu sehen, dass jemand ihm dreiunddreißig Messerstiche beigebracht hatte, nur weil er in einer unsicheren Gegend unterwegs gewesen war und die falschen Farben getragen hatte; einen Arzt, der gerade erst sein Physikum bestanden hatte und jegliche Erinnerung an seine junge Ehefrau verdrängte, um nicht an die Nacht denken zu müssen, in der vier Männer in ihr Haus eingedrungen waren, ihn gefesselt und gezwungen hatten, dabei zuzusehen, wie sie sich mit gnadenloser Brutalität an ihr vergingen. Wenn die Wirklichkeit zu sinnlos wird, um sie zu begreifen, erschafft der menschliche Geist mitunter seine eigene Realität.

Hunter würde sofort veranlassen, dass sich ein Mitarbeiter des psychologischen Dienstes der Ehefrau des Opfers annahm. Anita würde jede Hilfe brauchen.

Außerdem würde er in den nächsten Tagen jemanden aus dem Kriminallabor bei ihr vorbeischicken. Sie benötigten einen Wangenabstrich oder eine Haarprobe der Tochter. Hunter und Garcia waren sicher, dass es sich bei dem Opfer um Kevin Lee Parker handelte, aber die Dienstvorschrift verlangte eine eindeutige Identifizierung. Die Leiche war so stark entstellt, dass Anita sie niemals in der Gerichtsmedizin würde identifizieren können. Folglich waren sie auf eine DNA-Probe angewiesen.

»Scheiße!«, fluchte Garcia und ließ den Kopf aufs Lenkrad sinken. »Schon wieder sind wir hinter einem Killer her, dem es scheißegal ist, wen er umbringt.«

Hunter sah seinen Partner an.

»Du hast das Haus des Opfers gesehen. Die sind nicht reich. Du hast seine Frau und seine Tochter kennengelernt – normale, einfache Leute. Okay, wir müssen warten, was das Rechercheteam über Kevin Lee Parker rausfindet, aber kommt dir bis jetzt irgendwas von dem, was wir über sein Leben wissen oder gesehen haben, auch nur im Geringsten auffällig vor?«

Hunter schwieg.

»Ich wäre überrascht, wenn er jemals auch nur ein Knöllchen bekommen hat. Er war ein ganz gewöhnlicher Familienvater, der sein Bestes getan hat. Der versucht hat, für seine Frau und sein Kind eine Zukunft aufzubauen, bevor sein schwaches Herz den Geist aufgibt.« Garcia schüttelte den Kopf. »Ich glaube nicht, dass Kevin Lee Parker wegen Geld oder Schulden oder Drogen oder Rache oder sonst irgendwas zum Mordopfer wurde. Ein sadistischer Irrer hat ihn völlig wahllos aufs Korn genommen. Es hätte jeden treffen können, Robert. Er war einfach nur zur falschen Zeit am falschen Ort.«

»Das können wir noch nicht mit Sicherheit sagen, Carlos, das weißt du.«

»Das sagt mir aber mein Bauchgefühl, Robert. Hier geht

es nicht ums Opfer. Es geht um einen Killer, der sich an seiner eigenen Macht aufgeilt. Warum baut er so einen Folterapparat? Warum ruft er bei uns an und sendet den Mord live im Internet, damit wir zuschauen können wie bei einer gottverdammten Hinrichtungsshow? Du hast es selbst gesagt, der Plan, der dahintersteht, ist zu dreist, zu komplex – ein Telefonanruf, der quer durch Los Angeles springt – nicht durch die ganze Welt oder die USA, nur durch L. A. –, aber eine Internetübertragung, die allem Anschein nach aus Taiwan kommt?«

Hunter gab keine Antwort.

»Der Typ will töten. Punkt. Wen er tötet, spielt dabei überhaupt keine Rolle.«

Noch immer blieb Hunter stumm.

»Du hattest recht mit deiner Einschätzung«, fuhr Garcia fort. »Wenn wir diesen Verrückten nicht bald stoppen, wird Kevin Lee Parker nicht sein einziges Opfer bleiben. Er wird sich einfach jemand Neuen herauspicken, ihn in diesen Foltertank sperren, und der Alptraum geht von vorne los. Vielleicht hat Baxter recht. Vielleicht spielt dieser Irre ein Spiel mit uns. Zeigt uns, wie krank und einfallsreich er sein kann. Du bist Psychologe, was meinst du dazu? Ganz im Ernst, als er mit dir am Telefon gesprochen hat … ich habe noch nie jemanden gehört, der so kalt und emotionslos ist. Das Leben des Opfers war ihm einen Dreck wert.«

Genau wie Hunter war Garcia dieser Gleichmut im Tonfall des Anrufers aufgefallen. Da war kein Zorn, kein Rachedurst, keine Genugtuung, keine Freude gewesen, nichts. Der Anrufer hatte getötet, wie andere den Hahn aufdrehen und sich ein Glas Wasser eingießen. Hunter und Garcia wussten beide, dass dies die schlimmste Art von Killer war, mit der es ein Detective zu tun bekommen konnte. Ein Killer, dem scheinbar alles egal war. Für den Töten nichts weiter war als ein Spiel.

20

Hunter und Garcia fuhren direkt weiter zum Next-Gen Gamestore in Hyde Park, wo Kevin Lee Parker gearbeitet hatte. Anita zufolge war Kevins bester Freund – Emilio Mendoza – im selben Laden angestellt.

Der Videospieleladen lag an einer Straßenecke am Crenshaw Boulevard und gehörte zu einem kleinen Einkaufszentrum. Um diese frühe Uhrzeit war nur wenig Kundschaft im Laden. Lediglich ein paar Jugendliche durchstöberten die Regale.

»Entschuldigung«, wandte Hunter sich an einen Mitarbeiter, der gerade einige Aufsteller im vorderen Bereich des Ladens neu ordnete. »Könnten Sie mir sagen, ob Emilio heute arbeitet?«

Der Blick des Mannes ging langsam zwischen den beiden Detectives hin und her.

»Ich bin Emilio«, sagte er und stellte ein letztes Spiel ins Regal, ehe er ihnen ein breites Lächeln schenkte. »Womit kann ich Ihnen behilflich sein?« Er hatte einen schwach ausgeprägten, charmanten puerto-ricanischen Akzent.

Emilio schien etwa Anfang dreißig zu sein und hatte einen stämmigen, seltsam unförmigen Körperbau – an Schultern und Bauch war er stark gerundet, ein bisschen wie ein Luftballon, den man durch Herumdrücken aus der Form gebracht hatte. Er hatte kurze dunkle Haare und einen schmalen, akkurat gestutzten Oberlippenbart.

»Wir sind vom LAPD«, sagte Hunter und zeigte ihm seine Marke. Garcia tat es ihm nach. »Gibt es hier irgendwo einen Ort, an dem wir ungestört reden können?«

Emilio trat unbehaglich von einem Fuß auf den anderen. Erneut sprang sein fragender Blick von einem Detective zum anderen.

»Es geht um Kevin Lee Parker«, fügte Hunter erklärend

hinzu, was allerdings Emilios Verwirrung nur noch zu vergrößern schien.

»Ist mit Kev alles in Ordnung?«

Hunter sah sich im Laden um, bevor er sich wieder Emilio zuwandte. »Vielleicht könnten wir uns hinten auf dem Parkplatz unterhalten?«, schlug er vor und machte eine Geste mit dem Kopf.

»Sicher doch.« Emilio nickte und wandte sich dann an den großen dünnen Mann hinter der Kasse. »Frank, ich muss mal kurz zehn Minuten Pause machen. Kommst du zurecht?«

Franks Blick blieb kurz an den zwei Männern neben Emilio hängen. »Ja, sicher.« Er nickte. »Alles klar bei dir?«

»Ja, alles okay. In zehn Minuten bin ich wieder da.«

Emilio folgte Hunter und Garcia hinaus auf den Parkplatz. »Mit Kevin stimmt was nicht, oder?«, fragte er, kaum dass sie bei Garcias Wagen angekommen waren. Hunter bemerkte die Angst in seiner Stimme.

»Wann haben Sie Kevin zum letzten Mal gesehen?«, fragte Garcia.

»Am Montag«, antwortete Emilio. »Er hatte Schicht. Eigentlich sollte er diese Woche jeden Tag arbeiten, aber am Dienstagmorgen ist er nicht aufgetaucht und am Mittwoch auch nicht. Anita, seine Frau, hat mich am Dienstagvormittag angerufen, weil Kev am Montagabend nicht nach Hause gekommen ist. Sie meinte, sie hätte die Polizei verständigt, aber man hätte sie abgewimmelt.«

»Um wie viel Uhr hat er am Montagabend den Laden verlassen, wissen Sie das noch?«, fragte Hunter.

»Zur selben Zeit wie immer«, antwortete Emilio. »Er hat den Laden so gegen sieben zugemacht, wie jeden Tag. Normalerweise gehen wir noch zusammen zur Bushaltestelle an der Ecke Hyde Park Boulevard und 10th Avenue, aber am Montagabend wollte ich noch zu Chico's, was essen. Das ist gleich um die Ecke.« Emilio zeigte in Richtung Osten. »Ich habe Kev gefragt, ob er mitkommt, aber er wollte lieber gleich nach Hause, um noch Zeit mit seiner Tochter zu verbringen.«

»Haben Sie eine Ahnung, ob er bei der Bushaltestelle angekommen ist?«

»Nein.« Emilios Antwort war begleitet von einem Kopfschütteln.

»Am Montag, sah Kevin da irgendwie anders aus oder wirkte er verändert?«, wollte Garcia nun wissen. »War er nervös, beunruhigt, erregt, besorgt, verängstigt ... irgendwas in der Art?«

Emilio machte ein Gesicht, als sei dies die merkwürdigste Frage der Welt.

»Nein. Kev war ...« Er hob die Schultern. »Kev. Immer freundlich. Immer fröhlich. Er war kein bisschen anders als sonst.«

»Hatte er was mit Glücksspiel am Hut?«

Emilios Augen wurden groß, und er ließ ein nervöses Lachen hören. »Kevin und Glücksspiel? Auf keinen Fall. Er steht auf Videospiele und Online Games, vor allem *Call of Duty – Modern Warfare*, *Black Ops 2* und *Ghost Recon*, aber das war's auch schon. Er geht nicht ins Casino. Für so was würde Kevin nie sein Geld zum Fenster rauswerfen.«

»Wie lange kennen Sie beide sich schon?«, wollte Hunter wissen.

Emilio schüttelte unsicher den Kopf. »Lange. Über fünfzehn Jahre. Wir haben uns auf der Schule in Gardena kennengelernt. Kev hat mir auch den Job hier besorgt, vor zwei Jahren, nachdem er Filialleiter wurde. Ich hatte ein paar Probleme, verstehen Sie? Vor ein paar Jahren bin ich aus meinem alten Job gefeuert worden, und ich konnte nirgendwo was Neues finden. Kev ist echt ein korrekter Typ ... mein bester Freund.«

»Sie glauben also nicht, dass er in irgendwelchen Schwierigkeiten steckte?«, fragte Garcia.

»Nicht dass ich wüsste. Hören Sie, falls Kev irgendwelchen Ärger hat … egal was, das hätte er mir gesagt, da bin ich mir absolut sicher; und selbst wenn nicht, ich hätte es gemerkt. Er kann sich nicht besonders gut verstellen. Er ist ein ganz normaler Kerl, manchmal ein bisschen schüchtern. Er liebt seine Familie, er liebt seinen Job. Viel mehr gibt's über ihn nicht zu sagen. Irgendwas muss ihm passiert sein. Und ich meine was Schlimmes, verstehen Sie? Ich sag's Ihnen, er würde nicht einfach so verschwinden. Er hat gar keinen Grund dazu. Er trinkt kaum, und ich weiß auch, dass er nichts mit anderen Frauen hat.« Emilio verstummte und betrachtete sichtlich aufgewühlt die beiden Detectives. »Ihm *ist* was passiert, oder? Deswegen sind Sie hier. Sie sind nicht von der Vermisstenstelle.«

»Nein, ich fürchte, das sind wir nicht«, lautete Garcias Antwort.

21

Es war siebzehn Uhr achtundzwanzig, als Hunter endlich mit der Sichtung der Aufnahmen, die er von der Verkehrsüberwachung des Valley Bureau erhalten hatte, fertig war. Die Kamera, die dem Fundort der Leiche in der Gasse in Mission Hills am nächsten gelegen war und rund um die Uhr aufzeichnete, befand sich knapp eine Meile entfernt an der Kreuzung zweier größerer Durchgangsstraßen, dem San Diego Freeway und dem Ronald Reagan Freeway. Es war der Traum eines jeden Flüchtigen. Erschwerend kam noch hinzu, dass der Täter keine der beiden Straßen an dieser Kreuzung hätte nehmen müssen. Er hätte die Freeways auch ganz meiden und problemlos über Stadtstraßen von einem Ende L. A.s bis zum anderen gelangen können.

An den Stadtstraßen wurde der Großteil der Verkehrskameras nur dann aktiviert, wenn man die Geschwindigkeitsbegrenzung überschritt oder eine rote Ampel nicht beachtete. Er hätte die Leiche in der Gasse ablegen und danach quer durch die Stadt fahren können, ohne dass eine einzige Kamera ihn ins Bild bekommen hätte.

Trotzdem sah sich Hunter im Schnelldurchlauf die vier Stunden Verkehrsaufnahmen an. Dabei zählte er insgesamt siebenunddreißig Pick-ups, die an besagter Kreuzung auf einen der beiden Freeways abbogen. Einundzwanzig davon waren dunkel, aber keiner von ihnen schien eine Delle in der hinteren Stoßstange zu haben. Hunter gab die Kennzeichen aller siebenunddreißig Trucks an sein Team weiter, nur für den Fall, dass Keon sich geirrt hatte. Er wollte nichts dem Zufall überlassen.

»Ich habe dir ja gleich gesagt, dass wir nichts Ungewöhnliches finden«, verkündete Garcia, als er zurück ins Büro kam. Er hatte eine Akte in der Hand. »Kevin Lee Parker war ein absoluter Durchschnittsbürger. Ein einfacher Mann mit einem einfachen Leben. Er wurde nie verhaftet. Hat immer pünktlich seine Steuern gezahlt. Besitzt kein Haus, sondern wohnt zur Miete. Wir haben seinen Vermieter kontaktiert. Es ist nur einmal vorgekommen, vor etwa zwei Jahren, dass Kevin im Rückstand war. Er hatte gerade geheiratet und war ein bisschen klamm. Aber selbst da hat er die Miete zwei Wochen später nachgezahlt. Der Vermieter meinte, er sei ein absolut zuverlässiger Mensch gewesen.«

Hunter nickte und lehnte sich auf seinem Stuhl zurück.

»Kevin ist in Westlake aufgewachsen und da auch zur Schule gegangen. Seine Noten waren passabel – nicht der beste Schüler, aber auch nicht der schlechteste. Aufs College gegangen ist er nie, stattdessen hatte er jede Menge verschiedener Jobs – Kellner, Supermarktkassierer, Packer im Lagerhaus ...« Garcia machte eine Geste mit der Hand, um anzudeuten, dass die Liste noch weiterging. »Vor fünf

Jahren hat er dann im Next-Gen Gamestore in Hyde Park angefangen, und drei Jahre später konnte er den Posten als Filialleiter übernehmen. Ungefähr zur selben Zeit hat er Anita geheiratet. Sie waren zu dem Zeitpunkt bereits fünf Jahre zusammen. Seine Tochter Lilia wurde vor sechs Monaten geboren.«

Garcia musste sich räuspern, als die Erinnerung an das lachende Baby auf dem Arm seiner Mutter ihn einholte.

»Klingt so, als wäre er ein sehr umsichtiger Mensch gewesen«, fuhr er fort. »Wie wir rausgefunden haben, litt er an einem Herzfehler – Mitralstenose. Er war klug genug, keine Risiken einzugehen. Keine körperliche Überanstrengung, hat nie geraucht, allem Anschein nach auch keine Drogen genommen. Er hatte eine Krankenversicherung, allerdings war es wohl keine besonders gute, er musste nämlich trotzdem noch jedes Mal was zuzahlen, wenn er zum Arzt gegangen ist. Deswegen war er in den letzten fünf Jahren auch nur zweimal beim Kardiologen – einem Dr. Mel Gooding. Der hat seine Praxis in South Robertson. Wir können morgen Vormittag bei ihm vorbeifahren.«

Hunter nickte.

»Wie Emilio uns heute Morgen gesagt hat: Kevin hatte keinen besonders großen Freundeskreis. Sein Leben drehte sich um seine Familie und seinen Job, das war's. Emilio war sein bester Freund.« Garcia blätterte eine Seite des Berichts um, ehe er fortfuhr. »Morgen früh müsste uns eine Übersicht über seine neuesten Kontobewegungen vorliegen. Von seinem Handydienstleister und Internet-Provider kam bislang noch keine Antwort, aber mit etwas Glück ergibt sich da in den nächsten ein oder zwei Tagen was.«

»Irgendwelche Neuigkeiten, was den Bus angeht?«, wollte Hunter wissen.

Garcia nickte. »Kevin hat den 207er Bus nach Hause genommen. Der fährt von Athens bis nach Hollywood. Am Montagabend waren auf der Route insgesamt sechs verschiedene Fahrer der L. A. Metro unterwegs. Die Namen habe ich alle hier. Vier haben heute Abend Dienst, die anderen zwei morgen früh.« Er warf rasch einen Blick auf seine Uhr und gab den Bericht dann an Hunter weiter. »Deine Entscheidung, aber wir könnten in etwa einer Stunde am Betriebsbahnhof sein und die vier Fahrer, die heute Abend Schicht haben, fragen, ob sich einer von ihnen daran erinnert, dass Kevin am Montagabend bei ihm im Bus saß.«

Hunter war bereits aufgestanden. »Gehen wir.«

Noch ehe er die Bürotür erreicht hatte, klingelte das Handy in seiner Tasche. Er schaute auf das Display – unbekannter Teilnehmer.

»Detective Hunter, Morddezernat I.«

»Hallo, Detective Hunter«, meldete sich der Anrufer in derselben rauen Stimme und demselben ruhigen Tonfall wie zwei Tage zuvor.

Der Blick, den Hunter Garcia zuwarf, machte jedes Wort überflüssig.

»Nee, oder?«, sagte Garcia und eilte zurück an seinen Schreibtisch. Innerhalb von Sekunden hatte er die Zentrale in der Leitung. »Sie müssen versuchen, einen Anruf zurückzuverfolgen, den Detective Robert Hunter gerade auf seinem Handy bekommen hat.« Er gab ihnen die Nummer durch.

»Woher haben Sie diese Nummer?«, fragte Hunter und drückte den Lautsprecherknopf an seinem Handy, damit Garcia mithören konnte.

Der Anrufer lachte. »Informationen, Informationen, Detective Hunter. Sie schwimmen alle da draußen irgendwo herum, man muss nur wissen, wie man an sie herankommt. Aber wissen Sie was?« Es lag ein Hauch Belustigung in seiner Stimme.

»Sie haben mich angerufen, um mir Ihren Namen und Ihre Adresse zu verraten?«, sagte Hunter.

Diesmal war das Lachen des Anrufers ein wenig lebhafter. »Nicht ganz, aber ich habe etwas anderes für Sie.«

Hunter wartete.

»Ihre Lieblingswebsite ist wieder online.«

22

Sofort ging Hunters Blick zum Telefon auf seinem Schreibtisch. Er wusste, dass Dennis Baxter von der Computerkriminalität immer noch seine Suche nach der IP-Adresse laufen hatte. Wenn die Website jetzt wieder online war, musste er es also gemerkt haben. Doch an Hunters Apparat blinkte kein Licht. Niemand hatte angerufen.

Hunter ging zielstrebig zu seinem Computer und rief seinen Browser auf. Er wusste die IP-Adresse noch auswendig. Er tippte sie in die Adresszeile ein und betätigte die Return-Taste.

ERROR 404 PAGE NOT FOUND.

Hunter runzelte die Stirn.

»Diesmal habe ich beschlossen, es ein bisschen anders zu machen, Detective«, sagte der Anrufer. »Beim ersten Mal hat es mir mit Ihnen keinen rechten Spaß gemacht. Sie haben sich geweigert, eine Wahl zu treffen, bis ich mich für Feuer entschieden hatte. Und selbst dann haben Sie noch versucht, mich auszutricksen. Das fand ich nicht sehr zufriedenstellend. Also habe ich nachgedacht. Sie dürfen jetzt nicht mehr wählen. Ich habe beschlossen, den Rahmen zu erweitern.« Eine kurze, angespannte Pause. »Haben Sie schon mal eine dieser Reality-Shows gesehen, wo die Zuschauer darüber abstimmen dürfen, welchen Künstler sie am besten finden?«

Hunter spürte das Adrenalin durch seine Adern rauschen.

»Detective?«, hakte der Anrufer nach.

»Nein, ich habe noch nie eine von diesen Shows gesehen.«

»Aber Sie wissen, wovon ich rede, oder? Kommen Sie, Detective, ich dachte, Sie seien ein gut informierter Mann.«

Hunter schwieg.

»Jedenfalls habe ich mir gedacht, dass es doch sehr lustig wäre, wenn ich aus der Sache eine Webshow mache.«

Hunter sah zu Garcia, der eben die alte IP-Adresse in seinen Browser eingegeben und denselben Fehlercode erhalten hatte.

»Sind Sie in Ihrem Büro?«, wollte der Anrufer wissen.

»Ja.«

»Gut. Dann möchte ich, dass Sie auf folgende Website gehen. Bereit?«

Schweigen.

»*www.pickadeath.com.*« Er gllckste leise. »Ist das nicht ein toller Name?«

Rasch gaben Hunter und Garcia die Adresse in ihre Browser ein und drückten auf »Enter«.

Auf dem Monitor flackerte es einmal, drei Sekunden später war die Website geladen.

Allerdings war nichts darauf zu sehen. Alles war vollkommen dunkel. Hunter überprüfte, ob er sich bei der Adresse eventuell vertippt hatte. Hatte er nicht.

Garcia sah von seinem Bildschirm auf, hob frustriert die Hände und schüttelte den Kopf. Bei ihm war ebenfalls kein Bild zu sehen.

»Sind Sie da?«, fragte der Anrufer.

»Ich sehe nichts als einen dunklen Bildschirm«, gab Hunter zurück.

»Nur Geduld, Detective Hunter. Sie sind auf der richtigen Seite.«

Plötzlich erschienen in der linken oberen Ecke der Website drei kleine weiße Buchstaben – SSV.

»Was soll das jetzt?«, stöhnte Garcia.

Hunter betrachtete die Buchstaben durch zusammengekniffene Augen und überlegte, was sie wohl bedeuten mochten. Er sah zu Garcia hinüber und schüttelte den Kopf. »Ich glaube, diesmal ist es kein chemisches Formelzeichen«, flüsterte er.

Dann erschienen in der rechten oberen Ecke drei Zahlen – 678 – in demselben weißen Font.

»Sehen Sie jetzt etwas?«, erkundigte sich der Anrufer.

»Ja, ich sehe was«, antwortete Hunter ruhig. »Was soll das bedeuten?«

Der Anrufer lachte erneut. »Das werden Sie schon selbst herausfinden müssen, Detective. Aber das ist erst mal zweitrangig. Hier kommt die Hauptattraktion.«

Ganz plötzlich löste sich die Dunkelheit auf, und das Bild nahm den vertrauten Grünstich einer Kamera im Nachtsichtmodus an.

Hunter und Garcia hatten damit gerechnet, denselben Glastank zu sehen wie beim ersten Mal. Sie hatten damit gerechnet, dass ein neues Opfer darin saß, bis auf die Unterwäsche ausgezogen und an den Metallstuhl gefesselt. Sie waren davon ausgegangen, dass der Anrufer dasselbe sadistische Spiel mit ihnen treiben wollte wie beim ersten Mal – dass er sie zwischen Ertrinken und Verbrennen wählen lassen würde.

Doch sie sahen etwas anderes.

Und bei dem Anblick wurde ihnen kalt bis auf die Knochen.

23

Michelle Kelly, Leiterin der Abteilung Cyberkriminalität des FBI in Los Angeles, saß an ihrem Computer. Ihre Finger flogen über die Tasten. Hinter ihr stand ihr Kollege Harry Mills, seines Zeichens brillanter Elektroingenieur, und las jedes Wort, das sie schrieb, mit. Er war drei Jahre zuvor zum FBI gekommen, nachdem er am MIT in Cambridge seinen Doktor cum laude in Elektrotechnik und Informatik gemacht hatte.

Michelle und Harry arbeiteten seit mittlerweile sieben Monaten zusammen an einer verdeckten Operation. Sie waren einem Pädophilen auf der Spur, der seit Jahren in Internet-Chatrooms zehn- bis dreizehnjährige Mädchen köderte. Der Kerl war ein Drecksack der widerlichsten Sorte. Er wusste genau, woran er die einsamen Mädchen erkennen konnte. Die, die nicht richtig dazugehörten. Die Außenseiterinnen. Die Verletzlichen. Er war sehr geduldig. Er chattete monatelang mit ihnen, um ihr Vertrauen zu gewinnen. Anfangs gab er sich als dreizehnjähriger Junge aus, doch sobald sich ihre virtuelle Beziehung gefestigt hatte, offenbarte er den Mädchen, dass er in Wirklichkeit ein Student Anfang zwanzig sei. In Wahrheit war er Ende dreißig.

Er gab sich stets freundlich, verständnisvoll und fürsorglich und sparte nicht mit Komplimenten. Auf ein junges Mädchen, das sich von allen, einschließlich der Eltern, missverstanden fühlte, musste das einen fast unwiderstehlichen Reiz ausüben. Seine Methode war todsicher, und es dauerte nicht lange, da war das Mädchen in jemanden verliebt, den es noch nie in seinem Leben gesehen hatte. Danach war es nur noch ein kleiner Schritt, es zu einem persönlichen Treffen zu überreden.

Informationen des FBI zufolge hatte er bereits sechs Mädchen mit dieser Masche geködert und zum Geschlechtsverkehr gezwungen. Zwei von ihnen waren erst zehn Jahre alt gewesen.

Leider nur war dieser Mädchenjäger alles andere als dumm und kannte sich bestens mit Computern aus. Er blieb nie lange am selben Ort. Er benutzte einen Laptop, und er chattete ausschließlich von öffentlichen Hotspots wie Cafés, Bars oder Hotellobbys aus. Er legte sich nie ein eigenes Passwort für eine WLAN-Verbindung zu, sondern stahl sie von anderen Usern oder hackte sich ganz einfach ins System. Die meisten öffentlich zugänglichen Hotspots sind nicht gerade für ihre hervorragende Internetsicherheit bekannt.

Darüber hinaus wechselte er ständig von einem Chatroom zum nächsten, richtete manchmal sogar seine eigenen ein. Er benutzte verschiedene Nicknames, und er chattete nie länger als zehn bis fünfzehn Minuten am Stück.

Vier Monate zuvor war Michelle per Zufall auf ihn gestoßen, als er gerade in einem Chatroom in Guatemala zu Gast war. Die Abteilung hatte bereits Hunderte ähnlicher Fälle gelöst. Sie alle wussten, dass man Perverse wie ihn am ehesten schnappen konnte, wenn man sie glauben machte, sie hätten es mit einem potentiellen Opfer zu tun. Michelle ergriff die Gelegenheit beim Schopf und wurde kurzerhand zu »Lucy«, einem dreizehnjährigen Mädchen aus Culver City. Er schluckte den Köder, und seitdem chatteten sie beinahe täglich miteinander. Er benutzte den Nickname »Bobby«.

»Bobby« war wirklich ausnehmend nett und verständnisvoll. Michelle konnte sich gut vorstellen, dass junge Mädchen mit geringem Selbstwertgefühl sich von ihm einwickeln ließen.

»Lucy« und »Bobby« sprachen schon seit Wochen davon, sich vielleicht einmal in der realen Welt zu verabreden, und tags zuvor hatte »Lucy« endlich ja gesagt. Sie teilte »Bobby«

mit, dass sie am Montag die Schule schwänzen könne, das habe sie schon öfter gemacht. Sie könnten sich irgendwo bei ihr in der Nähe treffen und den Tag zusammen verbringen, aber sie müssten vorsichtig sein. Wenn ihre Eltern davon Wind bekämen, würde sie eine Menge Ärger kriegen. »Bobby« versicherte ihr, dass sie es niemals erfahren würden.

Seit sieben Minuten chatteten sie nun schon und besprachen eben die letzten Details ihres Treffens am kommenden Montag.

»*Wie wär's mit Venice Beach?*«, schrieb Michelle. »*Weißt du, wo das ist?*«

»*Klar weiß ich das :)*«, schrieb »Bobby« zurück.

Venice Beach war nur eine kurze Busfahrt von Culver City entfernt. Das Gelände war spärlich bebaut und übersichtlich, so dass das FBI problemlos reichweitenstarke Kameras mit starken Objektiven installieren und die gesamte Gegend mit Undercoveragenten und Hunden abdecken konnte.

»*:) Kann dich da um 10 treffen*«, tippte Michelle. »*Kennst du den Skatepark?*«

»*Kenn ich. Skatepark klingt super. Kann's gar nicht erwarten.*«

»*:P Muss aber vor 3 zu Hause sein, sonst krieg ich MORDS-ärger.*«

»*Keine Sorge, Lucy*«, schrieb »Bobby« zurück. »*Keiner wird was merken. Das wird unser kleines Geheimnis :I.*«

»*Ok. LOL. Ciao, Bobby, bis Montag.*«

»*:):):):) Bis Montag, Lucy, xxx.*«

Sie trennten die Verbindung.

»Uuäähhh«, machte Michelle, stieß sich mit ihrem Stuhl vom Schreibtisch ab und schüttelte sich, als hätte sie einen Krampfanfall. Das tat sie immer, nachdem sie mit »Bobby« gechattet hatte. »Was für ein Widerling.«

Harry grinste. »Aber dir geht's gut, ja?«

Sie nickte. »Alles klar. Ich bin froh, dass die Sache bald vorbei ist.«

»Wem sagst du das.«

»Ich will am Montag unbedingt dabei sein. Ich will diesem Dreckschwein in die Augen sehen, wenn sie ihm Handschellen anlegen«, sagte Michelle.

»Geht mir nicht anders.«

»Ich freue mich schon auf sein Gesicht, wenn er merkt, dass ich ›Lucy‹ bin.«

»Äh, Boss? Kannst du mal kurz kommen und dir das hier ansehen?«, rief ihr ein Mitarbeiter der Abteilung, der gerade einige Webcrawler überwacht hatte, von seinem Schreibtisch aus zu.

»Was gibt's denn, Jamie?«, fragte Michelle.

»Ich weiß nicht genau, aber ich bin mir ziemlich sicher, dass du das sehen willst.«

24

Die Frau schien Anfang dreißig zu sein. Sie hatte lange, glatte, blondierte Haare, die feucht aussahen, wahrscheinlich vom Schweiß. Ihr ovales Gesicht wurde akzentuiert durch volle Lippen und tief liegende blaue Augen, denen man auf den ersten Blick ansah, dass sie geweint hatte. Rechts unterhalb ihrer Unterlippe befand sich ein Muttermal. Sie war durchschnittlich groß und trug nur Unterwäsche am Leib: ein violettes Höschen und einen dazu passenden BH.

Garcia spürte, wie sein Herzschlag sich beschleunigte.

Die Frau stand Todesängste aus. Ihre Augen waren so weit aufgerissen, wie es nur ging, und ihr Blick sprang unablässig hin und her, als hielte sie verzweifelt nach etwas

Ausschau. Immer wieder drehte sie den Kopf von rechts nach links, offenbar versuchte sie zu begreifen, wo sie war und was mit ihr passierte. Ihre Lippen bebten, und man hatte den Eindruck, dass ihr das Atmen schwerfiel. Sie lag auf dem Rücken und hatte nur wenig Bewegungsspielraum – allerdings nicht, weil sie gefesselt war, sondern weil sie in einer Art Gehäuse lag. Einer durchsichtigen Box aus Glas, Acryl oder einem ähnlichen Material gebaut. Allerdings war sie wesentlich kleiner als der Tank, den der Täter bei seinem ersten Opfer verwendet hatte. Die Frau hatte zu beiden Seiten nur etwa zwölf Zentimeter und über dem Kopf etwa acht Zentimeter Platz.

»Liegt sie in einem gläsernen Sarg?« Garcia warf Hunter einen Blick zu, woraufhin dieser ein Schulterzucken andeutete.

Dann öffnete er rasch ein Programm zum Aufzeichnen des Bildschirminhalts, das die EDV auf seinen Wunsch hin auf seinem Rechner installiert hatte, und begann die Übertragung mitzuschneiden.

Sofern der gläserne Sarg flach auf dem Boden lag, was man annehmen konnte, musste die Kamera, die die Bilder filmte, sich schräg darüber befinden. Die Frau war nur etwa bis zur Hüfte im Bild, ihre Beine waren nicht zu sehen.

Plötzlich überkam sie Panik, und sie begann verzweifelt mit den Fäusten an die Wände ihres Gefängnisses zu trommeln und mit den Füßen dagegenzutreten, doch das Glas war viel zu dick, als dass sie irgendetwas hätte ausrichten können. Sie schrie aus Leibeskräften, und die Adern an ihrem Hals traten hervor, als müssten sie jeden Moment platzen, doch weder Hunter noch Garcia hörten auch nur einen Ton.

»Was ist das da?«, fragte Hunter und deutete auf eine bestimmte Stelle im Bild.

Erst jetzt fiel Garcia eine dunkle Röhre auf, etwa zwölf Zentimeter im Durchmesser, deren Ende in einer Seitenwand der Glaskiste mündete.

Garcia starrte mit zusammengekniffenen Augen auf den Monitor. »Ich weiß nicht«, sagte er schließlich. »Vielleicht zur Belüftung?«

»Also«, dröhnte plötzlich die Stimme des Anrufers aus dem Lautsprecher. Die Anspannung im Raum wurde spürbar größer. »Was meinen Sie, sollen wir mit der Vorführung beginnen, Detective? Die Regeln sind diesmal allerdings ein klein wenig anders. Augen auf den Bildschirm.«

Plötzlich erschien das Wort SCHULDIG in Großbuchstaben am unteren Bildrand. Eine Sekunde später tauchte am rechten Bildrand, etwa in der Mitte, das Wort BEGRABEN auf, gefolgt von der Zahl 0 und einem grünen Button. Direkt darunter erschien das Wort GEFRESSEN, ebenfalls gefolgt von der Zahl 0 und einem Button. Oben am Bildschirm blinkten die Buchstaben SSV und die Ziffernfolge 678 zweimal kurz wie eine Warnung auf, bevor sie verschwanden.

»Was zum Henker läuft da?«, fragte Garcia.

Hunter verschlug es einen Moment lang den Atem. »Das ist eine Abstimmung.«

»Was?«

Der Anrufer lachte. Er konnte hören, wie Hunter und Garcia miteinander sprachen. »Alle Achtung, Sie haben eine schnelle Auffassungsgabe, Detective Hunter. Ihr Ruf ist wohlverdient. Es wird tatsächlich eine Abstimmung. Diesmal senden wir nämlich live im Internet.«

Garcia fuhr sich nervös mit der Hand durch die langen Haare.

»Ich habe ein wenig nachgedacht«, fuhr der Anrufer fort. »Und beschlossen, dass das Ganze doch viel schöner wird, wenn wir mehr Menschen ermöglichen, daran teilzunehmen, finden Sie nicht auch? Deswegen kann heute jeder abstimmen. Man muss nichts weiter tun, als auf einen der Buttons zu klicken.« Er machte eine effektvolle Pause. »Und das sind die Regeln, Detective: Die erste Todesart, die es auf eintausend Stimmen bringt, gewinnt. Klingt doch lustig, oder?«

»Warum tun Sie das?«, fragte Hunter.

»Das habe ich doch gerade gesagt: weil es lustig ist. Finden Sie das nicht auch? Aber ich sage Ihnen was, Detective Hunter: Damit die Sache noch spannender wird, gebe ich ihr eine Chance, weiterzuleben. Machen wir daraus einen Wettlauf gegen die Uhr, einverstanden? Wenn ich innerhalb von ... sagen wir ... zehn Minuten keine tausend Stimmen für eine der beiden Todesarten zusammenbekomme, lasse ich sie unversehrt laufen. Sie haben mein Wort. Wie klingt das?«

Hunter atmete aus.

»Ich finde, das klingt nach einem ziemlich fairen Angebot, oder?«

»Bitte tun Sie das nicht«, beschwor Hunter ihn, wurde jedoch ignoriert.

»Möchten Sie gerne der Erste sein, der seine Stimme abgibt, Detective Hunter?« Der Anrufer lachte, wartete jedoch nicht auf eine Antwort. »Das dachte ich mir. Aber es gibt noch Hoffnung für sie. Die Website wurde gerade erst online gestellt. Vielleicht wird niemand sie sehen, und selbst wenn, vielleicht stimmt ja keiner ab. Wer weiß? In jedem Fall werden wir zehn sehr aufregende Minuten miteinander verbringen.«

Links unten am Bildschirmrand wurde eine Digitaluhr eingeblendet, die rückwärts zu laufen begann – 10:00, 9:59, 9:58 ...

Plötzlich wurde aus der 0 neben dem Wort BEGRABEN eine 1, gleich darauf eine 2.

Der Anrufer lachte laut. »Hoppla, das war ich nicht, versprochen. Ich schummle nicht. Sieht so aus, als wäre das Rennen gestartet.«

Einen Moment später war die Leitung tot.

25

Hunter griff sofort nach dem Telefonhörer und rief Dennis Baxter an. Der nahm nach dem zweiten Klingeln ab.

»Dennis, Robert Hunter von Mord I hier. Die Website ist wieder online.«

»Was?«

Hunter hörte hektisches Rascheln, gefolgt vom Klackern einer Tastatur.

»Nein, ist sie nicht«, sagte Baxter.

»Er benutzt nicht die IP-Adresse. Diesmal ist es ein richtiger Domain-Name.«

»Sie machen Witze.«

»*www.pickadeath.com.*«

Mehr Tastengeräusche. Hunter hörte, wie Baxter laut die Luft ausstieß.

»So ein Mist.« Baxter verstummte kurz. »Was zum Geier sollen all die Zahlen auf dem Bildschirm?«

So schnell er konnte, erklärte Hunter ihm, was er wusste.

»Das heißt, wenn er in zehn Minuten tausend Stimmen zusammenkriegt, wird sie entweder lebendig BEGRABEN oder lebendig GEFRESSEN?«

»So habe ich es verstanden«, gab Hunter zurück.

»Gefressen von was?«

Die Zahl neben BEGRABEN stieg auf 22. GEFRESSEN war bei 19.

»Denken Sie jetzt nicht darüber nach«, sagte Hunter. »Klicken Sie, worauf Sie klicken müssen. Tun Sie, was nötig ist. Verfolgen Sie diese Übertragung zurück, oder finden Sie einen Weg, sie zu unterbrechen, damit die Leute nicht weiter abstimmen können. Rufen Sie Ihre Freunde bei der Abteilung für Cyberkriminalität beim FBI ein, das ist mir völlig gleich, aber liefern Sie Ergebnisse.«

»Ich tue mein Bestes.«

Der Countdown links unten am Bildschirmrand war bei 8:42, 8:41, 8:40 ...

BEGRABEN – 47.

GEFRESSEN – 49.

»Das ist einfach nur krank«, sagte Garcia und raufte sich die Haare.

Die Frau in der gläsernen Kiste schluchzte so heftig, dass es den Eindruck machte, sie würde ersticken. Sie hatte aufgehört, mit Fäusten und Füßen gegen die Glaswände zu hämmern, inzwischen kratzte und scharrte sie wie ein wild gewordenes Tier. Blutige Schlieren färbten das Glas dunkel.

Einen Augenblick später gab sie auf und hob ihre blutenden, zitternden Hände ans Gesicht. Ihr Mund bewegte sich, und man musste nicht wie Hunter von den Lippen ablesen können, um zu verstehen, was sie sagte.

»HILFE. HILFE.«

»Komm schon«, knurrte Hunter durch zusammengebissene Zähne. »Halt durch.« Er hatte beide Hände zu Fäusten geballt.

UHR – 7:05, 7:04, 7:03 ...

BEGRABEN – 189.

GEFRESSEN – 201.

»Wie kann das sein?«, fragte Garcia und rang fassungslos die Hände. »Wie kann es sein, dass so viele Leute so schnell die Website gefunden haben?«

Hunter schüttelte bloß den Kopf. Seine Augen klebten am Bildschirm, seine Miene war wie versteinert.

Ohne anzuklopfen, stieß Captain Blake die Tür zum Büro auf und trat ein. »Haben Sie ...« Sie brach mitten im Satz ab, als sie die beiden regungslos auf ihre Monitore starren sah. »Was ist los?« Sie trat auf Hunters Schreibtisch zu.

Niemand gab ihr eine Antwort.

Ihr Blick ging zum Bildschirm, und sie schnappte nach Luft. »O mein Gott. Er ist wieder da?«

Garcia nickte und erklärte ihr rasch, was da vor sich ging.

»Die Jungs von der Computerkriminalität tun alles in ihrer Macht Stehende«, sagte Hunter. »Ich habe Baxter gesagt, er soll sich mit dem FBI in Verbindung setzen und fragen, ob sie uns helfen können.« Er hob nicht den Kopf, um den missbilligenden Blick zu sehen, den Captain Blake ihm daraufhin zuwarf. Das war auch gar nicht nötig, er konnte ihn spüren. »Im Moment bin ich bereit, jede Hilfe anzunehmen, die ich kriegen kann, um das hier irgendwie zu stoppen.« Er deutete auf seinen Bildschirm.

UHR – 5:37, 5:36, 5:35 ...

BEGRABEN – 326.

GEFRESSEN – 398.

Die Frau im gläsernen Sarg gab ihre Anstrengungen auf. Jetzt weinte sie nur noch. Plötzlich bewegten sich ihre Lippen wieder, und für den Bruchteil einer Sekunde hielten alle den Atem an. Captain Blake war im Begriff, Hunter zu bitten, ihr die Worte der Frau zu übersetzen, aber das musste sie nicht. Allen war klar, dass die Frau betete.

26

Als das Telefon auf Hunters Schreibtisch klingelte, fuhren alle wie von einem Stromschlag getroffen zusammen. Das blinkende Licht am Telefon zeigte an, dass es sich um einen internen Anruf handelte.

Sofort riss Hunter den Hörer ans Ohr. Dennis Baxter war am Apparat.

»Robert, Sie werden's nicht glauben, aber die Abteilung für Cyberkriminalität vom FBI ist bereits über die Website gestolpert. Sie haben gerade versucht rauszufinden, was es damit auf sich hat, als ich anrief.«

»Können sie uns helfen?«

»Ich bin gerade im Gespräch mit Michelle Kelly, sie ist die Leiterin der Abteilung. Können Sie auf Konferenzschaltung gehen?«

»Klar.« Hunter drückte die entsprechenden Tasten. »Kann losgehen.« Er hatte außerdem den Lautsprecher des Telefons eingeschaltet.

»Die ausführliche Vorstellungsrunde verschieben wir auf später«, sagte Baxter. »Für den Moment – Detective Robert Hunter, Morddezernat – Special Agent Michelle Kelly, Leiterin der Abteilung für Cyberkriminalität beim FBI.«

»Ms Kelly«, sagte Hunter rasch. »Ich glaube, Dennis hat Ihnen schon erklärt, womit wir es hier zu tun haben. Können Sie uns irgendwie helfen?«

»Wir versuchen es, aber bislang rennen wir gegen Wände.« Sie hatte eine feminine, aber energische Stimme. Jemand, der es gewohnt war, das Kommando zu übernehmen. »Wer auch immer das macht, er scheint so ziemlich an alles gedacht zu haben.«

»Ms Kelly, hier spricht Captain Blake vom Raub- und Morddezernat des LAPD. Wie genau ist das zu verstehen – er scheint an alles gedacht zu haben?«

»Na ja, eine der Maßnahmen in unserer Trickkiste ist, dass wir jede Web-Übertragung innerhalb des US-Territoriums blockieren können.«

»Dann tun Sie das doch.«

Ein nervöses Lachen. »Haben wir versucht. Sie kommt einfach wieder.«

»Was? Wie kann das sein?«

»Ich weiß nicht genau, wie viel Sie von Webtechnologie verstehen, und ich will Sie nicht mit Fachchinesisch zuschütten, aber die IP-Adresse der Seite ändert sich laufend.«

»Wie wenn man ein Telefonsignal von einem Ort zum anderen springen lässt?«, fragte Captain Blake.

»Genau. Jede neue IP-Adresse ist ein Exploited Server,

der eine exakte Kopie des echten darstellt. Das ist so, als würde man jemandes Spiegelbild in einem Raum voller Spiegel betrachten. Man sieht Hunderte identischer Bilder, aber man kann nie genau sagen, woher das echte Bild kommt. Können Sie mir so weit folgen?«

»Ja.«

»Okay. Außerdem hat der Server eine extrem niedrige TTL – Time to Live –, das bezeichnet das Zeitintervall, in dem der Computer jeweils seine DNS-bezogenen Daten aktualisiert.«

»Wie bitte ...?«

»Das bedeutet, dass Ihr Computer regelmäßig beim Server die Adresse der Website abfragt, und jedes Mal, wenn er das tut, verweist der Server Ihren Rechner an ein anderes Spiegelbild. Mit anderen Worten: Selbst wenn es uns gelingt, eine Website abzuschalten, würden wir damit nichts erreichen. Der Server würde Ihrem Rechner einfach dieselbe Website in einem anderen Spiegel zeigen. Das ist technisch anspruchsvoll, wer auch immer dahintersteckt, muss also ein verdammt guter Programmierer sein und sich sehr gut im Cyberspace auskennen.«

UHR – 3:21, 3:20, 3:19 ...

BEGRABEN – 644.

GEFRESSEN – 710.

»Registrierungsdatenbank und Domain-Server befinden sich alle in Taiwan«, fügte Michelle hinzu. »Was die Sache noch weiter verkompliziert. Wie Sie vermutlich wissen, erhebt die Volksrepublik China Anspruch auf Taiwan, daher wird Taiwan von den USA nicht als unabhängiger Staat anerkannt, das heißt, wir unterhalten keinerlei diplomatische Beziehungen.«

»Wie kann es sein, dass so viele Leute so schnell auf die Website gestoßen sein?«, fragte Garcia. »*pickadeath.com* ist ja wohl nicht gerade ein Name, den man mal eben per Zufall eintippt.«

»Das haben wir schon überprüft«, sagte Michelle. »Er hat soziale Netzwerke genutzt. Er hat die Konten anderer User gehackt und Nachrichten auf einigen sehr beliebten Twitter- und Facebook-Seiten gepostet. Diese Seiten bekommen mehrere hunderttausend Klicks pro Tag. Die Leute lesen die Nachricht und werden neugierig, also schauen sie mal auf der Seite vorbei. Dass so viele Leute abstimmen, könnte damit zusammenhängen, dass sie nicht glauben, dass die Sache echt ist. Vielleicht halten sie es für eine Scherz-Website oder irgendeine neue Art von Click-and-explore-Spiel.« Michelle hielt inne, um Luft zu holen. »Dann wäre da natürlich noch die Tatsache, dass da draußen jede Menge sadistisch veranlagter Leute rumlaufen. Einige von denen können sich bestimmt nichts Schöneres vorstellen, als Popcorn in sich reinzustopfen und Bier zu trinken, während sie dabei zusehen, wie einer ihrer Mitmenschen zu Tode gefoltert wird. Wenn sie auch noch dabei mitmachen dürfen, umso besser.«

»Hält irgendwas die Leute davon ab, mehr als einmal zu voten?«, wollte Garcia wissen.

»Ja«, antwortete Michelle. »Sobald man einmal auf einen der Buttons geklickt hat, werden beide deaktiviert. Niemand kann zweimal seine Stimme abgeben.«

»Woher wissen Sie das?« Diesmal war es Captain Blake, die fragte.

»Weil wir es gemacht haben.«

»Sie haben auf der Seite *abgestimmt*?«

»Leider«, erklärte Michelle, ohne sich dafür zu entschuldigen. »Wir sind auf die Website gestoßen, bevor der Anruf von Dennis kam. Wir wussten nicht, womit wir es zu tun haben. Wir haben einfach versucht, es rauszufinden.«

Die Frau auf dem Bildschirm nahm die Hände vom Gesicht. Blut und Tränen hatten auf ihren Wangen ein seltsames Muster hinterlassen, und die Furcht hatte ihr eine fast katatonische Ruhe verliehen. Ihr Blick zuckte nicht länger umher, stattdessen lag jetzt eine abgrundtiefe Trost-losigkeit darin. Hunter kannte diesen Blick, und ihm war, als würde sein Magen in ein großes schwarzes Loch geso-gen. Genau wie dem ersten Opfer, und als hätte ein sechs-ter Sinn es ihr eingeflüstert, war der Frau klargeworden, dass niemand sie retten kam und sie ihr Gefängnis niemals lebend verlassen würde.

Alle wurden zur selben Zeit von einem Gefühl lähmen-der Ohnmacht erfasst, denn alle hatten ihre Augen auf den Bildschirm gerichtet.

UHR – 1:58, 1:57, 1:56 ...

BEGRABEN – 923.

GEFRESSEN – 999.

27

Es war nur ein Sekundenbruchteil, doch es kam ih-nen vor wie eine Ewigkeit. Die Zahl hinter BEGRABEN ver-änderte sich zuerst, dreimal in rascher Folge – 924, 925, 926.

Alle in Hunters Büro hielten den Atem an.

Dann geschah es.

GEFRESSEN – 1000.

Sobald die Zahl am Bildschirm erschienen war, begann sie zu blinken, damit jeder wusste, dass es einen Sieger gab.

Niemand rührte sich. Niemand blinzelte.

Auch von Michelle Kelly und Dennis Baxter war nichts zu hören.

Die Frau schluchzte noch immer. Ihre blutigen Hände zitterten.

Die Sekunden verstrichen.

Sie warteten.

Plötzlich kam aus der schwarzen Röhre, über deren Zweck Hunter zuvor gerätselt hatte, etwas Kleines, Dunkles in den gläsernen Sarg geschossen und flog über den Körper der Frau hinweg.

»Was zum Henker war das?«, rief Captain Blake, während ihr Blick zwischen Hunter und Garcia hin und her sprang. »Haben Sie das gesehen?«

»Ich habe es gesehen«, bejahte Garcia. »Aber ich habe keine Ahnung, was es war.«

Hunter konzentrierte sich auf den Bildschirm.

Dann passierte es erneut. Etwas flog mit hoher Geschwindigkeit aus der schwarzen Röhre.

Die Frau zuckte zusammen, als hätte jemand sie jäh aus einer Trance gerissen. Sie blickte nach unten zu ihren Füßen. Sie konnte nichts sehen, aber was auch immer sich jetzt mit ihr in der gläsernen Kiste befand, hatte ihre Angst nicht nur erneut geweckt, sondern um ein Vielfaches gesteigert. Sie zuckte abermals zusammen, diesmal noch wesentlich heftiger. Dann fuhr sie sich hektisch mit den Händen über die Haut. Sie schlug sich fast, als versuchte sie verzweifelt, sich etwas vom Körper zu wischen.

Drei, vier, fünf weitere der dunklen Geschosse kamen durch die Röhre in die Kiste geflogen.

»Sind das Insekten?«, fragte Blake.

»Ich bin mir nicht sicher«, gab Hunter zurück. »Vielleicht.«

»Können Insekten jemanden bei lebendigem Leibe auffressen?«

»Einige Arten schon, ja«, lautete Hunters Antwort. »Bestimmte Ameisen und Termiten fressen Fleisch, aber es müssten schon mehrere tausend in der Kiste sein, und keine von denen kann sich so schnell bewegen oder ist so groß wie die da.«

Das Gesicht der Frau verzog sich in schrecklichen Schmerzen. Sie kniff die Augen zusammen, und ihr Mund öffnete sich, um einen Schrei auszustoßen, den niemand hören, sondern sich nur vorstellen konnte.

»O mein Gott«, sagte Captain Blake. Ihre Hände flogen an ihren Mund. »Was auch immer das für Biester sind, sie fressen sie tatsächlich bei lebendigem Leibe auf. Das ist nicht wahr. Das kann nicht sein.«

Die Frau im Sarg verlor die Beherrschung, als ihre Angst übermächtig wurde. Sie strampelte wie wild mit den Beinen, und trotz der Enge fuhr sie sich weiterhin verzweifelt mit den Händen über Körper und Gesicht.

Auf einen Schwung landeten etwa fünfzig weitere der fliegenden Insekten durch die Röhre im Sarg.

»Gott im Himmel«, hörten sie Michelle am Telefon sagen.

Die Kamera zoomte an eines der geflügelten Tiere heran, und alle erstarrten.

Es war etwa fünf Zentimeter lang, hatte einen blauschwarzen Körper und tiefschwarze Flügel. Seine mit Widerhaken versehenen dünnen Beine waren genauso lang wie sein Leib. Vorne an seinem Kopf saßen zwei schwarze Fühler.

»Ach du Scheiße«, stieß Garcia hervor und spürte, wie es ihn eiskalt überlief. Er stolperte einen Schritt rückwärts, als hätte er als Einziger etwas Entsetzliches gesehen, und machte ein Gesicht, als müsste er sich jeden Augenblick übergeben.

28

Einen Moment lang rissen Hunter und Captain Blake den Blick vom Bildschirm los und richteten ihre Aufmerksamkeit auf Garcia.

»Carlos, was ist?«, fragte Blake.

Garcia holte tief Luft und schluckte schwer, ehe er sich zusammennahm und auf den Monitor deutete. »Das Insekt da«, sagte er, noch immer wie unter Schock. »Das ist ein Tarantulafalke.«

»Ein was?«

»Ein Tarantulafalke«, wiederholte Hunter. Er hatte das Tier ebenfalls erkannt. »Eine Wespe, die Spinnen jagt.«

»Dieses Monsterviech soll eine Wespe sein?«, stieß Captain Blake hervor.

Garcia nickte. »Sie heißen Tarantulafalken, obwohl sie eigentlich Vogelspinnen töten – als Nahrung und als Ablageplatz für ihre Eier.«

»Um Gottes willen, wollen Sie damit etwa sagen, das sind menschenfressende Wespen?«

»Nein«, sagte Garcia. »Keine Wespe ernährt sich von Menschenfleisch.«

Die Verwirrung stand Captain Blake ins Gesicht geschrieben.

»Aber ihr Stich«, führte Garcia aus, »ist einer der schmerzhaftesten Insektenstiche der Welt. Es fühlt sich ein bisschen so an, als würde einem jemand eine zehn Zentimeter lange, mit dreihundert Volt aufgeladene Nadel ins Fleisch rammen. Glauben Sie mir, die Stiche sind so schmerzhaft, dass man wirklich glaubt, einem würde ein Stück Fleisch aus dem Körper gerissen.«

Hunter brauchte nichts zu sagen; seine Miene war Frage genug.

Garcia erklärte weiter. »In Brasilien ist eine Unterart des Tarantulafalken ziemlich weit verbreitet. Sie heißt *marimbondo*, und man findet sie überall. Als Kind haben mich mal vier dieser Biester gleichzeitig gestochen. Ich musste ins Krankenhaus und wäre fast gestorben. Die Schmerzen haben nur ein paar Minuten angehalten, aber sie sind absolut unvorstellbar. Man kann sogar das Bewusstsein davon verlieren. Ich weiß nicht viel über die Tiere, nur, dass sie nicht aggressiv sind, es sei denn, sie werden gereizt.« Er deutete zum Bildschirm. »Die Panik der Frau, ihr wildes Herumfuchteln: Das ist Provokation genug. Sie hätte bessere Chancen, wenn sie einfach ganz still daliegen würde.«

Natürlich wussten Hunter und alle anderen, dass das so gut wie unmöglich war. Sie hörten zwar nichts, konnten sich jedoch denken, dass allein das Summen einer einzigen fünf Zentimeter großen Wespe in einem geschlossenen Behälter ausreichen würde, um die meisten Menschen in blinde Panik zu versetzen. Und die Frau musste mittlerweile an die hundert der Tiere bei sich im Sarg haben.

»Ich weiß auch, dass Tarantulafalken niemanden buchstäblich auffressen«, ergänzte Garcia. »Aber das Gift eines Stichs reicht aus, um eine große Spinne zu lähmen. Wenn ein Mensch von einem ganzen Schwarm angegriffen wird ...« Erneut zeigte er auf den Monitor und schüttelte den Kopf. »Ihr seht's ja selber.«

Die Frau hatte aufgehört, sich zu bewegen, durch die Schmerzen von den zahlreichen Stichen war sie wie gelähmt. Große rote Schwellungen bedeckten einen Großteil ihres Körpers. Im Glassarg mussten sich mittlerweile über hundertfünfzig Tarantulafalken befinden, die um sie herumschwirrten, und es kamen fortwährend weitere durch die Röhre geflogen.

Das Gesicht der Frau war bereits Dutzende Male gestochen worden. Beide Augen waren so stark angeschwollen, dass sie sich fast nicht mehr öffnen ließen. Ihre Lippen waren doppelt so groß wie vorher, und ihre Wangen waren vollkommen entstellt, doch sie war noch nicht tot. Sie atmete noch. Mit halb geöffnetem Mund schnappte sie in kurzen, abgehackten Atemzügen nach Luft, während ihr Körper zuckte und bebte.

»Wie lange kann das denn noch so weitergehen?«, fragte

Captain Blake, während sie unruhig vor Hunters Computer auf und ab marschierte.

Keiner antwortete ihr.

Die Kamera zoomte an das Gesicht der Frau heran, gerade als drei der Tiere auf ihrer Lippe landeten, sie stachen und dann langsam auf ihre Zunge krabbelten, ehe sie in ihrem Mund verschwanden.

Captain Blake hielt es nicht länger aus. Ihr drehte sich der Magen um, und sie musste den Blick abwenden. Viel fehlte nicht, und sie hätte sich an Ort und Stelle erbrochen.

Wenige Sekunden später kam einer der Tarantulafalken aus dem linken Nasenloch der Frau wieder ins Freie gekrochen.

Niemand sagte etwas.

Endlich hörte die Frau auf zu atmen.

Augenblicke später war die Website offline.

29

In dem bestürzten Schweigen, das sich im Raum ausbreitete, mischten sich Trauer, Ohnmacht und unbändige Wut. Obwohl die Website inzwischen nicht mehr zugänglich war, klebten Hunters, Garcias und Captain Blakes Augen noch immer an Hunters Monitor.

Auch Michelle Kelly und Dennis Baxter in der Konferenzschaltung schwiegen. Michelle war die Erste, die schließlich ihre Sprache wiederfand.

»Detective Hunter, wir haben den Verkehr auf der Seite von Beginn an überwacht. In den wenigen Minuten, die sie online war, hat sie über fünfzehntausend Klicks bekommen.«

»Über fünfzehntausend Menschen haben dieser armen

Frau beim Sterben zugesehen?«, fragte Captain Blake ungläubig.

»So sieht es aus«, bestätigte Michelle.

»Ms Kelly.« Hunter hatte das Wort ergriffen. »Können wir uns treffen? Falls nötig, stelle ich auch einen formalen Antrag auf Amtshilfe zwischen dem LAPD und dem FBI, ich würde nur gerne so bald wie möglich loslegen.«

»Auf jeden Fall. Ich will dabei sein, auch ohne formellen Antrag. Das hier ist wichtiger als irgendein Kompetenzgerangel. Mein Team und ich werden alles tun, um zu helfen. Ich bin heute noch bis spätabends im Büro, falls Sie vorbeikommen wollen.«

»Das mache ich, vielen Dank. Und danke auch für Ihre Hilfe heute.«

Sie beendeten die Verbindung.

»Über fünfzehntausend Besucher?«, wiederholte Captain Blake, noch immer halb unter Schock. »Die Sache ist schon bekanntgeworden, Robert, wir können sie unmöglich eindämmen. Besser, wir machen uns auf die Mutter aller Shitstorms gefasst.«

Hunters Handy klingelte. Das Display zeigte eine unbekannte Nummer an.

»Vielleicht ist das schon so ein Blutsauger von der Presse«, meinte Blake.

»Detective Hunter, Morddezernat I«, meldete sich Hunter.

»Ich habe Ihnen doch gesagt, es wird lustig«, meinte der Anrufer heiter.

Hunter musste erst einmal tief durchatmen, bevor er die Taste für den Lautsprecher drückte.

»Und es waren noch fast zwei Minuten übrig.« Der Anrufer lachte. »O Mann. Das war wirklich was ganz Besonderes, oder? Ich weiß, ich weiß, sie wurde nicht wortwörtlich aufgefressen, aber glauben Sie mir, die Stiche sind so schmerzhaft, dass es sich anfühlt, als würde einem der Körper von scharfen Zähnen in Stücke gerissen.«

Captain Blake sah Garcia an. »Ist das der perverse Scheißkerl?«, wisperte sie.

Garcia nickte.

Blakes Nüstern blähten sich. Sie war drauf und dran, einen Schwall wüster Beschimpfungen loszulassen.

Als Hunter das bemerkte, hob er die Hand als Zeichen, dass sie lieber ruhig bleiben sollte.

»Wissen Sie, wie viele Leute das im Netz angeschaut haben, Detective?« Der Anrufer schien regelrecht aufgeräumt. »Mehr als fünfzehntausend. Ist unsere Gesellschaft nicht krank?« Er machte eine Pause und schnaubte. »Natürlich wissen Sie das bereits, Sie jagen schließlich Kranke, das ist Ihr Beruf, nicht wahr, Detective Hunter? Kranke wie mich.«

Hunter sparte sich eine Entgegnung.

»Die Frage ist nur«, fuhr der Anrufer fort, »wann gilt jemand als krank, Detective? Was ist mit all denen, die zugeschaut haben? Was ist mit denen, die ihre Stimme abgegeben haben? Sind die auch krank? Normale Durchschnittsbürger, Detective: Sozialarbeiter, Lehrer, Studenten, Taxifahrer, Kellnerinnen, Ärzte, Krankenschwestern, sogar Polizisten. Sie alle wollten sie sterben sehen.« Er überdachte seine Worte. »Nein ... noch schlimmer: Sie wollten es nicht nur sehen, sie wollten dabei mithelfen, sie zu töten. Sie wollten auf den Button klicken. Sie wollten bestimmen, wie sie draufgeht.« Er machte eine Pause, damit das Gewicht seiner Worte voll zur Geltung kam. »Macht sie das nun alle zu Komplizen in einem Mord, oder fällt das unter ›morbide menschliche Neugier‹? Sie müssten das doch wissen, Detective Hunter. Sie sind sowohl Polizist als auch Kriminalpsychologe, oder nicht?«

Auch darauf antwortete Hunter nicht.

»Sind Sie noch dran, Detective?«

»Sie wissen, dass ich Sie kriegen werde, oder?« Aus Hunters Worten sprach felsenfeste Überzeugung.

Der Anrufer lachte. »Ist das so?«

»Ja. Ich werde Sie kriegen. Sie werden dafür bezahlen.«

»Mir gefällt Ihre Einstellung, Detective.«

»Das ist keine Einstellung. Das ist eine Tatsache. Ihre Tage sind gezählt.«

Der Anrufer zögerte einen Moment lang. »Ich denke, das wird sich zeigen. Aber da Sie im Hinblick auf Ihre Fähigkeiten als Ermittler so selbstsicher sind, Detective, schließe ich eine Abmachung mit Ihnen.«

Wieder schwieg Hunter.

»Ich war mir absolut sicher, dass zehn Minuten mehr als ausreichend waren, um es auf mindestens tausend Stimmen für eine der beiden Tötungsarten zu bringen. Ich war mir deswegen absolut sicher, weil unsere Gesellschaft vorhersehbar ist. Das wissen Sie, oder?«

Schweigen.

»Aber ich wusste auch, dass am Ende GEFRESSEN vorne sein würde.«

Eine lange Pause.

»Also, die Abmachung sieht folgendermaßen aus, Detective Hunter«, fuhr der Anrufer schließlich fort. »Wenn Sie mir sagen können, wieso ich wusste, dass die Zuschauer GEFRESSEN und nicht BEGRABEN wählen würden, werden Sie schon bald ihre Leiche finden. Wenn nicht, verschwindet sie. Wenn Sie von Ihrem Können so überzeugt sind, dann stellen Sie es jetzt mal unter Beweis.«

Hunter sah fragend zu Captain Blake auf.

»Sagen Sie ihm irgendwas«, drängte diese ihn. »Wir brauchen die Leiche.«

»Na los doch, Detective«, forderte der Anrufer ihn auf. »Das ist simple Psychologie. Ein Kinderspiel für Sie.«

Mehrere Sekunden verstrichen, ehe Hunter etwas sagte.

»Weil GEFRESSEN die menschliche Neugier kitzelt. BEGRABEN nicht.« Seine Stimme war ruhig und gefasst.

Captain Blake zog die Stirn in Falten.

»Gefällt mir«, sagte der Anrufer. »Bitte führen Sie das näher aus.«

Hunter kratzte sich an der Stirn. Er wusste, dass er für den Moment das Spiel des Anrufers mitspielen musste.

»Jeder weiß, was man von BEGRABEN zu erwarten hat. GEFRESSEN ist die Unbekannte. Wovon gefressen? Wie genau würde es funktionieren? Was kann einen Menschen überhaupt bei lebendigem Leibe fressen? Die angeborene menschliche Neugier gibt den Ausschlag, er entscheidet sich für das, was er nicht kennt.«

Eine Pause, gefolgt von lautem Gelächter und schließlich Applaus. »Bravo, Detective. Wie ich schon sagte, die Gesellschaft als Ganzes ist ziemlich berechenbar. Es war von Anfang an eine ausgemachte Sache.«

Hunter schwieg.

»Das muss Sie doch innerlich auffressen, oder, Detective?«

»Was?«

»Das Wissen, dass die überwältigende Mehrheit derjenigen, die sich diese Online-Show angesehen haben, ihren Spaß dabei hatten. Wahrscheinlich haben sie bei jedem Stich gejubelt. Sie haben es geliebt, ihr beim Sterben zuzusehen.«

Keine Erwiderung.

»Und wissen Sie was? Ich wette, dass Sie es kaum abwarten können, bis die nächste Vorstellung beginnt.«

Captain Blake bebte vor Zorn.

»Aber jetzt muss ich mich von Ihnen allen verabschieden. Ich habe noch viel zu erledigen.«

Im nächsten Moment war die Leitung tot.

30

Die nächste Vorstellung.

Die Worte schienen eine Ewigkeit lang in Hunters Büro widerzuhallen. Sie alle wussten genau, was damit gemeint war, und es erfüllte sie mit Grauen.

Als Erstes beauftragte Hunter sein Rechercheteam damit, eine Liste der möglichen Bedeutungen von »SSV« zusammenzustellen, die drei Buchstaben, die zu Beginn der Übertragung oben links am Bildschirm erschienen waren. Außerdem bat er um ein Dossier zum Thema Tarantulafalken. Waren die Tiere auch in Kalifornien heimisch? Konnte man sie bei sich im Garten züchten, oder benötigten sie eine besondere Umgebung, spezielle Aufzuchtbedingungen usw.

Garcia rief erneut bei der Vermisstenstelle an und mailte ihnen einen Screenshot vom Gesicht der Frau. Es galt, sie so schnell wie möglich zu identifizieren.

Kurz nach dem Telefonat mit dem Täter meldete sich die Zentrale bei Hunter. Diesmal hatte er das Signal nicht quer durch Los Angeles gelenkt, sondern ein Prepaid-Handy benutzt. Kein GPS. Außerdem hatte der Anruf nicht lange genug gedauert, als dass man ihn hätte triangulieren können. Er war irgendwo aus Studio City gekommen.

Die Internetübertragung und Hunters Gespräch mit dem Killer hatten alle aufgewühlt, aber Hunter wusste, dass er sich davon nicht aus der Fassung bringen lassen durfte. Er und Garcia verließen das PAB und fuhren zum Busdepot nach Athens im Süden von Los Angeles. Sie mussten herausfinden, ob Kevin Lee Parker, das erste Opfer, am Montagabend in einen Bus der Linie 207 eingestiegen war. Anhand dieser Information würden sie ermitteln können, ob das Opfer zwischen Bushaltestelle und seinem Haus in Jefferson Park oder auf dem kurzen Fußweg vom Next-Gen

Gamestore zur Haltestelle in Hyde Park verschleppt worden war.

Vier der sechs Fahrer, die am besagten Montagabend für die Route 207 eingeteilt gewesen waren, hatten an diesem Abend Dienst. Beim dritten Fahrer, den sie befragten, hatten sie Glück. Nachdem sie ihm ein Foto von Kevin Lee Parker gezeigt hatten, nickte der große, hagere Mann und teilte ihnen mit, dass er sich an Kevin erinnern könne, weil dieser regelmäßig die Strecke fahre – er steige immer an der Haltestelle Hyde Park Boulevard Ecke 10th Avenue ein, normalerweise so gegen neunzehn Uhr. Nach der Aussage des Fahrers war Kevin immer höflich gewesen und hatte ihn beim Einsteigen jedes Mal gegrüßt. Er konnte sich nicht zu hundert Prozent daran erinnern, ob Kevin am fraglichen Abend allein gewesen war, nahm es jedoch an. Der Fahrer wusste auch nicht mehr, ob Kevin an seiner regulären Haltestelle Crenshaw Ecke West Jefferson Boulevard ausgestiegen war.

Zu genau dieser Kreuzung fuhren Hunter und Garcia, nachdem sie das Busdepot verlassen hatten. Kevin Lee Parkers Haus lag etwa zehn Minuten Fußweg von der Haltestelle entfernt. Sie parkten den Wagen und gingen die Strecke zweimal ab. Falls Kevin den West Jefferson Boulevard genommen hatte und dann rechts in die South Victoria Avenue abgebogen war, wäre er auf dem Heimweg zwar die ganze Zeit auf gut beleuchteten, belebten Straßen unterwegs gewesen, allerdings hätte ihn der Umweg drei zusätzliche Minuten gekostet. Die schnellste Route hätte ihn über den Parkplatz der West Angeles Church, an der Chevron-Tankstelle Ecke Crenshaw und West Jefferson vorbei und dann durch einige kleinere Nebenstraßen hinter der South Victoria Avenue geführt.

Die West Angeles Church verfügte im Außenbereich über keine Überwachungskameras, und ihr Parkplatz lag hinter dem Gebäude, so dass man ihn von der Straße aus nicht einsehen konnte. Dem vor der Kirche aushängenden

Kalender zufolge fanden montagabends keine Gottes-
dienste statt. Der Parkplatz war folglich sicher leer gewesen – und nur von drei trüben Laternen beleuchtet. Kevin
dort oder in einer der kleinen Gassen auf dem Weg zu seinem Haus aufzulauern wäre ein Kinderspiel gewesen: Niemand hätte etwas bemerkt.

31

Das FBI-Hauptquartier von Los Angeles am Wilshire
Boulevard war ein siebzehnstöckiges Gebäude aus Beton
und Glas, das eher nach einem Gefängnis als nach einem
Büro der Bundespolizei aussah. Die kleinen verspiegelten
Fenster aus dunklem Spezialglas lagen wie eingequetscht
zwischen langen, schmalen Betonstreben, und das Einzige,
was noch fehlte, waren massive Eisengitter und Wach-
türme. Kurzum, es sah aus wie jedes andere FBI-Gebäude
im Land – anonym und geheimnisvoll.

Es war kurz vor acht Uhr abends, als Garcia seinen Wagen hinter dem FBI-Hauptquartier abstellte. Der Parkplatz
war alles andere als leer. Garcia suchte sich eine Lücke neben einem glänzenden schwarzen Cadillac mit getönten
Scheiben und Chromfelgen.

»Wow«, meinte er, als er den Schlüssel aus der Zündung
zog. »Ein Wunder, dass das Nummernschild nicht ›IMFBI‹
lautet.«

Bevor sie den Haupteingang erreichten, mussten die beiden Detectives mehrere Betonstufen hinauf, durch einen
grünen Garten und dann einen videoüberwachten Gang
entlang. Sie stemmten sich gegen die schweren Glastüren
und betraten eine hell erleuchtete, angenehm klimatisierte
Lobby.

Zwei attraktive, konservativ gekleidete Frauen hinter einem Empfangstresen aus schwarzem Granit lächelten sie an, als sie näher kamen. Nur eine der beiden erhob sich.

Hunter und Garcia wiesen sich aus und händigten der Frau ihre Dienstmarken aus. Diese tippte rasch etwas in ihren Computer und wartete auf die Authentifizierung durch das Programm. In weniger als fünf Sekunden waren ihre Namen und Dienstgrade beim LAPD bestätigt und Fotos von ihnen auf ihrem Bildschirm erschienen. Offenbar zufriedengestellt, gab ihnen die Frau ihre Dienstmarken zurück und reichte ihnen je einen blauweißen Besucherausweis.

»Ein Agent bringt Sie rein«, sagte sie.

Eine Minute später trat ein großer Mann im dunklen Anzug auf sie zu. »Detectives Hunter und Garcia vom LAPD.« Er nickte zum Gruß. Kein Händeschütteln. »Bitte folgen Sie mir.«

Sie wurden durch zwei Sicherheitstüren geschleust, einen langen Gang hinunter, dann durch eine dritte Sicherheitstür und schließlich in einen Fahrstuhl, der ein Stockwerk nach unten zur Abteilung für Cyberkriminalität fuhr. Die Fahrstuhltüren öffneten sich in einem Flur mit glänzendem Hartholzboden, in dem Bilderleisten aus Messing mit Porträtfotos in vergoldeten Rahmen die Wände schmückten. Weder Hunter noch Garcia erkannte eine der Personen auf den Fotos.

Die gläserne Doppeltür am Ende des Flurs wurde geöffnet, noch ehe sie sie erreicht hatten.

»Ich übernehme jetzt, danke«, sagte die Frau.

Der Mann nickte erst ihr, dann Hunter und Garcia zu, bevor er eine halbe Drehung machte und zurück in Richtung Fahrstuhl strebte.

Beide Detectives kannten Michelle Kellys Stimme von der Konferenzschaltung, allerdings sah sie ganz anders aus, als sie sie sich vorgestellt hatten.

Sie sah aus wie Ende zwanzig. Sie war eins achtundsiebzig groß und hatte langes, rabenschwarz gefärbtes Haar, dessen fransig geschnittener Pony sie wie einen Skatepunk aussehen ließ. Ihre tiefgrünen Augen waren großzügig mit schwarzem Eyeliner und blassgrünem Lidschatten umrahmt, die vollen Lippen dezent mit rotem Lippenstift betont. Sie hatte einen dünnen silbernen Ring im linken Nasenloch und einen zweiten in der Unterlippe. Sie trug schwarze Doc Martens zu schwarzen Röhrenjeans. Ihr T-Shirt war schwarz-rot mit einem geflügelten Totenkopfmotiv und der Aufschrift »Avenged Sevenfold«.

»Detective Hunter«, begrüßte sie ihn und streckte ihm die Hand hin. Ihre Arme waren vollständig mit Tattoos bedeckt, bis hinunter zu den Handgelenken, an denen sie ein ganzes Sammelsurium von Armbändern trug. Ihre Fingernägel waren manikürt und schwarz lackiert. Sie wirkte entspannt und selbstsicher.

Das Erste, was Hunter in den Sinn kam, war, dass Michelle Kelly wohl nicht aus freien Stücken FBI-Agentin geworden war. Mehr als einmal hatte er die FBI-Akademie in Quantico, Virginia, besucht. Er hatte mit Agenten und ihren Vorgesetzten zu tun gehabt. Er hatte ihr Regelbuch gelesen. Das FBI war eine Institution der alten Schule. Die Einhaltung der Kleider- und Frisurenvorschriften sowie gewisser Verhaltensregeln wurde streng überwacht, besonders innerhalb von FBI-Gebäuden. Gesichtspiercings und sichtbare Tätowierungen waren tabu. Natürlich wurden Ausnahmen gemacht, etwa für verdeckte Ermittler, die in Gangs, Sekten oder Verbrecherorganisationen eingeschleust wurden, doch wenn man sich regulär um einen Platz an der Akademie bewarb und die Arme voller Tattoos hatte, wurde man schon am Tor nach Hause geschickt. Aus all dem ließ sich schlussfolgern, dass die Regierung vermutlich etwas gegen Michelle Kelly in der Hand hatte. Vielleicht war sie in ihrem früheren Leben eine Meisterhackerin gewesen – jemand mit Fähigkeiten, über die das FBI nicht verfügte und die es sich keinesfalls durch die Lappen gehen lassen konnte. Irgendwann hatten sie sie vielleicht geschnappt und ihr ein Angebot unterbreitet: entweder ein längerer Gefängnisaufenthalt oder ein Job in der Abteilung für Cyberkriminalität. Sie hatte sich für den Job entschieden.

Hunter schüttelte ihr die Hand. »Ms Kelly, danke, dass Sie sich Zeit für uns nehmen.« Sie hatte zarte Finger, aber einen festen Händedruck. »Das hier ist mein Partner, Detective Carlos Garcia.«

Sie begrüßten sich mit Handschlag.

»Nennen Sie mich ruhig Michelle«, sagte sie und führte sie in einen großen Raum, in dem die Klimaanlage auf ein paar Grade weniger eingestellt war, als angenehm gewesen wären.

Im Vergleich zur Abteilung für Computerkriminalität des LAPD, in der es aussah wie in einem großen, hochtechnisierten Redaktionsbüro einer Zeitung, spielte die Abteilung für Cyberkriminalität des FBI in einer gänzlich anderen Liga. Dem ersten Eindruck nach hatte das Büro Ähnlichkeiten mit der Kommandobrücke der Enterprise in *Star Trek*. Wohin man blickte, blinkten Lichter. Die Ostwand des Raums war von sechs gigantischen Monitoren eingenommen, von denen jeder Karten, Bilder oder Datenschlangen anzeigte, mit denen weder Hunter noch Garcia etwas anzufangen wusste. Sechzehn große Schreibtische, vollgestellt mit Monitoren und Hightech-Computerausrüstung, standen im Raum verteilt. Es gab keine abgeteilten Arbeitsplätze. Keine Einzelbüros. Keine sichtbare Hierarchie. In diesem Raum waren alle gleich.

Michelle führte sie zu einem Schreibtisch an der Nordseite. »Dennis Baxter hat mir nur ein paar Einzelheiten genannt. Er meinte, es sei besser, wenn Sie mir alles ganz genau erzählen.« Sie holte zwei Stühle von benachbarten Schreibtischen und stellte sie vor ihren eigenen.

Ein Mann Mitte zwanzig gesellte sich zu ihnen. Er hatte wellige, rostbraune Haare, schmale Lippen, lange Augenbrauen und runde, nahezu schwarze Augen. Er sah aus wie eine nachdenkliche Eule – genau so, wie sich die meisten Menschen einen Computer-Nerd vorstellten, nur ohne die dicke Brille.

»Das ist Harry Mills«, stellte Michelle den Mann vor. »Er gehört zu unserer Abteilung und ist ein wahres Computergenie, was er durch diverse Zeugnisse auch eindrucksvoll belegen kann.«

Eine weitere Runde Händeschütteln.

Harry nahm Platz, und Hunter berichtete ihnen, was bisher geschehen war. Michelle und Harry hörten zu, ohne ihn zu unterbrechen.

»Und Sie konnten einen Großteil der Übertragung vom ersten Mord aufzeichnen?«, fragte Michelle, als Hunter geendet hatte.

Er fischte einen USB-Stick aus seiner Tasche und gab ihn ihr. »Da ist alles drauf.«

Sie steckte ihn in einen USB-Port an ihrem Rechner, und die nächsten siebzehn Minuten über sagte niemand ein Wort.

32

Kaum war der Film zu Ende, betätigte Michelle die Escape-Taste. Hunter fiel auf, dass ihre Hände nicht mehr so ruhig waren wie zuvor.

Harry stieß den Atem aus, der die ganzen letzten siebzehn Minuten lang in seiner Kehle festgesessen zu haben schien.

»Mein Gott«, sagte er. »Bis heute Nachmittag habe ich

noch nie jemanden sterben sehen. Ich habe Fotos von Leichen gesehen ... ich war auch mal bei einer Autopsie dabei, aber ich habe noch nie miterlebt, wie jemand stirbt, geschweige denn gefoltert und ermordet wird. Und das ist jetzt schon das zweite Mal.«

Hunter berichtete ihnen detailliert von seinem ersten Telefonat mit dem Täter und erklärte, was zu dem Laugenbad geführt hatte.

»Sie denken also, er hat Sie manipuliert?«, fragte Michelle.

Hunter nickte. »Er wusste von Anfang an, dass ich mich für Wasser entscheiden würde. Das war alles Teil der Show.«

Endlich blinzelte Michelle. »Kann ich Ihnen vielleicht einen Kaffee oder so besorgen? Ich brauche dringend was zu trinken. Meine Kehle fühlt sich an wie die Wüste von Nevada.«

»Kaffee wäre großartig, danke«, sagte Hunter.

»Ja, für mich auch«, fügte Garcia hinzu.

»Ich hole welchen«, erbot sich Harry, der bereits aufgestanden war.

»Sie sagten, er hat Ihnen eine IP-Adresse für die Übertragung genannt, keine Webadresse, so wie heute?«, fragte Michelle.

»Stimmt«, sagte Hunter. »Dennis vermutet, dass es wahrscheinlich eine gestohlene IP-Adresse war.«

Michelle nickte. »Würde mich nicht wundern, aber das ist irgendwie merkwürdig.«

»Was?«, fragte Hunter.

Harry kam mit vier Kaffeebechern, einem kleinen Kännchen Milch und einer Schale zurück, die braunen und weißen Würfelzucker sowie Beutelchen mit Süßstoff enthielt.

»Die Tatsache, dass der erste Mord praktisch eine Privatvorstellung nur für Sie war«, erklärte Michelle, »der zweite aber frei zugänglich im Web übertragen wurde.«

Hunter legte den Kopf schief. »Na ja, dem Anrufer zufolge ist der Grund dafür, dass er beim zweiten Mal öffentlich gesendet hat, der, dass es ihm mit mir beim ersten Mal keinen Spaß gemacht hat. Ich habe sein Spiel nicht so mitgespielt, wie er es wollte.«

»Aber das kaufen Sie ihm nicht ab«, stellte Harry fest, während er beiden Detectives ihre Becher reichte.

Hunter schüttelte den Kopf. »Dafür war er zu gut vorbereitet.«

»Allerdings«, stimmte Michelle ihm zu. »Und genau aus dem Grund finde ich es seltsam, dass er den Mord beim ersten Mal nicht auch öffentlich übertragen hat. Er hatte doch schon alles organisiert. Wir haben es nachgeprüft, die Domain *www.pickadeath.com* wurde vor neunundzwanzig Tagen bei einem Server in Taiwan registriert. Ich glaube nicht, dass er das nur für den Fall der Fälle gemacht hat. Er wusste schon vorher, dass er irgendwann an die Öffentlichkeit gehen würde, und das stellt uns vor ein riesiges Problem.«

»Nämlich?«, fragte Garcia.

»Die Live-Übertragung von heute war exakt einundzwanzig Minuten und achtzehn Sekunden lang online. In der Zeit hatte die Site mehr als fünfzehntausend Besucher. Aber wir leben in der Ära der sozialen Netzwerke. Jeder teilt alles mit jedem.«

»Der Film wurde kopiert«, sagte Hunter, der bereits ahnte, worauf Michelle hinauswollte.

»Genau«, gab Michelle ihm recht. »Zwei Minuten nachdem die Übertragung zu Ende war, wurden die ersten Filmausschnitte auf mehreren Videowebsites und bei sozialen Netzwerken wie YouTube, Dailymotion und Facebook eingestellt.«

Hunter und Garcia sagten nichts.

»Das war leider unvermeidlich«, fügte Harry hinzu. »Sobald etwas, das so abartig ist wie das hier, ins Internet kommt, besteht die große Wahrscheinlichkeit, dass es viral wird. Unser Glück ist, dass sich das Potential in diesem Fall nicht voll entwickelt hat. Das Video wurde hier und da im Netz geteilt, aber weit seltener, als man annehmen würde. Weil wir uns sofort an die Arbeit gemacht haben, nachdem die Übertragung vorbei war, konnten wir die Verbreitung einigermaßen eindämmen.«

»Wir überwachen Tausende von Videosites und sozialen Netzwerken rund um den Globus«, erklärte Michelle. »Sobald auf einer von denen ein Ausschnitt der Übertragung auftaucht, bitten wir den Webmaster, ihn runterzunehmen. Bis jetzt haben alle kooperiert.«

»Der Killer wusste genau, dass das passieren würde«, sagte Garcia. »Ich meine, dass sich Ausschnitte oder sogar die gesamte Übertragung übers Internet verbreiten. Ich bin sicher, er hat nur darauf gewartet. Es macht ihm Spaß, seine Opfer zu quälen und zu töten, und je mehr Leute ihm dabei zusehen, desto besser.«

Schweigen.

Michelle klickte einige Icons auf ihrem Desktop an, und das Bild der Frau im gläsernen Sarg erschien auf dem Bildschirm. Das erste Opfer im Glastank war auf einem zweiten Monitor links davon zu sehen.

»Wir zeichnen automatisch jede Internetübertragung auf, die uns irgendwie verdächtig vorkommt«, sagte sie. »Logischerweise haben wir sofort mit der Aufzeichnung begonnen, als wir darüber gestolpert sind. Ich denke, wir haben die ganze Übertragung.« Sie drückte auf »Play«.

Hunter sah die Bilder und nickte. »Ja, Sie haben alles.«

»Den Apparaturen nach zu urteilen, die er gebaut hat«, sagte Harry und zeigte auf den Glastank und den durchsichtigen Sarg, »muss der Typ ein ziemlich geschickter Handwerker sein, und mit Konstruktionstechnik kennt er sich auch einigermaßen aus.«

»Zweifellos«, stimmte Garcia ihm zu.

»Haben Sie es geschafft, den Anruf zurückzuverfolgen?«, wollte Harry wissen.

Garcia schüttelte den Kopf und erklärte, dass der Killer bei seinem ersten Anruf im LAPD das Signal quer durch Los Angeles hatte springen lassen.

»Aber beim zweiten Mal nicht?«

»Nein. Da hat er ein Prepaid-Handy benutzt. Ohne GPS-Chip. Der Anruf kam aus Studio City, hat aber nicht lange genug gedauert, als dass wir ihn hätten triangulieren können.«

Harry sah einen Moment lang nachdenklich aus.

»Haben Sie sie schon identifiziert?«, fragte Michelle und deutete auf das weibliche Opfer.

»Wir arbeiten noch dran«, gab Garcia zurück.

»Was ist mit dem ersten Opfer?«

Garcia nickte und gab ihr eine kurze Zusammenfassung über Kevin Lee Parker.

Michelles Aufmerksamkeit wandte sich wieder den Bildern zu, die der rechte Monitor lieferte – von der Frau im gläsernen Sarg. »Die hier waren für genau sechzig Sekunden lang zu sehen.« Sie zeigte auf die Buchstaben und Zahlen in der oberen rechten beziehungsweise linken Ecke des Bildes – SSV und 678. »Wissen Sie, was es damit auf sich hat?«

»Noch nicht.«

»Vielleicht Hinweise darauf, wer das Opfer sein könnte?«, mutmaßte Harry.

Garcia zuckte mit den Schultern. »Dann ist es also keine technische Abkürzung? Irgendwas, was mit Computern zu tun hat?«

»Nichts, was in diesem Zusammenhang relevant wäre. Zumindest fällt mir nichts ein«, gab Michelle mit einem Blick zu Harry zurück.

Der signalisierte seine Zustimmung durch ein Nicken. »So auf Anhieb – Storage Server, Systems Software Verification, Static Signature Verification, Smart Security Vector ... Nichts, was in unserem Fall irgendeinen Sinn ergeben würde.« Er hielt inne und blickte zum linken Monitor, auf dem der gefesselte und geknebelte Kevin Lee Parker in seinem Glastank zu sehen war. »War das bei der ersten Übertragung ähnlich? Ich kann sehen, dass Sie sie nicht von Anfang an aufgezeichnet haben. Erschien da dieselbe oder irgendeine andere Kombination von Buchstaben und Ziffern?«

»Nein, da war nichts«, sagte Hunter. »Die einzigen Buchstaben, die auftauchten, waren die chemische Formel für Natriumhydroxid.«

»Dann muss ›SSV 678‹ also was sein, das in direktem Zusammenhang mit der Frau steht«, schloss Harry.

»Möglicherweise«, sagte Hunter. »Sobald wir sie identifiziert haben, wissen wir mehr.«

»Können wir das hier behalten?«, fragte Michelle. Sie meinte das Bildmaterial vom ersten Opfer. »Ich würde es gerne gründlicher analysieren. Es mit der Übertragung von heute vergleichen.«

»Kein Problem.«

Michelle verfolgte noch einige Sekunden lang das Geschehen auf beiden Bildschirmen, bevor sie die Filme anhielt. Der Ausdruck in ihrem Gesicht war eine Mischung aus Zorn, Frustration und Ekel. Sie schien etwas sagen zu wollen, doch dann zögerte sie, als müsse sie erst noch über ihre Worte nachdenken.

»Wer auch immer dieser Typ ist«, sagte sie schließlich. »Er ist ein talentierter Programmierer mit exzellenten Kenntnissen über den Cyberspace. Er hat an alles gedacht – TTL, Exploited Server, Hideware, er hat die Website in Taiwan registrieren lassen, sein Anrufsignal umgelenkt und so weiter. Sobald die Übertragung vorbei war, ist seine Website aus dem Netz verschwunden, als hätte es sie nie gegeben. Keine Spur mehr von ihr. Er versteckt sich hinter mehreren elektronischen Schutzwällen. Um ihn zu schnappen, müssen wir sie einen nach dem anderen abtragen, das lässt sich nicht umgehen. Das Problem ist nur, dass jeder Schutzwall gleichzeitig wie ein Alarmsystem gegen unerlaubtes Eindringen funktioniert ... und eine Warnung an ihn sendet. Sobald wir eine Schicht durchdrungen haben, merkt er es und hat mehr als genug Zeit, darauf zu reagieren und falls nötig einen noch besseren Schutz aufzubauen.«

Hunter holte tief Luft. Es stand fest, dass sie ihre Ermittlungen auf Programmierer mit hervorragenden Internetkenntnissen konzentrieren mussten, doch in Los Angeles gab es solche Leute zuhauf: Sie arbeiteten in öffentlichen und privaten Organisationen, in Schulen, an Universitäten, von ihren eigenen Garagen aus ... So ziemlich überall, wo man nachschaute, würde man auf jemanden stoßen, der sich bestens in der virtuellen Welt auskannte. Sie brauchten mehr Anhaltspunkte.

Michelle sah Hunter in die Augen. »Dieser Killer ist deshalb so selbstsicher, weil er im Cyberspace unauffindbar ist. Er ist ein Cyberphantom. Solange er sich da versteckt, kommen wir nicht an ihn ran.«

33

Als Hunter früh am nächsten Morgen ins Büro kam, hatte Captain Blake bereits vor der großen Pinnwand Stellung bezogen. Garcia stand dicht hinter ihr.

Neue Fotos von der Frau im gläsernen Sarg waren bereits aufgehängt worden. Einige zeigten ihr Gesicht in diversen Stadien der Verzweiflung, auf anderen waren Tarantulafalken abgebildet, wie sie durch die Röhre in den Sarg geflogen kamen oder auf der Frau herumkrabbelten und beinahe jeden Zentimeter ihres Körpers stachen.

Garcia hatte Captain Blake bereits berichtet, wie das

Treffen mit Michelle Kelly und Harry Mills beim FBI am vergangenen Abend gelaufen war.

»Noch nichts von der Vermisstenstelle«, meldete Garcia, als Hunter sich die Jacke auszog und seinen Rechner einschaltete. »Diesmal hat der Killer das Opfer nicht geknebelt, die Gesichtserkennungssoftware dürfte also keine Probleme haben, Vergleichspunkte zu finden, aber ich habe vorhin mit ihnen telefoniert – bis jetzt noch keine Treffer.«

Hunter nickte.

»Das Rechercheteam hat gestern Abend noch das Dossier über die Tarantulafalken abgegeben«, sagte Garcia, während er zu seinem Schreibtisch zurückging.

Hunters und Captain Blakes Blicke folgten ihm.

Er griff nach einer blauen Mappe, die neben seiner Tastatur lag, und schlug sie auf. »Wie wir vermutet haben, wusste unser Täter genau, was er tun muss, um seinem Opfer unvorstellbare Qualen zuzufügen. Anders als Bienen, die nach einem Stich sterben, können Wespen mehrmals stechen. Bei jedem Stich wird dieselbe Menge Gift freigesetzt, und die Schmerzen sind immer gleich stark. Und ich habe ja gesagt – ihr Stich ist *sehr* schmerzhaft. Auf dem Schmidt-Stichschmerz-Index rangiert der Tarantulafalke ganz oben.«

»Auf dem was?«, fragte Captain Blake.

»Das ist eine Schmerzskala, Captain«, klärte Hunter Blake auf. »Zur Einordnung der Schmerzen von Stichen großer Insekten.«

»Ganz genau«, sagte Garcia mit einem Nicken. »Die Skala reicht von eins bis vier, vier ist das Schmerzhafteste. Nur zwei Insekten bringen es auf eine vier – der Tarantulafalke und die Vierundzwanzig-Stunden-Ameise.«

»Wie weit sind sie verbreitet?«, wollte Captain Blake wissen.

»In Amerika recht weit.« Garcia blätterte eine Seite im Bericht um und verzog das Gesicht. »Der Tarantulafalke ist sogar das offizielle Insekt des Bundesstaates New Mexico.«

Blake sah ihn ausdruckslos an. »Die Bundesstaaten haben offizielle Insekten?«

»Sieht ganz danach aus.«

»Und was ist das offizielle Staatsinsekt von Kalifornien?«

Garcia zuckte die Achseln.

»California Dogface Butterfly, *Zerene eurydice*, eine Schmetterlingsart, deren Flügelmuster einem Hundegesicht ähnelt«, warf Hunter ein, dann bedeutete er Garcia mit einer Handbewegung, fortzufahren.

Der gehorchte.

»In Kalifornien gibt es nur eine kleine Anzahl von Unterarten, in der Gegend um die Mojave-Wüste und in Teilen Südkaliforniens. Unter diesen Unterarten befindet sich, dem Entomologen zufolge, mit dem wir gesprochen haben, auch die interessanteste – *Pepsis menechma*.« Er deutete auf die Fotowand. »Die der Täter verwendet hat.«

»Und was ist an denen so interessant?«, fragte Hunter.

Garcia klappte die Mappe zu und ging an seinen Schreibtisch zurück. »Im Wesentlichen sind Tarantulafalken Einzelgänger«, erklärte er. »Sie leben nicht in Schwärmen oder Nestern oder sonst einer Art von Gemeinschaft. Sie fliegen auch nicht in Gruppen.« Er zuckte ganz leicht mit den Schultern, wie um zu sagen: *Tja, man lernt nie aus.* »Mit Ausnahme einiger weniger Unterarten.«

»Zum Beispiel der, die der Killer verwendet hat«, schlussfolgerte Captain Blake. Sie unternahm nicht einmal den Versuch, den wissenschaftlichen Namen zu sagen, den Garcia Augenblicke zuvor vorgelesen hatte.

»Genau«, bestätigte Garcia. »Diese spezielle Unterart ist der brasilianischen, wegen der ich als Kind im Krankenhaus gelandet bin, ziemlich ähnlich. Sie leben in großen Nestern, sie jagen in Gruppen, und sie haben einen der stärksten, schmerzhaftesten und giftigsten Stiche von allen Tarantulafalken. Außerdem sind sie tagaktiv, das heißt, sie mögen Dunkelheit nicht besonders gern. Zwingt man sie, sich in der Dunkelheit zu bewegen, macht sie das aggressiv. Und dann kann es richtig schnell richtig hässlich werden.«

Alle Blicke wanderten zurück zur Pinnwand. In der Mitte hing eine große Nahaufnahme eines Tarantulafalken im Flug.

»Wir haben keine Möglichkeit, rauszufinden, wo er die Viecher herhat?«

»Der Entomologe meinte«, fuhr Garcia fort, »wenn wir ihre Leiche finden, bevor sie verwest, ließe sich eventuell anhand einer chemischen Analyse des Gifts in ihrem Blut das Ursprungsgebiet der Tiere nachweisen. Wie sehr uns das weiterbringt, ist allerdings unklar.«

34

Garcia gab allen einen Augenblick Zeit, damit sich die Informationen setzen konnten, erst dann nahm er zwei Ausdrucke von seinem Schreibtisch.

»Was die Medien angeht, hatten wir bislang Glück«, sagte er, während er die Ausdrucke an Hunter und Blake weiterreichte. »Die großen Printmedien haben die Sache nicht aufgegriffen, allerdings kursieren ein paar Spekulationen im Internet. Wir wissen ja, dass die Übertragung kopiert und auf mehrere Videowebsites hochgeladen wurde.«

Der Ausdruck stammte von einer Website, die über aktuelle Ereignisse berichtete. In der linken unteren Ecke war ein kleines Foto der Frau im Glassarg abgebildet. Auf ihrem Körper wimmelte es von Tarantulafalken. Die Bildunterschrift lautete: *Echt oder Fake?*

»Es ist nur ein kleiner Artikel«, sprach Garcia weiter. »Er beschreibt das Abstimmungsverfahren und geht kurz darauf ein, was danach passiert ist.« Er schenkte Hunter und

Captain Blake ein flüchtiges Lächeln. »In diesem speziellen Fall hat Hollywood uns gerettet.«

»Wie das?«, fragte Captain Blake.

»Im Moment herrscht die Meinung vor, der Film sei Teil einer PR-Kampagne für einen neuen Reality-Horror-Streifen. Wäre ja nicht das erste Mal. Der Trick besteht darin, für Gesprächsstoff zu sorgen, indem man die Öffentlichkeit glauben macht, es handle sich um eine echte Reportage statt um eine Hollywood-Produktion.«

Blake gab Garcia den Ausdruck zurück. »Das kommt uns nur gelegen. Sollen sie diesen Hollywood-Schwachsinn ruhig glauben.« Sie drehte sich um und wandte sich erneut der Pinnwand zu. »Aber ganz unrecht haben sie nicht. Das sieht wirklich nach einem Storyboard für einen Horrorfilm aus. Von Riesenwespen zu Tode gestochen, in Natronlauge zersetzt – wie kommt man auf so was?«

»Die am meisten gefürchteten Todesarten«, antwortete Hunter.

»Was?«

»Die Wahlmöglichkeiten, die uns der Killer gegeben hat«, sagte er. »Beim ersten Opfer war es verbrennen oder ertrinken. Beim zweiten lebendig begraben oder gefressen werden. Warum gerade diese Todesarten?« Er trat zu seinem Computer, öffnete das Browserfenster und rief eine Website auf. »Also, ich habe rausgefunden, dass diese Todesarten zu den nach Meinung der Öffentlichkeit zehn schlimmsten Todesarten überhaupt gehören.«

Garcia und Captain Blake stellten sich hinter ihn. Die Liste auf seinem Bildschirm fing bei Platz zehn an und arbeitete sich dann weiter bis zu Platz eins vor. Sämtliche Todesarten, die der Killer bislang zur Wahl gestellt hatte, waren vertreten. Ertrinken lag auf dem sechsten Rang, Verbrennen auf dem zweiten. Aufgefressen zu werden (von Säugetieren oder Insekten) belegte Platz Nummer fünf, und lebendig begraben zu werden Platz drei. Die am meisten gefürchtete und schmerzhafteste Art zu sterben war das Zersetzen durch Lauge.

Captain Blake hatte das Gefühl, als würde ihre Körpertemperatur um mehrere Grad fallen.

»Ich habe mehrere Listen gefunden«, erklärte Hunter. »Die meisten sind Variationen von dieser hier. Andere Platzierungen, aber fast immer dieselben Todesarten.«

»Sie meinen, darum geht es ihm?«, fragte Blake. »Irgendeine perverse Liste von Todesarten aus dem Internet abzuarbeiten?«

»Ich weiß nicht genau, worum es ihm geht, Captain. Aber so eine Liste hätte er sich auch ohne Probleme selbst ausdenken können.«

Captain Blake funkelte Hunter ungehalten an.

»Hätte ich Ihnen diese Liste nicht gezeigt und Sie bloß gebeten, die zehn für Sie schlimmsten Todesarten aufzuschreiben, wären garantiert mindestens sechs oder sieben von denen hier dabei gewesen.«

Captain Blake ließ sich das einen Augenblick lang durch den Kopf gehen.

»Lebendig begraben werden, bei lebendigem Leibe verbrennen, aufgefressen werden, ertrinken … davor hat jeder Angst«, fügte Hunter hinzu.

»Na schön, vielleicht hat er also seine eigene Liste abartiger Todesarten zusammengestellt«, räumte Blake ein. »Meine Frage gilt nach wie vor: Glauben Sie, dass es ihm darum geht? Diese Liste abzuarbeiten, aus reinem Spaß an der Freude?«

»Möglich wär's«, sagte Hunter nach einer unangenehmen Pause.

»Verflucht noch mal. Und was ist hiermit?« Captain Blake wies auf einen der Ausdrucke an der Pinnwand, genauer: auf das Wort, das während der zweiten Übertragung unten am Bildschirmrand gestanden hatte. »SCHULDIG. Damit wollte er uns doch ganz offensichtlich mitteilen, dass er in seinem kranken Hirn der Auffassung ist, die Frau hätte sich irgendeines Vergehens schuldig gemacht.«

»Kann schon sein«, sagte Garcia. »Das Problem ist nur, wenn er wirklich ein Psychopath ist, dann könnte sich diese Schuld auf alles Mögliche beziehen, Captain. Sie muss ihn nicht mal gekannt haben. Vielleicht ist sie ihm in einer überfüllten U-Bahn mal auf den Fuß getreten oder hat ihn in einer Bar abblitzen lassen, oder vielleicht gefiel ihm einfach ihre Frisur nicht oder die Art, wie sie ihn angesehen hat. Für einen Psychopathen kann alles ein Grund sein.«

Garcia hatte recht. Psychopathen hatten eine verzerrte Wahrnehmung der Realität. In der Regel waren sie in ihrer Emotionalität so gestört, dass die kleinsten Dinge sie auf gänzlich unvorhersehbare Weise beeinflussen konnten. Beinahe alles konnte bei ihnen eine extrem gewalttätige Reaktion auslösen. Normalerweise betrachteten sie sich als allen anderen Menschen überlegen. Sie hielten sich für intelligenter. Attraktiver. Begabter. In jeder Hinsicht besser. Mit Zurückweisung, egal wie gering das Ausmaß war, konnten sie nur schwer umgehen, sie fassten sie als einen Angriff gegen ihre Überlegenheit auf. Sie waren schnell beleidigt, und das Gewöhnliche am Leben anderer Menschen löste oft Abscheu in ihnen aus. Generell waren Psychopathen impulsiv, verfügten über mangelhafte Selbstkontrolle und begingen viele ihrer Taten im Affekt, allerdings waren einige von ihnen durchaus dazu in der Lage, kompliziertere Pläne zu entwerfen und danach zu handeln. Manchen gelang es sogar, das Monster in ihrem Innern so lange im Zaum zu halten, bis sie sich bewusst dazu entschieden, es loszulassen.

»Vielleicht nutzt er auch nur die Leichtgläubigkeit der Leute aus«, sagte Hunter schließlich.

Captain Blake bedachte ihn mit einem Blick, der sagen wollte: *Was zum Henker soll das jetzt wieder bedeuten?*

»Meinungssteuerung oder, simpel ausgedrückt: Gerüchte«, sagte Hunter und stach mit dem Zeigefinger auf das Wort SCHULDIG ein. »Für manche Leute reicht so was wie das hier, um sich über eine Sache oder eine Person ein Bild zu machen, Captain. Das ist ein psychologischer Trick. Eine Methode, die Meinung anderer in eine bestimmte Richtung zu lenken. Die stärkste Waffe bestimmter Medien. Sie gebrauchen sie jeden Tag.«

»Meinungssteuerung?«, wiederholte Blake.

»Genau. Keiner ist dagegen immun, und es spielt nicht mal eine Rolle, ob man sich dessen bewusst ist oder nicht. Deswegen funktioniert der Trick ja auch so gut. Wenn man ein Foto von jemandem in der Zeitung oder im Fernsehen sieht und darunter steht in Großbuchstaben SCHULDIG, dann neigt man unbewusst dazu, diese vorgefertigte Sichtweise zu übernehmen. ›Wenn es da steht, dann muss es ja wohl richtig sein.‹ Man muss den Artikel gar nicht erst lesen. Man muss den Namen der Person nicht kennen. Man muss nicht mal wissen, was er oder sie angeblich getan hat. Das ist die Macht der Gerüchte.«

»Außerdem lieben die Leute heutzutage doch nichts so sehr, wie über das Schicksal anderer abzustimmen«, ergänzte Garcia.

Captain Blake drehte sich zu ihm um.

Er ließ die Fingerknöchel knacken, dann erklärte er: »Sie müssen bloß den Fernseher einschalten, Captain, und schon werden Sie überschwemmt mit Reality-Formaten: Menschen in einem Container, im Dschungel, auf einer Insel, auf einem Schiff, auf einer Bühne – was auch immer. Das Publikum soll über alles ein Urteil fällen, angefangen damit, was und ob die Kandidaten zu essen bekommen, wo sie schlafen, mit wem sie ein Paar bilden, was für alberne Aufgaben sie lösen müssen, ob sie bleiben oder gehen – einfach alles. Dieser Killer hat es bloß auf die Spitze getrieben.«

»Aber er hat es auf sehr clevere Weise getan«, setzte Hunter hinzu. »Er hat die Zuschauer nie gebeten, darüber abzustimmen, ob sie leben oder sterben soll. Das war von

Anfang an beschlossene Sache. Psychologisch gesehen reicht das bei den meisten Menschen aus, damit sie kein schlechtes Gewissen haben.«

Captain Blake dachte kurz darüber nach.

»Mit anderen Worten ... Wieso sollten sich die Leute schuldig fühlen?«, sagte sie und starrte auf das Foto der Frau im gläsernen Sarg. »Es ist ja nicht ihre Schuld, dass sie da drin liegt. Sie haben sie da nicht eingesperrt. Sie würde so oder so sterben. Sie haben bloß mitgespielt und gesagt, wie.«

Hunter stimmte ihr zu. »Der Grund, weshalb Reality-Shows so großen Erfolg haben und weshalb es so viele davon gibt, ist, dass sie so konzipiert sind, dass sie den Leuten eine Illusion von Macht verleihen. Macht, darüber zu bestimmen, was in einer gegebenen Situation geschieht. Macht über das Schicksal anderer, wenn man so will. Und kaum ein Gefühl macht so süchtig wie Macht. Und deshalb wollen die Leute immer mehr davon.«

35

Weder Hunter noch Garcia wollten herumsitzen und darauf warten, bis das Gesichtserkennungsprogramm der Vermisstenstelle einen Treffer ausspuckte.

Früher am Vormittag hatte Hunter mit Dr. Greene gesprochen, dem Mitarbeiter des psychologischen Dienstes, der Anita Lee Parker, die Witwe des ersten Opfers, betreute. Dr. Greene zufolge ging Anita mit der Situation auf die denkbar ungünstigste Weise um: Sie weigerte sich, die Realität anzuerkennen. Ihr Gehirn wollte einfach nicht akzeptieren, was ihrem Ehemann zugestoßen war. Die letzten zwei Tage über hatte sie im Wohnzimmer gesessen und darauf gewartet, dass Kevin nach Hause kam. Sie befand sich in der Anfangsphase einer schweren Depression, und das Traurigste daran war, dass sie infolgedessen die kleine Lilia vernachlässigte. Dr. Greene hatte Anita Antidepressiva verschrieben, aber wenn es ihr nicht bald besserging, würden sich das Amt für psychiatrische Versorgung und das Jugendamt einschalten müssen.

Ursprünglich hatte Hunter vorgehabt, Anita ein Foto des zweiten Opfers zu zeigen, um festzustellen, ob sie etwas über die Frau wusste. Vielleicht war sie eine Bekannte von Kevin gewesen oder eine Freundin der Familie. Wenn sie nachweisen konnten, dass beide Opfer sich gekannt hatten, egal in welchem Kontext, würde das die Ermittlungen zumindest auf ein stabileres Fundament stellen. Die Willkür, mit der der Täter seine Opfer ausgewählt zu haben schien, sähe nicht mehr so sehr nach Willkür aus. Doch im Moment würde Anita Lee Parker keine Fragen beantworten können. Ihr Bewusstsein verdrängte rigoros alles, was sie gezwungen hätte, sich mit der Tragödie auseinanderzusetzen. Wahrscheinlich würde sie Hunter und Garcia nicht einmal wiedererkennen. Hunter hätte sich nicht gewundert, wenn sie die Erinnerung an ihr Treffen vor zwei Tagen komplett aus ihrem Gedächtnis gelöscht hätte.

Da Anita nicht in der Verfassung war, ihnen weiterzuhelfen, war ihre beste Anlaufstelle Kevins langjähriger Freund und Arbeitskollege Emilio.

An Samstagen herrschte im Next-Gen Gamestore reger Betrieb, und um zwölf Uhr achtundzwanzig war der Laden voller Leute, die in den Regalen stöberten und die neuesten Spiele ausprobierten. Emilio beriet gerade einen Kunden, der sich nicht zwischen zwei Spielen entscheiden konnte, als Hunter und Garcia das Geschäft betraten. Bei ihrem Anblick veränderte sich Emilios Verhalten schlagartig.

»Können wir uns kurz unterhalten?«, fragte Hunter und trat auf ihn zu, nachdem Emilio mit dem Kunden fertig war.

Emilio nickte nervös. Er führte sie durch eine Tür beim Kassentresen in den Pausenraum der Mitarbeiter weiter hinten im Laden.

Emilio wirkte müde und fahrig. Die dunklen Ringe unter seinen Augen waren nicht zu übersehen.

Keiner der drei setzte sich. Emilio blieb neben einem alten Resopaltisch in der Mitte des Raumes stehen, Hunter und Garcia bei der Tür.

»Alles in Ordnung?«, erkundigte sich Garcia mit Hinblick auf Emilios deutlich sichtbare Unruhe. Bei ihrer ersten Begegnung hatten sie nichts dergleichen an ihm wahrgenommen.

Er nickte zweimal rasch hintereinander. »Ja, sicher.« Doch er sah keinem der beiden in die Augen.

»Ist Ihnen noch was zu Kevin eingefallen, das wir wissen sollten?«

»Nein. Nichts. Ich hab Ihnen alles gesagt.«

»Na, irgendwas muss aber passiert sein«, sagte Garcia. »Denn ganz ehrlich: Ihr Pokerface ist lausig.«

Jetzt erst erwiderte Emilio Garcias Blick.

»Was auch immer es ist, wir finden es so oder so raus, Sie können es uns also genauso gut gleich sagen, auf die Art sparen wir alle Zeit.«

Emilio atmete tief durch und sah zu Boden.

Hunter und Garcia warteten ab.

»Man hat mir die Stelle des Filialleiters angeboten. Kevins alten Job.«

»Okay ...?« Garcia wartete auf mehr.

»Mehr nicht«, sagte Emilio und strich sich nervös den Bart.

»Und wo liegt das Problem?«

Ein unbehagliches Lachen. »Ich weiß doch, wie das läuft, Mann. Wenn ich den Job annehme, denken Sie sofort, dass ich was mit dem Mord an Kevin zu tun hab. Das ist doch ein Motiv, oder nicht? Dass ich jetzt seinen alten Job gekriegt hab. Aber glauben Sie mir, ich hatte keine Ahnung, dass sie mich fragen würden. Es gibt andere, die arbeiten schon länger hier als ich. Sie sollten Tom fragen. Der wäre ein guter Filialleiter.« Seine Stimme war rau, fast krächzend. »Kevin war mein bester Freund. So was wie ein Bruder ...«

Garcia schenkte Emilio ein mitfühlendes Lächeln und hob die Hand, um seinen Wortschwall zu bremsen. »Emilio, wenn ich Sie an der Stelle gleich unterbrechen darf. Sie haben zu viel *CSI* oder *Criminal Intent* gesehen, oder was auch immer Sie sich anschauen.«

Emilio sah die beiden Detectives verständnislos an.

Hunter nickte. »Er hat recht. Leider ist die Sachlage nicht ganz so einfach. Wenn Sie die Stelle annehmen, katapultiert Sie das nicht automatisch auf Platz eins unserer Verdächtigenliste, Emilio.«

»Nicht?« Es war, als fiele eine zentnerschwere Last von ihm ab.

»Nein«, beruhigte Garcia ihn. »Wir sind gekommen, weil wir Sie bitten wollten, sich etwas anzusehen.«

Sie zeigten ihm den Ausdruck der Frau im Glassarg. Das Foto war zu Beginn der Übertragung aufgenommen worden; das Wort SCHULDIG war noch nicht am unteren Bildrand zu sehen, und auch die Buttons fehlten. Lediglich die Buchstaben SSV und die Ziffernfolge 678 standen gut sichtbar in den oberen Ecken des Bildes.

Emilio starrte das Foto lange an und kratzte sich dabei am Kinn. »Ich ... ich weiß nicht«, sagte er schließlich. »Aber irgendwie kommt mir ihr Gesicht bekannt vor.«

Nur mit Mühe konnten die Detectives ihre Aufregung im Zaum halten.

»Glauben Sie, Sie haben sie schon mal gesehen? Vielleicht zusammen mit Kevin?«

Emilio starrte den Ausdruck noch ein paar Sekunden an, ehe er den Kopf schüttelte. »Nein, ich glaub nicht, dass ich sie mit Kevin zusammen gesehen hab. Kevin hatte nicht viele Freunde. Er war immer entweder zu Hause bei Anita, hier im Laden, oder er hat nach Ladenschluss noch Online-Games gespielt. Er ist nicht in Bars oder Clubs gegangen oder so. Hat nie viele Leute kennengelernt.«

»Vielleicht war sie eine Kundin«, bohrte Garcia nach, »und Sie haben sie hier im Laden gesehen.«

Emilio überlegte einen Moment. »Wär schon möglich. Kann ich den anderen Jungs das Foto zeigen? Wenn sie mal hier war, kann sich vielleicht einer von ihnen noch an sie erinnern.«

»Sicher, machen Sie das«, sagte Garcia. »Aber eine Frage hätte ich noch dazu. Die Buchstaben und Zahlen da oben im Bild.« Er wies auf die betreffenden Stellen. »Sagen die Ihnen was? SSV und 678?«

Emilio dachte kurz nach. »Das Einzige, was mir einfällt, ist die SSV Normandy.«

»Die was?«

»Die SSV Normandy. Das ist ein Raumschiff, es kommt in einem Spiel namens *Mass Effect 2* vor.«

»Ein Raumschiff?«

»Genau. Das Spiel ist schon ein paar Jahre alt. Es kam im Jahr ... 2010 raus, glaub ich. Ich hab's durchgespielt. Ziemlich gutes Spiel.«

»Hat Kevin es auch gespielt? Online, mit anderen, meine ich?«

Emilio schüttelte den Kopf. »*Mass Effect 2* hat keine Multiplayer-Option. Man beendet einfach ein Level und kommt dann ins nächste, bis man irgendwann fertig ist.«

Garcia tauschte einen Blick mit Hunter, und beide schüttelten gleichzeitig den Kopf. Keiner der beiden glaubte daran, dass SSV oder 678 etwas mit einem Videospiel zu tun hatte.

Sie kehrten in den Laden zurück, wo Emilio seinen drei Kollegen den Ausdruck zeigte. Hunter und Garcia beobachteten, wie einer nach dem anderen das Bild der Frau betrachtete, die Stirn runzelte, die Lippen schürzte, sich die Nase kratzte und dann langsam den Kopf schüttelte. Falls sie eine Kundin war, schien niemand sie wiederzuerkennen.

»Ihr Gesicht kommt mir trotzdem bekannt vor«, sagte Emilio und starrte nachdenklich den Ausdruck an.

Hunter und Garcia ließen ihm einige Minuten Zeit.

Nichts.

Sie wussten, dass es keinen Sinn hatte, etwas erzwingen zu wollen.

»Schon gut, Emilio«, sagte Garcia und gab ihm seine Visitenkarte. »Warum behalten Sie das Bild nicht einfach? Lassen Sie es eine Weile liegen, und schauen Sie es sich irgendwann im Laufe des Tages noch mal an. Das hilft dem Gedächtnis oft besser auf die Sprünge. Wenn Ihnen irgendwas einfällt, auch wenn es Ihnen unwichtig vorkommt, rufen Sie mich an, egal zu welcher Zeit. Alle meine Nummern stehen auf der Karte.«

36

Zwar war es erst vier Tage her, dass sie die Ermittlungen im aktuellen Fall aufgenommen hatten, doch Hunter und Garcia waren seit fünfzehn Tagen nicht mehr in den Genuss eines freien Tages gekommen. Daher befahl Captain Blake beiden, sich den Sonntag freizunehmen.

Sie gehorchten.

Garcia trank seinen Kaffee aus und schenkte seiner Frau Anna über den kleinen Frühstückstisch hinweg ein mattes Lächeln. Sie waren seit der zwölften Klasse zusammen, und sie musste ein Engel sein, davon war Garcia überzeugt, denn ein gewöhnlicher Mensch hätte ihn niemals so gut verstanden – und ertragen – wie sie.

Anna hatte ihn immer bestärkt, von Anfang an, schon lange vor seinem Entschluss, zur Polizei zu gehen. Sie sah mit eigenen Augen, wie hart er arbeitete und wie viel ihm seine Arbeit bedeutete. Doch das Allerwichtigste war: Sie verstand, welches Engagement und welche Opfer der Beruf von ihm verlangte, und sie akzeptierte es ohne Klagen und Vorwürfe. Sie wusste auch, dass Garcia grundsätzlich nicht über seine Arbeit oder die Fälle, mit denen er gerade zu tun hatte, sprechen wollte. Sie fragte ihn auch nie danach, denn sie wusste, dass er nur deshalb schwieg, weil er die Grausamkeit und den Wahnsinn seiner Arbeit aus ihrem gemeinsamen Leben heraushalten wollte. Sie bewunderte ihn dafür. Doch all ihrer Stärke zum Trotz fürchtete Anna, dass das, was Garcia Tag für Tag erlebte, ihn innerlich veränderte. Sie konnte es spüren.

»Also, was möchtest du heute an deinem freien Tag machen?«, fragte sie ihn, sein Lächeln erwidernd. Anna war keine klassische Schönheit, aber eine aparte und deshalb faszinierende Erscheinung. Sie hatte ein zierliches, herzförmiges Gesicht mit leuchtenden haselnussbraunen Augen, kurze schwarze Haare und ein Lächeln, von dem jeder Mann weiche Knie bekam. Ihr Teint war hell und zart, und sie hatte die straffe Figur einer Profi-Tänzerin.

»Was du möchtest«, antwortete Garcia. »Hast du irgendwelche Pläne?«

»Ich wollte vielleicht nach dem Frühstück eine Runde joggen gehen.«

»Unten im Park?«

»Mmm-hm.«

»Klingt toll. Macht es dir was aus, wenn ich mitkomme?« Anna schnitt eine Grimasse.

Garcia wusste genau, was sie bedeutete. In der Schule war er ein exzellenter Leichtathlet gewesen, vor allem auf

Langstrecken, und seit er bei der Polizei war, hatte sich seine Fitness sogar noch verbessert. Er hatte dreimal am Boston Marathon und am New York Marathon teilgenommen und war jedes Mal in weniger als zwei Stunden vierzig ins Ziel gekommen.

»Ich passe mich deinem Tempo an, versprochen«, sagte er. »Wenn ich dich auch nur einmal überhole, darfst du mir von hinten ein Bein stellen und mich treten, wenn ich am Boden liege.«

Der Montebello City Park lag nur ein paar Blocks von ihrer Wohnung entfernt. Von Westen wehte eine sanfte Brise, und keine einzige Wolke trübte den strahlend blauen Himmel. Der Park war voller Menschen, die joggten, Rad oder Inliner fuhren, mit ihren Hunden spazieren gingen oder einfach faul im Gras lagen und sich von der Sonne bescheinen ließen.

Obwohl sie nie regelmäßig Sport trieb, hatte Anna eine gute Kondition. Sie lief schnell und gleichmäßig. Garcia hielt Wort und blieb die ganze Zeit entweder neben oder einen Schritt hinter seiner Frau. Sie waren gerade mit der zweiten von insgesamt drei geplanten Runden durch den Park fertig, als ein lautes Krachen unmittelbar hinter ihnen Garcia anhalten ließ. Rasch wandte er sich um und sah einen Mann von etwa Mitte fünfzig am Boden liegen. Sein Fahrrad lag einige Meter entfernt auf dem Fußweg. Der Mann rührte sich nicht.

»Anna, warte!«, rief Garcia.

Anna blieb stehen und drehte sich um. Sofort fiel ihr Blick auf den am Boden liegenden Mann. »Ach du lieber Gott. Was ist ihm passiert?«

»Ich weiß es nicht.« Garcia eilte bereits zu ihm.

Ein zweiter, deutlich jüngerer Radfahrer hatte wenige Meter vor dem Mann angehalten.

»Was ist passiert?«, fragte Garcia, während er sich neben den Mann kniete.

»Keine Ahnung«, sagte der Radfahrer. »Er fährt vor mir her, auf einmal fängt sein Rad an zu schlingern, und plötzlich kippt er einfach um.«

Die ersten Schaulustigen blieben stehen.

»Kennen Sie ihn?«, fragte Garcia.

Der Fahrradfahrer schüttelte den Kopf. »Ich habe keine Ahnung, wer er ist, aber er muss hier irgendwo in der Nähe wohnen. Ich habe ihn schon ein paarmal im Park Fahrrad fahren sehen.«

Garcia beeilte sich, den Mann auf den Rücken zu drehen. Sein Brustkorb bewegte sich nicht. Er hatte aufgehört zu atmen, ein sicheres Zeichen für einen Herzstillstand.

»Er hat einen Herzinfarkt«, sagte er und sah zu seiner Frau hoch.

»O mein Gott.« Annas Hand flog an ihren Mund. »Was kann ich tun?«

»Ruf einen Krankenwagen, sofort.«

»Mein Handy ist zu Hause.«

Garcia langte in seine Tasche und gab ihr seins.

Die Menschenmenge um sie herum wurde immer größer. Alle standen bloß da und beobachteten mit großen Augen das Geschehen. Niemand bot seine Hilfe an.

In den vergangenen Tagen hatte Garcia zwei Menschen beim Sterben zusehen müssen. Heute würde er nicht tatenlos danebenstehen wie all die anderen. Er würde alles versuchen, um diesen Mann zu retten.

Ohne Verzögerung legte er seine verschränkten Hände auf den Brustkorb des Mannes und begann mit der Druckmassage, um das Blut aus seinem Herzen durch seinen Körper zu pumpen.

»Was ist los?«, rief plötzlich ein Mann im Jogginganzug und mit schweißüberströmtem Gesicht, der sich der Gruppe näherte.

»Herzinfarkt, so wie's aussieht«, sagte eine Frau.

»Lassen Sie mich durch«, befahl der Mann laut. »Ich bin Arzt.«

Sofort wurde eine Gasse für ihn frei gemacht.

Der Mann kniete sich neben Garcia. »Wie lange steht sein Herz schon still?«

»Weniger als eine Minute.« Garcia sah sich nach dem jungen Radfahrer um, damit dieser seine Angaben bestätigte. Doch von ihm fehlte jede Spur.

»Der Notarzt müsste in spätestens fünf Minuten hier sein«, verkündete Anna. Ihre Stimme zitterte ein wenig.

»Okay, ich brauche Ihre Hilfe«, sagte der Arzt, an Garcia gewandt. »Wir müssen mit den Wiederbelebungsmaßnahmen weitermachen, bis der Krankenwagen kommt.«

Garcia nickte.

»Fahren Sie fort mit der Herzdruckmassage, ich übernehme die Mund-zu-Mund-Beatmung. Peilen Sie eine Frequenz von etwa hundert Kompressionen pro Minute an. Ich zähle für Sie. Geben Sie mir zehn, bevor ich anfange.«

Garcia begann fest und rhythmisch auf den Brustkorb des Mannes zu drücken, und mit jeder Kompression spie sein Gedächtnis wahllos ein neues Bild von den Mordopfern aus, die vor seinen Augen im Internet gestorben waren.

»... und zehn«, sagte der Arzt und riss Garcia aus seiner grausigen Trance. Er hielt dem Mann mit zwei Fingern die Nase zu, um zu verhindern, dass Luft durch die Nasenlöcher entwich, atmete tief ein und bedeckte dann den Mund des Mannes mit seinem eigenen, bevor er etwa zwei Sekunden lang ausatmete. Sein Blick war dabei auf den Brustkorb des Mannes gerichtet, der sich leicht anhob, ein Zeichen dafür, dass er genügend Luft bekommen hatte. Er wiederholte den Vorgang noch zweimal.

Der Mann atmete immer noch nicht selbständig.

»Jetzt brauche ich dreißig Kompressionen«, wies er Garcia an.

In der Ferne hörte man ein Martinshorn.

»Noch ungefähr zweieinhalb Minuten, dann sind sie hier«, sagte Garcia, der erneut mit der Herzdruckmassage begonnen hatte.

Der Arzt sah ihn verblüfft an.

»Ich bin Polizist, ich weiß so was.«

Als Garcia bei dreißig Kompressionen angelangt war, startete der Arzt erneut die Mund-zu-Mund-Beatmung.

Noch immer atmete der Mann nicht.

Sie wiederholten die Prozedur noch zweimal, dann wurde es plötzlich laut, als der Krankenwagen über den Rasen und zwischen den Bäumen hindurch auf sie zufuhr.

»Wir übernehmen jetzt«, sagte ein Sanitäter und ging neben dem Kopf des Mannes auf die Knie.

Garcia ließ die Hände sinken. Sie zitterten von der Anstrengung, und obschon er von Natur aus ein gefasster Mensch war, nahm ihn die Sache sichtlich mit.

»Sie haben das gut gemacht«, lobte ihn der Arzt. »Wir haben unser Bestes gegeben – alles, was unter den Umständen möglich war. Niemand hätte mehr für ihn tun können.«

Garcias Blick war starr auf den Mann am Boden gerichtet, als die Sanitäter das Kommando übernahmen und ihm eine Sauerstoffmaske aufsetzten.

»Wir brauchen den Defi«, rief einer von ihnen. »Wir verlieren ihn.«

Anna kämpfte mit den Tränen. »O Gott.«

Garcia nahm sie in die Arme, während die Sanitäter einen tragbaren Defibrillator aus dem Wagen holten.

»Abstand!«, rief der Sanitäter, ehe er der Brust des Mannes einen gezielten zweihundert Joule starken Elektroschock verpasste.

Nichts.

Der Sanitäter erhöhte die Energie auf dreihundert Joule und versetzte dem Mann erneut einen Schock.

Noch immer nichts.

Dreihundertsechzig Joule.

Keine Reaktion.

Die beiden Sanitäter wechselten einen Blick. Sie konnten nichts mehr tun. Alle Anstrengungen waren umsonst gewesen.

Anna vergrub das Gesicht an Garcias Brust und begann zu weinen, während Garcia gegen das überwältigende Gefühl von Schuld anzukämpfen versuchte, das ihn überkam.

37

»Alles in Ordnung?«, fragte Hunter seinen Partner, als er am nächsten Morgen ins Büro kam. Er merkte sofort, dass Garcia etwas belastete.

Garcia erzählte ihm, was am Sonntag im Park passiert war.

»Es tut mir leid, dass Anna das mit ansehen musste«, sagte Hunter.

»Ich habe das Gefühl, als würde ich in letzter Zeit vom Tod verfolgt«, gab Garcia zurück. »Und ich kann nichts tun, um irgendeinem dieser Leute zu helfen.«

»So wie ich es verstanden habe, *hast* du gestern doch alles Menschenmögliche getan, Carlos. Und du weißt, dass wir auch in diesem Fall alles tun.« Hunter lehnte sich gegen die Kante seines Schreibtischs. »Genau das will der Täter doch. Wenn wir zulassen, dass unser Frust die Oberhand gewinnt, fangen wir an, Fehler zu machen und Dinge zu übersehen.«

Garcia atmete einmal tief durch und nickte. »Ja, ich weiß. Ich bin einfach noch ziemlich durch den Wind wegen der Sache gestern. Ich dachte, ich könnte ihn retten. Ich habe es wirklich geglaubt. Und ich wünschte, Anna hätte nicht mit ansehen müssen, wie er stirbt.« Er stand auf und sah sich um, als suche er nach etwas.

»Ich gehe runter zum Automaten«, verkündete er dann und zählte sein Kleingeld. »Ich brauche einen Energy Drink oder so was. Willst du auch einen?«

Hunter schüttelte den Kopf. »Für mich nichts.«

Garcia nickte, steckte die Münzen ein und verließ das Büro.

Zwanzig Minuten später bekamen Hunter und Garcia zwei Berichte auf den Tisch. Der erste war eine Liste aller auf Kevin Lee Parkers Telefon eingegangenen oder von dort aus geführten Gespräche der letzten zwei Wochen. Es gab absolut keine Auffälligkeiten. Alle Telefonate hatte er entweder mit seiner Frau oder Emilio geführt. Es war, wie Emilio gesagt hatte: Kevin hatte kein sehr reges Sozialleben gehabt.

Der zweite Bericht befasste sich mit möglichen Bedeutungen des Kürzels SSV, das während der zweiten Übertragung links oben am Bildschirmrand gestanden hatte. Er war unterteilt in fünf Kategorien: Informationstechnologie (sechsundzwanzig Einträge), Militär und Behörden (zweiundzwanzig Einträge), Wissenschaft und Medizin (zweiunddreißig Einträge), Organisationen, Schulen und Ähnliches (vierundzwanzig Einträge) sowie Geschäftswelt und Finanzen (achtzehn Einträge).

Sie verbrachten eine lange Zeit damit, alles durchzugehen.

»Klingelt es da irgendwo bei dir?«, fragte Garcia irgendwann.

Hunter schüttelte langsam den Kopf, während er die Blätter zum x-ten Mal überflog. Keine der aufgelisteten Bedeutungen schien für ihren Fall irgendeine Relevanz zu haben.

»Sinfonieorchester Silicon Valley, Society for the Suppression of Vice?« Garcia runzelte die Stirn, als er die ersten zwei Einträge aus der Kategorie »Organisationen, Schulen und Ähnliches« vorlas. Er blätterte um und überflog die Einträge unter »Militär und Behörden«. »Soldier Survivability, Space Shuttle Vehicle? Das ist doch alles völliger Blödsinn.«

In einem Kommentar am Ende des Berichts stand, dass zur Bedeutung von SSV678 oder 678SSV keinerlei mögliche Bedeutungen gefunden worden seien. Man habe alles versucht, sogar die Zahlen als Koordinaten auf einer Karte eingetragen. 6° N, 78° O war, wie sich herausstellte, ein Punkt irgendwo in der Lakkadivensee südwestlich von Sri Lanka. 67° N, 8° O lag ebenfalls im Wasser, einige Meilen westlich von Norwegen im Norwegischen Meer. Auch die übrigen Kombinationen hatten nichts ergeben.

Hunter ließ den Bericht sinken und rieb sich die Augen. Bislang ergab nichts einen Sinn. Es war genau, wie Michelle Kelly gesagt hatte: Sie liefen permanent gegen Wände. Und die Vermisstenstelle hatte die Frau auch noch nicht identifiziert.

Hunters Blick schweifte zur Pinnwand und blieb an einem Bild aus der Anfangsphase der Übertragung hängen. Zu dem Zeitpunkt war das Schicksal der Frau noch offen gewesen. Sie hatte einfach nur in ihrem Glassarg gelegen, starr vor Angst, verwirrt, und hatte um ein Wunder gebetet. In ihrem Gesicht war noch Hoffnung gewesen. Auf dem Bild war BEGRABEN bei 325 und GEFRESSEN bei 388.

Garcia hatte den Bericht über die Abkürzungen nun doch zugeklappt und legte ihn auf seinen Tisch, als sein Telefon klingelte.

»Detective Garcia, Morddezernat I«, meldete er sich.

»Detective, hier ist Emilio Mendoza.« Eine kurze Pause. »Die Frau auf dem Foto, das Sie mir dagelassen haben ... Ich weiß jetzt wieder, woher ich sie kenne. Ich hab sie jetzt gerade vor mir.«

38

Michelle Kelly und Harry Mills waren jeden Schritt ihres Plans zur Ergreifung des Pädophilen »Bobby« hundertmal durchgegangen. Trotzdem gab es noch eine Million Dinge, die schiefgehen konnten, darüber machten sie sich keine Illusionen. Sie hofften einfach, dass nichts schiefgehen *würde*.

Michelle brannte darauf, den Fall endlich abzuschließen. Die zwei Internetmorde beschäftigten sie inzwischen Tag und Nacht. Die Arroganz des Täters machte sie rasend. Sie wollte sich ganz auf den Fall des LAPD konzentrieren können.

»Lucy«, die junge Schülerin, als die Michelle sich im Internet ausgegeben hatte, saß auf einer Bank in Venice Beach mit Blick auf den Skatepark, als »Bobby« sich ihr von hinten näherte.

»Lucy?«, fragte er zaghaft, auch wenn er die Antwort bereits kannte. Er hatte sie die letzten zwanzig Minuten aus der Ferne beobachtet.

Lucy wandte sich um und schaute Bobby einen Moment lang an. Ihr Erstaunen stand ihr ins Gesicht geschrieben.

»Ich bin's, Bobby.«

Lucys wahrer Name lautete Sophie Brook. Sie war eine einundzwanzigjährige Schauspielerin aus East L. A., die das FBI bereits dreimal eingesetzt hatte. Sie war eine hervorragende Schauspielerin, doch ihr wahrer Wert, zumindest in den Augen des FBI, bestand darin, dass sie das Aussehen, die Figur, die Stimme und die Haut eines Teenagers hatte. Entsprechend angezogen, konnte sie problemlos für dreizehn durchgehen. Entsprechend war auch das Foto, das Michelle Kelly Bobby per Internet geschickt hatte: Darauf war eine süß und arglos dreinblickende Sophie zu sehen, verkleidet als Lucy, das Schulmädchen aus dem Chatroom. Und Bobby hatte den Köder geschluckt.

An diesem Vormittag jedoch hatten sie sich keine besondere Mühe geben müssen, Sophie wie dreizehn aussehen zu lassen, denn jedes dreizehnjährige Mädchen, das einen älteren Jungen beeindrucken wollte, würde alles versuchen, um älter zu wirken. Sie hatten ihr ein Outfit aus Jeansrock, Ballerinas, einem trendigen weißen Top und einer kurzen Jeansjacke verpasst. Das blonde Haar fiel ihr offen bis über die Schultern, und sie hatte sogar ein wenig Make-up aufgelegt – eben wie ein junges Mädchen, das darauf bedacht war, reifer zu erscheinen.

Sophie war seit Wochen auf ihre Rolle vorbereitet worden und hatte sogar einen Intensivkurs in Selbstverteidigung bei einem FBI-Trainer absolviert. Außerdem steckte für den Notfall eine Dose Pfefferspray in ihrer rechten Jackentasche.

Das FBI hatte Bobby erspäht, sobald er in die East Market Street in Richtung Skatepark eingebogen war. Er trug einen dunkelblauen Hoodie, die Kapuze auf dem Kopf, Jeans, weiße Nikes und einen roten Rucksack. Komisch – sie kleidete sich älter, er sich jünger.

Eine Kamera, strategisch günstig oben auf einer Skaterampe installiert, zeichnete jede von Bobbys Bewegungen auf, und alles, was er sagte, wurde von einem Sender, den Lucy unter ihrem Top trug, übertragen. Am Strand tat ein Undercoveragent so, als spiele er mit seinem Hund Ball, während er gleichzeitig Bobby aus sicherer Entfernung im Auge behielt.

Die Überraschung in Lucys Gesicht war nur gespielt. Michelle war das Szenario Dutzende Male mit ihr durchgegangen.

»Vergiss nicht, du gehst davon aus, dass er einundzwanzig ist. Wenn du ihn zum ersten Mal siehst, dann sei geschockt. Sei verletzt, weil er dich angelogen hat. Sei wütend, dass er dein Vertrauen missbraucht hat.«

»Wow«, sagte Bobby mit einem breiten Lächeln und streifte sich die Kapuze vom Kopf. »In echt bist du sogar noch hübscher. Schau dich einer an. Atemberaubend.«

»Was für ein Kotzbrocken«, sagte Harry auf seinem Beobachtungsposten am nördlichen Ende der East Market Street.

Lucys Augen füllten sich mit Tränen. »Ist das ein Scherz, oder was?«

»Nein, ich bin's, Bobby.«

Bobby war Mitte dreißig mit kurzen blonden Haaren, einem kantigen Kinn, männlichen Lippen, einer starken Nase und einladenden hellblauen Augen. Er war alles andere als hässlich. Wahrscheinlich hätte er überhaupt keine Probleme gehabt, die Aufmerksamkeit von Frauen zu bekommen. Sein Problem war, dass er junge Mädchen bevorzugte.

Bobby setzte sich. Lucy wich vor ihm zurück.

»Der Vogel sitzt im Nest«, meldete Harry in sein Mikrofon. »Wir können ihn einkassieren.«

»Noch nicht«, widersprach Michelle. Sie stand wenige Meter von Lucy und Bobby entfernt und tat so, als würde sie Musik auf ihrem iPod hören und den Skatern bei ihren Tricks zuschauen. »Lass sie erst noch ein bisschen reden.«

»Sie sind aber nicht einundzwanzig«, wisperte Lucy mit verzagter Stimme.

»Oh, bitte, sei nicht enttäuscht deswegen«, sagte Bobby und machte ein Gesicht wie ein trauriges kleines Hündchen. »Gib mir eine Chance, es dir zu erklären, Lucy. Ich bin trotzdem noch der Bobby, den du kennst. Der Bobby, mit dem du seit vier Monaten chattest. Der Bobby, von dem du gesagt hast, dass du dich ein bisschen in ihn verliebt hast. Ich ... ich wusste einfach nicht, wie ich es dir im Chatroom sagen soll.«

Eine Träne rollte Lucys Wange hinab.

»Scheiße, ist die gut«, murmelte Harry zu sich selbst.

»Vergiss doch das Alter«, sagte Bobby nun zärtlich. »Das

spielt doch gar keine Rolle. Weißt du nicht mehr, wie da sofort was zwischen uns war? Wie gut wir miteinander reden konnten? Diese Offenheit, dieses Verständnis zwischen uns? Daran hat sich nichts geändert. Innen drin bin ich noch genau dieselbe Person. Komm schon, Lucy, wenn zwei Menschen eine so starke Verbindung zueinander spüren wie wir, wenn sie den Menschen gefunden haben, der wirklich zu ihnen passt, dann ist alles andere unwichtig – glaubst du das nicht auch? Ich weiß genau, dass du reif genug bist, um das zu verstehen.«

Er bekam keine Antwort.

»Ich finde, du bist ein einzigartiger und wunderschöner Mensch«, fuhr Bobby fort. »Ich habe mich in dich verliebt, Lucy. Ich verstehe nicht, was das Alter dabei für eine Rolle spielt.«

»Hört ihr den Dreck, den er verzapft?«, sagte Harry in sein Mikrofon.

»Jedes Wort«, kam Michelles Antwort. »Er ist ein krankes Arschloch.«

Lucy sagte noch immer nichts. Sie saß einfach nur da und wirkte tief gekränkt.

»Können wir vielleicht einen Spaziergang machen und noch ein bisschen darüber reden?«, schlug Bobby vor. »Ich habe mich so darauf gefreut, dich zu sehen.«

»Okay, das reicht«, sagte Michelle und sah auf die Uhr. »Ich beende den Scheiß auf der Stelle.«

Von den sechs Mädchen, die Bobby nach Wissen des FBI vergewaltigt hatte, war nur eine bereit, mit den Behörden zusammenzuarbeiten. Sie war zwölf. Aber eine reichte. Alles, was sie tun musste, war, ihn bei einer Gegenüberstellung zu identifizieren. Dann hätten sie ihn. Außerdem war Michelle zuversichtlich, dass, sobald Bobby erst mal in Polizeigewahrsam war und eins der Opfer kooperierte, die anderen bald folgen und ihn ebenfalls beschuldigen würden.

Michelle zog sich die Ohrstöpsel aus den Ohren und

schlenderte auf die Bank zu, auf der Lucy und Bobby saßen. Sie stellte sich vor Bobby hin und betrachtete ihn eine Weile abschätzend.

Bobby blickte auf und runzelte die Stirn. »Kann ich Ihnen irgendwie helfen?«

Michelle lächelte. »Ob Sie mir helfen können? Nein«, sagte sie und gestikulierte dabei. »Kann ich Ihnen helfen? Nein. Können Sie sich selbst helfen? Ebenfalls nein. Sind Sie ein krankes Schwein, das es verdient hat, im Knast zu verrotten? Ein klares Ja.« Sie zückte ihre Dienstmarke. »FBI, Sie Drecksau. Wir würden uns gerne mit Ihnen über Ihre Chatroom-Aktivitäten unterhalten.«

Eine Sekunde lang waren alle mucksmäuschenstill, dann kam von einer Sekunde auf die andere Leben in Bobby. Er sprang auf und rammte von unten den Kopf gegen Michelles Kinn. Durch den brutalen Zusammenprall wurde ihr Kopf nach hinten geschleudert, als wäre sie angeschossen worden. Unter- und Oberkiefer schlugen so heftig gegeneinander, dass vor ihren Augen alles verschwamm. Blut spritzte aus einer Platzwunde an ihrer Lippe. Benommen taumelte sie ein paar Schritte, ihre Beine waren zu wacklig, um sie noch aufrecht zu halten. Schließlich sackte sie zu Boden wie eine Marionette, bei der man die Schnüre durchgeschnitten hat.

Bobby machte einen Satz über die Bank hinweg und stürzte in Richtung Oceanfront Walk davon.

39

»Was?«, rief Garcia in den Hörer, von Emilios Aussage völlig überrumpelt. »Warten Sie kurz, Emilio. Ich schalte die Freisprechanlage ein.« Garcia drückte eine

Taste am Telefon und legte den Hörer zurück auf die Gabel. »Okay, sagen Sie das noch mal.«

Hunter sah Garcia an.

»Die Frau auf dem Bild, das Sie mir am Samstag gegeben haben, als Sie in den Laden gekommen sind – ich weiß jetzt wieder, woher ich sie kenne. Ich hab sie direkt vor mir.«

Hunter machte ein verwirrtes Gesicht. »Was? Emilio, hier spricht Detective Hunter. Was meinen Sie damit, Sie haben sie vor sich? Wo sind Sie?«

»Zu Hause. Und ich meinte, dass ich gerade ein Bild von ihr vor mir hab.«

»Ein Bild?«, wiederholte Garcia.

»Genau. Ein Bild. Aus der Zeitung von gestern.«

Garcia runzelte die Stirn. »Hat die Presse Wind von dem Video bekommen?«, fragte er, an Hunter gewandt.

»Meines Wissens nicht. Captain Blake wäre längst Amok gelaufen, wenn die Presse Bescheid wüsste.«

»Sie haben sie in der Zeitung von gestern gesehen?« Garcia wandte sich wieder Emilio zu. »In welcher denn?«

»In der *L. A. Times*«, lautete dessen Antwort.

Instinktiv wandten sich Hunter und Garcia nach dem einzigen Fenster in ihrem Büro um. Die Redaktion der *L. A. Times* lag buchstäblich auf der anderen Straßenseite. Es war das erste Gebäude, das sie sahen, wenn sie aus dem Fenster schauten.

»Aber nicht auf der Nachrichtenseite«, setzte Emilio erklärend hinzu. »In dem Artikel geht es nicht um sie.«

Jetzt waren Hunter und Garcia vollends durcheinander.

»Sie hat den Artikel geschrieben.«

»Was?«

»Deswegen kam sie mir so bekannt vor. Meine Freundin steht total auf den Unterhaltungsteil der Sonntagsausgabe, vor allem auf den Promiklatsch. Von so was kann sie gar nicht genug kriegen, wissen Sie? Manchmal blättere ich selber durch. Ist ja auch egal, jedenfalls hat diese Frau eine

Kolumne im Unterhaltungsteil, und oben drüber ist immer ein kleines Foto von ihr abgebildet, deswegen kam sie mir bekannt vor. Weil ich das Foto schon ein paarmal gesehen hab.«

Garcia schrieb etwas auf einen Notizblock.

»Gestern hab ich nicht in die Zeitung geschaut, weil ich arbeiten war«, erklärte Emilio. »Aber heute hab ich frei. Ich wollte die Zeitung von gestern bloß mal schnell durchblättern, bevor ich sie wegwerfe, und da hab ich sie gesehen.«

»Wie heißt sie?«, fragte Hunter.

»Christina. Christina Stevenson.«

Hunter tippte den Namen in eine Internet-Suchmaschine ein und hatte binnen weniger Sekunden ihr Konterfei auf seinem Bildschirm. Emilio hatte recht. Es bestand kein Zweifel, Christina Stevenson war ihr zweites Mordopfer, es sei denn, sie hatte eine eineiige Zwillingsschwester oder einen Klon, der bei der *L. A. Times* arbeitete.

»Sehr gut, Emilio«, sagte Garcia. »Wir melden uns wieder.« Dann legte er auf.

Hunter überflog die Informationen auf der Website.

»Und? Was steht da über sie?«, wollte Garcia wissen.

»Nicht viel. Christina Stevenson, neunundzwanzig Jahre alt. Seit sechs Jahren bei der *L. A. Times*. Die letzten beiden im Unterhaltungsressort, von vielen auch ›die Gerüchteküche‹ genannt. Mehr persönliche Infos stehen hier nicht.«

»Sie war eine Klatschkolumnistin?«, fragte Garcia.

»Sieht so aus.«

»Verdammt, niemand hat mehr Feinde als solche Leute, nicht mal wir.«

Garcia hatte recht. In einer Stadt wie L. A., wo die öffentliche Aufmerksamkeit für viele so wichtig war wie die Luft zum Atmen, konnten Klatschreporter über Wohl und Wehe von Karrieren entscheiden. Sie konnten Beziehungen kaputtmachen, Familien zerstören, schmutzige Geheimnisse ans Licht zerren und genossen bei alldem mehr oder weniger Narrenfreiheit. Das Schlimmste war, dass das, was sie schrieben, nicht mal wahr sein musste. In L. A. konnte schon das leiseste Gerücht das Leben eines Menschen unwiederbringlich verändern, zum Guten oder zum Schlechten. Klatschreporter waren bekannt dafür, dass sie jede Menge falsche Freunde und ebenso viele echte Feinde hatten.

Hunter zögerte einen Moment, um etwas abzuwägen.

Garcia ahnte, was Hunter durch den Kopf ging. Wenn sie anfingen, in der Redaktion der *L. A. Times* Fragen zu stellen, wäre es unmöglich, die Sache länger unter Verschluss zu halten – eine Sache, die bislang von keiner Zeitung und keinem TV-Sender aufgegriffen worden war. Es wäre, als würden sie einem Rudel hungriger Wölfe ein Stück rohes Fleisch hinwerfen, selbst wenn das rohe Fleisch von einem ihrer Artgenossen stammte. Noch dazu würden sie selbst vermutlich nicht das Geringste in Erfahrung bringen, denn Reporter lieben es zwar, anderen Informationen zu entlocken, hassen es jedoch, Informationen zu teilen.

»Also, was sollen wir jetzt machen?«, fragte Garcia. »Uns bei der *Times* erkundigen?«

»Uns bleibt nichts anderes übrig. Wenn das Opfer dort gearbeitet hat, werden wir gar nicht darum herumkommen. Aber lass uns damit noch ein bisschen warten.« Hunter griff nach dem Telefonhörer, rief das Rechercheteam an und bat sie, so viel wie möglich über Christina Stevenson in Erfahrung zu bringen. Am allerdringendsten benötigte er ihre Privatadresse. Dort konnten sie ansetzen.

Eine Minute später läutete es.

»Haben wir schon eine Anschrift?«, fragte Hunter in den Hörer.

»Äh ... Detective Robert Hunter?«, meldete sich eine Männerstimme.

Hunter stutzte. »Ja, hier spricht Detective Robert Hunter. Wer ist dran?«

»Hier ist Detective Martin Sanchez vom Santa Monica PD.«

»Was kann ich für Sie tun, Detective Sanchez?«

»Also, heute Morgen hat einer unserer Streifenwagen auf einen Notruf reagiert und im Zuge dessen auf einem Privatparkplatz im Marine Park von Santa Monica eine weibliche Leiche entdeckt.« Sanchez hielt inne, um sich zu räuspern. »Jemand hatte einen Zettel bei der Leiche hinterlegt. Da steht Ihr Name drauf.«

40

Es dauerte einige Sekunden, bis sich der Nebel um Michelle gelichtet hatte. Vor ihren Augen tanzten gleißend helle Punkte. Ihr Kopf tat weh, als steckte er in einer Schraubzwinge, und sie spürte den Blutdruck in der Wunde an ihrer Unterlippe so heftig pochen, dass sie das Gefühl hatte, die Lippe würde anschwellen wie ein Luftballon.

»Geht es Ihnen gut?«, erkundigte sich Sophie. Sie kniete neben Michelle und hielt ihren Kopf in den Händen. Alles war so schnell gegangen, dass sie keine Zeit gehabt hatte zu reagieren.

Michelle sah sie mit verschleiertem Blick an. Wer war dieses Mädchen noch gleich? Ihr Gehirn kam erst langsam wieder in Gang.

»Michelle, alles klar bei dir?«, kam Harrys Stimme aus den Ohrstöpseln, die ihr um den Hals baumelten. Er sprintete bereits die East Market Street entlang auf den Skatepark zu. Auf einmal war wieder alles offen.

»Michelle?«, sagte Sophie.

Ganz plötzlich, als hätte jemand einen Kübel Eiswasser über ihr ausgekippt, sprang Michelles Gehirn wieder an.

Sie fixierte Sophies Gesicht und wusste sofort wieder, was geschehen war. Ihre Hand flog an ihre Lippe, und sie fuhr zusammen, als ihre Fingerspitzen mit der Wunde in Berührung kamen. Sie nahm die Hand weg und betrachtete sie.

Blut.

Schlagartig wich die Verwirrung dem Zorn.

»Na warte«, sagte sie zu sich selbst und fummelte sich hastig die Ohrstöpsel wieder in die Ohren.

»Der Vogel versucht zu fliehen«, hörte sie Harry sagen.

»Das könnte ihm so passen«, entgegnete Michelle.

»Michelle, alles in Ordnung mit dir?«, fragte Harry. Er klang gleichzeitig erleichtert und außer Atem.

»Ich werd's schon überleben«, gab sie grimmig zurück.

»Das war eine ganz schön heftige Kopfnuss.«

»Hör auf, dir Sorgen um mich zu machen, verdammte Scheiße noch mal«, fluchte sie in ihr Mikrofon. »Seht lieber zu, dass ihr Bobby erwischt.«

»Sind schon dabei.«

Kaum hatte Bobby Michelle außer Gefecht gesetzt und war getürmt, hatte sich der Undercoveragent am Strand neben seinen Schäferhund gekniet und auf den davonrennenden Bobby gezeigt. »Fass, Junge. Fass.«

Der Hund war losgeschossen wie eine Rakete.

Bobby war schnell, aber so schnell nun auch wieder nicht. Innerhalb weniger Sekunden hatte der Hund ihn eingeholt.

Das Kommando »Fass« bedeutete lediglich, dass der Hund einen Flüchtenden mit Hilfe seines Körpergewichts zu Boden drücken sollte. Ein ausgewachsener Schäferhund im vollen Lauf entwickelt dieselbe Impulskraft wie ein Motorrad bei fünfundzwanzig Meilen pro Stunde.

Bobby wurde nach vorn katapultiert und schlug hart auf dem Boden auf.

Eine Viertelstunde später saß er auf dem Rücksitz eines

nicht gekennzeichneten SUVs mit getönten Scheiben, das in der Nähe des Strandes in einer Gasse parkte. Die Hände waren ihm mit Handschellen hinter dem Rücken gefesselt. Ein FBI-Agent saß links neben ihm, Michelle Kelly und Harry Mills ihm gegenüber.

Bobby hielt den Kopf gesenkt, den Blick auf seine Knie gerichtet.

»Brutales Arschloch«, sagte Michelle und betastete erneut ihre geschwollene Lippe.

Bobby sah nicht auf.

»Aber das macht nichts«, fuhr sie fort. »Denn wissen Sie was? Wir haben Sie am Sack, Sie erbärmliches Stück Scheiße. Sie werden für sehr, sehr lange Zeit einfahren.«

Bobby schwieg.

Michelle nahm Bobbys Rucksack, öffnete den Reißverschluss und kippte den Inhalt zwischen ihnen auf dem Boden aus. Viel war es nicht: verschiedene Schokoladentafeln, Kaugummipäckchen, drei Flaschen Cola, eine kleine quadratische Geschenkschachtel mit einer roten Schleife, ein Plan der näheren Umgebung sowie ein Schlüssel mit Anhänger. Keine Brieftasche. Kein Führerschein. Nichts, was seine Identität verraten hätte. Bobby war bereits gefilzt worden. Er trug keinerlei Ausweisdokumente bei sich.

»Was haben wir denn da?«, murmelte Michelle, während sie die Sachen durchwühlte.

Bobbys Blick folgte ihren Händen. »Brauchen Sie dafür nicht einen Durchsuchungsbeschluss? Das sind meine persönlichen ... *uff*.«

Der Agent hatte Bobby den Ellbogen in die Rippen gerammt.

»Ich an Ihrer Stelle«, riet er, »würde mich darauf beschränken, die Fragen zu beantworten, die Ihnen gestellt werden, andernfalls kann die Angelegenheit sehr schnell hässlich werden ... für Sie, meine ich natürlich.«

Michelle sammelte die Schokoladentafeln, Kaugummipäckchen und Colaflaschen auf und reichte sie an Harry weiter. »Die hier sollen so schnell wie möglich ins Labor«, wies sie ihn an, ehe sie den Blick wieder auf Bobby richtete. »Ich wette auf Ihre Freiheit, dass mindestens eine davon mit Drogen versetzt ist.«

Keine Antwort. Bobby fuhr fort, seine Knie anzustarren.

Michelle grinste. »Und was ist da drin?« Sie griff nach der Geschenkschachtel. Auf einem kleinen Kärtchen stand: *Für Lucy, in Liebe.* Sie löste die Schleife und nahm den Deckel ab.

Harry fiel die Kinnlade herunter. »Ich glaub's ja wohl nicht.«

Michelle starrte wutentbrannt auf den Gegenstand in der Schachtel. »Rote Spitzenhöschen?«, brachte sie schließlich hervor. »Sie dachten, Lucy wäre dreizehn, und schenken ihr Reizwäsche?« Sie sah Harry an. »Wenn mir jemand eine Waffe gibt, kriegt die Kotztüte von mir eine Kugel ins Gesicht, hier und jetzt.«

Bobby rutschte nervös auf seinem Sitz hin und her.

»Wissen Sie, eigentlich spielt es gar keine Rolle, dass Sie den Mund nicht aufmachen und uns weder Ihren wahren Namen noch sonst was verraten. Weil wir nämlich das hier haben.« Michelle hielt den Schlüssel mit dem Anhänger hoch, den sie in Bobbys Rucksack gefunden hatte. Auf dem Anhänger stand nichts als die Zahl 103. »Jetzt wissen wir auch, dass Sie sich irgendwo ganz in der Nähe ein Zimmer in irgendeinem schmierigen Hotel genommen haben. Vielleicht wird es ein paar Stunden dauern, aber wir finden das Hotel – und alles, was Sie im Zimmer gelassen haben. Ich wette, da liegt dann auch Ihre Brieftasche mit einem Ausweis.« Sie hielt kurz inne. »Oder noch besser, ein Laptop oder ein Smartphone.« Michelle beugte sich vor, bis ihr Gesicht nur noch wenige Zentimeter von Bobbys entfernt war. Sie konnte sein billiges Eau de Cologne riechen. Seinen Pfefferminzatem. Sie lächelte ihn an. »Sie können sich nicht mal ansatzweise vorstellen, was wir alles aus einem Laptop oder der Festplatte eines Smartphones rausholen können. All die Monate haben Sie so fleißig gechattet, und Sie hatten keinen Schimmer, dass ich am anderen Ende war. Ich bin Ihre Lucy.« Michelle wartete einen Moment, damit die Worte bei Bobby ihre volle Wirkung entfalten konnten. »Schachmatt, Freundchen. Egal, was jetzt noch kommt, das Spiel ist aus.«

41

Die Adresse, die man ihnen gegeben hatte, war die eines kleinen, kompakten zweigeschossigen Bürogebäudes in der Dewey Street unmittelbar hinter dem Marine Park in Santa Monica. Für die Fahrt vom PAB dorthin benötigten Hunter und Garcia siebenundvierzig Minuten. Vor dem alten Haus standen jede Menge *Zu verkaufen-* und *Zu vermieten*-Schilder.

Hunter fragte sich, welcher Mensch im Vollbesitz seiner geistigen Kräfte Büroräume in einem Gebäude kaufen oder mieten wollte, das im Laufe der letzten Jahre derart vernachlässigt worden war – verfärbtes Mauerwerk, schlecht eingepasste Fenster und dunkle Regenwasserschlieren, die vom Dach herabliefen wie eine halb fertige Kuchenglasur.

Der Parkplatz lag hinter dem Gebäude, weitab der Straße. Unkraut gedieh in einem Netz aus Rissen im Asphalt. Von den acht Stellplätzen war nur einer belegt – von einem roten Ford Fusion. Wenige Meter vom Wagen entfernt standen mehrere hölzerne Kisten an der Wand. Der Zugang zum Parkplatz war durch die Polizei von Santa Monica mit gelbem Flatterband abgeriegelt worden. Dahinter hatte sich eine kleine Gruppe Schaulustiger versammelt, und obwohl sie von dort, wo sie standen, nichts sehen konnten, schien keiner von ihnen gewillt, auch nur einen Zentimeter zu weichen. Einige tranken sogar Kaffee aus Thermoskannen, während sie warteten.

Hunter und Garcia parkten vor dem Gebäude neben den drei Streifenwagen und dem Van der Spurensicherung, bevor sie sich einen Weg durch die Menschenmenge bahnten.

Beim Absperrband angelangt, wechselte Hunter rasch ein paar Worte mit den beiden Polizisten, die die Zufahrt zum Parkplatz bewachten. Garcia fiel währenddessen ein großer, hagerer Mann in schwarzem Kapuzensweatshirt und dunkelblauen Jeans ins Auge. Er stand ganz hinten in der Menge und hatte die Hände tief in den Hosentaschen vergraben. Im Gegensatz zu den anderen Zaungästen, die angespannt und erwartungsvoll wirkten, war er ruhig und unbeteiligt. Als er aufsah, begegnete er für einen kurzen Moment Garcias Blick, bevor er sich hastig abwandte.

»Detective Sanchez ist da drüben«, sagte der ältere der beiden Polizisten und deutete auf einen kleinen dicken Mann, der sich gerade mit einem der Kriminaltechniker unterhielt. Sanchez war ungefähr eins achtundsechzig und hatte die Hände hinter dem Rücken verschränkt wie ein Totengräber auf einem Begräbnis. Auch sein Äußeres hätte gut auf eine Beerdigung gepasst – schwarzer Anzug, aus dessen Ärmeln zwei Zentimeter strahlend weißer Hemdmanschetten herausschauten, blank geputzte schwarze Schuhe und eine schwarze Krawatte. Er hatte dunkelbraunes Haar, das er sich mit sehr viel Haargel nach Dracula-Art zurückgekämmt hatte. Sein buschiger Schnauzbart umrahmte seine Oberlippe wie ein Hufeisen.

»Detective Hunter?«, fragte Sanchez, als er auf die beiden Neuankömmlinge aufmerksam wurde.

Hunter schüttelte ihm die Hand und stellte ihm Garcia vor.

»Das hier ist Thomas Webb«, sagte Sanchez mit einem Nicken in Richtung des Kriminaltechnikers, mit dem er sich zuvor unterhalten hatte. Webb war einige Zentimeter größer als Sanchez und brachte deutlich weniger Kilos auf die Waage. Die Spurensicherung packte bereits ihre Sachen zusammen und war bereit, abzufahren.

Sanchez wirkte nicht wie ein Mann, der unnötig Zeit mit Geplauder verschwendete. Nachdem die Vorstellungsrunde erledigt war, langte er sogleich in die Innentasche seiner Jacke und holte sein Notizbuch hervor. »Also gut, dann erzähle ich Ihnen mal, was wir haben«, wandte er sich an Hunter und Garcia. »Um acht Uhr zweiundfünfzig heute früh hat die Zentrale einen Anruf von einem Mr Andrews reinbekommen.« Er zeigte auf den roten Ford Fusion. »Dem Halter dieses Fahrzeugs. Er ist Steuerberater und hat ein Büro im ersten Stock. Das Gebäude steht fast komplett leer, was Sie ja wohl schon an der Anzahl von Schildern vorne gesehen haben. Früher hatte eine Versicherung das gesamte Erdgeschoss, aber die sind vor einem halben Jahr pleitegegangen. Der einzige andere Mieter zurzeit ist ein selbständiger Sachverständiger für Massenermittlung, ebenfalls im ersten Stock. Den konnten wir bis jetzt noch nicht erreichen.«

Sanchez machte eine Pause, vielleicht um Hunter oder Garcia die Gelegenheit zu einem Kommentar zu geben. Er wartete vergebens. »Wie auch immer, jedenfalls wurde eine Streife zu der Adresse geschickt, und als die hier ankam, fand sie auf dem Boden da drüben bei den Kisten die Leiche einer hellhäutigen Frau.« Er zeigte auf die entsprechende Stelle. »Anfang zwanzig bis Ende dreißig, das war nicht genau zu erkennen.«

»Die Leiche wurde vor etwa einer Stunde ins Leichenschauhaus gebracht«, klinkte sich der Kriminaltechniker nach einem Blick auf seine Uhr in das Gespräch ein. »Wenn Sie den Fundort mit der Leiche in situ sehen möchten, sind

Sie also leider auf Fotos angewiesen.« Er blickte sich kurz um. »Aber das hier ist ohnehin kein Tatort, nur ein Ablegeort. Wenn es sich wirklich um Mord handelt, wurde er ganz sicher nicht hier verübt.«

Sanchez beäugte Hunter und Garcia einen Moment lang forschend, ehe er weitersprach. »Mr Andrews hat seinen Wagen an der üblichen Stelle geparkt und beim Aussteigen die Leiche auf der Erde liegen sehen. Zuerst dachte er, es handelt sich um einen Obdachlosen, allerdings wäre das seiner Aussage zufolge das erste Mal gewesen, dass einer hier übernachtet hat. Er ist ein bisschen näher rangegangen – und hat den Schreck seines Lebens gekriegt. Danach hat er sofort die Polizei verständigt. Schwört, dass er nichts angerührt hat.«

»Wo ist er jetzt?«, wollte Hunter wissen.

»Oben in seinem Büro. Ein Officer ist bei ihm. Sie können ihn noch mal befragen, wenn Sie wollen.«

»Der Körper der Toten war durch Hunderte unterschiedlich großer beulenförmiger Schwellungen stark entstellt«, sagte der Kriminaltechniker. »Wahrscheinlich hervorgerufen durch Wespenstiche, genauer gesagt: durch Stiche von Tarantulafalken.«

Hunter und Garcia sagten nichts.

»Wir haben drei der Tiere in ihrer Mundhöhle gefunden«, erklärte der Kriminaltechniker und zeigte ihnen eine kleine Plastikröhre mit drei toten Tarantulafalken darin. »Eins steckte in ihrem Hals.«

»War sie bekleidet?«, fragte Garcia.

»Nicht vollständig. Nur Unterwäsche. Violette Spitze.«

»Wurden irgendwelche persönlichen Gegenstände bei ihr gefunden?«

»Nein. Wir haben auch im Müllcontainer nachgeschaut. Nichts. Wie Detective Sanchez sagte: Das Gebäude steht fast komplett leer.«

»Wenn Sie die Beulen auf ihrem Körper identifizieren

konnten«, sagte Hunter, »heißt das wohl, dass die Leiche noch nicht aufgebläht war.«

Im frühen Stadium nach dem Tod – bei normalen Umweltbedingungen in den ersten drei Tagen – kommt der Zellstoffwechsel allmählich zum Erliegen, und der Körper beginnt sich im Innern zu zersetzen. Der Sauerstoffmangel im Gewebe führt zu einem explosionsartigen Wachstum von Bakterien, die sich von den Eiweißen, Kohlehydraten und Fetten des Körpers ernähren und dabei Gase ausscheiden, durch die die Leiche zu riechen beginnt. Diese chemische Reaktion führt außerdem dazu, dass der Körper stark auftreibt und aus Mund, Nase, Augen, Ohren und anderen Körperöffnungen Flüssigkeit austritt. Es war exakt drei Tage her, dass sie mit angesehen hatten, wie die Frau im Glassarg gestorben war.

Der Kriminaltechniker schüttelte den Kopf. »Nein. Keinerlei Gasdunsung. Die Leichenstarre hatte gerade erst eingesetzt. Meine Vermutung ist, dass sie irgendwann gestern Abend oder im Laufe der Nacht gestorben sein muss.«

Garcia wechselte einen Blick mit Hunter, doch dessen Miene gab nichts preis.

»Für einen genaueren Todeszeitpunkt müssen Sie die Autopsieergebnisse abwarten«, schob der Kriminaltechniker hinterher.

»Wurde die Leiche in die Rechtsmedizin in der Nord Mission Road überführt?«, fragte Hunter.

»Ganz genau.«

»Aber das wirklich Abartige ist«, sagte Sanchez und fischte einen durchsichtigen Asservatenbeutel aus seiner Tasche, »dass man außer den Wespen in ihrem Mund auch noch das hier gefunden hat.« Er reichte Hunter den Beutel. Darin steckte ein quadratischer gelber Klebezettel, auf dem in schwarzer Schrift, offenbar mit einem Filzstift geschrieben, die Worte standen: *Viel Spaß damit, Detective Hunter. Ich hatte meinen ja schon.*

42

Hunter und Garcia lasen die Nachricht und reichten sie dann ohne ein Wort an den Kriminaltechniker weiter. Der würde sie zur Analyse ins Labor schicken.

»Ich nehme an, den Fall kriegt jetzt Mord I«, fragte der Kriminaltechniker, während sein Blick zwischen Hunter, Garcia und Sanchez hin und her ging.

Ehe Hunter oder Garcia antworten konnten, hob Sanchez beide Hände, die Handflächen nach außen. »Er gehört ganz Ihnen. Wer auch immer das war, hat nach Ihnen verlangt, also bitte, tun Sie sich keinen Zwang an.«

»Sobald wir irgendwelche Ergebnisse haben«, sagte der Kriminaltechniker an Hunter und Garcia gewandt, »erfahren Sie es als Erste.« Damit wandte er sich um und gesellte sich zu seinen Kollegen.

»Okay, was genau läuft hier eigentlich?«, wollte Sanchez wissen, kaum dass Webb außer Hörweite war. »Ich habe Sie zwei die ganze Zeit beobachtet. Und genau gesehen, wie Sie reagiert haben, als Webb darüber sprach, was er und sein Team bislang rausgefunden haben – als er Ihnen die Wespen aus dem Mund der Frau gezeigt hat, als Sie den Zettel gelesen haben und so weiter ... nichts. Keine Wut. Kein Erstaunen. Kein Ekel. Nicht mal ein Wimpernzucken. Zugegeben, Sie haben die arme Frau ja auch nicht aus der Nähe gesehen, aber selbst wenn, hätte Sie der Anblick kein bisschen überrascht, darauf könnte ich wetten.« Er blickte den beiden Detectives forschend ins Gesicht. »Ich weiß, Sie sind von Mord I, und da haben Sie es garantiert schon mit einigen ziemlich schlimmen Sachen zu tun gehabt, aber wenn Sie mich fragen: So was *kann* einen doch gar nicht kaltlassen, ganz egal wie lange man schon dabei ist und wie viel Erfahrung man hat.«

Hunter und Garcia schwiegen.

»Sagen Sie mir bloß nicht, dass Sie so was schon mal gesehen haben. Die Frau wurde von Hunderten Monsterwespen zu Tode gestochen – die größten Biester, die ich je gesehen habe. Das allein ist schon heftig, aber der Zettel lässt ja wohl keinen anderen Schluss zu, als dass sie ermordet wurde. Ich bin vielleicht nicht bei Mord I, aber ich habe schon jede Menge Tatorte gesehen und mehr als genug Leichen. So viele, wie sich in zweiundzwanzig Jahren eben ansammeln. Der liebe Herrgott da oben weiß, dass ich manches gesehen habe, von dem jedem das Frühstück wieder hochkommen würde – aber so was wie das hier noch nie. Als die Jungs von der Spurensicherung die erste Wespe aus ihrem Mund geholt haben, ist mein Blutzuckerspiegel in den Keller gesackt. Ich bin allergisch gegen die Viecher. Und als sie dann auch noch den Zettel gefunden haben, wären mir fast die Eier verschrumpelt.« Er machte eine Pause und wischte sich mit der Handfläche den Schweiß von Stirn und Nacken. »Was für ein Irrer begeht einen Mord mit Wespen?«

Noch immer kein Wort von Hunter und Garcia.

»Und selbst nachdem man Ihnen gesagt hat, dass ihr Körper von Hunderten von Stichen entstellt war ... selbst nachdem Sie den Zettel gelesen haben, hat keiner von Ihnen auch nur eine Miene verzogen. Sie zwei sind also entweder so kalt, dass Sie Eiswürfel pissen, oder Sie waren darauf vorbereitet. Ich frage Sie also noch mal: Was zum Geier läuft hier? Ist so was schon mal vorgekommen?«

Einen Moment lang herrschte angespanntes Schweigen.

»Nicht exakt in dieser Form«, antwortete Hunter schließlich. »Aber ja, es ist schon mal vorgekommen, und ja, wir haben mit der Leiche gerechnet.«

Sanchez schien etwas abzuwägen. Wahrscheinlich war er nicht sicher, ob er mehr Einzelheiten erfahren wollte. Der Fall würde nicht auf seinem Schreibtisch landen, und wenn er ehrlich war, tat ihm das kein bisschen leid. Er

strich mit Daumen und Zeigefinger über seinen Schnauzbart, während er zu der Stelle hinüberstarrte, an der die Leiche gelegen hatte.

»Wissen Sie was?«, sagte er. »Ich kann's gar nicht erwarten, dass ich endlich pensioniert werde. Ich will nur noch
weg aus dieser Stadt. Letzte Woche haben wir einen Kerl verhaftet, der sein eigenes Baby aus dem Fenster seiner Wohnung im zehnten Stock geworfen hat, weil es zu viel geschrien hatte. Ein paar Sekunden später hat seine Freundin
gemerkt, was passiert war, und ist ausgeflippt, da hat er sie
gleich hinterhergeworfen. Als wir die Tür zu seiner Wohnung eingetreten haben, saß er im Wohnzimmer, schaute
Baseball und hat Cornflakes in sich reingeschaufelt. Die
Tochter ist gestorben. Die Freundin vegetiert im Krankenhaus vor sich hin. Irreparable Hirnschäden. Sie hat keine
Versicherung, das heißt, sie denken schon darüber nach,
ihr den Saft abzudrehen. Dem Kerl ging das alles am Arsch
vorbei.«

Sanchez richtete erst die Hemdmanschetten unter dem
Sakko, dann seine Krawatte. »Wir leben in einer Stadt ohne
Gewissen. Ohne Gnade. Würde mich nicht wundern, wenn
Sie am Ende rausfinden, dass der, der hierfür verantwort-
lich ist, es nur aus Spaß an der Freude gemacht hat.«

43

Kalifornische Eichen spendeten Schatten, als Hunter
in Long Beach von der West 8th Street in den Loma Vista
Drive einbog. Das Haus, das sie suchten, lag etwas zurückgesetzt am Ende der Straße. Es hatte eine hellgelbe Fassade,
zu der die weiße Tür und die weißen Fensterrahmen einen
geschmackvollen Kontrast bildeten. Ein niedriger schmie-

deeiserner Zaun umgab das Grundstück, und vor dem Haus breitete sich ein sauber gemähter Rasen aus. Linker Hand führte eine schmale Einfahrt zu einer Garage hinter dem Haus. Das Tor zur Einfahrt stand offen, und ein metallicblauer Toyota Matrix parkte vor der Garage. Das amtliche Kennzeichen stimmte mit dem von Christina Stevensons Wagen überein.

Den Angaben des Rechercheteams zufolge hatte Christina Stevenson das Redaktionsgebäude der *L. A. Times* am Donnerstagabend verlassen. Sie hatte sich den Freitag und Samstag freigenommen, war am Sonntag jedoch wieder in der Redaktion erwartet worden. Als sie nicht auftauchte, war zunächst niemand sonderlich beunruhigt gewesen. Es war nichts Ungewöhnliches, dass Reporter sich manchmal tagelang nicht sehen ließen, je nachdem, was für einer Story sie gerade hinterherjagten.

Hunter hielt am Straßenrand unmittelbar vor dem Haus. Es war Montagnachmittag, und alles war ruhig. Keine spielenden Kinder, niemand, der sich um seinen Garten kümmerte oder auf der Veranda saß und den Tag genoss.

Sie betraten das Grundstück durch das Tor zur Einfahrt. Hunter klopfte an die Tür und drehte dann probehalber am Knauf – abgeschlossen. Die zwei Fenster auf der Vorderseite des Hauses waren ebenfalls verriegelt, die Vorhänge zugezogen.

Garcia war die Einfahrt weitergegangen, auf den blauen Toyota zu. Er streifte sich Handschuhe über und überprüfte zunächst die Wagentüren, ehe er zur Garage ging – auch hier war alles verschlossen.

»Vorne ist alles zu«, meldete Hunter, als er sich zu Garcia gesellte. »Und die Vorhänge sind vorgezogen.«

»Hier genauso«, gab Garcia zurück. »Wagen und Garage sind abgeschlossen. Aber sie muss am Donnerstagabend definitiv nach Hause gekommen sein, nachdem sie aus der Redaktion weg ist.«

Zusammen gingen sie um das Haus herum nach hinten. Anders als im Vorgarten diente der Zaun zwischen Haus und Garage nicht nur einem dekorativen Zweck. Er war aus Massivholz, knapp zwei Meter fünfzig hoch und hatte eine stabil aussehende Tür. Hunter drückte die Klinke herunter. Die Tür ließ sich leicht öffnen.

»Kein gutes Zeichen«, meinte Garcia.

Sie gelangten zu einer großen Terrasse, deren Hauptattraktion ein rechteckiger Swimmingpool war. Daneben standen vier Liegestühle in einer Reihe. Unter einem kleinen Sonnendach nördlich der Terrasse konnte man einen Grill ausmachen. Die rückwärtige Fassade des Hauses, das jetzt rechts von ihnen lag, bestand fast vollständig aus Glas. Ins Haus gelangte man durch zwei Schiebetüren, von denen eine ins Wohnzimmer, die andere ins Schlafzimmer führte. Die Tür zum Schlafzimmer stand weit offen. Sie wollten gerade hingehen, als ein starker Windstoß aus westlicher Richtung über die Terrasse fegte und den Blumenvorhang hinter der geöffneten Tür blähte, so dass sie einen Blick ins Zimmer werfen konnten. Was sie sahen, ließ sie innehalten. Sie wechselten einen Blick.

»Ich gebe der Spurensicherung Bescheid«, sagte Garcia bloß und zückte sein Handy.

44

Christina Stevensons Haus war groß, größer als die meisten anderen in der Gegend, doch für den Augenblick beschränkten sich die Bemühungen von Mike Brindle und seinem Team auf das Schlafzimmer.

Das Zimmer war geräumig, gemütlich und voller mädchenhaft verspielter Details, angefangen bei der pinkfarbenen Kommode bis hin zu den zahlreichen Plüschtieren. Allerdings sah es aus, als hätte ein Hurrikan darin gewütet. Plüschtiere, Bettzeug sowie mehrere bunte Dekokissen lagen verstreut auf dem Fußboden. Die Bettlaken waren halb von der Matratze heruntergezogen, als hätte sich jemand daran festgekrallt, während ein anderer versuchte, ihn mit Gewalt wegzuzerren. Das Bett selbst war ein Stück verschoben worden, wodurch wiederum der Nachttisch umgestürzt war. Die Lampe, die darauf gestanden hatte, lag am Boden, ihr Schirm in Tausende Scherben zerbrochen. Neben dem umgekippten Nachttisch lag eine Flasche Dom Ruinart 1998. Der Großteil des Champagners war ausgelaufen. Einen Teil hatten die Fußbodendielen aufgesogen, der Rest war verdunstet; übrig geblieben war lediglich ein kleiner nasser Fleck direkt unterhalb der Flaschenöffnung. Wenige Zentimeter von der Flasche entfernt lag ein zerbrochenes Champagnerglas.

Die pinkfarbene Kommode sah aus, als hätte jemand in einem Tobsuchtsanfall dagegengetreten. Parfümflakons und Haarpflegeprodukte waren umgestoßen, die meisten von ihnen lagen auf dem Boden, ebenso wie ein MP3-Lautsprecher-System, ein Föhn und diverse Schminkutensilien. Obwohl sie bislang nirgendwo Blut gefunden hatten, schrie der ganze Raum ein einziges Wort in ihre Ohren: Kampf.

Für die Spurensicherung war ein Kampfgeschehen so etwas wie ein Hauptgewinn. Es bedeutete, dass das Opfer sich gegen seinen Angreifer zur Wehr gesetzt hatte, und selbst wenn ein Täter auf einen solchen Kampf gefasst war, konnte er doch unmöglich vorhersagen, wie lange dieser dauern oder wie heftig er ausfallen würde – erst recht nicht gegen ein von Adrenalin aufgeputschtes Opfer. Ein Kampfgeschehen bedeutete daher grundsätzlich, dass mehr Spuren am Tatort zurückblieben – Kleiderfasern, vielleicht ein Haarfollikel oder eine Wimper. Kontakt mit einer scharfen Ecke des Nachttischs oder der Kommode konnte eine winzig kleine Wunde verursacht haben, die für das bloße Auge unsichtbar war, aber dennoch Haut oder Blut – und somit DNA – am Möbelstück zurückließ. Es mochte makaber klingen, aber aus forensischer Sicht war ein Kampfgeschehen eine großartige Sache.

Ein Kriminaltechniker im weißen Tyvek-Overall mit Kapuze suchte die Glastür, die Hunter und Garcia bei ihrer Ankunft offen vorgefunden hatten, nach Fingerabdrücken ab. Ein zweiter ging langsam im Zimmer umher, um jeden Gegenstand im Raum zu markieren und zu fotografieren. Mike Brindle war mit dem Bett und dessen unmittelbarer Umgebung beschäftigt.

Hunter und Garcia hatten sich ebenfalls Overalls übergezogen und untersuchten das Wohnzimmer. Der Raum war stilvoll eingerichtet, die Möbel sahen elegant und teuer aus. Unmittelbar südlich des Wohnbereichs lag eine gut ausgestattete, offene Küche. Rechts neben der Eingangstür standen auf einem schicken schwarzen Sideboard drei gerahmte Porträtfotos neben einer Schale mit künstlichem Obst.

Im Wohnzimmer sowie in der Küche herrschte tadellose Ordnung. Alles schien an seinem angestammten Platz zu stehen. Der Kampf hatte sich ausschließlich im Schlafzimmer abgespielt.

Sie hatten Christina Stevensons Handtasche neben dem Sideboard auf dem Fußboden gefunden. Das Portemonnaie steckte noch darin, ebenso wie ihr Führerschein, ihre Kreditkarten, ihr Autoschlüssel und ihr Handy, dessen Akku leer war.

Garcia sah sich gerade in der Küche um, als sein Smartphone piepte.

»Wir haben die Akte über Ms Stevenson«, meldete er und rief seine E-Mails auf.

Hunter betrachtete derweil die drei Fotos auf dem Sideboard. Das erste zeigte Christina am Strand. Vom zweiten lächelte dem Betrachter eine Frau mit freundlichem Gesicht, strahlend blauen Augen und vollen Lippen entgegen. Christina hatte das Aussehen ihrer Mutter geerbt: die Augen, die kräftige Nase, die hohen Wangenknochen und das kleine Muttermal unter der Lippe. Das dritte und letzte Bild zeigte Christina in einem grauschwarzen Cocktailkleid. Sie hatte ein Glas Champagner in der Hand und war im Gespräch mit mehreren elegant gekleideten Leuten.

»Was haben wir?«, fragte Hunter und drehte sich zu Garcia um.

»Okay, ich überspringe das, was wir schon wissen«, sagte Garcia. »Christina Stevenson wurde hier in L. A. geboren. Sie ist in Northridge bei ihrer Mutter Andrea aufgewachsen. Keine Geschwister. Vater unbekannt, und nach dem, was hier steht, hatte Christina auch keinen Stiefvater. Ihre Mutter hat nie geheiratet. Christina ging auf die Granada Hills Highschool. Scheint eine gute Schülerin gewesen zu sein – solide Noten, nie Ärger. In der zehnten und elften Klasse war sie im Cheerleader-Team.« Garcia scrollte weiter nach unten. »Ihre Mutter ist vor sieben Jahren an einer Gehirnblutung gestorben, genau an dem Tag, als Christina ihren Abschluss in Journalistik von der UCLA bekommen hat.«

Reflexartig kehrte Hunters Blick zu dem Bild der lächelnden Frau auf dem Sideboard zurück.

»Der Tod ihrer Mutter scheint sie schwer getroffen zu haben«, fuhr Garcia fort. »Über das Jahr danach liegen nämlich keine Informationen vor. Dann hat sie einen Praktikumsplatz bei der *L. A. Times* ergattert und arbeitet seitdem für die Zeitung.«

»War sie immer schon im Unterhaltungsressort?«, wollte Hunter wissen.

»Nein. Die ersten vier Jahre ist sie zwischen verschiedenen Redaktionen hin und her gewechselt – Lokales, Weltgeschehen, Politik, Wirtschaft, Nachrichten, Kriminalressort, sogar Sport. Festgelegt hat sie sich erst, als sie vor zwei Jahren im Unterhaltungsressort anfing. War nie verheiratet, keine Kinder. Über einen Lebensgefährten steht hier auch nichts. Die Finanzen werden noch überprüft, aber die Hypothek für das Haus hier ist fast abbezahlt. Sie hat bei der Zeitung ziemlich gut verdient.« Garcia scrollte weiter. »Gestern stand ein großer Artikel von ihr in der Sonntagsausgabe. Wahrscheinlich war das der Artikel, den Emilio meinte.«

»Worum ging es darin?«

Garcia scrollte noch ein bisschen weiter, dann stutzte er.

»Hör dir das an. Es war eine Story über eine Prominente aus Hollywood, die sich mit dem Lehrer ihres Kindes amüsiert hat, während ihr Mann, ein bekannter Schauspieler, neue Folgen für die Fernsehserie gedreht hat, in der er eine Hauptrolle spielt. Die Story hat es auf die erste Seite der Unterhaltungsbeilage geschafft, und sie hatte einen ziemlich großen Teaser auf der Titelseite.« Garcia steckte sein Smartphone wieder ein. »Korrigier mich, falls ich mich irre, aber das ist die Art von Artikel, durch die man sich jede Menge Feinde machen kann. Die Art von Artikel, die Ehen und ganze Existenzen zerstört.«

»Wer war diese Prominente?«, wollte Hunter wissen.

Ehe Garcia antworten konnte, steckte Mike Brindle den Kopf durch die Wohnzimmertür. »Robert, Carlos, das müsst ihr euch anschauen.«

45

In der Abteilung für Cyberkriminalität des FBI herrschte Siegesstimmung. Gelächter und Gratulationen machten die Runde, sogar der leitende Direktor des FBI-Büros von Los Angeles hatte Michelle Kelly angerufen, um ihr persönlich seine Genugtuung auszudrücken. Er habe selbst zwei kleine Töchter und könne sich nicht einmal ansatzweise vorstellen, wie es wäre, wenn eine von ihnen jemals in die Fänge eines Internet-Pädophilen geriete.

Michelle saß an ihrem Rechner und rief Bobbys Akte auf. Sie klickte mit der rechten Maustaste in das leere Viereck rechts oben auf der ersten Seite, auf dem »Bilddatei« stand, und wählte aus dem Pop-up-Menü die Option »Hinzufügen« aus. Harry Mills hatte bereits eine Reihe erkennungsdienstlicher Fotos, die von Bobby nach dessen Festnahme gemacht worden waren, auf den Hauptrechner des FBI hochgeladen. Michelle wählte eines von ihnen aus und klickte auf »Einfügen«.

Dann ging sie mit dem Cursor auf das Feld »Name« und tippte Bobbys bürgerlichen Namen ein: Gregory Burke.

Bobby war nicht länger eine gesichtslose, namenlose Bedrohung für junge Mädchen.

Als Nächstes bewegte Michelle den Cursor zum Feld »Ermittlungsstatus« und löschte dort das Wort »offen«. Als sie es durch »geschlossen – Person verhaftet« ersetzte, empfand sie ein Gefühl tiefer Befriedigung. Sie wusste jedoch, dass das Gefühl nicht lange anhalten würde, denn leider gab es viel zu viele »Bobbys« da draußen, die sich in sozialen Netzwerken, Chatrooms oder auf Game-Websites herumtrieben, überall dort, wo junge Leute im Cyberspace zusammenkamen. Michelle und ihr Team taten ihr Bestes, doch die traurige Wahrheit war, dass sie hoffnungslos in der Unterzahl waren, und es wurde mit jedem Jahr schlimmer. Sie wusste, dass Bobbys Festnahme nur ein kleiner Sieg in einem großen Krieg war, den sie seit der Geburtsstunde des Internet zu verlieren drohten. Trotzdem: Tage wie dieser waren die ganze harte Arbeit wert.

»Alles klar bei dir?«, erkundigte sich Harry, der hinter sie getreten war.

»Mir geht's super.« Sie klickte auf »Speichern«.

»Was ist mit der Lippe?«

Michelle berührte ihre geschwollene Unterlippe mit den

Fingerspitzen. »Tut ein bisschen weh, aber ich werd's über-leben. Ein geringer Preis dafür, noch eins dieser Schweine in den Knast gebracht zu haben.«

»Ich hoffe, er versauert da drin.«

Michelle lachte, eher aus Erleichterung als belustigt. »Bei dem, was wir gegen ihn in der Hand haben, ist das so gut wie sicher.«

Das FBI hatte nicht mal zwei Stunden gebraucht, um das kleine Hotel zu finden, in dem Bobby für einen Tag ein Zimmer angemietet hatte. Es lag nur drei Blocks von Venice Beach, dem Ort seiner Verhaftung, entfernt. Im Zimmer hatten sie Ausweispapiere, Kreditkarten, Geld, Sexspiel-zeug, Tabletten, Alkohol und ein kleines Arzneifläschchen mit einer klaren Flüssigkeit sichergestellt. Das Fläschchen befand sich bereits im forensischen Labor des FBI, und alle waren bereit, ihr letztes Geld darauf zu verwetten, dass der Test auf eine Vergewaltigungs-Droge wie zum Beispiel Gamma-Hyroxybuttersäure positiv ausfallen würde. Der größte Fund jedoch war ein flacher schwarzer Kasten neben dem Bett gewesen. Er enthielt, neben einer digitalen Video-kamera, Bobbys privaten Laptop mit Hunderten von Fotos und Videoclips.

Zu Michelles großer Freude hatte Bobby noch keine Ge-legenheit gehabt, den Inhalt der Speicherkarte – ein erst zwei Tage zuvor gefilmtes, ungeschnittenes zwölfminü-tiges Video – von der Kamera auf seinen Laptop zu übertra-gen. Der Clip zeigte Bobby mit einem Mädchen, das kein Jahr älter aussah als elf.

»Sag mal«, meinte Harry. »Du kommst doch noch mit zum Feiern, oder? Wir wollen alle ins Baja, was trinken und vielleicht einen Happen essen.«

Das Baja war ein mexikanisches Grillrestaurant mit Bar zwei Blocks vom FBI-Gebäude entfernt.

Michelle warf einen Blick auf ihre Uhr. »Klar, geht schon mal vor, ich komme so in vierzig Minuten nach. Ich will mir nur noch schnell die Filme anschauen, die wir am Freitag aufgenommen haben. Du weißt schon, die Frau im gläsernen Sarg ... die Internetabstimmung.«

Harry reagierte mit einem müden Lächeln. Sie hatten alles versucht, während die Übertragung lief, und nichts erreicht. Jeder Weg hatte in eine Sackgasse geführt. Es kam nicht oft vor, dass jemand dem CCD des FBI auf derart professionelle Weise den Zugang zu einem Server sperrte, und Harry hatte erst ein einziges Mal erlebt, dass Michelle etwas so sehr gewurmt hatte wie ihr »Versagen« in diesem Fall. Mit Niederlagen konnte sie einfach nicht gut umgehen.

»Was hoffst du denn zu finden, Michelle?«

»Weiß auch nicht. Vielleicht gar nichts.« Sie vermied den Augenkontakt mit ihm. »Vielleicht ist der Killer ja wirklich viel schlauer als wir.«

»Das ist kein Wettbewerb, okay?«

»Doch, ist es, Harry.« Erst jetzt sah sie ihn an. In ihren Augen lag ein Flackern. »Wenn er nämlich besser ist als wir ... wenn er gewinnt und wir verlieren, dann sterben Menschen ... auf sehr grausame Weise.«

Harry hob in einer beschwichtigenden Geste die Hände, auch wenn er wusste, dass Michelles Wut nicht ihm galt. »Soll ich dir helfen?«

Michelle lächelte. »Ich krieg das schon alleine hin. Kennst mich ja. Geh nur und feier mit den anderen, ich komme später nach. Aber wehe, du bist schon dicht, wenn ich komme.«

»Ich kann nichts versprechen.« Er wandte sich zur Tür.

»Harry«, rief sie ihm nach. »Bestell mir schon mal einen Caipirinha, okay? Mit extra Limette.«

»Geht klar.«

»Ich bleibe auch nicht mehr lange.«

Schmunzelnd wandte Harry sich ab. »Sicher. Bestimmt nicht«, murmelte er.

46

Nachdem alle gegangen waren, dimmte Michelle ihre Schreibtischlampe herunter, goss sich eine große Tasse Kaffee ein und begann mit der Sichtung des Filmmaterials, das sie drei Tage zuvor aus dem Internet aufgenommen hatten. Natürlich kannte sie die Bilder bereits, doch als sie nun erneut die Frau in ihrem gläsernen Sarg liegen sah, während ein Schwarm Tarantulafalken sie langsam zu Tode stach, stellten sich ihr alle Nackenhaare auf. Ihr Herzschlag beschleunigte sich, und ihre geschwollene Unterlippe begann erneut zu pochen. Gegen Ende der Aufzeichnung, als eines der großen schwarzen Insekten aus dem Nasenloch der Frau gekrabbelt kam, musste Michelle einmal kurz würgen. Das Gefühl, stellte sie fest, war so ähnlich wie damals, als im Morgengrauen vier FBI-Agenten ihre Tür eingetreten hatten, um sie festzunehmen.

Schon in einem jungen Alter hatte Michelle ein besonderes Händchen für Computer gehabt. Sie konnte es sich auch nicht erklären – es war, als wäre ihr Gehirn anders verkabelt. Als wäre es extra dafür gebaut, dass sie die komplexeste Maschinensprache mit derselben Leichtigkeit lesen konnte wie einen Kinderreim.

Michelle Kelly wurde in Doyle in Nordkalifornien geboren. Als sie vierzehn war, starb ihr Vater. Er hatte seit frühester Jugend geraucht und litt zudem unter einem schwachen Immunsystem, deshalb hatte er sich, während er versuchte, eine schwere Erkältung auszukurieren, eine Lungenentzündung eingehandelt. Michelles Mutter, eine ängstliche, unselbständige Frau, die panische Angst vor dem Alleinsein hatte, war binnen eines Jahres wieder neu verheiratet gewesen.

Michelles Stiefvater war ein gewalttätiger Säufer, der aus

ihrer von Minderwertigkeitsgefühlen geplagten Mutter innerhalb kürzester Zeit einen drogenabhängigen, alkoholsüchtigen Zombie machte. Obwohl Michelle alles versuchte, gelang es ihr nicht, dem körperlichen und seelischen Verfall ihrer Mutter Einhalt zu gebieten.

Ein halbes Jahr nachdem ihr Stiefvater bei ihnen eingezogen war, stieß er eines Nachts die Tür zu Michelles Zimmer auf. Ihre Mutter hatte eine dreiviertel Flasche Wodka geleert und lag bewusstlos im Wohnzimmer.

Michelle schreckte aus dem Schlaf, als ihr Stiefvater seinen dicken, verschwitzten, nackten Leib auf sie wälzte. Das Herz hämmerte wie wild in ihrer Brust, der Atem rasselte in ihrer Kehle, sie hatte Todesangst. Er legte ihr eine fleischige Hand über den Mund, drückte ihren Kopf grob ins Kissen und flüsterte ihr ins Ohr: »Schhh, wehr dich nicht, Schätzchen. Das wird dir gefallen, ich versprech's dir. Ich werd dir zeigen, wie sich ein richtiger Mann anfühlt. Ich sag dir, schon bald wirst du mich anbetteln, es dir wieder zu besorgen.«

Er hatte ihr bereits teilweise den Schlafanzug vom Leib gerissen. Als er drauf und dran war, in sie einzudringen, ließ sein Druck auf ihr Gesicht kurz nach. Michelle riss den Mund auf, aber statt zu schreien, biss sie mit aller Kraft zu. Ihre jungen, starken Zähne gingen durch Fleisch und Knochen wie durch ein Stück Butter, und sie trennte ihm sauber den kleinen Finger ab. Sie spuckte ihn ihrem Stiefvater ins Gesicht, während der vor Schmerzen schrie und das Blut seinen Arm hinablief. Bevor sie aus dem Haus in die Nacht floh, schnappte sie sich noch einen Baseballschläger und schlug ihm damit so heftig und mit einer solchen Präzision in den Schritt, dass er sich vor Schmerzen erbrach. Sie kehrte nie mehr nach Hause zurück.

Drei Tage später, nachdem sie mit vier verschiedenen Autos getrampt war, erreichte Michelle Los Angeles. Sie lebte mehrere Tage lang auf der Straße, fischte sich Essen aus Mülltonnen, schlief unter Pappkartons und benutzte die Duschen und Toiletten am Strand von Santa Monica.

Genau an diesem Strand lernte sie auch Trixxy und ihren Freund kennen, zwei Surfer, die am ganzen Körper tätowiert waren und ihr sagten, sie könne bei ihnen übernachten. »Das machen viele«, erklärten sie.

Es stimmte. Das Haus war immer voller Leute, die kamen und gingen.

Michelle fand bald heraus, dass Trixxy und ihr Freund sich nicht nur fürs Surfen begeisterten. Sie gehörten der allerersten Generation von Internet-Hackern an. Damals hatten gerade die ersten Unternehmen das Internet für sich entdeckt. Alles war neu, und die Sicherheitsstandards waren ein Witz.

Trixxy und ihr Freund brauchten nicht lange, um herauszufinden, dass Michelle in Sachen Computer ein Naturtalent war. Nein, »Naturtalent« war nicht das richtige Wort. Michelle war ein Genie. Sie war in der Lage, innerhalb von Minuten die korrekten Befehle für Probleme zu finden, für deren Lösung Trixxy und ihr Freund Stunden, wenn nicht gar Tage brauchten. Binnen kürzester Zeit hackte sie sich in alle möglichen Webserver und Online-Datenbanken – von Universitäten und Krankenhäusern über staatliche Behörden, öffentliche und private Organisationen bis hin zu internationalen Unternehmen ... nichts war tabu. Je sicherer die Seite war, desto größer war die Herausforderung, und desto mehr lernte Michelle dazu. Es gelang ihr sogar, zweimal innerhalb von einer Woche in die Datenbanken des FBI und der NSA einzudringen.

Wie jeder Hacker im Cyberspace legte sich auch Michelle ein Alias zu – Thrasos, die griechische Personifizierung der Kühnheit. Der Name passte gut zu ihr, fand sie.

Die Möglichkeiten im Cyberspace schienen unendlich, und die Sache fing gerade an, Michelle so richtig Spaß zu machen. Doch dann erfuhr sie, dass ihre Mutter nach der

Einnahme einer halben Schachtel Schlaftabletten, heruntergespült mit einer Flasche Bourbon, gestorben war.

Michelle weinte drei Tage lang ununterbrochen, teils aus Trauer, teils aus unbändigem Zorn. Bald darauf fand sie heraus, dass ihr Stiefvater ihre Mutter wenige Monate zuvor überredet hatte, ein Testament zu machen, in dem sie das Haus, das Michelles leiblicher Vater gekauft hatte, sowie alles, was irgendwie von Wert war, ihm vermachte. In dem Moment mutierte Michelles Zorn. Ihr Stiefvater hatte aus ihrer Mutter ein alkoholkrankes Wrack gemacht und ihr alles gestohlen, was sie besaß. Michelle forschte nach und stellte fest, dass er das Haus bereits zum Verkauf angeboten hatte. Das wütende Ungetüm in ihr schrie nach Rache.

In der nächsten Woche ging es mit dem Leben ihres Stiefvaters rasant bergab. Über das Internet begann Michelle sein Leben systematisch zu zerstören. Erst verschwand das gesamte Geld auf seinem Bankkonto auf mysteriöse Weise, scheinbar aufgrund eines internen Computerfehlers, dessen Ursache jedoch niemand ermitteln konnte. Dann häufte sie unter seinem Namen schwindelerregend hohe Spielschulden an, überzog seine Kreditkarten, setzte seinen Führerschein aus und veränderte die Angaben in seiner Steuererklärung so, dass es nur eine Frage der Zeit war, bis die Steuerfahndung vor seiner Tür stand. Als sie mit ihm fertig war, war er bankrott, arbeitslos, ohne Dach über dem Kopf und mutterseelenallein.

Drei Monate später sprang er vor einen Zug.

Michelle hatte deswegen keine schlaflosen Nächte.

Es war ein Exfreund, der, nachdem er wegen Drogenbesitzes mit der Absicht, wiederzuverkaufen, festgenommen worden war, im Austausch gegen eine mildere Strafe die Polizei auf Michelles Spur brachte. Die Polizei wiederum gab den Tipp an die Abteilung für Cyberkriminalität des FBI weiter, wo man bereits seit geraumer Zeit nach Thrasos fahndete. Mit Hilfe der neuen Informationen benötigte das FBI weniger als eine Woche, um eine Überwachung einzuleiten. Die Festnahme erfolgte wenige Tage später. Vier Agenten traten ihr die Tür ein, gerade als Michelle die Datenbank des Western Systems Coordinating Council WSCC – des öffentlichen Stromnetzbetreibers, der die gesamte Westküste der USA mit Elektrizität versorgt – geknackt und jedem Endverbraucher von Montana bis nach New Mexico und Kalifornien spottbilligen Strom beschert hatte.

Zu diesem Zeitpunkt war Cyberterrorismus bereits zu einer großen Bedrohung für Amerika geworden. Man begriff, dass jemand mit Michelle Kellys Fähigkeiten nicht nur ein Feind, sondern auch eine starke Waffe und ein wertvoller Verbündeter in diesem neuen Kampf sein konnte. Mit diesem Wissen im Hinterkopf bot das FBI ihr einen Deal an: Sie konnte entweder weiterhacken, nun allerdings auf der anderen Seite des Gesetzes, oder aber eine sehr, sehr lange Zeit hinter Gittern verbringen.

Michelle entschied sich für Ersteres.

Sie merkte schon bald, dass sie ihr altes Leben eigentlich kaum vermisste. Sie war nicht Hackerin geworden, weil es ihr Spaß machte, gegen das Gesetz zu verstoßen, oder um reich zu werden. Sie war Hackerin geworden, weil sie die Herausforderung und den Kick liebte – und weil sie gut darin war. Durch den Deal, den man ihr angeboten hatte, konnte sie weiterhin tun, was sie bisher getan hatte; nur dass es jetzt legal war.

Natürlich wusste das FBI seine Karten perfekt auszuspielen. Da bekannt war, dass Michelle wegen der versuchten Vergewaltigung durch ihren Stiefvater von zu Hause ausgerissen war, gewöhnte man sie an ihre neue Aufgabe, indem man dafür sorgte, dass sie es in ihrem ersten Jahr beim FBI ausschließlich mit Sexualverbrechen – genauer: mit Sexualverbrechen gegen Kinder – zu tun bekam. Michelles Wut und Abscheu gegenüber den Tätern waren so heftig, dass sie sich in die Arbeit verbiss und aus jedem Fall einen persönlichen Kreuzzug machte.

Sie war so gut in ihrem Job, dass sie in vier Jahren zur Leiterin der Abteilung für Cyberkriminalität aufstieg.

Michelle schüttelte die Erinnerungen ab und konzentrierte sich wieder auf den Film von der Frau im gläsernen Sarg. Sie schaute sich die Aufzeichnung noch einmal von vorne an und hielt Ausschau nach jedem Detail, das ihr beim vorigen Mal vielleicht entgangen war. Doch wieder fand sie nichts.

»Mann, Michelle, wonach suchst du eigentlich? Da ist nichts«, sagte sie zu sich selbst, während sie sich mit der Handfläche die Stirn rieb.

Sie legte eine kurze Pinkelpause ein, füllte den Kaffeebecher wieder auf und kehrte dann an ihren Schreibtisch zurück. Noch war sie nicht bereit, aufzugeben.

Ihr nächster Schritt bestand darin, das Video mit zweieinhalbfach geringerer Geschwindigkeit ablaufen zu lassen und mit Hilfe einer Farb-und-Kontrast-Funktion die Sättigung der Bilder zu verändern. Bei hoher Farbsättigung waren Einzelheiten oft besser zu erkennen, und man sah Dinge, die einem sonst entgingen.

Michelle beugte sich auf ihrem Stuhl nach vorn, stützte die Ellbogen auf den Schreibtisch, legte das Kinn auf die Faust und begann von neuem.

Durch die verringerte Geschwindigkeit war das Zuschauen geradezu einschläfernd. Die grellen Farben und der hohe Kontrast ließen die Augen schneller ermüden, weil der Sehnerv stärker beansprucht wurde. Michelle merkte, dass sie alle drei bis vier Minuten eine Pause einlegen musste. Um ihre Augen zu entspannen, richtete sie den Blick auf etwas auf der anderen Seite des Raumes und massierte sich gleichzeitig die Schläfen. Trotzdem spürte sie bereits den leichten Druck beginnender Kopfschmerzen hinter den Augäpfeln.

»Vielleicht hätte ich doch Harrys Hilfe annehmen sollen«, brummte sie. »Oder nein: Ich hätte einfach mit den anderen mitgehen sollen. Einen Drink könnte ich nämlich jetzt gerade verdammt gut gebrauchen.«

Sie trank noch einen Schluck von ihrem Kaffee, ehe sie die Aufzeichnung weiterlaufen ließ. Dabei warf sie einen Blick auf die Zeitanzeige rechts unten am Bildschirm. Noch etwas mehr als eine Minute.

Als sie den Blick danach wieder auf das Video richtete, hätte sie schwören können, etwas durchs Bild huschen zu sehen.

Und es war kein Tarantulafalke.

»Was zum Teufel ...«

Sie hielt das Video an, spulte ein paar Sekunden zurück und drückte dann auf »Play«.

Zoom.

Wieder nahm sie die Bewegung wahr.

Adrenalin rauschte durch ihren Körper.

Zum zweiten Mal spulte Michelle zurück, doch diesmal vergrößerte sie einen ganz bestimmten Bildausschnitt und machte alle Änderungen in Sättigung und Kontrast rückgängig. Statt den Film einfach laufen zu lassen, klickte sie sich manuell Bild für Bild vor.

Und plötzlich hatte sie es.

47

Hunter und Garcia folgten Brindle durch einen kurzen Flur, der sie tiefer ins Haus und schließlich zu Christina Stevensons Schlafzimmer führte.

»Wir haben die Laken, Decken und Kopfkissenbezüge mit UV-Licht untersucht«, erläuterte Brindle, während er mit den beiden Detectives zum Bett ging. »Keine Sperma-spuren, allerdings gibt es einige winzige Blutspritzer, hauptsächlich an dieser Ecke der Bettdecke hier. Das Labor wird uns sagen können, ob das Blut vom Opfer stammt oder nicht.« Er deutete auf die betreffende Stelle, ehe er die UV-Lampe einschaltete. »Seht selbst.«

Eine einfache und schnelle Methode, nach Blutspuren auf dunklen oder roten Oberflächen zu suchen, ist der Ein-satz von ultraviolettem Licht. Es sorgt für ausreichend Kon-trast zwischen Hintergrund und Blutspur und macht sie auf diese Weise sichtbar.

Sobald die UV-Lampe leuchtete, waren auf dem dunkel-blauen Bettzeug vier kleine, verwischte Flecke zu erken-nen. Allerdings waren sie winzig und in keinster Weise aus-sagekräftig. Ein kleiner Schnitt beim Rasieren unter der Dusche hätte die Ursache sein können.

Brindle war sich dessen wohl bewusst, aber er hatte noch mehr zu bieten. Er schaltete die UV-Lampe aus und reichte Hunter und Garcia eine kleine Asservatentüte. Darin be-fand sich eine Tag-Heuer-Damen-Armbanduhr.

»Die habe ich unter dem Bett gefunden, in der Nähe der Wand.«

Auch das beeindruckte die beiden nicht sonderlich. Im Zimmer herrschte heilloses Chaos. Gegenstände jeder Art und Größe waren umhergeworfen und lagen überall auf dem Fußboden verteilt. Es war gut möglich, dass die Uhr anfangs auf der Kommode gelegen hatte und von dort aus irgendwie unters Bett geraten war.

»Das ist noch nicht alles«, sagte Brindle, dem die Skepsis der beiden Detectives nicht entgangen war. Er zeigte ihnen eine zweite Tüte, die drei kleine Stückchen enthielt. »Die habe ich auch unter dem Bett gefunden. Hier, nehmt das.« Er gab ihnen ein beleuchtetes Vergrößerungsglas.

Hunter und Garcia betrachteten die Stückchen in der Tüte mehrere Sekunden lang.

»Teile von Fingernägeln«, sagte Hunter.

»Abgerissen«, ergänzte Brindle. »Sie saßen in den Ritzen zwischen den Dielen.« Er hielt inne und gab Hunter und Garcia die Möglichkeit, ihre eigenen Schlüsse daraus zu ziehen. »Sieht so aus, als hätte sich das Opfer unter dem Bett versteckt. Der Täter hat sie gesehen und wahrscheinlich versucht, sie an den Beinen hervorzuziehen. Im Staub unter dem Bett sieht man eine Schleifspur, die deutet darauf hin, dass etwas Schweres – zum Beispiel ein Mensch – darunter hervorgezogen wurde.«

Instinktiv traten Hunter und Garcia einen Schritt zurück und neigten die Köpfe zur Seite, um unters Bett blicken zu können.

»Weil es nichts gab, woran sie sich festhalten konnte«, führte Brindle seine Theorie weiter aus, »hat sie sich wohl am Fußboden festgekrallt – und dabei sind ihre Fingernägel abgebrochen. Sobald er sie unter dem Bett hervorgezogen hatte, hat sie in ihrer Panik nach allem gegriffen, was sie zu fassen bekam.« Brindle hielt inne und betrachtete erneut die Bettdecke. »Und so ist wahrscheinlich das Blut darauf gelangt.«

Hunter und Garcia folgten seinem Blick.

»Es ist ja so«, erklärte Brindle. »Bei einem ausgerissenen Nagel würde das Nagelbett stark bluten, ungefähr wie bei einem Schnitt in den Finger, aber wenn er bloß abgebrochen oder abgerissen ist, blutet es allenfalls, wenn dabei der obere Rand oder die Seiten des Nagelbetts verletzt werden, und selbst dann nicht immer. Wenn es blutet, dann auf alle Fälle nur minimal. So wie hier.«

Hunter und Garcia dachten einen Moment nach.

»Außerdem habe ich noch die hier gefunden, die hingen an der Unterseite des Federkastens.« Er zeigte ihnen eine dritte und letzte Asservatentüte. Diese enthielt vier blonde Haare. »Höchstwahrscheinlich ist sie mit dem Kopf dagegengestoßen, als er sie unter dem Bett hervorgeholt hat.« Er atmete aus. »Dem Zustand des Zimmers nach zu urteilen, hat sie sich mit aller Kraft gegen ihn gewehrt. Sie hat bis zum Letzten gekämpft, hat getreten und um sich geschlagen.«

Nachdenkliche Stille.

Garcia sprach als Erster.

»Das klingt alles plausibel, abgesehen von der These, dass sie sich unter dem Bett versteckt haben soll. Das würde ja bedeuten, sie wusste, dass jemand hinter ihr her ist.« Er betrachtete die gläsernen Schiebetüren und dann erneut das Bett. »Und warum soll sie sich da unten verstecken, wenn sie doch durch die Terrassentür hätte fliehen können?«

Wie auf ein Stichwort verkündete Dylan, der Kriminaltechniker, der gerade die Türen auf Spuren untersuchte: »Ich habe Abdrücke.«

Alle wandten sich zu ihm um.

»Das Labor muss es noch bestätigen, aber ich kann schon mit bloßem Auge erkennen, dass sie gleich sind. Kein Zweifel, sie stammen alle von ein und derselben Person. Schmale Finger, zierliche Hände, definitiv eine Frau.«

Wenn es um Fingerabdrücke ging, war Dylan einer der Besten.

»Was ist mit dem Schloss?«, wollte Brindle wissen.

»Wurde nicht aufgebrochen«, antwortete Dylan. »Wir müssen es ausbauen und zur Analyse mitnehmen, aber es ist ein gewöhnliches Stiftschloss, nicht sehr sicher. Wenn der Täter durch diese Tür ins Haus wollte, hätte er es problemlos mittels Schlagtechnik knacken können. Kinderspiel.«

Die Schlagmethode ist eine Aufsperrtechnik zum Öffnen von Stiftschlössern, bei der ein speziell angefertigter Schlagschlüssel verwendet wird. Ein einziger Schlagschlüssel passt in alle Schlösser desselben Typs. Es gibt diverse Videos im Internet, anhand derer jeder Laie lernen kann, ein Schloss auf diese Weise zu öffnen.

Hunter betrachtete noch immer die drei Asservatentüten, die Brindle ihm gegeben hatte. Er sah die Sache genauso wie Garcia. Sich unter dem Bett zu verstecken wäre unter den gegebenen Umständen nicht logisch gewesen.

»Mike, wo genau hast du die Uhr gefunden?«, fragte er.

Brindle zeigte ihm die Stelle.

Hunter legte sich auf den Boden und lugte unters Bett. Er inspizierte die Stelle, wo die Uhr gelegen hatte, während er im Kopf mit Hochgeschwindigkeit verschiedene Möglichkeiten durchspielte. Noch immer ergab das Szenario keinen Sinn.

Garcia ging derweil um das Bett herum und blieb vor den Blumenvorhängen stehen, ungefähr dort, wo Dylan die Türen und das Schloss auf Fingerabdrücke untersucht hatte. Einen Moment lang war Hunters Aufmerksamkeit von Garcias schwarzen Schuhen und Socken abgelenkt, die er von seiner Position unter dem Bett aus gut sehen konnte.

Hunters ganzer Körper spannte sich an. Seine Gedanken überschlugen sich. »Das kann nicht sein«, flüsterte er, den Blick wie gebannt auf die Schuhe seines Partners gerichtet.

»Was ist?«, fragte Garcia.

Hunter rappelte sich wieder auf. Seine gesamte Aufmerksamkeit galt nun den Vorhängen unmittelbar hinter Garcia.

»Robert, was hast du gesehen?«, fragte Garcia erneut.

»Deine Schuhe.«

»Was?«

»Ich habe unter dem Bett deine Schuhe gesehen.«

Allgemeine Verwirrung.

»Okay, und ...?«

Hunter hob einen Finger, um anzuzeigen, dass er einen Moment zum Überlegen brauchte. Dann ging er in einer schnurgeraden Linie zu den Vorhängen und zog sie vorsichtig beiseite. Er kniete sich hin und betrachtete eine Zeitlang hochkonzentriert den Fußboden.

»Da leck mich doch einer!«, entfuhr es ihm.

»Was ist?«, fragte Brindle und trat näher. Garcia war dicht hinter ihm.

»Ich glaube, hier wurde der Staub aufgewirbelt«, sagte Hunter und deutete mit dem Zeigefinger auf die Stelle. »Wahrscheinlich durch einen Fußabdruck.«

Brindle ging neben ihm in die Hocke und sah genau hin. »Mann«, sagte er wenig später. »Ich glaube, du hast recht.«

»Genau das hat Christina gesehen«, sagte Hunter und sah Garcia an. »Die Schuhe ihres Mörders. Ich glaube nicht, dass sie sich unter dem Bett versteckt hat. Ich glaube, sie ist unters Bett gekrochen, um ihre Uhr zu holen, und während sie da lag, hat sie ihn gesehen. Sie hat ihren Mörder gesehen. *Er* war derjenige, der sich versteckt hat.«

Die nächsten paar Sekunden war es still im Raum.

»Okay, machen wir ein Foto davon«, sagte Brindle schließlich an Dylan gewandt. »Und ich brauche Klebefilm. Wollen doch mal sehen, ob wir einen halbwegs verwertbaren Abdruck bekommen.«

Hunter stand auf und ließ seinen Blick langsam über die Panoramascheibe wandern.

»Wahrscheinlich wäre es das Beste, wenn wir alles hier auf Abdrücke untersuchen«, beschloss er. »Kann sein, dass der Täter eine ganze Weile lang hier gestanden und gewartet hat.« Er beugte sich ein Stück vor, bis seine Nase fast die Scheibe berührte, als suche er nach Schmierspuren. »Vielleicht hat er sich dabei gegen die Scheibe gelehnt. Vielleicht hat er w...«

Seine Stimme erstarb. Hunter stand ganz still.

»Was ist denn?«, fragte Garcia, der dicht hinter seinem Partner stehen geblieben war und ihm über die Schulter spähte, ohne jedoch zu wissen, wonach er Ausschau halten sollte. Er nahm an, Hunter hätte etwas durchs Fenster gesehen, im Garten.

Hunter hauchte die Scheibe an, diesmal nicht versehentlich, wie eben, sondern gezielt, und bewegte dabei den Mund hin und her, um eine größere Fläche abzudecken. Das Glas beschlug für wenige Sekunden.

Jetzt sah Garcia es.

»Das glaub ich ja nicht.«

48

Im riesigen Großraumbüro im Hauptredaktionsgebäude der L. A. *Times* an der West 1st Street war es laut wie auf dem Schulhof zur großen Pause. Überall Telefongespräche, Tastengeklapper, laute Unterhaltungen und das Hasten schneller Schritte. Alle waren in Eile, um auch ja rechtzeitig zu Redaktionsschluss fertig zu werden.

Pamela Hays saß an ihrem Eckschreibtisch, unbeeindruckt von Lärm, Chaos und Hektik, die um sie herum wogten. Sie war Leiterin des Unterhaltungsressorts, und auch ihr saß die Zeit im Nacken, während sie die Artikel durchsah, die in ihrer Beilage der morgigen Ausgabe erscheinen sollten.

»Entertainment-Pam«, wie sie von allen genannt wurde, arbeitete erst seit sieben Jahren für die L. A. *Times*, sie hatte gleich nach ihrem Uniabschluss mit vierundzwanzig angefangen. Ihr erstes Jahr bei der Zeitung war ein harter Kampf gewesen. Frisch vom College und ohne jede Erfahrung in der Arbeit für eine auflagenstarke Tageszeitung, hatte sie sich erst einmal ihre Sporen verdienen müssen, indem sie eine endlose Anzahl von Artikeln zu belanglosen Themen schrieb, von denen sie sicher war, dass sie nur von ihr selbst und ihrer Mutter gelesen wurden. Viele davon hatten es nicht mal in den Druck geschafft. Aber Pamela hatte Vertrauen in ihre Fähigkeiten als Reporterin und vor allem als

Rechercheurin. Es dauerte nicht lange, bis das auch anderen auffiel.

Bruce Kosinski, in mehr als einer Hinsicht eine lebende Legende und damals Chefredakteur des Unterhaltungsteils, war der Erste, der Pamela die Chance gab, sich an einer »richtigen« Story zu versuchen. Sie machte ihre Sache gut, sehr gut sogar. Ihr Artikel war erstklassig recherchiert und schaffte es auf die Titelseite der Zeitung. Es war jetzt zwei Jahre her, dass man Kosinski zum Chefredakteur der L. A. Times ernannt hatte, und im Zuge dessen war Pamela Hays sein alter Posten angeboten worden, den sie selbstverständlich mit Freuden angenommen hatte.

Zugegeben, Pamela hatte mit Bruce geschlafen, aber sie wusste, dass das nicht der Grund war, weshalb sie den Job bekommen hatte. In ihren Augen hatte sie ihn sich mehr als verdient.

Pamela war mit der Redaktion eines weiteren Artikels auf ihrer Liste fertig, rollte auf ihrem Stuhl vom Schreibtisch zurück und dehnte ihren steif gewordenen Nacken.

»Wo zum Geier steckt Marco?«, fragte sie laut in den Raum hinein. Niemand antwortete.

Im Gegensatz zu den meisten anderen Ressortleitern bei der L. A. Times hatte Pamela kein eigenes Büro. Sie brauchte auch keins, weil sie es vorzog, mitten unter ihren Reportern zu sitzen, im Getümmel der Großraumredaktion.

Sie warf einen Blick auf die Uhr an der Wand.

»Verdammt noch mal, weniger als zwanzig Minuten, dann muss er mit seinem Artikel hier antanzen. Wenn er schon wieder zu spät abgibt, fliegt er in hohem Bogen raus. Mir reicht's langsam.«

»Was ist das denn?«, sagte plötzlich Pedro, der seinen Schreibtisch genau gegenüber von Pamelas hatte und stirnrunzelnd auf seinen Monitor starrte. »Pam, verdient sich Christina neuerdings als Schauspielerin was dazu?«, fragte er.

Pamela sah ihn an, als hätte er den Verstand verloren. »Was *hablas* du da für einen Stuss, *muchacho*?« Mit Pedro sprach sie immer ein Mischmasch aus Englisch und Spanisch, es war ihr kleiner Insider-Witz.

»Na, komm mal her und schau dir das an«, forderte Pedro sie auf. Sein Tonfall hatte absolut nichts Scherzhaftes an sich.

Pamela stand auf und ging zu Pedros Schreibtisch.

»Ich hab mir gerade ein paar Sachen im Netz angesehen«, erklärte Pedro, »und da bin ich auf den Artikel hier gestoßen.« Er wies auf seinen Monitor.

Es war ein kurzer Artikel mit der Überschrift *Echt oder Fake?*. Doch die Schlagzeile war es nicht, die Pamelas Aufmerksamkeit erregte, vielmehr das kleine Foto darunter – es zeigte eine Frau, die in einer durchsichtigen Kiste lag und auf der Hunderte sehr gefährlich aussehender schwarzer Insekten herumkrabbelten. Trotz der schlechten Bildqualität war das Gesicht der Frau deutlich zu erkennen – auch das kleine dunkle Muttermal direkt unterhalb ihrer Unterlippe.

Pamela hatte das Gefühl, als würde ihr das Blut in den Adern gefrieren. Als sie den Artikel las, wich alle Farbe aus ihrem ohnehin schon blassen Gesicht.

Es gab nicht den geringsten Zweifel. Die Frau auf dem Foto war Christina.

Und was auch immer es war, ein Fake war es nicht.

49

Als Hunter um Viertel nach fünf wach wurde, waren seine Kopfschmerzen so stark, dass sie einen Toten hätten aufwecken können. Er saß in der Dunkelheit seines Schlafzimmers im Bett und starrte wie betäubt zur Wand, als müsse er sie nur lange und angestrengt genug ansehen, damit sie ihm Antworten auf all die Fragen gab, die seine Gehirnwindungen blockierten.

Natürlich geschah nichts dergleichen.

Er zwang sich, mit dem Denken aufzuhören, bevor sein Kopf vollends heißlief. Er zog sich an und machte sich auf den Weg ins drei Blocks entfernt gelegene 24-Stunden-Fitnessstudio. Ein hartes Training sorgte bei ihm immer für einen klaren Kopf.

Knapp zwei Stunden später, nach einer heißen Dusche, fuhr er ins PAB.

Garcia war gerade eben eingetroffen, als Hunter das Büro betrat. Sekunden später kam auch Captain Blake dazu.

»Machen Sie sich auf was gefasst«, sagte sie und ließ die Tür mit einem lauten Knall hinter sich zufallen. »Der Sturm hat sich zwar verspätet, aber jetzt ist er da.«

»Sturm?« Garcia runzelte die Stirn.

»Der Shitstorm«, gab sie zurück und knallte ihm die aktuelle Morgenausgabe der *L. A. Times* auf den Schreibtisch. Auf der oberen Hälfte der Titelseite waren, in chronologischer Reihenfolge angeordnet, sechs kleine Fotos von Christina Stevenson im Glassarg abgedruckt. Die ersten drei zeigten ihr verängstigtes und verwirrtes Gesicht während verschiedener Stadien des Abstimmungsprozesses – GEFRESSEN zunächst bei 211 Stimmen, dann bei 745 und schließlich bei 1000. Die nächsten zwei zeigten Christina im Sarg zusammen mit den Tarantulafalken. Auf diesen beiden Bildern war ihr Gesicht nur noch eine schmerzverzerrte Fratze.

Auf dem letzten Bild hatte sie einen kalten, starren Blick. Ihr Körper war voller roter Beulen, auf ihr wimmelte es von schwarzen Wespen, und ihre aufgedunsenen Lippen bluteten.

Sie war zu Tode gestochen worden.

Die Schlagzeile über den Bildern lautete: TODESNETZ. MÖRDER ÜBERTRÄGT BARBARISCHE HINRICHTUNG LIVE IM INTERNET.

Garcia überflog den Artikel. Darin wurde unmissverständlich klargestellt, dass es sich bei der Übertragung nicht um einen Scherz gehandelt hatte. Der Verfasser beschrieb das Geschehen, ging dabei allerdings nicht ins Detail. Dass Christinas Leiche bereits aufgetaucht war, wurde ebenfalls nicht erwähnt.

Hunter lehnte sich gegen die Kante seines Schreibtischs. Er schien keinerlei Interesse an dem Artikel zu haben.

»Ich dachte, das FBI hätte Ihnen versichert, das Video wäre aus dem Netz gelöscht worden«, sagte Captain Blake. »Wie zum Teufel sind die da rangekommen?«

»Nicht vollständig gelöscht«, korrigierte Hunter sie. »Nur so weit, dass die meisten Menschen nicht darauf stoßen. Aber was einmal im Internet steht, bleibt im Internet, selbst wenn die meisten Leute es nicht finden. Die *L. A. Times* hat genügend Ressourcen und Personal, um das Video aufzuspüren.«

Allmählich wurde es stickig im Raum. Captain Blake marschierte zum Fenster und riss es auf.

»Bis jetzt ist das die einzige Zeitung, die die Story gebracht hat«, sagte sie gereizt. »Aber unsere Pressestelle hat schon zig Anrufe bekommen – von lokalen, nationalen und internationalen Zeitungen. Da rollt eine ganze Lawine auf uns zu.«

Hunter und Garcia wussten, dass sie sich damit vor allem auf die Verrückten bezog, die bei ihnen anrufen oder ihnen anonyme Briefe mit allen möglichen abstrusen Hinweisen und Informationen schicken würden. Den meisten dieser Hinweise würden sie nachgehen müssen, so verlangte es die Dienstvorschrift. Dazu kamen dann noch die obligatorischen Anrufe von Hellsehern und Kartenlegern, die Visionen hatten oder Nachrichten aus dem Jenseits empfingen, durch die der Fall gelöst werden konnte. Daran waren sie gewöhnt. So etwas passierte jedes Mal, wenn die Nachricht von einem neuen aufsehenerregenden Killer an die Öffentlichkeit drang.

»Der Bürgermeister hat heute Morgen angerufen«, setzte Blake hinzu. »Bei mir zu Hause. Und kaum hatte ich aufgelegt, war der Gouverneur von Kalifornien an der Strippe. Alle wollen wissen, was hier los ist. Sie scheinen meine Privatleitung zu Hause mit einer Hotline zu verwechseln.« Sie schnappte sich die Zeitung von Garcias Schreibtisch und warf sie verächtlich in den Papierkorb, wodurch dieser umfiel und sein gesamter Inhalt sich über dem Fußboden verteilte.

»Was haben Sie ihnen gesagt?«, fragte Hunter, während er in aller Ruhe den Papierkorb aufhob und zurück an seinen Platz stellte.

Captain Blake maß Hunter mit einem ihrer Blicke. Sie war wie immer perfekt geschminkt, allerdings war ihr Lidschatten eine Nuance dunkler als sonst, was den wütenden Blick in ihren Augen geradezu tödlich erscheinen ließ. Hunter ließ sich davon nicht beeindrucken.

»Genug, um ihnen die Gewissheit zu geben, dass wir alles in unserer Macht Stehende tun«, lautete ihre Antwort. »Aber ich habe ihnen nichts gesagt, was sie nicht unbedingt wissen müssen. Niemand weiß, dass der Täter zuerst mit Ihnen Kontakt aufgenommen hat und dass wir schon an dem Fall dran waren, lange bevor etwas davon in den Zeitungen stand. Niemand weiß, dass der Täter vor Christina Stevenson schon einmal getötet hat. Ich will das alles unter Verschluss halten. Sollen die anderen ruhig glauben, dass wir heute erst mit unseren Ermittlungen im Fall der Online-Morde begonnen haben.«

»Das kann uns nur recht sein«, pflichtete Hunter ihr bei. »Eine Pressekonferenz in diesem frühen Stadium der

Ermittlungen habe ich abgelehnt«, fuhr Blake, noch immer aufgebracht, fort. »Aber auf lange Sicht werden wir nicht darum herumkommen, das wissen Sie. Früher oder später wird es eine Pressekonferenz geben, und dreimal dürfen Sie raten, wer dann vor dem Erschießungskommando antreten darf.« Sie machte keine Pause, sondern schob die Antwort gleich hinterher. »Sie beide.«

Es gab nur wenige Dinge im Leben, die Hunter noch mehr hasste als Pressekonferenzen. Er stieß den Atem aus und kniff sich in die Nasenwurzel. Trotz des kräftezehrenden Workouts fraßen ihm die Kopfschmerzen immer noch das Gehirn auf.

»Haben Sie die Sonntagsausgabe der *L. A. Times* gelesen?«, wollte Captain Blake wissen. »Mit Christina Stevensons Artikel?«

Beide nickten.

»Sie hat die Schmutzwäsche dieses Promipärchens an die Öffentlichkeit gezerrt«, sagte sie. »Normalerweise mache ich mir nichts aus Boulevardjournalismus und Klatschblättern, aber gestern war ich gezwungen, mich eingehend damit zu beschäftigen. Alle schreiben übereinstimmend, dass der betrogene Ehemann höchstwahrscheinlich die Scheidung einreichen wird.« Sie hielt kurz inne, doch es kam keine Reaktion von Hunter oder Garcia. Also sprach sie weiter. »In jedem Fall ist ihre Beziehung schwer beschädigt. Nach dem, was die Frau sich erlaubt hat, ist es mit ihrer ohnehin nicht sonderlich erfolgreichen Schauspielkarriere vermutlich zu Ende. Obwohl es mich nicht wundern würde, wenn ein Buchvertrag dabei für sie rausspringt. Was ich sagen will, ist: Wir haben alle schon mit Fällen zu tun gehabt, bei denen jemand für weit weniger ermordet wurde. Steht dieses Paar auf Ihrer Verdächtigenliste?«

»Wir haben sie oberflächlich überprüft«, sagte Garcia. »Der Mann war seit Anfang der Woche auf einem Dreh in Sacramento. Er wusste nichts von der Affäre seiner Frau oder dass die Geschichte in der Zeitung stehen würde. Er ist am Sonntagabend nach Los Angeles zurückgekehrt. Die Frau und ihr Lover haben beide ein hieb- und stichfestes Alibi für Freitagabend, den Abend, an dem Christina Stevenson ermordet wurde. Und nein, sie haben sich nicht gegenseitig ein Alibi gegeben, Captain. Wir sind natürlich für alles offen, aber was uns viel mehr Kopfzerbrechen bereitet, ist die Frage, wie wir Kevin Lee Parker, unser erstes Opfer, mit Christinas Artikel in Verbindung bringen sollen. Denn es steht ja wohl zweifelsfrei fest, dass beide Morde von ein und derselben Person verübt wurden.«

»Tja, das ist Ihr Job, nicht wahr?«, gab Captain Blake zurück. »Einen Zusammenhang zu finden, so es denn einen gibt.«

»Wie gesagt, wir gehen der Sache nach«, sagte Garcia bestimmt. »Die Möglichkeit, dass Christina Stevenson ermordet wurde, weil sie Reporterin ist, besteht – das ist uns klar. Ein Team arbeitet schon daran, alle Artikel zu sammeln, die sie innerhalb der letzten zwei Jahre für die *Times* geschrieben hat.«

»Sagen Sie dem Team, es soll schneller arbeiten«, befahl Captain Blake und wandte sich dann der Pinnwand an der südlichen Raumseite zu. Sofort fielen ihr die zwei neuen Bildergruppen ins Auge. Die ersten waren auf dem Parkplatz in der Dewey Street in Santa Monica aufgenommen worden, wo man am Morgen zuvor Christina Stevensons Leiche gefunden hatte. Als ihr Blick zu den Aufnahmen der Leiche weiterwanderte, stockte ihr einen Moment lang der Atem.

Ohne die Wespen im Bild sah man erst das ganze Ausmaß der durch die Stiche hervorgerufenen Entstellung. Der Anblick war schockierend. Christinas Körper war nur noch eine unförmige Masse. Die Tarantulafalken hatten keine Stelle ihres Körpers unversehrt gelassen. Selbst Augen und Zunge waren zerstochen.

»Mein Gott!«, stieß Blake unwillkürlich hervor. »Ein Glück, dass die Zeitung *das* Bild nicht in die Finger gekriegt hat.«

Die zweite Serie von Aufnahmen stammte aus Christinas Schlafzimmer.

Captain Blake betrachtete sie aufmerksam der Reihe nach. Als sie beim letzten Foto angelangt war, sahen Hunter und Garcia, wie sie sich plötzlich versteifte.

»Was um alles in der Welt ist das?«

50

Nach Hunters Entdeckung in Christina Stevensons Schlafzimmer war es der Kriminaltechnik mit Hilfe eines fluoreszierenden orangefarbenen Fingerabdruckpulvers gelungen, den Befund an der Scheibe sichtbar zu machen. Obwohl solche fluoreszierenden Pulver für gewöhnlich auf mehrfarbigen Untergründen verwendet wurden, setzte man sie darüber hinaus oft für das Sichern von Spuren auf großen Flächen ein, weil es so einfacher war, die Ergebnisse unter UV-Licht zu fotografieren.

»Das hat uns der Mörder hinterlassen«, sagte Hunter.

»Was?« Captain Blake trat näher an die Pinnwand heran.

»Das hat er auf dem Glas hinter den Vorhängen zurückgelassen«, erläuterte Hunter. »Wir glauben, dass er sich da versteckt und darauf gewartet hat, dass sein Opfer nach Hause kommt.«

»Wie genau hat er das da gemacht?«

»So, wie Kinder es machen. Er hat das Glas angehaucht und dann mit dem Finger etwas hineingeschrieben.«

Die Spurensicherung hatte einen Handverdampfer benutzt, um den betreffenden Teil der Scheibe zu bedampfen.

Das fluoreszierende Pulver haftete an den Wasserpartikeln und machte die Botschaft des Täters auf diese Weise sichtbar. Das Ergebnis sah aus wie eine große orangefarbene Schablone.

Und in der Mitte dieser Schablone waren als Aussparung vier Worte zu lesen, die der Täter an die Scheibe geschrieben hatte: DER TEUFEL IM INNERN.

»Und was soll das bedeuten?« Blake fuhr zu den beiden Detectives herum. »In wessen Innern? Seinem ...? Ihrem ...? In diesem gläsernen Sarg ...?«

»Wir wissen noch nicht, was es bedeutet, Captain«, sagte Hunter.

»Deswegen bin ich extra früh ins Büro gekommen«, schob Garcia hinterher. »Der einzige Verweis, den ich bislang gefunden habe, ist ein Horrorfilm, der im Januar 2012 in die Kinos kam. Er heißt *The Devil Inside*.«

»Ein Horrorfilm?« Eine von Captain Blakes Augenbrauen machte eine ruckartige Aufwärtsbewegung.

Garcia nickte, während er von seinem Computerbildschirm ablas. »Ein Found-footage-Horrorfilm, darin geht es um eine Frau, die rausfinden will, was mit ihrer Mutter passiert ist, und die im Zuge ihrer Nachforschungen an mehreren Exorzismen teilnimmt.«

Ein Augenblick lang herrschte verdattertes Schweigen.

Dann schoss auch Blakes zweite Augenbraue in die Höhe. »Sagten Sie gerade Exorzismen?«

Garcia stieß die Luft aus. Er konnte Blakes Frust durchaus verstehen. »Genau. In der Kurzbeschreibung heißt es, die Mutter der Protagonistin steht im Verdacht, drei Menschen getötet zu haben, während sie von einem Dämon besessen war, und die Tochter will nun rausfinden, ob das der Wahrheit entspricht oder nicht.«

Captain Blakes Blick wanderte von Garcia zu Hunter, zur Pinnwand und wieder zurück zu Garcia. »Ich kann selbst nicht glauben, dass ich diese Frage stelle, aber«, sie schüttelte den Kopf, »auf welche Weise bringt die Mutter dieser Frau im Film die drei Menschen um?«

»Ich habe ihn noch nicht gesehen«, antwortete Garcia. »Das wollte ich eigentlich machen, bevor Sie kommen.« Mit dem Kinn deutete er auf seinen Monitor.

Captain Blake trat einen Schritt zurück und kratzte sich mit ihren manikürten, in Blassrosé lackierten Fingernägeln die Stirn. »Ach, das darf doch alles nicht wahr sein. Oder glaubt einer von Ihnen beiden ernsthaft, dass das da« – sie deutete auf die Pinnwand – »irgendwas mit einem Horrorfilm über Exorzismen zu tun hat?«

»Ich wusste nicht, dass es einen Film gibt, der so heißt, bis Carlos ihn eben gerade erwähnt hat«, rechtfertigte sich Hunter. »Aber da wir es nun wissen, kann es nicht schaden, der Sache nachzugehen.« Er zuckte mit den Schultern und legte den Kopf schief. »Es ist ja nichts Neues, dass Mörder manchmal Verbrechen aus Filmen oder Büchern kopieren, Captain. Das dürfte Ihnen bekannt sein.«

Ja, es war ihr in der Tat bekannt. Erst zwei Jahre zuvor hatte das Raub- und Morddezernat mit einem Fall zu tun gehabt, in dem ein einundzwanzigjähriger Mann innerhalb von vier Wochen ebenso viele Menschen getötet hatte. Nach seiner Festnahme hatte sich herausgestellt, dass er von einem obskuren, einige Jahre zuvor erschienenen Thriller besessen war. Er hatte sich so stark mit dem Mörder im Buch identifiziert, dass er der festen Überzeugung gewesen war, er und besagter Serienmörder seien ein und dieselbe Person. Er hatte seine Taten auf exakt dieselbe Weise begangen, wie der Autor sie in seinem Buch schilderte.

»Vielleicht ist es auch bloß Zufall, dass es einen Film mit demselben Titel gibt, Captain«, fuhr Hunter fort. »Wie Sie eben gesagt haben, der Killer könnte es genauso gut im übertragenen Sinne gemeint haben – den Teufel in seinem Innern ... oder in ihrem ... oder sonst irgendwas.«

»Und was würde das bedeuten?«, gab Blake ungehalten zurück.

»Kommt darauf an«, sagte Hunter. »Wenn die Worte eine Anspielung auf den Teufel in *ihm* sind, könnte er damit einen Teil seiner selbst meinen, über den er keine Kontrolle hat. Seinen überwältigenden Drang zu töten. Ein inneres Monster. Vielleicht schläft es die meiste Zeit, aber wenn es aufwacht –«, Hunter zeigte auf die Pinnwand, »sieht das Ergebnis so aus.«

Captain Blake schien mit jedem Moment nachdenklicher und frustrierter zu werden.

»Aus einer anderen Perspektive betrachtet«, sprach Hunter weiter, »könnte der Täter auch den Teufel in uns allen gemeint haben. Vielleicht hält er das Leben anderer Menschen für nichtig und lachhaft.« Hunter deutete auf ein Bild an der Pinnwand. »Kevin Lee Parker hat ein ganz normales Leben geführt, ohne hochfliegende Pläne. Er mochte seinen Job im Gamestore, war glücklicher Familienvater. Mehr wollte und brauchte er nicht vom Leben. Es könnte doch sein, dass der Täter diesen Mangel an Ehrgeiz als Verschwendung betrachtet. Vielleicht hat ihn das wütend gemacht. Christina Stevenson hatte sich mit Leib und Seele ihrer Arbeit verschrieben. Eine Arbeit, bei der es vornehmlich um Klatsch und Gerüchte ging. Eine Arbeit, bei der sie im Leben anderer Leute rumschnüffelte und sich keinen Deut um die Konsequenzen scherte. In den Augen vieler ein anrüchiger Beruf. Vielleicht glaubt der Killer, dass er die Welt von allem Banalen säubert, Mord für Mord.«

»Und dann wäre da noch die offensichtliche, religiöse Deutungsvariante«, ergänzte Garcia.

Ein fragender Blick von Blake.

»Es wäre doch auch denkbar, dass der Täter glaubt, seine Opfer seien von Dämonen besessen oder dergleichen, und indem er sie tötet, rettet er ihre Seelen. Dann würde die Folter sozusagen nur auf das Böse in ihnen abzielen, nicht auf die eigentliche Person.«

Captain Blake verspürte das Bedürfnis zu lachen, allerdings wusste sie aus Erfahrung, dass der Wahnsinn anderer Leute nichts Komisches an sich hatte – und dass er keine Grenzen kannte. So absurd diese Theorien auch klangen, jede von ihnen konnte zutreffen. Niemand wusste, was im Kopf des Killers vorging – womöglich nicht einmal er selbst.

»Oder nichts von alldem ist der Fall, und die Wahrheit liegt ganz woanders«, fuhr Garcia fort. »Wie Robert vorhin sagte, möglicherweise ist der Täter so jenseits von Gut und Böse, dass er das da –«, er lenkte Blakes Aufmerksamkeit erneut auf das Foto mit der Botschaft, »einfach nur geschrieben hat, um Zeit totzuschlagen, während er darauf wartete, dass sein Opfer nach Hause kommt.«

»Gibt es eine Verbindung zwischen den zwei Opfern?«, fragte Captain Blake.

»Daran arbeiten wir noch«, antwortete Garcia.

Die eintretende Stille wurde durch das Klingeln von Hunters Telefon unterbrochen.

»Detective Hunter, Morddezernat I«, meldete er sich.

»Detective, hier ist Michelle Kelly vom FBI. Ich hab das Filmmaterial von der Übertragung am Freitag noch mal analysiert. Es gibt da was, was ich Ihnen unbedingt zeigen muss.«

51

Diesmal saß Garcia am Steuer. Auf der kurzen Fahrt zum FBI-Gebäude am Wilshire Boulevard sprachen sie kein Wort. Es war jetzt sechs Tage her, seit sie mit den Ermittlungen begonnen hatten, und in diesen sechs Tagen hatte es in dem Fall so viele unerwartete Wendungen gegeben, dass er allmählich Ähnlichkeit mit einem Teller Spaghetti annahm. Und beide Detectives ahnten, dass noch mehr kommen würde.

Am Empfang des FBI-Hauptquartiers durchliefen sie dieselbe Sicherheitsprüfung wie schon beim ersten Mal, ehe sie von demselben Agenten im schwarzen Anzug nach unten in die Abteilung für Cyberkriminalität begleitet wurden.

»Wir sind im Aufzug, auf dem Weg ins Untergeschoss«, wandte sich Garcia an den Agenten. »Ich glaube, Sie können die Sonnenbrille abnehmen.«

Keine Regung. Keine Antwort.

Garcia grinste. »War nur Spaß. Ich weiß ja, dass Sie die immer aufhaben müssen, damit niemand sieht, wo Sie gerade hinschauen, stimmt's?«

Noch immer keine Reaktion.

»Ach, was soll's?«, meinte Garcia, fischte seine eigene Sonnenbrille aus der Tasche und setzte sie auf. »Ein guter Look. Ich finde, die Leute sollten grundsätzlich immer Sonnenbrillen tragen, bei jedem Wetter.«

Hunter verkniff sich ein Schmunzeln.

Die Fahrstuhltüren öffneten sich. Harry Mills erwartete sie bei den Glastüren am Ende des Ganges.

»War nett, sich mit Ihnen zu unterhalten«, sagte Garcia noch zu ihrem Begleiter, bevor der sich mit ausdrucksloser Miene abwandte und ging.

Harry geleitete die beiden Detectives in die unwirtlich kühle Abteilung für Cyberkriminalität.

Michelle saß an ihrem Schreibtisch, den Telefonhörer zwischen rechter Schulter und Ohr eingeklemmt, während ihre Finger mit rasender Geschwindigkeit über die Tasten flogen. Sie sah zu Hunter und Garcia hoch und wackelte mit den Augenbrauen in einem stummen Gruß. Fünf Sekunden später legte sie auf.

»Wow«, sagte Garcia und betrachtete ihre geschwollene Unterlippe. »Entweder Sie haben sich mit dem Falschen angelegt, oder Botox ist doch nicht das Richtige für Sie.«

Harry schmunzelte.

»Scherzkeks«, sagte Michelle.

Garcia zuckte die Achseln. »Ich geb mir Mühe.«

»Ich hab mich mit dem *Richtigen* angelegt, wenn Sie's genau wissen wollen, und der wird jetzt für sehr lange Zeit in einer Zelle hocken. Nehmen Sie Platz.« Michelle zeigte auf zwei freie Stühle neben ihrem Schreibtisch.

Hunter und Garcia kamen der Aufforderung nach.

Michelle trug ein hautenges schwarzes Top mit symmetrischen Rissen an beiden Seiten und der pinkfarbenen Aufschrift »Rock Bitch« auf der Brust. Der tiefe Ausschnitt gab den Blick auf mehrere farbenfrohe Tattoos frei.

»Gestern Abend hatte ich endlich Zeit, mir die Aufnahmen von den beiden Morden noch mal gründlich vorzunehmen«, begann sie. »Ich hatte keine Ahnung, wonach ich suchen soll oder was genau ich mir davon eigentlich erhoffe, ich hab einfach ein bisschen an den Videos rumgespielt. Unter anderem hab ich Sättigung und Kontrast verändert und die Geschwindigkeit reduziert.« Sie hielt inne und tippte etwas in ihren Computer ein. Die mittlerweile vertrauten Bilder von Christina Stevenson im Glassarg erschienen auf dem linken ihrer zwei Monitore. »Dabei ist was passiert, womit ich nicht gerechnet hatte. Das hat wahrscheinlich niemand. Nicht mal der Killer.«

Hunters und Garcias Blicke ruhten noch kurz auf Michelle, dann wandten sie sich dem Bildschirm zu.

Auch Hunter hatte sich beide Aufzeichnungen mehrmals angeschaut. Genau wie Michelle hatte er sie verlangsamt ablaufen lassen, dadurch jedoch nichts Neues entdeckt.

»Ich zeig's Ihnen«, sagte Michelle und rollte ihren Stuhl näher an den Schreibtisch heran.

Zuerst spulte sie die Aufzeichnung bis zu Minute 16:15 der insgesamt gut siebzehn Minuten vor und hielt sie an. Christina Stevensons Körper war zu diesem Zeitpunkt vollständig mit Tarantulafalken bedeckt, und sie war bereits Hunderte Male gestochen worden.

»Wenn ich die Farbsättigung und den Kontrast nicht erhöht hätte«, erklärte Michelle, »wäre es mir nie aufgefallen. Schauen Sie mal hier.« Mit der linken Maustaste zog sie eine gestrichelte Rechtecklinie um einen Bildausschnitt kurz oberhalb der Stelle, wo sich Christinas Bauchnabel befand. Sie gab ein Tastenkürzel ein, und der markierte Ausschnitt füllte den Bildschirm.

Hunter und Garcia rückten aufgeregt auf ihren Stühlen nach vorn.

»Wie Sie ja wissen«, fuhr Michelle fort, »hat der Täter eine Nachtsichtkamera benutzt, weil es so gut wie kein Licht im Raum gab. Die Kamera war fest installiert, irgendwo schräg über dem Sarg. Wir haben den Winkel berechnet, er liegt zwischen achtunddreißig und vierzig Grad.«

Hunter und Garcia nickten.

»Wissen Sie noch, wie ich Ihnen gesagt hab, dass der Täter anscheinend an alles gedacht hat?«, fragte Michelle. »Also, *eine* Sache hat er vergessen.«

Noch immer starrten Hunter und Garcia das Bild an. Darauf war nichts zu sehen als ein Gewimmel riesengroßer Wespen.

»Die Wespen sind die ganze Zeit in Bewegung«, sagte Michelle. »An dieser Stelle hat sich rein zufällig eine größere Anzahl von ihnen gleichzeitig in dieselbe Richtung bewegt, und zwar über eine andere Gruppe von Wespen hinweg. Zur selben Zeit hatte die Kamera einen Schwenk nach rechts gemacht, auf das Gesicht der Frau, und durch die Kombination dieser verschiedenen Bewegungen hat sich für einen Sekundenbruchteil ein anderer Lichtwinkel ergeben. So weit alles klar?«

Nicken.

»Also, die Wespen sind schwarz, und normales Glas vor einem schwarzen Hintergrund kann einen Spiegeleffekt verursachen, wenn der Einfallswinkel des Lichts entsprechend ist.«

Michelle gab ein weiteres Tastenkürzel ein. Das Bild wurde deutlich schärfer. Dann ließ sie den Film eine Sekunde weiterlaufen, ehe sie ihn erneut anhielt.

Schweigen.

Zusammengekniffene Augen.

Schiefgelegte Köpfe.

Dann hatten Hunter und Garcia es endlich bemerkt.

52

Aufgrund des veränderten Lichteinfalls durch die Bewegung der Tarantulafalken, kombiniert mit dem Rechtsschwenk der Kamera, war plötzlich eine Reflexion auf dem gläsernen Deckel des Sarges zu erkennen.

»Es ist nur 0,2 Sekunden lang zu sehen«, sagte Harry. »Aber wenn man es runterbricht, haben wir insgesamt acht Bilder.«

Hunter und Garcia starrten nach wie vor mit zusammengekniffenen Augen auf den Bildschirm und neigten den Kopf mal zur einen, mal zur anderen Seite, um herauszufinden, was genau sie da eigentlich betrachteten. Um was für einen Gegenstand es sich auch immer handelte, in der Reflexion war er nur teilweise zu sehen. Der gesamte Gegenstand musste schätzungsweise einen Meter fünfzig bis einen Meter achtzig hoch sein und stand offenbar ein Stück vom Sarg entfernt vor der Ziegelwand. In der Spiegelung konnte man lediglich den oberen Teil erkennen, und auch den nicht besonders gut. Er war dünn, annähernd wie ein T geformt und allem Anschein nach aus Metall. Die Enden des waagerechten Teils – des T-Strichs sozusagen – waren nach unten umgebogen, so dass sie zwei kleine Schlaufen oder Haken bildeten. Am rechten Haken schien etwas zu hängen, allerdings war in der Reflexion nur ein winziges Stückchen davon sichtbar.

»Was soll das sein?« Garcia war der Erste, der etwas sagte. »Eine Art Kleiderständer?«

Hunter betrachtete das Ding einige Sekunden lang aufmerksam, dann schüttelte er den Kopf. »Nein. Das ist ein Tropfständer.«

Garcia runzelte die Stirn. »Was?«

»Genau zu dem Schluss sind wir auch gekommen«, stimmte Harry Hunter zu. »Wir haben es mit allen möglichen Bildern aus dem Internet verglichen.«

Michelle reichte Hunter und Garcia zwei große Farbausdrucke.

Hunter musste sie sich nicht erst ansehen. Er wusste auch so, dass er richtiglag. Als er sieben Jahre alt gewesen war, hatte für mehrere Monate ein solcher Gegenstand bei ihnen zu Hause gestanden, während seine Mutter einen langsamen Krebstod gestorben war. Er hatte seinem Vater jeden Tag dabei geholfen, den Infusionsbeutel zu wechseln. Wenn seine Mutter vor Schmerzen so starke Krämpfe bekam, dass sie wild mit den Armen um sich schlug, an der Kanüle riss und dadurch den Tropfständer umwarf, war Hunter stets derjenige gewesen, der ihn wieder aufgehoben hatte. Und später, mit dreiundzwanzig, nachdem sein Vater in die Brust geschossen worden war, hatte Hunter zwölf Wochen lang in einem Zimmer im Krankenhaus gesessen, während sein Vater im Koma lag. Zwölf Wochen lang hatte er auf einen Tropfständer gestarrt, auf die Infusionsbeutel und die Ansammlung von Apparaten im Krankenzimmer. Nein, sich die Ausdrucke anzusehen war überflüssig. Manche Bilder vergaß man nie, ganz egal wie viel Zeit verging.

»Ein Tropfständer?«, fragte Garcia, während sein Blick zwischen den Ausdrucken und dem Bildschirm hin und her sprang.

Hunter nickte.

»Und wie man sieht«, ergriff Michelle wieder das Wort und zeigte auf den rechten Haken des Ständers, »hängt da was dran.« Per Mausklick rief sie eine dreißigfache Vergrößerung des Bildes auf, doch selbst darauf war unmöglich zu erkennen, worum es sich handelte. »Besser haben wir es nicht hingekriegt«, fuhr sie mit einem Achselzucken fort. »Wenn ich raten müsste, würde ich sagen ... das ist irgendein Infusionsbeutel.«

Hunters und Garcias Blicke waren auf die Vergrößerung gerichtet.

»Wenn das stimmt«, sagte Harry, »gibt es im Wesentlichen zwei Möglichkeiten. Erstens: Der Tropf und die Infusion sind für den Täter.«

Weder Hunter noch Garcia gab einen Kommentar dazu ab. Ganz von der Hand zu weisen war diese Möglichkeit nicht.

Letzten Endes wussten sie nichts Genaues über den Killer. Alles, was sie hatten, waren Mutmaßungen aufgrund seines bisherigen Verhaltens. Mike Brindle von der Spurensicherung glaubte, dass sie es mit einer großen, starken Person zu tun hatten. Stark genug, um einen achtundneunzig Kilogramm schweren Menschen auf der Schulter zu tragen. Doch diese Annahme fußte allein auf den Schuhabdrücken, die sie in der Gasse in Mission Hills sichergestellt hatten, wo die Leiche des ersten Opfers gefunden worden war. Sie waren davon ausgegangen, dass die Abdrücke vom Täter stammten. Brindle hatte ihnen gesagt, dass der linke Schuhabdruck deutlicher gewesen sei als der rechte – sehr wahrscheinlich ein Indiz dafür, dass der Killer sein linkes

Bein stärker belastete. Bisher waren sie davon ausgegangen, dass dieses Ungleichgewicht daher kam, dass die Person, die die Abdrücke verursacht hatte, eine schwere Last auf der linken Schulter getragen hatte – nämlich die Leiche des Opfers. Doch was, wenn sie sich geirrt hatten? Was, wenn der Killer in Wirklichkeit unter einer körperlichen Beeinträchtigung litt? Was, wenn er aus irgendeinem Grund permanent Schmerzen hatte und täglich Medikamente nehmen musste?

»Szenario zwei«, fuhr Harry fort, »und das wahrscheinlichere der beiden, wäre, dass die Infusion für die Opfer bestimmt ist. Vielleicht sediert er sie aus irgendeinem Grund.«

Auch dazu sagten Hunter und Garcia nichts, allerdings bezweifelten sie, dass der Killer seine Opfer betäubt hatte.

Intravenöse Sedierung, manchmal auch als Dämmerschlaf bezeichnet, hatte auf das Gehirn dieselbe Auswirkung wie eine Amnesie und führte zu partiellem oder vollständigem Gedächtnisverlust. Die sedierte Person dämmerte in einem Zustand völliger Entspanntheit vor sich hin, konnte nach wie vor hören, was um sie herum geschah, erinnerte sich hinterher jedoch an nichts. Eine intravenöse Sedierung hatte normalerweise einen anästhetischen Effekt, das Schmerzempfinden des Betreffenden war also herabgesetzt, allerdings war das davon abhängig, welches Medikament verabreicht wurde.

Christina Stevenson jedoch war hellwach und zu Tode verängstigt gewesen, als sie in dem gläsernen Sarg gelegen hatte. Von Entspannung konnte nicht die Rede sein. Und sie hatte gewiss nicht geschlafen. Dasselbe galt für Kevin Lee Parker. Nein, falls die Infusion für die Opfer gedacht gewesen war, bestand ihr Zweck nicht darin, die Opfer zu sedieren, davon war Hunter überzeugt. Der Gedanke erfüllte ihn mit Grauen. Möglicherweise hatte der Killer ihnen eine empfindungssteigernde Droge verabreicht. Etwas, das in einem Tox-Screen nicht ohne weiteres nachgewiesen werden konnte. Etwas, das das Nervensystem anregte und es ultra-sensibel machte. Für diesen Täter diente Gewalt einem klaren Zweck. Er wollte, dass seine Opfer bei klarem Verstand waren. Er wollte, dass sie jedes bisschen Schmerz empfanden, aber er wollte sich auch an ihrer Angst weiden. Er wollte, dass sie wussten, dass sie sterben würden. Dass es nichts gab, was sie noch retten konnte.

53

Als Hunter und Garcia das FBI-Gebäude verließen, bekamen sie einen Anruf von Dr. Hove. Sie war mit Christina Stevensons Autopsie fertig.

Im dichten Verkehr benötigten sie über eine Stunde bis zum Rechtsmedizinischen Institut in der North Mission Road. Dr. Hove erwartete sie in Sektionssaal Nummer 1, demselben Saal, in dem sie bereits Kevin Lee Parkers Autopsie durchgeführt hatte.

Der Saal kam ihnen noch kälter vor als beim letzten Mal. Der schale, unangenehm süßliche Geruch von Desinfektionsmittel schien stärker, fast erstickend. Hunter kniff sich ein paarmal in die Nase, bevor er die Arme vor der Brust verschränkte. Auf seinen Oberarmen hatte sich eine Gänsehaut ausgebreitet.

Dr. Hove führte sie bis ans andere Ende des Raums zum letzten der drei Sektionstische.

Da sie tags zuvor zu spät auf dem Parkplatz in Santa Monica eingetroffen waren, sahen sie die Leiche von Christina Stevenson nun zum ersten Mal aus der Nähe. Der Anblick war sogar noch verstörender, als die Bilder vom Fundort hatten vermuten lassen. Ihre Haut, die den Fotos aus ihrem

Haus nach zu urteilen einmal samtweich gewesen war, wirkte nun gummiartig und großporig. Die ihren Körper fast vollständig bedeckenden Schwellungen waren unterschiedlich stark ausgeprägt, boten jedoch in ihrer Gesamtheit einen geradezu grotesken Eindruck. Die unvorstellbaren Qualen, die sie gelitten hatte, waren noch an ihrem aufgetriebenen, zu einer Maske des Grauens erstarrten Gesicht abzulesen.

»Eine andere Methode«, sagte Dr. Hove und streifte sich ein frisches Paar Latexhandschuhe über, »aber genauso sadistisch wie der erste Mord, wenn Sie mich fragen.«

Sie hatte die Videoaufnahmen also bereits gesehen.

Hunter und Garcia stellten sich auf der linken Seite des Edelstahltischs auf.

»Da bei Wespen der Stachel nicht im Körper des Gestochenen stecken bleibt«, begann Dr. Hove, »lässt sich unmöglich sagen, wie oft sie insgesamt gestochen wurde. Ich würde von etwa tausend Stichen ausgehen.«

Garcia schnürte es die Kehle zu, und auf seiner Stirn brach der kalte Schweiß aus. Als Kind war er nach nur vier Stichen ein Fall für die Notfallambulanz gewesen. Er erinnerte sich noch sehr gut an die Schmerzen und daran, wie dreckig es ihm gegangen war. Wie sich die Schmerzen von tausend Stichen anfühlen mochten, sprengte seine Vorstellungskraft.

»Da sie die ganze Zeit auf dem Rücken gelegen hat«, fuhr Dr. Hove fort, »befinden sich die Stiche hauptsächlich vorne und seitlich am Körper. Die am wenigsten betroffenen Stellen sind diese kleinen Areale an ihren Brüsten« – sie wies mit dem Zeigefinger auf die betreffenden Stellen – »und die Region hier an Scham und Hüften. Wie Sie wissen, liegt das daran, dass sie Unterwäsche getragen hat. Beide Kleidungsstücke sind bereits zur Analyse im Labor. Falls man dort etwas findet, erfahren Sie es als Erste.« Dr. Hove hielt inne und räusperte sich. »Mit Ausnahme dieser Stellen wurde sie praktisch überall gestochen, auch in der Mundhöhle, im Rachenbereich, auf der Zunge, in den Augen und in der Nasenschleimhaut.« Dr. Hove blickte auf eine Tabelle an der Wand, auf der das Gewicht der inneren Organe des Opfers verzeichnet war. »Ich habe tote Wespen aus ihrem Gehörgang, ihrer Luftröhre und ihrem Magen entfernt.«

Garcia schloss die Augen und schluckte trocken. Ihm wurde langsam übel.

»Die Analyse des Mageninhalts hat ergeben, dass ihr Magen praktisch leer war.«

Hunter wusste, dass dies bei Fällen von Mord nach Entführung, bei denen der Mord nur ein, zwei Tage nach der Entführung verübt wurde, nichts Ungewöhnliches war. Selbst wenn der Täter versuchte, seinem Opfer etwas zu essen zu geben, bewirkten Angst und Unsicherheit infolge der Gefangenschaft selbst bei nervlich stabilen Personen oft eine vollständige Unterdrückung des Appetits.

»Sie starb an Herzstillstand, *wahrscheinlich* ausgelöst durch einen anaphylaktischen Schock.«

Von der Übertragung wussten Hunter und Garcia, dass das Opfer keine Überempfindlichkeit gegen Wespengift gehabt hatte, denn dann hätte ihr Organismus bereits nach dem ersten Stich mit einem allergischen Schock reagiert, und sie wäre – ohne Gegenmaßnahmen – sehr schnell gestorben. Auf keinen Fall hätte sich ihr Todeskampf über siebzehn Minuten hingezogen.

Die Medizinerin sah auf und merkte, dass Garcia einen Schritt vom Sektionstisch zurückgewichen war. Er sah nicht besonders gut aus. »Alles klar bei Ihnen, Carlos?«

Er nickte, mied jedoch ihren Blick. »Geht schon. Machen Sie einfach weiter.«

»Sie wissen das wahrscheinlich schon«, fuhr Hove fort, »aber damit es überhaupt zu einer anaphylaktischen Reaktion kommen kann, muss der Mensch in der Vergangenheit dem Stoff, der diese Reaktion hervorruft – man nennt ihn auch Antigen –, schon einmal ausgesetzt gewesen sein. In diesem Fall also dem Wespengift. Diesen Vorgang bezeichnet man als Sensibilisierung. Allerdings hätte in unserem Fall allein die enorme Menge an Gift, die ihr ins Blut gelangt ist, auch ohne vorangegangene Sensibilisierung eine von zwei möglichen Reaktionen hervorrufen können: entweder eine extrem *rasche* Sensibilisierung oder aber ein Überspringen der Sensibilisierungsphase mit sofortigem Eintreten der Anaphylaxie – sprich, einer akuten, übersteigerten Antwort des Immunsystems.«

Garcia wischte sich mit dem Ärmel seines weißen Overalls den Schweiß von der Stirn.

»Aber ich sagte ja eben, dass der Herzstillstand *wahrscheinlich* durch einen anaphylaktischen Schock verursacht wurde.« Dr. Hove klappte eine rote Mappe auf, die auf dem Edelstahltresen rechts neben ihr gelegen hatte. »Es gibt noch eine andere Möglichkeit. Die Haupteigenschaft des Toxins, das Tarantulafalken mit ihren Stichen injizieren, liegt darin, dass es das Opfer paralysiert. Denken Sie daran, seine Hauptbeute sind Vogelspinnen, die zwei- oder sogar dreimal größer sein können als die Wespe selbst.«

»Also ein sehr starkes Gift«, sagte Hunter.

»Für die Beute tödlich«, pflichtete Dr. Hove ihm bei. »Seine lähmende Eigenschaft dürfte sich beim Menschen eigentlich nicht bemerkbar machen, es sei denn, eine sehr große Menge des Giftes gelangt in den Blutkreislauf. In einem solchen Fall ist es möglich, sogar wahrscheinlich, dass das Toxin zum Herzstillstand führt.«

Für einen langen, stummen Moment richteten sich aller Augen wieder auf die Leiche.

»Ich habe Mike Brindles Bericht gelesen«, sagte Dr. Hove und lenkte die Aufmerksamkeit wieder auf sich. »Und die Inventarliste vom Entführungsort durchgesehen ... ihr eigenes Haus, stimmt's?«

Hunter nickte.

»Die abgebrochenen Fingernägel, die er gefunden hat ...
sie passen.« Hove deutete auf die Hände der Leiche.

Hunter und Garcia traten einen Schritt näher. Die Nägel
von Zeige- und Mittelfinger der rechten Hand waren abgerissen, ebenso wie der Nagel des linken Zeigefingers.

»Irgendwelche Spuren unter den verbliebenen Nägeln?«,
wollte Hunter wissen.

Dr. Hove verzog den Mund. »Na ja, eigentlich hätte man
etwas finden müssen. Brindle geht in seinem Bericht von
einem Kampfgeschehen aus.«

»Richtig«, bestätigte Hunter.

»Wenn sie sich also gegen ihren Angreifer zur Wehr gesetzt hat, müsste eigentlich etwas unter einem Fingernagel
hängen geblieben sein – Stoff, Fasern, Haut, Haare, Staub ...
irgendwas.«

»Da war gar nichts?« Die Frage kam von Garcia.

»Sie wurde gereinigt«, erklärte Hove. »Die Nägel wurden
mit Bleiche gebürstet. Sie sind so sauber wie die eines neu-
geborenen Babys. Der Mörder geht kein Risiko ein.«

Dr. Hove gab ihnen Zeit, die Hände des Opfers noch einige Sekunden lang eingehend zu betrachten, ehe sie weitersprach.

»Es gibt noch einen überraschenden Befund«, sagte sie.
»Der Täter hat die Leiche konserviert, und zwar indem er
sie gekühlt hat.«

Hunter war nicht sonderlich überrascht. Etwas Ähnliches hatte er bereits vermutet.

»Wir wissen ja, dass sie vor vier Tagen gestorben ist, am
Freitagabend«, führte Hove aus. »Aber ihre Leiche wurde
erst am Montagvormittag gefunden, sprich: über sechzig
Stunden später. Die Durchschnittstemperatur in Los Angeles letzte Woche betrug achtundzwanzig Grad. Nach
zweieinhalb Tagen hätte die Leiche aufgebläht sein müssen, außerdem wäre aus so ziemlich jeder Körperöffnung
Flüssigkeit ausgetreten. Die entzündeten Schwellungen

von den Wespenstichen wären längst zurückgegangen, und es wäre zu Blasenbildung infolge von Gasdunsung gekommen. Die Totenstarre hätte vor zwei Tagen eingesetzt und sich bereits wieder gelegt. Stattdessen befand sich die Leiche gestern Abend noch im Spätstadium der Totenstarre. Der Täter muss sie also konserviert haben.«

Kühlung verlangsamt die Fäulnis einer Leiche auf dieselbe Art und Weise, wie sie Aufschnitt vor dem Verderben und Obst und Gemüse vor frühzeitigem Braunwerden oder Welken bewahrt.

Sowohl Hunter als auch Garcia wussten, dass für gewöhnlich starke Gefühle der Grund dafür waren, wenn ein Täter die Leiche seines Opfers nach der Tat konservierte. Die drei gängigsten Gefühle in diesem Zusammenhang waren Hass, Liebe und sexuelles Begehren.

War Liebe im Spiel, vermied es der Täter in aller Regel, das Opfer zu entstellen. Vielmehr war er bemüht, es nach dem Tod so lange wie möglich in einem intakten Zustand zu erhalten, was oft daran lag, dass er sich nur schwer von ihm trennen konnte.

Stand dagegen Hass im Mittelpunkt, bestrafte der Täter das Opfer selbst nach dessen Tod noch weiter, um seinen Zorn zu befriedigen. Entstellung oder Verstümmelung der Leiche waren unweigerlich die Folge.

Und handelte es sich um eine sexuell motivierte Tat, war das Opfer vor seinem Tod in der Regel mehrfach vergewaltigt worden. Auch nekrophile Handlungen nach dem Tod waren nichts Ungewöhnliches.

»Wurde sie vergewaltigt?«, fragte Hunter. »Vor oder nach dem Mord?«

»Nein.« Die Medizinerin schüttelte den Kopf. »Wie ich vorhin sagte, da sie Unterwäsche trug, war ihre Lendengegend einigermaßen vor den Wespenstichen geschützt. Ich habe keinerlei Anzeichen gewaltsamen Eindringens feststellen können. Keine Abschürfungen im Vaginalbereich, keine Spermaspuren im Körper oder auf der Haut. Auch keine Reste von Gleitmittel an den Vaginalwänden, die darauf hätten hindeuten können, dass der Täter ein Kondom benutzt hat. Das Labor wird uns noch sagen, ob sich irgendwelche Spermaspuren auf ihrer Unterwäsche befinden, aber ich bezweifle es. Ich glaube nicht, dass es diesem Täter um Sex ging. Wodurch theoretisch noch zwei Alternativen übrigbleiben.«

»Hass oder pure Lust am Morden«, sagte Hunter.

Dr. Hove nickte.

»Vielleicht konnte er die Leiche nicht sofort entsorgen, und er wollte nicht, dass sie in der Zwischenzeit fault und anfängt zu stinken«, spekulierte Garcia.

»Zur Aufbewahrung hat er vermutlich eine mittelgroße Tiefkühltruhe benutzt«, sagte Hove. »Hautfalten und Blutsenkung deuten darauf hin, dass sie aller Wahrscheinlichkeit nach in Embryonalstellung konserviert wurde.«

Dr. Hove ließ einige Sekunden verstreichen, ehe sie ein weißes Laken über die Leiche zog. »Viel mehr kann ich Ihnen leider nicht sagen. Ihr Tod ist kein Geheimnis. Wir alle haben gesehen, was mit ihr passiert ist. Die Toxikologie kann noch ein paar Tage dauern.«

Hunter und Garcia nickten und strebten zur Tür wie zwei Schulkinder, die gerade das letzte Läuten der Schulglocke vor den Sommerferien vernommen hatten.

»Sagen Sie uns gleich Bescheid, falls einer der Tests was ergibt, ja, Doc?«, bat Hunter.

»Natürlich. Wie immer.«

Als Dr. Hove aufblickte, hatten die beiden bereits die Hälfte des Korridors zurückgelegt.

54

Dennis Baxter war es gelungen, das simple vierstellige Passwort von Christina Stevensons Smartphone, das Hunter ihm vergangenen Abend gegeben hatte, zu knacken. Nun, da er das Handy zum Laufen gebracht hatte, konnte er problemlos auf sämtliche Daten ihrer SIM-Karte zugreifen.

Baxter fand rasch heraus, dass der Akku des Handys irgendwann am Sonntagmorgen, zwei Tage nach der Live-Übertragung, den Geist aufgegeben hatte. Zwischen Donnerstagabend – dem Abend, an dem Christina entführt worden war – und Sonntagmorgen waren auf der Mailbox des Handys sechsundzwanzig Nachrichten eingegangen, darüber hinaus gab es zweiundvierzig ungelesene SMS. Bei einer kurzen Überprüfung der Apps und des Speichers fand er diverse Fotoalben, einige Filme, vier Voice-Memos sowie sechzehn Seiten mit Notizen. Es machte nicht den Anschein, als hätte Christina die Kalenderfunktion ihres Handys genutzt, die E-Mail-Anwendung hingegen schon. Wenn man den Inhalt ihrer Inbox, einschließlich der gesendeten und gelöschten Nachrichten, zusammenzählte, kam man auf buchstäblich Hunderte, vielleicht sogar Tausende von Mails.

Als Hunter und Garcia ins PAB zurückkamen, fasste Baxter für sie die Ergebnisse in wenigen Worten zusammen. Er war heilfroh, dass es nicht seine Aufgabe sein würde, den riesigen Berg an E-Mails durchzuackern.

Zuerst einmal machten sich Hunter und Garcia daran, Christina Stevensons Voicemails abzuhören, ihre Erinnerungen, SMS und Notizen zu lesen sowie sämtliche Fotoalben und Videos anzuschauen, die sie auf dem Handy und auf der SIM-Karte gespeichert hatte. Für all das brauchten sie annähernd zwei Stunden.

Der Großteil der Voicemail-Nachrichten stammte vom Sonntagvormittag. Die meisten waren von Kollegen und Presseleuten, die ihr zu ihrem Artikel gratulierten. Einige klangen fast ein wenig eifersüchtig. Allerdings gab es auch eine Person, die eher eine Freundin zu sein schien. Sie hatte Christina seit Sonntag dreimal angerufen und ihr zwei SMS geschickt. Ihr Name lautete Pamela Hays. Hunter fand heraus, dass besagte Pamela Christinas Vorgesetzte im Unterhaltungsressort der *L. A. Times* gewesen war.

Es kostete ihn fast eine Stunde, doch am Ende konnte er jeden Anrufer, der Christina eine Nachricht hinterlassen hatte, einem Eintrag in ihrem Adressbuch zuordnen. Das wiederum bedeutete, dass ihr jeder Anrufer bekannt gewesen war. Keine Anrufe von Fremden.

Weder die Nachrichten auf der Mailbox noch die SMS, Notizen oder Voice-Memos waren ungewöhnlich genug, um Verdacht zu erregen, aber immerhin hatte Christinas Handy ihnen eine lange Liste von Personen geliefert, mit denen sie reden konnten. Kevin Lee Parkers Name tauchte nicht in ihrem Adressbuch auf.

»Jetzt, wo die Story draußen ist«, sagte Hunter und stieß sich von seinem Schreibtisch ab, »würde ich gerne in die Redaktion der *L. A. Times* gehen und mich mit dieser Pamela Hays, Christina Stevensons Ressortleiterin, unterhalten.«

Garcia rieb sich die Augen. »Okay, dann fange ich schon mal mit den E-Mails an.« Er deutete auf Christinas Smartphone auf seinem Schreibtisch. »Ich frage Dennis, ob es irgendeine Möglichkeit gibt, das Handy an einen Computer anzuschließen oder so. Ich habe keine Lust, die ganzen Mails auf einem dreieinhalb Zoll großen Display zu lesen.«

Hunter signalisierte durch ein Nicken seine Zustimmung. »Ich bin sicher, dass Dennis da was für dich klarmachen kann. Vielleicht wäre es auch eine gute Idee, ihn zu fragen, ob er die E-Mails alle auf einmal kopieren und auf einer externen Platte speichern kann. Momentan liest du sie ja über den Zugang zu ihrer Inbox bei der *L. A. Times*. Wenn da die EDV ihr Passwort sperrt oder ihr Konto löscht, sehen wir alt aus.«

»Ja, daran habe ich auch schon gedacht.« Garcia stand auf und streckte sich. »Und ich möchte mir nach wie vor diesen Film, *The Devil Inside*, ansehen, einfach nur, damit wir das abgehakt haben, weißt du? Ich kann ihn mir hier auf meinem Rechner anschauen. Zu Hause, wenn Anna da ist, will ich das lieber nicht machen.«

Wieder ein Nicken von Hunter. »Das hatte ich nicht vergessen.« Er sah auf seine Uhr und griff nach seiner Jacke. »Sag mir Bescheid, wenn du irgendwas rausfindest.«

»Du mir auch.«

55

Hunter rief nicht erst bei der *L. A. Times* an, um einen Termin mit Pamela Hays zu vereinbaren. Er hielt es für klüger, unangemeldet bei ihr aufzutauchen. Er hatte in der Vergangenheit schon oft genug mit Reportern zu tun gehabt, um zu wissen, dass sie zwar für ihr Leben gern Fragen stellten, jedoch nicht gern welche beantworteten.

Hunter wusste nicht, wie gut Pamela Hays mit Christina Stevenson befreundet gewesen war. Möglicherweise hatte er ihren besorgten Tonfall in den Nachrichten an Christina auch missverstanden, und falls dem so war, bestand die Möglichkeit, dass Pamela Hays ihm, wenn er im Voraus bei ihr anrief, eine faule Ausrede auftischte, wie etwa, dass sie den ganzen Tag in einer Sitzung sei. Erschien er dagegen unangemeldet, hätte er das Überraschungsmoment auf seiner Seite. Seinen Erfahrungen nach war so etwas immer von Vorteil.

Das Hauptgebäude der *L. A. Times* hatte eine etwas eigenwillige Architektur. Es bestand aus vier Teilen, die zusammen einen riesigen Komplex bildeten. Von einer Seite sah es aus wie ein Gericht, von der anderen wie ein Parkhaus, und wenn man sich ihm von der West 2nd Street näherte, hätte man glatt denken können, man betrete ein Bankhaus irgendwo in Europa.

Durch hohe Doppeltüren aus getöntem Glas, die sich etwas zurückgesetzt hinter einem imposanten Portal aus braunem Granit verbargen, gelangte man in einen großen, hellen und angenehm klimatisierten Eingangsbereich. Dort wimmelte es nur so von Menschen. Einige kamen, andere gingen, wieder andere saßen – mehr oder weniger geduldig – im Wartebereich auf der rechten Seite der Halle. Der Fußboden war komplett mit Marmor ausgelegt, auf dem jeder Schritt laut widerhallte. Es ging zu wie in einem Bienenstock.

Hunter steuerte gerade auf den großen Empfangstresen im hinteren Bereich zu, als sein Blick auf eine schlanke, etwa eins fünfundsechzig große Frau fiel, die langsam und mit gesenktem Kopf die volle Lobby durchquerte. Sie wirkte traurig und abgespannt, und Hunter erkannte sie sofort von dem Foto auf der *L. A. Times*-Website wieder. Pamela Hays.

Hunter holte sie ein, gerade als sie auf einen der vier Fahrstühle im leeren Gang links hinter dem Empfang zutrat.

Pamela drückte den Fahrstuhlknopf, trat einen Schritt zurück und wartete, den Blick nach wie vor zu Boden gerichtet.

»Ms Hays?«, sprach Hunter sie an.

Es dauerte einen Moment, ehe sie den Kopf hob. Sie sah Hunter ins Gesicht, doch ihr Blick wirkte abwesend. Sie trug ein gut sitzendes dunkles Kostüm, durch das sie fast mit den schwarzgrauen Granitwänden verschmolz.

Hunter wartete einige Sekunden ab. Ihr Blick klarte sich auf, und er bemerkte den Moment, in dem sie mit den Gedanken wieder in die Wirklichkeit zurückkehrte. Ihre Augen waren stahlblau, ihre knapp schulterlangen Haare hatten die Farbe von Karamell. Kinn, Wangenknochen und Nase hatten etwas Kantiges, so dass sie immer aussah, als würde sie sich stark konzentrieren. Pamela lächelte kurz, doch das machte ihre Gesichtszüge kein bisschen weicher.

»Ms Hays«, sagte Hunter abermals, und diesmal zeigte er ihr dabei seinen Ausweis. »Ich bin Detective Robert Hunter vom Morddezernat des LAPD. Wäre es Ihnen wohl möglich, mir ein paar Minuten Ihrer Zeit zu schenken?«

Pamela Hays antwortete nicht. Sie schien noch nicht ganz begriffen zu haben, worum es ging.

»Ms Hays, ich brauche wirklich dringend Ihre Hilfe ... und Christina Stevenson auch.«

56

Pamela ging mit Hunter zurück nach draußen auf die West 1st Street, um die nächste Ecke und in die Edison Lounge unmittelbar gegenüber des Police Administration Building. Sie wollte nicht mit ihm in einem Konferenzraum oder irgendwo anders in der *L. A. Times*-Redaktion sitzen.

Das Edison war eine noble Bar im Keller des berühmten Higgins Building. Zu Beginn des zwanzigsten Jahrhunderts hatte dieser Keller das erste private Elektrizitätswerk der Stadt beherbergt. Als Hommage an dessen historischen Stellenwert hatte das Edison den Großteil der architektonischen Besonderheiten und technischen Einbauten in seiner Inneneinrichtung erhalten.

Links vom Bartresen erspähten sie zwei freie Ledersessel mit hohen Lehnen an einem kniehohen Tisch, dessen gefirnisste Oberfläche aussah wie Marmor. Die schummrige Beleuchtung und sanfte Dreißigerjahre-Musik schufen zusammen mit den historischen Details und der liebevollen Dekoration eine derart nostalgische Atmosphäre, dass man fast den Eindruck hatte, in der Zeit zurückversetzt worden zu sein.

Hunter wartete, bis Pamela sich gesetzt hatte, erst dann nahm er ebenfalls Platz.

Sie schenkte ihm ein mattes Lächeln in Anerkennung dieser Höflichkeitsgeste.

»Bevor Sie anfangen, Fragen zu stellen«, begann sie, »sagen Sie mir bitte eins: Hat man Christinas Leiche schon gefunden?«

Es fiel Hunter nicht schwer, Pamelas Gedanken zu lesen. In diesem Moment war sie keine Reporterin. Sie fragte nicht, weil sie Informationen für eine mögliche Story wollte. In diesem Moment nährte sie noch die winzige Hoffnung, dass das, was sie gesehen hatte, bloß ein verrückter Scherz war – irgendein riesengroßes Missverständnis.

Hunter war unzählige Male in Situationen wie dieser gewesen. Und mit jedem Mal wurde es schwerer.

Sein Magen zog sich zusammen.

»Ja.«

In ihren Augen erlosch etwas. Er hatte es schon oft gesehen. Es war nicht wie bei Eltern, deren Kind gestorben war, sondern eher wie bei jemandem, der nicht nur einen guten Freund verloren hatte, sondern dem klargeworden war, dass die Gefahr und das Böse viel näher waren, als er zuvor geglaubt hatte. Wenn es jemandem wie Christina passiert war, konnte es auch ihr passieren. Es konnte ihrer Familie passieren. Es konnte jedem passieren.

Pamela holte tief Luft, und ihre Augen füllten sich mit Tränen.

»Wann?«

»Gestern.«

»Wo?«

»Unweit von ihrem Haus.«

Eine Kellnerin, die gute Chancen bei der Miss-California-Wahl gehabt hätte, kam an ihren Tisch.

»Hallo, herzlich willkommen im Edison«, sagte sie mit einem Lächeln, das sie, davon war Hunter überzeugt, jedem Gast zuteilwerden ließ. »Möchten Sie gerne unsere Cocktail-Karte sehen?«

»Äh ... nein, schon gut«, sagte Pamela und schüttelte den Kopf. »Könnte ich bitte einfach einen Wodka Martini haben?«

»Natürlich.« Als Nächstes wandte sich die Kellnerin an Hunter, um auch seine Bestellung aufzunehmen.

»Ich hätte gern einfach einen Kaffee, bitte. Schwarz.«

»Kommt sofort.« Die Kellnerin drehte sich um und ging davon.

»Wer ist zu so was fähig?«, fragte Pamela. Ihre Stimme klang belegt, als säße ihr etwas im Hals fest. Sie hielt einen Augenblick inne und schluckte ihre Tränen hinunter. »Wir haben einige Schnipsel der Original-Internetübertragung ausfindig gemacht. Haben Sie sie gesehen?«

Hunter hielt ihren Blick eine Zeitlang fest, bevor er einmal nickte.

»Was zum Teufel war das, worin sie da gelegen hat? Ein selbstgebauter Sarg aus Glas?«

Hunter antwortete nicht.

»Und diese Buttons im Internet. Die Leute haben abgestimmt, wie Christina sterben soll?«

Noch immer sagte Hunter nichts.

»So war es, oder?« Pamelas Miene war voller Abscheu. »Die Leute haben allen Ernstes *abgestimmt*. Warum? Sie kannten Christina doch nicht mal. Fanden sie das etwa lustig? Dachten sie, es wäre irgendein Spiel? Oder haben sie einfach geglaubt, nur weil unten am Bildschirmrand SCHULDIG steht, hatte sie wirklich was verbrochen?«

Diesmal verlangte der bohrende Blick in Pamelas Augen nach einer Antwort.

»Ich kann Ihnen nicht sagen, was die Leute sich dabei dachten, als sie auf einen der Buttons geklickt haben, Ms Hays«, sagte Hunter mit ruhiger, fester Stimme. »Alle Gründe, die Sie eben genannt haben, sind plausibel. Möglicherweise haben sie geglaubt, dass es sich um eine Art Spiel handelt, dass das Ganze nicht echt ist ... oder sie haben sich von der Schlagzeile SCHULDIG verleiten lassen.«

Hunters Worte ließen Pamela kurz den Atem anhalten. Sie verstand die Andeutung, die darin mitschwang. Schlagzeilen waren ihr tägliches Brot ... mit ihnen köderte die Presse die Aufmerksamkeit ihrer Leser. Pamela wusste: Je reißerischer eine Schlagzeile, desto mehr Beachtung schenkte man ihr. Damit sie möglichst lange im Gedächtnis blieben, wurden sie mit größter Sorgfalt formuliert. Manchmal genügte ein einziges Wort. Pamela wusste auch, dass Schlagzeilen von einem psychologischen Standpunkt aus gesehen unterschiedlichen Zwecken dienten. Sie sollten Aufmerksamkeit erregen und gleichzeitig eine bestimmte Meinung im Unterbewusstsein des Lesers verankern. Ihre Macht war größer, als die meisten Menschen wahrhaben wollten. Schlagzeilen funktionierten. Wenn einer dies wusste, dann Pamela.

Der Killer hat Christinas Handwerkszeug gegen sie verwendet, dachte sie, und dabei lief ihr ein Schauer über den Rücken.

Die Kellnerin kam mit ihren Getränken zurück. Sie reichte Pamela ihren Martini, und noch bevor sie Hunters Kaffeetasse auf den Tisch gestellt hatte, hatte Pamela ihr Glas in drei großen Schlucken geleert.

Die Kellnerin sah sie an, bemüht, ihr Erstaunen zu verbergen.

»Kann ich bitte noch einen haben?«, fragte Pamela und gab der Kellnerin das Glas zurück.

»Äh ... sicher.« Die Kellnerin machte sich wieder auf den Weg in Richtung Bar.

»Sind Sie einverstanden damit, dass ich Ihnen jetzt ein paar Fragen stelle, Ms Hays?«

Der Alkohol hatte ihre Nerven ein klein wenig beruhigt. Sie wandte sich Hunter zu und nickte. »Ja, und hören Sie auf, mich Ms Hays zu nennen. Ich komme mir vor, als wäre ich wieder auf der katholischen Schule, und da habe ich es gehasst wie die Pest. Sagen Sie Pamela oder Pam, das machen alle.«

Hunter begann mit einfachen Fragen, um herauszufinden, in welcher Beziehung Pamela und Christina zueinander gestanden hatten. Rasch stellte sich heraus, dass Pamela nicht nur Christinas Vorgesetzte gewesen war, sondern die beiden im Laufe der Jahre auch gute Freundinnen geworden waren. Sie sagte ihm, dass Christina ihres Wissens nach mit keinem Mann zusammen gewesen war. Ihre letzte Beziehung, wenn man es denn so nennen konnte, sei vor etwa vier Monaten nach nur wenigen Wochen auseinandergegangen. Pamelas Ansicht nach war die Sache von Anfang an zum Scheitern verurteilt gewesen. Der Mann sei wesentlich jünger gewesen als Christina, ein echter Aufreißer, Schlagzeuger in einer angesagten Rockband namens Screaming Toyz.

Hunter zog die Augenbrauen hoch. Vor gar nicht allzu langer Zeit war er auf einem Konzert der Screaming Toyz im House of Blues gewesen.

Die Kellnerin brachte einen neuen Martini, und diesmal nippte Pamela nur daran, statt ihn hinunterzustürzen.

Hunter fragte sie nach den drei Buchstaben SSV und der Ziffernfolge 678. Pamela überlegte lange, bevor sie sagte, dass ihr nichts dazu einfiele und sie keine Ahnung habe, in welchem Zusammenhang sie mit Christina Stevenson stehen könnten.

Hunter überlegte, ob er Pamela fragen sollte, ob sie den Namen Kevin Lee Parker schon mal gehört hatte, entschied sich nach einigem Abwägen jedoch dagegen. Es war mehr als unwahrscheinlich, dass sie ihn kannte, außerdem durfte er trotz allem nicht vergessen, dass sie Reporterin war. Sie würde den Namen bestimmt recherchieren und unweigerlich herausfinden, dass er ebenfalls wenige Tage zuvor ermordet worden war. Und wenn sie das erst einmal wusste, wäre es nur noch eine Frage der Zeit, bis eine reißerische Schlagzeile über einen neuen Serienmörder, der seine eigene Hinrichtungsshow live im Internet sendete, ihren Weg auf die Titelseite der *L. A. Times* fand. Jeder spektakuläre Mord sorgte für Grusel bei den Lesern und wurde schnell zum Gespräch, aber die Nachricht von einem Serienmörder, der in L. A. sein Unwesen trieb, konnte eine stadtweite Panik auslösen. Es wäre nicht das erste Mal. Weder Hunter noch die Ermittlung konnten das im Augenblick brauchen.

»Hat sie mal irgendwelche Drohungen erwähnt?«, fragte er stattdessen. »Briefe, E-Mails, Anrufe? Hat ihr irgendwas Sorgen gemacht? Gab es Leute, die sie nicht mochten?«

Pamela lachte trocken. »Wir sind Journalisten bei der viertauflagenstärksten Zeitung der Vereinigten Staaten, Detective. Dass uns niemand mag, selbst wenn er freundlich tut, liegt in der Natur unserer Arbeit. Nehmen Sie nur sich und Ihre Freunde von der Polizei gegenüber.«

Hunter sagte nichts. Sie hatte recht: Bis jetzt war er noch nie einem Cop begegnet, der Journalisten gut leiden konnte.

»Auf der Abschaum-Skala der allgemeinen Bevölkerung rangieren wir ganz weit oben, in unmittelbarer Nachbarschaft zu korrupten Politikern und Anwälten.« Pamela hielt inne und trank einen Schluck von ihrem Martini.

Trotz ihrer aggressiven Worte wusste sie sehr wohl, wie Hunters Frage eigentlich gemeint war.

Er gab ihr einen Moment Zeit, sich zu beruhigen.

Pamela kam auf die Frage zurück. »Es ist doch so: Als Reporter haben wir alle schon mal einen Artikel geschrieben, über den sich irgendwer aufgeregt hat. Wir haben alle schon Briefe und E-Mails und Anrufe bekommen, in denen uns jemand droht. Das gehört zu unserem Beruf, aber meistens ist es nur Theater. Die Leute werden wütend, wenn wir die Wahrheit aufdecken, weil ihnen die Wahrheit oft nicht in den Kram passt.«

Kein Zweifel, Pamela Hays brannte für ihren Beruf.

»Hat Ms Stevenson Ihnen gegenüber je einen dieser Briefe, E-Mails oder Anrufe erwähnt? Gab es eine Drohung darunter, die in ihren Augen mehr als nur Theater war?«

Pamela wollte den Kopf schütteln, hielt jedoch mitten in der Bewegung inne. Ihr Blick wurde schärfer, und wäre sie in der Lage gewesen, ihre Botox-unterspritzte Stirn in Falten zu legen, hätte sie es mit Sicherheit getan.

»Worum ging es?«, hakte Hunter nach. Er wollte den Moment nutzen.

Pamela lehnte sich in ihrem Sessel zurück. Sie hob die Hand ans Kinn und berührte mit dem Zeigefinger die Lippe. Dann senkte sie den Blick in ihren Schoß.

In der Verhaltenspsychologie galt die Finger-über-dem-Mund-Geste als Hinweis darauf, dass jemand kurz davor war, etwas zu sagen, jedoch nicht genau wusste, ob er es wirklich tun sollte. In bestimmten Situationen war diese Geste ein klares Indiz dafür, dass man gleich mit einer Lüge rechnen musste.

Hunter beobachtete Pamela genau. Ihr Reporterhirn wägte ganz klar etwas ab. Sie fragte sich, ob sie die Informationen, die sie besaß, weitergeben oder lieber für sich behalten sollte. Vielleicht ließe sich ja eine Story daraus machen ...

Allerdings befand sie sich in einem Zwiespalt. Sie war

keine Kriminalreporterin, folglich würde sie die Informationen an jemanden im Kriminalressort weiterleiten müssen. Und sie hasste die Schnösel vom Kriminalressort. Sie schauten auf alle anderen Kollegen herab, vor allem auf die aus der Unterhaltung beziehungsweise »Gerüchteküche«, wie sie es nannten.

Hunter spürte ihr Zögern und bohrte nach. »Pamela, auch die kleinste Information könnte uns helfen, Christinas Mörder zu fassen. Hatte sie vor irgendjemandem oder irgendetwas Angst?«

Pamela hob den Blick. In Hunters Augen las sie eine Entschlossenheit und Aufrichtigkeit, denen sie nur selten begegnete. Ihre Züge entspannten sich ein wenig.

»So ungefähr vor vier Monaten hat Christina einen Artikel über einen Mann namens Thomas Paulsen geschrieben.«

»Der Software-Millionär?«

»Kein Geringerer«, erwiderte Pamela, die darüber erstaunt zu sein schien, dass Hunter den Namen kannte. »Das kam so: Eine ehemalige Angestellte von Mr Paulsen hat sich wegen einer potentiell großen Story an sie gewandt. Christina kam zu mir, und ich habe ihr grünes Licht gegeben, in der Sache nachzuforschen. Sie hat zwei Monate recherchiert und jede Menge Dreck über den Kerl ausgegraben. Der Artikel ging in den Druck, und das blieb natürlich nicht ohne Folgen, sowohl für das Geschäfts- als auch für das Privatleben von Mr Paulsen.«

»Worum ging es in dem Artikel?«

Pamela nippte abermals an ihrem Drink. »Er hatte die Angewohnheit, mit seinen Sekretärinnen, Assistentinnen, oder auf welche Mitarbeiterin seiner Firma er auch immer gerade stand, ins Bett zu gehen und sie hinterher massiv unter Druck zu setzen, damit sie den Mund nicht aufmachten. Er ist verheiratet und hat eine Tochter. Nach Erscheinen des Artikels kam heraus, dass er das schon seit Jahren so trieb.

Angeblich hat er mit mehr als fünfunddreißig Angestellten geschlafen.« Sie machte eine Pause, um sich ihre nächsten Worte gut zu überlegen. »Mir ist klar, dass das in den Ohren vieler Menschen nicht besonders verwerflich klingt, aber die USA sind ein Land voll falscher Moral, wo Frömmigkeit, eheliche Treue und eine heile Familie mehr zählen, als man meint. Dazu kommt, dass L. A. eine Stadt ist, in der schon die winzigste Affäre die Karriere eines Menschen über Nacht zerstören kann. Der Artikel hat Mr Paulsens Leben völlig auf den Kopf gestellt.«

Hunter schrieb etwas in sein Notizbuch. »Und er hat Ms Stevenson bedroht?«

Pamela verzog zweifelnd das Gesicht. »Kurz nach Erscheinen des Artikels fing es an. Sie bekam diese Anrufe … er würde ihr Schmerzen zufügen, sie leiden lassen, sie solle qualvoll sterben. Christina hatte nicht zum ersten Mal mit so was zu tun, und sie war niemand, der sich leicht einschüchtern ließ, aber ich weiß, dass ihr diese Anrufe wirklich Angst gemacht haben. Wir haben versucht, sie zurückzuverfolgen, aber der Anrufer war zu clever. Er hat das Signal mehrfach umgelenkt.«

»Hat es in jüngster Zeit auch noch solche Anrufe gegeben?«

»Ich bin mir nicht ganz sicher. Seit einer Weile hat sie nicht mehr davon gesprochen.«

Hunter machte sich weitere Notizen.

»Allerdings reden wir hier ausschließlich über Artikel, die sie geschrieben hat, während sie in meinem Ressort tätig war«, gab Pamela zu bedenken. »Bevor ich sie zu mir geholt habe, war Christina neun Monate im Kriminalressort und davor in so ziemlich jeder anderen Redaktion der Zeitung. Wenn das, was ihr zugestoßen ist, mit einem ihrer Artikel zu tun hat, dann ist die Liste der Verdächtigen sehr lang.«

»Ja, das ist uns bewusst«, sagte Hunter. »Gibt es eine

Möglichkeit, an alle Artikel zu kommen, die Ms Stevenson während ihrer Zeit im Unterhaltungsressort geschrieben hat? Da würde ich gerne ansetzen.«

Obwohl Pamela überrascht wirkte, zuckte sie mit keiner Wimper. »Wir reden hier von Artikeln aus zwei Jahren.«

»Ja, ich weiß. Wir haben schon ein Team damit beauftragt, sie zusammenzusuchen, aber mit Ihrer Hilfe könnten wir die Sache deutlich beschleunigen.«

Sie hielt seinem Blick einige Sekunden lang stand. »Okay. Bestimmt schaffe ich es bis morgen, alles rauszusuchen und Ihnen ein komprimiertes Archiv zu schicken.«

57

Der Mann im Wagen hatte seinen Tag schon vor Morgengrauen begonnen. Er hatte still und geduldig hinter dem Lenkrad gesessen und den Eingang zum Apartmentblock gegenüber im Auge behalten. Die meisten Menschen hätten eine solche Tätigkeit als öde empfunden, doch ihm machte sie überhaupt nichts aus. Im Gegenteil, er genoss die Phase des Auskundschaftens. Das lange Warten gab ihm Gelegenheit, nachzudenken. Seine Gedanken zu ordnen. Zu planen. Außerdem liebte er es, fremden Leuten zuzuschauen. Man konnte so viel lernen, einfach indem man andere aus der Ferne beobachtete.

Zum Beispiel: Um sechs Uhr fünfundvierzig kam ein korpulenter Mann mit Halbglatze und einem alten, schlecht sitzenden grauen Anzug aus dem Gebäude und überquerte die Straße. Er wirkte niedergeschlagen und ging langsam, mit vornübergebeugten Schultern und gesenktem Kopf, als wären seine Gedanken ihm eine schwere Last. Alles an seinem Verhalten drückte tiefe Resignation aus. Allein den

Tag hinter sich zu bringen war für ihn ein schrecklicher Kampf. Der Mann im Wagen sah dem Fremden an, dass er seine Arbeit hasste, was auch immer er beruflich machte. Der dicke Goldring, der den Ringfinger seiner linken Hand einschnürte, verriet, dass der Mann, seit der Ring ihm zum ersten Mal angesteckt worden war, einiges an Gewicht zugelegt hatte. Das Feuer in seiner Ehe, falls es je welches gegeben hatte, war längst erloschen.

Der Mann am Steuer des Wagens schaute zum Gebäude hoch. Im ersten Stock stand eine Frau mit kurzen, schmutzig blonden Haaren am Fenster und sah dem Dicken nach. Auch sie hatte mit Übergewicht zu kämpfen. Ihr Blick folgte ihm, bis er an der Straßenecke abbog. Kaum war er verschwunden, zog sie sich ins Innere der Wohnung zurück, tauchte jedoch drei Minuten später wieder am Fenster auf. Diesmal fixierte sie nervös das andere Ende der Straße. Dem Mann im Wagen fiel eine Veränderung an der Frau auf. Sie hatte sich die Haare gebürstet und das unvorteilhafte Nachthemd, das sie zuvor getragen hatte, durch etwas Verführerischeres ersetzt.

Fünf Minuten verstrichen, und nichts geschah. Dann erschien im Gesicht der Frau ein Lächeln. Der Mann im Wagen folgte ihrem Blick bis zu einem Unbekannten, der gerade um die Ecke gebogen war und nun mit raschen Schritten auf den Apartmentblock zusteuerte. Er hatte mindestens zwanzig Kilo weniger auf den Rippen und zehn Jahre weniger auf dem Buckel als ihr werter Gatte. Das Lächeln der Frau verwandelte sich in ein Strahlen.

Der Mann im Wagen lachte leise. *Ja, ja. Was man nicht alles lernen kann, nur indem man die Augen offenhält.*

Doch er war nicht hier, um jemanden bei einer außerehelichen Affäre zu ertappen. Seine Aufgabe war viel wichtiger.

Um sieben Uhr fünfzehn trat ein weiterer Mann aus dem Haus. Dieser war groß, athletisch gebaut, hatte einen zielstrebigen Gang und einen entschlossenen Blick. Reflexartig rutschte der Mann auf dem Fahrersitz weiter nach unten, ohne dabei jedoch den anderen Mann aus den Augen zu lassen, der zwischenzeitlich in seinen Wagen gestiegen war und nun davonfuhr.

Der Mann am Steuer lächelte. Alles lief nach Plan.

Zwanzig Minuten später erschien endlich seine Zielperson im Hauseingang. Er setzte sich auf und sah sie zu ihrem Wagen gehen. Sie war attraktiv, hatte eine bezaubernde Ausstrahlung und eine Figur, mit der sie bestimmt den Neid all ihrer Freundinnen auf sich zog.

Er holte tief Luft und gab sich der Vorfreude hin, die ihm wie ein köstlicher Schauer über den Rücken lief. Adrenalin rauschte durch seinen Körper, als er seine Kameraausrüstung überprüfte und den Motor anließ.

Er hatte lange auf den richtigen Moment zum Zuschlagen gewartet. Er wusste: Sein Erfolg hing von der Wahl des perfekten Augenblicks ab. Denn wenn der Augenblick nicht perfekt war, konnte sich das Blatt ganz schnell wenden.

Nach vielen Stunden war dieser Augenblick nun endlich gekommen.

Bald würde seine Show wieder online gehen.

58

Als Hunter ins PAB zurückkehrte, rieb Garcia sich gerade heftig die Augen.

»Alles klar?«, fragte Hunter.

Garcia sah auf und stieß langsam die Luft aus. »Ich habe mir gerade den Film angesehen – *The Devil Inside.*«

»Und? Irgendwas gefunden?«, fragte Hunter und setzte sich an seinen Schreibtisch.

Garcia stand auf und massierte sich den Nacken. »Ich glaube nicht, dass die Botschaft, die der Killer in Ms Stevensons Schlafzimmer hinterlassen hat, irgendwas mit dem Film zu tun hatte.«

Hunter sah seinen Partner erwartungsvoll an.

»Wie gesagt, die Handlung dreht sich um eine junge Frau, deren Mutter drei Menschen umgebracht hat, in der festen Überzeugung, dass sie von Dämonen besessen waren. Ich habe mich hauptsächlich auf diese drei Morde konzentriert. Vor allem auf die Mordmethoden.«

»Und ...?«

»Keinerlei Ähnlichkeit zu unserem Fall. Sie wurden mit einem Messer getötet, alle drei in demselben Haus, am selben Abend innerhalb von wenigen Minuten. Im zweiten Teil nimmt die Tochter der Frau dann an mehreren Exorzismen teil, um rauszufinden, ob ihre Mutter vielleicht vom Teufel besessen war, als sie die Taten beging. Niemand wird in irgendwelche Behältnisse gesperrt, ob nun aus Glas oder nicht, es kommen keine Wespen oder andere Insekten vor, niemand wird in einem Laugen- oder Säurebad aufgelöst, nichts wird über das Internet übertragen, und niemand stimmt über irgendwelche Todesarten ab. Falls hinter der Nachricht des Killers in Ms Stevensons Schlafzimmer tatsächlich eine tiefere Bedeutung steckt, hat sie nichts mit dem Film zu tun.«

Hunters Blick ging zur Pinnwand und blieb am Foto mit der ominösen Botschaft inmitten des leuchtend orangefarbenen Pulverflecks hängen. Er kratzte sich am Kopf. *Der Teufel im Innern. Was zum Henker soll das bedeuten?*

»Was ist mit Ms Stevensons E-Mails?«, fragte er. »Bist du da auf irgendwas gestoßen?«

Dennis Baxter von der Computerkriminalität hatte sämtliche E-Mails von Christina Stevenson auf eine externe Festplatte geladen und diese an Garcias Rechner angeschlossen. So musste er sie nicht auf einem kleinen Dreieinhalb-Zoll-

Display lesen, und es bestand auch nicht länger das Risiko, dass sie die Daten verloren, falls Christinas Konto gesperrt wurde.

»Bis jetzt nichts, was ich als auffällig bezeichnen würde«, antwortete Garcia und kehrte an seinen Schreibtisch zurück. »Es gibt jede Menge kurze Mails zwischen Ms Stevenson und anderen *L. A. Times*-Reportern – Witze, Klatsch, Diskussionen über irgendwelche Artikel ... und so weiter. Ich habe ihre Mails gefiltert und nach allen Nachrichten gesucht, die nicht von einer @*latimes.com*-Adresse abgeschickt wurden. Ich hoffe, dadurch können wir die persönlichen von den beruflichen E-Mails halbwegs trennen. Bis jetzt ist mir noch nichts ins Auge gesprungen, aber ich habe noch eine ganze Menge vor mir. Wie sieht's bei dir aus?«

Hunter berichtete von seinem Treffen mit Pamela Hays.

»Langsam, warte mal kurz«, sagte Garcia und hob die rechte Hand, um Hunter zu unterbrechen, als dieser gerade von den Drohanrufen erzählte, die Christina erhalten hatte. »Wer ist dieser Typ?«

»Sein Name ist Thomas Paulsen«, klärte Hunter ihn auf. »Er ist ein Software-Millionär mit Firmensitz hier in L. A.«

»Software?« Ein Muskel in Garcias Kiefer zuckte. Er gab Paulsens Namen bereits in die Internet-Suchmaschine ein.

»Ganz genau. Seine Firma war eine der ersten, die Online-Datenbanksysteme für Unternehmen entwickelt haben.«

Garcia sah von seinem Monitor auf. »Wann hattest du denn Zeit, ihn zu überprüfen?«

»Hatte ich nicht«, gab Hunter zurück. »Ich lese nur viel. Neulich stand was über ihn in *Forbes*.«

»Hast du auch den Artikel gelesen, den Christina Stevenson über ihn geschrieben hat?«

»Noch nicht.«

Garcia klickte den obersten Link auf seiner Ergebnisliste an und gelangte zur Website von PaulsenSystems. Rasch überflog er den Text auf der »Unser Unternehmen«-Seite. Wie es schien, hatte Hunter mit allem recht gehabt. Paulsens Firma gehörte tatsächlich zu den Vorreitern in der Entwicklung großer Online-Datenbanken. Mittlerweile zählte sie zu den internationalen Marktführern der Branche. Unternehmen weltweit nutzten ihre Systeme.

»Wollen wir mal mit ihm reden?«, fragte Garcia. »Er scheint ja auf jeden Fall jemand zu sein, der sich im Cyberspace auskennt.«

»Wahrscheinlich werden wir das irgendwann tun, aber jetzt noch nicht. Erst möchte ich rausfinden, wie sehr Christina Stevensons Artikel ihm geschadet hat. Und dann müssen wir immer noch eine Verbindung zwischen Paulsen und Kevin Lee Parker herstellen. Mag sein, dass er wegen des Artikels einen Groll gegen Christina Stevenson gehegt hat, aber wie passt unser erstes Opfer in seinen Racheplan?«

Garcia schwieg.

Hunters Festnetztelefon klingelte, und er riss sich von der Pinnwand los.

»Detective Hunter, Morddezernat I.«

Ein Klicken in der Leitung.

»Hallo ...?«

»Detective Hunter«, sagte der Anrufer endlich. Sein Ton war distanziert und gemessen, wie der eines Arztes, der seinen Patienten begrüßt. »Ich bin froh, dass Sie an Ihrem Schreibtisch sind.«

Kaum hörte Hunter die Stimme, breitete sich eine dumpfe Leere in seinem Magen aus, wie ein Vakuum. Gleich darauf kam die Angst. Er biss die Zähne aufeinander und fing Garcias Blick ein.

»Sind Sie online?«, fragte der Anrufer in milder Belustigung. »Ich möchte Ihnen nämlich gerne etwas zeigen, über das Sie und Ihr Partner sich bestimmt freuen werden.«

59

Obwohl im Büro annähernd dreißig Grad herrschten, brach Hunter der kalte Schweiß im Nacken aus und lief ihm den Rücken hinab.

»Sind Sie bereit, Detective Hunter?«, fragte der Anrufer überflüssigerweise. »Ihre Lieblings-Website ist soeben wieder online gegangen. Die Adresse muss ich Ihnen ja nicht noch mal nennen, oder?«

Hunter war bereits dabei, den Domain-Namen in die Adresszeile seines Browsers einzugeben.

Die Website lud in weniger als drei Sekunden. Doch was Hunter darauf zu sehen bekam, ließ ihn stutzen. Diesmal hatte das Bild nicht den Grünstich eines Nachtsichtobjektivs, und die Übertragung kam auch nicht aus einem schmutzigen, dunklen Kellerverlies, sondern von einer belebten Straße mitten am helllichten Tag. Diesmal war die Kamera auch nicht statisch. Sie bewegte sich in gemächlichem Tempo mit dem Strom der Passanten, als würde ein Tourist Filmaufnahmen von seinem Urlaub in L. A. machen.

Hunters Augen wurden schmal.

Überall wimmelte es von Menschen. Männer und Frauen in den unterschiedlichsten Kleidern waren auf der Straße unterwegs, einige lässig in Jeans und T-Shirt, Shorts oder Sommerkleid, andere in Anzug und Kostüm. Manche schienen es eilig zu haben und hatten ihr Handy ans Ohr gepresst. Andere schlenderten gemütlich dahin – vielleicht weil sie einen Schaufensterbummel machten, es ließ sich nicht genau sagen, denn der Kamerawinkel war schmal, fast wie bei einem Tunnelblick. Hunter konnte sehen, wie die Menschen auf die Kamera zu- und an ihr vorbeigingen, doch was jenseits dieses kleinen Ausschnitts passierte, ließ sich allenfalls erahnen.

Rasch deckte Hunter die Muschel seines Telefonhörers

mit der Hand ab. »Ruf Michelle an«, zischte er Garcia zu. »Die Website ist wieder online.«

Garcias Schreibtisch war vermutlich der aufgeräumteste Schreibtisch im gesamten PAB. Alles hatte seinen festen Platz, und alles war parallel zueinander angeordnet. Michelle Kellys Visitenkarte war die erste von dreien, die rechts von seinem Telefon nebeneinander aufgereiht lagen. Er wählte ihre Nummer, und Michelle nahm nach dem zweiten Klingeln ab.

»Michelle, hier ist Carlos.«

Michelle hatte sofort Garcias angespannten Tonfall registriert.

»Hey, Carlos, was gibt's?«

Garcia gab etwas in die Adresszeile seines Browsers ein, während er sprach. »Er ist wieder online. Die Website ist wieder online.«

»Was?«

»Wir haben ihn gerade in der Leitung.«

Vom anderen Ende der Leitung war hektisches Tastaturgeklapper zu hören.

Inzwischen war die Seite auf Garcias Monitor geladen. Er betrachtete eine Weile verständnislos die Bilder der belebten Straße, dann sah er zu Hunter. »Was ist das?«

Hunter schüttelte andeutungsweise den Kopf.

»Carlos. Was soll das heißen – die Website ist wieder online?«, meldete sich Michelle zurück. »Da ist nichts.«

»Was?«

»Alles, was ich zu sehen bekomme, ist ERROR 404 – PAGE NOT FOUND.«

»Dann überprüfen Sie noch mal, was Sie eingetippt haben«, sagte Garcia und las selbst noch einmal den Domain-Namen in seiner Adresszeile durch. »Die Bilder sind live. Ich sehe sie hier vor mir.«

»Das hab ich schon überprüft. Sind Sie sicher, dass es dieselbe Adresse ist?«

»Hundertprozentig.«

Erneutes Tastaturklappern.

»Verdammt, er hat uns gesperrt«, sagte sie schließlich.

»Er hat was ...? Wie kann er Ihren Zugang blockieren und unseren nicht?«

»Da gibt es mehrere Möglichkeiten. Ich will mich jetzt nicht mit technischen Details aufhalten.«

Garcia schüttelte den Kopf. »Sie können es nicht sehen«, flüsterte er. »Jemand hat ihren Zugang geblockt, aber unseren nicht.«

Hunter rümpfte die Nase, wusste aber, dass er keine Zeit für Erklärungen hatte. Er stellte den Anruf auf Lautsprecher.

»Schauen Sie zu?«, wollte der Anrufer wissen.

»Ja, wir schauen zu«, gab Hunter mit ruhiger, fester Stimme zurück.

»Wo zum Geier ist das?«, sagte Garcia lautlos in Hunters Richtung und deutete auf seinen Bildschirm. »Rodeo Drive?«

Hunter schüttelte den Kopf. »Sieht mir nicht danach aus.«

Der Rodeo Drive galt als die bekannteste Shopping-Meile von L. A. Sie lag in Beverly Hills und war berühmt für ihre Designershops und Haute-Couture-Boutiquen. Tag für Tag zog es unzählige Menschen hierher. Aber Hunter hatte recht. Die Bilder sahen nicht so aus, als kämen sie vom Rodeo Drive. Sie hätten aus jeder beliebigen Einkaufsstraße der Stadt kommen können – in einer Stadt mit Tausenden von Einkaufsstraßen.

»Schöner Tag für einen kleinen Spaziergang, nicht wahr?«, bemerkte der Anrufer mit Singsang-Stimme.

»Stimmt«, pflichtete Hunter ihm bei. »Sagen Sie mir doch einfach, wo Sie gerade sind, dann gehe ich eine Runde mit Ihnen spazieren.«

Der Anrufer lachte. »Danke für das Angebot, aber ich

glaube, ich habe für den Moment genug Gesellschaft. Sehen Sie nicht?«

Menschen strömten in alle Richtungen.

Hunter und Garcia klebten vor ihren Bildschirmen und hielten Ausschau nach etwas, das ihnen einen Hinweis darauf liefern konnte, von wo der Anrufer die Bilder sendete. Bis jetzt hatten sie nichts, aber auch gar nichts entdeckt.

»Ist es nicht wundervoll, in einer Stadt mit so vielen Menschen zu leben?«, fuhr der Anrufer fort. »Diese Energie, dieses Pulsieren?«

Hunter erwiderte nichts.

»Der Nachteil ist, dass Los Angeles so voll ist. Alle sind immer in Eile, müssen irgendwo hin und sind nur mit ihren eigenen Gedanken, ihren eigenen Problemen, ihren eigenen Obsessionen beschäftigt. Sie nehmen keinerlei Notiz von ihren Mitmenschen.« Der Anrufer lachte, als würden ihn seine eigenen Worte köstlich amüsieren. »Ich könnte im Batman-Kostüm herumlaufen, und niemand würde sich auch nur nach mir umdrehen.«

Der Anrufer ging weiter, während er sprach, doch noch immer hatten Hunter und Garcia nichts gesehen, was ihnen irgendwie bekannt vorkam.

Plötzlich musste der Anrufer ein Stück nach links ausweichen, um nicht mit einem ihm entgegenkommenden Mann zusammenzustoßen, der den Blick auf sein Handy geheftet hatte und eine Textnachricht tippte. Als der Mann an ihm vorbeieilte und ihn dabei um wenige Zentimeter verfehlte, drehte sich der Anrufer um. Die Kamera folgte dem Mann mit dem Handy, der nach wenigen Metern eine dunkelhaarige Frau anrempelte, die in die gleiche Richtung unterwegs war wie der Anrufer. Der Mann mit dem Handy blieb nicht einmal stehen. Nicht eine Sekunde lang löste sich sein Blick vom Display seines Telefons.

»Also wirklich, haben Sie das gesehen?«, fragte der Anrufer. »Der Kerl hat gerade eine Frau angerempelt, und es interessiert ihn einen Scheißdreck. Kein ›Tut mir leid‹, kein entschuldigendes Lächeln ... Er ist nicht mal langsamer geworden. Die Leute hier haben nur Augen für sich selbst, Detective.« Wieder ein Lachen, diesmal lag eine Spur Verachtung darin. »Niemand kümmert sich um irgendetwas außer um sich selbst.« Eine kurze Pause. »Die gute, alte amerikanische Art, was? Jeder ist sich selbst der Nächste, alle anderen können einen am Arsch lecken.«

Trotz der harten Worte schwang keine Wut in seiner Stimme mit.

Garcia hatte die Nase voll von der einseitigen Unterhaltung. »Haben Sie was gegen die amerikanische Art?«

Hunters Blick ging zu ihm.

»Ach, Detective Carlos Garcia, nehme ich an«, sagte der Anrufer. »Freut mich, Ihre Bekanntschaft zu machen. Nein, ich habe nichts gegen die amerikanische Art. Im Gegenteil. Aber ich finde die Frage ein wenig seltsam – von einem Mann, der nicht einmal in diesem Land geboren wurde.« Wieder hielt er kurz inne. »Brasilien, habe ich recht?«

Carlos Garcia war tatsächlich in Brasilien geboren worden. In São Paolo, um genau zu sein. Er war der Sohn eines brasilianischen Staatspolizisten und einer amerikanischen Geschichtslehrerin. Im Alter von zehn Jahren war er, nachdem die Ehe seiner Eltern in die Brüche gegangen war, mit seiner Mutter nach Los Angeles gezogen.

»Wie zum Teufel ...«, begann Garcia, aber Hunter schüttelte warnend den Kopf, um ihm zu signalisieren, dass er sich nicht auf einen verbalen Schlagabtausch mit dem Anrufer einlassen sollte.

Ein Lachen drang durch die Leitung. »Es ist so leicht, an Informationen zu kommen. Man muss nur wissen wie, Detective Garcia.«

Garcia befolgte den Ratschlag seines Partners und verbiss sich eine Erwiderung.

Der Anrufer nahm das Schweigen als Aufforderung, fortzufahren. »Hier wimmelt es von Menschen, die von hier nach da hetzen und ihrem täglichen Leben nachgehen. Wissen Sie, wenn ich hier draußen bin, dann komme ich mir vor wie ein Kind im Bonbonladen. Diese Auswahl. Jeder könnte mein nächster Gast werden, wenn Sie wissen, was ich meine.«

Unbewusst hielt Hunter den Atem an. War das der Grund für den Anruf? Der Mörder hatte ihnen gezeigt, wie er Menschen folterte und tötete. Er hatte ihnen gezeigt, wie er die Todesart auswählte. Würde er ihnen nun zeigen, wie er seine Opfer auswählte?

»Ich glaube allerdings, ich habe da schon jemanden im Sinn«, fuhr der Anrufer fort, ehe Hunter etwas erwidern konnte. »Können Sie erraten, wen?«

Hunter und Garcia rückten noch näher an ihre Bildschirme heran, doch die Kamera nahm keine konkrete Person aufs Korn.

Ein Stück weiter vorn, links im Bild, war eine blonde Frau stehen geblieben und suchte etwas in ihrer Handtasche. Meinte der Anrufer sie?

Ein eigenartig aussehender Mann mit einem dichten Schnauzbart, der den dünnen Strich seiner Lippen und die spitze Nase noch stärker betonte, näherte sich langsam der Kamera. Vielleicht hatte es der Anrufer auf ihn abgesehen?

Die Wahrheit war, dass jeder Mensch auf der Straße das nächste Opfer hätte sein können. Hunter und Garcia hatten keinerlei Möglichkeit, herauszufinden, auf wen der Anrufer sich bezog.

Der Mann mit dem Schnauzbart machte einen Schritt nach rechts, um dem Anrufer aus dem Weg zu gehen.

In Hunters Büro kam die Welt zum Stillstand.

Etwa drei Meter weiter vorn ging jemand. Die Kamera hatte die Person genau im Bild. Jetzt endlich wussten Hunter und Garcia, von wem der Killer gesprochen hatte.

60

Es waren zwei Frauen, die nebeneinander gingen. Freundinnen, die irgendwo in Los Angeles gemeinsam einen Schaufensterbummel machten und nicht die geringste Ahnung hatten, dass das Böse sich an ihre Fersen geheftet hatte. Sie gingen vor der Kamera her, deshalb waren sie nur von hinten zu sehen, aber Garcia erkannte die Frau auf der linken Seite auch so.

»Mein Gott«, stieß er gepresst hervor.

»Anna«, flüsterte Hunter. Auch er hatte Garcias Frau gleich erkannt. Sein Blick huschte zu seinem Partner. Er spürte ein Flattern im Magen, als hätte sich ein Schwarm Nachtfalter darin eingenistet.

Einen Augenblick lang war Garcia wie gelähmt. Er konnte sich nicht rühren, nichts sagen, nicht einmal blinzeln. Dann explodierte er.

»Du verdammtes Dreckschwein … ich schwöre bei Gott … wenn du sie auch nur anrührst … wenn du ihr zu nahe kommst, dann werde ich dich finden und dich *umbringen*. Hast du mich gehört? Ich *bringe* dich *um*. Scheiß auf meine Dienstmarke. Scheiß drauf, dass ich ein Cop bin. Ich werde kommen und dich in die tiefsten Tiefen der Hölle schicken, und die Konsequenzen scheren mich einen Dreck.«

Garcia bebte am ganzen Körper von dem Adrenalin, das durch seine Adern rauschte.

Der Anrufer lachte erneut. »Sie ist eine Schönheit, nicht wahr?«

»Fick dich, du krankes Arschloch. Du hast keine Ahnung, was ich mit dir mache, wenn …« Garcia griff nach seinem Handy.

»Ich erkläre Ihnen, wie die Sache ablaufen wird, Detective«, kam der Anrufer Garcias nächstem Schritt zuvor. »Wenn Sie sie jetzt anrufen, um sie zu fragen, wo sie gerade ist – wenn ich sehe, wie sie nach ihrem Handy greift oder sich zu mir umdreht, dann werden Sie sie nicht lebend wiedersehen, das verspreche ich Ihnen. Und verglichen mit dem, was ich ihr antun werde, werden Ihnen die zwei ersten Morde wie ein besinnliches Beisammensein am Weihnachtsabend vorkommen. Sie wissen, dass das keine leere Drohung ist. Glauben Sie mir. So schnell können Sie nicht hier sein.«

Garcias panischer Blick ging von seinem Handy zu seinem Bildschirm und dann zu Hunter.

Hunter hob die Hand und bedeutete Garcia, nicht zu wählen. »Weißt du, wo sie steckt?«, formte er lautlos mit den Lippen. »Hat Anna dir gesagt, wo sie heute hinwill?«

Garcia schüttelte den Kopf. »Ich wusste nicht mal, dass sie in die Stadt wollte«, antwortete er kaum hörbar.

»Wissen Sie, was mich fasziniert?«, meldete sich der Anrufer zurück. »Sie beide sagen immer wieder, dass Sie mich finden werden. Dass Sie mich zur Strecke bringen werden. Detective Hunter hat mir das erst bei unserem letzten Gespräch versichert. Wissen Sie noch?«

Keine Antwort.

»Wissen Sie noch, Detective Hunter?«

»Ja.«

»Aber die Wahrheit ist, dass Sie nicht mal den Hauch einer Spur haben, stimmt's?«

Schweigen.

»Wohingegen ich, wie Sie sehen, Menschen aus Ihrem näheren Umfeld ohne Probleme finden und sie, sollte ich es für angebracht halten, Ihnen wegnehmen kann. Ich allein treffe diese Entscheidung, nicht Sie, nicht Ihre Frau. Ich kann auch Sie schnappen, wenn ich will. Ich kann überall und nirgends sein. Sie dagegen haben nichts weiter als leere Drohungen.«

»Das ist keine Drohung, du Drecksack.« Noch immer bebte Garcias Stimme vor Zorn. »Das ist ein *Versprechen.*

Wenn du sie anrührst, ist mir alles andere scheißegal. Auch das Gesetz. Dann gibt es kein Loch unter keinem Stein auf dieser Erde, in dem du vor mir sicher bist. Verstehst du, was ich dir sage?«

»Aber ja doch«, antwortete der Anrufer gemessen wie ein Priester bei der Beichte. »Würde es einen Unterschied machen, wenn ich stattdessen die Freundin Ihrer Frau nähme?«

Erneut versteiften sich Hunter und Garcia.

Der Anrufer wartete nicht auf eine Antwort. »Aber natürlich würde es das. Dann wäre es nämlich nicht mehr persönlich, und Sie würden nicht mehr so heftig reagieren, stimmt's, Detective Garcia? Wie Sie eben sagten: Wenn es um jemanden geht, der einem nahesteht, ist alles andere unwichtig. Dann vergisst man, wer man ist. Mancher wird sogar zu einem Monster.« Der Anrufer atmete hörbar aus, und zum ersten Mal ließ sich eine gewisse Härte in seinem Tonfall wahrnehmen. »Wissen Sie, die meisten Leute sind der Ansicht, dass wir als menschliche Wesen grundsätzlich eine Wahl haben, ganz gleich in welcher Situation wir uns auch befinden. Ich würde gerne ein Gegenargument vorbringen. Ich möchte die These aufstellen, dass wir nicht *immer* eine Wahl haben. Manchmal treffen andere für uns eine Entscheidung, und wir können nichts tun, als darauf zu reagieren. Zum Beispiel: Wenn ich mich entschließe, Ihnen jetzt in diesem Moment Ihre Frau zu nehmen, Detective Garcia, dann ist es *meine* Entscheidung, nicht Ihre, die *Ihr* Leben für immer verändert.«

Garcia wusste nicht, was er darauf erwidern sollte.

»Aber Wut und Schmerz sind etwas Gutes«, fuhr der Anrufer nach einem kurzen Moment des Schweigens fort. »Sie zeigen uns, dass wir noch lebendig sind. Dass es noch Dinge gibt, die uns am Herzen liegen. Dass andere Menschen uns nicht gleichgültig sind. Ist meine psychologische Einschätzung korrekt, Detective Hunter?«

Einen Augenblick lang wirkte Hunter sehr nachdenklich. »Ja«, sagte er schließlich.

»Sie haben allen Grund, stolz auf sich zu sein, Detective Garcia. Sie haben Ihre Sache gut gemacht. Ihre Reaktion hat mich beeindruckt. Es war die Reaktion eines Mannes, dem nicht alles egal ist.« Der Anrufer lachte leise. »Nun, ich denke, mein Werk hier ist getan. Aber wir hören bald wieder voneinander – auch das ist ein Versprechen.«

Er legte auf.

Die Bilder auf den Monitoren verschwanden.

Der Link war tot.

61

Einige Sekunden lang herrschte Stille. Dann wandte Hunter sich an Garcia.

»Ruf Anna an«, sagte er. »Find raus, wo sie ist. Sag ihr, sie soll irgendwohin gehen, wo viele Leute sind, in ein Café oder so, und dort bleiben, bis wir sie abholen kommen.«

Garcia starrte Hunter an, als wäre der ein Wesen von einem anderen Stern. »Willst du mich verarschen? Du hast doch gehört, was er gesagt hat. Wenn er sieht, wie Anna ihr Handy rausholt ...« Er konnte den Satz nicht zu Ende bringen.

»Er wird nichts machen, Carlos«, beschwichtigte Hunter seinen Partner. »Das war ein Bluff. Er wollte nur eine Reaktion von dir provozieren.«

»Was?«

»Er hat geblufft, vertrau mir. Es gab während des Gesprächs mehrere Anzeichen dafür. Ich erklär's dir im Wagen. Jetzt musst du erst mal Anna anrufen und feststellen, wo sie steckt, damit wir zu ihr fahren können.« Hunter hatte sich bereits seine Jacke geschnappt. »Los, gehen wir.« Er war in wenigen Schritten an der Tür. »Ruf sie schon an.«

»Jetzt warte mal eine Sekunde, Robert«, sagte Garcia mit zitternder Stimme und hob abwehrend die Hände. »Wir sind seit über fünf Jahren Partner. Es gibt niemanden auf der Welt, dem ich mehr vertraue als dir, das weißt du, aber wir reden hier vom kranksten, sadistischsten und durchgeknalltesten Killer, den dieses Dezernat je gesehen hat und der genau in diesem Augenblick meiner Frau nachstellt. Er hat es selbst gesagt, wir könnten niemals rechtzeitig da sein, selbst wenn wir wüssten, wo sie gerade ist. Wenn ich sie anrufe und du falschliegst, dann wird er sie sich schnappen, das ist dir doch wohl klar.«

Hunter blieb in der Tür stehen und drehte sich zu seinem Partner um. »Ich liege nicht falsch, Carlos. Er wird sich Anna nicht schnappen.« Aus Hunters Worten sprach felsenfeste Überzeugung, das konnte Garcia hören, trotzdem rührte er sich nicht vom Fleck.

Hunter warf einen Blick auf seine Uhr. Er wollte Zeit gewinnen, und im Augenblick machten sie genau das Gegenteil. »Carlos, was für eine Agenda dieser Killer auch immer hat, Anna passt da nicht rein.«

»Wie kommst du darauf?«

»Okay, hör zu. Eine Möglichkeit ist, dass der Killer seine Opfer willkürlich aus der Bevölkerung auswählt, stimmt's? Also, wenn das der Fall ist, dann passt Anna wohl kaum in sein Schema. Sie ist deine Frau, und das weiß der Killer auch. Folglich: Keine Willkür, und das würde eine Abweichung von seiner Vorgehensweise bedeuten. Falls er aber seine Opfer aus irgendeinem ganz bestimmten Grund aussucht, wie beispielsweise Rache, dann weiß ich wirklich nicht, wie Anna da ins Muster passen sollte.«

Garcia kratzte sich am Kinn.

»Er hat Anna aus einem einzigen Grund verfolgt, und nur aus diesem Grund.«

»Weil sie meine Frau ist.«

»Genau. Er hat es getan, um dich fertigzumachen. Um etwas zu beweisen. Nicht um seinen Plan voranzutreiben, wie auch immer der aussehen mag.«

»Und was wollte er damit beweisen? Dass er jeden kriegen kann, den er will? Dass er *uns* kriegen kann?«

»Unter anderem, ja«, sagte Hunter. »Und er wollte uns seine Überlegenheit demonstrieren. Uns daran erinnern, wer dieses Spiel kontrolliert. Er, nicht wir, und er kann die Regeln jederzeit ändern, wenn ihm danach ist, genau wie er es mit der Internetübertragung und der Abstimmung gemacht hat. Aber er hat noch mehr gesagt, und das lässt noch ganz andere Schlüsse zu.«

Garcia zog die Brauen zusammen. »Was denn?«

»Er hat davon gesprochen, wie emotional du reagiert hast. Er *wollte*, dass du die Beherrschung verlierst. Er wollte, dass du dich von deinen Gefühlen übermannen lässt, dass du dich in sie reinsteigerst. Er wollte, dass du vergisst, wer du bist, wer du immer gewesen bist ... und genau das hast du getan.«

Garcia wusste, dass Hunter dies nicht als Kritik an seinem Verhalten meinte. »Das war nicht gelogen, Robert. Wenn er Anna anfasst, dann finde ich ihn. Ich werde ihn leiden lassen, und dann werde ich ihn töten. Mir ist völlig egal, was danach aus mir wird.«

»Das verstehe ich, und ich kann es dir auch nicht verübeln. Aber als du ihm gesagt hast, dass dir alles egal wäre, wenn er Anna etwas antut, selbst das Gesetz, selbst der Umstand, dass du ein Cop bist – als du ihm gesagt hast, dass du ihn jagen würdest, bis du ihn gefunden hast, und dass du ihn umbringen würdest, egal was es kostet, egal wie lange es dauert ... das hat ihm keine Angst gemacht. Es hat ihm *gefallen*.«

»Wie bitte?«

»Es hat ihm gefallen«, wiederholte Hunter. »Er hat dich sogar dazu beglückwünscht, weißt du nicht mehr? Seine

Worte waren: ›Sie haben Ihre Sache gut gemacht, Detective Garcia. Ihre Reaktion hat mich beeindruckt. Es war die Reaktion eines Mannes, dem nicht alles egal ist.‹ Dabei hast du nichts anderes getan, als ihm mit dem Tod zu drohen. Was genau hat ihm daran so gefallen und wieso?«

»Weil er ein verdammter Irrer ist?« Garcias Gefühle waren nach wie vor in Aufruhr.

»Nein. Weil du ihm damit seinen kleinen Triumph beschert hast.«

»Triumph? Wovon redest du, verdammt noch mal, Robert?«

Erneut ging Hunters Blick zur Uhr. »Wie ich sagte, er war nicht wirklich an Anna interessiert. Er hat sie nur aufs Korn genommen, um dich fertigzumachen und um uns etwas zu beweisen. Er wusste, dass er das bewerkstelligen kann, ohne sie anzurühren. Deine Reaktion hat ihm gezeigt, dass er sein Ziel mehr als erreicht hat. Du hast ihm mehr als nur einen kleinen Sieg verschafft, Carlos. Du hast dich mit ihm auf eine Stufe gestellt, weil du ihm gesagt hast, du würdest genauso handeln wie er.«

»Was?«

Hunter schüttelte den Kopf. »Ich kann mich nicht mehr an den genauen Wortlaut erinnern. Wir können uns den Mitschnitt später noch mal anhören. Aber er hat gesagt, wenn jemand, der uns nahesteht, bedroht wird oder ihm was zustößt, dann wird alles andere unwichtig. Dann vergisst *man* sogar, wer man ist. *Man* wird vielleicht zu einem Monster. *Man* tut alles, um die Menschen, die man liebt, zu beschützen. Deine Reaktion hat ihm exakt das gezeigt. Und das hat ihm gefallen.«

Garcia sagte nichts.

»Kurz bevor er aufgelegt hat, hat er noch etwas gesagt«, setzte Hunter hinzu. »Dass sein Werk getan ist … im Sinne von *erledigt*. Er hat erreicht, was er erreichen wollte. Anna ist für ihn nicht länger von Interesse.«

Noch immer schwieg Garcia.

»Und er hat davon gesprochen, dass der Mensch nicht immer eine Wahl hat«, sagte Hunter.

Garcia nickte. »Daran erinnere ich mich noch. Er sagte, manchmal treffen andere die Entscheidungen, und wir können nichts tun. Er hat Anna als Beispiel genannt.«

»Nein, nicht *nichts*«, korrigierte Hunter ihn. »Er sagte, wir können nur darauf *reagieren*. Genau das hast du getan. Und ich glaube, das ist es auch, was *er* tut.«

Die Gedanken wirbelten so heftig in Garcias Kopf durcheinander, dass er nicht wusste, wie er sie in eine halbwegs vernünftige Ordnung bringen sollte. »Du glaubst, irgendjemandem, der ihm nahesteht, ist was zugestoßen? Und deswegen rennt er jetzt durch die Gegend und mordet? Er *reagiert*?«

»Ich bin mir nicht ganz sicher«, gab Hunter zurück. »Im Moment ist das noch reine Spekulation. Aber bis jetzt war er, wenn er uns angerufen hat, immer ruhig und beherrscht, da war keine Erregung, keine Wut, kein Bedauern ... nichts. Sein Tonfall hat nie irgendwas durchblicken lassen ... keinerlei Emotion. Aber heute war das anders.«

Garcia war zu sehr von seinem Zorn und seiner Angst um Anna beherrscht gewesen, um dies zu bemerken.

»Heute klang er zum ersten Mal wütend, und zwar als er davon gesprochen hat, dass der Mensch manchmal eben *keine* Wahl hat. Er hat gesagt, Wut und Angst sind etwas Gutes. Weil sie beweisen, dass wir menschlich sind, dass wir nicht innerlich tot sind. Dass es noch Dinge gibt, die uns etwas bedeuten. Er hat Anna und deine Liebe zu ihr benutzt, um den Beweis dafür zu führen.«

Schweigen.

»Er hat gar nicht von mir und meiner Wut gesprochen«, meinte Garcia schließlich. »Oder von dem, was ich tun würde, wenn Anna je etwas zustößt. Er hat von sich selbst gesprochen. Von seiner Wut. Es ging um *seine* Reaktion.«

Hunter nickte und sah zum dritten Mal auf die Uhr. »Carlos, pass auf, ich weiß, es ist viel verlangt, dass du mir vertrauen sollst, wenn es um das Leben deiner Frau geht, aber wenn du mir nicht vertrauen willst, dann vertrau wenigstens dir selbst. Vergiss alles, was ich angeblich aus dem Gespräch mit dem Killer herausgehört haben will. Atme tief durch und tu das, was du am besten kannst – analysier die Situation. Schau dir die Fakten an. Im Moment ist Anna irgendwo auf einer belebten Straße unterwegs, wo der Killer sie sich nicht schnappen kann, ohne zumindest die Aufmerksamkeit ihrer Freundin zu erregen. Das bedeutet, er kann Anna nicht entführen, ohne die Freundin entweder zu neutralisieren oder sie ebenfalls mitzunehmen. Einen Erwachsenen auf offener Straße zu entführen, ohne Aufmerksamkeit zu erregen, ist schon sehr schwierig. *Zwei* Erwachsene zu entführen, ohne für einen Tumult zu sorgen, ist so gut wie unmöglich. Selbst wenn er sie sich beide schnappen wollte, und ich bin mir sicher, dass er das *nicht* will, würde er dafür den richtigen Zeitpunkt abwarten müssen, und dieser Zeitpunkt kommt nicht, solange sie unter Menschen sind, draußen auf der Straße oder an einem anderen belebten Ort, wie zum Beispiel einem Café. Der Killer ist dreist, aber nicht dumm. Das heißt, du hast jetzt zwei Möglichkeiten, Carlos. Du kannst sie entweder anrufen, und wir sehen zu, dass wir hier wegkommen, oder du rufst sie nicht an, wir bleiben hier sitzen, nehmen das Schlimmste an und fragen uns, wie lange wir warten sollen, bis du sie irgendwann doch anrufen kannst, um rauszufinden, ob der Killer Wort gehalten hat oder nicht. Deine Entscheidung.«

62

»Also ...«, sagte Patricia beiläufig und mit einem spitzbübischen Lächeln im Gesicht. »Wann stellst du mir denn jetzt endlich mal deinen Bekannten, den Detective vor – Carlos' Partner?«

Anna blieb stehen und musterte Patricia über den Rand ihrer Sonnenbrille hinweg.

»Was denn?«, verteidigte sich Patricia. Das Lächeln war immer noch da, es war sogar noch ein wenig breiter geworden. »Es ist doch kein Geheimnis, dass er zum Anbeißen aussieht. Und ich weiß, dass er nicht gebunden ist, das hast du mir selbst erzählt.«

Patricia hatte Hunter erst einmal gesehen, zwei Monate zuvor auf Annas Geburtstagsparty. Hunter war nicht lange geblieben, doch nachdem er sich verabschiedet hatte, war Patricia eine von drei Freundinnen gewesen, die unbedingt von Anna hatten wissen wollen, wer denn dieser zurückhaltende, attraktive Mann gewesen sei.

Jemand auf einer schwarz-roten Harley kam um die Ecke gebogen und parkte wenige Meter vor ihnen. Einen Moment lang konnte man wegen des Doppelauspuffknatterns sein eigenes Wort nicht mehr verstehen.

Als der Motorradfahrer endlich seine Maschine ausgestellt hatte, wandte Anna sich wieder an Patricia. »Ich dachte, du bist mit jemandem zusammen.«

Sie schlenderten weiter.

»War ich auch, aber jetzt bin ich es nicht mehr. Daher auch die Frage.« Sie lächelte wieder.

Anna maß sie mit einem strengen Blick.

»Das war nur eine Affäre. Sie hat ein paar Wochen gedauert, dann war die Luft raus. Mach dir wegen dem keine Sorgen.« Patricia winkte ab.

Sie wichen kurz auf die Straße aus, um nicht zwischen

den vollbesetzten Tischen einer Pizzeria Slalom laufen zu müssen. Von einem der Tisch wehte der Duft frisch gebackener Salamipizza herüber, und Annas Magen begann zu knurren. Um nicht der Verlockung zu erliegen, beschleunigte sie rasch ihre Schritte.

Patricia folgte ihr.

»Also«, nahm sie den Gesprächsfaden wieder auf. »Carlos' Partner – Robert, stimmt's?«

»Reden wir immer noch von ihm?«

»Und ob. Er hat doch keine andere, oder?«

»Nicht, dass ich wüsste.«

Das entlockte Patricia erneut ein suggestives Lächeln.

»Wenn du willst, kann ich euch vorstellen«, gab Anna schließlich nach. »Aber mach dir bloß nicht zu viele Hoffnungen.«

Patricia machte ein gekränktes Gesicht.

»Nein, nein, das hat nichts mit dir zu tun. Ich weiß ja, dass gegen deinen Charme kein Mann immun ist. Ich habe es mit eigenen Augen gesehen.«

Prompt hellte sich Patricias Miene wieder ein wenig auf.

»Robert ist einfach –«, Annas Blick schweifte umher, während sie nach den richtigen Worten suchte, »– speziell, und ziemlich rätselhaft. Er ist meistens allein, aber nicht weil man nicht mit ihm auskommt, ganz im Gegenteil. Er ist so ziemlich der umgänglichste Mensch, den ich kenne. Aber er meidet Beziehungen wie der Teufel das Weihwasser.«

»Gebranntes Kind?«, fragte Patricia.

»Keiner weiß es.« Anna zuckte mit den Schultern. »Ich sagte ja, er ist ein Rätsel. Er redet mit dir über alles – außer über seinen Job und sein Privatleben. Ich glaube, es gab da mal jemanden, der ihm sehr wichtig war, vor Jahren, aber er weigert sich, darüber zu sprechen.«

»Dann trifft er sich nicht mit Frauen?«

»Das habe ich nicht gesagt. Ich habe nur gesagt, dass er

keine *Beziehung* will. Sich mit Frauen treffen tut er zur Genüge.«

Patricias Optimismus war zurückgekehrt. »Na also.« Ihre nächsten Worte klangen wie die Zeile aus einem Rapsong. »Dann mach ihn für mich klar, Schwester.« Sie grinste, aber es schien ihr durchaus ernst zu sein.

»Du willst, dass ich für dich einen One-Night-Stand mit dem Partner meines Mannes klarmache?«

»Warum denn nicht? Mit jemandem wie dem würde ich jederzeit unverbindlichen Sex haben, sonntags sogar zweimal, herzlichen Dank.«

Anna wusste, dass Patricia nicht scherzte.

»Du bist unmöglich.«

»Ich weiß, aber so macht das Leben erst richtig Spaß.«

Als Anna ihr Handy in der Handtasche klingeln hörte, betrachtete Patricia gerade ein kurzes schwarzes Kleid mit weißen Akzenten im Schaufenster einer trendigen Boutique.

Anna durchwühlte ihre Tasche, fand das Handy und hob es ans Ohr.

Der Mann, der wenige Meter von Anna und Patricia entfernt stehen geblieben war, lächelte.

63

»Hey, Schatz!«, sagte Anna. »Das ist ja eine Überraschung.«

Garcia bemühte sich um einen ruhigen Tonfall. »Anna, hör zu. Wo bist du gerade?«

»Was?«

»Ich weiß, dass du mit einer Freundin shoppen bist, aber wo genau seid ihr?«

Anna warf Patricia einen Blick zu und verzog das Gesicht. »Woher weißt du, dass ich mit einer Freundin shoppen bin?«

»Anna, bitte ... ich habe jetzt keine Zeit, dir alles zu erklären. Du musst mir jetzt genau sagen, wo ihr gerade seid, verstanden?«

»Äh ... in Tujunga Village ... Carlos, was ist denn los?«

Tujunga Village lag in der Nähe des Ventura Boulevard in Studio City. Es war eine belebte Gegend, allerdings weit draußen zwischen Colfax Meadows und Woodbridge Park. Das Zentrum von Tujunga Village war der eine Block der Tujunga Avenue zwischen Moorpark und Woodbridge, wo Boutiquen, Restaurants, Cafés und zahlreiche andere Läden den Geschmack selbst der anspruchsvollsten Kunden befriedigten.

»Baby, ich habe dir doch gerade gesagt, dass ich keine Zeit habe, es dir zu erklären«, wiederholte Garcia. »Du musst mir einfach vertrauen, okay?«

Anna steckte sich nervös eine Strähne ihrer kurzen schwarzen Haare hinter das linke Ohr. »Carlos, du machst mir Angst.«

»Entschuldige. Du musst keine Angst haben. Du musst einfach nur machen, was ich dir sage. Kannst du mir den Gefallen tun?«

»Ja, natürlich.«

»Gut. Wer ist bei dir?«

»Also ... Pat, aus dem Yoga-Kurs. Du erinnerst dich an sie, oder?«

»Ja. Sie war auf deiner Geburtstagsparty, richtig?«

»Genau.«

»Okay, hör zu. Sucht euch irgendeinen Ort, wo viele Leute sind, ein Café oder eine Pizzeria oder einen Burger-Laden – völlig egal. Nimm dir mit Pat einen Tisch und wartet auf mich. Ich bin schon auf dem Weg zu dir. Unterhalte dich mit niemandem. Mit absolut niemandem. Und geht da nicht weg, unter keinen Umständen, bis ich bei euch bin. Hast du das verstanden, Baby?«

»Ja ... aber ...«

»Ruf an, sobald ihr was gefunden habt, okay?«

Anna kannte ihren Mann zu gut, um sich von seinem ruhigen Tonfall hinters Licht führen zu lassen. Es war noch nie vorgekommen, dass er sie fragte, wo und mit wem sie gerade unterwegs war. Sie vertrauten einander völlig. Das war die Basis ihrer Beziehung. Und er hatte ihr auch noch nie gesagt, was sie tun sollte, es sei denn, sie hatte ihn vorher ausdrücklich um Rat gefragt. Irgendetwas stimmte nicht.

»Carlos, worum geht es denn?« Annas Stimme wurde ein wenig unsicher. »Ist irgendwas passiert? Geht es meinen Eltern gut?«

Patricia stand mit besorgter Miene neben ihr.

»Ja, Baby«, beschwichtigte Garcia sie. »Niemandem ist was passiert, Ehrenwort. Hör mal, ich bin in fünfundzwanzig Minuten, maximal in einer halben Stunde da. Dann erkläre ich dir alles. Vertrau mir einfach. Sucht euch ein Restaurant und wartet da.«

Anna holte tief Luft. »Okay. Pass auf, ich weiß schon was. Wir gehen ins Aroma Café, das ist auf halber Strecke die Tujunga Avenue runter. Wir sind schon gleich da.«

»Großartig, Baby. Nehmt euch einen Tisch, bestellt euch einen Kaffee, ich bin gleich bei euch.« Garcia legte auf.

64

Garcia sah Anna, noch ehe Hunter den Wagen in die Parklücke unmittelbar vor dem Aroma Café manövriert hatte. Sie und Patricia saßen an einem kleinen Tisch im vorderen Bereich der verglasten Ladenfront.

Anna hatte absichtlich einen Platz am Fenster gewählt und die ganze Zeit über voller Unruhe nach draußen auf die Tujunga Avenue gespäht, als verfolge sie ein spannendes, wenngleich unsichtbares Tennismatch. Als sie Garcia und Hunter aussteigen sah, sprang sie auf und stürzte los. Patricia folgte ihr.

An der Tür trafen sie sich, und Garcia riss sie in seine Arme, als hätte er sie Jahre nicht gesehen. Er küsste ihr Haar, als sie das Gesicht an seiner Brust barg.

»Geht es dir gut?«, fragte er, ganz schwindlig vor Erleichterung.

Anna sah zu ihrem Mann auf, und vor lauter Anspannung und Verwirrung schossen ihr die Tränen in die Augen. »Mir geht es gut. Was ist denn bloß los, Carlos?«

»Ich erkläre es dir gleich. Bist du mit dem Auto hier?«

Anna schüttelte den Kopf.

»Wir haben den Bus genommen«, meldete Patricia sich zu Wort. Sie stand mit weit aufgerissenen Augen neben Hunter und verfolgte entgeistert die Szene zwischen Anna und Garcia.

Hunters Blick glitt über die Straße. Er suchte nach jemandem, der ein ungewöhnliches Interesse an ihrer kleinen Gruppe zeigte, doch niemand schien sie zu beachten. Zu beiden Seiten der Straße gingen die Leute vorüber, ohne von ihnen Notiz zu nehmen. Einige betrachteten die Schaufenster, andere betraten eins der zahlreichen Cafés oder Restaurants oder kamen gerade heraus, wieder andere genossen einen gemächlichen Spaziergang zum Ausklang eines sonnigen kalifornischen Herbsttages. Auch unter den Gästen des Cafés schien es niemanden zu geben, der sich übermäßig für sie interessierte.

Hunter hatte die Straße bereits nach Kameras abgesucht. Es gab keine. Im Gegensatz zu vielen Städten in Europa – in einigen kam auf vierzehn Bewohner eine Kamera – war Los Angeles nicht dem Überwachungswahn verfallen. Im ganzen Tujunga Village gab es keine einzige öffentliche Überwachungskamera.

»Oh, tut mir leid«, sagte Anna schließlich. »Robert, das ist meine Freundin Patricia.«

Hunter schüttelte ihr die Hand. »Freut mich.«

Patricia maß nur gut eins fünfundsechzig, doch hochhackige schwarze Stiefel ließen sie mehrere Zentimeter größer erscheinen.

»Die Freude ist ganz auf meiner Seite«, erwiderte sie und schenkte ihm ein herzliches Lächeln.

Hunter gab Garcia die Wagenschlüssel. »Carlos, nimm den Wagen und fahr Anna und Patricia nach Hause«, sagte er. »Ich komme schon alleine zurück zum PAB. Vielleicht bleibe ich auch noch ein bisschen hier und sehe mich um.«

»Wonach denn?«, wollte Anna wissen. Ihr Blick ruhte auf Hunter, weil sie wusste, dass sie von ihrem Mann keine Erklärung erwarten konnte.

Hunters Blick zuckte ganz kurz zu seinem Partner, dann sah er Anna an. »Nur so, Anna.«

Annas Blick wurde hart. »Schwachsinn.«

»Pass auf«, sagte Hunter. »Hab Vertrauen zu uns. Carlos erklärt dir später alles.«

»Versprochen«, bekräftigte Garcia und drückte ihre Hand. »Aber jetzt müssen wir los.«

65

Kaum hatten sie Patricia vor ihrem Mietshaus in Monterey Park abgesetzt, stellte Anna ihren Mann zur Rede.

»Okay, ich will nicht warten, bis wir zu Hause sind, um darüber zu reden, Carlos. Was zum Teufel ist hier los?«

Anna klang noch immer aufgewühlt. »In Tujunga Village ist nichts vorgefallen, das hätte ich gemerkt. Keine Streifenwagen, niemand wurde verhaftet, kein Notfall, nichts, was irgendwie ungewöhnlich wäre.«

Garcia schaltete herunter und bog in südliche Richtung auf die North Mednick Avenue ein.

»Es hat mit eurem Fall zu tun, stimmt's?«, fragte Anna, überflüssigerweise. »Das weiß ich, weil Robert die ganze Zeit auf die Straße gestarrt hat, als würde er nach was Ausschau halten. Nach wem sucht ihr? Woher wusstest du, dass ich mit einer Freundin shoppen bin? Wieso musst du mir solche Angst einjagen?« Erneut traten ihr Tränen in die Augen.

Garcia holte tief Luft.

»Rede mit mir, Carlos. Bitte.«

»Ich muss dich um was bitten«, sagte Garcia endlich, um Fassung bemüht.

Anna lehnte sich gegen die Beifahrertür, wischte sich die Tränen aus den Augen und starrte ihren Mann schweigend an.

»Ich möchte, dass du für ein paar Stunden zu deinen Eltern fährst. Ich komme dann später und hole dich ab.«

Es dauerte geschlagene zwei Sekunden, bis Carlos' Bitte bei Anna durchgesickert war. Augenblicklich war ihre Unruhe wieder da. »Was? Du hast doch gesagt, meinen Eltern geht es gut. Ist alles in Ordnung mit ihnen?«

»Ja, ja, ihnen geht es gut, Baby. Ihnen ist nichts passiert. Ich möchte bloß, dass du die nächsten paar Stunden dort bleibst. Ich muss zurück ins PAB und ein paar Sachen erledigen. Dann komme ich und hole dich ab.«

Anna wartete.

Garcia fügte nichts hinzu.

»Mehr willst du mir nicht verraten?«, fragte sie herausfordernd.

Einer der Gründe, weshalb es in Carlos' und Annas Beziehung praktisch nie Spannungen gab, war, dass beide wussten, dass sie immer miteinander reden konnten, egal worum es ging. Und das taten sie auch. Ohne Vorwürfe, ohne Eifersucht und ohne gegenseitige Verurteilungen. Beide waren gute Zuhörer, die den anderen besser verstanden als sich selbst.

Anna sah ihrem Mann an, wie sehr er mit sich rang.

»Carlos«, sagte sie und legte ihm eine Hand aufs Knie. »Du weißt, dass ich dir vertraue. Das habe ich immer getan, und das werde ich auch immer tun. Wenn du willst, dass ich für ein paar Stunden zu meinen Eltern fahre, dann mache ich das, aber ich habe ein Recht darauf, den Grund dafür zu erfahren. Warum willst du nicht, dass ich nach Hause fahre? Was ist los?«

Garcia wusste, dass er Anna eine Erklärung schuldete. Er wusste auch, dass er ihr unmöglich den wahren Grund nennen konnte, ohne ihr Angst zu machen, und doch gab es keine Alternative. Wenn er log, würde sie ihn durchschauen. Das tat sie immer.

Erneut holte er tief Luft, dann berichtete er ihr, was sich kurz zuvor ereignet hatte.

Anna hörte ihm zu, ohne ihn zu unterbrechen. Als er fertig war, hatte sie erneut Tränen in den Augen, und Garcias Herz krampfte sich schmerzhaft in seiner Brust zusammen.

»Er war genau hinter uns?«, fragte Anna. »Und hat uns gefilmt?«

Garcia nickte.

»Und er hat das Ganze live im Internet übertragen?«

»Im Internet, ja«, sagte Garcia. »Aber nicht jeder konnte es sehen. Nur Robert und ich hatten Zugang, sonst niemand.«

Anna wollte und musste die technischen Details nicht erfahren.

»Bitte, Anna, bleib einfach die nächsten Stunden über

bei deinen Eltern. Ich muss ein paar Dinge in die Wege leiten, außerdem will ich unsere Wohnung durchchecken.«

Anna blieb fast die Luft weg. »Du glaubst, er war bei uns zu Hause?«

»Nein, das glaube ich nicht«, sagte Garcia mit Nachdruck. »Aber ich will hundertprozentig sicher sein, der paranoide Cop in mir gibt sonst keine Ruhe, das kannst du dir ja vorstellen.«

Anna hätte nicht sagen können, ob das Gefühl, das in den Worten ihres Mannes mitschwang, Zorn oder Angst war.

»Das war also derselbe Kerl, der diese Reporterin von der *L. A. Times* gekidnappt und ermordet hat. Es stand heute Morgen in der Zeitung«, stellte sie fest. »Den Mord hat er auch im Internet übertragen, oder? Genau wie bei Pat und mir.«

Garcia brauchte ihr keine Antwort zu geben, Anna wusste, dass sie recht hatte.

Er hatte den Blick auf die Straße geheftet und umklammerte das Lenkrad fester, während er versuchte, seine Gefühle in Schach zu halten. Worum er Anna in Wahrheit bitten wollte, war, dass sie die Stadt verließ, bis dieser Psychopath gefasst war und hinter Gittern saß. Doch dazu wäre sie niemals bereit, selbst wenn ihr Leben tatsächlich in Gefahr wäre. Anna war eine entschlossene, eigensinnige und sehr engagierte Frau. Sie arbeitete mit sozial benachteiligten Senioren – Menschen, die auf sie angewiesen waren, und das jeden Tag. Selbst wenn es möglich gewesen wäre, hätte sie niemals die ihr anvertrauten Menschen einfach sich selbst überlassen. Zumal Garcia keine Ahnung hatte, wie lange die Jagd nach dem Killer noch dauern würde.

Garcia stimmte mit Hunter darin überein, dass der Täter nicht die Absicht gehabt hatte, Anna an diesem Tag etwas anzutun. Aber er verstand das Geschehene als Warnung, und es hatte ihm die Augen geöffnet. Schon morgen konnte der Täter seine Meinung ändern, und wenn nicht morgen, dann am nächsten Tag oder am übernächsten ... und er musste sich eingestehen, dass es nur sehr wenig gab, was er dagegen tun konnte. Was der Killer an diesem Nachmittag getan hatte, hatte echte Furcht in ihm geweckt und ihm eine beängstigende Wahrheit vor Augen geführt: die Wahrheit, dass er trotz seines Berufs, trotz aller Bemühungen, Anna nicht rund um die Uhr beschützen konnte. Der Täter wusste dies. Und nun hatte er dafür gesorgt, dass Garcia und Hunter es ebenfalls wussten.

66

Da der uralte Fahrstuhl von der Größe eines Besenschranks wieder mal in einem der oberen Stockwerke des Gebäudes festsaß, eilte Ethan Walsh zwei Stufen auf einmal nehmend die Treppe in den vierten Stock hinauf. Das Problem dabei war allerdings, dass körperliche Ertüchtigung keinen Platz in seinem Vokabular hatte, geschweige denn in seinem Tagesablauf. Bereits im zweiten Stock war er außer Atem, sein Gesicht glühte, und er schwitzte wie ein Sumoringer in der Sauna kurz vor dem Herzinfarkt. Obwohl Ethan in den letzten Monaten ein paar Kilos zugelegt hatte, war er nicht wirklich dick, aber Kondition hatte er trotzdem keine.

Normalerweise hätte er sich für die acht Treppenabsätze bis zu seiner Wohnung mehr Zeit gelassen. Er hätte nach jedem eine Pause eingelegt und herzhaft geflucht, aber an diesem Abend war er bereits zehn Minuten zu spät dran für sein halbstündiges Skype-Gespräch mit seiner vierjährigen Tochter Alicia.

Als Alicia auf die Welt gekommen war, hatte sich Ethans Leben auf der Überholspur befunden. Er war freischaffender Videospiele-Programmierer, und zwar ein sehr guter. Er hatte im Alleingang mehrere Online-Spiele entwickelt und drei Jahre hintereinander den renommierten Mochi-Games-Award für das beste Strategie- und Puzzlespiel geholt. Mit der Eröffnung der ersten Online-Stores für große Konsolen wie die Microsoft X-Box 360 und die Playstation 3 von Sony taten sich unabhängigen Videospiele-Entwicklern ganz neue Möglichkeiten auf. Und die Chance, richtig gutes Geld zu verdienen.

Ethan sprach mit Brad Nelson, einem genialen kanadischen Spiele-Programmierer, den er einige Jahre zuvor kennengelernt hatte, über seine Idee, ein Spiel für die X-Box 360 zu entwickeln. Brad meinte, er habe schon mit demselben Gedanken gespielt, doch die Sache alleine zu stemmen sei so gut wie unmöglich. Nach einigen Treffen beschlossen sie, sich zusammenzutun, und gründeten AssKicker Games. Das war sechs Monate, bevor Ethans kleine Tochter geboren wurde.

Brad verfügte über ausgezeichnete Kontakte, und mit Ethans vielen Preisen gelang es ihm, Investoren an Land zu ziehen, deren Kapital es ihnen ermöglichte, ihre Jobs zu kündigen und sich ganz auf die Entwicklung ihres ersten großen Konsolenspiels zu konzentrieren.

Innerhalb von sieben Monaten hatten sie ein kurzes, spielbares Demo fertiggestellt, das sich über den X-Box-360-Online-Store rasend schnell verbreitete. Ein unglaublicher Hype um das Spiel und ihre Firma setzte ein, aber Ethan war Perfektionist. Immer wieder überarbeitete er große Teile des Spiels, was den Programmierfortschritt extrem verlangsamte. Bald waren Auseinandersetzungen zwischen ihm und Brad an der Tagesordnung. Sie schoben den Erscheinungstermin für das Spiel immer weiter hinaus. Zwei Jahre später befand es sich immer noch in der Entwicklungsphase, und keiner konnte mit Gewissheit sagen, wann es fertig werden würde. Der Hype hatte sich längst gelegt, das Kapital war aufgebraucht. Schließlich nahm Ethan eine Hypothek auf sein Haus auf und steckte seinen letzten Cent in die Firma.

Der Druck und die Frustration, die Ethan bei der Arbeit Tag für Tag zu spüren bekam, begannen mit der Zeit auch die Ehe mit seiner Frau Stephanie zu belasten. Irgendwann stritten sie sich praktisch jeden Abend. Ihre Tochter war mittlerweile fast drei. Ethan war wie besessen von seiner Arbeit, wurde depressiv und immer reizbarer. Dies war der Punkt, an dem Brad Nelson beschloss, dem gemeinsamen Projekt den Stecker zu ziehen. Er hatte genug. Die Auseinandersetzungen waren immer hitziger geworden. Er hatte weder Geduld noch Geld übrig, selbst wenn er nicht so hoch verschuldet war wie Ethan.

Die Partnerschaft endete im Streit. Brad weigerte sich, die nötigen Unterlagen zu unterzeichnen und seinen Anteil an der Firma Ethan zu überschreiben. Das bedeutete, dass Ethan nicht alleine weitermachen konnte. Das Spiel war zu fünfzig Prozent Brads geistiges Eigentum, und der weigerte sich, es aufzugeben. Ethan konnte sich keinen Anwalt leisten, um sich gerichtlich gegen seinen ehemaligen Partner durchzusetzen, mit anderen Worten: Wenn er nach wie vor ein Spiel für die X-Box 360 entwickeln wollte, würde er alles bisher Geleistete vergessen und noch einmal ganz von vorne anfangen müssen. Dazu besaß er weder die finanziellen Mittel noch das Durchhaltevermögen.

Zu dem Zeitpunkt war Ethan pleite und innerlich ausgebrannt. Er wusste nichts mit sich anzufangen, denn die Erfahrung hatte ihn bitter gemacht. Programmieren wollte er nicht mehr. Er hatte einen solchen Berg Schulden angehäuft, dass sein einziger Ausweg die Insolvenz war. Er verlor das Haus an die Bank, wodurch sich die Konflikte mit seiner Frau noch weiter verschärften. Sechs Monate zuvor war Stephanie schließlich ausgezogen und hatte die Scheidung eingereicht. Ihre gemeinsame Tochter hatte sie mitgenommen. Nun lebten die beiden in Seattle mit einem Mann zusammen, den Stephanie kennengelernt hatte, während sie noch mit Ethan verheiratet gewesen war.

Ethan vermisste seine Tochter sehr. In den letzten sechs Monaten hatte er sie nur einmal getroffen. Sein einziger Trost war, dass er zweimal in der Woche jeweils für eine halbe Stunde mit ihr skypen durfte. So hatte es das Familiengericht angeordnet.

Als Ethan an der Wohnungstür ankam, röchelte er wie ein defekter Staubsauger. Er suchte nach seinem Schlüssel, schloss die Tür auf und betrat seine kleine, düstere Wohnung.

»Scheiße«, fluchte er halblaut nach einem Blick auf die Uhr. Die Treppe hatte ihn drei Minuten gekostet. Seine Finger ertasteten den Lichtschalter an der Wand, und die alte gelbe Birne an der Decke flackerte zweimal, ehe sie das Zimmer in ein so trübes Licht tauchte, dass man den Unterschied zu vorher fast nicht wahrnahm. Ethan eilte zu seinem Laptop, der auf einem Resopaltisch an der Wand stand, und schaltete ihn hastig ein.

»Komm schon, komm schon, fahr hoch, du alte Gurke«, drängte er und fuchtelte ungeduldig mit den Händen in der Luft herum. Als der Rechner endlich betriebsbereit war, öffnete er sofort das Video-Telefonie-Programm und klickte auf »Anrufen«. Der Kontakt seiner Tochter war bereits einprogrammiert.

Am anderen Ende grüßte ihn seine Exfrau.

»Du hast echt Nerven«, sagte sie aufgebracht. »Fünfzehn Minuten zu spät ...?«

»Lass gut sein, Steph«, schnitt Ethan ihr das Wort ab. »Ich bin rechtzeitig von der Arbeit weg, aber der Bus hatte einen Platten. Wir mussten alle aussteigen und uns in den nächsten quetschen ... Und überhaupt, das ist doch völlig egal. Warum verschwende ich meine Zeit mit dir? Wo ist Alicia?«

»Du bist echt das Letzte«, sagte Stephanie. »Und du siehst unmöglich aus. Hättest dir wenigstens mal die Haare kämmen können.«

»Danke für die warmen Worte.« Ethan fuhr sich mit der Hand durch seine dunklen Haare, um sie notdürftig zu glätten, bevor er sich mit dem Hemdsärmel den Schweiß von der Stirn wischte. Eine Sekunde später tauchte Alicias strahlendes Gesicht am Bildschirm auf.

Alicia war ein bezauberndes kleines Mädchen. Mit ihren rosigen Bäckchen und den blonden Locken sah sie aus wie eine Zeichentrickfigur, und ihre tiefblauen Augen erweckten den Anschein, als lächle sie unentwegt, was sie normalerweise auch tat. Alicia hatte ein Lächeln, mit dem sie jeden Erwachsenen um den Finger wickeln konnte.

»Hi, Daddy«, sagte sie und winkte fröhlich in die Kamera.

»Hi, Sonnenschein, wie geht's dir?«

»Mir geht's gut, Daddy.« Sie legte sich die Hand vor den Mund und begann zu kichern. »Du siehst lustig aus.«

»Ja? Wie denn lustig?«

Sie kicherte noch mehr. »Dein Gesicht ist rot wie eine Erdbeere, und deine Haare stehen dir vom Kopf ab wie bei einer Ananas.«

»Na ja«, sagte Ethan. »Dann kannst du heute ›Obstsalat-Daddy‹ zu mir sagen.«

Alicia lachte ihr ansteckendes Lachen, bei dem man einfach nicht anders konnte, als mit einzustimmen.

Was Ethan natürlich tat.

Die nächsten zwölf Minuten lang unterhielten sie sich über dies und jenes. Ethan spürte einen Kloß im Hals, weil er wusste, dass er sich schon bald von seiner Tochter würde verabschieden müssen. Ihr nächster Skype-Termin war erst in vier Tagen.

»Daddy ...?«, sagte Alicia plötzlich verwirrt und runzelte die Stirn.

»Ja, Schatz. Was ist denn?«

»Wer ist ...?«

In dem Moment klingelte das Handy in Ethans Hemdtasche. Er schaltete es immer aus, wenn er mit Alicia sprach, aber weil er heute so in Eile gewesen war, hatte er es vergessen.

»Nur ganz kurz, Liebes«, sagte er und griff nach dem Handy. Er warf nicht mal einen Blick auf die Nummer auf dem Display, sondern schaltete es einfach aus und steckte es zurück in die Tasche. »Entschuldige, Schätzchen. Wer ist was?«

Aus unerfindlichen Gründen wirkte Alicia plötzlich ganz verängstigt.

»Liebes, was hast du denn?«

Sie hob ihr kleines Ärmchen und zeigte in die Kamera. »Daddy, wer ist der Mann da hinter dir?«

67

Garcia setzte Anna bei ihren Eltern in Manhattan Beach ab und fuhr dann auf direktem Weg zurück zu ihrer gemeinsamen Wohnung. Es war, wie er Anna gesagt hatte: Der paranoide Cop in ihm schrie »überprüfen, überprüfen und noch mal überprüfen«, auch wenn die Vernunft ihm sagte, dass der Killer nicht bei ihnen zu Hause gewesen war.

Garcia und Anna wohnten im obersten Stock eines sechsgeschossigen Gebäudes in Montebello im Südwesten von Los Angeles. Es gab weder Balkon noch Feuertreppe, der einzige Weg hinein führte durch die Wohnungstür. Als er noch Uniform getragen hatte, war er zu vielen Wohnungseinbrüchen gerufen worden, und er hatte einiges daraus gelernt. Er hatte ein Hochsicherheits-Hebelschloss mit Ziehschutz und einen Querriegel an der Wohnungstür installieren lassen. Das Schloss war extrem resistent gegen Picking oder Bohren, selbst wenn man über spezielles Werkzeug verfügte. Hätte jemand das Schloss geknackt, hätte es überall Spuren gegeben. Und es gab keine Spuren.

Zufrieden rief er Hunter an und erfuhr, dass dieser auf dem Weg ins FBI-Hauptquartier war, wo er sich mit Michelle beraten wollte. Garcia versprach, ihn dort zu treffen.

Hunter hatte noch nicht mal fünf Minuten gewartet, da bog Garcia schon auf den Parkplatz hinter dem FBI-Gebäude am Wilshire Boulevard ein.

»Wie geht's Anna?«, fragte Hunter, als sein Partner aus dem Wagen stieg. Er vermutete, dass Garcia seiner Frau die Wahrheit gesagt hatte.

»Sie ist ziemlich durcheinander, aber du kennst Anna ja, sie gibt sich tapfer. Ich habe sie bei ihren Eltern abgeliefert, bis ich fertig bin. Wie bist du weitergekommen?«

Garcia musste Hunter nicht erst erklären, dass Anna nicht einfach ihre Sachen packen und Los Angeles verlassen würde, ganz egal was ihr Mann sagte. Hunter wusste, wie ernst sie ihre Arbeit nahm, und obwohl er glaubte, dass der Killer sie nur aufs Korn genommen hatte, um ihnen etwas zu beweisen, waren weder er noch Garcia bereit, irgendwelche Risiken einzugehen. Da sie nicht eigenhändig vierundzwanzig Stunden am Tag auf sie aufpassen konnten, waren sie übereingekommen, dass jemand anders diese Aufgabe übernehmen sollte.

»Der Papierkram ist so weit erledigt«, sagte Hunter. »Captain Blake hat es bereits abgesegnet. Anna bekommt rund um die Uhr Polizeischutz, so lange, bis wir ihn abberufen. Ein Streifenwagen wurde gerade zu eurer Wohnung geschickt.«

Garcia nickte, ohne etwas zu sagen. Sein Blick war abwesend und nachdenklich.

»Warum fährst du nicht nach Hause, Carlos?«, schlug Hunter vor. »Hol Anna ab und bleib bei ihr. Sie braucht dich jetzt ... und du brauchst sie.«

»Das weiß ich. Und genau deswegen bin ich hier. Selbst wenn ich bei Anna bleibe ... die beste Bewachung der Welt ... all das wird nicht das Geringste nützen, solange dieser Wahnsinnige frei rumläuft. Das hat er heute unter Beweis gestellt.« Garcia hielt inne und sah Hunter an. »Selbst der kleinste Hinweis darauf, wie der Täter tickt, kann uns seiner Ergreifung einen Riesenschritt näherbringen ... Das habe ich von dir gelernt, weißt du noch?«

Hunter nickte.

»Eine Art, ihm näherzukommen, ist, möglichst viel über seine Vorgehensweise in Erfahrung zu bringen, und Michelle und Harry sind die Einzigen, die uns dabei helfen können.« Er atmete tief durch, um sich zu sammeln. »Gleich nachdem wir hier fertig sind, fahre ich Anna abholen, aber im Moment kann ich sie am besten beschützen, indem ich hier meine Arbeit mache.« Mit diesen Worten setzte sich Garcia in Bewegung und marschierte aufs Gebäude zu.

68

Harry Mills war aus dem Untergeschoss nach oben gekommen, um Hunter und Garcia in der Eingangshalle des FBI-Gebäudes abzuholen. Er führte sie am Empfangstresen vorbei durch die Sicherheitstüren, den Flur entlang und schließlich in den Fahrstuhl. Diesmal jedoch drückte er statt des Knopfs für Untergeschoss 1 den für Untergeschoss 3.

»Michelle ist im Schießstand im dritten Untergeschoss«,

ließ Harry sie wissen. »Auf die Art lässt sie Dampf ab – Heavy Metal und ein Papierziel, das sie in Fetzen ballern kann.« Die Fahrstuhltüren schienen ewig zu brauchen, um sich zu schließen. Harry stach wiederholt auf den Knopf ein.

»Alles in Ordnung?«, erkundigte sich Hunter.

Harry zuckte die Achseln. »Wir haben gerade schlechte Nachrichten bekommen. Ein Opfer aus einem der Pädophilen-Fälle, die wir bearbeiten, hat vor einer Stunde Selbstmord begangen. Sie war zwölf.«

Das eintretende Schweigen wurde erst durch die roboterhafte Frauenstimme unterbrochen, die verkündete, Untergeschoss drei sei erreicht.

Die Fahrstuhltüren öffneten sich, und Harry führte sie einen weiteren kahlen Flur entlang. Das Licht kam von einer Reihe Leuchtstoffröhren an der Decke. Sie bogen erst links ab, dann rechts und gelangten schließlich an eine dicke Doppeltür aus dunklem Glas. Harry zog seinen FBI-Ausweis durch das elektronische Lesegerät, tippte eine sechsstellige Nummer in den Ziffernblock ein, und die Tür öffnete sich summend.

Bereits im kleinen Vorraum drang ihnen der vertraute Lärm von Pistolenschüssen ans Ohr. Ein Waffenmeister saß alleine in einem abgetrennten Kabuff, sichtbar nur durch ein großes Fenster aus Sicherheitsglas. Harry meldete die beiden Detectives an.

»Sie ist in der gleichen Kabine wie immer«, gab der Waffenmeister Auskunft und deutete die Richtung mit einer Bewegung seines Kopfes an.

Ein weiterer kurzer Gang führte sie zum eigentlichen Schießstand, wo der Lärmpegel auf ein Fünffaches anschwoll. Zwölf Schießkabinen lagen hier in einer Reihe, auf einen großen Zielbereich ausgerichtet. Die ersten vier Kabinen waren von FBI-Agenten in faltenfreien schwarzen Anzügen, gelb getönten Schießbrillen und dicken Ohrschützern belegt. Keiner nahm von den Neuankömmlingen Notiz.

Die nächsten sieben Kabinen waren leer. Michelle Kelly stand in der allerletzten Kabine. Sie trug ein schwarzes T-Shirt, schwarze Jeans und schwarze Boots. Sie hatte sich die langen Haare eingedreht und locker über die rechte Schulter nach vorn gelegt. Statt der Ohrenschützer hatte sie sich weiße Ohrstöpsel in die Ohren gesteckt. Als sie sich ihrer Kabine näherten, sahen sie, wie sie in rascher Folge mit einer halbautomatischen Handfeuerwaffe sechs Schuss auf ein zwanzig Meter entferntes Papierziel in Gestalt eines männlichen Torsos abgab.

Michelle zog sich die Ohrstöpsel heraus und sicherte ihre Waffe, bevor sie sie vor sich auf den Sims der Kabine legte. Sie drückte den Knopf, der den Schlitten mit der Zielscheibe steuerte, und der männliche Torso kam wie Superman auf sie zugeflogen.

Sechs Körpertreffer – vier in die Herzgegend, einer in die linke Schulter und einer im Übergang zwischen Bauch und Brust.

»Ausgezeichnet geschossen«, stellte Hunter fest.

Michelles Augen funkelten. »Wenn Sie glauben, Sie können es besser, dann nehmen Sie sich eine Waffe, Sie Angeber.«

Garcia und Hunter legten verdutzt den Kopf schief.

»Das wollte ich damit nicht sagen«, gab Hunter zurück. »Und das war auch nicht sarkastisch gemeint. Sie haben wirklich sehr gut geschossen.«

»Für eine Frau, meinen Sie, oder was?«

Hunter sah erst Garcia, dann Harry, dann wieder Michelle an. »Das habe ich ebenfalls nicht gesagt und auch nicht so gemeint.«

Garcia, der spürte, dass sich ein Konflikt anbahnte, machte diskret einen Schritt zurück. Was auch immer hier los war, er wollte sich lieber aus der Sache raushalten.

»Warum holen Sie sich nicht eine Waffe?«, forderte Michelle Hunter abermals auf. »Na los, FBI gegen LAPD, Mann gegen Frau – wie auch immer Sie es nennen wollen. Sehen wir mal, wie gut Sie schießen können.«

Hunter hielt ihren glühenden Blick einen Moment lang fest. Sie hatte definitiv noch nicht genügend Dampf abgelassen.

»Die Mühe können wir uns schenken«, sagte er. »Ich bin kein besonders guter Schütze.« Er deutete mit dem Kinn auf das Papierziel, das Michelle gerade vom Schlitten herunternahm, um ein neues aufzuhängen. »Außerdem haben wir nicht viel Zeit, Michelle.«

»Was für eine bescheuerte Ausrede. Das dauert höchstens ein paar Sekunden«, hielt sie dagegen und schob ein neues Magazin in ihre Waffe. »Kommen Sie mit einer Neunmillimeter klar?«, fragte sie, nur um sich die Frage gleich darauf selbst zu beantworten. »Aber natürlich. Harry, machst du mal?« Sie deutete zur Waffenkammer.

Hunter und Garcia wussten, dass es vergebliche Liebesmüh wäre, mit einer Frau zu diskutieren, wenn sie so gelaunt war wie Michelle gerade. Noch dazu, wenn sie eine Waffe in der Hand hielt.

Eine Minute später war Harry mit Ohrenschützern, einer gelb getönten, entspiegelten Brille und einer Glock 19 Neunmillimeter wieder da – die gleiche Waffe, die auch Michelle benutzte.

Hunter lehnte die Brille ab.

»Standardübung, sechs Schuss«, sagte Michelle, obwohl das Magazin der Glock 19 fünfzehn Kugeln fasste. Sie zeigte auf die leere Kabine zu ihrer Linken. »Nur tödliche Schüsse, und halten Sie sich bloß nicht zurück. Das würde ich merken.«

Garcia schielte zu Hunter hinüber, sagte aber nichts.

Hunter nahm Kabine Nummer zehn, von Michelle aus gesehen die übernächste. Michelle steckte sich die Stöpsel wieder in die Ohren, drehte die Lautstärke ihres MP3-Players auf und nickte Hunter zu. Der jedoch wartete, bis Michelle den ersten Schuss abgegeben hatte.

Die Schüsse kamen schnell hintereinander. Zwölf Schuss innerhalb von acht Sekunden.

Als der Lärm sich gelegt hatte, nahmen beide ihren Gehörschutz ab und drückten auf den Knopf für den Schlitten.

Michelles Ziel wies drei Herzschüsse auf, zwei Kopfschüsse – linke Wange und Stirn – sowie einen Treffer im Hals. Lächelnd nahm sie die Zielscheibe ab.

Hunter hatte mit einem Schuss die linke Schulter getroffen, die anderen fünf waren über die Brustgegend verteilt. Nur zwei von ihnen waren tödliche Treffer ins Herz.

Michelle begutachtete Hunters Ergebnis. »Nicht sehr beruhigend, wenn man bedenkt, dass Ihr Motto ›Schützen und Dienen‹ ist.«

»Wieso?«, mischte sich Garcia ein, der ebenfalls Hunters Ziel betrachtete. »Jeder dieser Schüsse hätte den Täter gestoppt.«

»Stimmt«, musste Michelle einräumen. »Aber ich habe extra gesagt, *tödliche* Schüsse, oder nicht?« Sie funkelte Hunter an. »Wollen wir noch mal?«

Hunter sicherte seine Waffe und gab sie Harry zurück. »Das hat keinen Sinn. Das sollten tödliche Schüsse sein«, gestand er und sah dabei seinem Partner in die Augen.

Garcia mied Michelles Blick, weil er befürchtete, sie würde in seiner Miene lesen wie in einem offenen Buch. Unzählige Male schon war er dabei gewesen, während Hunter unten am Schießstand des LAPD ganze Magazine in die Stirn eines dreißig Meter entfernten, *beweglichen* Ziels geleert hatte. Fünfzehn Schuss, verteilt auf eine Fläche nicht größer als ein Tennisball. Garcia war selbst ein passabler Schütze, aber er hatte noch nie jemanden gesehen, der mit einer Handfeuerwaffe so präzise umging wie

Hunter. Auf zwanzig Meter Entfernung hätte Hunter dem Mann mit seiner Waffe ein Smiley Face ins Gesicht schießen können.

Hunter sah Michelle an. »Ich habe Ihnen ja gesagt, dass ich kein besonders guter Schütze bin.«

Es folgte unbehagliches Füßescharren.

»Tut mir leid, dass ich Sie so angeschnauzt hab. Und dass ich Sie gezwungen hab zu schießen«, sagte Michelle endlich und holte das Magazin aus ihrer Waffe. »Ist irgendwie kein guter Tag heute.«

»Das können Sie laut sagen«, pflichtete Garcia ihr bei.

Hunter nickte lediglich.

Beide Detectives wussten, dass Michelle vermutlich nur noch aggressiver geworden wäre, hätte Hunter sich nicht auf das Wettschießen eingelassen. Dass er aber mitgespielt und sie, ohne dass sie es merkte, hatte gewinnen lassen, hatte sie milder gestimmt. Die Veränderung war deutlich spürbar. Sie war noch immer aufgewühlt, hatte aber ihre Feindseligkeit ihnen gegenüber abgelegt.

»Können Sie uns jetzt erklären, wieso wir heute Vormittag die Internetübertragung sehen konnten, Sie aber nicht?«, fragte Garcia, der keinesfalls noch mehr Zeit vergeuden wollte.

»Klar«, sagte Michelle. »Aber lassen Sie uns erst mal irgendwohin gehen, wo's ein bisschen ruhiger ist.«

69

»Es gibt mehrere Möglichkeiten, jemanden von einer Live-Übertragung im Internet auszuschließen«, erklärte Michelle ihnen, als sie in den Fahrstuhl stiegen, der sie zwei Stockwerke höher in die Abteilung für Cyberkriminalität bringen sollte. »Am einfachsten geht das, wenn man vorher die IP-Adresse des Betreffenden identifiziert hat.«

Garcia sah Michelle verständnislos an.

»Wissen Sie noch, wie ich Ihnen erklärt hab, dass die IP-Adresse eines Computers so was Ähnliches ist wie ein Autokennzeichen oder eine Telefonnummer?«, fragte Michelle. »Eine Nummer, die einen Computer eindeutig identifiziert?«

»Mm-hm.«

An der Tür zog Harry seinen Ausweis durch den Scanner, bevor er den Zugangscode eingab und mit den anderen in das unterkühlte Raumschiff-Enterprise-Büro trat.

»Also«, fuhr Michelle fort. »Es ist wie beim Handy. Wenn jemand irgendwo anruft, ohne seine Nummer zu blockieren, kann das Handy, auf dem der Anruf eingeht, die Nummer des Anrufers erkennen, stimmt's? Sie erscheint dann auf dem Display.«

»Ja.«

»Bei Computern ist es so ähnlich, mit dem Unterschied, dass man, wenn man nicht gerade Experte ist und über die entsprechende Hardware verfügt, die IP-Adresse des eigenen Rechners nicht geheim halten kann. Es gibt keine Funktion, mit der man sie einfach blockieren könnte.«

»Es ist sogar so«, schaltete Harry sich ein, »dass jedes Mal, wenn man eine Website im Internet besucht, die eigene IP-Adresse vom jeweiligen Host-Rechner gespeichert wird. Eine simple Maßnahme, um sich gegen Betrug zu schützen. Mit Hilfe einer IP-Adresse kann man relativ leicht herausfinden, woher die Verbindung kam.«

Garcia überlegte kurz. »Wenn man Programmierer ist und die betreffende IP-Adresse kennt, könnte man also ein Programm schreiben, das diese IP-Adresse blockiert, wann immer sie versucht, auf die eigene Seite zuzugreifen.«

»Oder in unserem Fall, das Gegenteil tun«, sagte Hunter. »Vielleicht hat unser Täter ein Programm geschrieben, das es nur unseren IP-Adressen erlaubt, auf die Seite zuzugreifen. Deswegen konnten wir die Übertragung sehen, aber sonst niemand.«

»Genau«, sagten Michelle und Harry wie aus einem Mund.

»Aber das würde ja bedeuten, dass er die IP-Adressen von den Rechnern bei uns im Büro kennen muss«, schloss Garcia. »Wie leicht ist denn an so was ranzukommen?«

»Kommt drauf an, wie schlau man ist«, lautete Harrys Antwort. »Und dieser Typ ist sehr schlau.«

»Als Sie uns angerufen haben und wir nicht auf die Seite zugreifen konnten«, erklärte Michelle, »haben wir sofort versucht rauszufinden, wie er uns blockiert, und sind zu demselben Schluss gekommen. Um das zu tun, was er getan hat, brauchte er die IP-Adressen Ihrer Bürocomputer.« Sie zuckte mit den Schultern. »Aber woher hat er die?«

»Von der allerersten Übertragung«, erinnerte sich Hunter.

»Bingo.« Michelle grinste.

Garcia sah Hunter an. »Die allererste Übertragung?«

»Die war nicht für die Öffentlichkeit gedacht«, sagte Hunter. »Sondern nur für uns, weißt du noch? Er hat uns angerufen und uns eine IP-Adresse genannt, die wir in den Browser eingeben sollten. Wir waren die Einzigen, die die Übertragung gesehen haben. Sonst keiner.«

»Wenn Sie also die Einzigen waren«, führte Michelle den Gedankengang weiter, »der Killer somit wusste, dass außer Ihnen niemand auf seine Seite zugreift, dann musste die IP-Adresse beziehungsweise die IP-Adressen, die der Host-Rechner gespeichert hat, notwendigerweise Ihnen gehören.«

»So ein gerissenes Arschloch«, murmelte Garcia.

»Kinderleicht«, sagte Harry. »Und clever. Ohne dass Sie irgendwas geahnt hätten, hat er sich gleich zu Anfang Ihre IP-Adressen besorgt. Wie's scheint, hat der Killer Sie von Anfang an zum Narren gehalten.«

70

Als Hunter am nächsten Morgen ins Police Administration Building kam, saß Garcia bereits an seinem Schreibtisch und ging die noch ungelesenen E-Mails von Christina Stevenson durch. Trotz des gebügelten Hemds, des frisch rasierten Gesichts und der säuberlich zu einem Pferdeschwanz gebundenen Haare sah er müde aus. Hunter bezweifelte, dass er mehr als ein paar Stunden geschlafen hatte.

»Wie geht's Anna?«, erkundigte er sich.

»Sie hat letzte Nacht kaum ein Auge zugemacht«, antwortete Garcia und rollte für einen Moment von seinem Schreibtisch weg. »Und wenn sie zwischendurch mal geschlafen hat, hatte sie Alpträume.«

Obwohl Hunter nur zu deutlich den hilflosen Zorn aus Garcias Worten heraushörte, wusste er, dass er nichts sagen konnte, was seinen Partner beruhigt hätte. Also schwieg er.

»So wie du aussiehst, hast du auch nicht viel Schlaf gekriegt«, merkte Garcia an, um von sich abzulenken.

»Das ist ja nichts Neues«, gab Hunter zurück. »Immer noch nichts Interessantes bei den E-Mails?«

Garcia schüttelte den Kopf und zuckte mit den Schultern. »Ich bin jetzt alle durchgegangen. Rein gar nichts, aber immerhin haben wir heute früh eine Nachricht von der Kriminaltechnik bekommen. Genau wie sie vermutet hatten: Das Schloss an der Glastür zu Christina Stevensons Schlafzimmer wurde tatsächlich mit einem Schlagschlüssel geöffnet. So hat sich der Täter Zutritt zum Haus verschafft. Die Untersuchung der Fasern aus dem Zimmer hat bislang nichts Beweiskräftiges geliefert. Sie könnten auch von Sachen aus ihrem Kleiderschrank stammen, die Jungs wollen noch ein paar weitere Tests machen.«

Hunter nickte und schaltete seinen Rechner an. Während der hochfuhr, goss er sich eine Tasse starken Kaffee ein – schon die dritte an diesem Morgen, dabei war es noch nicht mal halb neun. Kaum hatte er sich hingesetzt, klopfte es an der Tür.

»Herein«, rief Hunter.

Ein junger Polizist in Uniform öffnete die Tür und machte einen Schritt in den Raum. »Detective Hunter?«

»Der bin ich«, sagte Hunter und hob seine Kaffeetasse, als wolle er einen Toast ausbringen.

»Das hier ist eben für Sie angekommen. Jemand von der *L. A. Times* hat es vorbeigebracht.« Während der Polizist Hunter einen kleinen zugeklebten Umschlag reichte, glitt sein Blick über Hunters Schulter hinweg zu der Pinnwand an der südlichen Raumseite. Unwillkürlich versteifte er sich, und in seinen Augen glomm eine Mischung aus Neugier und Entsetzen auf.

»Sonst noch was?«, fragte Hunter rasch und machte einen Schritt nach links, um dem Officer die Sicht zu versperren.

»Äh ... nein, Sir.«

Hunter bedankte sich bei dem jungen Mann und brachte ihn zur Tür.

Im Umschlag befanden sich ein USB-Stick sowie eine Grußkarte der *L. A. Times* mit einer handgeschriebenen Nachricht darauf:

Hier die Dateien, um die Sie gebeten hatten. Ich hoffe, sie helfen Ihnen weiter. Pamela Hays.

»Was ist das?«, wollte Garcia wissen.

»Christina Stevensons Artikel aus den letzten zwei Jahren.«

Hunter steckte den USB-Stick in seinen Rechner.

Garcia kam neugierig herüber.

Als der Inhalt des Sticks auf Hunters Monitor angezeigt wurde, stieß Hunter frustriert die Luft aus. »Ach du Scheiße.«

»Puh!«, machte Garcia. »Sechshundertneunundsechzig Dateien?« Er machte ein Geräusch, das halb Lachen, halb Husten war. »Viel Glück damit. Hoffentlich sind sie ein bisschen fesselnder als ihre Mails.« Er deutete auf seinen eigenen Rechner.

»Darauf würde ich nicht wetten.«

Das größte Problem, mit dem sich Hunter konfrontiert sah, bestand darin, dass die einzelnen Dateien keine Text-Dokumente waren, er sie folglich nicht mit Hilfe der Such-funktion durchsuchen konnte. Jede einzelne Datei auf dem Stick war ein eingescanntes Bild der Zeitungsseite mit dem Artikel. Darüber hinaus gab es auch keine richtigen Datei-namen, sondern lediglich das Datum der Ausgabe, in der der jeweilige Artikel erschienen war. Hunter würde jede Datei einzeln öffnen müssen.

Er ließ sich gegen die Lehne seines Stuhls sacken und atmete tief durch. Sein Hauptinteresse galt Christinas Arti-kel über den Software-Millionär Thomas Paulsen. Pamela Hays hatte ihm gesagt, er sei vor etwa vier Monaten veröf-fentlicht worden, also begann er seine Suche dort. Rasch öffnete und überflog er jede Datei, die ungefähr in diesen Zeitrahmen passte. Allzu lange brauchte er nicht dafür. Bei der zwölften Datei landete er einen Treffer.

Der Artikel ging über zwei Seiten. Christina hatte zwei Monate lang recherchiert und ehemalige wie neue Mitar-beiterinnen von PaulsenSystems interviewt. Das Ergebnis war eine schier endlose Liste sexueller Belästigung, Beste-chung und Einschüchterung. Christina ließ den einund-fünfzigjährigen Software-Magnaten dastehen wie einen Sexualverbrecher.

Der Artikel begann mit der Geschichte, wie seinerzeit der junge, einundzwanzigjährige Thomas Paulsen, ein ein-gefleischter Computerfreak, eine Marktlücke entdeckt und diese Gelegenheit dazu genutzt hatte, um seine eigene Soft-ware-Firma zu gründen. Er borgte sich das nötige Geld von

Familie und Freunden zusammen und leitete PaulsenSystems von der Garage seiner Eltern in Pasadena aus. Anderthalb Jahre später hatte er seine erste Million verdient.

Der Artikel enthielt drei Fotos von Paulsen. Eins war ein professionelles Porträt, das auch auf der Website seines Unternehmens zu finden war, die anderen beiden waren Schnappschüsse aus einem Nachtclub, anscheinend mit versteckter Kamera aufgenommen. Das erste von ihnen zeigte Paulsen, wie er gerade eine dunkelhaarige Frau, die mindestens zwanzig Jahre jünger aussah als er, auf den Hals küsste; auf dem zweiten Bild griff seine Hand fest den Hintern der Frau.

Dem Artikel zufolge handelte es sich bei der jungen Frau um Paulsens Sekretärin, die seit sechs Monaten in seiner Firma angestellt war. Im Anschluss folgte eine Schilderung, wie Paulsen jede Mitarbeiterin, die sein Interesse erregte, mit Abendessen und Geschenken zu umwerben pflegte, mit ihr schlief und sie hinterher durch Einschüchterung dazu brachte, Stillschweigen zu bewahren. Dabei schien ihm jedes Mittel recht zu sein, selbst Androhung von Gewalt. Der Artikel endete damit, dass die genaue Anzahl der von Paulsen auf diese Weise sexuell ausgenutzten Frauen unbekannt sei, er jedoch seit über zwanzig Jahren nach demselben Schema verfahre.

Hunter hegte keinen Zweifel, dass eine Story wie diese, noch dazu auf der Titelseite einer auflagenstarken nationalen Tageszeitung wie der *L. A. Times*, verheerende Auswirkungen sowohl auf Paulsens Privatleben als auch auf sein öffentliches Image gehabt haben musste.

Die nächste Stunde verbrachte er damit, das Internet nach Folgeartikeln zu durchforsten. Ihn interessierte, ob Christinas Artikel eine Lawine losgetreten hatte. Wie sich herausstellte, war die Lawine sogar ziemlich groß gewesen und hatte beträchtlichen Schaden angerichtet.

Ein sehr aufschlussreicher Artikel, auf den er in diesem

Zusammenhang stieß, kam ebenfalls aus dem Unterhaltungsressort der *L. A. Times.* Er war anderthalb Monate nach Christinas Artikel erschienen, stammte allerdings nicht aus ihrer Feder. In ihm ging es in erster Linie darum, wie Christinas Enthüllungen die Ehe der Paulsens zerstört hatten. Paulsens Frau Gabriela, seit siebenundzwanzig Jahren mit ihm verheiratet, hatte nicht die geringste Ahnung gehabt, was ihr Ehemann mit seinen weiblichen Angestellten trieb. Sie hatte einen Monat nach Veröffentlichung des ursprünglichen Artikels die Scheidung eingereicht. Außerdem wurde erwähnt, dass Paulsens fünfundzwanzigjährige Tochter seither jeden Kontakt zu ihrem Vater abgebrochen hatte.

Eine weitere Stunde verging, in der Hunter jede Menge weitere Artikel über Paulsen ausgrub. Firmen im ganzen Land waren seine Kunden, und einige hatten nach Christinas Enthüllungen aufgrund ethischer Bedenken ihre Verträge mit Paulsen gekündigt. PaulsenSystems hatte durch den Skandal erhebliche finanzielle Verluste erlitten.

Während Hunter las, teilte er die wichtigsten Informationen mit Garcia.

»Christina Stevensons Artikel hat Paulsen sehr viel gekostet«, sagte er. »In allen Bereichen seines Lebens. Wenn irgendjemand ein Motiv hatte, sich an ihr zu rächen, dann Thomas Paulsen.«

»Stimmt«, sagte Garcia. »Aber soweit wir bis jetzt wissen, hatte er keinen Grund, Kevin Lee Parker, das erste Opfer, zu töten.«

Hunter schürzte die Lippen. *Genau. Soweit wir bis jetzt wissen*, bedeutete diese Geste.

Garcia schmunzelte. Er wusste genau, was seinem Partner durch den Kopf ging.

»Ich setze ein Team darauf an«, verkündete er und griff nach dem Telefon.

Während Garcia im Gespräch war, klingelte es auf Hunters Apparat.

»Detective Hunter, Morddezernat I«, meldete er sich und massierte sich gleichzeitig den steifen Nacken.

»Stellen Sie sich vor, Detective«, sagte der Anrufer mit der elektrisierenden Begeisterung eines Showmasters im Fernsehen. »Es ist wieder Showtime.«

71

Garcia telefonierte noch mit dem Rechercheteam, als ihm Hunters Miene auffiel. Eine Miene, die so eisig war, dass die Luft im Büro fast gefror. Eine Miene, die nur eins bedeuten konnte: *Ihr Mörder war wieder fleißig gewesen.*

Sofort dachte Garcia an Anna, und ihm war, als müsste ihm das Herz in der Brust zerspringen. Er brach das Telefonat mitten im Satz ab, knallte den Hörer auf und zog in panischer Hast die Tastatur seines Computers zu sich heran.

Hunter stellte den Anruf auf Lautsprecher, bevor er ebenfalls nach seiner Tastatur griff.

»Nein, nein, nein, nein ...«, flüsterte Garcia zu sich selbst, während er die Adresse eingab. Seine Finger zitterten.

Innerhalb weniger Sekunden erschien die Website auf den Bildschirmen der beiden Detectives.

Starren.

Blinzeln.

Verwirrung.

»Scheiße!«, entfuhr es Garcia schließlich. Er atmete aus und sackte auf seinem Stuhl in sich zusammen. Im ersten Moment empfand er nichts als Erleichterung.

Sie sahen ein menschliches Gesicht in Nahaufnahme, und es war nicht das von Anna, sondern das eines hellhäutigen Mannes Mitte dreißig. Er hatte ein ovales Gesicht, eine runde Nase, fleischige Wangen, schmale Augenbrauen und kurze dunkle Haare.

Das Bild hatte den altbekannten Grünstich, ein Hinweis darauf, dass der Killer wieder ein Nachtsichtobjektiv verwendete. Wie schon bei den ersten beiden Opfern kam also auch diesmal die Live-Übertragung aus einem dunklen Raum.

Die Pupillen des Mannes im Bild zuckten unablässig von rechts nach links. Verängstigt ... verwirrt ... flehentlich ... als suchten sie nach einer Antwort. Man konnte sehen, dass er eine helle Augenfarbe hatte, allerdings machte der Grünstich genauere Aussagen unmöglich. Der Mann hatte einen ledernen Knebel im Mund, der so fest saß, dass die Riemen in seine Haut schnitten. Auf seinem Gesicht glänzte der Angstschweiß.

Hunter gab Garcia lautlos ein Zeichen, Michelle und Harry beim FBI Bescheid zu geben. Er wusste, dass die Zentrale den Anruf bereits mitschnitt.

Garcia benutzte sein Handy und bedeckte es beim Sprechen mit der Hand, damit der Anrufer ihn nicht hörte.

»Die Website ist wieder online«, flüsterte er, kaum dass Michelle abnahm.

»Wissen wir«, gab sie zurück. Ihre Stimme verriet große Anspannung. »Ich wollte Sie gerade anrufen. Wir tun, was wir können, aber er benutzt wieder die Mirror-Sites und springt von einem Server zum anderen. Wir können sie nicht zurückverfolgen.«

Das hatte Garcia bereits vermutet.

»Hat er sich wieder bei Ihnen gemeldet?«, fragte Michelle.

»Er ist gerade in der Leitung.« Garcia stand auf und legte sein Handy auf Hunters Schreibtisch, damit Michelle mithören konnte.

Plötzlich, genau wie bei der Übertragung des zweiten

Mordes, tauchte mittig am unteren Bildrand das Wort SCHULDIG auf.

Als Nächstes erschien in der rechten oberen Ecke eine Ziffernfolge. Diesmal lautete sie 0123. Sie warteten auf eine neue Buchstabenkombination, ähnlich wie »SSV«, doch nichts geschah.

»Die Regeln sind dieselben wie beim letzten Mal, Detective«, erklärte der Anrufer mit einem unterdrückten Lachen in der Stimme. »Aber heute bin ich in gönnerhafter Stimmung, ja ich wage zu behaupten, sogar ein wenig übermütig. Statt tausend Stimmen innerhalb von zehn Minuten müssen es diesmal zehntausend sein. Was sagen Sie dazu? So haben Sie immerhin eine Chance.«

Hunter erwiderte nichts.

Etwa in der Mitte des rechten Bildrandes tauchte das Wort ZERQUETSCHEN auf, gefolgt von der Zahl 0 und einem grünen Button. Einen Sekundenbruchteil später folgte unmittelbar darunter das Wort STRECKEN, ebenfalls gefolgt von einer 0 und einem Button. Beide Buttons waren noch nicht aktiviert.

Hunter und Garcia betrachteten mit zusammengekniffenen Augen den Bildschirm. Genau in dem Moment begann die Kamera langsam weiter weg zu zoomen.

Stück für Stück kam der restliche Körper des Mannes ins Bild. Er war bis auf dunkle Boxershorts nackt. Man konnte ihn nicht als schlank bezeichnen, aber auch nicht als übergewichtig. Er schien auf einem breiten hölzernen Tisch zu liegen. Seine Arme waren über dem Kopf ausgestreckt, so dass sie ein V bildeten. Seine Achseln waren rasiert worden. Die Beine waren etwas über Schulterbreite gespreizt und wie die Arme lang ausgestreckt.

Der Zoomvorgang dauerte mehrere Minuten. Erst ganz zum Schluss wurden die Hände und Füße des Mannes sichtbar, und jetzt erkannten Hunter und Garcia auch, was es mit dem grausamen Wahlvorgang auf sich hatte.

72

Hand- und Fußgelenke des Mannes steckten in dicken Ledermanschetten. Diese Manschetten wiederum waren an vier massiv aussehenden Eisenketten befestigt, die mit mechanischen Walzen verbunden waren. Die Konstruktion sah aus wie eine improvisierte, moderne Version der Streckbank, einem der grausamsten Folterinstrumente des Mittelalters, mit deren Hilfe die Gliedmaßen des Opfers ganz langsam immer weiter gedehnt werden konnten, bis sich die Knochen irgendwann aus den Gelenken lösten.

In Hunters Büro hätte man eine Stecknadel fallen hören können.

»Aus Ihrem Schweigen schließe ich«, kam die Stimme des Anrufers aus dem Lautsprecher, »dass Ihnen allmählich klar wird, was ich vorhabe.« Er lachte bellend.

Auch diesmal kam keine Erwiderung von den Detectives.

»Aber das Bild ist noch nicht ganz vollständig«, fuhr der Anrufer fort. »Also lassen Sie mich das beheben.«

Die Kamera schwenkte langsam nach oben in Richtung Decke.

Plötzlich wurde die Tür zum Büro aufgestoßen, und Captain Blake kam hereingeplatzt. Auf ihrem Gesicht spiegelte sich ein Durcheinander aus Zorn, Fassungslosigkeit und Angst.

»Schauen Sie sich gerade das ...«, setzte sie an, ehe Hunter sie mit erhobener Hand zum Schweigen brachte. Er deutete zum Telefonlautsprecher auf seinem Schreibtisch.

Zu spät.

»Na, so was«, sagte der Anrufer belustigt. »Wen haben wir denn da ...?« Er sprach ohne Pause weiter. »Dem aufgebrachten Tonfall nach zu schließen, würde ich sagen – die Chefin des Raub- und Morddezernats höchstpersönlich. Captain Barbara Blake, ist der Name korrekt?«

Captain Blake wusste, dass der Killer ihren Namen jederzeit auf der Website des LAPD hätte nachlesen können.

»Willkommen auf *pickadeath.com*, Captain. Wie schön, dass Sie uns heute beehren. Je mehr wir sind, desto lustiger wird's.«

»Warum tun Sie das?«, fragte sie mit kaum zurückgehaltener Wut.

Hunter warf Blake einen mahnenden Blick zu. Regel Nummer eins für jegliche Kommunikation mit Tätern: Es gab nur einen Verhandlungspartner, es sei denn, der Täter wünschte es ausdrücklich anders. Denn wenn es mehrere Verhandlungspartner gab, konnte das leicht zu Verwirrung führen, die den Täter verärgerte und somit den Erfolg der Verhandlungen gefährdete.

»Warum ich das tue?«, wiederholte der Anrufer verächtlich. »Verlangen Sie etwa von mir, dass ich Ihren Job für Sie erledige, Captain Blake?«

Hunter sah Blake an und schüttelte leicht den Kopf.

Blake schwieg.

Die Kamera schwenkte weiter aufwärts.

Erneut kniff Hunter die Augen zusammen. Etwas hatte seine Aufmerksamkeit erregt. Als Erstes fiel ihm auf, dass der Ort, von dem der Killer sendete, nicht derselbe war wie bei den ersten zwei Morden. Man sah keine Ziegelwand im Hintergrund, und der Raum wirkte wesentlich größer. Dann bemerkte er noch etwas anderes: die Kamerabewegung. Es dauerte einige Sekunden, bis er herausgefunden hatte, was es war. Er fing Garcias Blick ein und formte lautlos einige Worte mit den Lippen.

Garcia verstand nicht, schüttelte den Kopf und rückte näher an Hunter heran.

»Ferngesteuerte Kamera«, flüsterte Hunter.

»Was?« Garcia und Captain Blake sahen ihn verständnislos an.

Hunter schaltete sein Telefon auf stumm. »So wie die Kamera zoomt und schwenkt«, erklärte er, »ganz langsam und gleichmäßig – das per Hand hinzubekommen ist praktisch unmöglich.«

Garcia und Blake richteten ihre Aufmerksamkeit wieder auf den Bildschirm.

»Er steuert sie fern«, sagte Hunter. »Vielleicht ist er nicht mal vor Ort.«

»Na und?«, gab Captain Blake unwirsch zurück. »Was bringt uns das?«

Hunter zuckte mit den Schultern.

Die Kamera war unterdessen zum Stillstand gekommen. Unwillkürlich zuckten sie zusammen. Einige Meter über dem Opfer und der selbstgebauten mittelalterlichen Folterapparatur hing ein Betonklotz von der Decke. Er schien etwa fünfzig Zentimeter dick, einen Meter zwanzig breit und knapp zwei Meter lang zu sein. Mit Sicherheit wog er mehr als eine Tonne. In die Oberseite des Betonklotzes waren zehn metallene Haken eingelassen, an denen dicke Ketten hingen. Man konnte jedoch nicht sehen, woran die Ketten weiter oben befestigt waren.

»So, jetzt ist das Bild komplett«, sagte der Anrufer mit einem leisen Lachen. »Aber die wahre Schönheit meiner Konstruktion ist ... dass ich ihn nicht auf einen Schlag zerquetschen muss. Ich kann den Betonblock ganz langsam herunterlassen und ihm den Leib Stück für Stück zusammendrücken wie in einer riesigen Schraubzwinge, bis jeder einzelne seiner Knochen zermalmt ist.«

Hunter hatte bereits geahnt, dass es eine Besonderheit geben würde. Die Streckbank war ursprünglich als Folterinstrument gedacht gewesen, nicht zur Hinrichtung. Ihr Hauptzweck hatte darin bestanden, die Glieder des Verhörten langsam zu strecken, um ein Geständnis oder Informationen zu erzwingen. Die Schmerzen, die diese Art der Folter auslöste, waren so enorm, dass der Gefolterte in der Regel binnen kürzester Zeit aufgab und das Strecken nach wenigen Sekunden abgebrochen werden konnte. Hielt man allerdings die Walzen nicht an, so wurde der Körper früher oder später – angefangen bei den Armen – auseinandergerissen. Kurz darauf würde der Tod durch Blutverlust eintreten, doch bevor das Opfer starb, hätte es schreckliche Qualen gelitten. Jemanden mit einem riesigen Betonklotz zu zerquetschen war, verglichen mit einem Folterinstrument wie der Streckbank, relativ schmerzlos und ging sehr, sehr rasch. Und ein rascher Tod kam für diesen Killer nicht in Frage.

»Sie verdammtes Schwein«, platzte es aus Captain Blake heraus. Sie scherte sich nicht länger um Dienstvorschrift und Regeln.

Die Antwort des Anrufers bestand aus herzhaftem Gelächter. »Ich denke, es ist an der Zeit, mit der Vorstellung zu beginnen. Viel Vergnügen.«

Die Leitung war tot.

Auf dem Bildschirm wurden beide Buttons aktiviert, und in der linken unteren Bildschirmecke begann die Digitaluhr mit ihrem Countdown – 10:00, 9:59, 9:58 ...

73

In der Zentrale im Erdgeschoss des Police Administration Building klebten Desiree und Seth an ihren Computerbildschirmen und verfolgten die Ereignisse auf *pickadeath.com*. Sie konnten kaum glauben, was sie sahen, ebenso wenig wie alle anderen auf ihrem Stockwerk.

»Heilige Muttergottes!«, sagte Desiree, bekreuzigte sich

und küsste das winzige goldene Kruzifix, das sie an einer Kette um den Hals trug. »Er will, dass die Leute abstimmen, ob er den armen Mann zerquetschen oder ihm wie einem Käfer Arme und Beine ausreißen soll?«

»Zehntausend Stimmen in zehn Minuten?«, sagte Seth. »Das ist ziemlich viel, wenn man bedenkt, dass nicht jeder für dieselbe Todesart abstimmt.«

»Du meinst, wenn die Zeit abgelaufen ist«, sagte Desiree, »und die zehntausend Stimmen nicht erreicht sind, dann hält der Killer sein Wort und lässt den armen Kerl laufen?«

Seth zuckte bloß mit den Schultern.

Doch das Geschehen auf ihren Monitoren zu verfolgen war nicht das Einzige, was Desiree und Seth taten. Ihre eigentliche Aufgabe bestand darin, den Anruf des Killers auf Hunters Apparat mitzuschneiden und zurückzuverfolgen.

Das Erste, was sie herausfanden, war, dass der Anruf von einem Handy kam. Sofort fragten sie mit Hilfe eines digitalen Standardformulars beim Mobilfunkanbieter die GPS-Koordinaten ab.

Nichts.

Kein GPS.

Entweder benutzte der Anrufer ein altes Handy, oder er hatte den GPS-Chip deaktiviert.

Also machten sich Desiree und Seth schleunigst daran, das Signal zu triangulieren – eine sehr viel umständlichere und zeitraubendere Methode, die normalerweise mehrere Minuten dauerte und deren Erfolg von zwei Hauptfaktoren abhing. Erstens: Das Telefon musste während des gesamten Vorgangs eingeschaltet bleiben. Schaltete der Anrufer das Handy aus, war es vorbei. Zweitens: Das Handy musste innerhalb ein und derselben Triangulations-Zone bleiben. Wenn der Anrufer sich bewegte und die Reichweite eines der drei Türme verließ, war alles umsonst gewesen, und der ganze Vorgang ging von vorne los.

Bis jetzt allerdings sah es gut aus.

Der Anrufer war nach wie vor in der Leitung und schien sich auch nicht von der Stelle zu bewegen. Wenn er noch ein wenig länger dranblieb, würden sie höchstwahrscheinlich seinen Standort ausfindig machen können. Doch weder Desiree noch Seth hegten diesbezüglich allzu große Hoffnungen. Sie hatten schon die beiden vorherigen Anrufe des Killers an Hunter bearbeitet. Sie hatten gesehen, wie geschickt er die Signale quer durch Los Angeles gelenkt und so das LAPD zum Narren gehalten hatte. Wenn dieser Täter eins nicht war, dann dumm. Er wusste genau, dass auch dieser Anruf aufgezeichnet und zurückverfolgt werden würde.

Einer der beiden Computer auf Seths Schreibtisch gab ein Piepsen von sich – das Zeichen, dass die Triangulierung abgeschlossen war. Seth und Desiree wandten sich dem Bildschirm zu, ohne jedoch den dort angezeigten Koordinaten allzu viel Beachtung zu schenken. Sie warteten einfach darauf, dass sie sich gleich wieder ändern würden, weil der Anrufer sich in Bewegung gesetzt hatte.

Doch nichts dergleichen geschah.

Zehn, zwanzig, dreißig Sekunden vergingen. Der Standort blieb derselbe.

»Kann doch nicht wahr sein«, murmelte Seth und beugte sich über seine Tastatur. Erst jetzt warfen er und Desiree einen genaueren Blick auf die Koordinaten.

»Ach du großer Gott.«

74

»Ist das echt?«, fragte Captain Blake, während sie ungläubig auf Hunters Monitor starrte.

Weniger als sechzig Sekunden waren vergangen, seit die

Digitaluhr unten links auf dem Bildschirm gestartet worden war.

ZERQUETSCHEN: 1011.

STRECKEN: 1089.

»Nicht mal eine Minute, und es haben schon über zweitausend Leute abgestimmt?« Captain Blake sah Hunter an.

»Wahrscheinlich hat er den Link wieder in verschiedenen sozialen Netzwerken gepostet«, erwiderte der.

»Hat er«, kam kaum hörbar der Kommentar aus Garcias Handy, das nach wie vor auf Hunters Schreibtisch lag. Michelle Kelly war noch in der Leitung.

Garcia stellte den Anruf rasch auf Lautsprecher um. »Können Sie das bitte wiederholen, Michelle?«

»Ich sagte, er hat tatsächlich Links in verschiedenen sozialen Netzwerken gepostet. Innerhalb der ersten Minute wurde die Seite fast –«, es folgte eine kurze Pause, in der man das Klackern von Tasten hörte, »viertausendmal angeklickt, und die Zahl steigt sekündlich.«

»Das ist ja hervorragend«, sagte Captain Blake. »Und gibt es irgendwas, was die Abteilung für Cyberkriminalität des FBI dagegen unternehmen kann?«

»Wir tun bereits alles, was wir können«, antwortete Michelle. »Aber irgendwie ahnt dieser Kerl jeden unserer Schritte voraus. Was wir auch anfangen, wir rennen gegen Wände.«

»Sie und Harry, nehmen Sie das hier auf?«, wollte Hunter wissen.

»Harry ist nicht da«, sagte Michelle. »Aber ja, ich schneide jede Sekunde mit.«

UHR: 7:48, 7:47, 7:46 ...

ZERQUETSCHEN: 3339.

STRECKEN: 3351.

Captain Blakes Handy vibrierte in der Tasche ihres Blazers. Sie zog es heraus und warf einen Blick aufs Display – es war der Bürgermeister von Los Angeles. Was das zu bedeuten hatte, konnte sie sich denken. Sie drückte den Anruf weg und ließ das Handy wieder in der Tasche verschwinden. Im Moment hatte sie keine Zeit für fruchtlose Diskussionen. Um den Bürgermeister würde sie sich zu gegebener Zeit kümmern.

Garcia trat einen Schritt von seinem Schreibtisch zurück und rieb sich nervös über das Gesicht, ehe er zu Boden sah. Es fiel Hunter nicht schwer, die Gedanken seines Partners zu erraten. Nach den gestrigen Ereignissen konnte Garcia nicht anders, er musste sich das schlimmstmögliche Szenario vorstellen und den Mann auf dem Bildschirm im Kopf durch seine Frau Anna ersetzen.

Schließlich schüttelte Garcia heftig den Kopf, um den Gedanken zu vertreiben. Es dauerte eine ganze Weile, bis sein Herz wieder etwas ruhiger schlug. Danach richtete er den Blick erneut auf den Bildschirm.

Captain Blake wurde ebenfalls unruhig. Die Hilflosigkeit, zu der sie verdammt war, vergiftete die Atmosphäre im Raum wie eine Wolke Saringas.

»Über zehntausend Hits«, hörten sie Michelle sagen. »Es verbreitet sich rasend schnell.«

UHR: 6:11, 6:10, 6:09 ...
ZERQUETSCHEN: 5566.
STRECKEN: 5601.

»Das kann doch nicht wahr sein«, stellte Captain Blake fest.

Erneut klingelte das Telefon auf Hunters Schreibtisch – ein Anruf von intern. Er riss den Hörer an sich.

»Detective Hunter, hier ist Seth Reid aus der Zentrale. Sie werden es nicht glauben, aber wir konnten den Aufenthaltsort des Anrufers ermitteln.«

Seth irrte sich: In diesem Moment hätte Hunter alles geglaubt. Er stellte den Anruf auf Lautsprecher um. »Sie haben einen festen Ausgangsort für das Signal?«

»Ganz genau. Der Anrufer war lange genug in der Leitung, und diesmal ist das Signal auch nicht quer durch die Stadt gesprungen.«

Hunter und Garcia runzelten die Stirn. Einen Fehler wie diesen würde ihr Täter doch sicher niemals machen.

»Ich will verdammt sein«, sagte Blake und griff nach dem Telefon auf Garcias Schreibtisch, um, falls nötig, das gesamte LAPD in Alarmbereitschaft zu versetzen. »Also? Wie lautet der Aufenthaltsort?«

»Also, das ist es ja gerade ...«, sagte Seth. »Der Anrufer befindet sich in der West 1st Street, irgendwo in der Nähe der Hausnummer 100.«

»Was?«, sagten Hunter, Garcia und Captain Blake im Chor. Alle drehten sich zu Hunters Telefon um und starrten den Lautsprecher an.

»*Wir* sind die Nummer 100 in der West 1st Street«, sagte Captain Blake und ließ Garcias Hörer sinken. »Wollen Sie damit sagen, dass er vor dem PAB stand, während er mit uns telefoniert hat?«

»Ja«, sagte Seth. »Genau das will ich damit sagen.«

75

»Yo, Spinner, komm mal und zieh dir das hier rein«, rief Tim seinem besten Freund zu, während er mit weit aufgerissenen Augen auf den Bildschirm seines Smartphones starrte.

Tim war sechzehn, Spinner siebzehn. Sie gingen beide auf die Glendale High, und genau wie jeden Tag nach der Schule übten sie auch heute ihre Tricks auf der Skateanlage in Verdugo Park.

Spinner vollführte einen Kick-Flip auf seinem Board, bevor er sich mit einem 180-Grad-Spin zu seinem Freund umdrehte. Tim machte gerade eine Pause und saß oben am Rand des Kidney Pools, in dem sie skateten.

»Alter, spielst du schon wieder an deinem Telefon rum?«, rief er kopfschüttelnd. »Du solltest lieber mehr skaten und weniger twittern. Worum geht's denn?«

»Du musst echt herkommen und dir das ansehen, Alter. Das ist so abgefahren – im Ernst.«

Spinner hielt an und schnitt Jenny eine Grimasse. Auch sie ging auf die Glendale und hing oft mit ihnen zusammen im Park ab. Sie skatete genauso gerne wie die beiden Jungs, musste aber noch viel trainieren, bis sie so gut sein würde wie Tim und Spinner.

Spinner und Jenny kickten ihre Boards hoch und kamen zu Tim.

»Ist das ein neuer Move?«, fragte Spinner.

»Nee, Mann.« Tim schüttelte den Kopf. »Weißt du noch, wie ich dir von dieser krassen Website erzählt hab – *pickadeath.com*?«

»Die, von der du gesagt hast, die wär bloß ein Fake?«, fragte Jenny.

»Ja, aber ihr habt ja wohl vor ein paar Tagen die Zeitung gelesen, oder?«, gab Tim zurück. »Das war kein Fake, Mann. Die Scheiße war echt. Irgendein krasses Arschloch hat diese Alte live im Netz gekillt.«

»Vielleicht hatte die Alte es ja nicht anders verdient«, meinte Spinner.

Jenny boxte ihn in die Schulter. »Sei kein Arsch, Spinner. So was zu sagen ist total bescheuert.«

Spinner zuckte die Achseln. »Mein ja nur.«

»Ist doch ganz egal.« Tim wedelte ungeduldig mit der Hand. »Ich hab gerade einen Tweet von Mel gekriegt. Die Seite ist wieder online, Leute. Guckt euch das an.« Tim hielt ihnen sein Smartphone hin.

Spinner und Jenny schauten beide stirnrunzelnd auf den Bildschirm.

»Scheiße, ist der Scheiß echt?«, fragte Spinner mit leuchtenden Augen.

»Wie gesagt«, meinte Tim. »Das letzte Mal war's ja auch echt. Insofern – klar, Mann. Der Typ da ist so was von fällig.«

Jenny verzog angewidert den Mund. »Leute, das ist einfach nur krank. Ihr wollt echt zusehen, wie irgendeine arme Sau im Internet umgebracht wird?«

»Klar«, sagte Spinner. »Keine Ahnung, weshalb du dich so aufregst. Du ziehst dir doch andauernd diese beknackten Reality-Shows im Fernsehen rein.«

»Das ist ja wohl was völlig anderes, Spinner«, spie Jenny zurück.

»Schwachsinn. Das hier ist viel geiler. Die sollten das *American Dead Idol* nennen.«

»Find ich cool«, sagte Tim.

»Also, ich muss mir das nicht geben«, sagte Jenny genervt, sprang auf ihr Board und fuhr zurück in den Pool.

»Hast du schon abgestimmt?«, fragte Spinner. Was mit Jenny war, interessierte ihn im Moment nicht.

»Noch nicht.«

»Okay, warte 'ne Sekunde«, sagte Spinner und holte sein eigenes Handy aus der Tasche. »Okay, gib mir die Adresse, dann zeigen wir's dem Typen.«

76

Obwohl Hunters und Garcias Büro an der Westseite des Police Administration Building lag und auf die South Spring Street hinausging, drehten sich alle instinktiv zum Fenster.

»Das ist doch nicht Ihr Ernst«, sagte Captain Blake. »Wie

kann das möglich sein, wenn er gleichzeitig all das hier jetzt in diesem Moment live überträgt?«

»Weil er die Kamera und alles andere per Fernsteuerung kontrolliert«, antwortete Hunter. »Deswegen.«

Blake überlegte kurz. »Verdammter Mist«, knurrte sie dann. »Ist er vielleicht im Park?«, wandte sie sich an Seth.

Der City Hall Park, oder South Lawn, wie ihn viele nannten, war eine etwa 0,7 Hektar große, von Bäumen überschattete Grünfläche vor dem berühmten Los Angeles City Hall Building. Er lag in der West 1st Street direkt gegenüber vom Eingang des PAB.

»Wäre möglich«, meinte Seth. »Wir mussten es triangulieren«, erklärte er. »Das ist nicht so exakt wie eine Ortung des GPS-Chips im Handy. Nichtsdestotrotz, wir sind hier im Stadtkern von Los Angeles, da ist die Genauigkeit wesentlich höher, als wenn er von irgendwo außerhalb der Stadt anrufen würde – wir konnten den Bereich auf fünfzig bis hundert Meter eingrenzen.«

»Und dieser Bereich befindet sich unmittelbar draußen vor dem PAB?«, fragte Captain Blake erneut. Sie hatte immer noch ihre Zweifel.

»Das ist richtig«, bestätigte Seth auch diesmal.

»Okay, danke Ihnen«, sagte Blake, ehe sie nach dem Hörer auf Garcias Schreibtisch griff.

»Was haben Sie vor, Captain?«, erkundigte sich Hunter.

»Alle verfügbaren Einheiten da rauszuschicken, was glauben Sie denn?«

»Und was sollen die dort machen?« Diese Frage kam von Garcia. »Jeden Mann verhaften, der ein Handy in der Hand hat?«

Sie zögerte. Ihr Blick ging von Garcia zu Hunter. »Der Wahnsinnige, der für das hier verantwortlich ist« – sie zeigte auf den Computerbildschirm –, »steht direkt vor unserer Tür. Soll ich da etwa hier rumsitzen und Däumchen drehen?«

UHR: 4:41, 4:40, 4:39 ...
ZERQUETSCHEN: 8155.
STRECKEN: 8146.

»Wahrscheinlich *war* er da, während er mit uns telefoniert hat«, räumte Garcia ein. »Arrogant genug ist er, und solche Spielchen geben ihm das Gefühl von Macht, aber jetzt wird er garantiert nicht mehr da unten stehen, Captain. Er hat doch gewusst, dass wir den Anruf zurückverfolgen würden. Und wir konnten ihn diesmal nur deshalb lokalisieren, weil er es zugelassen hat. Das gehört doch alles zu seinem Plan.«

»Carlos hat recht, Captain«, sprang Hunter seinem Partner bei. »Er wollte, dass wir wissen, dass er direkt vor dem PAB stand, als er angerufen hat, und ich wette, er wusste exakt, wie lange wir brauchen würden, um den Anruf zu triangulieren.«

»Es ist fast sechs Minuten her, dass er aufgelegt hat«, ergänzte Garcia. »Wahrscheinlich ist er längst über alle Berge.«

»Der Meinung bin ich allerdings nicht«, widersprach Hunter. »Ich denke, er ist noch ganz in der Nähe.«

Captain Blake funkelte ihn schweigend an.

»Wie Carlos ganz richtig gesagt hat«, erklärte er, »ist er arrogant, außerdem erregt ihn dieses Katz-und-Maus-Spiel. Er ist bis vor unsere Haustür gekommen, um uns zu provozieren und das Spiel ein bisschen riskanter und aufregender zu machen ... wenigstens für ihn. Er wird sehen wollen, wie wir auf seinen kleinen Streich reagieren. Er wird irgendwo sein, von wo aus er die West 1st Street und den South Lawn beobachten kann ...« Hunter hielt inne, weil er über etwas nachdenken musste. Unvermittelt kamen ihm Christina Stevensons Schlafzimmer und die Schrift an der Scheibe hinter den Vorhängen in den Sinn. »Nein, halt, ich liege falsch«, ruderte er zurück. »Er wird uns nicht nur beobachten, um zu sehen, wie wir *reagieren*. Er wird uns beobachten, um zu sehen, ob wir es *finden*.«

Auf Captain Blakes Stirn erschienen tiefe Falten. »Was finden?«

»Seinen Hinweis«, sagte Hunter. »Das ist seine Art zu spielen.«

Zum nunmehr dritten Mal nahm Captain Blake Garcias Telefonhörer in die Hand. Sie tippte eine interne Durchwahl und begann gleich darauf Kommandos in die Leitung zu bellen.

»Sagen Sie ihnen, sie sollen den Park und sämtliche Straßen in unmittelbarer Nähe des PAB durchkämmen, Captain«, riet Hunter. »Sagen Sie ihnen, sie sollen alles absuchen – Mülleimer, Bänke, Blumenbeete, alles.«

UHR: 3:15, 3:14, 3:13 …

ZERQUETSCHEN: 9199.

STRECKEN: 9180.

Auf dem Bildschirm sahen sie, wie die Kamera an den Mann auf dem Holztisch heranzoomte. Die Angst in seinen Zügen war um ein Vielfaches stärker geworden, als hätte er von irgendwoher eine Warnung erhalten oder als ahnte er, dass seine Zeit bald abgelaufen war.

Es war eine erwiesene Tatsache, dass, wenn ein Mensch eines seiner Sinne beraubt wurde, die übrigen Sinne diesen Verlust auszugleichen versuchten, indem sie sensibler wurden. Vielleicht lag es daran – und an einem neuerlichen Adrenalinausstoß –, dass die Kräfte des Mannes plötzlich wieder zum Leben erwachten und er sich gegen seine Fesseln zu wehren begann. Er zog und zerrte an ihnen, wand sich und strampelte, so heftig er konnte. Umsonst. Die Ledermanschetten saßen zu fest, die Ketten waren zu dick. Kein Mensch, egal wie stark und fit, hätte die Kraft besessen, diesem Foltertisch zu entkommen.

Genauso schlagartig, wie der Mann zu kämpfen begonnen hatte, hörte er auch wieder auf. Seine letzten Reserven waren aufgebraucht. All seine Hoffnungen und Gebete hatten sich als vergeblich erwiesen.

Niemand würde kommen. Es würde nicht noch in letzter Minute ein Wunder passieren.

»Warum zum Teufel stimmen die Leute denn immer noch ab?«, blaffte Captain Blake völlig fassungslos. »Inzwischen wissen doch alle, dass es kein Spiel ist und auch kein Werbegag für einen Film. Das da ist real. Die Zeitungen haben dafür gesorgt, dass jeder da draußen darüber Bescheid weiß.« Sie zeigte auf den Monitor. »Der Mann wird sterben. Kein Fake. Keine Tricks. Alle wissen es, und sie stimmen trotzdem ab ... Wieso?«

»Weil das die kranke Realität ist, in der wir heute leben, Captain«, sagte Hunter. »Den Leuten ist es schlichtweg egal. Sie laden ihre Happy-Slapping-Videos oder Filme von Gangfights auf YouTube hoch, und die Klicks gehen in die Hunderttausende. Je brutaler es ist, desto besser. Die Leute sind ganz heiß darauf. Man zeigt ihnen echte Gewalt – nicht inszeniert, keine Schauspieler –, und sie rasten schier aus vor Begeisterung. Wenn man dann daraus auch noch eine Reality-Show macht und den Leuten die Möglichkeit gibt, durch Abstimmen das Geschehen zu beeinflussen, kann man sicher sein, dass Millionen einschalten. Jeder will aufs Knöpfchen drücken, einfach nur weil er es kann. Der Killer weiß das. Er kennt die psychologischen Mechanismen, die dahinterstecken. Er kennt den Wahnsinn unserer heutigen Gesellschaft. Deswegen ist er auch so selbstgewiss. Es ist ein Spiel, von dem er weiß, dass er es gar nicht verlieren kann – ein vielfach erprobtes Rezept, dessen Auswüchse wir jeden Tag im Fernsehen zu sehen bekommen.«

Die Kamera zeigte nun das Gesicht des Mannes. Seine wässrigen Augen wurden noch glasiger, sein Blick trübte sich. Er wusste, dass es aus war.

Abermals vibrierte Captain Blakes Handy in ihrer Sakkotasche. Diesmal holte sie es gar nicht mehr heraus, sondern ließ es einfach klingeln.

UHR: 2:04, 2:03, 2:02 ...
ZERQUETSCHEN: 9969.
STRECKEN: 9965.
Totenstille.
UHR: 1:49, 1:48, 1:47 ...
ZERQUETSCHEN: 9995.
STRECKEN: 9995.
Alle hielten den Atem an.
... 10 000.

77

Auf den Monitoren wurde das Bild schwarz, als wäre die Kamera ausgeschaltet worden. Eine Sekunde später blinkte das Wort STRECKEN in großen blutroten Buchstaben in der Mitte des dunklen Browserfensters, gefolgt von der Zahl 10 000.

Alle in Hunters Büro waren wie gelähmt.

Irgendwann verschwand die Schrift, und man sah wieder den Mann auf der hölzernen Streckbank. Jetzt gab es keinerlei Ablenkung durch Buttons, Wörter oder Zahlen mehr – nur noch das Bild. Der Kamerawinkel hatte sich erneut verändert, man konnte nun wieder den ganzen Körper des Mannes sehen, einschließlich der vier Ledermanschetten und eines Teils der Ketten.

Captain Blake nahm die zusammengefalteten Hände vors Gesicht und hielt sie sich vor Mund und Nase, wie um zu beten. Doch kein Wort drang über ihre Lippen.

Plötzlich ertönte aus den Lautsprechern ihrer Computer ein metallisches, mechanisches Knirschen, das sie vor Schreck zusammenfahren ließ. Die Walzen waren eingeschaltet worden.

»Mein Gott, was ist das?«, stieß Captain Blake hervor.

»Er hat das Kameramikrofon aktiviert«, sagte Hunter. Er merkte, wie sein Herz schneller schlug. »Wir sollen mit anhören, wie er stirbt.«

Das angespannte Schweigen im Raum wurde vom ersten Schmerzensschrei des Mannes zerrissen, der durch den Knebel in seinem Mund gedämpft wurde. Der Laut jagte ihnen einen Schauer über den Rücken.

»Mehr als eine viertel Million Leute schauen gerade zu«, gab Michelle durchs Telefon bekannt. Zorn und Trauer hatten ihre Stimme heiser gemacht.

»Kann man die Übertragung nicht irgendwie stören?«, wollte Captain Blake von ihr wissen.

»Ich wünschte, wir könnten es«, gab Michelle beklommen zurück.

Der Mann schrie erneut. Diesmal versuchte er Worte zu formen, doch durch den Knebel und die unerträglichen Schmerzen kamen nur unverständliche Laute heraus. Ein feiner Sprühnebel aus Speichel und Blut flog aus seinen Mundwinkeln und landete auf Gesicht, Hals und Brust.

Reflexartig streckte der Mann den Nacken durch, so weit es eben ging, als könnte er dadurch seinen Armen und Beinen ein paar Zentimeter mehr Spielraum verschaffen, wenigstens für einen kurzen Augenblick, und die Qualen so ein klein wenig lindern. Natürlich waren all seine Bemühungen umsonst. Inzwischen mussten die Schmerzen unerträglich sein. Bald wären die Muskelfasern bis kurz vor dem Zerreißen gedehnt. Sie würden die Fähigkeit verlieren, sich zusammenzuziehen, und ihm jeden Dienst versagen. Danach würden sie ganz allmählich zu reißen beginnen. An mehreren Stellen gleichzeitig würden sie ganz langsam nachgeben, und sein Körper würde von einer Woge unvorstellbarer Schmerzen überschwemmt.

Die Augäpfel des Mannes rollten in ihren Höhlen zurück, und seine Lider flatterten einen Moment lang wie die

Flügel eines Schmetterlings. Er schien kurz davor, das Bewusstsein zu verlieren, doch stattdessen hustete er ein paarmal heftig, bevor er den Kopf zur Seite warf und sich durch den Knebel erbrach.

Captain Blake wandte den Blick ab.

Hunter ballte die Hände zu Fäusten.

Der nächste Laut des Mannes war weniger ein Schrei als ein Kreischen, das tief aus seiner Kehle kam und so durchdringend war, dass den dreien im Büro die Ohren davon klingelten.

Garcia hob nervös eine Hand ans Gesicht, halb um sich die Stirn zu reiben, halb um sich die Augen zuzuhalten. Schon wieder begann sein Kopf ihm schreckliche Streiche zu spielen.

POP! POP!

Es waren deutlich zwei rasch aufeinanderfolgende Knackgeräusche zu hören.

Hunter biss die Zähne aufeinander und schloss kurz die Augen. Er wusste, dass dieses Knacken von reißenden Knorpeln, Bändern, vielleicht sogar Sehnen herrührte. Bald würde das grauenhafte Geräusch brechender Knochen folgen.

Die Pupillen des Mannes waren jetzt wieder sichtbar, aber seine Augen fokussierten nichts, sondern tanzten ziellos umher, als stünde er unter Drogen.

Die Ledermanschetten schnitten inzwischen tief in das Fleisch des Mannes ein. Blut rann von seinen Handgelenken herab und malte dünne rote Venen auf seine Arme. Auch seine Füße waren blutig, wo das Leder in seine Knöchel schnitt.

Kurz darauf hörten sie das Brechen von Knochen.

»O Gott. Nein!«, kam Michelles flehentliche Stimme durch die Leitung.

Die Haut in den Achselhöhlen des Mannes begann zu reißen.

Captain Blake hatte den Blick starr auf den Monitor geheftet, presste jedoch die Hände über die Ohren. Sie wusste nicht, wie viel sie noch würde ertragen können.

Je härter die mechanischen Walzen arbeiten mussten, um den Widerstand von Haut und Muskeln zu überwinden, desto lauter kreischten und knirschten sie. Sie klangen wie ein Aktenvernichter, der mit einem viel zu dicken Papierstapel kämpft.

Einen Moment lang sah es so aus, als wollte der Mann erneut zu einem Schrei ansetzen, doch er war mit seiner Kraft am Ende, hatte keine Luft mehr in seinen Lungen, keine Stimme mehr in der Kehle ... kein Leben mehr in seinem Körper. Sein Kopf fiel zur Seite, und erneut rollten seine Pupillen in den Augenhöhlen zurück, kurz bevor sich seine Lider schlossen. Blut strömte aus seinen Achselhöhlen, als die selbst gebaute Streckbank ihm die Arme vom Körper zu trennen begann.

Es würde nur noch Sekunden dauern, bis durch den Zug der Walzen die Oberarmarterie reißen würde. Die Folge wäre sofortiger massiver Blutverlust.

Sie alle sahen, wie es passierte.

Mit unglaublichem Druck kam das Blut aus den offenen Wunden geschossen, wo kurz zuvor noch die Arme gewesen waren.

Der nunmehr armlose Mann zappelte und zuckte noch einige Male, jedes Mal weniger heftig als das Mal zuvor, bis er schließlich reglos dalag.

Drei Sekunden später war die Website offline.

78

Es war fast eine Stunde her, dass *pickadeath.com* offline gegangen war. Captain Blake war in ihr Büro zurückgekehrt, wo sie die meiste Zeit am Telefon verbracht hatte: mit dem Bürgermeister von Los Angeles, dem Polizeichef und dem Gouverneur von Kalifornien. Jeder wollte Antworten von ihr, doch alles, was sie zu bieten hatte, waren mehr Fragen.

Es war nicht verwunderlich, dass die Medien die Pressestelle des LAPD bereits mit Hunderten von Fragen und Interviewgesuchen bombardierten. Noch weigerte sich Blake, eine Pressekonferenz einzuberufen, wusste sie doch nur zu gut, was die Folge wäre. Von allen Seiten würde es Fragen und Kommentare hageln – einige wären provozierend, andere entrüstet, aber alle würden sie darauf abzielen, die bisher vom LAPD und insbesondere vom Morddezernat I geleistete Ermittlungsarbeit schlechtzumachen. Captain Blake wusste, dass sie nicht – *noch* nicht – mit Antworten aufwarten konnten, und dieser Umstand würde die Presse nur dazu veranlassen, die Ermittlungen noch schärfer zu kritisieren und ihre Geschichten noch reißerischer aufzuziehen. Nein, fürs Erste konnte sie keine Fragen brauchen.

Stattdessen würde das Pressebüro eine offizielle Stellungnahme herausgeben. Darin würde nichts Konkretes über den Fortgang der Ermittlungen stehen. Ihr eigentlicher Zweck wäre es, die Presse und das Fernsehen um Mithilfe bei der Identifizierung des jüngsten Opfers zu bitten. Der Stellungnahme würde ein Foto des Opfers beiliegen, das sie zu Beginn der Übertragung gemacht hatten. Sie würden jede Tageszeitung bitten, es abzudrucken, und jeden TV-Sender, es schnellstmöglich zu senden. Irgendjemand da draußen musste doch wissen, wer dieser Mann war.

79

Sofort nach Ende der Übertragung rief Garcia Anna auf der Arbeit an. Ihr ging es gut. Sie ahnte nicht, was gerade passiert war, doch er wusste, dass sie es schon bald erfahren würde. Das konnte er nicht verhindern. Er wollte sich einfach nur vergewissern, dass sie wohlauf war. Nachdem er aufgelegt hatte, ging Garcia auf die Toilette, schloss sich in eine Kabine ein und übergab sich in aller Stille.

Hunter saß derweil an seinem Schreibtisch und versuchte verzweifelt, seine Gedanken zu ordnen, während er mit aller Macht gegen die Wellen von Übelkeit ankämpfte, die immer wieder aus seinem Magen hochschwappten. Ihm war klar, dass er sich die gesamte Übertragung erneut würde ansehen müssen, vermutlich sogar mehrmals, aber im Augenblick war er dazu noch nicht imstande. Erst mal musste er raus aus dem Büro.

Zwei Minuten später waren er und Garcia unten und sprachen mit dem Sergeant, der die Durchsuchung des City Hall Park und der Straßen rund um das PAB koordinierte.

»Bis jetzt gibt es – Abfall«, berichtete der Sergeant, sichtlich genervt von der Müll-Schnitzeljagd, mit der er beauftragt worden war. Er hatte den ganzen Morgen Dienst am Empfang geschoben und noch vor fünfzig Minuten keine Ahnung gehabt, was überhaupt passiert war. »Einpackpapiere in allen Formen und Größen«, sagte er, sein Tonfall an der Grenze zum Sarkasmus. »Von Hamburgern, Sandwiches, Schokoriegeln, Twinkies – allem, was das Herz begehrt. Außerdem noch Wagenladungen voll Getränkedosen, Flaschen und Kaffeebechern.«

Hunter hörte dem Mann zu, während er gleichzeitig mit den Augen den Park, die Straßen und sämtliche Gebäude in der Umgebung absuchte. Er war felsenfest davon überzeugt, dass der Killer noch in der Nähe war. Der war zu stolz auf sein Werk, als dass er sich einfach aus dem Staub gemacht hätte. Nein, er würde mit eigenen Augen sehen wollen, wie die Polizei auf seine dreiste Aktion – ein Anruf direkt von der Schwelle des PAB aus – reagierte, erst recht wenn sie glaubte, dass er womöglich etwas hinterlassen hatte, das es nun zu suchen galt. Ob er ein Psychopath war oder nicht, so etwas musste ihm ein Gefühl tiefer Befriedigung verschaffen. Es ist dasselbe Prinzip, wie wenn man jemandem etwas schenkt, das man mit viel Liebe selbst gemacht oder ausgewählt hat. Die wahre Freude kommt durch die Reaktion des Beschenkten beim Auspacken.

Ja, dachte Hunter. *Der Killer sieht auf jeden Fall zu. Er ist noch in der Nähe. Kein Zweifel. Aber wo?*

Hunter sah sich um, doch der Feierabendverkehr hatte gerade eingesetzt. Hunderte Menschen kamen von der Arbeit und machten sich auf den Weg nach Hause. Auf den Straßen und im Park waren zu viele Leute unterwegs, es gab zu viele Gebäude, zu viele Orte, von denen aus man den Park im Blick hatte, ohne Verdacht zu erregen oder von anderen bemerkt zu werden. In ganz Downtown L. A. hätte der Killer sich für seine Zwecke keinen besseren Ort aussuchen können als den City Hall Park. Dass er direkt gegenüber vom PAB lag, setzte dem Ganzen noch die Krone auf.

Der Sergeant zog ein Taschentuch aus der Hosentasche und betupfte sich damit die schweißnasse Stirn. »Wir tüten jedes Fitzelchen Abfall ein, und wissen Sie warum?« Offenbar hatte er keine Lust, auf eine Antwort zu warten. »Weil uns niemand gesagt hat, *wonach* wir da draußen eigentlich suchen, verdammt noch mal, und falls das Gesuchte zufällig ein Stück Kaugummipapier ist und wir es liegen lassen, bin ich nachher derjenige, der den Kopf hinhalten muss, und wegen so einem Mist riskiere ich garantiert nicht meine Rente. Wenn Sie auf was Spezielles aus sind, können Sie das ganze Zeug selber sortieren. Viel Glück dabei.«

Das Funkgerät, das der Mann am Gürtel um seine ausladenden Hüften trug, knackte laut, bevor man eine dünne Stimme hörte.

»Äh ... *Sergeant, ich glaube, ich habe ...*« KRRRK, SCHHRK. »... *hier.*«

Der Sergeant nahm das Funkgerät vom Gürtel und drückte den Sprechknopf. »Negativ, Officer. Zehn-eins. Wiederholen Sie bitte.«

Beide Detectives wussten selbstverständlich, dass zehneins das Polizeikürzel für »schlechter Empfang« war.

Mehr Knacken und Rauschen.

Der Sergeant ging um Hunter und Garcia herum auf die andere Seite.

»*Ich sagte, ich glaube, ich habe hier was gefunden, Sergeant*«, meldete der Officer. Diesmal war das Signal deutlich besser.

Reflexartig wandte sich der Sergeant den beiden Detectives zu. Er wollte sehen, ob sie die Meldung gehört hatten.

Das hatten sie.

»Hol mich doch der Teufel«, sagte der Sergeant. »Was ist es denn?«

»*Weiß nicht genau, Sergeant.*«

»Okay. Wo sind Sie gerade?«

»*In der nordöstlichen Ecke, beim Abfalleimer.*«

Hunter, Garcia und der Sergeant drehten sich um und schauten in die entsprechende Richtung. Sie standen neben der Frank-Putnam-Wasserskulptur in der Mitte des Parks und waren daher nicht allzu weit von der nordöstlichen Ecke entfernt. Sie konnten einen jungen Officer erkennen, der neben einem Abfalleimer stand und ihnen zuwinkte. Rasch eilten sie zu ihm.

Der Officer war Anfang zwanzig und sah aus, als käme er frisch von der Polizeiakademie. Er hatte strahlend blaue Augen, von roten Aknemalen übersäte Wangen und eine spitze Nase. Er trug Latexhandschuhe und hielt einen kleinen schwarzen Camcorder in der Hand. Er grüßte die drei mit einem kurzen Nicken.

»Den hier habe ich da drin gefunden, Sergeant.« Er deutete links neben sich auf den Abfalleimer. »Lag in einer gewöhnlichen braunen Sandwichtüte aus Papier.« Er übergab dem Sergeant die Kamera, der sie kaum eines Blickes würdigte, sondern sie sofort Hunter hinstreckte.

»Das ist Ihre Show«, meinte er gelangweilt.

Hunter streifte sich Handschuhe über und nahm die Kamera entgegen. Die Aufschrift wies sie als eine Sony HDR CX250 aus. An der Seite hatte die Kamera ein ausklappbares Display.

»Ich weiß ja nicht so genau, wonach wir suchen, Sir«, erklärte der Officer. »Aber das ist eine nagelneue Digitalkamera, mindestens ein paar hundert Dollar wert. So was wirft man doch nicht weg.«

»Wo ist die Sandwichtüte, in der sie gelegen hat?«, fragte Hunter den Officer, der ihm augenblicklich einen Asservatenbeutel aus durchsichtigem Plastik präsentierte.

»Schon fertig eingetütet, Sir«, sagte er. »Ich habe mir gedacht, Sie wollen das bestimmt vom übrigen Müll getrennt haben.«

Garcia lobte den Officer für seine gute Arbeit, ehe er rasch die Sandwichtüte in Augenschein nahm.

Nichts.

Keine Kennzeichnung, keine Flecken, keine Aufschrift.

Er und Hunter richteten ihre Aufmerksamkeit wieder auf die Digitalkamera.

»Haben Sie sie eingeschaltet?«, wollte Hunter von dem Officer wissen.

Der schüttelte den Kopf. »Nicht mein Befehl, Sir. Ich habe sie bloß gefunden und es sofort gemeldet.«

Hunter nickte. Einen Augenblick lang überlegte er, ob er die Kamera sofort in die Kriminaltechnik bringen sollte, doch in Wahrheit gab es keinen handfesten Hinweis, dass der Camcorder tatsächlich vom Täter in den Abfalleimer gelegt worden war.

Hunter klappte das Display aus und erstarrte. Die Kamera einzuschalten konnte er sich sparen. Was er sah, war Beweis genug.

80

Der Mann stand an der überfüllten Bushaltestelle nahe der Nordwest-Ecke des City Hall Park und beobachtete in aller Ruhe, was sich auf dem South Lawn abspielte. Er musste zugeben: Er war überrascht.

Er hatte überlegt, ob er mit dickem blutroten Filzstift »Detective Robert Hunter – LAPD« auf die Sandwichtüte schreiben sollte, die er nicht mal eine Stunde zuvor an der nordöstlichen Ecke des Parks im Mülleimer deponiert hatte. Hätte dann jemand anders die Tüte gefunden, zum Beispiel ein Müllsammler (Obdachlose, die in Mülleimern wühlten, waren im Park aufgrund seiner Nachbarschaft zum Police Administration Building eher selten), hätte der sie eventuell beim PAB abgegeben. Doch letzten Endes hatte er sich dagegen entschieden. Er hatte in den vergangenen Monaten viel über Detective Robert Hunter in Erfahrung gebracht. In einigen Artikeln war er als absoluter Ausnahme-Ermittler bezeichnet worden – und wie gut konnte er sein, wenn er nicht einmal begriff, dass es einen Grund dafür gab, weshalb das LAPD den letzten Anruf hatte zurückverfolgen können? Und dieser Grund war nicht allein das diebische Vergnügen, das es dem Mann bereitete, direkt vor ihrer Haustür zu stehen, während er sie quälte.

Trotz allem musste er einräumen, dass es ihn ein wenig

verblüffte, wie schnell alles gegangen war. Schneller, als er vorhergesehen hatte. Unmittelbar nach Ende der Abstimmung war ein Team von fünf uniformierten Polizisten aus dem PAB gekommen und zielstrebig über die Straße in Richtung Park gegangen. Einer von ihnen, ein Officer mit pickligen Wangen und spitzer Nase, hätte ihn dabei fast umgerannt. Geleitet wurde das Team von einem übergewichtigen Officer, vermutlich einem Sergeant, zu alt und zu fett für jede körperlich auch nur ansatzweise herausfordernde Tätigkeit. Die ihm untergeordneten vier jüngeren Polizisten waren zweifellos angewiesen worden, den Park zu durchkämmen, nicht aber mit den Leuten zu reden.

Die Lippen des Mannes verzogen sich zu einem kleinen trockenen Lächeln. *Vielleicht ist Detective Hunters Ruf ja doch gerechtfertigt.* Er war sicher, dass der Befehl, nur den Park zu durchsuchen, statt sinnlos Zeit mit der Befragung von Passanten zu vergeuden, aus Detective Hunters Büro gekommen sein musste. Was wiederum bedeutete, dass dieser sehr schnell vom Ort des Anrufs auf die Möglichkeit eines zurückgelassenen Hinweises oder einer Botschaft geschlossen hatte.

»Nicht schlecht, Detective Hunter«, murmelte er halblaut. »Gar nicht schlecht.«

Sein Lächeln wurde ein klein wenig breiter, als er sah, wie Detective Hunter persönlich, gefolgt von Detective Garcia, aus dem PAB trat und in Richtung Park strebte. Ihre Mienen sprachen Bände. Er las Frust, Niedergeschlagenheit, nagende Sorge, ja vielleicht sogar ein wenig Angst darin. Die gleichen Gefühle, die andere viele Jahre lang in seinem Gesicht gesehen hatten. Aber das war vorbei.

Die Schmerzen im linken Bein waren zurückgekehrt, und als er sich das Knie mit der Handfläche zu reiben begann, sah er, wie der junge Officer, der den nordöstlichen Teil des Parks durchsuchte, den beiden Detectives und seinem Sergeant ein Zeichen machte.

Das Lächeln des Mannes wurde noch breiter, und ein Schauer der Erregung durchrieselte ihn.

Der Officer hatte sie gefunden.

Als der Bus Nummer 70 Richtung El Monte an der Haltestelle vorfuhr, klappte Detective Hunter soeben das Display der Kamera auf. Sein Gesichtsausdruck weckte in dem Mann den fast unwiderstehlichen Drang, den Kopf in den Nacken zu legen und aus tiefstem Halse zu lachen, doch stattdessen wandte er sich ab, bestieg den Bus und suchte sich einen Platz im hinteren Teil.

Bald war es an der Zeit, die Sache zu Ende zu bringen.

81

Der Sergeant und der junge Officer mit der spitzen Nase reckten umständlich die Hälse, um das Display der Kamera besser sehen zu können. Dann runzelten sie beide gleichzeitig die Stirn.

Sie sahen dasselbe wie Hunter und Garcia auch. Nur, dass sie es nicht verstanden.

»Verdammt«, fluchte Garcia gepresst.

Hunter sagte nichts, hob nur den Kopf und ließ den Blick erneut durch den Park schweifen. Dies war das Ereignis, das der Killer unter keinen Umständen verpassen wollte. Das, worauf er gewartet hatte – der Augenblick, in dem sie sein kleines Geschenk entdeckten. Hunter war überzeugt, dass der Killer sich irgendwo aufhielt, von wo aus er einen unverstellten Blick auf sie hatte, um das Erstaunen auf ihren Gesichtern sehen zu können. Die perfekte Pointe seines gelungenen Scherzes.

Doch der Verkehr wurde immer dichter, und in den Straßen wie auch im Park wimmelte es von Passanten. In alle

Richtungen strömten die Menschen durch die Grünfläche, und alle waren in Eile. So schnell es ging, suchte Hunter die Umgebung ab. Er wusste, dass der Täter nicht mehr als ein oder zwei Sekunden benötigte, um den Moment zu genießen und sich an ihrem Frust zu weiden. Danach würde er zufrieden in der Menge untertauchen. *Bloß ein Mensch unter vielen, auf dem Weg in den Feierabend nach einem Tag ehrlicher Arbeit.* Es wäre gar nicht nötig, die Gruppe länger als einen Augenblick zu beobachten und damit das Risiko einzugehen, entdeckt zu werden.

Hätte Hunter als Erstes Richtung Westen geblickt, wäre ihm vielleicht der Mann aufgefallen, der am Nordwest-Rand des Parks an der Bushaltestelle stand und in ihre Richtung starrte. Das Grinsen in seinem Gesicht war unverschämt, überheblich ... fast stolz. Doch Hunter hatte, als er den Kopf gehoben hatte, instinktiv geradeaus geschaut, und er stand mit dem Gesicht nach Osten. Als sein Blick die Bushaltestelle streifte, hatte der Mann ihnen bereits den Rücken zugekehrt und stand geduldig am Ende der Schlange von Passagieren, die darauf warteten, in den Bus einzusteigen – *einer von unzähligen Pendlern im abendlichen Berufsverkehr.*

Hunter sah ihn nicht.

Stattdessen wandte er sich wieder dem Camcorder zu.

Mit einem speziellen Glasschreiber hatte der Killer das Wort STRECKEN aufs Display geschrieben.

»Strecken?« Der Sergeant rümpfte die Nase. »Sagt Ihnen das was?«

Garcia nickte stumm und spürte, wie sich etwas in seinem Magen zusammenzog, als sein Gedächtnis wahllos Bilder der letzten Internetübertragung ausspuckte.

Hunters Zeigefinger schwebte über dem Anschaltknopf. Er wusste nicht genau, ob er noch eine neue Überraschung des Täters verkraften konnte, wie auch immer sie aussah. Doch seine Zweifel waren rasch verflogen.

Er schaltete die Kamera ein.

Nichts geschah.

Er versuchte es erneut.

Immer noch nichts.

»Sieht aus, als wäre der Akku leer«, warf der spitznasige Officer beiläufig ein.

Obwohl Hunter keine ernsthafte Hoffnung hegte, dass die Kamera ihnen einen verwertbaren Hinweis liefern würde, bat er trotzdem den Sergeant, die Sandwichtüte, in der der Camcorder gelegen hatte, umgehend in die Forensik zu bringen. Er und Garcia eilten zurück ins Police Administration Building. Dort gingen sie schnurstracks ins Untergeschoss, in die Abteilung Computerkriminalität.

82

Dennis Baxter teilte ihnen mit, dass er die gesamte Internetübertragung von seinem Schreibtisch aus verfolgt hatte. Dass der Anruf des Täters zurückverfolgt worden war, wusste er allerdings noch nicht. Hunter klärte ihn in knappen Worten über die Ereignisse der letzten Minuten auf.

»Und die da hat er im Park in einen Mülleimer geworfen?«, fragte Baxter mit Blick auf die Digitalkamera, die Hunter ihm auf den Tisch gelegt hatte. Vom ausgeklappten Display starrte ihm das Wort STRECKEN entgegen.

»Genau«, bestätigte Garcia. »So, wie's aussieht, hat er alles ferngesteuert.«

Baxter dachte kurz nach.

»Wie schwierig wäre so was zu realisieren?«, fragte Garcia.

»Für ganz normale Leute? Ziemlich schwierig. Für jemanden, der Kenntnisse im Programmieren hat und sich mit Elektronik auskennt? Kinderkram. Er muss bloß ein Programm schreiben, das den Abstimmungsvorgang überwacht, und es mit einem zweiten Programm verknüpfen, das die Mechanik beider Apparate steuert. Sobald eine Todesart die erforderliche Anzahl von Stimmen erreicht hat – in diesem Fall zehntausend –, wird der entsprechende Mechanismus in Gang gesetzt. Es ist dasselbe Prinzip wie bei einem stinknormalen Timer, nur dass er statt der Uhrzeit eine Zahl eingesetzt hat. Und die Kamerabewegung hätte er von jedem Ort aus mit einer ganz gewöhnlichen Smartphone-App steuern können.«

Ein paar Schreibtische weiter klingelte ein Handy, und alle wandten sich um. Der Klingelton war die Titelmelodie von *Star Wars*.

Hunter ließ sich Baxters Worte durch den Kopf gehen. Es war durchaus vorstellbar, dass der Killer bei den vorangegangenen Übertragungen genau dasselbe gemacht hatte. Wenn er gewollt hätte, hätte er alles aus der Ferne steuern können. Es gab keinen Grund, weshalb er hätte vor Ort sein müssen, und auch keinen Beweis dafür.

Baxter nahm ein Paar Latexhandschuhe aus seiner obersten Schreibtischschublade, streifte sie über und nahm vorsichtig die Kamera in die Hand.

»Der Akku ist wahrscheinlich leer«, klärte Garcia ihn auf. »Haben Sie ein Ladekabel, das dazu passt?«

Baxter nickte. »Hab ich.« Doch statt danach zu suchen, drehte er die Kamera um und öffnete eine winzige Klappe an der Unterseite des Gehäuses. Er stutzte und kaute auf der Unterlippe herum. »Aber ein Ladekabel wird uns in diesem Fall nicht viel bringen.«

»Und wieso nicht?«

»Das ist eine CX250«, erklärte Baxter und deutete auf die Modellbezeichnung an der Seite der Kamera. »Ein ziemlich weit verbreitetes Modell, und der Grund, weshalb sie kompakter ist als einige der teureren Kameras, ist der, dass sie keinen internen Speicher besitzt. Man braucht einen sogenannten Memorystick Pro Duo. Soll heißen: Alle Aufnahmen werden ausschließlich auf einer herausnehmbaren Karte gespeichert, die hier reinkommt.« Er zeigte auf die geöffnete Klappe. Das Fach war leer. »Bei diesem Modell«, fügte er hinzu, »muss man den Memorystick erst runterdrücken, bis es klickt, bevor er sich rausnehmen lässt.« Er machte eine Aufwärtsbewegung mit dem Zeigefinger. »Ein Sicherheitsmechanismus. Das bedeutet, der Memorystick ist nicht versehentlich rausgefallen. Er wurde entfernt.«

Das ließ die beiden Detectives kurz innehalten.

»Ich kann ein Ladekabel besorgen und sie anschließen, wenn Sie wollen. Dann lässt sich die Kamera einschalten, aber mehr auch nicht. Sie werden keine Aufnahmen sehen können, falls Sie das erwartet haben.«

Natürlich hatten die beiden Detectives genau das getan.

»Das heißt, die Kamera kann uns nichts liefern?«, fragte Garcia.

»Zumindest keine Bilder«, lautete Baxters Antwort. »Wie gesagt, die Kamera hat keinen internen Speicher, von dem man was runterladen könnte. Ohne den Memorystick ist die Kamera wie eine analoge Kamera ohne Film. Bloß ein schwarzer Kasten mit einem Objektiv dran.«

»Machen wir's trotzdem«, beschloss Hunter nach einem kurzen, unbeholfenen Schweigen. Im Moment hätte er dem Killer alles zugetraut.

»Eine Sekunde«, sagte Baxter und verschwand in einem kleinen Raum. Sekunden später kehrte er mit einem Ladekabel zurück, das ein wenig größer war als ein reguläres Handykabel. Er verband es mit der Kamera und schaltete sie ein.

Nichts.

Die Kamera funktionierte ordnungsgemäß, doch da der

Memorystick fehlte, geschah nicht das Geringste, als sie die Abspieltaste betätigten.

»Wie gesagt«, meinte Baxter. »Kein Stick – keine Bilder oder Filme, die man sich anschauen könnte.«

Lange Zeit sagte niemand ein Wort. Hunter musste sich eingestehen, dass er tatsächlich irgendwelche Aufnahmen befürchtet hatte. Was genau, wusste er selbst nicht – vielleicht ein kurzes Video von einem der Opfer vor seiner Entführung, oder wie es um Gnade flehte oder Ähnliches. Irgendeine neue Wendung, die sie noch weiter in die Irre führen und die Ermittlung noch komplizierter machen würde.

Warum sollte er uns eine leere Kamera dalassen?

Wenn der Killer lediglich beweisen wollte, dass er während seines Anrufs tatsächlich vor dem Gebäude gestanden hatte, hätte er seine kleine Spitze gegen die Polizei auf jeden beliebigen Gegenstand kritzeln können – ein Stück Papier, eine Hamburgerschachtel, ein Sandwich-Einwickelpapier, einen Pappbecher ... was auch immer. Zweifellos hatte er damit gerechnet, dass das LAPD, sobald sein Anruf geortet worden war, sofort den Inhalt jedes Mülleimers im Park durchsuchen und sicherstellen würde. Früher oder später wären sie dabei auf seine Botschaft gestoßen, egal worauf sie geschrieben war.

Nein, dachte Hunter. *Selbst eine kompakte Digitalkamera ist viel zu groß und unhandlich für so einen simplen Zweck. Es muss einen anderen Grund geben.*

Seine nächste Überlegung war, dass die Kamera dem Opfer gehört haben könnte. Vielleicht hatte er sie zum Zeitpunkt seiner Entführung dabeigehabt. Vielleicht fehlte deshalb der Memorystick. Vielleicht hatte das Opfer den Killer versehentlich gefilmt – wie er die Straße entlangging, sich ein Hotdog kaufte, seinen Wagen volltankte, oder noch schlimmer: etwas Verdächtiges tat. Etwas, das seine Identität hätte verraten können. Womöglich war das der Grund, warum gerade dieser Mann das jüngste Opfer des Killers geworden war. Sie würden abwarten müssen, bis die Kriminaltechnik die Kamera untersucht hatte, und hoffen, dass sie ihnen doch noch irgendwelche Hinweise lieferte.

Hunter konnte sich an keinen Fall erinnern, bei dem er sich so hoffnungslos, so ohnmächtig gefühlt hatte. Alles, was er hatte, war eine lange Liste von Vielleichts, Wenns und Abers, und nichts ergab wirklich einen Sinn. Drei Opfer waren auf bestialische Weise gefoltert und ermordet worden, während er völlig machtlos hatte zusehen müssen. Und diese Machtlosigkeit ergriff Besitz von seinem Körper wie ein Gift. Nicht mal auf seine Gedanken konnte er sich noch verlassen.

Seine Einschätzung hatte sich als richtig erwiesen. Das Katz-und-Maus-Spiel erregte den Killer wie eine neue Droge. Aber im Moment hätte Hunter nicht einmal sagen können, wer die Katze und wer die Maus war.

83

An Schlaf war an diesem Abend nicht zu denken. In Hunters Kopf wirbelten so viele Gedanken und Fragen durcheinander, dass sein Gehirn nicht in der Lage war, abzuschalten, und wenn er im Laufe der Jahre eins gelernt hatte, dann, dass jeder Versuch, mit Pillen und Sturheit gegen die Schlaflosigkeit anzugehen, alles nur noch schlimmer machte. Am ehesten half es noch, wenn er sich einfach in sein Schicksal ergab. Und genau das hatte er auch vor, allerdings nicht zu Hause in seiner engen Zweizimmerwohnung.

Hunter saß an einem kleinen Tisch im hinteren Teil der Bar und starrte auf den Tumbler, den er vor sich stehen hatte. Darin befand sich ein zwölf Jahre alter Cardhu Single Malt Whisky mit einem kleinen Schuss Wasser. Single Malts waren Hunters große Leidenschaft. In seiner Wohnung besaß er eine kleine, aber erlesene Auswahl an Scotch, mit der er wahrscheinlich den Geschmack so ziemlich jedes Whiskyliebhabers hätte befriedigen können. Hunter hätte sich niemals als Experte auf dem Gebiet bezeichnet, aber er wusste den Geschmack und das schwere Aroma eines Single Malt zu würdigen, statt sich lediglich damit vollllaufen zu lassen. Wobei Letzteres manchmal auch seinen Zweck erfüllte.

Er setzte das Glas an die Lippen und trank einen kleinen Schluck. Einen Moment lang spürte er dem klaren, reinen Aroma von Eiche und süßem Malz auf seiner Zunge nach, ehe ihm die samtige Flüssigkeit die Kehle hinablief.

Das tat gut, keine Frage. Noch ein paar mehr, und er wäre angenehm entspannt. Er schloss die Augen und atmete tief durch die Nase ein. Rockmusik dröhnte aus den winzigen Lautsprechern, die überall in der Bar an der Decke angebracht waren. Doch die Musik störte ihn nicht. Im Gegenteil: Sie half ihm sogar beim Nachdenken.

»Wie's scheint, hat der Killer Sie von Anfang an zum Narren gehalten.« Harry Mills' Worte vom Vortag hallten in Hunters Ohren wider wie ein leiser Schrei. Und Harry hatte recht. Hunter erinnerte sich daran, wie der Täter ihn beim ersten Mord manipuliert hatte, damit er sich für Wasser statt für Feuer entschied, nur um dem Ganzen dann seine ganz eigene sadistische, chemische Interpretation zu geben. Beim zweiten Opfer hatte der Killer mit einfachen psychologischen Mitteln seine Zuschauer dazu animiert, sich für »Auffressen« zu entscheiden – ein sehr viel spannenderer und schmerzhafterer Tod als die Alternative, lebendig begraben zu werden.

Doch nun, beim dritten Opfer, schien das Abstimmungsergebnis durch keinerlei Trick beeinflusst worden

zu sein. Dafür war es zu knapp ausgefallen – ZERQUET-
SCHEN: 9997, STRECKEN: 10 000. Nein, es hatte tatsächlich den Anschein, als hätte der Killer dem Abstimmungs-
prozess seinen Lauf gelassen und selbst nicht gewusst, wie
das Ergebnis ausfallen würde. Hunter war sicher, dass diese
Ungewissheit den Killer in Erregung versetzt hatte, so wie
ein neues Spielzeug ein kleines Kind in Erregung versetzte.

Diesmal hatte der Täter seine Überlegenheit gegenüber
der Polizei auf andere Weise demonstriert, nämlich indem
er alles aus der Entfernung gesteuert hatte – aus der Entfernung, aber nicht von irgendwo, sondern buchstäblich von
der Türschwelle des LAPD aus. Er hatte dem LAPD *erlaubt*,
seinen Anruf zurückzuverfolgen, und sogar gewartet, bis
die Abstimmung vorüber war, ehe er die Botschaft auf das
Display der Kamera geschrieben und diese dann in einem
Abfallkorb im City Hall Park deponiert hatte. Und wie zum
Hohn hatte er alles so perfekt getimt, dass genau zu diesem
Zeitpunkt der abendliche Stoßverkehr einsetzte. Auf die
Weise hatte er sich in Sichtweite aufhalten und dennoch in
der Masse der Menschen unsichtbar bleiben können. Er
war ihnen so nahe gewesen und gleichzeitig unauffindbar.

Der Killer hat Sie von Anfang an zum Narren gehalten. Erneut hallte die Feststellung durch Hunters Kopf.

Womit hatte er sie sonst noch geködert? Mit der Abkürzung SSV? Den zwei verschiedenen Ziffernfolgen – 678
und 0123? Der Botschaft *Der Teufel im Innern*? Dem Camcorder? Hatte irgendetwas davon überhaupt eine Bedeutung,
oder diente alles ausschließlich dem Zweck, die Polizei zu
verwirren, damit sie sich völlig kopflos im Kreis drehte?

Nun, wenn das sein Ziel war, hatte er es definitiv erreicht.

Vielleicht war nicht einmal der vom gläsernen Sarg
reflektierte Infusionsständer ein Versehen gewesen. Vielleicht hatte der Killer ihn absichtlich dorthin gestellt. Noch
ein Detail, das die Sache verkomplizierte.

Hunter nahm beide Hände vors Gesicht und massierte mit den Handballen seine müden Augen. Je länger er über den Fall nachdachte, desto schlimmer wurde sein Kopfweh. Wie sollte er Antworten finden, wenn er nicht einmal mehr wusste, welche Fragen er eigentlich stellen sollte?

»Habt ihr heute diese Sache im Internet gesehen?«, hörte er den Barmann eine Brünette und eine Rothaarige am Tresen fragen, während er ihnen Cocktails mixte.

Hunters Blick glitt unauffällig in ihre Richtung.

»Habe ich«, sagte die Rothaarige. »So was von widerlich. Und alle sagen, dass es nicht gespielt war.«

»War's auch nicht«, bestätigte die Brünette. »Das stand doch in der Zeitung. Vor ein paar Tagen hat er schon den Mord an dieser *L. A. Times*-Reporterin im Internet gezeigt.«

»Hast du es denn heute auch gesehen?«, fragte die Rothaarige ihre Freundin.

Die Brünette schüttelte den Kopf. »Alle im Büro haben praktisch an ihren Bildschirmen geklebt, aber ich konnte das nicht. Von so was wird mir übel. Ich kann nicht glauben, dass es jetzt schon so was im Internet gibt.«

»Aber du schon, ja?«, wandte sich der Barmann an die Rothaarige.

Sie nickte.

»Dann ist jetzt wohl die Preisfrage: Hast du auch abgestimmt?«, fragte er.

Sie schob sich die Haare hinters Ohr und schüttelte den Kopf. »Nein. Bist du verrückt? Du etwa?«

Der Blick des Barmanns huschte kurz zur Brünetten, dann zurück zur Rothaarigen. »Äh … nein, habe ich nicht. Aber angeschaut habe ich's mir.«

Selbst von seinem Platz aus konnte Hunter die Signale lesen. Sie logen beide.

Hunters Handy leuchtete auf und vibrierte auf dem Tisch. Stirnrunzelnd las er den Namen auf dem Display, ehe er abnahm. »Michelle?«

»Robert, tut mir leid, dass ich so spät am Feierabend noch anrufe.«

Hunter warf einen Blick auf seine Armbanduhr. »So spät ist es ja noch nicht, und richtig Feierabend habe ich ... praktisch nie.«

Michelle begann etwas zu sagen, verstummte jedoch mitten im Wort. »Äh ... höre ich da etwa Black Stone Cherry im Hintergrund?«

Hunter hielt inne und lauschte einen Moment lang der Musik. Der Song hieß »Blame it on the Boom Boom«. »Stimmt«, sagte er. »Kennen Sie die Band?«

Michelle hätte sich angesichts dieser Frage fast verschluckt. »Ob ich Black Stone Cherry kenne? Soll das ein Witz sein? Die habe ich schon mehrmals live gesehen. Wo sind Sie gerade?«

»Im Rainbow Bar and Grill am Sunset Strip.«

»Im Ernst? Das ist eine meiner Lieblingsbars in L. A.« Sie zögerte kurz. »Ich bin ganz in der Nähe. Haben Sie was dagegen, wenn ich mich Ihnen anschließe?«

Hunter betrachtete sein fast leeres Glas. »Gar nicht. Ich habe gerade erst angefangen.«

84

Das Rainbow Bar and Grill war ein berühmtes, traditionsreiches Restaurant mit angeschlossener Bar am Sunset Boulevard. Der Dekor war schlicht, erfüllte aber seinen Zweck: geräumige Sitznischen aus rotem Vinyl und dunklem Holz. Jeder Quadratzentimeter Wand war mit Fotos von Rockstars zugepflastert. Seit den Achtzigern war das Rainbow als ein beliebter Ort für Rockmusiker und deren Fans bekannt, und die Atmosphäre hier war mit die zwangloseste in ganz West Hollywood. Das Essen und die hervorragende Auswahl an Single Malt Whiskys waren auch nicht zu verachten.

Als Michelle fünfundzwanzig Minuten nach ihrem Anruf bei Hunter in der Bar eintraf, herrschte dort bereits reger Betrieb. Sie trug eine hautenge Stonewashed-Jeans mit einem durch vieles Tragen ganz natürlich entstandenen Riss am rechten Knie, schwarze Boots und ein altes Motörhead-Tanktop unter einer schweren Lederjacke mit silbernen Verzierungen. Die Haare trug sie offen und zerzaust in einer Art Rock-Chick-Style. Ihre Smoky Eyes ergänzten den Look perfekt, und als sie durch die Bar auf Hunter zusteuerte, sah er, wie sich mehrere Köpfe nach ihr umdrehten.

Hunter stand auf, um sie zu begrüßen, und ihre Lippen verzogen sich zu etwas, von dem er nicht ganz genau wusste, ob es sich um ein Lächeln oder etwas anderes handelte.

»Ich hätte niemals gedacht, dass Sie in so einen Laden gehen«, sagte sie, während sie sich die Jacke von den Schultern gleiten ließ. Seltsamerweise erschienen die Farben ihrer Tattoos im schummrigen Barlicht noch leuchtender.

»Hin und wieder«, gab Hunter zurück und wies auf den Stuhl gegenüber. »Ich habe einen Jack Daniels mit Cola light für Sie bestellt. Ich hoffe, das ist in Ordnung.« Der Drink stand bereits auf dem Tisch.

Michelle sah ihn mit leicht zusammengekniffenen Augen an. »Woher wussten Sie, dass ich JD Cola trinke?«

Hunter zuckte mit den Achseln. »Geraten.«

Ihre Augen wurden noch schmaler, als sie ihn musterte. »Stimmt nicht. Sie wussten es. Woher?«

Hunter setzte sich wieder und nippte an seinem Whisky.

»Woher wussten Sie, dass ich Jack Daniels Cola trinke?« Michelles Tonfall wurde schärfer, allerdings nicht aggressiv.

Hunter stellte sein Glas ab. »Gute Beobachtungsgabe.«

Seine Antwort genügte ihr nicht. Ihr Blick war noch genauso intensiv wie vorher.

»Sie haben da so ein gerahmtes Bild auf Ihrem Schreibtisch stehen«, erklärte Hunter schließlich.

Michelle überlegte kurz.

Halb hinter einem der Monitore auf ihrem Schreibtisch versteckt stand ein Foto von ihr mit dem Sänger und Gitarristen einer amerikanischen Band namens Hinder. Sie alle grinsten in die Kamera und hielten ihre Gläser in die Höhe. Die Bandmitglieder tranken ganz offensichtlich Whisky pur, aber Michelles Glas enthielt etwas, das aussah wie Cola, allerdings erkannte man an ihrem Blick, dass sie nicht mehr ganz nüchtern war. Das Bild steckte in einem Rahmen, der die Form einer Jack-Daniels-Flasche hatte.

Michelles Lächeln war echt. »Nicht schlecht«, lobte sie. »Aber woher wussten Sie, dass es Cola light ist und nicht normale Cola oder Pepsi oder Tab oder was weiß ich?«

»Der Papierkorb neben Ihrem Schreibtisch«, lautete Hunters Antwort.

Wieder ein Lächeln. In Michelles Papierkorb oder auf ihrem Schreibtisch befand sich immer mindestens eine Dose Cola light. Sie mochte sie lieber als Kaffee und trank mehrere Dosen am Tag. »Wirklich, Respekt.« Sie griff nach ihrem Glas und stieß mit Hunter an. »Auf Beobachtungsgabe und einfache Deduktion. Kein Wunder, dass Sie Detective sind. Und ja, JD Cola light ist mein Lieblingsgetränk. Danke.« Sie trank rasch einen Schluck, ehe ihr Blick an Hunters linker Schulter vorbei in den Raum ging und dort einige Sekunden lang an etwas hängen blieb.

»Alles in Ordnung?«, fragte Hunter, ohne sich umzudrehen.

»Hinter Ihnen an der Bar saß so ein Typ, ganz am Ende der Theke beim Eingang. Er ist gerade eben gegangen, aber ich glaube, ich kenne ihn von irgendwoher.«

»Kurze blonde Haare, Nasenpiercing, Dreitagebart, etwa siebzig Kilo ... Jeansjacke, schwarzes T-Shirt, hat Bier und Tequila getrunken?«, erkundigte sich Hunter. Noch immer hatte er sich nicht umgedreht.

»Genau der«, sagte Michelle. »Kennen Sie den?«

Hunter schüttelte den Kopf. »Ich habe ihn beim Reinkommen gesehen. Schien schon eine ganze Weile hier zu sein.«

Michelle lachte leise. »Sie haben ihn beim Reinkommen gesehen – ein paar Sekunden lang –, und Sie erinnern sich noch an so viele Details?«

Hunter machte eine Bewegung, die halb Nicken, halb Achselzucken war.

»Sie beobachten und speichern alles, ohne dass Sie es überhaupt merken, stimmt's? Ein guter Detective ist immer im Dienst. Immer hellwach, auf alles vorbereitet.«

Hunter schwieg.

Sie ließ den Blick kurz durch die Bar schweifen, ehe sie sich nach vorn beugte und beide Ellbogen auf die Tischplatte stützte. »Okay. Test. Die vier links hinter Ihnen neben dem Tresen, ungefähr in der Mitte. Haarfarbe?«

Hunter lehnte sich zurück, genehmigte sich noch einen Schluck von seinem Scotch und sah Michelle fragend an.

»Na los, Robert, seien Sie kein Spielverderber. Haarfarbe?«

»Die Frauen sind beide blond«, sagte Hunter schließlich, ohne sich umzuschauen. »Obwohl das nicht ihre natürliche Haarfarbe ist. Eine hat schulterlanges Haar, die andere trägt Pferdeschwanz. Einer der Männer hat dunkelblonde Locken, der andere schwarz gefärbte, leicht wellige Haare mit ziemlich großen Koteletten.«

»Ungefähres Alter?«

»Alle vier Anfang dreißig.«

»Drinks?«

»Die Frauen trinken Weißwein, die Männer Bier – Lockenkopf hat ein mexikanisches mit einem Stück Zitrone, der Schwarze trinkt Bud.«

»Sonst noch was, was Sie mir über sie sagen können?«, fragte Michelle.

»Wahrscheinlich ist das hier ihr erstes Double Date, sie wirken nämlich alle ein bisschen nervös. Ihrer Körpersprache nach zu urteilen, wird zwischen der Blonden mit dem Pferdeschwanz und dem Schwarzhaarigen was laufen, wahrscheinlich sogar noch heute Abend. Bei den anderen beiden bin ich mir nicht so sicher. Sie scheint nicht sonderlich interessiert an ihm zu sein, wahrscheinlich ist sie eher aus Gefälligkeit für ihre Freundin mitgekommen.«

Michelle musterte Hunter mit einem leisen Lächeln auf den Lippen, sagte jedoch zunächst nichts. Sie schien über etwas nachzudenken. »Sie sind definitiv ein sehr interessanter und faszinierender Mann, Robert.«

Hunter wusste nicht recht, ob das als Kompliment gemeint war.

Michelle nippte erneut an ihrem Drink und holte dann tief Luft. »Wir sind heute noch auf was Neues gestoßen.« Schlagartig wurde ihr Tonfall ernst. Die Spielchen waren vorbei.

»Was die Übertragung von heute Nachmittag angeht?«

Hunter wusste bereits, dass sich das Video rasend schnell im Netz verbreitet hatte. Ausschnitte daraus, einzelne Bilder, sogar die gesamten neunzehn Minuten und vierunddreißig Sekunden waren auf so vielen Internetseiten hochgeladen worden, dass sie den Überblick längst verloren hatten. Falls es da draußen noch irgendjemanden gab, der den Film nicht gesehen hatte, würde das nicht lange so bleiben.

»Ehrlich gesagt könnte es auch die vorangegangene Übertragung betreffen, dummerweise haben wir keine Möglichkeit, das nachzuprüfen.«

Jetzt war Hunter derjenige, der sich vorbeugte und die Ellbogen auf den Tisch stellte.

»Ich hab's Ihnen ja schon mal gesagt«, fuhr Michelle fort. »Wir kriegen es nicht oft mit Kriminellen zu tun, die sich so gut gegen unsere Angriffe schützen können. Ich bin mir einigermaßen sicher, dass wir früher oder später einen Weg finden würden, seinen Schutz zu knacken, aber dafür fehlt uns die Zeit, denn jedes Mal, wenn er sendet, heißt das, dass wieder jemand gefoltert und ermordet wird.« Sie hielt inne und leerte ihr Glas in einem langen Zug. Ihre Hände zitterten ein klein wenig. Hunter brauchte nicht viel Fantasie, um sich vorzustellen, dass ihr Bilder vom dritten Opfer durch den Kopf geisterten, wie es auf der Streckbank in Stücke gerissen wurde.

»Während der Übertragung heute«, fuhr Michelle fort, »haben wir ihn wieder mit allem attackiert, was uns zur Verfügung steht, und das Ergebnis war genau dasselbe wie vorher – wir hatten keine Chance. Jedes Mal, wenn wir einen Schutzwall überwunden hatten, wartete dahinter ein neuer, noch größerer auf uns.«

Hunter konnte ihr ansehen, wie frustriert sie war.

»Dabei waren wir heute nicht mal die Einzigen, die versucht haben, an ihn ranzukommen.«

»Was meinen Sie damit?«

»Ich hatte mich vorher schon mit dem Chef der Abteilung für Cyberkriminalität in Washington in Verbindung gesetzt. Deren Büro hat hauptsächlich mit Cyberterrorismus zu tun, was großartig ist, weil ich wusste, dass sie an die Sache anders rangehen würden.« Sie legte den Kopf ein klein wenig schief – eine beinahe kokette Geste. »Außerdem habe ich einen sehr guten Freund in Michigan angerufen. Jemanden von früher, bevor ich zum FBI gegangen bin. Er arbeitet nicht für irgendwelche Behörden, ist aber der beste Programmierer und Hacker, den ich kenne, mit Ausnahme von Harry. Ich dachte, vielleicht kann der uns helfen, vor allem, weil er das Ganze nicht aus der Sicht eines Cops betrachtet.«

Sie hielt kurz inne, vielleicht erwartete sie einen missbilligenden Blick oder tadelnde Worte von Hunter, weil sie die Aktion nicht mit ihm abgesprochen hatte. Beides blieb aus.

»Okay«, sagte er. »Und hatten die beiden mehr Erfolg als Sie?«

»Das ist es ja gerade, Robert«, sagte Michelle. »Keiner von den beiden konnte die Seite überhaupt aufrufen.«

»Was? Wie kann das sein?«

»Der Zugriff wurde ihnen verweigert.«

Hunter hatte die Stirn in tiefe Falten gelegt.

»Der Killer hat dasselbe Programm zum Ausschluss von IP-Adressen benutzt, das uns gestern daran gehindert hat, die Aufnahmen von Carlos' Frau zu sehen.«

Schweigend verarbeitete Hunter diese neue Information.

»Wie schon gesagt«, fuhr Michelle fort, »die IP-Adresse eines Computers ist teilweise aufgebaut wie eine Telefonnummer. Sie hat ein Präfix, mit dem das Land, der Bundesstaat und sogar die Stadt bezeichnet wird, in der der Computer steht.«

Hunter nickte.

»Und genau so hat der Killer es gemacht. Er hat alle IP-Adressen außerhalb Kaliforniens blockiert.«

»Den Rest der Welt auch?«

Michelle nickte. »Nur Kalifornien hatte Zugriff auf die Seite, sonst konnte niemand den Film sehen.«

Hunter stieß langsam die Luft aus. Nun war zu den vielen Fragen in seinem Kopf noch eine weitere dazugekommen: Wieso hatte der Täter die Übertragung regional begrenzt? Vom ersten Tag an hatte Hunter das Gefühl gehabt, dass der Killer im Grunde nichts anderes wollte, als seine persönliche, morbide und grausame Hinrichtungsshow zu inszenieren. Etwas im Stil der zahllosen Reality-Shows, die auf privaten und öffentlichen Fernsehsendern um die Gunst der Zuschauer buhlten. Er war davon ausgegangen, dass der Killer damit zeigen wollte, wie verdorben die Welt war. Dass eine Prominenten- und »Reality«-süchtige Gesellschaft bei absolut allem mitmachen, über absolut alles abstimmen würde, sogar über den Tod eines Menschen, wenn man es ihr nur richtig servierte. Und das eine, worum alle Reality-Shows kämpften, waren Einschaltquoten. Je mehr Zuschauer, desto erfolgreicher die Show. Weshalb also sollte der Täter sein Publikum absichtlich auf den Staat Kalifornien beschränken, wenn er seine Show doch in der ganzen Welt hätte zeigen können?

Als hätte sie Hunters Gedanken gelesen, sagte Michelle: »Nein, mir fällt auch kein Grund ein, weshalb er das gemacht haben könnte.«

Beide schwiegen eine Weile.

»Ich hatte noch keine Zeit, die Aufnahmen von heute Nachmittag genauer zu analysieren«, sagte Michelle schließlich. Sie hielt inne. Schaute auf ihr Glas und dann wieder hoch zu Hunter. »Nein, das ist gelogen. Ich hab's einfach nicht über mich gebracht. Und ich habe einen solchen Horror davor, es aber bald tun zu müssen. Ich habe einen Horror davor, dass wir nicht an ihn rankommen und dass er früher oder später wieder auf Sendung geht.«

Zum allerersten Mal sah Hunter einen Anflug von Furcht in Michelles Augen. Es war die Art von Furcht, die tagsüber entsteht und nachts, um ein Vielfaches verstärkt, in Alpträumen Gestalt annimmt. In dieser Nacht würde Michelle alles tun, um nicht schlafen zu müssen.

85

Hunter und Michelle blieben im Rainbow, bis es zumachte. Schon bald nach Michelles Mitteilung, dass der Killer alle IP-Adressen außerhalb Kaliforniens von seiner Übertragung ausgeschlossen hatte, wurde beiden klar, dass sie ihren Köpfen dringend eine Pause von dem Fall gönnen mussten, selbst wenn es nur ein paar Stunden wären. Hunter tat sein Bestes, die Stimmung zu heben und das Thema aus ihrer Unterhaltung herauszuhalten.

Der Alkohol hatte sie ein wenig lockerer gemacht, und sie sprachen über Musik, Filme, Hobbys, Lieblingsdrinks, Essen, sogar Sport. Hunter erfuhr, dass Michelle eine passable Standardtänzerin war und einmal einen FBI-Trainer durch einen Tritt in die Weichteile außer Gefecht gesetzt hatte, nachdem dieser sie während einer Nahkampfübung begrabscht hatte. Michelle wiederum fand heraus, dass Hunter noch niemals im Ausland gewesen war, Blumenkohl hasste und sich als Jugendlicher selbst das Keyboardspielen beigebracht und sich einer Band angeschlossen hatte, um ein Mädchen zu beeindrucken. Funktioniert hatte es nicht. Das Mädchen hatte sich in den Gitarristen verliebt.

Nachdem das Rainbow seine Türen für die Nacht geschlossen hatte, rief Hunter Michelle ein Taxi und nahm sich dann selbst eins.

Irgendwann in den frühen Morgenstunden musste er eingenickt sein, denn als er aufwachte, wurde es draußen vor seinem Wohnzimmerfenster gerade hell. Seine Nackenmuskeln waren steif, und jedes seiner Gelenke schmerzte, weil er auf einem unbequemen Stuhl eingeschlafen war.

Er duschte schnell und frühstückte noch schneller, ehe er Garcia anrief und ihm mitteilte, dass er das Warten leid sei und beschlossen habe, Thomas Paulsen noch diesen

Vormittag einen Besuch abzustatten. Sicher, sie hatten nichts in der Hand, was eine Befragung des Software-Millionärs gerechtfertigt hätte, außer der Tatsache, dass ihr zweites Opfer Christina Stevenson einen rufschädigenden Artikel über seine jahrelang andauernde, systematische sexuelle Ausbeutung weiblicher Mitarbeiter geschrieben hatte. Einen Artikel, der Paulsen Millionen gekostet, seine siebenundzwanzigjährige Ehe ruiniert und die Beziehung zu seiner einzigen Tochter nachhaltig beschädigt hatte. Hunter war sich durchaus im Klaren darüber, dass es bislang nichts gab, was Paulsen mit dem ersten oder dritten Opfer in Verbindung brachte, doch die Erfahrung hatte ihn gelehrt, dass sich aus einem persönlichen Gespräch in wenigen Minuten oft viel mehr ergab als aus tagelangen Recherchen am Schreibtisch.

PaulsenSystems lag in unmittelbarer Nachbarschaft des Ventura Freeway im sehr wohlhabenden Viertel Woodland Hills in San Fernando Valley im Nordwesten von Los Angeles. Hunter hatte vorher in der Firma angerufen. Er wollte sich vergewissern, dass Thomas Paulsen an diesem Tag in der Firma war, und die Sekretärin hatte ihm dies zugesichert. Einen Termin hatte er nicht vereinbart.

Die Fahrt vom PAB aus dauerte etwas mehr als eine Stunde. Der Verkehr war so dicht wie an jedem Morgen, und Hunter nutzte die Zeit, seinem Partner zu berichten, was Michelle ihm am Abend zuvor erzählt hatte. Auch Garcia konnte sich keinen Reim darauf machen. Er hatte ebenso wie sein Partner geglaubt, dass der Killer auf möglichst viele Zuschauer aus war. Wieso hatte er also die Übertragung auf Kalifornien begrenzt?

Die einzige Schlussfolgerung, die sich daraus ziehen ließ, war, dass der Täter einen sehr persönlichen Grund dafür haben musste – wie auch immer dieser aussah.

Der Hauptsitz von PaulsenSystems war ein imposantes Gebäude mit L-förmigem Grundriss und einer Front aus

Spiegelglas und dunklem Granit. Es lag an der Ecke Burbank und Topanga Canyon Boulevard. Der Haupteingang war von der Straße aus nicht zu sehen, weil er hinter dem großen Parkplatz an der rückwärtigen Seite des Gebäudes lag. Eine elegante Treppe, eingerahmt von zwei farbenprächtigen Beeten, führte hinauf in die stark klimatisierte, hell erleuchtete Empfangshalle. Die Luft im Innern duftete zart nach Strand-Silberkraut und einem Hauch von Blauregen.

»Nett«, bemerkte Garcia, als sie durch die automatischen Schiebetüren traten. »Mal eine Abwechslung zu dem Schweißmief, der einem entgegenschlägt, wenn man ins PAB kommt.«

In der Mitte der geräumigen Halle lag wie eine Insel ein runder Empfangstresen. Dahinter saß eine zierliche asiatische Rezeptionistin mit langen glatten schwarzen Haaren. Sie lächelte die beiden Detectives an. Ihre dunklen Augen glänzten wie zwei polierte Murmeln.

»Herzlich willkommen bei PaulsenSystems«, grüßte sie. Ihre Stimme war samtig und warm. »Wie kann ich Ihnen weiterhelfen, meine Herren?«

»Hallo«, sagte Hunter. Er bedauerte, dass sein Lächeln nicht dieselbe Strahlkraft hatte wie ihres. »Wir wüssten gern, ob es möglich wäre, kurz mit Mr Paulsen zu sprechen.«

Die Frau wandte sich ihrem Computer zu, auf dem sie zweifellos Paulsens aktuelle Termine einsehen konnte. Hunter ersparte ihr die Mühe.

»Wir haben keinen Termin«, klärte er sie auf und zeigte ihr seine Marke. »Aber die Angelegenheit, in der wir hier sind, ist dringend, deshalb wären wir sehr dankbar, wenn Mr Paulsen uns heute Morgen ein paar Minuten seiner Zeit opfern könnte.«

Die Rezeptionistin lächelte abermals und nickte, bevor sie hinter dem Tresen nach ihrem Telefon griff. Sie sprach leise und schnell. Hunter hörte heraus, dass sie nicht mit Thomas Paulsen selbst sprach, sondern mit einer Sekretärin oder Assistentin.

Sekunden später nahm Thomas Paulsen hinter seinem handgearbeiteten Eichentisch den Hörer ab und lauschte einige Sekunden. Ein spöttisches Grinsen umspielte seine Lippen. Er lehnte sich in seinem Ledersessel zurück und wippte ein paarmal auf und ab.

»Habe ich jetzt einen Termin?«, fragte er.

»Die nächste Stunde sind Sie frei, Mr Paulsen«, antwortete seine Assistentin. »Ihr nächster Termin ist um zwölf Uhr fünfundvierzig.«

»Also gut«, sagte Paulsen und überlegte. »Sie können den Detectives sagen, dass ich ein paar Minuten für sie erübrigen kann, aber lassen Sie sie warten. Ich empfange sie, wenn ich so weit bin. Ach, und Joanne ...«

»Ja, Mr Paulsen?«

»Die beiden sollen unten in der Lobby warten, nicht in meinem Vorzimmer. Ich will keinen schlechten Geruch hier oben.«

»Selbstverständlich, Mr Paulsen.«

Er legte auf, erhob sich und ging zu dem großen Panoramafenster mit Blick auf die Santa Monica Mountains. Am liebsten hätte er laut gelacht, doch er gestattete sich lediglich ein selbstzufriedenes Schmunzeln.

Wurde auch höchste Zeit, dass die hier aufkreuzen.

86

Also warteten sie ...

Selbst die zierliche Asiatin am Empfang wirkte, nachdem etwa zehn Minuten verstrichen waren, peinlich berührt. Sie kam mehrmals an ihren Platz und bot ihnen Mineralwasser, Kaffee, Kekse, Saft an ... Als sie alles ablehnten, schlug sie vor, dass sie jemanden losschicken könne, um Donuts zu besorgen. Das entlockte Hunter und Garcia ein Lachen.

Neunundzwanzig zähe, frustrierende Minuten nachdem sie PaulsenSystems betreten hatten, erhielt die Rezeptionistin endlich die Erlaubnis, die beiden Detectives hochzuschicken. Sie bat sie ein weiteres Mal um Entschuldigung, ehe sie ihnen erklärte, sie sollten mit dem Fahrstuhl ins oberste Stockwerk fahren, dort würde sie jemand in Empfang nehmen.

Die Fahrstuhltüren öffneten sich, und sie betraten eine weitere, sehr elegant möblierte Lobby. Drei mit schwarzem Leder bezogene Sofas standen auf antiken Perserteppichen, darum herum mehrere zeitgenössische amerikanische Plastiken. An den Wänden hing eine beeindruckende Sammlung echter Gemälde.

Unmittelbar vor dem Fahrstuhl unter einem Halogenspot wartete Joanne, Thomas Paulsens persönliche Assistentin. Ihre langen roten Haare glänzten im Licht. Als Hunter und Garcia aus dem Fahrstuhl traten, lächelte sie ihnen zu.

»Guten Morgen, die Herren«, sagte sie in vollendet professionellem Ton. »Ich bin Joanne Saunders, Mr Paulsens persönliche Assistentin.« Sie reichte ihnen ihre manikürte Hand. Beide Detectives schüttelten sie und stellten sich vor. »Wenn Sie mir bitte folgen wollen, Mr Paulsen erwartet Sie in seinem Büro.«

Sie folgten der Assistentin durchs Vorzimmer und einen sanft beleuchteten Gang entlang, der vor einer auf Hochglanz polierten hölzernen Doppeltür endete. Joanne klopfte zweimal, wartete einen Moment und öffnete dann die Tür, die in ein riesiges, luxuriös eingerichtetes Büro führte.

»Mr Paulsen«, verkündete sie. »Detective Robert Hunter

und Detective Carlos Garcia vom Los Angeles Police Department für Sie.«

Thomas Paulsen stand mit dem Rücken zu ihnen und sah aus dem Fenster. Er nickte, ohne sich jedoch die Mühe zu machen, sich zu ihnen umzudrehen. »Vielen Dank, Joanne.«

Die Assistentin zog sich zurück und schloss lautlos die Tür hinter sich.

Hunter und Garcia standen in der Nähe der Tür und sahen sich rasch im Büro um: auch hier schwarzes Leder und dicke Teppiche. Zwei in die Wand eingelassene Bücherregale mit Büchern über Programmiersprachen, Internetsicherheit und Finanzen teilten sich die nördliche Wand mit weiteren teuer aussehenden Kunstwerken. Die südliche Wand des Büros war das, was man eine »Ego-Wand« nannte – ein Sammelsurium aus gerahmten Fotografien, wie Thomas Paulsen strahlend bekannten und weniger bekannten Persönlichkeiten die Hand schüttelte; Urkunden, die zeigten, wie hochspezialisiert und qualifiziert er war; sowie einigen glänzenden Plaketten, die klare Beweise dafür lieferten, wie viel hochverdiente Anerkennung ihm im Laufe der Jahre zuteilgeworden war.

»Was für eine wunderschöne Stadt, nicht wahr, Gentlemen?«, sagte Paulsen, noch immer mit Blick aus dem Fenster. Er war groß und breitschultrig, und selbst unter dem eleganten Nadelstreifenanzug ließ sich sein schlanker, aber muskulöser Körperbau erahnen. Seine Stimme war trocken und gebieterisch – eben die Stimme eines Menschen, der es gewohnt war, Befehle zu erteilen und seinen Willen zu bekommen.

Weder Hunter noch Garcia sagten etwas dazu.

Endlich drehte Paulsen sich zu ihnen um. Er hatte ein schmales, für einen Mann Anfang fünfzig bemerkenswert frisches Gesicht. Seine kurzen, grau melierten Haare waren glatt aus der Stirn gekämmt, was ihm einen jugendlichen Charme verlieh. Seine hellblauen Augen schauten wissend wie die eines Professors, und aus ihren Tiefen leuchtete eine beinahe beunruhigende Intensität. Kein Zweifel: Er war ein attraktiver Mann, trotz der krummen Nase, die er sich in der Vergangenheit das eine oder andere Mal gebrochen zu haben schien. Er hatte ein breites Kinn, ausgeprägte Wangenknochen und volle Lippen. Eine dünne Narbe zierte die Spitze seines Kinns. Alles an ihm strahlte enorme Selbstsicherheit aus, doch seine Aura wirkte fast bedrohlich. Er lächelte nicht, er grinste spöttisch.

»Setzen Sie sich doch, bitte«, sagte er und wies auf die zwei Sessel vor seinem Schreibtisch.

Hunter nahm den linken, Garcia den rechten. Kein Händeschütteln. Paulsen blieb am Fenster stehen.

»Entschuldigen Sie, dass wir unangemeldet bei Ihnen reinplatzen, Mr Paulsen. Uns ist klar, dass Sie ein vielbeschäftigter Mann sind ...«, begann Garcia in seinem höflichsten Tonfall, doch Paulsen schnitt ihm mit einer unwirschen Handbewegung das Wort ab.

»Sie sind nicht bei mir *reingeplatzt*, Detective Garcia. Denn wenn Sie das getan hätten, noch dazu ohne den entsprechenden Beschluss, dann wäre jetzt mein Anwalt hier, ich hätte Sie beide aus dem Gebäude entfernen lassen und bei Ihrem Captain sowie dem Polizeichef Beschwerde gegen Sie eingereicht – und zwar so schnell, dass Sie das Gefühl gehabt hätten, die Zeit würde rückwärts laufen.« Es lag keine Spur von Wut oder auch Ironie in seiner Stimme. »Sie sind hier, weil ich Ihnen gestatte, hier zu sein. Aber wie Sie ganz richtig sagten, ich bin ein vielbeschäftigter Mann, und ich habe in wenigen Minuten eine wichtige Besprechung, insofern schlage ich vor, dass wir die Zeit bis dahin weise nutzen.«

Garcia war so verblüfft über Paulsens Ansage, dass er erst einmal schwieg.

Paulsen spürte seine Unsicherheit und nutzte sie aus.

»Höflichkeiten sind überflüssig, und es besteht auch kein Anlass, um den heißen Brei herumzureden. Ich weiß, warum Sie gekommen sind, also lassen Sie uns die Sache einfach hinter uns bringen, einverstanden?«

Hunter durchschaute Paulsens Taktik sofort. Er wollte um jeden Preis die Kontrolle über das Gespräch behalten. Er hatte sie auch nicht deshalb so lange warten lassen, weil er zu tun hatte, sondern weil Warten selbst die gelassensten Menschen irgendwann zermürbt. In einem Manöver wie aus dem Lehrbuch hatte er gleich zu Beginn der Begegnung die Position des Überlegenen für sich beansprucht – er stand, während sie saßen. Es hatte keinerlei Körperkontakt gegeben, und Paulsen wahrte eine angemessene Distanz zu den beiden Detectives. Dadurch machte er die Begegnung unpersönlich, als würde er jemanden für einen Hilfsjob interviewen. Außerdem achtete Paulsen darauf, ebenso ruhig zu sprechen wie Garcia, allerdings eine Spur lauter und bestimmender, um Autorität zu demonstrieren. Thomas Paulsen war ein sehr erfahrener Mann und nicht leicht einzuschüchtern. Trotzdem wollte Hunter ihm unbedingt die Gelegenheit geben, sein Spiel weiterzuspielen ... fürs Erste wenigstens.

»Sie wissen bereits, weshalb wir hier sind?«, fragte er, ganz bewusst leiser als ihr Gastgeber.

»Detective Hunter, bitte. Sehen Sie sich doch um.« Paulsen hob beide Hände, die Handflächen nach oben. »Ich habe all das hier nicht durch pures Glück erreicht, wie Ihnen meine Akte bestimmt verraten hat. Sicher, ich kann mich Ihnen gegenüber dumm stellen und so tun, als wüsste ich nicht, worum es bei diesem Besuch geht.« Paulsen wirkte gelangweilt, als er die Hemdmanschetten unter den Ärmeln seines Jacketts zurechtzog. »Und wenn der wahre Grund für Ihr Hiersein dann schließlich ans Licht kommt, kann ich so tun, als wäre ich empört und beleidigt, aber mein Gott ...« Wieder umspielte ein Grinsen seine Lippen.

»Ich habe keine Zeit für solche Kinkerlitzchen. Und ich bin mir sicher, dass auch Sie Ihre Zeit lieber dafür verwenden würden, um ein bisschen weiter im Nebel herumzustochern.«

Garcia zog die Augenbrauen hoch und schielte zu Hunter, der sich auf seinem Stuhl zurückgelehnt und bequem die Beine übereinandergeschlagen hatte.

»Wie kommen Sie darauf, dass wir im Nebel herumstochern?«, erkundigte er sich.

Paulsen warf den Kopf in den Nacken und lachte aus vollem Halse. »Detective, ich bitte Sie ... Das hier ist keine Sitzung beim Psychoanalytiker. Ihre ›zweideutigen‹ Fragen werden Sie nicht weiterbringen, außerdem«, er sah auf seine Uhr, »tick, tack, tick, tack ... die Zeit rennt davon ... zumindest für Sie.«

Paulsen sprach und gab sich wie ein Mann, der im Leben keinerlei Sorgen kannte. Die Hände in den Hosentaschen, schlenderte er zu seinem Schreibtisch. Bevor Hunter oder Garcia die nächste Frage stellen konnte, hatte er bereits weitergeredet.

»Aber schön, dieses eine Mal werde ich Ihnen den Gefallen tun. Der Grund, weshalb Sie hier sind, sind Ihre Ermittlungen im Fall dieser ... nennen wir es mal ... ›Internet-Show-Morde‹. Und dass Christina Stevenson eins der Opfer war.« Sein Blick ging von Hunters Gesicht zu Garcias und dann wieder zu Hunters, ehe er entschieden nickte. »Ja, ich habe die Übertragung auch gesehen. Einmalig, oder?« Er schob der Frage ein Lachen hinterher.

Keine Antwort.

Paulsen fuhr fort.

»Und dass Sie im Nebel stochern, ergibt sich allein schon aus der Tatsache, dass Sie jetzt hier in meinem Büro sitzen. Der einzige Grund dafür ist nämlich, dass Sie nichts vorzuweisen haben ... absolut gar nichts. Ich bin Ihre einzige ›Person von besonderem polizeilichen Interesse‹ – nennt man das bei Ihnen nicht so?« Er lächelte spöttisch. »Und der einzige Grund, weshalb ich von besonderem polizeilichen Interesse bin, ist ein Artikel, den Ms Stevenson vor Monaten geschrieben hat und der einen winzig kleinen Punkt auf Ihrem Radar hinterlassen hat. Hätten Sie einen richtigen Verdächtigen auf Ihrer Liste, irgendeine andere Person von Interesse, dann wären Sie jetzt dort und nicht hier. Sie klammern sich an Strohhalme. Sie wissen es, ich weiß es.«

»Und woher wollen Sie wissen, dass wir nicht schon mit anderen geredet haben?«, fragte Garcia.

Wieder ein Lacher von Paulsen. »Ihre verzweifelten Gesichter sind ein ziemlich guter Indikator dafür.« Er hielt inne und warf erneut einen Blick auf die Uhr. »Ihr Appell an die Medien?« Ein unbekümmertes Schulterzucken. »Sie sind mit Ihrem Latein am Ende ... tappen völlig im Dunkeln. Ein Blinder sieht das. Und jetzt sind Sie hier, um sich ein Bild von mir zu machen.« Er richtete seine Krawatte. »Lassen Sie mich Ihnen in der Sache behilflich sein. Bin ich froh, dass Christina Stevenson tot ist? Ich bin entzückt. Fühle ich mich schuldig, weil sie vor ihrem Tod gefoltert wurde? Nicht im Geringsten. Verfüge ich über das Fachwissen, den IQ, die Mittel und die Nerven, einen solchen Mord durchzuziehen und dann in den Weiten des Cyberspace zu verschwinden, ehe Sie auch nur wissen, wie Ihnen geschieht? Darauf können Sie Ihr letztes Hemd verwetten. Kannte ich das Opfer von gestern? Vielleicht, vielleicht auch nicht, welchen Unterschied macht das schon? Könnte ich hinter diesen Morden stecken? Möglich. Habe ich Christina Stevenson nach Erscheinen ihres Artikels jemals bedroht? Kann schon sein. Wollte ich ihr das Leben zur Hölle machen, so wie sie mir meins zur Hölle gemacht hat? Absolut. Habe ich es geschafft? Wen kümmert's? Sie ist tot. Herzlichen Dank.« Er zwinkerte ihnen zu. »Wäre das dann alles?«

»Noch nicht ganz«, sagte Garcia.

Paulsens Arroganz machte ihn rasend, und er musste sich einen Moment Zeit nehmen, um seine Wut zu zügeln.

»Können Sie uns sagen, wo Sie gestern zwischen siebzehn und achtzehn Uhr waren?«

»Ah!« Paulsen hielt einen Finger hoch. »Die alles entscheidende Frage nach dem Aufenthaltsort zur Tatzeit. Und jetzt wird es interessant, Detective.« Er ließ die Hände wieder in die Hosentaschen verschwinden. »Mir ging es nicht so gut, daher habe ich das Büro früher verlassen. Zur fraglichen Zeit war ich zu Hause, allein, vor meinem Computer und habe mir das Spektakel auf *pickadeath.com* angesehen, wie so viele andere.« Wieder ein Grinsen. »Und bevor Sie fragen: *Nein*, es gibt niemanden, der mein Alibi bestätigen kann. Möchten Sie mich jetzt gerne verhaften?«

»Um wie viel Uhr haben Sie das Büro verlassen?«, fragte Garcia.

»Früh genug.« Schon wieder ein Blick zur Uhr. »Lassen Sie mich Ihnen eine Frage stellen, Detective Hunter, wenn ich darf. Falls ich tatsächlich hinter diesen Internet-Morden stecke, und wie gesagt, die Möglichkeit besteht, was verleitet Sie zu der Annahme, Sie könnten mich überführen?«

Ehe Hunter antworten konnte, klingelte das Telefon auf Paulsens Schreibtisch.

»Oh«, sagte er entschuldigend. »Das ist wahrscheinlich meine Assistentin, die mich an meine Besprechung erinnern will. Entschuldigen Sie mich einen Augenblick.« Er nahm ab und lauschte eine Zeitlang. »Vielen Dank, Joanne, ich komme gleich. Wir sind hier so gut wie fertig.«

Paulsen legte auf und strebte zur Tür.

Hunter und Garcia standen auf.

Die Hand an der Türklinke, zögerte Paulsen kurz und wandte sich zu den Detectives um. »Ich muss zugeben, diese Hinrichtungs-Shows im Internet sind extrem unterhaltsam, finden Sie nicht auch?« Er öffnete die Tür. »Ich frage mich, ob wohl bald schon die nächste kommt.«

87

»Was zum Teufel ist da drin gerade eben passiert?«, fragte Garcia, kaum dass er und Hunter das Gebäude verlassen hatten. Er konnte seine Wut nicht länger im Zaum halten.

»Ich bin mir nicht ganz sicher«, antwortete Hunter und sah zum Gebäude zurück. »Aber er hat mit unserem Kommen gerechnet. Schon seit geraumer Zeit, würde ich sagen. Sein kleiner Auftritt war perfekt einstudiert.«

»Wie meinst du das?«

»Wir hatten kaum Gelegenheit, eine Frage zu stellen, Carlos«, erklärte Hunter. »Paulsen hat das gesamte Treffen kontrolliert, und nicht erst als wir in seinem Büro waren, sondern von dem Moment an, als wir einen Fuß ins Gebäude gesetzt haben. Er hat uns lange warten lassen, und ich bin mir sicher, der Grund dafür war nicht, dass er zu tun hatte, sondern dass er sehen wollte, wie verzweifelt wir sind. In seinem Büro hat er sofort alles getan, um seine Überlegenheit zu demonstrieren, von der Körpersprache bis hin zum Tonfall. Er hat sich selbst Fragen gestellt und sie auch selbst beantwortet. Das Ganze war perfekt getimt. Ich wette, dass er seiner Assistentin genaue Anweisungen gegeben hat, wann sie ihn wegen seiner ›Besprechung‹ anrufen soll. Deswegen hat er auch immer wieder zur Uhr gesehen. Er wollte rechtzeitig mit seinem Text fertig werden. Er hat uns nur die Informationen gegeben, die er uns geben wollte. Und trotz der ziemlich schockierenden und suggestiven Dinge, die er gesagt hat, war jedes Wort wohlkalkuliert.«

»Wohlkalkuliert?«

Hunter nickte. »Er wusste genau, was er gefahrlos sagen kann und was nicht. Nichts von dem, was wir gerade gehört haben, gibt uns irgendeine Handhabe gegen ihn. Jede verfängliche Frage, die er sich gestellt hat, hat er mit ›vielleicht‹, ›möglich‹ oder ›kann schon sein‹ beantwortet. Er hat jede Menge Andeutungen gemacht, aber keine einzige klare Aussage.«

»Wir sollten ihn aufgrund hinreichenden Verdachts trotzdem einkassieren und ihn für ein Weilchen in eine Zelle stecken. Allein schon, um diesem arroganten Arsch eine Lektion zu erteilen«, meinte Garcia, während er das Wagenschloss entriegelte.

»Genau das wollte er wahrscheinlich, Carlos.« Hunter stieg ein und schloss die Tür. »In einem so öffentlichkeitswirksamen Fall wie diesem wäre das exzellente Publicity für ihn und sein Unternehmen. Bestimmt haben seine Anwälte neben dem Telefon gesessen und nur auf seinen Anruf gewartet. Falls wir ihn verhaftet hätten, wäre er innerhalb der nächsten Stunde wieder draußen gewesen, aber vorher hätte seine Assistentin noch bei sämtlichen Tageszeitungen und Fernsehsendern angerufen, die ihr eingefallen wären. Seine Verhaftung wäre uns als Akt der Verzweiflung ausgelegt worden. Sie hätte das Dezernat in ein schlechtes Licht gerückt und uns Riesenärger von oben eingebracht, wenn nicht gar eine Suspendierung.«

»Trotzdem«, beharrte Garcia. »Ich habe ein ganz mieses Gefühl, was den Typen angeht. Wir sollten ihn zumindest überwachen lassen.«

»Er ist zu gut vorbereitet, Carlos. Er weiß, dass wir so was niemals durchkriegen. Wir haben nichts, womit wir einen Antrag auf Überwachung und die damit verbundenen Ausgaben rechtfertigen könnten, bis auf seine Überheblichkeit.«

»Und ein verdammt starkes Bauchgefühl.« Garcia ließ den Motor an und fuhr sich nervös mit der Hand über den Mund. »Ist das nicht genau dasselbe, was der Killer die ganze Zeit schon mit uns macht, Robert – uns manipulieren? Er ist uns immer einen Schritt voraus. Wie ein Schachspieler. Er hat noch keinen einzigen Zug gemacht, ohne sich vorher genau zu überlegen, wie unser Gegenzug aussehen würde. Und bis jetzt lag er jedes Mal richtig.«

Hunter sagte nichts.

»Nichts anderes hat Paulsen eben mit uns abgezogen.«

»Ich weiß.«

Das Handy in Hunters Jackentasche klingelte.

»Detective Hunter, Morddezernat I.«

Er hörte eine Weile schweigend zu, ehe er auflegte und Garcia einen Blick zuwarf. »Sie haben die Leiche von gestern gefunden.«

Garcias Augen weiteten sich. »Wo?«

»Maywood.«

88

Ein Bauarbeiter hatte die Leiche bei Sanierungsarbeiten an einem kleinen eingeschossigen Haus nahe der Atlantic Bridge in Maywood entdeckt. Der Täter hatte die abgetrennten Arme in eine stabile Plastiktüte gelegt, den Rest der Leiche ebenfalls in mehrere Tüten eingewickelt und dann alles zusammen in den mittelgroßen Bauschuttcontainer geworfen, der im Garten des Hauses stand.

Die Presse war bereits zahlreich vor Ort. Als Hunter und Garcia aus dem Wagen stiegen, wurden sie von einem Hagel aufgeregter Fragen und dem Klicken unzähliger Kameras begrüßt. Keiner der beiden blickte auch nur in die Richtung der hungrigen Reportermeute.

»Viel gibt es hier nicht zu sehen«, sagte Mike Brindle einleitend, als Hunter und Garcia den Garten des Hauses betraten. »Wenigstens nicht, was Spuren angeht. Der Täter war nicht mal auf dem Grundstück.«

»Wie kann das sein?«, fragte Garcia.

»Na ja, die Leiche war eingepackt wie ein Postpaket«, erklärte Brindle. »Sie wurde im Container da drüben abgelegt.« Er deutete auf den leuchtend roten Bauschuttcontainer am hinteren Ende des kleinen Gartens. Er war gut drei Meter lang, zwei Meter fünfzig breit und etwa einen Meter fünfzig hoch. Zwei Uniformierte hielten rechts daneben Wache.

Hunter, Garcia und Brindle machten sich auf den Weg dorthin.

»Wie ihr ja sehen könnt«, fuhr Brindle fort, »steht der Container direkt an der hinteren Gartenmauer, und die ist nur etwa dreißig Zentimeter höher als der Container selbst.«

»Der Killer ist durch die Gasse gekommen«, sagte Hunter und nahm damit Brindles nächsten Satz vorweg.

»Genau«, bestätigte der. »Schön dunkel, problemlos zugänglich, niemand, der ihm in die Quere kommen kann. Er parkt sein Fahrzeug direkt hinter dem Haus, holt die Arme und den Rest der Leiche aus dem Wagen und wirft alles über die Mauer in den Container. Sache erledigt. Er steigt wieder in seinen Wagen, und weg ist er. Eine Minute, länger hat das alles nicht gedauert.« Brindle fischte eine Zigarette aus der Tasche, steckte sie an und nahm einen tiefen Zug. Rauch quoll aus seinem Mund, als er weitersprach. »Dieser Täter plant genau. Wahrscheinlich ist er ein paar Tage lang in der Gegend hier rumgefahren und hat nach einem geeigneten Platz Ausschau gehalten, wo er die Leiche loswerden kann. Das Haus steht am Anfang der Straße und ist sowohl von vorne als auch von hinten aus leicht zu sehen. Jeder, der daran vorbeifährt, erkennt sofort, dass es wegen Sanierung leer steht. Und der knallrote Container fällt auch gleich ins Auge.«

»Und weil das Haus gerade saniert wird«, setzte Hunter hinzu, »wusste der Killer, dass die Leiche, wenn er sie nachts hier ablegt, am nächsten Morgen von den Arbeitern gefunden wird.«

Brindle nickte und zog erneut an seiner Zigarette. »Die Gasse haben wir schon abgesucht. Nichts. Glatter Asphalt, keine Reifenspuren oder Fußabdrücke. Ein paar Kippen und Kaugummipapiere, aber keine direkt hinter dem Haus. Ich würde mir keine großen Hoffnungen machen.«

Als Nächstes warfen sie einen Blick in den Container – Gipskartonplatten, Holzstücke, rote Ziegel, zerbrochene Fliesen, Lappen und leere Farbeimer.

»Die Leiche?«, fragte Garcia.

»Auf dem Weg in die Rechtsmedizin. Ihr habt sie um«, er sah auf seine Uhr, »fünfundzwanzig Minuten verpasst. War nicht notwendig, sie gleich hier zu untersuchen. Sie war gut eingewickelt, falls es irgendwelche Spuren gibt, dann nur an der Leiche selbst oder innen an den Plastiktüten. Da ist es besser, sie ordnungsgemäß und in einer kontrollierten Umgebung auszupacken.«

»Und du bist sicher, dass es sich um unser Opfer handelt?«

»Er ist es, kein Zweifel«, sagte Brindle und holte eine Digitalkamera aus seiner Tasche. Er schaltete sie ein, drückte auf den Knopf zum Anschauen der Bilder und reichte sie an Hunter weiter. »Ich habe genug vom Plastik aufgeschnitten, um den Kopf freizulegen.«

Das erste Bild war eine Nahaufnahme vom Gesicht des Toten. Die Augäpfel waren bereits teilweise eingesunken, und die Haut an Gesicht und Hals hatte eine grünlich blaue Färbung angenommen, so dass er aussah wie ein Alien oder die Requisite aus einem Horrorfilm. Dennoch gab es genügend Merkmale, anhand derer Hunter und Garcia ihn erkennen konnten. Langsam sahen sie auch die restlichen Fotos durch – weitere Nahaufnahmen, gefolgt von einigen Weitwinkelfotos.

»Ich maile sie euch, sobald ich zurück im Labor bin«, sagte Brindle und sah noch einmal auf die Uhr.

»Wer hat die Leiche gefunden?«, fragte Hunter und gab dem Kriminaltechniker die Kamera zurück.

»Der Arbeiter, der das Haus saniert.« Brindle deutete mit dem rechten Zeigefinger aufs Haus. »Ist mit einem Officer in der Küche.«

Hunter nickte und drehte sich zu Garcia um. »Haben wir eins der Fotos vom Opfer dabei, die wir gestern an die Presse gegeben haben?«

»Ein paar Ausdrucke liegen im Auto, ja.«

»Sehr gut, dann sollen ein paar Kollegen die Nachbarschaft abklappern. Vielleicht hat das Opfer hier gewohnt. Vielleicht hat der Täter deshalb dieses Haus ausgewählt, um die Leiche loszuwerden.«

»Ich hole sie«, sagte Garcia, bereits auf dem Weg nach draußen.

89

Die Befragung der Anwohner ergab nichts. Kein Nachbar oder Ladenbesitzer in der Gegend konnte ihnen etwas über die Identität des Opfers sagen. Viele hatten sein Foto bereits in der Morgenzeitung gesehen – oder noch schlimmer: die Live-Übertragung des Killers tags zuvor im Internet verfolgt.

Garcia befragte den Bauarbeiter, der die Leiche entdeckt hatte. Er war ein kräftiger Mann Anfang dreißig mit tätowierten Armen, kahlrasiertem Schädel und einem buschigen blonden Schnauzer. Er betrieb mit seinem Vater zusammen eine kleine Firma für Innenausbau und arbeitete seit fünfzehn Jahren in demselben Job. Mit dem Haus hatten sie vor fünf Tagen begonnen, in spätestens vier Tagen wollten sie fertig sein.

Das Haus gehörte einem kleinen Immobilienunternehmer namens Akil Banerjee, der in den letzten vier Jahren in ungenutzte oder zwangsversteigerte Objekte investiert, sie preiswert saniert und dann mit einem kleinen Gewinn wieder verkauft hatte.

Sowohl der Hausbesitzer als auch der Handwerker erwiesen sich als sauber, außerdem hatten sie wasserdichte Alibis, sowohl für die Nacht, in der die Leiche deponiert worden war, als auch für den Zeitpunkt des Anrufs im PAB.

Als Hunter und Garcia zurück zum Wagen gingen, erhielt Hunter einen Anruf. Diesmal war es Detective Mario Perez aus dem Morddezernat.

»Robert, ich glaube, wir konnten Ihr Opfer identifizieren.«

»Ich höre.«

»Sind Sie in Ihrem Wagen unterwegs?«, fragte Perez.

»Nein, in Garcias.«

»Okay, ich maile Ihnen ein paar Bilder.«

Hunter stellte den Anruf auf laut und loggte sich über den Polizeicomputer im Wagen in sein E-Mail-Konto ein.

»Seit die Presse und das Fernsehen die Leute um Mithilfe gebeten haben, kommen den ganzen Tag Anrufe rein«, fuhr Perez fort. »Wie erwartet, sind die meisten von Spinnern, Wichtigtuern oder Leuten, die sich nicht hundertprozentig sicher sind – Sie kennen das ja. Mit einer Ausnahme.«

»Ich höre.«

»Ein Restaurantbesitzer namens Paolo Ghirardelli hat vor ein paar Stunden angerufen. Er betreibt eine Pizzeria in Norwalk. Ich habe selbst mit ihm gesprochen. Er war sich absolut sicher, dass der Mann auf dem Bild in der Zeitung einer seiner Kellner ist – Ethan Walsh. Der ist seit zwei Tagen nicht zur Arbeit gekommen und auch nicht ans Telefon gegangen. Mr Ghirardelli ist einer von diesen stolzen Italienern, er hat gerahmte Fotos von all seinen Mitarbeitern in seinem Restaurant an der Wand hängen, sogar von denen aus der Küche. Er hat mir Ethan Walshs Foto gemailt und ... na ja, überzeugen Sie sich selbst.«

Hunter öffnete die E-Mail und den ersten der drei Anhänge – das Farbfoto eines Mannes Anfang dreißig mit ovalem Gesicht, runder Nase, fleischigen Wangen, dünnen Brauen und kurzem dunklen Haar. Sie starrten das Foto einige Sekunden lang schweigend an, ehe sie aus reinem Reflex, obwohl das gar nicht nötig war, auf den Ausdruck schauten, mit dem sie in den letzten paar Stunden von Tür zu Tür gegangen waren. Es bestand nicht der geringste Zweifel.

»Ethan Walsh hat keine Geschwister«, teilte Perez ihnen weiter mit. »Ich habe ihn schon kurz überprüft. Steht alles im zweiten Anhang. Und wie sich rausstellt, war er früher mal ein ausgezeichneter Programmierer.«

»Er war ein ausgezeichneter Programmierer?«, wiederholte Garcia.

»Ganz recht.«

»Und wieso arbeitet ein ausgezeichneter Programmierer als Kellner in einer Pizzeria in Norwalk?«

»Wenn Sie den zweiten Anhang öffnen, finden Sie das offizielle Datenblatt zu Ethan Walsh«, gab Perez zurück, gerade als Hunter es mit einem Doppelklick öffnete. »Der dritte Anhang ist eine Auswahl von Artikeln, die ich im Internet über ihn gefunden habe. Um Ihnen eine Vorstellung davon zu geben, wieso er mit dem Spiele-Programmieren aufgehört hat.«

»Hervorragende Arbeit, Mario«, lobte Hunter, während er rasch das Datenblatt überflog. »Könnten Sie da weitermachen und alles ausgraben, was sonst noch über diesen Ethan Walsh zu finden ist?«

»Bin schon dabei. Wenn Sie wieder hier sind, müsste ich mehr haben.«

»Danke.« Hunter trennte die Verbindung.

Ethan Walsh war als Mieter in einem Wohnblock in Bellflower gemeldet, einer Wohngegend unmittelbar westlich von Norwalk. In einem PS am Ende der E-Mail von Detective Perez stand, dass er bereits Kontakt zur Polizei von Norwalk aufgenommen und die Kollegen dort gebeten hatte, einen Streifenwagen zu Ethan Walshs Wohnung zu schicken. Und dass dort niemand aufgemacht hatte.

Dem Datenblatt waren auch Name, Anschrift und Telefonnummer von Ethan Walshs Vermieter, einem gewissen Mr Stanislaw Reuben, zu entnehmen. Hunter rief ihn umgehend an, und Mr Reuben versprach, sie in einer Stunde bei Ethan Walshs Adresse zu treffen.

90

Hunter und Garcia erreichten Bellflower im Süden von Los Angeles, gerade als die Sonne über Venice Beach unterging. Der Wohnblock, in dem Ethan Walsh gelebt hatte, lag am Ende einer tristen Straße. Es war ein alter, vergammelter Backsteinbau, der dringend einige Instandsetzungsarbeiten nötig gehabt hätte.

Mr Stanislaw Reuben, Ethans Vermieter, wartete am Eingang auf sie. Mit seiner schlecht sitzenden Kleidung, dem pockennarbigen Gesicht und der Narbe an der Lippe hatte er ganz eindeutig etwas Zwielichtiges und Verwahrlostes an sich. Seine knarzende Stimme klang wie aus einem Gruselfilm.

»Habe mir doch gleich gedacht, dass der Mann, den ich heute früh in der Zeitung gesehen habe, mir bekannt vorkommt«, sagte Mr Reuben, nachdem Hunter und Garcia sich ausgewiesen hatten. »Ich hatte sofort den Verdacht, dass er einer von meinen Mietern sein könnte, aber ich war mir nicht ganz sicher. Ich habe so viele, und ich sehe sie nur ein- oder zweimal im Jahr. Die meisten Mieter schicken mir vordatierte Schecks für die nächsten paar Monate. Finde ich bequemer so.«

»Auf dem Weg hat auch Mr Walsh seine Miete gezahlt?«, fragte Garcia.

»Ja, hat er.« Mr Reuben lächelte und entblößte dabei miserabel gepflegte Zähne.

»Wie lange haben Sie die Wohnung schon an ihn vermietet?«, hakte Garcia nach.

»Noch nicht so lange. Gutes halbes Jahr. Schien ein netter Mieter zu sein. Ruhig, gab keine Beschwerden ...« Mr Reuben kniff sich ein paarmal ins linke Ohrläppchen. »Er ist es, oder? Der Mann, der im Internet ermordet wurde? Das war mein Mieter, Mr Walsh, stimmt's?« Er klang regelrecht aufgeregt.

»Wir können uns zum gegenwärtigen Zeitpunkt noch nicht ganz sicher sein«, antwortete Garcia.

»Glauben Sie, ich werde fürs Fernsehen interviewt?« Reubens Erregung nahm zu. »Ich war noch nie im Fernsehen.«

»Es gibt Schlimmeres«, sagte Garcia und deutete auf das Gebäude. »Wollen wir dann?«

Reuben öffnete mit seinem Schlüssel die Tür zum Treppenhaus und ging mit den Detectives hinein. In dem kleinen Eingangsbereich stank es nach Katzenpisse und noch etwas anderem, das ein beißendes Aroma hatte.

Garcia rümpfte die Nase, während er sich rasch im düsteren Eingangsflur umsah, als hoffe er die Quelle des Geruchs ausfindig machen zu können.

»Ich schlage vor, wir nehmen die Treppe«, sagte Reuben. »Der Fahrstuhl ist ziemlich klein, und an Ihrer Stelle würde ich das Risiko nicht eingehen, wenn Sie wissen, was ich meine.«

Das Treppenhaus war verdreckt und dunkel. Graffiti an den Wänden begleiteten sie bis hinauf in den vierten Stock. Dort angekommen, führte Mr Reuben sie einen langen, schlecht beleuchteten Korridor entlang. Der Katzenurin-Geruch von unten war ihnen gefolgt, noch dazu hatte er hier oben eine faulig-süßliche Note angenommen, bei der beide Detectives die Zähne zusammenbeißen mussten.

Der Vermieter allerdings schien sich an dem Geruch nicht zu stören.

»So, da wären wir«, verkündete er, als sie drei Viertel des Korridors zurückgelegt hatten. Die Nummer an der Tür lautete 4113. Mr Reuben öffnete. Weil die Fenster geschlossen und die Vorhänge zugezogen waren, war es dämmrig in der Wohnung. Das und die aufgestaute Hitze verliehen ihr die Atmosphäre einer Gefängniszelle. Dabei hatten Hunter und Garcia sie noch nicht einmal betreten.

Mr Reuben betätigte den Lichtschalter, und vor ihnen tat sich ein kleines Wohnzimmer auf, an das linker Hand eine winzige Küche angeschlossen war. Die Möblierung war spärlich, es gab lediglich einen alten Resopaltisch, vier hölzerne Stühle, eine kleine Stereoanlage, ein Sofa mit geblümtem Überwurf, einen tragbaren Fernseher und eine Kommode, auf der einige gerahmte Fotos standen. Auf den ersten Blick gab es keinerlei Auffälligkeiten. Die Wände waren kahl bis auf ein Foto, das Ethan Walsh zusammen mit einem kleinen, vielleicht drei Jahre alten Mädchen zeigte.

»Schlafzimmer und Bad sind da drüben«, sagte Mr Reuben und wies auf eine Tür auf der anderen Seite des Raumes.

Hunter und Garcia streiften sich Handschuhe über.

»Würde es Ihnen was ausmachen, draußen zu warten?«, wandte sich Garcia an den Vermieter. »Wir sind nicht sicher, ob es hier Spuren gibt, aber nur für den Fall möchte ich das Risiko, dass sie kontaminiert werden, so gering wie möglich halten.«

Mr Reuben wirkte enttäuscht, zog sich aber zurück. »Selbstverständlich. Das verstehe ich. Ich warte draußen, falls Sie mich brauchen.«

Das Erste, was Hunter und Garcia in dem engen Wohnzimmer ins Auge sprang, war Ethan Walshs aufgeklappter Laptop auf dem Resopaltisch. Oben am Monitor klemmte eine Webcam.

Hunter holte zwei große Asservatenbeutel aus seiner Tasche und legte den Laptop samt Kamera und allen Kabeln hinein.

In der Zwischenzeit sah Garcia sich die Fotos auf der Kommode an. Es waren insgesamt vier, allesamt von Ethan Walsh mit seiner kleinen Tochter. In den Schubladen lagen einige Bücher und Zeitschriften übers Programmieren sowie eine große Anzahl Comichefte. Die Küche war ein wenig unaufgeräumt, allerdings nicht mehr, als man von einem alleinstehenden Mann erwartet hätte. Der Kühlschrank enthielt mehrere Mikrowellengerichte und jede Menge Bier.

Hunter überließ es Garcia, sich weiter im Wohnzimmer umzuschauen, und nahm sich den Rest der Wohnung vor. Das Bad war eine Sardinenbüchse, das außer einer gesprungenen Duschkabine und einem Klo nicht viel zu bieten hatte.

Das Schlafzimmer war auch nicht viel größer. Gegenüber der Tür, direkt unter dem kleinen Fenster, stand seitlich an der Wand ein Bett. Es war schmal, trotzdem blieb kaum Platz, sich im Zimmer zu bewegen. Neben dem ungemachten Bett enthielt es lediglich einen Kleiderschrank mit Schiebetüren und einen Nachttisch mit einer Leselampe darauf.

Hunter sah unter dem Bett nach – zwei leere Koffer. Im Schrank befanden sich T-Shirts, Jeans, Hosen, Jacken, zwei

Paar Sneakers, ein Paar Ausgehschuhe und zwei Papp-kartons voller Videospiele. Auch in Ethans Schlafzimmer herrschte ein gewisses, jedoch nicht weiter verdächtiges Maß an Unordnung. Wie sonst in der Wohnung deutete nichts darauf hin, dass etwas bewegt worden war.

Hunter kehrte ins Wohnzimmer zurück, wo Garcia ne-ben dem unbequem aussehenden Sofa stand und in einem Notizbuch oder Kalender blätterte. Bei Hunters Eintreten hielt Garcia inne und blickte stirnrunzelnd auf die Seite, die er soeben aufgeschlagen hatte.

Hunter kannte diesen Gesichtsausdruck. »Was hast du da gefunden?«

Garcia hob den Kopf und lächelte.

»Unsere erste Verbindung.«

91

Zum dritten Mal ging der Mann mit dem leeren Ein-kaufskorb nun schon den langen Gang mit dem Obst und Gemüse entlang, und noch immer konnte er sich nicht ent-scheiden, was er einkaufen wollte. Er blieb abermals bei den Orangen stehen, nahm eine der Früchte in die Hand, hielt sie sich unter die Nase und atmete den intensiven Duft ein. Er mochte Orangen sehr gern, trotzdem lag noch keine in seinem Korb. Er ging ein paar Schritte weiter und hielt vor der reichhaltigen Apfelauslage. Seine Lieblingssorte war Fireside, doch die ließ sich in Los Angeles nur schwer finden, sie war eher im oberen Mittleren Westen verbreitet. Aber das machte nichts, schließlich waren Pink Pearl ge-nauso gut, und die kamen aus Nordkalifornien, so dass man sie überall in L. A. bekommen konnte. Er hielt einen der Äpfel lange in der Hand und widerstand dem Drang, hineinzubeißen. Schließlich legte er ihn zurück und ging weiter.

Der unentschlossene Mann trug ein dunkelblaues Sakko, das nicht zu seiner hellen Hose passte. Seine Schuhe waren abgewetzt, und man sah ihnen an, dass er sie schon viele Jahre trug. Er hatte sich die Haare locker mit den Fingern zurückgekämmt, und seine Bartstoppeln ließen ihn ein wenig älter erscheinen, als er in Wirklichkeit war.

Der Mann ging, ohne stehen zu bleiben, an den Blaubeeren vorbei. Er mochte ihr grießiges Fruchtfleisch nicht, außerdem waren sie ihm nie süß genug. Sowieso waren Blaubeeren viel zu teuer. Er überlegte, ob er einige Birnen, Pfirsiche oder Nektarinen mitnehmen sollte, doch am Ende ging er weiter, ohne sich für etwas entschieden zu haben.

Am Ende des Ganges angelangt, blieb er stehen und blickte zurück. Er seufzte voller Enttäuschung. Er steckte die Hand in die Hosentasche, schloss die Finger um das Geld darin und zählte es aufs Neue. Viel hatte er nicht, gerade genug, um die paar Dinge einzukaufen, von denen er sich im Kopf eine Liste gemacht hatte. Obst gehörte dazu – wenn er sich bloß hätte entscheiden können, *was* für ein Obst. Er steckte das Geld wieder ein und ging langsam zurück an den Anfang des Ganges. Eine attraktive Frau, dem Aussehen nach Ende zwanzig, wählte gerade mit großer Sorgfalt Orangen aus, die sie in eine kleine durchsichtige Plastiktüte legte. Der Mann blieb neben ihr stehen und griff einige Sekunden später zaghaft ebenfalls nach einer Orange.

»Die sind wirklich lecker«, sagte die Frau voller Begeisterung.

Der Mann lächelte scheu.

»Ich habe erst neulich welche gekauft«, fuhr sie fort. »So süße Orangen habe ich schon lange nicht mehr gegessen.«

»Wirklich?«, fragte der Mann, der nun voller Interesse die Frucht in seiner Hand betrachtete.

»Glauben Sie mir.« Sie hielt inne und musterte ihn. Er hatte freundliche Augen, fand sie. »Es ist, als wären sie mit Zucker oder Honig getränkt. Sie sollten sie auf alle Fälle mal probieren.«

Damit war die Entscheidung gefallen.

Der Mann lächelte und nickte zufrieden. »Ja. Ich glaube, das werde ich machen.« Er legte zwei Orangen in seinen Einkaufskorb. Mehr konnte er sich nicht leisten.

Wenige Minuten später hatte der Mann alle Artikel von der Liste in seinem Kopf beisammen. Mit den Einkäufen in einer braunen Papiertüte verließ er zufrieden den Supermarkt. Als er den halbdunklen Parkplatz erreichte, blieb er stehen und blickte verwirrt um sich. Erst nach links, dann nach rechts, unschlüssig, in welche Richtung er gehen musste. Er hatte sich gerade nach rechts gewandt, als die braune Papiertüte unten aufriss und die wenigen Lebensmittel ihm vor die Füße fielen. Die beiden Orangen rollten in entgegengesetzte Richtungen davon.

»Scheiße«, fluchte er leise und lief der einen Orange hinterher wie eine Katze einem Tennisball. Sobald er sie aufgesammelt hatte, sah er sich rasch nach der zweiten um. Die war kurz davor, unter einem parkenden SUV zu verschwinden – bis aus dem Nichts ein Fuß auftauchte und sie stoppte.

Der Mann hob den Kopf und sah die Frau, die er beim Obst getroffen hatte. Sie bückte sich und las die Orange vom Boden auf. »Die hier ist ein kleiner Ausreißer, was?« Sie schmunzelte.

Der Mann sah erst die Frau an, dann seine zerrissene Tüte, dann die auf dem Asphalt verstreuten Einkäufe.

»Man könnte sich totärgern, wenn so was passiert, oder?«, sagte die Frau. »Nicht zu glauben, dass sie in dem Supermarkt immer noch Papiertüten verwenden. Die halten nichts aus und sind außerdem schlecht für die Umwelt.«

Der Mann wusste nicht recht, was er darauf erwidern

sollte, also sagte er gar nichts. Unbeholfen begann er seine Sachen aufzusammeln.

»Warten Sie, ich helfe Ihnen«, sagte die Frau und hob die Hälfte der Sachen auf, darunter auch ein Glas Instantkaffee. »Sie haben Glück, dass das nicht kaputtgegangen ist.«

Der Mann nickte und war froh, dass er sich nicht statt der Orangen für Äpfel entschieden hatte. Die hätten jetzt sicher Druckstellen bekommen.

»Danke«, brachte er schließlich hervor und wollte seine Einkäufe von ihr entgegennehmen, doch er hatte nicht genügend Hände.

»Ist schon gut, ich helfe Ihnen«, sagte sie. »Sind Sie mit dem Wagen da?«

Der Mann nickte. »Gleich hier drüben.« Er deutete zu seinem einige Meter entfernt stehenden Auto.

»Wohnen Sie hier in der Gegend?«, fragte sie, als sie gemeinsam zu seinem Wagen gingen.

»Ja, mehr oder weniger. Und Sie?«

»Ein paar Blocks weiter.«

Der Mann nickte. »Oh!«, sagte er dann, als wäre ihm soeben etwas eingefallen. »Soll ich Sie dann vielleicht nach Hause fahren?«

Wieder lächelte sie. »Ach nein, mein Wagen steht gleich da drüben. Der SUV, unter den fast Ihre Orange gerollt wäre. Aber vielen Dank für das Angebot.«

Als sie den Wagen des Mannes erreicht hatten, schloss er ihn auf und öffnete die hintere Tür. »Sie können alles einfach auf die Rückbank legen.«

»In Ordnung«, antwortete die Frau.

Als sie die Einkäufe ablud, kullerte eine der Orangen vom Sitz in den Fußraum. Rasch bückte die Frau sich, streckte den Arm aus und bekam sie gerade noch zu fassen, ehe sie unter dem Fahrersitz verschwinden konnte.

Die hier ist wirklich ein kleiner Ausreißer, dachte sie.

Dann spürte sie plötzlich etwas hinter sich. Sie drehte

leicht den Oberkörper und spähte über ihre rechte Schulter. Der Mann stand ganz dicht hinter ihr. Sein eben noch freundlicher Blick hatte sich verdunkelt, und sein Lächeln machte ihr Angst. Als er erneut sprach, klang auch seine Stimme ganz verändert – ruhig, aber so kalt, dass ihr alle Luft aus den Lungen wich.

»Hat Ihnen schon mal jemand gesagt, dass man nicht mit Fremden spricht?«

92

Der nächste Morgen brachte den ersten Herbstschauer. Der Himmel war düster und wolkenverhangen, und die Sonne ließ sich nicht blicken. Der Nordwind war so kalt, dass man sich vorkam wie in Winnipeg im November.

Für Hunter, Garcia und Blake begann der Tag mit einer Lagebesprechung in Hunters Büro. Keiner der drei sah so aus, als hätte er in der vergangenen Nacht viel Schlaf bekommen.

»Also«, eröffnete Captain Blake das Gespräch und steckte sich mit beiden Händen ihre offenen Haare hinter die Ohren. »Bevor wir über irgendwas anderes reden, muss ich wissen, was es mit diesem Thomas Paulsen auf sich hat.« Ein Hauch von Unmut färbte ihre Stimme.

Sie erhielt nicht gleich eine Antwort, stattdessen runzelten ihre beiden Detectives zeitgleich die Stirn.

»Ich habe gestern am späten Abend noch einen Anruf vom Polizeichef bekommen«, klärte Blake sie auf, »der seinerseits gestern *zwei* Anrufe bekommen hat, einen vom Gouverneur und den anderen vom Bürgermeister. Angeblich haben Sie beide einen Mr Thomas Paulsen belästigt, einen Software-Millionär, der zufällig die Wahlkampagnen beider eben genannter Personen mit großzügigen Spenden unterstützt.«

»Belästigt?«, schnaubte Garcia.

»Genauso wurde es formuliert«, bestätigte Captain Blake.

»Wir sind ja gar nicht zu Wort gekommen, Captain.« Garcia hatte große Mühe, ruhig zu bleiben. »Wir waren kaum in seinem Büro, da hat er angefangen, uns eine einstudierte Rede zu präsentieren, und sobald er damit fertig war, hat er uns vor die Tür gesetzt. Mehr ist nicht passiert. Ich glaube, wir sind nicht dazu gekommen, ihm auch nur eine einzige Frage zu stellen.«

»Und welche Verdachtsmomente liegen gegen ihn vor, außer dass Christina Stevenson, unser zweites Opfer, eine Enthüllungsstory über ihn geschrieben hat?«

Ein Moment des Zögerns.

»Wir prüfen, ob Thomas Paulsen Christina Stevenson nach Erscheinen des Artikels eventuell bedroht hat«, sagte Garcia schließlich.

»Sie *prüfen*«, wiederholte Blake. »Im Sinne von: Sie haben keine Beweise.«

»Noch nicht«, musste Garcia einräumen. »Aber wenn Sie dabei gewesen wären, würden Sie es verstehen, Captain. An Thomas Paulsen stinkt so ziemlich alles. Er passt haargenau in unser Profil – das hat er sogar selbst zugegeben. Er ist intelligent genug. Er hat die Mittel und das nötige Wissen, um die Morde zu begehen. Er ist mindestens so arrogant und dreist wie unser Täter. Und er hat gestanden, dass er sich gefreut hat, als Christina Stevenson auf derart grausame Art und Weise ums Leben gekommen ist. Riecht das für Sie nicht nach einem Psychopathen?«

»Es ist vollkommen irrelevant, ob das nach einem Psychopathen, nach Hundescheiße oder nach Rosen riecht«, gab Captain Blake verärgert zurück. »Wir brauchen einen hinreichenden Verdacht. Was ich Ihnen eigentlich nicht erst erklären müsste. Arrogant ...? Natürlich ist er arrogant.

Er hat Geld wie Heu. Politiker fressen ihm aus der Hand, und er ist der CEO einer sehr großen, sehr gut vernetzten und erfolgreichen Firma. Das verleiht ihm Macht, und zwar jede Menge davon. Ein Mensch, der so viel Macht hat, wird zwangsläufig arrogant und verliert den Bezug zu dem, was wir gewöhnliche Sterbliche als die reale Welt bezeichnen. Und *das* sollten Sie eigentlich auch wissen, ohne dass ich es für Sie ausbuchstabieren muss. Dieser Paulsen verfügt über die Macht und die Beziehungen, um uns jede Tür vor der Nase zuzuschlagen. Er muss nur mit den Fingern schnippen, und schon verteilen Sie beide bis auf weiteres Strafzettel. Er schnippt ein zweites Mal, und ich werde an den Arsch der Welt irgendwo nach North Dakota versetzt. Verstehen Sie, was ich Ihnen sagen will?«

Hunter und Garcia schwiegen.

»Ich möchte Sie eins fragen«, fuhr Blake fort. »Haben Sie sonst noch jemanden im Visier, über den Christina Stevenson ebenfalls einen Artikel geschrieben hat? Sagen Sie mir nicht, Thomas Paulsen ist der Einzige, dem sie je in die Suppe gespuckt hat.«

»Nein«, antwortete Hunter. »Im Moment haben wir niemand anderen.«

Garcia hob die Hand. »Augenblick mal. Machen Sie uns hier gerade die Hölle heiß, weil wir unseren Job erledigen, Captain?«

»Nein«, keifte Captain Blake. Ihre Stimme war noch ein wenig lauter geworden. »Ich mache Ihnen die Hölle heiß, weil *mir* die Hölle heißgemacht wurde, und so was pflege ich immer weiterzugeben. Außerdem mache ich Ihnen die Hölle heiß, weil dieser Paulsen jederzeit einen schönen dicken Batzen von seinem Geld in den Wahlkampf irgendeines Politikers stecken und sich damit die Hölle samt aller dazugehörigen Dämonen kaufen kann, und dann werden wir hier im Dezernat erst erfahren, wie heiß es *wirklich* werden kann.«

»Und?«, sagte Hunter. »Wollen der Bürgermeister und der Gouverneur etwa behaupten, dass Reiche niemanden umbringen?«

»Nein.« Captain Blake funkelte ihn an. »Sie wollen nur, dass Sie handfeste Beweise haben, bevor Sie noch mal bei Thomas Paulsen auf der Matte stehen, denn wenn nicht, dann verlieren sie kurz vor der Wahl einen wichtigen Sponsor, und wir haben einen Prozess am Hals, gegen den die Sache mit Rodney King der reinste Kindergeburtstag war.« Sie hielt inne und nahm sich einen Augenblick Zeit, um die Fassung wiederzugewinnen und ihre Stimme auf normale Lautstärke herunterzuschrauben. »Hören Sie, ich weiß ja, dass wir alle nur unsere Arbeit machen. Sie kennen mich gut genug, um zu wissen, dass es mich einen feuchten Kehricht interessiert, wer dieser Thomas Paulsen ist oder wen er alles in der Tasche hat, aber Fakt ist, dass wir bei diesem Kerl streng nach Vorschrift vorgehen müssen, denn falls wir es nicht tun, falls wir uns auch nur den allerkleinsten Fehler erlauben, hat der Chief uns dreien Jobs in Aussicht gestellt, bei denen sich alles um eine Bürste, ein Klo und menschliche Exkremente dreht. Sind Sie jetzt über die Lage im Bilde?«

»Ja«, antwortete Garcia. »Und das Bild stinkt zum Himmel, Captain.«

»Tja, das ist nun mal der Geruch von Macht und Politik. Sie und ich wissen, dass dieses Dezernat daran erstickt, dagegen können wir nichts tun, so sind die Dinge nun mal. Also, überprüfen Sie ihn nach Herzenslust, aber *halten Sie sich an die Dienstvorschrift*. Und wenn Sie irgendwas anderes über ihn rausfinden außer der Sache mit Christina Stevensons Artikel, kommen Sie damit als Erstes zu mir. Mehr verlange ich gar nicht.«

Damit war für Captain Blake das Thema erledigt. Sie trat zur Pinnwand. »Also, weiter im Text. Das dritte Opfer: Ich habe mir sagen lassen, seine Leiche wurde gefunden.« Sie suchte die Pinnwand ab, entdeckte jedoch keine neuen Fotos.

»Gestern, ja«, bestätigte Garcia. Dann erklärte er, dass die Leiche des Opfers in einem Bauschuttcontainer im Garten eines Privathauses in Maywood abgelegt worden war. »Die Leiche war schon auf dem Weg in die Rechtsmedizin, als wir ankamen. Ergebnisse und Fotos von der Autopsie müssten bald vorliegen.« Per Doppelklick öffnete er etwas auf seinem Rechner. »Die Spurensicherung hat uns gestern Abend schon eine E-Mail mit sämtlichen Fotos geschickt, die sie am Fundort von der Leiche gemacht haben. Ich hatte bloß noch keine Zeit, sie auszudrucken und anzupinnen.« Ein weiterer Doppelklick, und der Drucker am Rand seines Schreibtischs erwachte zum Leben.

»Wurde seine Identität offiziell bestätigt?«, wollte Blake wissen.

Garcia nickte. »Frau und Tochter des Opfers leben in Seattle. Sie sind seit kurzem geschieden. Seine Eltern leben in Iowa, aber sein Vermieter hat uns den Zugang zu seiner Wohnung in Bellflower ermöglicht. Der Abgleich der Fingerabdrücke von Gegenständen aus der Wohnung mit denen der Leiche in Maywood ergab eine Trefferquote von hundert Prozent.«

»Und? Wer ist er?«

»Ein gewisser Ethan Walsh«, sagte Hunter und reichte Blake eine Kopie des Fotos, das der Pizzeria-Besitzer Detective Perez geschickt hatte.

Captain Blake erkannte den Mann auf den ersten Blick wieder. Das Gesicht des Opfers hatte sich in ihr Gedächtnis gebrannt. Trotzdem kam ihr sein scheues Lächeln auf dem Foto fremd vor, weil sie immer noch sein angst- und schmerzverzerrtes Gesicht im Kopf hatte.

»Wer war er?« Ihre Stimme kippte ein wenig.

Hunter fasste rasch zusammen, was sie bislang über Ethan Walsh in Erfahrung gebracht hatten.

Captain Blake hörte schweigend zu und sprach erst wieder, als Hunter fertig war. »Wissen wir irgendwas über seinen Expartner, diesen Mr Nelson, so hieß er doch? Der ist auch Programmierer, oder nicht?« Sie gab Hunter das Bild zurück.

»Stimmt«, sagte Hunter. »Brad Nelson. Wir sammeln noch Informationen über ihn, aber ich vermute, er ist sauber. Er ist vor zehn Monaten zurück nach Kanada gezogen.«

Garcia holte die Bilder aus dem Ausgabefach seines Druckers und heftete sie sorgfältig an die Pinnwand.

Captain Blake trat näher. Als sie die Nahaufnahmen vom Gesicht des Opfers inmitten mehrerer Schichten Plastik sah, stieg es ihr sauer aus dem Magen hoch und die Kehle hinauf in den Mund. Rasch holte sie ein Pfefferminz aus der Tasche.

»Sie sagten, Sie wären in der Wohnung des Opfers gewesen«, sagte sie und drehte sich zu den Detectives um. »Irgendwelche Hinweise?«

»Wir haben seinen Laptop sichergestellt«, teilte Garcia ihr mit. »Aber der ist passwortgeschützt. Wir haben ihn Dennis Baxter gegeben, der versucht gerade, das Passwort zu knacken.«

Captain Blake nickte, wenig hoffnungsvoll.

»Aber wir haben auch noch das hier«, sagte Garcia und zog das Notizbuch hervor, das er in Ethan Walshs Apartment gefunden hatte.

»Und was ist das?«

»Ein gutes altes Adressbuch«, sagte Garcia. »Tja, je mehr man auf Technik steht, desto mehr wird einem wohl auch bewusst, wie anfällig sie ist. Sieht so aus, als hätte Ethan Walsh alle Kontaktdaten von seinem Handy – ich nehme mal an, dass er sie auch auf seinem Handy hat – zusätzlich noch in dem Buch hier notiert.«

Captain Blake nickte. So handhabe sie es auch. »Okay, und …?«

Garcia reichte ihr das Notizbuch, das bereits auf einer ganz bestimmten Seite aufgeschlagen war. »Der fünfte Eintrag von oben«, sagte er.

Blake überflog die Liste, dann blieb ihr Blick an einem Namen hängen, und ihre Augen weiteten sich. »Christina Stevenson?« Sie zeigte auf die Pinnwand. »Das zweite Opfer unseres Killers?«

»Genau die«, sagte Hunter. »Das ist ihre Handynummer.«

»Sie erinnern sich doch noch, dass wir Christina Stevensons Handy in ihrem Haus gefunden haben, oder?«, fragte Garcia.

»Seine Nummer steht auch in ihrem Adressbuch.« Captain Blake formulierte es halb als Frage, halb als Feststellung.

»Ja«, bestätigte Garcia. »Wir haben die Anrufliste ihres Handys überprüft, aber die reicht nur drei Wochen zurück. In der Zeit hat sie weder einen Anruf von Ethan Walsh bekommen noch bei ihm angerufen.«

»Haben Sie sein Handy sichergestellt?«, fragte sie.

»Nein«, sagte Garcia. »Es war nicht in seiner Wohnung. Wir haben beim Mobilfunkanbieter nachgefragt, das Handy ist ausgeschaltet. Wir haben bereits von beiden die Gesprächsnachweise der letzten drei Monate angefordert. Mit ein bisschen Glück kriegen wir sie noch heute Abend, ansonsten morgen. Im Moment wissen wir noch nicht, ob sie befreundet waren oder ob Ethan Walsh in irgendeiner Form etwas mit einem von Christina Stevensons Artikeln zu tun hatte.«

Captain Blake wandte ihre Aufmerksamkeit wieder dem Adressbuch zu.

»Ich habe den Großteil der Nacht damit verbracht, jeden Artikel zu lesen, den Christina Stevenson in den letzten zwei Jahren für die *L. A. Times* geschrieben hat«, klinkte sich Hunter ein. »Insgesamt sechshundertneunundsechzig. Ethan Walsh wird in keinem davon erwähnt. Und ich habe Ms Stevensons Chefredakteurin im Unterhaltungsressort angerufen. Sie hatte den Namen Ethan Walsh noch nie gehört.«

»Sie denken, er könnte ein Informant gewesen sein?«, fragte Blake. »Eine ihrer Quellen?«

Hunter zuckte leicht mit den Schultern. »Möglich. Ich habe sie auch um eine Kopie aller Artikel gebeten, die Christina Stevenson geschrieben hat, als sie noch im Kriminalressort war.«

»Im Kriminalressort?«, fragte Captain Blake.

»Da hat sie neun Monate lang gearbeitet, bevor sie in der Unterhaltung angefangen hat. Das ist lange her, schon klar, trotzdem will ich mir die Artikel mal ansehen. Sie müssten irgendwann im Laufe des Tages hier eintrudeln.«

Captain Blake begann in Ethan Walshs Adressbuch zu blättern.

»Falls Sie nach dem Namen des ersten Opfers suchen«, sagte Garcia, »Kevin Lee Parker steht nicht drin. Wir haben schon nachgesehen.«

Blake hielt inne und dachte eine Zeitlang nach. »Ja, aber das hier beweist, dass sich wenigstens zwei der Opfer untereinander kannten. In einer Stadt mit etwa zwölfeinhalb Millionen Einwohnern kann das kein Zufall sein. Dieser Killer sucht sich seine Opfer nicht willkürlich aus.«

93

Ihr erster Gedanke, als sie endlich erwachte, war, dass der Tod sich ganz anders anfühlte, als sie erwartet hatte.

Dann, als ihre Sinne allmählich zurückkehrten, wurde ihr klar, dass sie gar nicht tot war. Dann kam der Schmerz –

stark und lähmend wie eine Überdosis Drogen. Ihr war, als wäre jeder Knochen, jeder Muskel in ihrem Leib weichgeprügelt und verbogen worden. Ihr Schädel pochte so heftig, dass sie kaum Luft bekam. Das Blut toste in ihren Ohren, und sie dachte, ihre Trommelfelle müssten davon platzen. Sie stöhnte, während sie versuchte, genügend Kraft aufzubringen, um trotz der Schmerzen die Augen zu öffnen.

In dem Moment hörte sie wieder seine Stimme. Der Klang jagte eine entsetzliche Woge der Angst durch jede Zelle ihres Körpers.

»Nicht dagegen ankämpfen. Nicht bewegen. Einfach entspannen.« Sein Tonfall war ruhig, emotionslos, körperlos.

Es gelang ihr nicht, den ängstlichen Schrei zurückzuhalten, der aus ihrer Kehle drang.

Der Mann wartete. Sie versuchte zu blinzeln und dachte, dass sie jetzt auf keinen Fall in Panik geraten durfte, doch die Angst legte sich über sie wie ein Leichentuch. Keuchend schnappte sie nach Luft. Gleich würde sie hyperventilieren.

Da hörte sie ihn erneut.

»Atmen Sie tief durch und versuchen Sie ruhig zu bleiben.«

Noch ein verzweifeltes Luftholen.

»Ich weiß, Sie haben Angst. Mir ist klar, dass es Ihnen im Moment schwerfällt, aber atmen Sie einfach, dann wird es bald besser.«

Sie versuchte seinem Rat zu folgen.

Endlich gelang es ihr, die Augen zu öffnen und sich umzuschauen, doch der Raum lag größtenteils im Dunkeln. Das einzige Licht kam von einer schwachen Lampe in einer weit entfernten Ecke. Die Luft war schal, es roch nach altem Heu, Reinigungsmittel und noch etwas, das sie nicht identifizieren konnte. Etwas Süßlichem, Ekelhaftem. Sie konnte den Mann nicht sehen, hörte ihn aber atmen und spürte seine beklemmende Gegenwart.

Mit der Zeit erst stellte sie fest, dass sie sich nicht bewe-

gen konnte. Sie saß auf einem schweren, harten, unbequemen Stuhl mit hoher Lehne. Ihre Handgelenke waren an
die Armlehnen des Stuhls gefesselt, ihre Fußknöchel an
die Vorderbeine. Oberkörper und Kopf waren jedoch frei, so
dass sie sich ein Stück zur Seite drehen konnte. Genau das
tat sie jetzt langsam. Erst nach links, dann nach rechts, um
sich ein Bild von ihrer Umgebung zu machen. Jetzt fiel ihr
auch auf, dass sie nackt war.

Plötzlich überkam sie eine abgrundtiefe Verzweiflung,
als ihr klar wurde, wie verletzlich, entblößt und hilflos sie
war. Sie wollte sich im Griff haben. Sie wollte Stärke und
Entschlossenheit zeigen, doch in diesem Moment war die
Angst stärker als alles. Sie konnte nicht anders und fing an
zu schluchzen.

»Sie tun nicht, was ich Ihnen gesagt habe«, erklang daraufhin die kalte Stimme des Mannes.

Sie konnte gar nicht mehr aufhören. Sie spürte, wie immer mehr Tränen kamen, und kniff die Augen fest zusammen.

Bleib stark, sagte eine Stimme in ihrem Kopf.

Sie hatte irgendwo gelesen, dass Vergewaltiger sich an
der Angst ihrer Opfer weideten, dass sie die Unterwerfung
genossen, doch dieser Gedanke machte ihr nur noch mehr
Angst. Die Ungewissheit, welches Schicksal sie erwartete,
lähmte sie. Als sie sprach, klang sie wie ein kleines verlo-
renes Kind.

»Bitte, tun Sie mir nichts.« Ihre Stimme versagte. »Bitte
lassen Sie mich gehen.«

Schweigen.

Die nächsten Worte sagte sie, ohne nachzudenken.

»Ich tue alles, was Sie wollen. Bitte, lassen Sie mich gehen.«

Keine Reaktion.

»Bitte ...« In einem kurzen Moment der Klarheit wurde
ihr bewusst, wie lächerlich das Wort sich anhörte.

»Sagen Sie mir, was Sie von mir wollen?« Sie stellte sich einige der möglichen Antworten vor, doch dann zwang sie sich, die schrecklichen Bilder aus ihrem Kopf zu verbannen.

Der Mann atmete langsam aus, und sie spürte, dass er sich bewegte.

Einen Augenblick lang glaubte sie, ihr Herz habe aufgehört zu schlagen.

Der Mann trat aus den Schatten heraus und erschien zum ersten Mal am Rande ihres Sichtfeldes. Sie drehte den Hals in seine Richtung. Er war jetzt anders gekleidet, trotzdem erkannte sie ihn auf Anhieb wieder. Es war der Mann, mit dem sie sich im Supermarkt unterhalten und dem sie später auf dem Parkplatz geholfen hatte. Doch das angenehme, offene Lächeln, die Schüchternheit und die freundlichen Augen waren verschwunden. Jetzt sah er groß, stark und gefährlich aus. Sein Gesicht schien nur noch aus scharfen Ecken und Kanten zu bestehen.

»So sieht man sich wieder«, sagte er.

Sein Blick hielt ihren fest wie eine riesige Klaue, und sie hatte das Gefühl, als würde sie in ein schwarzes Loch gesogen. Erneut schossen ihr die Tränen in die Augen.

»Weinen wird Ihnen nicht helfen.«

»Bitte, tun Sie mir nichts«, flehte sie noch einmal. Die Worte kamen ganz von selbst, ungebeten, verängstigt, flehend. »Ich mache auch, was Sie wollen.«

»Was *immer* ich will?« Seine Augen ruhten auf ihrem nackten Körper. Der Unterton in seiner Stimme und das Unerbittliche seines Blicks trafen sie mit der betäubenden Wucht eines Fausthiebs gegen die Schläfe.

Sie würgte den Kloß in ihrem Hals hinunter und hörte das kleine Kind in ihr antworten: »Ja. Was immer Sie wollen.«

Er kam näher.

Sie hielt den Atem an. »O Gott, bitte nicht.«

»Hören Sie auf zu beten.«

»Tut mir leid«, sagte sie hastig. »Was immer Sie sagen. Es tut mir leid.«

»Hören Sie auf zu betteln.«

Da begann sie wieder zu schluchzen.

»Hören Sie auf zu weinen.«

Sie atmete durch die Nase ein und hielt so lange die Luft an, bis sie sich einigermaßen im Griff hatte.

»Sie werden also tun, was immer ich will?«, fragte er sie noch einmal.

Erneut atmete sie tief ein. Sie wusste nicht, woher sie den Mut nahm.

»Ja.« Jetzt schwang darin Entschlossenheit mit. *Du kannst das*, meldete sich die Stimme in ihrem Innern.

Er trat noch näher an sie heran. Sie sah ein Messer in seiner Hand aufblitzen.

»O Gott ... nein.« Schlagartig war es mit ihrer Entschlossenheit vorbei. Ihr Kopf wurde zu einem schwarzen Abgrund nackter Panik. Sie war wie erstarrt.

Der Mann lächelte auf eine Art, die ihr verriet, dass ihre Angst ihm gefiel. Sein Blick hielt ihren fest, als wären sie durch ein unsichtbares Band verbunden. Sie spürte die Kälte der stählernen Klinge an ihrer Haut, konnte jedoch nicht den Blick von seinen hypnotischen Augen losreißen. In einer schnellen Bewegung sauste die Klinge herab.

Die Frau hielt den Atem an.

Keine Schmerzen.

Sie wusste, dass eine scharfe Klinge durch Haut und Gewebe schneiden konnte, ohne dass man dabei etwas spürte. Sie wusste auch, dass die enorme Menge an Adrenalin, die ihr Körper in diesem Moment ausschüttete, selbst den schlimmsten Schmerz hätte ausschalten können.

Sie wartete.

Immer noch keine Schmerzen.

Der Mann wich einen Schritt zurück und unterbrach endlich den Blickkontakt.

Als wäre sie aus einem Bann erlöst, glitt ihr Blick an ihrem Körper hinab und hielt Ausschau nach Blut oder Schnittwunden.

Nichts.

Stattdessen sah sie, dass der Mann die Stricke durchtrennt hatte, mit denen ihre rechte Hand an den Stuhl gefesselt gewesen war.

Sie war verwirrt. Wollte er sie etwa freilassen? Sie verwarf den Gedanken gleich wieder, denn ihre linke Hand und ihre Füße waren immer noch gefesselt. Sie nahm den rechten Arm an die Brust, und das Gefühl, ihn wieder bewegen zu können, war geradezu berauschend. Sie blies auf ihr Handgelenk und schloss die Finger ein paarmal zur Faust, um die Blutzirkulation wieder in Gang zu bringen. Es fühlte sich gut an.

Unvermittelt tauchte der Mann, der hinter ihr gestanden hatte, wieder neben ihr auf. Er legte ihr etwas Schweres, Kaltes in den Schoß. Sie senkte den Blick.

Eine Gartenschere.

»Nehmen Sie sie«, sagte er.

Sie gehorchte.

Er machte eine Pause. Die Zeit schien mit ihm zu zögern. »Also gut. Ich will, dass Sie sich alle Finger der linken Hand abschneiden. Beginnen Sie mit dem kleinen Finger und arbeiten Sie sich bis zum Daumen vor.«

Sie sah auf, doch er war bereits wieder in den Schatten verschwunden.

»Was?« Ihre Stimme zitterte.

»Sie haben gesagt, Sie würden tun, was immer ich will.« Die Stimme kam von hinter ihr. Er sprach jetzt sehr langsam. »Das ist es, was ich will. Ich will, dass Sie sich sämtliche Finger der linken Hand abschneiden.«

Die Frau konnte ihre schreckliche Angst nicht verbergen. Die Gartenschere in ihrer Hand begann zu zittern. Ihre Lippen bebten.

Sie brachte kein Wort heraus.

»Es wird weh tun. Kein Zweifel. Es wird ziemlich stark bluten. Auch das versteht sich von selbst. Bestimmt werden Sie das Gefühl haben, jeden Moment das Bewusstsein zu verlieren. Aber wenn Sie mir beweisen, dass Sie psychisch stark genug sind, um Ihre linke Hand vollständig zu verstümmeln, dann werde ich Sie gehen lassen, das ist ein Versprechen. Ich fahre Sie sogar persönlich aufs Polizeirevier.«

Die Frau kämpfte die aufsteigende Übelkeit nieder und starrte auf die Schere.

»Ich lasse Ihnen die Wahl. Tun Sie es, dann sind Sie frei. Tun Sie es nicht, dann ...« Was die Konsequenz einer solchen Entscheidung sein würde, überließ er ihrer überreizten, angsterfüllten Fantasie.

Sie atmete tief ein, doch diesmal gab ihr das keinen neuen Mut.

»Tun Sie es«, sagte er mit Bestimmtheit.

Ihr Blick ging zu ihrer linken Hand, die immer noch an den Stuhl gefesselt war.

»Tun Sie es. Das ist der Preis für Ihre Freiheit.«

Zögerlich spreizte sie die Finger der linken Hand.

»So ist es gut. Tun Sie es. Zeigen Sie mir, dass Sie stark sind.«

Sie nahm den kleinen Finger ihrer zitternden linken Hand zwischen die Klingen der Schere.

»Gut so. Sie ist laserscharf. Drücken Sie schnell und fest zu, der Rest geht von allein.«

Sie vermochte sich nicht zu rühren.

»SCHNEIDEN SIE SICH DIE FINGER AB!«, brüllte er so laut, dass sie vor Schreck die Kontrolle über ihre Blase verlor. Seine Stimme schien eine Ewigkeit lang im Raum widerzuhallen.

Ihr Gesicht war tränenüberströmt. Die Klingen der Schere waren so scharf, dass schon eine kleine Berührung ausreichte, um sich daran zu schneiden. Sie sah einen Tropfen Blut an der Haut ihres Fingers.

»TUN SIE ES!«, befahl er, ein lauter, wütender Schrei.

Sie schloss die Augen und holte tief Luft.

Der Mann lächelte.

Die Frau schleuderte die Schere von sich weg.

»Ich kann das nicht, ich kann das einfach nicht.« Sie nahm zitternd die Hand vors Gesicht und schluchzte hemmungslos. »Ich kann es nicht, ich kann nicht.«

Der Mann lachte. »Sie dachten, ich will Sie vergewaltigen, oder?«, fragte er. Eine Antwort war überflüssig. »Und deswegen haben Sie gesagt, Sie würden alles tun, was ich von Ihnen verlange. Sie dachten, Sie müssten sich einfach nur hinlegen und die Beine für mich breitmachen. Ein paar Minuten lang durchhalten, während dieses Ungeheuer in Sie eindringt.« Erneut tauchte er am Rand ihres Blickfeldes auf. »Wenn ich Sie vergewaltigen wollte, wieso, glauben Sie, sollte ich dafür Ihre Erlaubnis oder Kooperation benötigen?«

Die Frau antwortete nicht. Ihr Schluchzen wurde immer lauter.

»Ganz ruhig«, sagte er. »Ich habe nicht vor, Sie zu vergewaltigen.«

Sie empfand Schmerz, Angst und Scham, fühlte sich entblößt und verloren.

»Wa... was wollen Sie denn dann mit mir machen?«, fragte sie wieder in ihrer Kleinmädchenstimme.

Der Mann verschmolz mit der Dunkelheit. Seine Antwort war ein Wispern ganz nah an ihrem rechten Ohr. »Ich werde Sie töten.«

Es schnürte ihr die Kehle zu. Ein Zucken ging durch ihren Körper.

Der Mann lachte. »Wenn Sie jetzt schon Angst haben«, er machte eine effektheischende Pause, »dann warten Sie erst mal ab, *wie* ich es tun werde.«

94

Als es Abend wurde, fiel der Regen in einzelnen Schauern, dann in dichten Vorhängen, während es draußen auf dem Meer blitzte und donnerte, ehe er schließlich zu einem gleichmäßigen, störenden Nieselregen abebbte. Nachdem das Gewitter sich verzogen hatte, fiel das Thermometer um mehrere Grad, und eine unangenehme Kühle breitete sich aus, die in einer Stadt wie Los Angeles vollkommen fehl am Platz zu sein schien.

Gegen Ende des Nachmittags hatten Hunter und Garcia die angeforderten Gesprächsnachweise von Christina Stevenson und Ethan Walsh erhalten. Sie reichten nur drei Monate zurück, und die Opfer hatten während dieser Zeit keinen Telefonkontakt miteinander gehabt – wenigstens nicht per Handy. Hunter war gezwungen, eine neue Anfrage zu stellen, diesmal über Nachweise des ganzen letzten Jahres. Bis die ihnen vorlagen, würde mindestens ein weiterer Tag vergehen.

Statt nach Feierabend nach Hause zu fahren und eine weitere Nacht gegen seine Gedanken und die Schlaflosigkeit zu kämpfen, beschloss Hunter, noch einmal zu Christina Stevensons Haus zu fahren. Es stand zweifelsfrei fest, dass Christina aus ihrem Schlafzimmer verschleppt worden war, und Entführungsorte hatten, genau wie Tatorte, immer mehr zu bieten als bloße Sachbeweise. Hunter besaß die besondere Gabe, sie lesen zu können, und wenn er allein war und ungestört, würde ihm das vielleicht helfen, etwas zu erkennen, was ihm bisher nicht aufgefallen war.

Er verbrachte fast zwei Stunden in ihrem Haus, die meiste Zeit davon im Schlafzimmer. Er versuchte sich bildlich auszumalen, was an jenem Abend passiert war, und stellte die Szenen, die ihm in den Kopf kamen, so gut er konnte nach.

Er stellte sich hinter den Blumenvorhang in Christinas Schlafzimmer, genau dorthin, wo vermutlich der Killer gewartet hatte. Hunter wusste, dass er Christina nicht sofort angegriffen hatte, als diese ins Zimmer gekommen war; ihre verstreut am Boden liegenden Kleider, das Champagnerglas und die Flasche verrieten ihm dies. Sie hatte allein getrunken. Nach dem Preis einer Flasche Dom Ruinart zu urteilen, musste Christina etwas zu feiern gehabt haben. Wahrscheinlich, dass ihr Artikel es auf die Titelseite der Unterhaltungs-Beilage in der Wochenendausgabe geschafft hatte.

Der Killer hatte sich viel Zeit genommen, sie zu beobachten. Entweder hatte er den perfekten Augenblick zum Zuschlagen abwarten wollen, oder aber er hatte es genossen, zuzusehen. Wie auch immer, sein Moment war gekommen, als sie unters Bett kroch, um ihre Uhr hervorzuholen. Zumindest nahm Hunter dies an. Ein Gefühl sagte ihm, dass Christina, als sie unter dem Bett lag, die Schuhe des Täters hinter dem Vorhang gesehen hatte. Dann war alles rasend schnell gegangen. Innerhalb einer Minute hatte er sie unter dem Bett hervorgezerrt und unschädlich gemacht. Er musste eine Spritze mit der richtigen Dosis Phenoperidin griffbereit gehabt haben. Christina hatte sich nach Leibeskräften gewehrt, hatte um sich getreten und geschrien. Anzeichen ihres verzweifelten Kampfes fanden sich überall im Zimmer, doch ihr Angreifer war stark gewesen und die Droge noch stärker.

Obwohl Hunter die Szene im Geist noch einmal durchspielte und methodisch das ganze Haus abging, fand er keine neuen Hinweise. Nichts, was eine der unzähligen Fragen beantwortet hätte, die in seinem Kopf durcheinanderwirbelten und nach einer Antwort schrien.

Nachdem er ihr Haus verlassen hatte, saß er lange im Wagen und fragte sich, was er als Nächstes tun sollte; er fragte sich, ob sie dem Killer auch nur einen winzigen Schritt näher kommen würden, bevor er das nächste Mal tötete. Denn Hunter hatte keinen Zweifel, dass es ein nächstes Mal geben würde.

Erneut sah er auf die Uhr. Er war immer noch nicht bereit, nach Hause zu fahren. Stattdessen fuhr er ziellos durch die Stadt. Als er in West Hollywood die grellen Neonlichter und belebten Straßen sah, fühlte er sich gleich ein wenig lebendiger. Es tat immer gut zu sehen, wie andere Menschen lachten und Spaß am Leben hatten.

Er fuhr eine Zeitlang in östliche Richtung, vorbei am Echo Lake und dem Betonklotz des Dodger-Stadions, bevor er sich nach Süden Richtung Central Los Angeles wandte. Urplötzlich verspürte er den Drang, zum Strand zu fahren, das Meer zu sehen, vielleicht barfuß durch den Sand zu laufen. Er liebte die Seebrise in der Nacht. Sie erinnerte ihn an seine Eltern und an seine Kindheit. Glücklichere Zeiten vielleicht. Er lenkte den Wagen Richtung Westen und machte sich auf den Weg zum Santa Monica Beach. Den Freeway mied er. Ausnahmsweise war er einmal nicht in Eile.

Er kam an den Abzweig zur 4th Street Bridge und fuhr weiter, die South Mission Road hinab. Hier waren ihm die Straßen so vertraut wie seine eigene Wohnung, und er nahm kaum Notiz von den Straßenschildern, auch nicht von dem großen Richtungswegweiser, der vor ihm über der Fahrbahn auftauchte.

Da passierte es. Es war, wie wenn ein Dominostein plötzlich aus dem Gleichgewicht gerät, den nächsten umwirft und der den nächsten und eine gigantische Kettenreaktion ausgelöst wird. Zuerst registrierte er es nur unbewusst. Dann, etwa eine Sekunde später, als sein Unterbewusstsein Verbindung mit seinem Bewusstsein aufnahm, begann eine Alarmglocke in Hunters Kopf zu schrillen. Es dauerte eine weitere Millisekunde, bis sein Gehirn über das Nervensystem ein Signal an die Muskeln in seinem Körper gesendet hatte. Adrenalin überschwemmte seine Adern wie eine Flutwelle, und Hunter stieg hart auf die Bremse. Das Heck seines alten Buick LeSabre brach kurz nach links aus, ehe er mitten auf der Straße zum Stehen kam. Er hatte Glück, dass kein anderes Fahrzeug hinter ihm war.

Mit einem Satz war Hunter aus dem Wagen. Sein Atem ging schnell und abgehackt, und sein Blick heftete sich auf die riesige grüne Hinweistafel, unter der er soeben hindurchgefahren war. Seine Gedanken überschlugen sich, er grub in seinem Gedächtnis nach, versuchte Erinnerungen in die richtige Reihenfolge zu bringen. Allmählich lichtete sich der Nebel, aus den Erinnerungen wurden Bilder, und er spürte, wie ihm ganz langsam ein kalter Schauer den Rücken hinaufkroch.

»Das kann nicht sein«, sagte er in die menschenleere Nacht hinein, doch die Worte hatten keinerlei Bedeutung, denn je mehr ihm wieder einfiel, desto größer wurde seine Gewissheit.

Jeder einzelne Hinweis, den der Täter ihnen hinterlassen hatte, bedeutete etwas.

95

Hunter fuhr schnurstracks zurück ins Büro im PAB und schaltete seinen Rechner ein. Das Erste, was ihm ins Auge sprang, war die E-Mail von Pamela Hays, Christina Stevensons Ressortchefin bei der *L.A. Times*. Im Anhang fand er einen Zip-Ordner – Christinas Artikel aus ihrer Zeit als Kriminalreporterin, die er tags zuvor angefragt hatte.

»Ausgezeichnet«, murmelte Hunter, ehe er die Artikel für den Moment beiseiteließ. Er wusste, dass er schon bald auf sie zurückkommen würde.

Im Augenblick war er auf der Suche nach einer alten Akte. Er konnte sich nicht mehr an den Namen des Opfers oder an das genaue Datum erinnern, aber was das Jahr anging, war er sich sicher – das würde genügen müssen. Er rief die interne Datenbank aller Vorfallsberichte des LAPD auf, gab das Jahr ein, die Art des Vorfalls und den Namen des Polizisten, der vor Ort gewesen war. 0,23 Sekunden, dann hatte er ein Ergebnis.

»Bingo!« Hunter lächelte.

Er klickte den Bericht an und las ihn durch. Er stand wie unter Strom.

Jetzt nahm er sich noch einmal Pamela Hays' E-Mail vor und entpackte die angehängten Zip-Dateien. Insgesamt waren es zweihundertneunundfünfzig Artikel. Genau wie bei den ersten Artikeln einige Tage zuvor handelte es sich nicht um durchsuchbare Textdokumente, sondern um eingescannte Bilder der einzelnen Zeitungsseiten, und auch hier beschränkte sich die Dateibenennung auf das jeweilige Erscheinungsdatum. Doch diesmal musste Hunter nicht erst jeden Artikel einzeln durchgehen. Er kannte das exakte Datum aus dem Vorfallsbericht. Es dauerte nicht lange, bis er den Artikel gefunden hatte und mit einem Doppelklick öffnete.

Er war kurz, umfasste nur rund fünfhundert Wörter, enthielt aber vier Fotos. Drei davon waren körnig und verschwommen; das vierte war ein qualitativ hochwertiges Porträt und absolut schockierend. Der Artikel war vor knapp zweieinhalb Jahren an einem Donnerstag auf der zweiten Seite im Kriminalteil der *L.A. Times* erschienen.

Schon bei der Schlagzeile musste Hunter schlucken. Er zwang sich, sie mehrmals hintereinander zu lesen. Langsam fügten sich alle Einzelteile zu einem grausigen Bild zusammen.

Ein Nachweis am Ende des Artikels verriet, wie die Zeitung in den Besitz der drei ersten Fotos gelangt war, und als Hunter ihn las, blieb ihm zum zweiten Mal die Luft weg.

»Unmöglich«, sagte er laut, und danach war die Stille im leeren Büro noch drückender. Alles war so rasend schnell gegangen, dass ihm beinahe schwindelte.

Er druckte den Artikel aus und legte ihn sich auf den Schreibtisch. Dann dachte er eine Weile nach, wo er mit seiner Suche fortfahren sollte. Ihm fiel der Camcorder ein, den der Täter im City Hall Park im Mülleimer deponiert hatte, und wie von selbst stellte sein Kopf den Zusammenhang her.

»Verdammt.«

Er rief seinen Internet-Browser auf und überlegte kurz, was er in die Suchmaschine eingeben sollte. Er entschied sich für eine Kombination aus vier Schlagwörtern. Das Ergebnis ließ nicht lange auf sich warten – etwa sechs Millionen Resultate in 0,36 Sekunden.

Weil seine Anfrage vier Wörter enthielt, suchte die Suchmaschine zunächst nach Einträgen, in denen alle vier Wörter vorkamen, und zwar in der Reihenfolge, in der Hunter sie eingegeben hatte. Diese Einträge standen ganz oben auf der Ergebnisliste. Sobald die Suchmaschine keine Einträge für alle vier Wörter mehr fand, begann sie automatisch nach einzelnen Wörtern oder Wortkombinationen zu suchen. Das war der Grund, weshalb Hunter so viele Resultate erhalten hatte.

Hunter klickte das erste Ergebnis an, das ihn zu einer Spezial-Website führte. Dort verbrachte er einige Zeit, klickte sich durch die einzelnen Unterseiten und durchsuchte die Archive, ohne jedoch das zu finden, wonach er suchte.

Er kehrte zur Ergebnisseite zurück und probierte den zweiten Link aus. Auch diese Website sah er sich mehrere Minuten lang an, und auch sie brachte ihn nicht weiter.

Er wiederholte den Vorgang noch achtzehn Mal ohne Ergebnis, bis er schließlich auf eine obskure Website stieß, bei der er, kaum dass die Homepage auf seinem Bildschirm lud, sofort ein merkwürdiges Kribbeln im Nacken spürte. Er schüttelte das Gefühl ab und tippte eine Kombination aus Zahlen und Wörtern in die Suchmaske der Website ein. Die Anfrage lieferte insgesamt fünfzehn Treffer. Die Suchfunktion der Seite war nicht besonders ausgereift, so dass sich durch die Eingabe eines Datums das Ergebnis in keinster Weise veränderte. Hunter beschloss, dass es das Einfachste wäre, alle fünfzehn Einträge zu überprüfen.

Doch das musste er gar nicht. Beim vierten Eintrag wurde er fündig.

Er lehnte sich auf seinem Stuhl zurück und rieb sich mit beiden Händen das Gesicht. Die Bilder auf dem Monitor ließen mit brutaler Macht Erinnerungen in ihm hochkommen.

Die Datei war von jemandem mit dem Alias Dark-XX1000 hochgeladen worden. Hunter versuchte, mehr über die wahre Identität der Person hinter diesem Alias herauszufinden, kam aber nicht weit. Er beschloss, es später noch einmal zu versuchen.

Die nächsten anderthalb Stunden verbrachte er im Internet und auf diversen, der allgemeinen Öffentlichkeit nicht zugänglichen Websites, auf die er als Officer des LAPD Zugriff hatte. Auch hier hatte er kein Glück.

Seine Augen juckten und tränten, weil er so lange auf den Bildschirm gestarrt hatte. Er ging kurz auf die Toilette, ehe er sich noch eine Tasse starken schwarzen Kaffee eingoss. Dann tigerte er im Büro auf und ab und ließ sich alles, was er bislang herausgefunden hatte, noch einmal durch den Kopf gehen. Es war eine Menge, aber viele Einzelheiten fehlten noch. Er brauchte Hilfe. Ungeachtet der späten Stunde zückte er sein Handy und wählte Michelles Nummer. Nach dem dritten Klingeln nahm sie ab.

»Michelle«, sagte Hunter. »Jetzt muss ich mich ent-

schuldigen, weil ich so spät außerhalb der Bürozeiten anrufe.«

Michelle lachte leise. »Na ja, den Begriff ›Bürozeiten‹
gibt es beim FBI nicht. Meine Schicht hat an dem Tag angefangen, als ich eingestellt wurde, und endet in ungefähr –«,
sie machte eine Pause, wie um nachzurechnen, »fünfundvierzig Jahren.«

»Ziemlich lange Schicht.«

»Das sagen ausgerechnet Sie?« Wieder ein Lachen.
»Okay, also. Was gibt's?«

Hunter berichtete ihr alles, was er bisher in Erfahrung
gebracht hatte, und umriss, wonach er noch suchte. Hinterher war Michelle sprachlos.

»Michelle, sind Sie noch dran?«

»Äh ... ja. Sind Sie sich Ihrer Sache sicher?«

»So sicher, wie man sich nur sein kann.«

»Okay. Dann schaue ich mal, was sich rausfinden lässt,
und rufe Sie dann zurück. Könnte spät werden ... oder früh,
je nachdem, wie man's nimmt.«

»Ich bin auf jeden Fall hier.«

96

Um kurz vor sechs Uhr früh meldete sich Michelle
zurück. Es war ihr endlich gelungen, die von Hunter benötigten Informationen zu beschaffen, darunter auch den
wahren Namen der Person, die sich hinter dem Internet-
Alias DarkXX1000 verbarg. Um acht Uhr leitete Hunter ein
hastig einberufenes Briefing im fensterlosen Besprechungsraum im Untergeschoss des PAB.

Der Raum war eine kleine Betonschachtel und eingerichtet wie ein altmodisches Klassenzimmer. Sechzehn

kleine Tische standen in vier Reihen hintereinander. Etwa einen Meter vor der ersten Reihe befand sich ein hölzernes Stehpult, hinter dem Hunter nun stand. Zu seiner Linken hing eine große weiße Leinwand, zu seiner Rechten stand ein Flipchart auf einem dreibeinigen Gestell.

Garcia und Captain Blake saßen an den äußeren beiden Tischen der ersten Reihe, zwei leere Tische zwischen sich. In der Reihe hinter ihnen saß Michelle Kelly; sie hatte Hunter wissen lassen, dass sie unbedingt dabei sein wolle. Die letzten beiden Reihen belegten sieben der insgesamt acht Mitglieder eines SWAT-Teams, bereits in kugelsicheren Westen und schwarzer Einsatzkleidung. Das angespannte und erregte Murmeln im Raum verstummte augenblicklich, als Hunter sich räusperte.

Aller Augen richteten sich auf ihn.

»Also gut, ich erzähle Ihnen die ganze Geschichte von Anfang an«, sagte er mit einem Nicken zu Jack Fallon, dem Captain des SWAT-Teams, der hinter der letzten Tischreihe an der Wand stand.

Fallon dimmte das Licht herunter.

Hunter drückte auf den Knopf an der Fernbedienung, die er in der rechten Hand hielt, und das Porträtfoto eines Jungen erschien auf der Leinwand. Er war etwa sechzehn Jahre alt, hatte eine markante Stirn, scharfe Wangenknochen und eine schmale, sommersprossige Nase. Seine klaren, hellblauen Augen harmonierten perfekt mit dem welligen, dunkelblonden Haar. Er war ein gutaussehender Junge.

»Das hier ist Brandon Fisher«, begann Hunter. »Bis vor zweieinhalb Jahren war Brandon Schüler an der Jefferson High im Süden von Los Angeles. Obwohl er extrem schüchtern war und sich oft zurückzog, kannte man ihn dort als intelligenten Schüler mit guten bis sehr guten Noten. Brandon war außerdem ein vielversprechender Quarterback mit einem gefürchteten linken Wurfarm und guten Chancen auf ein Football-Stipendium.« Hunter trat hinter dem Pult hervor. »Wenige Wochen nachdem er seinen Führerschein gemacht hatte, wurde Brandon an der Kreuzung zwischen West Washington Boulevard und South La Brea Avenue in einen schweren Verkehrsunfall verwickelt. Der Unfall ereignete sich um zwei Uhr einundvierzig morgens. Obwohl Brandon ein Neuling hinter dem Steuer war, trug er am Unfall keine Schuld. Nicht nur gab es drei Zeugen, die das unabhängig voneinander bestätigt haben, die Verkehrspolizei verfügte außerdem über Fotobeweise von der Rotlichtüberwachung an der Kreuzung. Der andere Fahrer hatte die Kreuzung zweifelsfrei bei Rot überquert.«

Hunter betätigte erneut den Knopf an der Fernbedienung. Brandon Fishers Konterfei wurde abgelöst von sechs Bildern, die in drei Reihen zu je zwei Bildern untereinander angeordnet waren. Die Abfolge der Ereignisse darauf war klar zu erkennen: Ein dunkelblauer Ford Mustang überfuhr eine rote Ampel und stieß mit einem silbernen Chevrolet Cruze zusammen. Die Geschwindigkeit des Mustang, jeweils am rechten unteren Bildrand zu sehen, betrug fünfundfünfzig Meilen pro Stunde.

»Durch die Wucht des Aufpralls hat sich Brandons Fahrzeug mehrfach gedreht und wurde siebenundzwanzig Meter weit über den West Washington Boulevard geschoben«, fuhr Hunter fort. »Außer ihm saß niemand im Wagen. Brandon brach sich den linken Arm, beide Beine, erlitt schwere Schnittverletzungen an Gesicht und Körper und brach sich mehrere Rippen, von denen eine seinen linken Lungenflügel perforierte.«

Wieder ein Knopfdruck, und ein neues Porträt von Brandon Fisher erschien auf der Leinwand. Unter den Mitgliedern des SWAT-Teams erhoben sich Gemurmel und leise Flüche. Hunter sah Garcia zusammenzucken. Captain Blake und Michelle Kelly schnappten nach Luft und hoben vor Entsetzen die Hand an den Mund.

In Brandons Augen spiegelte sich eine bodenlose Traurigkeit, die jeden im Raum anzustecken schien. Sein einst so attraktives Gesicht war von zwei großen sowie mehreren kleinen Narben stark entstellt. Die größere der beiden Narben verlief knapp an seinem linken Auge vorbei quer über die Nase, die dadurch grotesk verformt wurde, und weiter durch Ober- und Unterlippe. Die linke Hälfte seines Mundes war nach unten gezogen, als würde er permanent traurig lächeln. Die zweite große Narbe begann links oben an der Stirn kurz unterhalb des Haaransatzes und verlief von dort aus in einer gezackten Linie bis zum rechten Ohr, wobei sie die rechte Augenbraue in zwei Hälften teilte.

»Das Foto hier wurde etwa zwölf Monate nach dem Unfall gemacht«, sagte Hunter, »sobald die Narben mehr oder weniger verheilt waren. Zu dem Zeitpunkt hatte Brandon bereits zwei rekonstruktive Eingriffe hinter sich, die sein Gesicht weitestgehend wiederhergestellt hatten. Das hier war das Äußerste, was die Ärzte erreichen konnten. Besser würde es nicht mehr werden.«

»Der Arme«, wisperte Michelle.

»Ich muss Ihnen sicher nicht sagen, dass eine solch schwerwiegende Entstellung des Gesichts das ganze Leben verändert und dass nur die wenigsten Menschen wirklich lernen, sich damit abzufinden«, fuhr Hunter fort. »Egal wie viel Zeit vergeht oder wie viel Beistand und Hilfe man bekommt.« Er hielt inne, um Luft zu holen. »Wie ich eben erwähnt habe, war Brandon von Natur aus eher schüchtern und in sich gekehrt, es ist also nicht verwunderlich, dass er nach dem Unfall schwere Depressionen bekam. Er musste mit dem Footballspielen aufhören und konnte auch keine andere Sportart mehr ausüben. Seine Brüche waren zwar ordnungsgemäß verheilt, aber seine Arme und Beine waren nicht mehr so schnell und kräftig wie früher, außerdem war aufgrund der Perforation durch die Rippe die Leistung seines linken Lungenflügels um die Hälfte herabgesetzt.

Zuerst haben die paar Freunde, die er hatte, versucht, ihm Mut zu machen, aber Kids sind Kids, und mit der Zeit haben sich alle von ihm abgewandt. Es dauerte auch nicht lange, bis das Gerede losging und die anderen anfingen, Witze über ihn zu machen – anfangs noch hinter seinem Rücken, aber dabei blieb es nicht lange. Natürlich wusste er, was die anderen über ihn redeten. Irgendwann machte dann auch noch seine Freundin mit ihm Schluss, und das hat ihm den Rest gegeben.«

»Wurde er nicht psychologisch betreut?«, wollte Captain Blake wissen.

»Doch, natürlich. Sobald er dazu in der Lage war«, sagte Hunter mit einer Geste, die halb Nicken, halb Achselzucken war. »Drei einstündige Sitzungen pro Woche, das war alles.«

»Klar«, sagte einer der SWAT-Agenten und lachte. »Als ob das was helfen würde.«

»Und selbst wenn«, warf ein anderer ein, »wie lange dauert das denn wohl, bei gerade mal drei Stunden die Woche?«

»Zu lange«, pflichtete Hunter ihm bei.

Erneut erhob sich Gemurmel im Raum.

Hunter drückte wieder auf den Knopf. Das neue Bild auf der Leinwand zeigte eine Brücke in Downtown Los Angeles.

»Vor zwei Jahren und fünf Monaten, an einem Dienstagabend«, fuhr Hunter fort, und es wurde wieder still im Raum, »sagte Brandon seiner Mutter und seinem Vater gute Nacht und ging auf sein Zimmer – allerdings ging er nicht ins Bett. Er wartete, bis alle schliefen, dann kletterte er aus seinem Fenster und ging bis zur 6th Street Bridge, die ein paar Blocks von seinem Zuhause in Boyle Heights entfernt lag.«

Es war totenstill im Besprechungsraum. Alle Augen ruhten auf Hunter.

»Brandon hatte sich wochenlang, vielleicht sogar monatelang darauf vorbereitet«, sagte Hunter. »Er hatte zeitlich alles genauestens durchgeplant. Als der richtige Moment gekommen war, ist er von der Brücke gesprungen.«

Captain Blake und Michelle Kelly rutschten unruhig auf ihren Stühlen herum.

»Wie Sie alle wissen«, sagte Hunter, »führt die 6th Street Bridge nicht nur über den Los Angeles River, sondern auch über mehrere Bahngleise. Brandon entschied sich für die Gleise statt für den Fluss.« Er verstummte kurz, um sich zu räuspern. »Wie gesagt, er schien alles bis ins kleinste Detail geplant zu haben, kannte sogar die Zugfahrpläne. Sein Sprung war perfekt getimt. Einen Sekundenbruchteil nachdem seine Füße die Schienen berührten, wurde er von einem entgegenkommenden Güterzug bei voller Geschwindigkeit erfasst. Der Aufprall hat seinen Körper regelrecht in Stücke gerissen.«

Ein weiterer Knopfdruck, und auf der Leinwand erschien ein Bild der Gleise, die unter der Brücke hindurchführten. Neben etwas, das wie ein menschlicher Fuß aussah, steckte eine Spurennummer in der Erde.

»Seine Körperteile waren über einen Radius von fünfundzwanzig Metern verstreut«, fügte Hunter hinzu.

Mehr nervöses Stühlerücken, diesmal von allen im Raum.

Und Hunter war immer noch nicht fertig. »Bevor er von der Brücke gesprungen ist, hat Brandon gesagt, dass die Leute so dumm wären zu glauben, dass alles, was wir im Leben tun, auf unserer freien Entscheidung beruht. Dass wir immer eine Wahl haben, auch wenn wir es nicht sehen wollen.« Hunter hielt inne und verschränkte die Arme vor der Brust. »Und dann hat er noch gesagt: ›Was ist mit den Entscheidungen, die andere treffen und die *unser* Leben versauen, nicht deren eigenes? Wo bleibt da unsere Wahlfreiheit?‹«

»Moment mal«, sagte einer der SWAT-Agenten und hob

die Hand wie ein Schüler, der sich im Unterricht meldet.
»Woher wissen Sie denn, was der Junge damals auf der Brücke gesagt hat?«

Hunter holte tief Luft, ehe er den Blick in den Raum wandte.

»Weil ich dabei war.«

97

Zwei Jahre und fünf Monate zuvor
Whittier Boulevard
Etwa zwanzig Sekunden von der 6th Street Bridge entfernt
01:19 h

Hunter hatte den Kampf aufgegeben. Eine weitere schlaflose Nacht. Statt zu Hause zu sitzen und seine tristen, verblichenen Wände anzustarren, die dringend einen frischen Anstrich benötigten, hatte er beschlossen, ein wenig spazieren zu fahren, so wie er es schon unzählige Male getan hatte und wie er es zweifellos noch unzählige weitere Male tun würde. Wieder einmal fuhr er ziellos durch die Gegend und ließ die Stadt an seiner Windschutzscheibe vorbeigleiten. Er fuhr, ohne nachzudenken, ließ sich ganz vom Verlauf der Straßen leiten.

Ohne einen bestimmten Grund, oder vielleicht weil er genau dasselbe einige Tage zuvor gemacht hatte und danach in Venice Beach gelandet war, beschloss er in dieser Nacht, durch Downtown L. A. zu fahren.

Nun, da das Bankenviertel und die Stadt in tiefem Schlaf lagen, wirkten die Straßen ausgestorben und gespenstisch. Es war ein fremdartiger Anblick, den die meisten Menschen wohl nicht kannten.

Hunter hatte Boyle Heights durchquert, war rechts auf den Camino Real abgebogen und erreichte soeben den Whittier Boulevard, der ihn auf die 6th Street Bridge zuführte, als plötzlich mit einem lauten Knacken sein Polizeifunkgerät zum Leben erwachte.

»Achtung, an alle Einheiten in der Nähe der 6th Street Bridge, gerade kam ein Notruf über einen möglichen Suizidversuch auf der Brücke. Scheint ein Jugendlicher zu sein, nach Aussage des Anrufers will er springen. Sofortiges Eingreifen erforderlich. Ist jemand in der Nähe?«

Hunter hatte aufs Armaturenbrett gestarrt, während er der Meldung der Zentrale lauschte. Als er nun den Kopf hob, war das Erste, was er sah, eine große grüne Hinweistafel, auf der die vor ihm liegende Brücke ausgeschildert war. In weniger als fünfzehn Sekunden konnte er dort sein. Obwohl viele Einwohner die Brücke als 6th Street Bridge bezeichneten, lautete ihr offizieller Name (und der, der auf sämtlichen Hinweisschildern der Stadt zu lesen war) Sixth Street Viaduct – SSV.

Rasch griff Hunter nach dem Funkgerät.

»Zentrale, hier spricht Detective Robert Hunter, LAPD, Morddezernat I. Ich bin praktisch auf der Brücke, nähere mich aus östlicher Richtung über den Whittier Boulevard. Ich kann in zehn Sekunden vor Ort sein. Gibt es nähere Informationen zur Person?«

»Position und voraussichtliche Ankunftszeit verstanden, Detective. Uns liegen keine weiteren Informationen vor. Der Anrufer war ein Passant, der die Person auf der Brüstung gesehen hat. Mehr kann ich im Moment nicht sagen, tut mir leid.«

»Verstanden«, gab Hunter zurück. »Ich bin jetzt bei der Brücke, habe Sichtkontakt. Person befindet sich auf der nördlichen Brüstung an der Westseite der Brücke. Ich wiederhole: Der Junge steht auf der nördlichen Brüstung an der Westseite des Sixth Street Viaduct. Schicken Sie sofort die Feuerwehr und einen Psychologen her.«

»Zehn-vier, Detective. Wird gemacht. Viel Glück.«

Hunter drosselte das Tempo. Ungefähr in der Mitte der Brücke hielt er an, und zwar so, dass sein Wagen die Fahrbahnen in Richtung Westen vollständig blockierte. Er achtete darauf, all dies langsam zu tun. Kein Kreischen der Reifen, kein Türenknallen, keine lauten Geräusche oder überhastete Bewegungen, die eine ohnehin bereits extrem gefährliche Situation noch brenzliger hätten machen können. Die Uhr am Armaturenbrett zeigte 01:21 an.

Genau wie Hunter es der Zentrale durchgegeben hatte, stand der Junge auf der nördlichen Brüstung am westlichen Ende der Brücke. Er hatte Hunter den Rücken zugekehrt, und statt nach unten auf das zu schauen, was ihn erwartete, wenn er sprang, blickte er geradeaus in die Ferne, als warte er auf etwas oder als sei er kurz davor, es sich anders zu überlegen. Das war ein gutes Zeichen.

Hunter bewegte sich rasch, aber leise. Er wollte möglichst nahe herankommen, bevor der potentielle Selbstmörder ihn bemerkte. Er hatte sich dem Jungen bis auf etwa vier Meter genähert, als dieser den Blick von der vor ihm liegenden Dunkelheit abwandte und sich umdrehte.

Hunter blieb stehen. Er wollte Blickkontakt zu dem Jungen herstellen, doch als dieser ihm sein Gesicht zuwandte, zuckte Hunter ganz kurz zusammen. Im selben Augenblick verfluchte er den Umstand, dass er von der Zentrale keinerlei Informationen über den Jungen erhalten hatte. Er hatte keine Ahnung, wer er war und welche Gründe ihn auf die Brücke geführt hatten, wo er nun seinem Leben ein Ende bereiten wollte. Hätte er Bescheid gewusst, wäre er bestimmt besser auf den Anblick vorbereitet gewesen.

Doch gleich darauf verfluchte Hunter sich selbst, denn ob nun mit oder ohne Hintergrundinformationen, ein Detective vom Morddezernat des LAPD, erst recht jemand mit einem Doktortitel in Kriminal- und Biopsychologie, hätte für alles gewappnet sein müssen. Er hätte auch auf das Unerwartete gefasst sein müssen, wie schockierend es auch immer war.

In jenem Sekundenbruchteil des Zögerns durchfuhr Hunter die entsetzliche Angst, dass seine Miene, seine Augen, sein Verhalten, dass irgendetwas an ihm seine Überraschung verraten haben könnte. Dann wäre seine Chance, den Jungen davon zu überzeugen, von der Brüstung herunterzuklettern, so gut wie vertan.

Hunters Entsetzen rührte daher, dass das Gesicht des Jungen von Narben stark entstellt war, als wäre er zuvor durch mehrere Glasscheiben gestürzt. Es war die Art von Entstellung, mit der man mitleidige, schockierte, ja sogar angewiderte Blicke auf sich zog. Die Art von Entstellung, die gemeine Menschen zu Spott und Beleidigungen anstachelte und bei der die Narben viel tiefer gingen, als ein Außenstehender wahrnahm – seelische Narben, die jedes Selbstvertrauen zerstören und schwerste Depressionen auslösen konnten. Es war eine Art von Entstellung, die das Leben unerträglich machen konnte, erst recht das Leben eines so jungen Menschen.

Doch selbst wenn man Hunter sein Erstaunen ansah, dem Jungen schien es nicht aufgefallen zu sein.

»Hallo«, sagte Hunter laut, aber ruhig und freundlich.

Keine Reaktion.

Hunter ließ einen Moment verstreichen. »Macht es dir was aus, wenn ich ein bisschen näher komme? Dann redet es sich leichter.«

»Bleiben Sie lieber da.« Als der Junge sprach, blieb die linke Seite seines Mundes unbewegt. Wahrscheinlich hatte die Schnittwunde, von der die lange Narbe über der Lippe stammte, Nerven und Muskeln durchtrennt und einen Teil seines Mundes, vielleicht sogar einen Teil des Gesichts, gelähmt. Seine Stimme jedoch war kraftvoll und entschlossen.

»In Ordnung«, sagte Hunter und hob die Hände, um zu unterstreichen, dass er damit kein Problem hatte. »Dann bleibe ich eben hier stehen.« Eine ganz kurze Pause. »Ich bin Robert.«

Nichts.

»Darf ich dich fragen, wie du heißt?«

Einige Sekunden vergingen, ehe der Junge antwortete. »Brandon.« Er zögerte kurz. »Sie können mich aber auch Zirkusfreak, Scarface oder Missgeburt nennen oder sich was anderes ausdenken. Machen alle.«

Hunter spürte, wie ihn eine dumpfe Traurigkeit überkam. Er neigte den Kopf ein wenig zur Seite und gab sich Mühe, unbeschwert zu klingen. »Na ja, mich nennen viele Vollidiot, Kindskopf oder – mein persönlicher Favorit – Arschgesicht. Du kannst dir was aussuchen.«

Brandon erwiderte nichts, lächelte nicht einmal. Er wandte sich einfach ab und fuhr fort, in die Dunkelheit hinauszustarren.

Hunter kam einen Schritt näher. »Brandon«, sagte er. »Pass auf, ich wollte mir gerade eine Pizza holen. Hast du nicht Lust mitzukommen? Ich lade dich ein. Wir können reden, wenn du willst, und du kannst mir sagen, was dir gerade so alles durch den Kopf geht. Ich bin ein guter Zuhörer. Ehrlich, wenn es eine Weltmeisterschaft im Zuhören gäbe, ich würde Gold abräumen.«

Brandon drehte sich erneut zu ihm um, und zum ersten Mal konnte Hunter seine Augen klar erkennen.

Hunter wusste, dass etwa fünfundsiebzig Prozent aller Selbstmordversuche in den USA mit einfachsten Mitteln zu verhindern waren – indem man zuhörte und sich als Freund anbot. Manche vertraten die These, dass die meisten Suizidversuche in Wahrheit Hilfeschreie waren. Die Betreffenden wollten genauso wenig Selbstmord begehen wie jeder andere Mensch, sie befanden sich lediglich in einer Situation, in der ein enormer emotionaler und psychischer Druck auf ihnen lastete. Vielleicht fühlten sie sich ausgegrenzt, missverstanden, ungeliebt, allein, ausgenutzt, vergessen, verängstigt, oder es war eine Mischung anderer, extrem starker negativer Gefühle im Spiel. Die Leere im Innern konnte so stark anwachsen, bis ein Punkt erreicht war, an dem die Betreffenden glaubten, keinen anderen Ausweg mehr zu haben. Dass es überhaupt so weit kam, lag oft daran, dass sie mit ihren negativen Gefühlen zu lange allein gelassen wurden. Vielleicht hatten sie niemanden, dem sie sich anvertrauen konnten, und es fand sich auch sonst keiner, der bereit war, ihnen zuzuhören. Dadurch fühlten sie sich noch verlassener und nichtswürdiger. Meistens wollten sie wirklich, dass man ihnen half, sie wussten nur nicht, wie sie diese Hilfe bekommen sollten. Sobald jemand auf sie zuging, griffen sie mit beiden Händen nach der Gelegenheit. Sie brauchten lediglich jemanden, der für sie da war, jemanden, der ihnen zeigte, dass sie einen Wert hatten.

Als Hunter jedoch Brandon in die Augen blickte, geriet sein Herzschlag ins Stocken. Er sah darin nichts von alledem. Das Einzige, was er sah, waren bodenlose Traurigkeit gepaart mit absoluter, bitterer Entschlossenheit. Brandon rief nicht mehr um Hilfe. Das hatte er längst hinter sich. Seine Entscheidung war gefallen, nichts und niemand würde ihn aufhalten. In diesem Moment hatte Hunter das Gefühl, dass nicht einmal Gott selbst in der Lage gewesen wäre, Brandon von seinem Plan abzubringen.

Kein Zuckerguss mehr.

»Brandon, hör mir zu.« Hunter machte einen weiteren zaghaften Schritt auf ihn zu. »Du willst das nicht wirklich tun. Ich schwöre dir, was auch immer dich dazu veranlasst hat zu glauben, dass dies hier dein einziger Ausweg ist, es gibt eine bessere Lösung für dein Problem. Vertrau mir, ich habe das selbst durchgemacht. Ich war genauso kurz davor wie du jetzt gerade ... und nicht nur einmal. Gib mir die Gelegenheit, mit dir zu reden. Gib mir die Chance, dir zu zeigen, dass es eine bessere Wahl gibt.«

»Eine Wahl?«

Wären Brandons Augen Laserstrahlen gewesen, hätte ihr Blick Hunter getötet.

Hunter nickte, und dann sagte er die Worte, die er sein Leben lang bereuen würde.

»Wir sind frei in unseren Entscheidungen, und *diese* Entscheidung willst du nicht treffen. Glaub mir.«

Erneut wanderte Brandons Blick in die Dunkelheit hinaus. Nur dass sie jetzt nicht mehr dunkel war. In der Ferne näherten sich zwei Scheinwerfer mit hoher Geschwindigkeit. Brandons Verhalten veränderte sich – er schien erleichtert, als habe er sich zuvor Sorgen um etwas gemacht.

Hunters Blick ging ganz kurz zu den Scheinwerfern, dann begriff er, worauf Brandon gewartet hatte. Der Zug hätte eigentlich um ein Uhr einundzwanzig unter der Brücke hindurchfahren müssen, doch eine kurze Verzögerung hatte dazu geführt, dass er sie nun um ein Uhr dreiundzwanzig passieren würde – 0123.

Hunter versteifte sich.

Brandon lachte leise. »Die Leute versuchen dauernd, einem diesen Scheiß einzureden – dass man immer eine Wahl hat.« Er ahmte eine helle, säuselnde Kinderstimme nach. »*Wir haben unser Leben in der Hand, denn ganz egal was passiert, unsere Entscheidungen sind frei.*«

»Na ja«, sagte Hunter. »Du *hast* ja auch eine Wahl, jetzt in diesem Moment.« Erneut huschte sein Blick zu den Zugscheinwerfen. Gleich wären sie bei der Brücke angelangt. »Bitte, Brandon, triff nicht die falsche Entscheidung. Komm da runter, und lass uns über alles reden. Ich schwöre dir, es gibt eine bessere Lösung.«

»Ach ja?« Jetzt klang Brandon wütend. »Wir haben also immer eine Wahl? Was ist mit den Entscheidungen, die andere treffen und die *unser* Leben versauen, nicht deren eigenes? Wo bleibt da unsere Wahlfreiheit?« Brandon hielt inne und schluckte schwer, als ihm die Tränen kamen. »Es war seine Entscheidung, bei Rot zu fahren, nicht meine. Es war seine Entscheidung, sich zu betrinken und zu bekiffen, nicht meine. Es war seine Entscheidung, einen Scheißdreck darauf zu geben, was passiert, wenn er ins Auto steigt, nicht meine. Es war seine Entscheidung, wie ein Bekloppter zu rasen, nicht meine.« Brandon wischte sich die Tränen fort. »Seine Entscheidungen haben mein Leben verändert. Meine ganze Zukunft. Sie haben *mich* verändert. Früher wusste ich, dass ich Dinge erreichen kann, aber jetzt kann ich das nicht mehr, weil mein Körper nicht mitspielt. Wegen seiner Entscheidungen muss ich so rumlaufen ... für den Rest meines Lebens.« Die letzten drei Worte unterstrich er, indem er auf sein Gesicht zeigte.

Der Zug hatte die Brücke erreicht.

»Seine Entscheidungen ...«, diesmal war Brandons Stimme ohne jede Emotion, »haben zu meiner Entscheidung geführt.«

Die Zeit war um.

Hunter sah, wie Brandons Füße den Kontakt zur Brüstung verloren, als sie einen Schritt ins Nichts machten.

»NEIN!«, schrie er und sprang auf den Jungen zu. Er streckte sich mit aller Macht nach ihm aus, und bevor die Schwerkraft zu wirken begann und der Junge schneller und schneller auf die Gleise tief unter ihnen stürzen würde, streiften seine Finger Brandons linke Schulter. Hunter schloss die Finger so schnell er konnte und mit aller Kraft, doch er bekam nur einen winzigen Zipfel von Brandons Hemd zu fassen.

Nur ein paar Millimeter mehr, und er hätte ihn gehabt. Er war nicht schnell genug gewesen.

Brandon entglitt Hunters Griff und fiel wie ein Stein in die Tiefe.

Das Nächste, was Hunter hörte, war, wie sein Körper vom Zug erfasst und durch den Aufprall auseinandergerissen wurde.

Vorne auf der Lokomotive stand die Zugnummer 678.

98

Während Hunters Bericht war es im Besprechungsraum totenstill gewesen. Das erschütterte Schweigen hielt
auch danach noch eine Weile an. Endlich ergab alles einen
Sinn – SSV, 678, 0123.

»Ich weiß noch, wie du mir davon erzählt hast«, sagte
Garcia irgendwann, immer noch wie vom Donner gerührt.

Captain Blake nickte. Auch sie konnte sich an den Vorfall
erinnern.

»Der Anruf, den Sie ganz zu Anfang bekommen haben«,
sagte sie. »Er hat Sie nicht zufällig oder Ihres Rufs wegen
ausgewählt, so wie wir dachten.«

»Nein«, sagte Hunter. »Sondern weil ich auf der Brücke
war. Weil ich nicht schnell genug war. Weil ich Brandon
nicht davon abhalten konnte zu springen.«

»Aber wie passen unsere drei Opfer da rein?«, fragte
Garcia.

Hunter nickte und betätigte erneut den Knopf an der
Fernbedienung. Auf der Leinwand erschienen drei Fotos.
Sie waren körnig und verwackelt, doch es bestand kein
Zweifel, dass sie in jener schicksalhaften Nacht auf dem
Sixth Street Viaduct aufgenommen worden waren. Es wa-
ren in aller Eile gemachte Schnappschüsse, aber auf allen
dreien konnte man Brandon Fisher sehen, wie er, das Ge-
sicht im Schatten, auf der Betonbrüstung am Westende der
Brücke stand. Auf dem zweiten und dritten Bild war auch
Hunter zu erkennen. Er stand wenige Meter von Brandon
entfernt im Lichtschein einer Laterne. Seine Körperhal-
tung verriet Anspannung.

»Diese Bilder wurden mit einer Handykamera aufge-
nommen, und zwar von demselben Passanten, der in jener
Nacht auch den Notruf gewählt hat«, führte Hunter aus.
»Es ist ja bekannt, dass viele Reporter den Polizeifunk ab-

hören, weil sie auf eine Story lauern. An diesem Abend war es jemand aus dem Kriminalressort der *L. A. Times*. Ich weiß nicht, ob der Passant dazu überredet wurde oder ob er die Bilder aus eigenem Antrieb verkauft hat, jedenfalls sind sie irgendwann auf dem Schreibtisch der *L. A. Times*-Reporterin gelandet, die in jener Nacht auch am Ort des Geschehens war.«

Hunter verstummte und betätigte abermals den Knopf. Ein neues Porträt erschien auf der Leinwand. Eins, das Hunter, Garcia, Captain Blake und Michelle inzwischen gut kannten.

»Der Name des Passanten, der den Notruf gewählt und die Bilder gemacht hat«, sagte Hunter mit einem Blick auf das Foto, »war Kevin Lee Parker. Unser erstes Opfer.«

Garcia blies die Backen auf und stieß dann langsam die Luft aus. »Lass mich raten. Christina Stevenson, das zweite Opfer des Killers, war die *L. A. Times*-Reporterin, die über die Sache berichtet hat.«

»Ganz genau«, bestätigte Hunter. »Sie hat damals noch im Kriminalressort gearbeitet. Und sie hat nicht nur die drei Fotos verwendet, die Kevin Lee Parker in der Nacht geschossen hat, sondern darüber hinaus auch noch dieses Bild hier. Offenbar war sie auf den Schockeffekt aus.«

Ein erneuter Knopfdruck.

Und auf der Leinwand erschien zum zweiten Mal das Foto des entstellten Brandon Fisher, das Hunter ihnen wenige Minuten zuvor gezeigt hatte.

»O Mann«, sagte Michelle. »Sie hat ihn der Öffentlichkeit zum Fraß vorgeworfen.«

Hunter nickte. »Christinas Artikel hat dafür gesorgt, dass Brandons Gesicht zu einer Art Gemeingut wurde. Auf einmal konnte jeder zu der Sache Stellung nehmen, jeder konnte einen Kommentar abgeben, Witze machen oder sich über das ›Narbengesicht‹ auslassen, das von der Brücke gesprungen war.« Hunter nahm sich einen Moment

Zeit und trank einen Schluck Wasser. »Vielleicht hatte Christina es eilig, den Artikel fertigzubekommen, weil der am Tag nach Brandons Suizid erscheinen sollte, jedenfalls hat sie nicht besonders sorgfältig recherchiert.«

Ein neues Bild füllte die Leinwand aus – Christina Stevensons Artikel.

»Den hier habe ich gestern Abend von ihrer Ressortleiterin bei der *L. A. Times* bekommen«, erklärte er.

»Ich glaub's ja nicht«, rief Captain Blake, ehe sie die Überschrift des Artikels laut vorlas. »*Der Teufel im Innern.*«

»Die Botschaft, die der Killer auf der Glastür in Christina Stevensons Schlafzimmer hinterlassen hat«, setzte Hunter erklärend hinzu, »war ursprünglich die Überschrift des Artikels, den sie damals geschrieben hat. Darin deutet sie an, dass ein permanent gehänselter, dem Spott seiner Altersgenossen ausgelieferter und tief gestörter Brandon Fisher nicht in der Lage war, gegen den Teufel in seinem Innern anzukämpfen. Den Teufel seiner Verletzungen. Einen Teufel, der langsam, aber sicher sein seelisches Gleichgewicht zerstört hat, bis er schließlich im Selbstmord den einzigen Ausweg sah.« Hunter hielt kurz inne. »Außerdem gebraucht Christina Formulierungen wie«, im Weitersprechen deutete er auf die betreffenden Stellen, »›der Suizid eines *weiteren* Teenagers‹, was den Vorfall herunterspielt und ihn als eine Banalität darstellt, etwas, das ständig vorkommt und für das man sich deshalb nicht wirklich interessieren kann. Oder sie schreibt: ›störte die ansonsten friedliche Nacht‹ – das suggeriert, dass Brandons Tod nichts weiter war als ein unerfreulicher Zwischenfall, etwas Lästiges, ohne das die Stadt Los Angeles besser dran wäre, so wie Taschendiebe oder nächtliche Überfälle auf Passanten. Leider«, fügte Hunter hinzu, »hat Christina durch ihre unglückliche Wortwahl den Vorfall trivialisiert. Ihn zu einer traurigen Geschichte unter vielen gemacht – man liest sie und hat sie Sekunden später schon wieder vergessen.«

Niemand gab einen Kommentar dazu ab, also sprach Hunter weiter.

»Und dann wäre da noch das hier.«

Wieder andere Bilder erschienen auf der Leinwand. Diesmal handelte es sich allerdings nicht um Fotos, sondern um ein Video.

Erstaunen machte sich breit.

Die Videoaufnahme zeigte die letzten fünfzehn Sekunden aus Brandon Fishers Leben. Er stand mit Blick nach Süden auf der Brüstung. Hunter stand in der Nähe, den Rücken zur Kamera. Brandon sagte etwas zu Hunter, was das Kameramikrofon allerdings nicht einfing. Alles, was man hören konnte, war das Geräusch des herannahenden Zuges. Dann geschah es ganz schnell. Brandon drehte sich um. Er sprang nicht, er machte einfach einen Schritt von der Brüstung, als ginge er in einen Raum hinein oder trete aus dem Haus auf die Straße. Die Schwerkraft erledigte den Rest. Genau in dem Moment kam Bewegung in Hunter. Er machte einen Satz nach vorn, auf Brandon zu. Er streckte sich wie Superman im Flug. Dann schwenkte die Kamera nach unten, gerade noch rechtzeitig, um den Augenblick des Zusammenpralls einzufangen, als der Zug unter der Brücke hindurchraste und den Körper des Jungen mit voller Wucht erfasste.

Leise hervorgestoßene Flüche und betroffenes Murmeln erfüllten den Raum.

Hunter sah, wie alle zusammenzuckten, selbst Captain Fallon.

Hunter hielt das Video an.

»Das hier wurde vom Fahrer des Wagens aufgenommen, der auf die Brücke kam, kurz nachdem ich die Fahrbahn blockiert hatte. Wie es der Zufall wollte, hatte er einen Camcorder dabei. Sein Name ...«

Klick.

Ein neues Porträt füllte die Leinwand aus. Es war dasselbe, das Hunter und Garcia oben im Büro an ihrer Pinnwand hängen hatten.

»Ethan Walsh«, sagte Hunter. »Das dritte Opfer des Killers.«

Einige Sekunden lang herrschte geschocktes Schweigen.

»Das erklärt auch, weshalb uns der Killer kurz nach Ethan Walshs Tod eine Digitalkamera im Mülleimer im Park hinterlegt hat«, meldete sich Garcia zu Wort. »Weil der mit einer Digitalkamera Brandons Selbstmord aufgezeichnet hatte.«

»Exakt«, sagte Hunter. »Mr Walsh steckte damals in ernsthaften finanziellen Schwierigkeiten. Er hatte all sein Geld in die Firma investiert und war so gut wie pleite. Wahrscheinlich hat er eine Möglichkeit gesehen, an ein bisschen Geld zu kommen, er hat das Video nämlich Christina Stevenson zum Kauf angeboten – deswegen stand auch ihre Nummer in seinem Telefonbuch. Aber sie war nicht die Einzige. Mr Walsh hat seine Aufnahmen außerdem noch an das TV-Format eines Kabelsenders namens *60 Minuten – ein Schicksal* verkauft. Wahrscheinlich hat er es auch bei anderen versucht, aber keiner der größeren Sender wollte den Selbstmord eines Jugendlichen im Fernsehen zeigen. Der Kabelsender hatte da weit weniger Skrupel. Der Ausschnitt kam ein paar Tage später im Rahmen einer Sondersendung zum Thema Suizid bei Jugendlichen. Dieser spezielle Sender strahlt nur in Kalifornien aus, außerhalb des Staates konnte die Sendung also nicht empfangen werden.«

Hunter kehrte zu seinem Pult zurück.

»Das Schlimme ist, dass der Selbstmord niemals das Ende der Tragödie ist«, fuhr er fort. »Es gibt Hinterbliebene, und die müssen nicht nur den Verlust eines geliebten Menschen verarbeiten, sondern auch lernen, mit den Depressionen und Schuldgefühlen zu leben, die unweigerlich auf einen Suizid folgen. Wieso haben sie nichts geahnt?

Hätten sie vielleicht mehr tun können? Am schlimmsten trifft sie oft die Erkenntnis, dass der Mensch zu retten gewesen wäre, wenn sich nur ein bereitwilliger Zuhörer gefunden hätte, der ihm ein paar tröstende Worte sagt und ihm die Gewissheit gibt, dass er nicht allein ist. Dass er geliebt wird.«

Niemand sagte ein Wort.

»Und dank moderner Technologie, wie zum Beispiel dem Internet, kann diese Schuld um ein Vielfaches potenziert werden«, fügte Hunter hinzu. »Aus einem Grund, den ich nicht kenne, war Ethan Walsh nicht zufrieden damit, das Video nur an Christina Stevenson und den Kabelsender zu verkaufen. Unter dem Namen DarkXX1000 hat er die Aufnahme außerdem auf einer Schock-Video-Website namens *thiscrazyworld.com* hochgeladen. Damit war sie endgültig für jedermann zugänglich, und das schlimmste Unglück, das einer Familie widerfahren kann, wurde zum bloßen Zeitvertreib degradiert. Es war nur noch Unterhaltung, ein Witz, ein Videoschnipsel, den Millionen anschauen, über den die Leute lachen und lästern, zu dem sie Kommentare abgeben und den sie zerpflücken konnten. Und genau das haben sie auch getan.«

Hunter klickte rasch durch mehrere Screenshots, auf denen seitenweise Kommentare von Website-Usern zu lesen waren. Einige wenige zeigten Mitgefühl, die meisten jedoch waren schlichtweg menschenverachtend.

»Aber nach wem genau suchen wir denn nun?«, fragte Jack Fallon.

»Dazu wollte ich gerade kommen«, sagte Hunter.

Klick.

99

Das neue Foto auf der Leinwand zeigte eine Frau. Sie war wahrscheinlich in den Vierzigern, sah jedoch mindestens zehn Jahre älter aus. Sie hatte glattes, kastanienbraunes Haar und milchweiße Haut. Sie war beileibe nicht hässlich, doch tiefliegende Augen ließen ihr Gesicht ausgezehrt erscheinen.

»Brandon Fisher stammte aus einer kleinen Familie«, sagte Hunter. »Er war das einzige Kind von Graham und Margaret Fisher. Seine Mutter«, er wies auf das Foto, »war gesundheitlich stark angeschlagen, bei ihr wurde wenige Monate nach Brandons Geburt multiple Sklerose diagnostiziert. Sein Tod war ein schwerer Schlag für sie. Die Schock-Video-Website, auf der der Film von Brandons Selbstmord zu sehen war, und die beleidigenden Kommentare einiger User haben ihr stark zugesetzt. Auf einmal waren das Leiden und der Kampf ihres Sohnes für alle Welt zugänglich, und jeder mit einer Internetverbindung konnte sein Urteil dazu abgeben. Sie schlief nicht mehr und weigerte sich zu essen. Bald darauf erkrankte sie an Anorexia nervosa und entwickelte eine Tablettenabhängigkeit – Beruhigungsmittel, unter anderem. Sie verließ das Haus nicht mehr, und schließlich wurde bei ihr eine massive Depression mit akuter Angststörung diagnostiziert. All das hatte seine Ursache im Selbstmord ihres Sohnes und im respektlosen, menschenverachtenden Verhalten der Leute nach seinem Tod.«

Hunter kam um das Pult herum nach vorn, ehe er fortfuhr.

»Ihre ohnehin schon angegriffene Gesundheit verschlechterte sich weiter, ihre Krankheit schritt wesentlich schneller voran als prognostiziert. Etwa zehn Monate nach Brandons Suizid musste sie intravenös ernährt werden, weil sie fast keine Nahrung mehr zu sich nahm. Vor zwölf Monaten ist sie dann gestorben.«

Es blieb still im Raum.

»Und das führt uns zu Brandons Vater, Graham Fisher«, sagte Hunter. »Zum Zeitpunkt des Selbstmordes seines Sohnes war er Professor an der UCLA. Er lehrte Programmiersprachen an der Fakultät für Computerwissenschaften. Er hat seinen Doktor der Informatik in Harvard gemacht, und eins seiner zahlreichen Spezialgebiete ist Internetsicherheit. Er war sogar schon mal als Berater für die US-Regierung tätig. Es ist alles andere als überraschend, dass für Graham Fisher nach dem Selbstmord seines Sohnes eine Welt zusammenbrach, und da die körperliche und seelische Gesundheit seiner Frau sich so rapide verschlechterte, sah er letztlich keine andere Möglichkeit, als seinen Lehrstuhl aufzugeben und sich ganz ihrer Pflege zu widmen. Sie war die einzige Verwandte, die ihm noch geblieben war. Brandons Selbstmord und ihr Tod *zusammen* waren mehr, als er ertragen konnte. Meine Vermutung ist, dass er sich nach dem Tod seiner Frau von aller Welt verlassen gefühlt hat. Er war allein, verletzt und sehr, sehr wütend. Jemand in diesem Geisteszustand, noch dazu, wenn er über eine überdurchschnittliche Intelligenz und genügend freie Zeit verfügt, könnte zu allem fähig sein.«

Wieder erhob sich leises Gemurmel.

»Er hat in akribischer Kleinarbeit eine Liste sämtlicher Leute zusammengestellt, die er für schuldig hielt«, fuhr Hunter fort. »Nicht am Tod seines Sohnes, sondern daran, dass er dem Spott der Öffentlichkeit ausgesetzt wurde. Er machte sie verantwortlich dafür, dass sie Brandons privates Leid, seine psychischen und emotionalen Probleme, vor aller Welt offengelegt hatten. Dafür, dass sie aus dem tragischen Verlust zweier Eltern eine Freakshow gemacht hatten … eine Belustigung für die Massen. Und sicher auch für den rapiden Verfall von Margaret Fishers Gesundheit, der dadurch mit verursacht worden war.« Hunter machte eine kurze Pause, um Luft zu holen. »Nachdem er die Verantwortlichen identifiziert hatte, was sicher nicht leicht war, hat er angefangen, seine Folter- und Hinrichtungsapparate zu konstruieren. Dann hat er sich jeden auf seiner Liste geholt, einen nach dem anderen. Unser Problem ist nun, dass wir nicht die geringste Ahnung haben, wie viele Namen noch auf dieser Liste stehen. Wir wissen nur, dass drei von ihnen bereits tot sind.«

»Haben wir ein Bild von ihm?«, wollte Fallon wissen.

Hunter nickte und betätigte die Fernbedienung.

Das Foto, das nun auf der Leinwand erschien, zeigte einen attraktiven Mann Anfang fünfzig. Sein robustes Gesicht strahlte sowohl Vertrauenswürdigkeit als auch Selbstsicherheit aus. Er hatte hohe Wangenknochen, eine markante Stirn und ein kantiges Kinn mit einem kleinen Spalt. Seine hellbraunen Haare waren knapp schulterlang und leicht zerzaust. Er schien von kräftiger Statur zu sein, mit ausgeprägter Muskulatur und breiten Schultern.

»Leck mich doch«, hörten alle im Raum Garcia fassungslos hervorstoßen.

»Ist was, Carlos?«

»Und ob was ist.« Garcia nickte benommen. »Den Mann kenne ich.«

100

Der Mann legte letzte Hand an seine neueste Folter- und Tötungsmaschine. Die Entwicklung dieses Apparates hatte ihn wesentlich mehr Zeit gekostet als die der vorangegangenen drei, aber die Mühe hatte sich gelohnt. Er hielt den Apparat für ein Kunstwerk – zu gleichen Teilen genial wie teuflisch. Sobald die Mechanik einmal in Gang gesetzt war, konnte niemand sie aufhalten, nicht einmal er. Ja, die Maschine war etwas ganz Besonderes. Etwas, das diesem Miststück zweifellos eine unvergessliche Lektion erteilen würde.

»Dieses Miststück« saß derweil am hinteren Ende des großen Raumes, in dem auch er gerade arbeitete. Sie war noch immer an den massiven Stuhl gefesselt. Er würde ihr allerdings noch eine weitere Dosis Beruhigungsmittel verpassen müssen. Das Geheule machte ihn wahnsinnig. Aber ihre Zeit war ja bald abgelaufen.

Der Mann musste sich eingestehen, dass es einen winzigen Teil irgendwo in ihm gab, der sich wünschte, sie hätte die Gartenschere genommen und sich die Finger abgeschnitten. Er hätte sie wirklich gehen lassen. Doch in Wahrheit besaß kaum jemand die dafür erforderliche mentale und emotionale Stärke, das wusste er. Nur sehr, sehr wenige Menschen auf der Welt waren zu solch einem Akt der Selbstverstümmelung fähig, selbst wenn es darum ging, das eigene Leben zu retten. Und »dieses Miststück« war ganz offensichtlich kein solcher Mensch.

Aber was machte das? Was er für sie auf Lager hatte, war unendlich viel besser, als sich die Finger abzuschneiden, und es würde für ein neues fantastisches Internet-Spektakel sorgen, davon war er jetzt schon überzeugt. Der Gedanke daran ließ ihn schmunzeln.

Er zog die letzte Schraube fest und verband den Apparat mit der Stromquelle. Zeit, ihn zu testen.

Der Mann erhob sich von dem Stuhl, auf dem er die vergangenen zwei Stunden gesessen hatte, nahm seine Schutzbrille ab und massierte sich lange Zeit die brennenden Augen sanft mit Daumen und Zeigefinger, ein angenehm beruhigendes Gefühl. Er trank ein Glas Eiswasser, ehe er in die mitgebrachte Einkaufstüte griff und eine große Wassermelone herausholte, die er am Morgen gekauft hatte.

Er hatte lächeln müssen, als die kleine, rundliche Frau im Supermarkt ihm mitgeteilt hatte, dass die beiden Melonen, die er sich ausgesucht hatte, noch nicht reif seien.

»Das dauert noch mindestens drei Tage, bis man die anschneiden kann«, hatte sie zu ihm gesagt. »Hier habe ich bessere, schauen Sie mal. Schön reif und saftig – genau richtig, wenn Sie sie heute essen wollen.«

Doch er hatte den Kopf geschüttelt. »Die hier sind schon in Ordnung. Für mich spielt eher die Größe eine Rolle.«

Er ging zu seiner soeben fertiggestellten Maschine, platzierte die große Frucht an der richtigen Stelle und nahm die Fernsteuerung vom Werktisch. Er trat mehrere Schritte zurück, holte tief Luft, hielt die Stoppuhr bereit und drückte den roten Knopf.

Die Maschine gab ein gedämpftes mechanisches Surren von sich, als die vielen Zahnkränze sich zu drehen begannen und seine neue, monströse Schöpfung zum Leben erwachte.

Fasziniert sah der Mann zu. Jeder Teil funktionierte wie vorgesehen, es gab nur ein winziges Problem: Es war alles viel zu schnell vorbei. Die Wassermelone hielt exakt 39,8 Sekunden durch. Sicher, der menschliche Körper bot mehr Widerstand als eine Melone, trotzdem: Er wollte den Vorgang so weit wie möglich in die Länge ziehen. Er wollte, dass sein Internet-Publikum die Vorstellung genoss, sich ekelte und fürchtete, Mitleid oder Zorn empfand, darüber lachte, sie kommentierte, darüber stritt und Witze machte ... doch am allermeisten wollte er, dass »dieses Miststück« leiden musste.

Er säuberte den Apparat von den Überresten der Wassermelone und verbrachte die nächsten fünfundvierzig Minuten damit, Schrauben zu lockern und wieder festzuziehen, die Spannung an einigen Verbindungsstücken und Federn zu justieren und Druckteile neu einzustellen. Sobald er mit den Änderungen zufrieden war, nahm er die zweite Melone aus der Einkaufstüte und testete die Apparatur erneut.

Als er am Ende die Stoppuhr anhielt und die Zeit überprüfte, lächelte er.

»Perfekt.«

101

Im ersten Moment wirkten Garcias Worte zu surreal, um einen Sinn zu ergeben.

»Was?«, sagten Hunter und Captain Blake exakt zur selben Zeit.

»Was soll das heißen – Sie kennen ihn?«, schob Michelle hinterher.

Garcias Blick klebte auf dem Bild von Graham Fisher.

»Ich meine«, murmelte er fast unverständlich, während er nachdachte, »ich weiß, dass ich ihn schon mal gesehen habe, ich kann mich bloß nicht erinnern, wo.«

Hunter wandte sich zur Leinwand. »Du hast sein Gesicht schon mal gesehen?«

Garcia nickte langsam. »Ich bin mir ganz sicher.«

»Vor kurzem?«

Wieder ein zögerliches Nicken.

Ein Moment angespannten Schweigens folgte.

»Vielleicht an einem der Tatorte«, meldete sich eins der SWAT-Team-Mitglieder zu Wort. »Ist ja nichts Neues, dass es immer eine Menge Neugierige gibt, die sich hinter der Absperrung rumtreiben. Manche Täter stehen drauf, sich unter die Schaulustigen zu mischen und der Polizei bei der Arbeit zuzusehen. Denen geht richtig einer ab dabei.«

Garcia schloss die Augen und versuchte fieberhaft sein Gedächtnis in Gang zu bringen. Das Ergebnis war ein

Chaos von Erinnerungsfetzen, die ohne erkennbare Ordnung auf ihn einstürzten. Das Erste, was er sah, war seine Frau Anna mit ihrer Freundin Patricia in Tujunga Village, kurz nachdem der Mörder die beiden gefilmt hatte. Garcia versuchte sich an alle Gesichter zu erinnern, die er an dem Tag dort gesehen hatte – vielleicht war es jemand aus dem Café gewesen, in dem Anna auf sie gewartet hatte? Vielleicht hatte er auf der anderen Straßenseite gestanden oder sie durchs Schaufenster eines Ladens beobachtet?

Nichts.

In Tujunga Village hatte er Graham Fisher nicht gesehen.

Als Nächstes kehrte Garcia in Gedanken zurück in die Gasse in Mission Hills, wo die Leiche von Kevin Lee Parker aufgefunden worden war. Es war vor Morgengrauen gewesen, in einer versteckten Seitenstraße. An dem Morgen hatte es keine neugierigen Zaungäste gegeben. Sie hatten überhaupt niemanden gesehen außer dem Obdachlosen, der die Leiche entdeckt hatte. Hastig schob Garcia diese Bilder beiseite und überlegte weiter.

Als Nächstes kamen der City Hall Park und die Entdeckung des Camcorders. Er und Hunter hatten gewusst, dass der Täter sich ganz in der Nähe aufhielt. Er hatte die Reaktion der Polizei auf seinen kleinen Scherz hautnah miterleben wollen. Garcia tat sein Bestes, sich jeden ins Gedächtnis zu rufen, den er im und um den Park herum gesehen hatte.

Büroschluss – viel zu viele Menschen.

Er konzentrierte sich noch stärker. Graham Fishers Gesicht war nicht unter denen, an die er sich erinnern konnte.

Dann der zweite Leichenfundort – die Dewey Street in Santa Monica. Christina Stevensons Leiche war neben dem Müllcontainer auf dem kleinen Parkplatz hinter einem zweigeschossigen Bürogebäude abgelegt worden. Garcia konnte sich noch genau an die Menschenmenge hinter der Absperrung erinnern. Er dachte an den Mann, der ihm an dem Tag aufgefallen war – groß, hager, mit schwarzem Kapuzensweatshirt und dunkelblauen Jeans. Garcia versuchte sich sein Gesicht ins Gedächtnis zu rufen, und in dem Augenblick verblassten alle Erinnerungen bis auf eine. Endlich war es ihm eingefallen.

»O mein Gott!«, raunte er und riss die Augen auf. »Der Arzt.«

»Was?«, fragte Hunter. »Welcher Arzt?«

»Der im Park«, antwortete Garcia, wie taub bei der Erinnerung. »Ich habe dir von ihm erzählt.« Diese Worte richtete er an Hunter, ehe er sich zu Captain Blake und Michelle umwandte. »Anna und ich waren vor ein paar Tagen im Park in der Nähe unserer Wohnung joggen«, erklärte er. »Es war Sonntagmorgen, unser freier Tag. Wir waren bei unserer letzten Runde, als direkt hinter uns ein Fahrradfahrer einen Herzinfarkt erlitten hat. Ein paar Leute sind stehen geblieben und haben geguckt, was los ist, aber ich war der Einzige, der ihm geholfen hat. Zumindest anfangs. Ich wollte gerade mit den lebensrettenden Sofortmaßnahmen anfangen, als ein anderer Mann sich durch die Menge gedrängt hat. Er war an dem Morgen auch im Park laufen gewesen. Das weiß ich, weil er mir vorher schon aufgefallen war. Er hat behauptet, er wäre Arzt. Er hatte die Lage voll im Griff, bis der Notarzt kam. Ich habe ihm bei den Wiederbelebungsmaßnahmen assistiert. Er hat nicht bloß so getan, er hat *wirklich* versucht, dem Mann das Leben zu retten.«

»Und das war Graham Fisher?«, fragte Captain Blake.

Garcia nickte erneut und wandte dann den Blick zum Foto auf der Leinwand. »Er war es, kein Zweifel.«

Eine neuerliche, beklommene Stille senkte sich über den Raum.

»Scheiße«, sagte Garcia. »Er hat Anna und mich beobachtet, weil er sie zu dem Zeitpunkt bereits im Visier hatte. Der Vorfall war ein paar Tage vor dieser kranken Aktion, als er uns die Aufnahmen von Anna und ihrer Freundin beim Shoppen gezeigt hat. Verdammt! Ich habe mit ihm geredet. Ich habe neben ihm gestanden. Er hat mir die Hand geschüttelt ... Er hat *Anna* die Hand geschüttelt ...«

»Das Arschloch hat Mumm, so viel ist jedenfalls klar«, warf ein großer, muskelbepackter SWAT-Agent ein.

»Bist du jetzt sein Fan, oder was, Luke? Der Typ ist ein Psychopath«, feuerte ein Kollege zurück. Dieser war ein wenig kleiner, aber genauso muskulös.

Erneut erhoben sich unruhige Stimmen.

»Okay«, sagte Hunter laut, damit sich alle wieder beruhigten. »Graham Fisher lebt nach wie vor in demselben Haus in Boyle Heights, das er früher mit Frau und Sohn bewohnt hat. Adresse und Grundriss finden Sie in den Mappen auf Ihren Tischen. Ein Haftbefehl liegt auch schon vor. Also, was ist? Wollen wir diesen Mistkerl jetzt hochnehmen?«

102

Der Polizeikonvoi bestand aus zwei schwarzen SWAT-SUVs, drei zivilen Polizeifahrzeugen und zwei Streifenwagen. In den SUVs hatten jeweils vier SWAT-Agenten Platz. Hunter, Garcia und Captain Blake saßen im ersten Zivilfahrzeug, das den Konvoi anführte, und Michelle fuhr zusammen mit zwei Mitgliedern der SIS im Wagen dahinter. Drei weitere SIS-Mitglieder saßen im dritten Zivilfahrzeug. Die beiden Streifenwagen dienten nur als Unterstützung für den Notfall.

Die Special Investigation Section, kurz: SIS, war eine beobachtungstechnische Eliteeinheit des LAPD. Es gab sie seit mehr als vierzig Jahren, trotz der Bemühungen zahlrei-

über Funk. Wenn jemand die Zielperson sieht, festnehmen. Tödliche Gewalt nur, ich wiederhole, *nur* im äußersten Notfall. Keine nervösen Finger heute. Alles so weit klar?«

»Klar, Captain«, antworteten die sieben Mitglieder des Teams im Chor.

»Okay, Jungs, laden und entsichern. Ich will, dass das Ding in maximal sechzig Sekunden gelaufen ist. Positionen einnehmen, und dann kommt der Tag des Jüngsten Gerichts für diesen Scheißkerl.«

Zwanzig Sekunden später hörte Fallon das erste Status-Update über den Knopf in seinem Ohr.

»*Team Beta in Position. Bereit zum Zugriff, Cap.*«

Team Beta war das einzige Team, das sich hinten in der Gasse befand. Teams Alpha und Gamma würden durch die vordere Tür ins Haus kommen.

Um die Zielperson nicht frühzeitig zu warnen, fuhr einer der SWAT-Agenten im SUV den Hügel hinauf, während die verbliebenen Mitglieder der beiden Teams geduckt neben dem Wagen herliefen.

»Alles klar«, antwortete Fallon in sein Helmmikrofon. »Wir sind in zehn in Position.«

»*Roger, Captain.*«

»Los geht's«, befahl der Captain seinen beiden Teams.

Sie bewegten sich schnell und lautlos. Fallon übernahm die Spitze, die übrigen Agenten folgten ihm in klassischer Zwei-mal-zwei-Formation. Statt durch das Gartentor mit den rostigen Angeln zu gehen, sprangen sie über den Zaun – kein Geräusch, keine Warnung.

Auf der Veranda gab Fallon ein Status-Update durch.

»Alpha und Gamma in Position.«

»*Roger, Captain*«, kam die Antwort von Davis aus Team Beta.

Morris, Captain Fallons Stellvertreter, schob rasch einen dünnen Schlauch unter der Haustür hindurch. Es handelte sich um ein Fiberskop, das an einen Dreizoll-Monitor angeschlossen war.

Davis machte dasselbe bei der Hintertür.

Nirgendwo im Innern des Hauses regte sich etwas.

»*Küche tot*«, meldete Davis von hinten. »*Keiner da.*«

»Auch im Frontbereich: Bewegung negativ«, bestätigte Morris.

»*Das Schloss macht einen sehr stabilen Eindruck, Captain*«, berichtete Davis weiter. »*Wir werden das Ding wohl ballistisch öffnen müssen.*«

Rasch überprüfte Fallon Schloss und Angeln an der Vordertür – genau wie Morris, der seinem Captain mit einem Nicken signalisierte, dass er mit der Lageeinschätzung von Team Beta übereinstimmte.

Eine ballistische Türöffnung erfolgt mit einem regulären Gewehr, das mit barrikadebrechenden Geschossen, manchmal auch TESAR oder »disintegrators« genannt, geladen ist. Das sind Projektile, die speziell dafür konstruiert sind, Türriegel, Schlösser und Angeln zu zertrümmern, ohne dass eine Gefährdung durch Querschläger oder Durchschüsse besteht. Die Patronen sind brüchig und bestehen aus einem dichten, gesinterten Material, in der Regel Metallpulver, das zusammen mit einem Bindemittel, meistens Wachs, in Form gepresst wird. Sie zerstören ein Schloss oder eine Türangel und zerplatzen sofort nach Auftreffen auf ihr Ziel in sehr kleine Teile. Im Jargon des SWAT-Teams hießen die Projektile auch scherzhaft »Generalschlüssel« und die entsprechende Aktion »Die Avon-Beraterin kommt«.

»Roger und einverstanden«, antwortete Fallon und machte Luke, der das Gewehr mit der barrikadebrechenden Munition trug, ein Zeichen.

Luke trat vor und machte das Gewehr klar. Aus einer Distanz von etwa fünfzehn Zentimetern zielte er auf die obere Angel der Tür. Ein unmerkliches Nicken signalisierte Captain Fallon, dass er bereit war.

»Okay, Beta«, sagte der Captain ins Mikrofon. »Die Avon-Beraterin kommt auf eins. Drei ... zwei ... eins ...«

BOOM.

103

Die Schüsse zerrissen den stillen Morgen und hallten von den Nachbarhäusern wider. An der Vordertür hatte Luke die zwei Angeln und den Riegel binnen drei Sekunden gesprengt. Kaum war der letzte Schuss verklungen, versetzte Fallon der Tür einen heftigen Fußtritt, so dass sie bis ins Wohnzimmer flog.

Im hinteren Bereich des Hauses hatte Johnson ebenso schnell Angeln und Schloss zertrümmert. Hier war Davis derjenige, der die Tür eintrat.

Alle acht Mitglieder des SWAT-Teams trugen Heckler & Koch MP5 Maschinenpistolen – kompakte, äußerst starke und präzise Neunmillimeter-Feuerwaffen, ideal für den Einsatz auf nahe und nächste Entfernung. Alle acht waren für Situationen wie diese ausgebildet worden.

In geduckter Haltung stürmten die drei Mitglieder von Team Alpha schnell und leise das Haus. Die Laserziele ihrer Waffen tanzten durchs Zimmer wie Discoscheinwerfer.

Von der Haustür gelangte man direkt in ein kleines Wohnzimmer. Die Vorhänge waren zugezogen, nur durch die zerstörte Vordertür strömte Licht herein. Wolken aus Rauch und Staub hingen in der Luft, erhellt durch vereinzelte Sonnenstrahlen.

In Keilformation rückten sie ins Wohnzimmer vor, wo sie jeden Winkel und jedes potenzielle Versteck mit unglaublicher Geschwindigkeit und Präzision absuchten. Es gab zwei Sessel, eine Couch, einen Fernseher auf einem hölzernen Schränkchen und einen niedrigen Couchtisch. Die Wände waren kahl bis auf das gerahmte Foto eines steif posierenden Hochzeitspaars.

Team Alpha hatte den Raum binnen vier Sekunden unter Kontrolle.

»Wohnzimmer gesichert«, meldete Fallon durch sein Helmmikrofon, ehe er das Zimmer durch die Tür auf der gegenüberliegenden Seite verließ.

Team Gamma folgte Team Alpha ins Haus.

Im hinteren Bereich hatte Team Beta innerhalb kürzester Zeit die kleine Küche gesichert, die durch den quadratischen Holztisch an der östlichen Wand noch beengter wirkte.

»*Küche sicher*«, rief Agent Davis durch sein Mikrofon.

Er und seine zwei Kollegen aus Team Beta verließen rasch die Küche und gelangten in einen Flur, der zum vorderen Bereich des Hauses führte und durch den man über die Treppe in den ersten Stock gelangte. Gerade als sie am oberen Treppenabsatz angelangt waren, kam Team Alpha durch die andere Tür in den Flur.

Team Alpha wandte sich sofort nach links zum Esszimmer, dessen Tür offen stand. Der Raum war kleiner als das Wohnzimmer, und der Großteil wurde von einem rechteckigen Glas-und-Stahl-Esstisch für vier Personen eingenommen sowie von zwei großen Bücherschränken. Auch hier nackte Wände. Das Zimmer war leer. Niemand von der Größe und Statur eines Graham Fisher hätte sich darin verstecken können.

»Esszimmer gesichert«, meldete Fallon.

Morris, eins der anderen beiden Mitglieder von Team Alpha, hatte bereits der Tür zur Gästetoilette einen Fußtritt versetzt, so dass diese gegen die weißgekachelte Wand schlug und zwei Fliesen von der Wucht des Aufpralls zersprangen. Auch hier war niemand.

»Unteres Bad gesichert«, meldete er.

Im ersten Stock fand sich Team Beta in einem sieben Meter langen Flur wieder, von dem fünf Türen abgingen – zwei rechts, zwei links sowie eine am hinteren Ende. Vom Grundrissplan her wussten die drei, dass die erste Tür auf der rechten Seite in eine kleine Rumpelkammer führte. Diese Tür war geschlossen. Die zweite Tür rechts gehörte zum ersten der insgesamt drei Schlafzimmer. Es war von mittlerer Größe und hatte wahrscheinlich früher einmal Brandon Fisher gehört. Auch diese Tür war zu. Die erste Tür auf der linken Seite führte in eins der zwei Bäder und war nur angelehnt, im Gegensatz zur zweiten Tür links, die zu einem weiteren kleinen Schlafzimmer gehörte und fest verschlossen war. Am hinteren Ende des Flurs schließlich gelangte man ins Elternschlafzimmer, an das auch das zweite Bad angeschlossen war. Diese letzte Tür stand ebenfalls offen.

Das Team bewegte sich blitzschnell und hatte das linke Bad sowie die Kammer innerhalb von zwei Sekunden gesichert. Beide waren leer.

Während Davis und Lewis die zweite Tür links eintraten, die zum kleinsten der drei Zimmer gehörte, blieb Johnson im Flur stehen und gab ihnen Deckung.

Das Zimmer war als Arbeitszimmer eingerichtet. Es war spärlich möbliert – ein Schreibtisch mit Spanplatte, ein Computer, ein Drucker, ein schwarzer Bürostuhl aus Leder, ein vollgestopftes Bücherregal und ein beigefarben lackierter Metallaktenschrank – mehr nicht. Auch dieses Zimmer fanden sie verlassen vor.

»Zimmer eins gesichert.«

Beide zogen sich zurück und nahmen sich das zweite Zimmer rechts vor. Johnson drückte die Klinke herunter – abgeschlossen. Allzu stabil sah das Schloss jedoch nicht aus.

»Öffnen«, befahl Johnson und machte Platz.

Mit aller Kraft trat Lewis mit dem Absatz seines Stiefels

gegen das Türschloss. Mehr war nicht nötig. Die Tür flog so heftig auf, dass der Rahmen splitterte. Im Zimmer war es dunkel, es roch alt und vernachlässigt.

Sofort tastete Johnson nach dem Lichtschalter. Sobald das Licht brannte, betraten er und Lewis den Raum. Diesmal war Davis derjenige, der sie vom Flur aus sicherte.

Sie hatten recht gehabt. Dieses Zimmer hatte tatsächlich früher Brandon Fisher gehört. Seit seinem Selbstmord schien nichts daran verändert worden zu sein. An den Wänden hingen Poster von Bands, Autos, Sportlern und Frauen in knappen Bikinis. Rechts neben der Tür stand eine große Kommode, darauf eine schwarze Stereoanlage. Außerdem gab es noch einen Kleiderschrank mit zwei Türen und einen alten, zerschrammten Schreibtisch mit einem Laptop samt Drucker unter dem Fenster. Das säuberlich gemachte Bett stand mit dem Kopfende zur Wand. Alles lag unter einer dicken Staubschicht, als wäre das Zimmer seit Jahren nicht betreten worden.

Die Agenten sahen rasch überall nach, auch im Schrank. Niemand.

»Zweites Schlafzimmer gesichert«, meldete Johnson über Funk.

Danach nahm sich Team Beta das letzte Zimmer am Ende des Flurs vor. Es war wesentlich größer als die beiden anderen. Es enthielt ein Doppelbett, eine Ottomane, in einer Ecke einen ledernen Sessel, am Fenster eine altmodische Holzkommode mit rechteckigem Spiegel und einen Kleiderschrank mit Schiebetüren, der die gesamte Westwand des Zimmers einnahm. Der Geruch von Schweiß hing in der Luft, als wäre das Zimmer seit Monaten nicht geputzt und das Bettzeug ebenso lange nicht gewechselt worden.

Sie spähten in jede Ecke, unter das Bett und in den Kleiderschrank.

Nichts.

Die Tür zum angrenzenden Badezimmer stand einen Spaltbreit offen. Agent Davis trat sie mit dem Fuß auf.

Auch hier Fehlanzeige.

Sie hatten das obere Stockwerk des Hauses binnen zweiundzwanzig Sekunden gesichert.

»Bei uns ist alles sicher, Captain«, gab Davis durch. »Hier oben steckt der Psycho nicht.«

104

Team Gamma hatte unmittelbar nach Team Alpha das Haus betreten und gemeinsam mit ihm das Wohnzimmer durchquert. Im Flur angekommen, rückte Team Alpha nach links in Richtung Esszimmer vor, während sich Team Gamma nach rechts zum Keller wandte. Die Tür war mit einem Vorhängeschloss in Militärqualität gesichert.

»Wir müssen die Kellertür aufschießen«, sagte Agent Turkowski in sein Mikrofon, um seine Kollegen zu warnen, dass es gleich einen lauten Knall geben würde.

»Bin bereit«, sagte Lopez, die zweite Hälfte von Team Gamma, und legte das Gewehr an, das er an einem Gurt über dem Rücken trug.

Turkowski machte einen Schritt zurück und wappnete sich. »Los.«

BOOM.

Der ohrenbetäubende Knall sandte Schockwellen durchs ganze Haus.

Das Schloss zerbarst.

Turkowski versetzte der Tür einen Tritt, und augenblicklich schlug ihnen das muffige Aroma toter Luft entgegen. Es war ein fauliger, widerlicher Geruch nach Alter und Schmutz, den die kalifornische Hitze erst richtig hatte reifen lassen. Doch trotz des Gestanks zögerten die beiden Agenten keine Sekunde.

Breite hölzerne Treppenstufen führten in den stockfinsteren Keller hinab.

»Licht, Licht!«, rief Turkowski, ohne seine MP5 sinken zu lassen. Ihr Laser suchte nach einem Ziel am Fuß der Treppe, fand jedoch nichts.

»Hab ich«, sagte Lopez, griff nach einer dünnen Schnur, die von der Decke baumelte, und zog daran.

Das Licht war entsetzlich schwach.

Die unverputzten Ziegelwände rechts und links der Treppe ließen diese eng und beklemmend erscheinen wie einen Tunnel.

»Ich hab ein ganz mieses Gefühl«, sagte Turkowski, als er und Lopez schräg hintereinander die Treppe hinabstiegen.

Die Stufen waren stabil, knarrten jedoch fast bei jedem Schritt. Sie hatten die letzte Stufe erreicht und betraten den schwach beleuchteten Keller. Ihr Atem ging schnell, die Laserstrahlen ihrer Zielvorrichtungen tanzten kreuz und quer durch den Raum, suchten nach dem geringsten Anzeichen einer Bedrohung, ehe sie schließlich an der Westseite des Kellerraums zur Ruhe kamen.

»Ach du Scheiße!«, hauchte Lopez, ehe er den anderen meldete: »Keller gesichert. Hier unten ist der Kerl auch nicht.« Er musste kurz innehalten und atmete tief die faulige Luft ein. »Aber ich glaube, Sie sollten sich das hier mal ansehen, Captain. Und die Detectives von Mord I auch.«

105

Graham Fisher wartete geduldig, bis die Ampel auf Grün sprang, ehe er rechts in die East 4th Street einbog. Der Verkehr in Boyle Heights war so dicht wie jeden Morgen um diese Zeit und tröpfelte stetig, aber langsam wie Wasser durch einen dünnen Trichter. Graham bog nach links in die South St. Louis Street ab – und versteifte sich. Etwa fünfundsiebzig Meter weiter vorn, am Anfang der hügeligen Straße, in der er wohnte, standen sieben hastig geparkte Fahrzeuge, zwei davon Streifenwagen des LAPD. Neben dem ersten Wagen hatte sich eine kleine Gruppe von Menschen zusammengeschart.

Graham ging augenblicklich vom Gas, blieb jedoch besonnen. Er setzte den Blinker und bog die nächste Straße links ab. Dort parkte er seinen Wagen neben dem ersten Haus auf der rechten Seite, ehe er seine Sonnenbrille aus dem Handschuhfach nahm und sich die Baseballkappe tiefer in die Stirn zog. Er stieg aus und ging in gemächlichem Tempo bis zur Einmündung der Straße. Dort stand ein weißer Lieferwagen, den er als Deckung benutzte, während er zu den Fahrzeugen und den eng beieinanderstehenden Polizisten in seiner Straße hinüberspähte.

Der Erste, den er erkannte, war Detective Robert Hunter. Dann Detective Carlos Garcia. Graham zählte ein insgesamt acht Personen starkes SWAT-Team, zwei Frauen, vier weitere, furchteinflößende Männer sowie vier Officer in Uniform. Insgesamt zwanzig Personen, allesamt bewaffnet. Ganz offensichtlich bereiteten sie sich auf einen Überraschungsangriff vor, und Graham hatte keinerlei Zweifel, wessen Haus sie in den nächsten Sekunden stürmen würden.

Graham hatte geahnt, dass es irgendwann dazu kommen würde. Er hatte sogar fest damit gerechnet. Er hatte nur nicht erwartet, dass es so bald passieren würde – noch ehe er sein Werk vollendet hatte.

Ohne die Gruppe aus den Augen zu lassen, ging Graham ein weiteres Mal seinen Plan durch. Er gelangte zu dem Schluss, dass er nach wie vor perfekt war. Er musste lediglich ein wenig umdisponieren. Die Dinge schneller vorantreiben. Improvisieren. Doch das wäre kein Problem. Er wusste genau, was zu tun war.

Auf dem Rückweg zum Auto fing Graham an zu lachen. Es war ein manisches, schrilles Lachen, zu gleichen Teilen Nervosität und Vorfreude.

»Dann wollen wir mal sehen, wie gut Sie auf das vorbereitet sind, was ich für Sie auf Lager habe, Detective Hunter«, murmelte er und erschauerte leicht vor Erregung, ehe er wieder in seinen Wagen stieg und davonfuhr.

106

Hunter, Garcia, Captain Blake und Michelle Kelly rümpften die Nase, so widerlich war der Geruch, der ihnen entgegenschlug, während sie die Holzstufen zu Graham Fishers Keller hinunterstiegen. Keiner von ihnen konnte das seltsame Gefühl erklären, das sie bei Betreten des Hauses überkommen hatte. Es war, als würden sie ein Haus des Schreckens betreten, das nicht nur Wände und ein Dach hatte, sondern in gleichem Maße aus Schmerz, Angst und Leiden bestand.

Unten angekommen, blieben sie stehen. Der Keller war ein großer, feuchter, gemauerter Raum. In der Mitte hing, von einem Korb aus Maschendraht geschützt, eine einzelne gelbe Glühbirne von der Decke. Statt den Raum zu erhellen, warf ihr trübes Licht Schatten in alle Ecken. Der Boden bestand aus Beton und war übersät mit Flecken, neuen wie alten, großen wie kleinen.

An einer Wand stand eine lange hölzerne Werkbank. Darauf lagen elektronische Komponenten wie Leiterplatten, Decodermodule, Kondensatoren, Spannungsmesser, Mikroprozessoren und Oszilloskope. Ein Stapel Pläne war achtlos ans linke Ende der Werkbank geschoben worden. In der nordöstlichen Ecke des Raumes entdeckten sie einen großen, von Hand gezimmerten Werkzeugschrank, der eine beeindruckende Sammlung von Werkzeugen, einschließlich mehrerer Glasbohrer und Sägen, enthielt. Doch nicht jeder freie Platz und jeder freie Haken im Schrank war besetzt. Einige der Werkzeuge schienen zu fehlen.

In der südöstlichen Ecke wiederum stand ein kleiner Tisch mit einer Schraubzwinge an einem Ende und einer Tischkreissäge am anderen. Neben diesem Tisch stand eine große, vormals wohl grüne Kühltruhe.

Doch was ihnen allen die Nackenhaare zu Berge stehen ließ, war das, was sich auf der gegenüberliegenden Seite des Kellers befand – etwas, das sie alle stundenlang auf ihren Computerbildschirmen angestarrt und zu analysieren versucht hatten.

Es war der gläserne Tank, in dem der Täter Kevin Lee Parker in einem Bad aus Lauge getötet hatte. Der massive Metallstuhl, an den er gefesselt gewesen war, stand noch in der Mitte, mit dem nackten Betonboden verschraubt. Rechts und links neben dem Behälter stand jeweils eine große Gasflasche, beide waren über dicke, feuerresistente Schläuche an die zwei Metallrohre innerhalb des Behälters angeschlossen.

»Feuer oder Wasser«, hatte der Killer gesagt. »Bei lebendigem Leibe verbrennen oder ertrinken.«

Die Bilder brachen wie ein Wirbelsturm über Hunter herein.

Die Metallröhren konnten den Glastank entweder fluten

oder ihn in ein flammendes Inferno verwandeln. Das obere Ende der Röhren war mit der Wasserversorgung des Hauses verbunden.

Hunter wusste, dass er an dem Tag manipuliert worden war, damit er sich für Wasser entschied. Dennoch war Graham Fisher darauf vorbereitet gewesen, sein Opfer bei lebendigem Leibe zu verbrennen, nur für den Fall, dass er Hunter falsch eingeschätzt hatte.

Neben den Gasflaschen standen zwei Fünfzehn-Liter-Fässer NaOH in Industriestärke – Natriumhydroxid. Auch sie waren über dicke, chemikalienresistente Schläuche mit den Metallröhren verbunden.

An der gleichen Wand, aber in der anderen Ecke, befand sich auch der gläserne Sarg, in dem der Täter Christina Stevenson ermordet hatte. Er war auf einen Stahltisch montiert, der wie ein Operationstisch aussah. Als Garcias Blick darauf fiel, schauderte er unwillkürlich und wich zwei Schritte zurück. Tief unten in seinem Magen begann es zu rumoren. In dem Glassarg lagen Hunderte toter Tarantulafalken.

Hunter spürte das Zögern seines Partners und schüttelte leicht den Kopf, ehe er ihm zuraunte: »Die sind alle tot.«

Trotzdem reichte ihr bloßer Anblick aus, um in Garcia die Erinnerung an den Tag zu wecken, an dem er von vier Tarantulafalken gestochen worden war. Den Tag, an dem er um ein Haar gestorben wäre.

Er atmete mehrmals tief ein und aus, unterdrückte seine Angst und merkte, wie sein Herzschlag ganz allmählich wieder zur Ruhe kam.

Doch er war nicht der Einzige, dem es unbehaglich zumute war.

In diesem dunklen, feuchten Keller waren zwei Menschen mit bestialischer Grausamkeit gefoltert und ermordet worden. Die Instrumente ihres Leidens standen noch hier, befleckt mit ihrem Blut, gesättigt mit ihren Qualen. Man hatte das Gefühl, als würden die Todesschreie und das verzweifelte Flehen der Opfer noch immer von den Ziegelwänden widerhallen. Graham Fisher hatte aus seinem Keller eine Folterkammer gemacht.

Nur wenige Meter vom gläsernen Sarg entfernt standen ein alter Rollstuhl und zwei Infusionsständer, wie sie in Krankenhäusern verwendet wurden. Von einem der Haken hing noch ein alter, leerer Plastikbeutel mit Methyl-B12-Nährlösung. Zweifellos eine der vielen Infusionen, die Graham seiner Frau in ihren letzten Lebensmonaten intravenös hatte verabreichen müssen.

»Die Streckbank ist nicht hier«, stellte Captain Blake fest. »Dieser groteske Apparat, den er benutzt hat, um sein drittes Opfer zu zerreißen. Er ist nicht hier.«

»Das hat er woanders gemacht«, sagte Hunter. »Der Raum hier hat gar nicht die Voraussetzungen dafür.« Instinktiv schweifte sein Blick durch den Keller.

»Groß genug wäre er allemal«, warf der Captain des SWAT-Teams ein.

»Das stimmt«, räumte Hunter ein. »Aber der Täter hatte einen massiven Betonblock an dicken Eisenketten über dem Opfer hängen. Er hat sogar behauptet, ihn fernsteuern zu können. Er sagte, er könnte den Block ganz langsam runterlassen und den Druck, den er auf den Körper des Opfers ausübt, genau regulieren, wie bei einem Schraubstock. Dafür hätte er eine sehr leistungsstarke und wahrscheinlich auch sehr große Maschine benötigt.«

»Irgendeinen elektronisch gesteuerten Kran oder so was in der Art«, mutmaßte Garcia. »So was hätte er auf gar keinen Fall hier unten aufbauen können.«

»Wo dann?«, fragte Captain Blake.

»Keine Ahnung«, sagte Hunter. »Wir müssen die Grundbücher durchgehen, vielleicht besitzt Graham Fisher noch weitere Häuser oder Grundstücke. Aber selbst wenn nicht, er kann sich genauso gut irgendwo eine Garage oder eine kleine Lagerhalle oder irgendein anderes Gebäude gemietet haben, das groß genug für seine Zwecke ist. Und dann hat er sicher nur einen kurzfristigen Vertrag und die Miete im Voraus bar bezahlt. Ihn auf dem Weg aufzuspüren könnte sehr lange dauern.«

Captain Blake sah alles andere als erfreut aus.

»Aber jetzt ist es nur noch eine Frage der Zeit, Captain«, setzte Hunter hinzu. »Das Haus wirkt bewohnt. Im Abtropfgitter in der Küche stehen frisch gespülte Teller, und der Schwamm war noch feucht. Er hat uns heute hier nicht erwartet, es besteht also die Möglichkeit, dass er nicht alle nötigen Vorsichtsmaßnahmen ergriffen hat. Wir haben ein ganzes Haus, das wir auf den Kopf stellen können, einschließlich des Arbeitszimmers samt Rechner. Irgendwo muss was zu finden sein, das uns einen Hinweis darauf liefert, wo er stecken könnte. Zwischenzeitlich geben wir eine stadtweite Fahndung nach Graham und seinem Wagen raus, einem schwarzen Chevrolet Silverado. Wir müssen sein Foto so schnell wie möglich an die Presse und ans Fernsehen geben. Sein Gesicht muss überall bekannt sein. Wir ziehen die Schlinge zu. Außerdem sollen ein paar Officer an jede Tür in dieser Straße klopfen und fragen, ob irgendwer was weiß.«

Captain Blake hob in einer Geste der Kapitulation beide Hände. »Was immer Sie brauchen, Sie haben grünes Licht.« Ihr Blick ging vom gläsernen Sarg zum Glaskasten und dann zu Hunter. »Hauptsache, Sie schnappen diesen Irren.«

Dann wandte sie sich zur Treppe. Im Keller hielt sie es allmählich nicht mehr aus. Sie musste ins Freie.

Michelle hatte sich zwischenzeitlich ebenfalls in Bewegung gesetzt, allerdings in eine andere Richtung. Sie war zu der Werkbank gegangen, wo sie nun die elektronischen Bauteile und Konstruktionspläne inspizierte. Bei den Plänen handelte es sich um detaillierte Zeichnungen beider Folterapparate im Keller. Die Pläne für die Streckbank, mit der das dritte Opfer gefoltert und ermordet worden war, fand sie nicht – dafür aber etwas anderes.

Etwas, bei dem es ihr kalt den Rücken hinunterlief.

107

»Scheiße!«, entfuhr es Michelle. Der Fluch war kaum mehr als ein Flüstern, doch er wurde von den Kellerwänden zurückgeworfen, als hätte sie laut in die Hände geklatscht. Alle drehten sich nach ihr um.

»Was haben Sie da?«, fragte Hunter.

Captain Blake, gerade im Begriff, die unterste Treppenstufe zu betreten, hielt inne.

»Überwachungsfotos von den Opfern«, antwortete Michelle und zeigte allen das erste von einem Stapel Fotos, den sie entdeckt hatte. »Kevin Lee Parker.«

Das Foto zeigte Kevin, wie er gerade aus dem Videospieleladen kam. Um sein Gesicht herum hatte der Killer mit rotem Filzstift einen Kreis gezogen. Michelle legte das Foto weg und sah sich das nächste an. »Christina Stevenson.«

Die Aufnahme zeigte Christina beim Verlassen ihres Hauses. Ihr Gesicht war ebenfalls rot umrandet.

»Ethan Walsh«, sagte Michelle und hielt ein weiteres Foto hoch. Ethan stand draußen vor dem Restaurant, in dem er kellnerte, und rauchte eine Zigarette. Auch hier der rote Kreis.

Michelle legte das Foto zurück auf die Werkbank und nahm ein weiteres vom Stapel. »Und das hier ist wohl das nächste Opfer auf seiner Liste.«

Das Foto zeigte eine attraktive Frau, vermutlich Ende zwanzig, die im Außenbereich eines Cafés saß. Sie hatte ein zierliches ovales Gesicht, umrahmt von glatten blonden Haaren. Ihre strahlend blauen Augen hatten etwas Katzenhaftes und harmonierten ausgezeichnet mit ihrer Stupsnase, dem kleinen Mund und den hohen Wangenknochen. Die rote Markierung war deutlich zu erkennen.

Nach der Entdeckung dieses neuen Fotos war die Luft im Keller auf einmal wie elektrisch geladen.

»Steht ein Name drauf?«, fragte Hunter und eilte an Michelles Seite. Garcia und Captain Blake gesellten sich ebenfalls zu ihnen.

Michelle drehte das Bild um. »Nein, nichts.« Sie gab es an Hunter weiter.

Hunter überprüfte es erneut, ehe sein Blick zur Werkbank glitt. »Sind da noch mehr Bilder von ihr?«, fragte er Michelle.

»Von ihr nicht, nein.«

Etwas in Michelles Tonfall ließ die anderen innehalten und ihr einen fragenden Blick zuwerfen.

»Dies hier ist das einzige Foto, das ich sonst noch gefunden habe.« Sie hielt das letzte Bild in die Höhe – das, bei dessen Anblick ihr das Blut in den Adern gefroren war.

Alle erstarrten. Die Zeit im Keller schien stillzustehen.

Die Aufnahme war gemacht worden, während das Opfer gerade eine vielbefahrene Straße überquerte. Doch diesmal konnten sie sich die Mühe sparen, nach einem Namen zu suchen. Sie mussten auch nicht erst den Aufenthaltsort des Opfers ermitteln. Denn was sie sahen, war ein Foto von Robert Hunter, das Gesicht von einem roten Kreis eingerahmt.

108

Garcia und Captain Blake hielten mitten im Atemzug inne. Wie Insekten, die von einem blauen Licht angezogen werden, gingen ihre Blicke ganz von selbst zu dem Bild in Michelles Hand. Eine seltsame Beklemmung ergriff von ihnen Besitz.

Allerdings nicht von Hunter. Der schüttelte lediglich unbeeindruckt den Kopf und nahm Michelle das Foto aus der Hand.

»Das ist jetzt nicht eine unserer Sorgen«, sagte er. »Ehrlich gesagt überrascht es mich nicht mal.«

»Was soll das heißen, es ist nicht eine unserer Sorgen?«, fragte Michelle.

»Was auch immer Graham Fisher ursprünglich mit mir vorhatte, er wird seine Pläne jetzt ändern müssen. Er muss umdisponieren, denn sobald sein Foto in den Nachrichten erscheint, wird ihm klarwerden, dass er kein Cyber-Phantom mehr ist. Wir kennen jetzt seine Identität. Ihm wird klarwerden, dass wir bei ihm zu Hause waren, in seinem Keller, und dass wir all das hier gefunden haben.« Er deutete in den Raum und auf die Fotos. »Und ihm wird klarwerden, dass *ich* jetzt derjenige bin, der *ihn* jagt.«

»Okay, aber wir reden hier von einem hochintelligenten, eiskalten Killer«, gab Michelle zu bedenken. »Sie müssen auf alle Fälle vorsichtig sein.«

»Das bin ich immer. Aber meine Sicherheit ist im Moment nicht unsere Priorität.« Hunter hielt das Foto der jungen blonden Frau hoch. »Sondern sie. Sie, nicht ich, ist das nächste Opfer auf seiner Liste, unabhängig davon, ob wir seine Identität nun ermittelt haben oder nicht.«

»Warum sind Sie sich da so sicher?«, fragte Captain Blake.

»Weil er mich für zuletzt aufspart«, erklärte Hunter.

»Das ist Teil seines Racheplans. Er will, dass ich zusehe, wie all die anderen sterben, ohne dass ich ihnen helfen kann. Genau wie ich zugesehen habe, wie sein Sohn gestorben ist, ohne ihn retten zu können.«

»Aber das war doch nicht Ihre Schuld«, wandte Captain Blake ein.

»In Graham Fishers Augen schon. In seinen Augen hätte ich seinen Sohn retten können. Ich hätte mehr tun können. Aber das alles spielt jetzt keine Rolle. Das Allerwichtigste ist, dass wir rausfinden, wer diese Frau ist.« Hunter zeigte erneut auf das Foto der Unbekannten. »Es muss irgendeine Verbindung zwischen ihr und dem Selbstmord seines Sohnes geben, oder zwischen ihr und dem, was danach passiert ist – genau wie bei den bisherigen Opfern auch.«

»Noch eine Journalistin?«, mutmaßte Garcia. »Oder vielleicht der Webmaster dieser Schock-Video-Seite, wo der Film von Brandons Selbstmord hochgeladen wurde?«

»Kann sein«, sagte Hunter mit einem energischen Nicken. »Es sollen sich sofort ein paar Leute darum kümmern.«

Garcia nickte. »Ich setze ein Team darauf an.«

Als Nächstes richtete Hunter das Wort an Captain Blake. »Wir müssen das Foto hier zusammen mit dem von Graham sofort an die Presse geben. Wir müssen wissen, wer sie ist, wo sie wohnt, wo sie arbeitet, alles. Wer weiß, womöglich hat er sie schon in seiner Gewalt.«

109

Eine halbe Stunde später bekam Hunter einen Anruf von Captain Blake. Sie war mit dem Foto der Unbekannten ins PAB zurückgefahren, während Hunter, Garcia und Michelle in Fishers Haus geblieben waren. Sie wollten jeden Zentimeter des Hauses gründlich unter die Lupe nehmen. Fünf erfahrene Officer und zwei Leute von der Spurensicherung halfen ihnen dabei.

Blake teilte Hunter mit, dass sie das Foto der Frau zusammen mit detaillierten Instruktionen an die Presseabteilung des LAPD weitergeleitet hatte. Dort hatte man sich unverzüglich an die Arbeit gemacht und sämtliche Zeitungen und Fernsehsender der Stadt kontaktiert. Das Bild der Frau sowie das von Graham Fisher würden in einer Sondermeldung auf allen großen TV-Sendern erscheinen, zunächst in den Mittagsnachrichten, dann ein weiteres Mal während der Nachmittags- und Abendnachrichten. Darüber hinaus würden die Fotos in den nächsten Ausgaben sämtlicher Tageszeitungen – leider erst am folgenden Morgen – erscheinen. Auch alle relevanten Radiosender waren informiert worden, sie riefen ihre Hörer dazu auf, eine spezielle Website zu besuchen, auf der die EDV-Abteilung des LAPD beide Fotos hochgeladen hatte. Hotlines waren eingerichtet. Jetzt hieß es warten.

Hunter und Garcia begannen mit dem Keller. Um der Dunkelheit Herr zu werden, stellten sie zwei lichtstarke Tatortleuchten auf. Garcia nahm sich die Ostseite des Raums vor, während Hunter sorgfältig den Glaskasten und den Glassarg im anderen Teil des Kellers untersuchte.

Keine der beiden Folter- und Mordapparaturen verriet Hunter irgendetwas, das er nicht schon wusste. Die Handwerkskunst, die dahintersteckte, war außergewöhnlich, doch von jemandem wie Graham Fisher hatte er nichts anderes erwartet. Die Scheiben, aus denen beide Apparate zusammengesetzt waren, bestanden aus einem Verbund von Polycarbonaten, Thermoplastik und mehreren Schichten laminiertem Glas. Sie waren kugelsicher und durch menschliche Fäuste nicht einzuschlagen. Doch das hatte

Graham ihnen ja bereits am Telefon mitgeteilt. Hunter war nicht davon ausgegangen, dass er log. Der Geruch in beiden Glasgefäßen war eine Übelkeit erregende Mischung aus Erbrochenem, Urin, Kot, Angst und sehr scharfen Reinigungsmitteln. Im Glassarg kam durch die toten Wespen noch eine ganz eigene, säuerliche Note hinzu. Obwohl er einen Atemschutz trug, spürte Hunter mehrmals den Drang, sich zu übergeben, weshalb er öfter eine Pause einlegen musste.

»Glaubst du, er hat sich die Frau vom Foto schon geschnappt?«, fragte Garcia, als Hunter sich zu ihm auf die andere Seite des Kellers gesellte.

Hunter atmete tief ein. Sein Blick ruhte auf dem großen Werkzeugschrank. »Ich weiß es nicht«, gestand er schließlich. Er wollte es nicht zugeben, aber in Wahrheit hatte er ein ganz ungutes Gefühl bei der Sache.

»Da ist was, was ich dir zeigen wollte«, sagte Garcia und lenkte Hunters Aufmerksamkeit auf eine bestimmte Stelle der Werkbank. »Schau dir das mal an.«

Hunter betrachtete die Stelle. Er runzelte die Stirn und ging dann in die Knie, um sie sich aus der Nähe anzusehen.

»Siehst du es?«

Hunter nickte. Auf der Oberfläche der Werkbank hatte sich – dem Aussehen nach zu urteilen in den letzten zwei Tagen – eine dünne Schicht Hausstaub abgesetzt. Ein Areal jedoch war staubfrei. Etwas hatte auf der Werkbank gelegen oder gestanden und war dann entfernt worden – ein rechteckiger, etwa fünfunddreißig mal fünfundzwanzig Zentimeter großer Gegenstand. Hunter ging noch näher heran und inspizierte eine zweite Spur im Staub. Diese war lang und schmal und ging bis zur Kante der Werkbank. Er betrachtete die Ziegelwand. Etwa dreißig Zentimeter über dem Boden war eine Steckdose angebracht.

»Ein Laptop«, schloss er.

Garcia nickte. »Denke ich auch. Und du weißt, was das

heißt, oder? Graham hat wahrscheinlich all seine Pläne, Zeichnungen, Namen, Zeitpläne, Skizzen ... was auch immer, auf dem Laptop gespeichert, der hier unten war, nicht auf dem Rechner im ersten Stock.«

Michelle Kelly hatte sich den Desktop-Computer in Graham Fishers Arbeitszimmer bereits angeschaut. Es hatte niemanden weiter überrascht, dass er passwortgeschützt war, und zwar nicht über die simple, relativ leicht zu knackende Passwort-Applikation des Betriebssystems, sondern durch ein spezielles Programm, das Graham Fisher zweifellos selbst geschrieben hatte. Zu versuchen, das Passwort vor Ort zu knacken, ohne die Hilfsmittel, die Michelle in der Abteilung für Cyberkriminalität zur Verfügung standen, wäre reinste Zeitverschwendung gewesen, deswegen hatte sie von Hunter das Okay bekommen, den Rechner mit ins FBI-Büro zu nehmen und dort weiterzuarbeiten. Sie wollte sich melden, sobald sich etwas tat. Bis jetzt hatten sie noch keinen Ton von ihr gehört.

Hunter quittierte Garcias Vermutung mit einem Nicken. »Hoffen wir, dass wir falschliegen. Wenn auf dem Desktop-Computer irgendwas drauf ist, selbst wenn es gelöscht wurde, wird Michelle es garantiert finden.«

Als sie endlich den Keller verließen, atmeten beide Detectives in unverhohlener Erleichterung auf.

Die Officer, die mit der Befragung der Anwohner beauftragt worden waren, konnten nichts Neues vermelden. Sie hatten nicht jeden Nachbarn angetroffen, und diejenigen, die zu Hause gewesen waren, hatten kein Licht ins Dunkel um die Identität der Frau auf dem Foto bringen können. Noch hatte einer von ihnen eine Vermutung geäußert, wo Graham sich aufhalten könnte. In einer Sache jedoch waren sie sich einig gewesen: Alle hatten übereinstimmend ausgesagt, dass aus Graham nach dem Selbstmord seines Sohnes ein anderer Mensch geworden war – unzugänglich und verschlossen. Als dann auch noch seine Frau gestorben war, hatte er sich vollends in einen Geist verwandelt. Kaum jemand hatte ihn noch zu Gesicht bekommen.

Hunter und Garcia verbrachten annähernd zwei Stunden in Grahams Arbeitszimmer im ersten Stock, wo sie jedes Fitzelchen Papier, jedes Buch, jede Zeitschrift, jeden Notizzettel genau in Augenschein nahmen. Nichts lieferte ihnen einen nützlichen Hinweis.

Am Nachmittag erhielt Hunter einen Anruf von Detective Perez. Der berichtete, dass nach den Mittagsnachrichten bei den Hotlines bereits mehrere Hinweise auf die Identität der Frau eingegangen seien. Mehrere Leute seien dabei, diese Hinweise auf ihren Wahrheitsgehalt zu prüfen. Er würde sich wieder melden, sobald etwas Brauchbares vorlag.

Weitere anderthalb Stunden vergingen, ohne dass sich etwas tat. Garcia war zwischenzeitlich zurück ins PAB gefahren, um Detective Perez an den Hotlines zu unterstützen.

Hunter saß allein in Brandon Fishers Zimmer, als sein Handy den Eingang einer SMS meldete. Er schaute aufs Display – unbekannter Teilnehmer.

Hunter öffnete die Textnachricht, und sofort machte sich eine nagende Unruhe in ihm breit.

Bravo, Detective Hunter. Ist es Ihnen also endlich gelungen, eins und eins zusammenzuzählen. Pech nur, dass Sie das lediglich zu meinem Haus geführt hat – zu meinem leeren Haus. Ich hoffe, Sie amüsieren sich gut. Schon was Interessantes gefunden? Ich ja.

Kaum hatte Hunter zu Ende gelesen, piepte es erneut. Teil zwei der Nachricht war angekommen.

Ich habe mir die Freiheit genommen, Ihr Handy zu orten, wie ich sehe, sind Sie immer noch bei mir zu Hause. Und jetzt wird das Spiel erst richtig lustig: Sie, und zwar Sie ALLEIN, haben 7 min Zeit, um zur St. Mary's Church an der Kreuzung E. 4th St. und S. Chicago St. zu kommen. Das sind 7 Blocks. Neh-

men Sie nicht den Wagen – laufen Sie. Ich schicke Ihnen einen
kleinen Anreiz.

Noch ein Piepen.

Noch eine Nachricht.

Diesmal war es ein Bild.

Ein Bild, bei dem das Zimmer um Hunter herum ins Trudeln geriet und er das Gefühl hatte, sämtlicher Sauerstoff wäre aus seinen Lungen gepresst worden.

Er starrte auf das Foto einer geknebelten Frau, die an einen Metallstuhl gefesselt war. Es war die Frau vom Foto aus dem Keller.

Die Nachricht dazu lautete:

7 min, oder sie stirbt. Wenn Sie es jemandem sagen, auch wenn es nur Ihr Partner ist, werde ich sie so langsam töten, dass sie einen Monat braucht, um zu sterben. Die Uhr tickt, Detective Hunter – 6:59, 6:58, 6:57 – LOL

110

Hunter kam die Treppe heruntergerast wie ein Hochgeschwindigkeitszug. Innerhalb von zwei Sekunden hatte er Flur und Wohnzimmer hinter sich gelassen und stürzte zur Haustür hinaus.

Die zwei Polizisten, die vorne auf der Veranda standen, bekamen den Schreck ihres Lebens. Es dauerte etwa anderthalb Sekunden, bis sie den ersten Schock überwunden hatten und zu einer Reaktion fähig waren. Instinktiv zogen sie ihre Waffen, ehe sie herumwirbelten und nervös auf die offene Haustür und das verlassene Wohnzimmer zielten.

»Wa... was ist los?«, rief der eine beunruhigt.

»Verdammt, weiß ich doch nicht«, antwortete sein Kollege. Er widerstand dem Drang, sich zur Straße umzudrehen und nachzusehen, wohin Hunter verschwunden war. Falls es irgendeine Bedrohung gab, dann kam diese aus dem Haus, nicht von der Straße.

Fünf Sekunden verstrichen, ohne dass etwas geschah.

Beide Polizisten reckten vorsichtig die Köpfe und spähten durch die Tür ins Haus, was sie wie Hühner auf Drogen aussehen ließ.

»Erkennst du was?«, fragte der Erste.

»Nichts.«

Noch ein paar Sekunden, dann machte der erste Officer einen Schritt auf die Tür zu und blickte hinein. Der zweite gab ihm Deckung.

»Da ist nichts.«

»Was zum Henker?« Der Zweite steckte seine Pistole in den Halfter zurück und hielt nach Hunter Ausschau. Der war nirgends zu sehen. »Was zum Geier sollte das? Der Detective von Mord I ist gerannt, als stünde ihm der Arsch in Flammen.«

Der Erste zuckte mit den Achseln, bevor er ebenfalls seine Waffe wegsteckte. »Wo ist er denn hin?«

»Weg, Mann, hast du's nicht gesehen? Der war schneller als Usain Bolt.«

»Vielleicht ist ihm eine Sicherung durchgebrannt. Kommt gar nicht so selten vor bei denen von Mord I. Man muss ja schon einen Knall haben, um da überhaupt mitzumachen.«

Hunter war durch die Gasse hinter dem Haus bis zur South Chicago Street gesprintet. Dort angekommen, wandte er sich nach links. Er rannte, so schnell er konnte. Eine Million Fragen wirbelten ihm durch den Kopf, aber er hatte keine Zeit, auch nur über eine einzige von ihnen nachzudenken.

Erst als er noch etwa drei Blocks von der St. Mary's Church entfernt war, warf er einen Blick auf seine Armbanduhr. Ihm blieben nicht mal mehr drei Minuten.

Er kam an die nächste Kreuzung – East 6th Street – und hatte weder Augen für den Verkehr noch für die rote Fußgängerampel.

Der Fahrer eines weißen Lieferwagens sah Hunter zu spät, als dieser aus dem Nichts auftauchte und direkt vor dem Wagen auf die Straße lief. Der Fahrer machte eine Vollbremsung, und der Wagen kam nach wenigen Metern zum Stehen – allerdings nicht schnell genug. Hunter prallte gegen den Kühler und wurde zu Boden geworfen. Er landete auf der Seite, wobei er sich den linken Arm und die Schulter aufschlug.

»Was soll der Scheiß?«, brüllte der Fahrer mit vor Schreck weitaufgerissenen Augen und sprang aus seinem Wagen. »Willst du dich umbringen, du blöder Spinner?«

Hunter rollte zweimal ab und stützte sich dann auf die Hände, um wieder aufzustehen. Endlich fanden seine Füße festen Untergrund. Mit einem Satz war er wieder auf den Beinen.

»Hast du die Ampel nicht gesehen, du ver-«, begann der Fahrer, doch als Hunter sich aufrappelte, war kurz seine Waffe im Schulterholster zu sehen. »Okay, schon gut, Mann«, sagte der Fahrer, nun deutlich weniger aggressiv. Er wich einen Schritt zurück und hob beschwichtigend die Hände. »Meine Schuld, hätte besser aufpassen sollen. Alles klar bei Ihnen?«

Hunter sah ihn nicht einmal an. Er drängte sich durch die kleine Menge an Neugierigen, die sich bereits auf dem Gehsteig versammelt hatte, und eilte weiter.

Hunter hatte den Sturz relativ gut weggesteckt, aber beim Zusammenstoß mit dem Lieferwagen hatte er sich das rechte Knie verletzt. Jeder Schritt verursachte stechende Schmerzen, weshalb er sein Tempo drosseln musste und in ein unbeholfenes Humpeln verfiel. Aber jetzt war es nicht mehr weit. Er konnte schon den Glockenturm von St. Mary am Ende der Straße sehen.

Schwer atmend und mit pochendem Knie schaffte Hunter es in sechs Minuten und dreiundfünfzig Sekunden bis zur Kreuzung. Doch dort war niemand.

»Was soll das denn?«, stieß er keuchend hervor, während er nach seinem Handy suchte.

Keine neuen SMS, keine Anrufe.

Plötzlich hielt ein gelbes Taxi neben ihm am Straßenrand. Das Beifahrerfenster wurde heruntergelassen.

»Sind Sie Robert Hunter?«, fragte der Fahrer.

Hunter nickte und sah den Mann fragend an.

»Dann ist hier Ihr Handy«, sagte der Fahrer und hielt Hunter ein altes klobiges Mobiltelefon mit eingestecktem Freisprechkabel hin.

»Was?«

Der Taxifahrer zuckte mit den Schultern. »Hören Sie, Mann, so ein Typ hat mir zweihundert Dollar gegeben, damit ich das Handy um genau diese Uhrzeit an genau diese Stelle bringe und es einem Robert Hunter aushändige. Das sind Sie doch, oder? Also. Da ist Ihr Handy.«

Das Handy, das der Fahrer Hunter hinhielt, begann plötzlich zu klingeln.

Der Fahrer zuckte zusammen. »Scheiße, Mann«, japste er, bevor er erneut den Arm ausstreckte. »Für mich wird's wohl nicht sein.«

Rasch nahm Hunter das Telefon entgegen, steckte sich die Freisprechanlage ins Ohr und nahm ab.

»Sehr gut«, sagte der Anrufer. »Sie haben es geschafft. Und jetzt geben Sie dem Fahrer Ihr Handy.« Die Stimme des Anrufers klang anders als bei den bisherigen Telefonaten – was daran lag, dass er nicht länger einen elektronischen Verzerrer benutzte. Dazu bestand kein Anlass mehr.

»Was?«, sagte Hunter.

»Sie haben mich verstanden. Nehmen Sie dieses Handy und geben Sie Ihr eigenes dem Taxifahrer. Sie werden es nicht mehr brauchen. Tun Sie es jetzt sofort, oder sie stirbt.«

Hunter wusste genau, was Graham damit bezweckte – er wollte, dass Hunter den GPS-Chip loswurde und keine Möglichkeit hatte, ein Notsignal zu senden oder sonst einen Trick zu versuchen, der auf seinem Handy womöglich nur einen Tastendruck entfernt war.

Hunter tat wie befohlen.

Der Taxifahrer kurbelte sein Fenster wieder hoch und brauste davon.

»Jetzt haben Sie exakt sechzig Minuten, um zu der Adresse zu gelangen, die ich Ihnen gleich nennen werde. Nehmen Sie nicht Ihr Auto. Nehmen Sie keinen Streifenwagen. Nehmen Sie kein Taxi. Improvisieren Sie. Wenn nicht, beginnt das Töten. Wenn Sie nicht innerhalb von sechzig Minuten hier sind, beginnt das Töten. Wenn Sie innerhalb der nächsten sechzig Minuten auflegen, beginnt das Töten. Habe ich mich klar ausgedrückt?«

»Ja.«

Der Anrufer gab Hunter die Adresse durch.

»Machen Sie sich auf den Weg. Die Uhr läuft ... ab jetzt.«

111

Hunter sah sich um und überlegte fieberhaft, was er jetzt tun sollte. Direkt gegenüber gab es einen Mini-Markt mit einem kleinen Parkplatz dahinter. Gerade kam ein übergewichtiger Mann aus dem Laden. Er trug eine große Tüte unter dem Arm und kaute zufrieden an einem Twinkie. Hunter holte ihn ein, als er die Tür seines Chevrolet Malibu aufschloss.

»Tut mir leid, Sir, ich muss mir Ihren Wagen ausborgen«, sagte Hunter gehetzt und zeigte dem Mann seine Marke samt Dienstausweis.

»Was?«, sagte der Mann mit vollem Mund und beäugte Hunters Dokumente, ehe er ihm ins Gesicht sah.

»Es handelt sich um einen polizeilichen Notfall. Ich brauche Ihren Wagen, Sir.«

Der Mann schluckte hörbar. »Wollen Sie mich auf den Arm nehmen? Sie wollen mein Auto beschlagnahmen? So einen Schwachsinn gibt's doch nur im Film.«

»Der Schwachsinn ist gerade eben Wirklichkeit geworden, Sir.«

»Das ist Verarsche, oder?« Der Mann sah sich um, als hoffte er, irgendwo eine versteckte Kameracrew zu entdecken. »Sind Sie von *Punk'd*?«

»Nein, Sir.«

»Hat meine Ex, die blöde Schlampe, Sie auf mich angesetzt?«

»Ich fürchte, ich kenne Ihre Ex, die blöde Schlampe, nicht, Sir, und ich habe auch keine Zeit für Diskussionen. Ich brauche wirklich Ihren Wagen.«

»Auf gar keinen Fall. Sind Sie echt? Ist die Marke da echt? Lassen Sie mich noch mal sehen.«

»Die Marke ist echt, Sir, das kann ich Ihnen versichern. Genau wie die hier.« Hunter öffnete seine Jacke, damit der Mann seine Waffe sehen konnte.

»Hm, ja«, machte der Mann und wich einen Schritt zurück. »Die sieht ziemlich echt aus.«

»Würden Sie mir jetzt bitte Ihre Schlüssel geben, Sir?«, sagte Hunter noch einmal.

»Ach, verdammter Mist«, fluchte der Mann, ehe er Hunter den Autoschlüssel aushändigte. »Wie soll ich denn jetzt nach Hause kommen?«

Doch Hunter hörte ihm gar nicht mehr zu. Er sprang hinters Steuer, ließ den Motor an und fuhr mit quietschenden Reifen los.

Vom Parkplatz aus bog er links auf die East 4th Street ab und fuhr in Richtung Golden State Freeway.

»Ausgezeichnet improvisiert, Detective«, hörte Hunter den Anrufer in seinem Ohr sagen.

»Graham«, sagte Hunter. »Hören Sie zu. Sie können jetzt damit aufhören.«

»Kann ich das, Detective Hunter?«

»Ja«, sagte Hunter mit Nachdruck. »Wir alle verstehen, dass Sie wütend und verletzt sind. Wir verstehen, dass diejenigen, auf die Sie es abgesehen haben – Kevin Lee Parker, Christina Stevenson und Ethan Walsh ...«, Hunter nannte die Opfer bewusst beim Namen, ein verzweifelter Versuch, sie in Graham Fishers Augen menschlicher erscheinen zu lassen, »sie alle haben auf die eine oder andere Art den schrecklichen Schmerz, den Sie durch den Tod Ihres Sohnes erlitten haben, noch schlimmer gemacht. Aber durch Rache wird dieser Schmerz nicht weggehen.«

»Schlimmer gemacht ...?«, unterbrach Graham Hunter mit einem höhnischen Lachen. »Sie haben auf ihm *herumgetrampelt*. Sie haben jedem kranken Schwein da draußen die Gelegenheit gegeben, sich über das Schicksal meines Sohnes und seinen Tod auszulassen. Sie haben ihnen eine Möglichkeit gegeben, ihn selbst nach seinem Tod noch zu verspotten. Unsere Gesellschaft ist zu einer Perversion ihrer selbst verkommen, Detective. Ein Ungetüm ohne Respekt oder Rücksicht auf das Leben anderer. Ein Ungetüm, in dem alle Werte auf den Kopf gestellt werden. Habe ich Ihnen das nicht bewiesen, Detective? Haben Sie nicht mit eigenen Augen gesehen, wie Leute darüber abgestimmt haben, auf welche Weise ich einen Menschen töten soll, einen Wildfremden, von dem sie nicht das Geringste wussten, als wäre alles bloß ein Spiel? Wir reden hier von *echten Menschen*, für die es Unterhaltung war, anderen *echten Menschen* live auf ihren Bildschirmen beim Sterben zuzusehen. Wie krank ist so etwas, Detective Hunter?«

»Graham, ich verstehe Sie doch.«

»Nein, nein, nein«, unterbrach Graham Hunter erneut,

und der Zorn ließ seine Stimme lauter werden. »Sagen Sie mir nicht, dass Sie mich verstehen, denn das ist eine Lüge. Und beleidigen Sie mich nicht, indem Sie versuchen, sich mit Ihrem Psychogeschwätz aus der Affäre zu ziehen. Das wird nicht funktionieren, so viel kann ich Ihnen versichern. Mein Geist ist um einiges stärker als Ihrer, Detective Hunter.« Es folgte eine kurze Pause, doch bevor Hunter etwas sagen konnte, fuhr Graham fort. Jetzt allerdings war sein Tonfall wieder ruhig, fast heiter. »Aber sehen Sie es mal positiv: Sobald Sie hier sind, wird alles ein Ende finden ... für uns beide. Sie haben noch dreiundfünfzig Minuten, Detective. Und in den nächsten dreiundfünfzig Minuten will ich kein Wort mehr von Ihnen hören. Jedes Wort bedeutet, dass sie einen Finger verliert. Und wenn mir die Finger ausgehen ... tja ... dann muss ich eben irgendwas anderes abschneiden. Haben wir uns verstanden?«

Schweigen.

»Haben wir uns verstanden, Detective Hunter?«

»Ja.«

Die nächsten dreiundfünfzig Minuten des Schweigens kamen Hunter wie eine Ewigkeit vor. Im Kopf spielte er ein Szenario nach dem anderen durch, was passieren würde, wenn er sein Ziel erreicht hatte. Keins von ihnen nahm einen guten Ausgang.

Graham hatte die Fahrtzeit unter Einbeziehung der verkehrsbedingten Verzögerungen um diese Tageszeit mit der Präzision eines Raketenwissenschaftlers kalkuliert. Hunter erreichte sein Ziel im Stadtteil Sylmar im äußersten Nordosten von Los Angeles nach exakt zweiundfünfzig Minuten. Er wunderte sich nicht über Grahams Genauigkeit. Egal wie unerbittlich er sich gegeben hatte, Graham wollte nicht, dass Hunter zu spät kam, denn ohne den letzten Namen auf seiner Liste wäre sein Racheplan nicht vollständig. Und dieser Name lautete Robert Hunter.

Als Hunter in Sylmar ankam, versank die Sonne hinter

den Hollywood Hills, und der Himmel hatte eine beinahe ungesund bräunliche Farbe angenommen.

Die Adresse, die Graham ihm genannt hatte, lag in einer abgeschiedenen Straße nahe der Pferdesport-Arena, am Fuße des Höhenzuges des Angeles National Forest. Es gab hier kaum Bebauung, lediglich zwei kleine Lagerhäuser und ein altes Stallgebäude, das nicht länger in Benutzung zu sein schien. Graham hatte Hunter angewiesen, zur Rückseite des Stallgebäudes zu fahren. Dahinter würde er ein zweites Gebäude mit hohem Dach vorfinden.

»Wie ich sehe, sind Sie da«, brach Graham das drückende Schweigen in der Leitung, als Hunter den Wagen parkte. »Die Tür ist unverschlossen. Treten Sie nur ein, Detective Hunter. Wir haben Sie bereits erwartet. Schade nur, dass wir nicht warten konnten. Die Vorstellung hat bereits begonnen. Die Uhr tickt. Und Ihnen bleibt nicht mehr viel Zeit.«

112

Ganz genau fünf Minuten vor Hunters errechneter Ankunftszeit schaltete Graham das Gespräch auf stumm und wählte auf einem zweiten Telefon eine andere Nummer.

Im PAB wollte Garcia eben seinen Partner anrufen, um ihm mitzuteilen, dass es Neuigkeiten gab, als das Telefon auf seinem Schreibtisch klingelte. Captain Blake war ebenfalls im Büro.

»Detective Garcia, Morddezernat I«, meldete er sich.

»Detective«, sagte der Anrufer. »Heute habe ich eine ganz besondere Vorstellung für Sie. Die letzte in der Reihe.

Man könnte sie vielleicht als das ... große Finale bezeichnen.«

Garcia zögerte eine Sekunde. Er sah zu Captain Blake, und etwas in seinem Blick erfüllte sie mit böser Ahnung.

»Graham?«, sagte Garcia und stellte den Anruf auf Lautsprecher.

»Ganz richtig, Detective. Und nun, da wir uns einander ordnungsgemäß vorgestellt haben, wären Sie vielleicht so freundlich, sich auf *pickadeath.com* einzuloggen? Ich bin mir sicher, diese letzte Vorstellung wird Ihren Geschmack treffen.«

Rasch setzte sich Garcia an seinen Rechner und tippte die Webadresse in seinen Browser ein.

Captain Blake war in wenigen Schritten bei ihm.

Diesmal hatte das Bild keinen Grünstich, der auf eine Nachtsichtkamera hingedeutet hätte. Alles war hell und scharf. Zu sehen war die Frau, nach der sie schon den ganzen Tag lang suchten. Die Frau von dem Foto aus Graham Fishers Keller – sein nächstes Opfer. Sie war geknebelt und an einen massiven Metallstuhl gefesselt, ähnlich dem, den sie am Morgen im Innern des gläsernen Behälters entdeckt hatten. Diesmal jedoch befand sich der Stuhl nicht in einem Glasbehälter, sondern in einem großen Gitterverschlag, der aussah wie die Käfige, in denen man früher Zootiere eingesperrt hatte. Die Augen der Frau waren angstgeweitet und blutrot vom Weinen, und sie war vollständig nackt, schien ansonsten aber unversehrt zu sein. Was Garcia und Captain Blake allerdings einen Riesenschrecken einjagte, war die eigenartig geformte Konstruktion aus eng nebeneinanderliegenden dünnen Drähten, die unmittelbar vor dem Gesicht der Frau angebracht war und entfernt an eine mittelalterliche Foltermaske erinnerte.

»O mein Gott, er hatte sie bereits«, flüsterte Captain Blake.

»Können Sie sie sehen?«, wollte Graham wissen.

»Ja.«

»Schauen Sie genau hin.«

Wie schon bei den vorangegangenen Übertragungen erschien das Wort SCHULDIG in großen Buchstaben am unteren Bildrand.

»Wo ist Robert?«, raunte Captain Blake Garcia kaum hörbar zu.

Der schüttelte den Kopf, während er gleichzeitig eine Kurzwahltaste an seinem Handy drückte. Eine Sekunde später erklang ein leiser Piepston, gefolgt von Hunters Mailbox-Ansage. Garcia runzelte die Stirn. Das bedeutete, dass Hunter sein Handy ausgeschaltet hatte. Hunter schaltete nie sein Handy aus.

»Ich habe beschlossen, die Regeln noch mal zu ändern«, verkündete Graham mit gespenstischer Ruhe. »Diesmal wird es nur eine Todesart geben, ohne Wahlmöglichkeit. Wissen Sie, Detective, ich möchte testen, wie großmütig die Menschen in Kalifornien sind. Haben sie ausreichend Mitgefühl, lebt sie. Wenn nicht, stirbt sie. Ganz einfach.«

Am rechten Bildrand etwa auf halber Höhe erschien das Wort RETTEN, gefolgt von der Zahl 0 und einem grünen Button. Direkt darunter wurde das Wort HINRICHTEN eingeblendet, ebenfalls gefolgt von einer 0 sowie einem zweiten grünen Button.

»Das hier wird ein simples Start-Ziel-Rennen, Detective. Zehn Minuten, und am Ende zählen wir die Stimmen. RETTEN – sie lebt. HINRICHTEN – sie stirbt. Klingt das fair?«

Keine Antwort.

»Alles, worauf sie jetzt angewiesen ist, ist das Mitgefühl der Menschen in diesem unserem wunderbaren Staat.« Graham lachte schallend. »Also, was meinen Sie, Detective Garcia? Sind die Leute heutzutage eher geneigt, einer Fremden im Zweifelsfall Wohlwollen entgegenzubringen, oder werden sie sie zum Tode verurteilen, einfach nur weil sie das Wort SCHULDIG auf ihrem Bildschirm sehen? Lässt sich der Mensch wirklich so leicht in die Irre führen?«

Auch diesmal erhielt er keine Antwort.

»Tja, in zehn Minuten werden wir mehr wissen. Aber es gibt noch etwas anderes, das Sie bitte für mich tun müssen. Hören Sie mir zu?«

»Ja.«

»Ich will, dass Sie exakt zwei Minuten vor Ablauf der Zeit von einem anderen Rechner aus die Seite mit folgender IP-Adresse aufrufen.« Graham diktierte Garcia die Adresse. »Zwei Minuten vor Ablauf, keine Sekunde früher. Wenn Sie sich früher einloggen, werde ich es merken, und der Deal platzt. Dann bringe ich sie so oder so um, und zwar ganz langsam. Haben wir uns verstanden?«

»Ja.«

Gleich darauf war die Leitung tot.

Die Digitaluhr links unten am Bildschirm begann mit ihrem Countdown – 9:59, 9:58, 9:57 …

113

Die Freisprecheinrichtung noch immer im Ohr, stieg Hunter aus dem Wagen, zog seine Waffe und pirschte vorsichtig auf die Tür des Gebäudes mit dem hohen Dach zu. Es war ein gewöhnlicher, mittelgroßer Ziegelbau. Grüne Schimmelflecken bedeckten die Außenwände, Abfall lag herum, und auf dem gesamten Gelände spross ungehindert das Unkraut. Die einzigen beiden Fenster, die Hunter von seinem Standort aus sehen konnte, waren zugenagelt, doch die schwere Holztür auf der Ostseite, der er sich nun näherte, sah neu aus. Genau wie die beiden Schlossriegel daran.

Hunter trat näher und legte das rechte Ohr ans Türblatt.

Es war zu dick und zu massiv, als dass er irgendwelche Geräusche aus dem Inneren hätte vernehmen können.

»Das ist keine Falle, Detective«, kam Grahams Stimme aus dem Ohrstöpsel und ließ Hunter vor Schreck zusammenfahren. »Ich schieße schon nicht auf Sie, wenn Sie durch die Tür kommen. Ehrenwort. Ich möchte nämlich wirklich, dass Sie sehen, was hier drinnen auf Sie wartet. Drücken Sie sie einfach auf, sie ist nicht abgeschlossen. Und falls ich Sie daran erinnern darf – die Uhr tickt.«

Hunter blieb nichts anderes übrig, als Graham zu vertrauen. Er holte tief Luft, entsicherte seine Pistole und stieß langsam die Tür auf.

Der Raum war groß und leer wie ein Wohnhaus, aus dem man die Innenwände entfernt hatte. Ein seltsamer Geruch hing in der Luft, eine Mischung aus Reiniger und etwas Süßlichem, ekelerregend wie getrocknetes Erbrochenes. Die Beleuchtung war schwach und kam vom hinteren Ende des Raumes. Als Hunters Blick sich instinktiv der Lichtquelle zuwandte, formte sich ein Kloß in seiner Kehle und nahm ihm die Luft zum Atmen.

An der Wand stand ein großer, stabiler Käfig aus Eisenstäben. Die Stäbe waren mindestens zweieinhalb Zentimeter dick. Im Käfig saß, nackt und an einen Stuhl gefesselt, die Frau von dem Foto, das Michelle in Grahams Keller entdeckt hatte. Sie war zu Tode verängstigt. Als der Blick ihrer trüben, tränennassen Augen auf Hunter fiel, konnte man sehen, wie plötzlich Hoffnung in ihr aufglomm und jede Faser ihres Körpers von neuer Energie beseelt war. Sie versuchte zu schreien, doch ihre dünne Stimme, kraftlos, weil sie sich längst heiser geschrien hatte, kam gegen den dicken Knebel in ihrem Mund nicht an. Mit allerletzter Kraft versuchte sie den Oberkörper von rechts nach links zu drehen und stemmte sich nach vorne, weg von der Rückenlehne des Stuhls. Die Fesseln gaben keinen Millimeter nach. Ihre Augen allerdings übermittelten Hunter eine klare Botschaft.

Helfen Sie mir.

Eine eigenartige Maske aus Draht, an einem mechanischen Arm montiert, hing wenige Zentimeter vor dem Gesicht der Frau.

Unmittelbar vor dem Käfig sah Hunter eine Webcam. Links davon stand ein großer Computermonitor, auf dem dieselben Bilder zu sehen waren, die auch ins Internet übertragen wurden. Der Countdown unten links lief bereits – 6:05, 6:04, 6:03 ... Die Stimmanzeige rechts lautete:

RETTEN: 12 574.

HINRICHTEN: 12 955.

Hunter wollte gerade einen Schritt in Richtung Käfig machen, um der Frau zu Hilfe zu eilen, als er erneut Grahams Stimme hörte. Diesmal war die Freisprecheinrichtung überflüssig. Die Stimme kam aus den Schatten direkt vor ihm, von der westlichen Seite des Raums.

»Nicht so schnell, Detective.«

Sofort riss Hunter die Pistole hoch und zielte in die Richtung, aus der die Stimme gekommen war. Zwecklos. Dieser Teil des Raumes lag vollständig im Dunkeln.

»An Ihrer Stelle wäre ich vorsichtig mit der Waffe«, riet Graham.

Hunter spähte angestrengt in die Finsternis und hielt Ausschau nach einer kleinen Bewegung oder etwas anderem, das ihm ein Ziel hätte bieten können. Nichts.

»Erlauben Sie mir zu erklären, was hier gerade im Gange ist, Detective«, ertönte Grahams Stimme erneut. Weil sie von den Wänden des leeren Raums zurückgeworfen wurde, konnte Hunter Grahams genauen Standort nicht ermitteln. Trotzdem zielte er weiterhin auf die westliche Ecke.

In ruhigem, gemessenem Ton sagte Graham genau das, was er zuvor am Telefon bereits Garcia erklärt hatte.

»Wie Sie sehen können, Detective«, schloss er, »ist die Stunde der Wahrheit fast gekommen.«

UHR: 4:18, 4:17, 4:16 ...
RETTEN: 14 325.
HINRICHTEN: 14 693.

Langsam und möglichst unauffällig schwenkte Hunter die Waffe von rechts nach links, noch immer auf der Suche nach einem Ziel.

»Mich zu erschießen wird Ihnen nichts nützen, Detective. Das Schloss an der Käfigtür lässt sich weder knacken noch aufbrechen. Kugeln richten dagegen nicht das Geringste aus, genauso wenig wie Werkzeuge. Genau genommen kann niemand es öffnen, nicht einmal ich. Es ist mit einer Zeitschaltuhr verbunden. Sobald die Uhr auf null springt und mehr Stimmen für RETTEN zusammengekommen sind, öffnet sich das Schloss sofort, und sie ist frei. Gibt es mehr Stimmen für HINRICHTEN, entriegelt sich das Schloss nach fünf Minuten. Bis dahin wird sich die von mir konstruierte Drahtmaske langsam in ihr Gesicht gegraben haben. Sie schneidet durch Gewebe und Knochen wie durch einen faulenden Tierkadaver, bevor sie schließlich die graue Substanz erreicht und die Frau tötet.«

Die Frau im Käfig stieß vor Entsetzen einen heiseren Laut aus.

»Sie können den Lauf des Geschehens nicht aufhalten, Detective Hunter. Sie können sie nicht retten, was Sie auch tun. Ihr Schicksal wird in den nächsten Minuten von den Bürgern Kaliforniens entschieden. Die Wahl ist jetzt an ihnen.«

Hunter warf rasch einen Blick zu der Frau hinüber. Sie zitterte vor Angst am ganzen Leib und sah aus, als würde sie jeden Moment das Bewusstsein verlieren.

»Aber möchten Sie nicht gerne erfahren, wer sie ist, bevor die Uhr abläuft?«, fragte Graham. »Wie sie in meinen Plan passt?«

»Graham, tun Sie es nicht«, appellierte Hunter an ihn.

Graham schenkte den Worten keinerlei Beachtung. »Ihr

bürgerlicher Name ist Julie, aber im Cyberspace hört sie auf den Nickname MSDarkDays. Sie ist das, was man als Internet-Troll bezeichnet, Detective. Ich bin sicher, Sie sind mit dem Begriff vertraut.«

Hunter wusste sehr genau, was ein Troll war. Der Terminus bezeichnete jemanden, der absichtlich beleidigende und herabwürdigende Beiträge in Online-Communities wie sozialen Netzwerken, Chatrooms, Blogs, Foren etc. postete, mit dem einzigen Ziel, andere zu verletzen und emotionale Reaktionen zu provozieren.

»Als das Video vom Selbstmord meines Sohnes im Netz aufgetaucht ist«, fuhr Graham fort, »war MSDarkDays die Erste, die einen Kommentar gepostet hat. Würden Sie diesen Kommentar gerne hören, Detective Hunter?«

Hunter schwieg.

»*Dieser hässliche Olm hat das einzig Richtige getan. Wenn ich so eine abgefuckte Visage hätte, hätte ich mir schon längst das Ticket gestempelt. Los Angeles hat eine Horrorfratze weniger. Wenn all diese hässlichen, gestörten Kids, die nicht mit ihren Problemen klarkommen, sich wie er selbst entsorgen würden, dann wäre das Leben in L.A. um einiges angenehmer*«, zitierte Graham den Post Wort für Wort. »Bei diesem ersten Kommentar hat MSDarkDays es nicht belassen. In den folgenden Wochen war sie immer wieder auf der Seite und hat weitere Kommentare gepostet. Aber mit denen werde ich Sie nicht langweilen, Detective. Zumal uns dafür auch die Zeit fehlt.«

Hunter stieß den Atem aus. »Wir alle machen Fehler, Graham. Sie, ich, Julie – niemand ist frei von Fehlern. Machen Sie jetzt nicht noch einen.«

Graham lachte ein leicht wahnsinniges Lachen.

UHR: 2:19, 2:18, 2:17 ...

RETTEN: 21 458.

HINRICHTEN: 21 587.

»Ich mache keinen Fehler, Detective. Aber Sie vielleicht,

wenn Sie die Waffe da benutzen. Sie wollen doch nicht den Falschen erschießen, oder?«

Genau in diesem Moment sprang die Uhr auf 2:00. Ein Licht ging an. Es war fahl und trübe, aber stark genug, um die Dunkelheit teilweise zu vertreiben, so dass Hunter Graham nun endlich sehen konnte.

Doch er war nicht allein. Er duckte sich hinter einen weiteren Metallstuhl, oder vielmehr: hinter denjenigen, der auf diesem Stuhl gefesselt war.

Hunter hatte die Waffe sofort auf Graham gerichtet, doch dann fiel sein Blick auf die Person im Stuhl, und ihm war, als würde sein Herz einen Satz bis hinauf in seine Kehle machen. Er konnte nicht mehr atmen, und ihm schwindelte.

Graham versteckte sich hinter Anna – Garcias Frau.

114

Garcia benutzte den Rechner auf Hunters Schreibtisch. Er gab die IP-Adresse ein, die Graham ihm genannt hatte, und drückte auf »Enter«.

Captain Blake stand dicht hinter ihm.

Der Bildschirm flackerte zweimal, ehe das Bild erschien. Kaum war es vollständig geladen, stürzte Garcias Welt in sich zusammen.

Die Webcam schien in einer der oberen Ecken des Raums installiert worden zu sein. Aufgrund dieses Winkels deckte sie einen relativ großen Bereich ab. Links im Bild sah man Hunter mit gezogener Waffe. Er zielte auf zwei Personen, die sich genau gegenüber befanden. Eine dieser Personen war Anna.

»Nein«, hauchte Garcia wie betäubt.

Anna war geknebelt und an einen Stuhl mit hoher Lehne gefesselt, genau wie die Frau im Käfig. Der Unterschied war, dass Graham sie nicht entblößt hatte, und im Gegensatz zu der anderen Frau schien Anna unter Drogen zu stehen. Ihr Blick war glasig und träge, ihr Körper schlaff, ihr Mund hing an einer Seite herab.

Hinter dem Stuhl kauerte sich jemand wie ein Feigling zusammen. Man konnte ihn nicht klar erkennen, doch alles sprach dafür, dass es sich um Graham Fisher handelte. Er hielt Anna eine Pistole an den Kopf.

Captain Blake verfolgte die Bilder mit großen Augen und offenem Mund. »Was zum Teufel geht da vor?«, brachte sie schließlich heraus. Sie klang wie jemand, der gerade aus einem tiefen Schlaf erwacht und noch ganz benommen war.

Garcia fand nicht die Kraft, ihr zu antworten.

Plötzlich dröhnte Grahams Stimme aus den kleinen Lautsprechern auf Hunters Schreibtisch.

115

»Ich muss mich für diese plumpe Improvisation entschuldigen«, sagte Graham, an Hunter gewandt. »So hatte ich mir meine letzte Sendung gewiss nicht vorgestellt, aber da ich Sie und Ihren Partner unterschätzt habe, Detective, war dies das Beste, was ich in der knappen Zeit zuwege gebracht habe.« Eine ganz kurze Pause. »Aber genug der Entschuldigungen. Ich wette, Sie fragen sich, wie um alles in der Welt ich es geschafft habe, die Frau Ihres Partners in meine Gewalt zu bringen, wenn sie doch rund um die Uhr von einer Polizeistreife bewacht wurde.«

Hunter sagte nichts.

»Nun, wenn man die Identifikationsnummer des betreffenden Fahrzeugs kennt, wie schwer, glauben Sie, ist es dann für jemanden wie mich, sich in das Funksystem des LAPD zu hacken, so zu tun, als wäre ich die Zentrale, und die Streife abzuberufen, Detective?«

»Sie müssen sie gehen lassen, Graham«, sagte Hunter endlich. Er hatte nach wie vor kein freies Schussfeld. »Sie hat nichts mit Ihrem Plan zu tun. Das hatte sie nie. Sie wollen mich, nicht sie. Sie geben mir die Schuld, nicht ihr. Sie hatte an dem, was Ihrem Sohn passiert ist, keinen Anteil, weder vor noch nach der Sache auf der Brücke.«

»Das ist wahr«, räumte Graham ein. »Sie war nie Teil meines ursprünglichen Plans. Doch wie gesagt, aufgrund jüngster Ereignisse war ich gezwungen zu improvisieren, und wenn ich ehrlich bin, finde ich, dass es bis jetzt sehr gut läuft.«

UHR: 1:27, 1:26, 1:25 ...

RETTEN: 29 783.

HINRICHTEN: 29 794.

Hunter korrigierte seine Schusshaltung.

»Nur zu, Detective, schießen Sie«, forderte Graham ihn auf. »Ich weiß, dass Sie es wollen. Ich weiß auch, dass Sie ein hervorragender Schütze sind. Ich habe Ihre komplette Akte studiert. Aus dieser Entfernung können Sie einer Fliege die Flügel abschießen. Alles, was Sie brauchen, ist die Gelegenheit dazu.«

Hunter schwieg.

»Was ist los, Detective Hunter, lässt Ihr Selbstvertrauen Sie im Stich? Sind Sie sich doch nicht so sicher, ob Sie mich mit einem Schuss töten können? Ach so, ich vergaß. Wenn Sie danebenschießen, könnten Sie die Frau Ihres Partners umbringen. Wie würden Sie ihm das nur erklären?«

Keine Antwort.

»Ich habe noch eine Überraschung für Sie, Detective Hunter. Die Kamera oben an der Wand rechts von Ihnen überträgt ebenfalls, was hier gerade geschieht. Allerdings nicht ins World Wide Web, sondern nur an Ihren Partner im Police Administration Building – und an alle, die möglicherweise bei ihm zuschauen.«

Hunters Aufmerksamkeit ließ nicht eine Sekunde nach.

»Oh, und er kann uns auch hören. Das Mikrofon ist eingeschaltet. Also, lassen Sie mich Ihnen folgende Frage stellen, Detective Hunter: Was, glauben Sie, würde Ihr Partner Ihnen in diesem Moment sagen? Würde er wollen, dass Sie schießen, oder nicht? Dabei gebe ich Folgendes zu bedenken: Falls Sie mich nicht treffen und wie durch ein Wunder seine Frau ebenfalls verfehlen, bin ich an der Reihe, den Abzug zu drücken.« Er presste den Lauf der Waffe fester gegen Annas Kopf. »Ich weiß jedenfalls, dass *ich* aus dieser Distanz nicht danebenschießen würde.«

Hunters Körper spannte sich an.

Wie um ihn zu reizen, trat Graham ganz kurz hinter Anna hervor.

Hunter hielt den Atem an. Mit der linken Hand griff er die Waffe fester, während er seine rechte ein klein wenig entspannte, damit sein Finger am Abzug flexibler war und sein Arm den Rückstoß besser abfangen konnte. Doch der Gedanke, dass Anna Grahams Schutzschild war, ließ ihn zögern, und der Moment gab Graham die Gelegenheit, wieder hinter ihr in Deckung zu gehen.

UHR: 1:01, 0:59, 0:58 ...

RETTEN: 31 125.

HINRICHTEN: 31 148.

»Sartre hat einmal gesagt«, fuhr Graham fort, »dass die einzige wirklich freie Entscheidung des Menschen ist, ob er Selbstmord begehen will oder nicht. Sind Sie mit dem Zitat vertraut, Detective Hunter?«

Hunter spürte, wie sich eine kalte Angst in seinem Innern ausbreitete.

»Ja oder nein, Detective?«, fragte Graham.

»Ja«, antwortete Hunter.

Graham hielt kurz inne. »Gut, weil ich Sie nämlich jetzt zu genau dieser Entscheidung zwingen werde, Detective. Sie wollen das Leben der Frau Ihres Partners retten? Dann halten Sie sich Ihre Waffe an den Kopf und drücken Sie ab.«

Totenstille senkte sich über den Raum. Selbst die Luft schien stillzustehen.

»Sie haben Zeit, bis die Uhr bei null angelangt ist«, fügte Graham hinzu. »Keine Sekunde länger.«

UHR: 0:47, 0:46, 0:45 ...

RETTEN: 33 570.

HINRICHTEN: 33 601.

»Es ist eine simple Entscheidung, Detective Hunter«, fuhr Graham fort. »Das Leben einer Unschuldigen für das eines Schuldigen. Wenn Sie sich die Waffe an den Kopf halten und abdrücken, wird sie leben, ich garantiere es Ihnen. Ihr wird kein Haar gekrümmt werden. Aber wenn die Uhr bei null ist und Sie immer noch da stehen, werde ich ihr Gehirn im ganzen Raum verteilen, und zwar ohne mit der Wimper zu zucken.« Er entsicherte seine Waffe. »Was danach passiert, spielt für mich keine Rolle mehr. Wie gesagt, das Schicksal von MSDarkDays liegt nicht in Ihrer Hand. Sie und ich, wir können nichts tun, um es zu ändern. Begreifen Sie, was hier geschieht, Detective? Ich will von Ihnen wissen, ob Sie, um sie zu retten, genauso viel tun, wie Sie damals bei meinem Sohn getan haben, oder ob Sie sich diesmal mehr anstrengen.«

Hunter schwieg.

UHR: 0:28, 0:27, 0:26 ...

RETTEN: 33 888.

HINRICHTEN: 33 903.

»Ich will, dass Sie sich umbringen, so wie mein Sohn sich umgebracht hat«, sagte Graham in verächtlichem Ton.

»Ich will danebenstehen und zusehen, so wie Sie bei ihm danebengestanden und zugesehen haben.«

In diesem Moment gingen Hunter eine Million Dinge durch den Kopf, doch er wusste, dass er keine Zeit hatte, über irgendetwas nachzudenken.

»Polizisten müssen darauf vorbereitet sein, für andere ihr Leben zu lassen, nicht wahr, Detective Hunter? Aber sind Sie auch wirklich dazu bereit, oder ist das alles nur dummes Gerede? Würden Sie wirklich Ihr Leben für das eines anderen Menschen opfern, Detective? Würden Sie Ihr Leben opfern, um das eines Unschuldigen zu retten?«

UHR: 0:16, 0:15, 0:14 ...

RETTEN: 34 146.

HINRICHTEN: 34 155.

Hunter wusste, dass ihm keine Zeit blieb. Er wusste auch, dass er Graham Fisher unterschätzt hatte. Er war so viele Möglichkeiten im Kopf durchgegangen, wie die Begegnung mit Graham verlaufen könnte, doch dass er sich selbst eine Kugel in den Kopf jagte, war keine davon gewesen.

Nun begriff er, dass Graham ihn tatsächlich die ganze Zeit über zum Narren gehalten hatte. Das große Finale seines Plans hatte von Anfang an so ausgesehen. Wie Graham gesagt hatte: Er wollte dabei zuschauen, wie Hunter sich das Leben nahm, so wie Hunter zugeschaut hatte, als sein Sohn Brandon sich das Leben genommen hatte. Erst dann wäre Grahams Rache vollendet. Es war alles perfekt inszeniert. Er sendete den letzten Akt sogar an Garcia, damit dieser hautnah miterleben konnte, wie Hunter darüber entschied, ob seine Frau lebte oder starb.

Hunter hatte keinen Plan, keine Zeit und, wenn er ehrlich war, nur eine einzige Option. Er wusste, dass Graham sich nicht von seinem Vorhaben würde abbringen lassen. Sobald die Uhr bei null angekommen war, würde er Anna erschießen. Er hatte dieselbe Entschlossenheit im Blick und in der Stimme wie sein Sohn in jener Nacht auf der Brücke. Er suchte weder Hilfe noch Erlösung. Seine Entscheidung war schon vor langer Zeit getroffen worden.

»Zehn Sekunden, Detective«, sagte Graham.

Hunter betrachtete Anna. Seine letzten Zweifel waren verflogen.

Er hob die Waffe und hielt sich den Lauf unters Kinn, schloss jedoch nicht die Augen, wie die meisten Menschen es wohl getan hätten. Er ließ sie geöffnet ... stolz ... und blickte unverwandt geradeaus.

Die Zeit, die ein Neunmillimeter-Geschoss benötigt, um in den Schädel einzudringen und auf der anderen Seite wieder auszutreten, beträgt drei Zehntausendstelsekunden. Dabei zertrümmert es zunächst die Schädeldecke, um dann mit derartig hoher Geschwindigkeit die Gehirnmasse zu durchschlagen, dass das Nervensystem keine Zeit hat, Schmerzreize zu senden. Bei korrektem Eintrittswinkel geht die Kugel in aller Regel durch die Großhirnrinde, das Kleinhirn, sogar den Thalamus, und das Gehirn hört auf zu funktionieren, was den sofortigen Tod zur Folge hat.

Hunter setzte die Waffe so an, dass er sicher sein konnte, genau dieses Resultat zu erzielen.

UHR: 0:04, 0:03, 0:02 ...

Hunter hielt den Atem an.

116

Weder Garcia noch Captain Blake konnten glauben, was sie auf Hunters Bildschirm mit ansehen mussten.

UHR: 0:10, 0:09, 0:08 ...

RETTEN: 34 171.

HINRICHTEN: 34 177.

»Meint er das ernst?«, fragte Captain Blake, und zum ersten Mal überhaupt hörte Garcia so etwas wie Furcht in ihrer Stimme mitschwingen.

Er antwortete nicht, bewegte sich nicht, blinzelte nicht, atmete nicht. Seine Augen klebten am Bildschirm. Angst strömte durch seine Venen wie vergiftetes Blut. Er merkte nicht einmal, dass seine Hände zitterten.

UHR: 0:06, 0:05, 0:04 ...

RETTEN: 34 184.

HINRICHTEN: 34 196.

Endlich erwachte Hunter aus seiner Erstarrung. Die Zeit schien sich zu verlangsamen.

Zuerst ließ er die linke Hand, die zuvor die Waffe gestützt hatte, sinken. Dann trat etwas Trauriges in seinen Blick, das Garcia noch nie bei seinem Partner gesehen hatte – als begriffe er, dass es keinen Ausweg mehr gab. Als hätte er erkannt, dass er von einem klügeren Gegner überlistet worden war und nun seiner Niederlage ins Auge sehen musste.

Dann nahm Hunter den rechten Arm an den Körper, und mit ihm die Waffe.

»O mein Gott!« Captain Blake schlug sich die Hände vors Gesicht. Sie zitterten genauso stark wie Garcias.

Hunter setzte sich den Lauf der Waffe unters Kinn.

Blake spürte, wie sich in ihrem Magen ein klaffender Abgrund auftat. Sie kannte Hunter gut genug, um zu wissen, dass er wirklich sein Leben opfern würde, um das eines anderen zu retten, erst recht das Leben eines Menschen, den er kannte, eines Menschen, der ihm wichtig war, so wie die Ehefrau seines Partners. Ihr kamen die Tränen. Sie kniff die Augen ganz fest zu und wünschte, dass sie, wenn sie sie wieder aufschlug, in ihrem Schlafzimmer lag und gerade aus einem schrecklichen Alptraum erwachte. Doch sie wusste, dass dieser Wunsch vergeblich war. Dieser Tag war so real und so grausam, wie kein anderer Tag in ihrem Leben je sein würde.

Captain Blake hielt die Augen geschlossen. Sie wusste genau, was gleich geschehen würde. Sie musste und wollte es nicht mit ansehen.

Garcia hingegen starrte mit weit aufgerissenen Augen auf den Monitor. Er sah zu, wie eine Gelassenheit in Hunters Züge trat, weil er erkannt und akzeptiert hatte, dass es nur eine einzige Wahl gab.

UHR: 0:03, 0:02, 0:01.

Genau in diesem Augenblick, als hätte Graham es so programmiert, wurde das Bild auf dem Monitor langsam schwarz. Unmittelbar bevor die Übertragung abbrach, hörte man einen einzelnen Pistolenschuss.

»Nein, nein, nein ...« Garcia sprang auf, packte den Monitor mit beiden Händen und rüttelte daran. »Was ist das? Wo ist das Bild?« Sein Herz hörte für einen Moment lang auf zu schlagen. Verzweiflung überkam ihn, weil er nicht wusste, ob der Schuss aus Hunters oder aus Grahams Waffe abgefeuert worden war.

117

UHR: 0:03, 0:02, 0:01.

Und dann kam der Moment, in dem sich Hunters Bluff auszahlte.

Graham hatte die Wahrheit gesagt. Auf diese Entfernung wäre der Hauch einer Gelegenheit alles, was Hunter brauchte. Jeder Schuss würde sein Ziel treffen.

Graham selbst war es, der ihn darauf gebracht hatte. Er wollte zuschauen, wie Hunter seinem Leben ein Ende bereitete. Die Schwierigkeit war nur, dass Graham von seinem Versteck hinter dem hohen Stuhl aus nicht richtig sehen konnte.

Hunter hatte die Augen weit geöffnet und starrte geradeaus. Er wartete auf seine Chance. Als die Uhr 0:01 erreichte, tat Graham Fisher genau das, was Hunter vorausgesehen hatte.

Für einen kurzen Moment war Grahams Aufmerksamkeit von seiner eigenen Waffe und Anna abgelenkt. Er bewegte sich ein kleines Stück zur Seite und gab damit die Sicherheit seines lebenden Schutzschildes auf. Ein Teil seines Körpers war nun ungeschützt. Gleichzeitig reckte er den Hals, um das hautnah mitzuerleben, was er unter keinen Umständen verpassen wollte – den letzten Akt in seinem großen Plan.

Diese winzige Chance genügte Hunter.

Ihm war, als liefe alles in Zeitlupe ab, als er einen Satz nach rechts machte und gleichzeitig den rechten Arm nach vorn riss. In seinem Kopf herrschte vollkommene Stille, fast wie in einem Vakuum. Hunter nahm nur noch zwei Dinge wahr: sein Ziel und seinen Herzschlag, der ihm in der Brust und im Kopf hämmerte. Mitten im Sprung, gerade als seine und Grahams Blicke sich streiften, drückte er ab.

In Wirklichkeit geschah alles viel zu schnell, als dass Graham überhaupt hätte reagieren können.

Hunters Schuss traf ihn mit vollendeter Präzision in der rechten Schulter. Die Kugel zerfetzte Muskeln, zertrümmerte Knochen, schnitt durch Bänder und Sehnen.

Augenblicklich erschlaffte Grahams Hand, und seine Waffe fiel zu Boden. Die unglaubliche Wucht der ultraleistungsstarken, fragmentierenden Neunmillimeter-Zentralfeuerpatrone schleuderte seinen Körper rückwärts zu Boden, während eine Fontäne aus Blutstropfen aus der Wunde schoss und die Luft rot färbte. Der beißende Geruch von Kordit erfüllte den Raum.

Hunter war nach dem Schuss ebenfalls zu Boden gegangen. Er rollte sich ab, behielt seinen Gegner jedoch im Visier.

Graham stieß einen tiefen Schrei aus und presste sich die linke Hand an die rechte Schulter, die jetzt nur noch eine unförmige Masse aus Blut und zerfetztem Gewebe war. Der Raum um ihn geriet ins Schwanken, als ihn, verursacht durch die enormen Schmerzen und den starken Blutverlust, der Schwindel überkam. Nur in Hollywoodfilmen hat jemand, der gerade von einer explodierenden Hochgeschwindigkeitskugel getroffen wurde, noch die Kraft, einen Jig zu tanzen. Ein paar Sekunden später wurde Graham ohnmächtig.

Hunter sprang auf und war in wenigen Schritten bei ihm.

»Zucken Sie nicht mal«, sagte er laut, während er mit der Waffe auf Grahams Kopf zielte. Doch Graham hatte das Bewusstsein verloren. Von ihm ging keine Gefahr mehr aus, zumindest im Moment nicht.

Hunter verlor keine Zeit. Er fesselte ihm mit Handschellen die Hände hinter dem Rücken und dachte dabei nicht an die höllischen Schmerzen, die er Graham damit zweifellos zufügte. Dann sah er rasch nach Anna.

Sie musste ein starkes Beruhigungsmittel bekommen haben. Ihre Pupillen waren geweitet, als sei sie irgendwo weit weg. Ihr Körper reagierte nicht, aber ihr Puls schlug kräftig, und sie schien unverletzt.

Im selben Augenblick ertönte der schrecklichste, markerschütterndste Schrei, den Hunter je gehört hatte. Er wirbelte zum Metallkäfig herum, von wo der Schrei gekommen war. Erst jetzt fiel sein Blick auf den Computerbildschirm links daneben.

UHR: 0:00.

RETTEN: 34 471.

HINRICHTEN: 34 502.

»O Gott, nein!«

Er stürzte zum Käfig, doch der Hinrichtungsvorgang hatte bereits begonnen. Der mechanische Arm mit der

Drahtmaske drückte sich gegen das Gesicht der Frau. Die messerscharfen Drähte waren bereits in ihre Haut eingedrungen, und ihr Gesicht war mit einer roten Maske aus klebrigem Blut bedeckt.

Hunter trat einen Schritt zurück, zielte auf das Schloss an der Käfigtür und gab zwei Schüsse ab. Die Kugeln verursachten nicht mal einen Kratzer. Er feuerte noch zweimal. Nichts.

Die Drähte hatten den Nasenknorpel der Frau zerschnitten. Unfähig, die grundlegendste Reaktion des Menschen auf Schmerzen zu unterdrücken, begann die Frau zu schreien. Das hatte zur Folge, dass ihr Gesicht sich den scharfen Drähte entgegendrückte, die sich bereits tief in ihr Fleisch gegraben hatten und durch die Bewegung ihres Kiefers nicht mehr nur horizontal, sondern auch vertikal ins Gewebe schnitten und alles zerfleischten, was noch von ihrem Gesicht übrig war.

Hunter machte einen Schritt zur Seite und sah sich verzweifelt im Raum um. Er wollte helfen, hatte jedoch keine Ahnung, wie. Er musste sich unbedingt etwas einfallen lassen.

In diesem Moment verlangsamte die Drahtmaske ihre Vorwärtsbewegung, kam zum Stillstand und zog sich schließlich zurück. Hautfetzen, Fleisch und Knorpel blieben an ihr hängen. Gleich darauf hörte Hunter ein lautes Summen, gefolgt vom Klicken eines Schließmechanismus.

Die Käfigtür sprang auf.

Graham hatte Hunter erklärt, dass die Zeitschaltuhr das Schloss nach fünf Minuten entriegeln würde, falls HINRICHTEN bei Ablauf der Zeit mehr Stimmen erhalten hatte – also erst dann, wenn Grahams Horrormaske die Frau nach unaussprechlichen Qualen getötet hatte. Tatsächlich aber hatte das Ganze nicht einmal fünfzig Sekunden gedauert.

Eine Fehlfunktion.

Hunter riss die Käfigtür auf und stürzte zu der Frau. Sie zitterte völlig unkontrolliert und stand kurz vor einem lebensbedrohlichen Schock.

Hunter hatte noch immer das Handy, das der Taxifahrer ihm gegeben hatte. Er alarmierte den Notruf und befreite die Frau von ihren Fesseln. Dann saß er am Boden, ihr blutiges Gesicht auf den Knien, und wartete auf Hilfe.

118

Nächster Tag
Vor Garcias Wohnhaus
17:00 h

Als Hunter seinen Wagen parkte, sah er Garcia mit einem Koffer in der Hand aus dem Hauseingang kommen.

Captain Blake hatte die beiden mit sofortiger Wirkung zu zwei Wochen Urlaub verdonnert.

»Brauchst du Hilfe damit?«, fragte Hunter beim Aussteigen.

Garcia sah auf und lächelte. »Nein, geht schon. Warum müssen Frauen immer so viel einpacken?«

Darauf wusste Hunter auch keine Antwort.

Garcia öffnete den Kofferraum, hievte das Gepäckstück hinein und wandte sich dann zu seinem Partner um. Er wusste, dass Hunter einen Teil des Nachmittags im California Hospital Medical Center in der South Grand Avenue verbracht hatte.

»Irgendwas Neues?«, erkundigte er sich.

»Sie wurde gerade noch mal operiert«, antwortete Hunter. »Die zweite OP innerhalb von weniger als vierundzwanzig Stunden.« Sein Blick hatte etwas Niedergeschlagenes.

»Die Ärzte glauben, dass im Laufe der nächsten Monate wohl noch einige dazukommen werden. Trotzdem wird ein Großteil der Verletzungen bleiben.«

Garcia fuhr sich mit der Hand durchs Haar.

»Das war keine Fehlfunktion, Carlos«, meinte Hunter plötzlich.

Garcia sah ihn an.

»Dass die Drahtmaske so früh gestoppt hat«, erklärte Hunter. »Das war keine Fehlfunktion. Graham Fisher hat sie so programmiert. Er hat gelogen, als er sagte, die Tür würde sich erst nach fünf Minuten öffnen und dass die Frau dann längst tot wäre.«

»Woher weißt du das? Hat er gestanden?«

»Nein«, sagte Hunter. »Er redet nicht ... jedenfalls noch nicht. Aber ich weiß, dass er genau das wollte. Er hatte nie vor, sie zu töten. Er hatte vor, sie zu entstellen.« Hunter lehnte sich an seinen Wagen, der neben dem von Garcia parkte. »*Wenn ich so eine abgefuckte Visage hätte, hätte ich mir schon längst das Ticket gestempelt. Los Angeles hat eine Horrorfratze weniger. Wenn all diese hässlichen, gestörten Kids, die nicht mit ihren Problemen klarkommen, sich wie er selbst entsorgen würden, dann wäre das Leben in L.A. um einiges angenehmer.*«

Garcia zog die Brauen zusammen.

»Sie war ein Troll. Das hat sie im Internet gepostet«, klärte Hunter seinen Partner auf. »Als Kommentar zum Selbstmord von Graham Fishers Sohn.«

»Scheiße«, murmelte Garcia.

»Graham wollte, dass sie für den Rest ihres Lebens entstellt ist, weil er wollte, dass sie dasselbe durchmacht, was sein Sohn durchmachen musste. Er wollte ihr zeigen, wie es ist, wenn andere einen permanent anglotzen und auslachen, wenn sie hinter dem Rücken über einen reden, einem widerliche Spitznamen hinterherrufen und einen wie eine Missgeburt behandeln. Seine ultimative Rache war ihre Entstellung, nicht ihr Tod.« Hunter wandte den Blick ab und schüttelte den Kopf. »Wir haben ihn gefasst, aber er hat trotzdem gewonnen. Am Ende hat er alles erreicht, was er erreichen wollte.«

»Nein, hat er nicht«, widersprach Garcia fest. »Sein letzter Racheakt war, dass du stirbst, schon vergessen? Und dazu ist es nicht gekommen. Graham Fisher wird im Knast verrotten. Er wird niemals wieder ein freier Mann sein.« Auch Garcia sah einen Moment lang weg, weil er mit seiner Fassung kämpfte. »Aber das ändert nichts daran, dass die Leute abgestimmt haben, Robert.« Er machte ein angewidertes Gesicht. »Ganz normale Leute zu Hause, in ihren Büros, in Cafés, in Schulen ...« Er schüttelte den Kopf. »Sie haben darüber *abgestimmt*. Im Gegensatz zu den anderen beiden Malen hat Graham ihnen die Chance gegeben, jemanden zu retten, und sehr viele haben sich dagegen entschieden. Sie haben sich dazu entschieden, eine wildfremde Person zum Tode zu verurteilen, nur damit sie ihr beim Sterben zuschauen konnten. Ein Menschenleben für ein paar Lacher – wenn das kein Tausch ist.«

Hunter atmete langsam aus.

»Da gibt es kein Wenn und Aber, Robert. Das ist ganz einfach krank. Manchen Leuten da draußen ist jeglicher Sinn fürs Wesentliche abhandengekommen. Vor allem dafür, was ein Menschenleben wert ist.«

Hunters anhaltendes Schweigen verriet Gracia, dass er derselben Meinung war. »Wie geht es Anna?«, fragte er schließlich.

»Sie lebt, dank dir.«

Hunter sagte nichts.

Garcia holte tief Luft. »Sie ist ziemlich verstört und immer noch ein bisschen groggy von den Drogen, mit denen Graham sie vollgepumpt hat. Aber in gewisser Hinsicht ist das sogar ein Segen. Sie kann sich an nichts erinnern, was passiert ist, nachdem sie die Beruhigungsmittel bekommen hat. Wäre sie während der ganzen Tortur gestern bei vollem Bewusstsein gewesen, wäre der seelische Schaden, den sie davongetragen hätte, noch viel größer. Sie hat auch so schon genug zu verarbeiten. Dir brauche ich das ja nicht zu sagen.«

Die nächsten paar Sekunden fühlten sich beide so gehemmt und unbeholfen wie noch nie in der Gegenwart des anderen.

»Also, wo fahrt ihr denn hin?«, fragte Hunter und deutete auf den Koffer.

»Wir wollen Verwandte in Oregon besuchen, in den Bergen«, antwortete Garcia. »Einfach eine Weile weg von hier, weißt du? Es wird Anna guttun, aus der Stadt rauszukommen. Es ist bestimmt schön, zwei Wochen lang einfach nur zu zweit zu sein ... keine Störungen ... keine Anrufe mitten in der Nacht.«

Wieder ein unbehagliches Schweigen.

»Kommst du wieder?«, fragte Hunter.

Garcia wusste, dass Hunter sich auf das Morddezernat bezog. Er wurde eine Zeitlang ganz nachdenklich. »Ich hatte noch nie so viel Angst wie gestern, Robert. Anna ist mein Leben. Ohne sie bin ich nichts. Ich habe immer Angst davor, sie zu verlieren, aber du weißt, was für eine Angst ich meine, oder? Die, die jeder Mensch hat, wenn er einen anderen liebt.« Garcia schüttelte den Kopf. »Aber gestern ... Als ich Anna gefesselt auf dem Stuhl gesehen habe, mit einer Pistole am Kopf – das hat es mir radikal vor Augen geführt. Da habe ich zum ersten Mal wirklich begriffen, wie verletzlich, wie gefährdet sie ist. Und wir beide wissen, dass ihr Leben einzig und allein deshalb in Gefahr war, weil ich Detective beim Morddezernat bin. Mit anderen Worten: Ich habe durch meine Arbeit ihr Leben aufs Spiel gesetzt.«

Hunter betrachtete seinen Partner schweigend.

»Du weißt, dass es mir keine Angst macht, wenn jemand mein Leben bedroht. Es macht mir nicht mal was aus, wenn man mich an ein lebensgroßes Kreuz nagelt, wie du ja weißt. Aber jetzt war zum ersten Mal Anna bedroht, und ich will dich nicht anlügen, Robert. Das hat mich gezwungen, ein paar Sachen zu überdenken. Mir zu überlegen, wo meine Prioritäten sind.«

Dessen war sich Hunter bewusst.

»Ich hatte solche Angst, dass ich gar nicht klar denken konnte«, gestand Garcia. »Wenn ich gestern statt dir in dem Raum gewesen wäre, ich glaube nicht, dass ich die Chance erkannt hätte, die du erkannt hast. Und selbst wenn, hätte ich mit ziemlicher Sicherheit nicht den Mumm gehabt, sie zu ergreifen. Ich hätte mich erschossen, um Annas Leben zu retten.«

Hunter sagte nichts. Das Schweigen dehnte sich mehrere Sekunden lang.

»Aber ich treffe jetzt noch keine Entscheidungen«, sagte Garcia. »Dazu ist alles noch zu frisch, ich muss erst mal einen klaren Kopf kriegen.« Garcia rang sich ein tapferes Lächeln ab. »Der Urlaub wird mir helfen. Da kann ich in aller Ruhe meine Gedanken sortieren. Und dir sicher auch. Hast du vor wegzufahren?«

Hunter zuckte die Achseln. »Ich weiß noch nicht genau. Ich dachte, vielleicht Hawaii.«

Garcia lächelte. »Das würde dir *wirklich* guttun.«

Hunter erwiderte das Lächeln. »Ja, ich könnte echt eine kleine Auszeit gebrauchen.«

»Wie auch immer ich mich entscheide«, sagte Garcia schließlich. »Du bist auf jeden Fall der Erste, der es erfährt, Partner.«

Hunter nickte.

Ohne Vorwarnung machte Garcia einen Schritt auf Hunter zu und umarmte ihn, als würden sie sich niemals wiedersehen. »Danke für das, was du gestern getan hast, Robert. Danke, dass du Anna gerettet hast.«

Hunter lächelte verlegen.

»Warum kommst du nicht mit hoch?«, sagte Garcia. »Anna würde sich bestimmt freuen.«

»Warte kurz«, bat Hunter und kehrte zu seinem Wagen zurück. Er nahm einen Strauß weißer und gelber Rosen vom Beifahrersitz, ehe er Garcia ins Gebäude folgte.

Eins wusste Hunter mit absoluter Gewissheit: Zu welcher Entscheidung Garcia in den nächsten zwei Wochen auch immer gelangte, es würde die richtige sein.

Ein blutiger Albtraum

Robert Hunter, Profiler beim LAPD, wird ein entsetzliches Buch zugespielt, mit Skizzen und Fotos von Folter-Morden, so grausam wie spektakulär. Noch bevor Hunter das erste Opfer identifizieren kann, meldet sich der Killer bei ihm. Er will seine Aufzeichnungen zurück. Und er droht: Wer sein Buch gesehen hat, muss sterben. Auch Robert Hunter ...

Chris Carter
Bluthölle
Thriller

Aus dem Englischen von Sybille Uplegger
Taschenbuch
Auch als E-Book erhältlich
www.ullstein.de

ullstein